Das Schlehentor

Copyright © 2019 Swantje Berndt
2. Auflage Dezember 2019
1. Auflage 2016

www.swantje-berndt.de

Bildmaterial: shutterstock.com, ©Africa Studio, ©Nebula Cordata,
 ©Marcin Perkowski
Covergestaltung: Swantje Berndt
Korrektorat: Ingrid Kunantz, Corinna Vexborg
Buchsatz: Ingrid Kunantz

Hinweis: Der Roman war von 2012 bis zum Sommer 2016 unter dem Titel ›Equilibirium - Der khatalahische Eid‹ in einer ersten, unlektorierten und stark verkürzten Version im AAVAA Verlag erschienen.

Herstellung und Verlag: BoD - Books on Demand, Norderstedt

ISBN: 9783741252501

Bibliografische Information der Deutschen Nationalbibliothek:
Die Deutsche Nationalbibliothek verzeichnet diese Publikation in der Deutschen Nationalbibliografie; detaillierte bibliografische Daten sind im Internet über http://dnb.dnb.de abrufbar.

Swantje Berndt

Das Schlehentor

Lieder von Schatten und Licht
Erste Strophe

Inhalt

Das verbotene Kind   7
Bei Feuer und Blut   47
Die Regenkatze   99
Nur ein Tanz   169
Jenseits des Tores   211
Nach Norden   255
Eilige Nachrichten   293
Verdächtigungen   351
Ein Rabe in der Nacht   379

Das verbotene Kind

Liane,
Tochter des Ersten Rektors
des Hohen Rates der Lichten

Der Schmerz war unerträglich. Es zerriss ihr den Leib. Liane sank auf die Knie, presste die Hände in den Rücken.

»Halte aus«, flehte Martha. »Hörst du das Wiehern der Pferde? Nicht weit vor uns lagern die Grenzgänger. Sie werden Heiler mit sich führen.« Sie hob die Laterne, leuchtete in die Nacht.

»Es ist zu spät.« Wasser lief ihr zwischen den Beinen entlang. »Es kommt.« Mochte die Weisheit der Wissenden sie trotz ihrer Sünde beschützen und das Licht die Schwärze aus ihrem Bauch verdrängen.

Was auch immer aus ihr herauskriechen würde, jemand musste es erschlagen.

Wenn sie wenigstens nicht in diesem finsteren Wald, wenn es nicht so eiskalt wäre. Der Frost drang ihr bis in die Knochen. Beim Licht! Nie zuvor hatte sie so gefroren.

Erneut erfasste sie eine Schmerzwelle. Liane lauschte ihren eigenen Schreien. Sie klangen unwirklich, wie einem Albtraum entsprungen. Unerträglich langsam ebbte die Qual ab.

Sie hatte sie verdient.

Hätte sie die Mauern der Glasstadt doch niemals verlassen. Wäre sie den Märkten der Steppe doch ferngeblieben. Stets war sie davor gewarnt worden, dieses Territorium zu betreten. Die Nomaden, die dort lebten, wären ein zwielichtiges Volk. Aber die Gaukler in ihrer bunten Tracht hatten sie ebenso verlockt wie die Gewürzhändler und Wahrsagerinnen, wie die Musikanten und Schauspieler mit ihren grell geschminkten Gesichtern, ihren derben, durch und durch verruchten Witzen. Die Gerüchte, dass Horden von Nachtfressern mordend und brennend durch die Wälder des Grünen Landes zogen, immer weiter nach Süden, immer näher zu den gläsernen Mauern ihrer Heimat, hatte sie mit einem flauen Gefühl der Angst ignoriert.

Nur einmal frei sein. Einmal tanzen, lachen, süßen Wein trinken und sämtliche Lektionen der Wissenden vergessen dürfen.

Sie hatte grausam dafür bezahlt.

Niemand hatte die Bestien aus dem Norden bemerkt, die wie ein Unwetter über das Markttreiben hereingebrochen waren. Wen sie nicht erschlugen, den nahmen sie gefangen. Einer von ihnen, kantig wie ein Felsen, riss ihr die Kleider vom Leib. Er erstickte ihr Flehen in der Finsternis seiner nachtblauen Augen, zerquetschte die Hoffnung auf Gnade unter seinem massigen Körper.

Als sie erwachte, zerfielen die Marktbuden zu Asche und der Geruch gerinnenden Blutes mischte sich mit dem Rauch.

Martha fand sie. Ihre alte Amme hatte sich ins Chaos gewagt, um nach ihrem Schützling zu suchen, während sich der Rest der Lichten hinter transparenten Mauern verbarrikadierte. Grenzgänger wären unterwegs. Sie würden die Krieger aus dem Norden zurückdrängen und die Glasstadt beschützen.

Marthas Trost war von Liane abgeprallt. Ihr Geist erfasste ihn nicht. Er war ebenso zerschunden wie ihr Körper. Niemals konnte sie sich vor den Augen ihres Vaters blicken lassen. Liane, Tochter des Ersten Rektors des Hohen Rates, hatte sich den Anweisungen der Wissenden widersetzt und unter primitiven Nomaden und Waldleuten unwürdige Vergnügungen gesucht. Allein das genügte, um sie für ewig in die Leere zwischen den Welten zu verbannen.

Damals war ihr der Gedanke unerträglich erschienen und sie war mit Martha tiefer ins Grenzland geflohen. Verborgen in der schäbigen Kluft der Waldbauern hatten sie sich durch die Reihen der Nachtfresser hindurchgeschlichen. Ein Holzfäller hatte sie bei sich aufgenommen, doch als es in den Wäldern vor Spähern aus dem Norden wimmelte, ergab er sich seiner Angst. Ausgerechnet zwei Lichte vor den Invasoren zu beschützen, würde deren Zorn nach sich ziehen. Er hatte sie mit guten Worten und dem Segen der endlosen Wälder vor die Tür gesetzt.

Hätte sie sich doch dem Rat gestellt. In der Leere wäre nicht nur sie, sondern auch der Schmerz und das unsägliche Kind vergessen worden.

»Du musst weiterlaufen«, flehte Martha und half ihr auf die Beine. »Ich kann die Lagerfeuer riechen.«

»Und wenn es die Nachtfresser sind?« Der Gedanke, diesen Bestien ein zweites Mal in die Hände zu fallen, verschlang ihr letztes bisschen Mut.

»Der Holzfäller sagte uns, Nehrits Horde würde in der Nähe lagern.« Martha strich ihr die nassen Haare aus dem Gesicht. »Er brächte Nachschub und frische Kämpfer für die Verteidigung der Glasstadt.«

Ein paar Schritte, weiter kam Liane nicht. Ihr wurde schwarz vor Augen, während sie sich die Seele aus dem Leib schrie. Ein Ungeheuer fraß sich seinen Weg aus ihr heraus. Nichts anderes konnte es sein.

Pferdegetrappel. Eine dunkle Stimme mit hartem Akzent. Marthas Schluchzen zwischen ihrem eigenen. Beruhigende Worte des Fremden, die sie nur am Rand wahrnahm.

Hoffentlich starb sie. Dann endete die Qual.

Sie zwang sich, die Lider zu öffnen.

Pechschwarzes Haar fiel über breite Schultern. Nachtblaue Augen leuchteten im Dämmerlicht des Waldes.

Diese Augen ...

Beim Licht!

Der Nachtfresser erstickte ihren Schrei mit der Hand. »Ich bin nicht, wofür du mich hältst.«

Einem wie ihm verdankte sie ihr Elend! Einer wie er hatte ihr Gewalt angetan und sie zum Sterben zurückgelassen.

Sie war nicht gestorben. Ein Fluch, der sich als Wunder tarnte.

»Ich gehöre zu den Grenzgängern.« Er nahm die Hand von ihrem Mund.

»Du bist eine Bestie aus dem Norden!« Ihr Herz raste vor Angst.

»Ich entstamme Khatalah, wenn du das meinst. Dennoch diene ich Nehrit.« Ein schmerzliches Zucken spielte um die Mundwinkel. »Die Geschichte ist zu kompliziert, um sie zwischen zwei Wehen zu erklären.«

Das Mitgefühl in seinem Blick musste eine Lüge sein. Die Augen eines Nachtfressers waren nur fähig, Gier und Grausamkeit zu spiegeln.

»Mir ist nicht viel heilig, aber ich schwöre dir bei dem Wenigen, dass ich dir kein Leid antun werde.«

Er klang aufrichtiger als ihr Vater während der Lektionen. Konnte sie ihm trauen? Einem Clankrieger? Sie logen, mordeten, brannten, wie es ihnen beliebte.

In den nachtblauen Augen zeigte sich kein Verrat. Nur Mitleid und verletzter Stolz.

»Ich kann dir helfen. Doch du musst mir vertrauen.«

»Nein.« Das Bestienkind würde sie ohnehin zerreißen. »Ich werde sterben! Wegen einem wie dir!« Wenn sie nicht vorher an ihrer Angst erstickte.

»Vielleicht.« Sacht legte er die Hände auf ihren prallen Leib. »Vielleicht auch nicht.« Er senkte die Lider, atmete ruhig, als würde er schlafen.

Der Krampf löste sich. Wärme flutete ihren Bauch, floss wie Wasser in den Rest ihres gepeinigten Körpers. Ihr schmerzender Rücken entspannte sich, die Angst gab ihre Kehle frei, ließ Liane tiefer atmen.

»Dein Kind ist längst auf dem Weg.« Eine Falte zeigte sich auf der jugendlich glatten Stirn. »Wir müssen uns beeilen, sonst bekommst du es in Dunkelheit und Kälte.« Er öffnete die Augen, lächelte. »Ihr Lichten hasst beides. Was hat dich so weit ins Grüne Land verschlagen?«

»Eine Heimat, die mich nicht mehr will.« Ihr Vater würde ihren Anblick nicht ertragen.

Der Nachtfresser blickte zu Boden. »Dann teilen wir ein Schicksal.«

»Aber du bist nicht von einer Bestie bezwungen worden!« Wie konnte er es wagen, ihre Schicksale zu vergleichen?

»Mein Vater starb unter den Hieben einer Bestie.« Die dunklen Iriden schienen die Nacht zu trinken. »Mein Volk ist nicht nur zu seinen Feinden grausam. Auch zu seinesgleichen.«

Gefasel! »Wenn das Kind kommt, töte es.« Keinen Atemzug für das Monster in ihr. »Und danach mich.«

Im Schein der Laterne verengten sich die Pupillen. »Du bist rasend vor Angst. Sonst würdest du das niemals von mir verlangen.«

Wie sanft die Stimme klang.

Dieser Mann war ein Nachtfresser? Ein Geschöpf des Chaos und der Finsternis?

Seine Züge wurden weich vor Mitgefühl. »Ich verteidige dein Volk schon eine ganze Weile gegen die Übergriffe aus dem Norden, doch nie bin ich einem von euch begegnet.« Beinahe zärtlich strichen seine Hände über ihren Leib, als wollten sie das Kind darin beruhigen. »Ihr verschanzt euch hinter euren Glasmauern und lasst nur unsere Boten passieren.« Seine Miene wurde ernst. »Ihr seid viel zierlicher, als ich dachte. Aber dein Bauch ist fast größer als du. Bist du sicher, dass du bloß ein Baby in dir trägst?«

»Ich weiß nur, dass es ein Monster ist.« Tränen strömten ihr aus den Augen. Sie würde einen Chaosbastard gebären. Ein Schwarzblut. Die Schande verschloss ihre Kehle erneut. Licht und Schatten teilten niemals denselben Platz. Die erste Lektion der Wissenden über das Wesen des Lebens. Unendlich oft hatte es ihr Vater rezitiert.

Die Lektion war eine Lüge. Das Wesen in ihr war der Beweis. Gewoben aus Schatten und Licht. Wie konnte es existieren? Liane war nicht die Erste, die während der Grenzkriege einem Nachtfresser in die Hände gefallen war. Nie hatte sich aus dieser ruchlosen Tat Leben gezeugt. Im Gegenteil. Entsetzt von dem Frevel hatte es die Frauen für immer verlassen. Leere Hüllen mit gebrochenen Blicken. Kein Licht, kein Atem.

Ach wäre dieses Schicksal doch ihres.

»Dann ist der Vater keiner deines Volkes?« Seine Finger liebkosten trotz der unerhörten Frage weiterhin ihren Bauch. »War er ein Grenzgänger?«

»Nein.« Sie würde die Wahrheit mit ins Grab nehmen.

Wieder wuchs eine tiefe Falte zwischen den Brauen. »Ich bringe dich zu unserem Heiler. Er ist ein guter Mann, der sein Handwerk versteht. Was auch aus dir herauswill, es kommt in dieser Nacht.«

Bevor sie ihm danken konnte, krampfte sich ihr Leib erneut zusammen. Unerträglich heftig. Es würde sie zerreißen.

Schmerz.

Ihre Schreie gellten ihr in den Ohren.

Flackern vor den Augen.

Sie fiel in Schwärze.

Cordic,
Sohn von Merut und Krieger der Grenzgänger

»Sie wird sterben«, jammerte die Alte und rang die Hände. »Mein armes Täubchen!«

»Noch atmet sie.« Cordic hob die Lichte auf den Arm, rannte zum Zeltlager zurück. »Komm mir nach!«, rief er der Frau zu, deren Schluchzen und Keuchen hinter ihm mit jedem Schritt leiser wurde.

Was hatte die beiden hierher verschlagen? Bis zur Grenze des Steppenlandes waren es viele Tagesmärsche. Bis zur Wüste und zur Glasstadt weitere zwei. Seit Rag die Clans um sich geschart hatte, um das Grüne Land zu verwüsten und bis vor die gläsernen Mauern vorzudringen, verschanzten sich die Lichten dahinter und flehten unablässig um Hilfe. Die Grenzgänger kamen ihrem Flehen nach. Es war ihre Pflicht, den Süden vor dem Norden zu schützen. Rag begnügte sich normalerweise damit, das nördliche Grenzland zu überfallen und die Waldleute zu knechten und auszuplündern. Bis zur Glasstadt hatte er sich nie vorgewagt. Er trieb Handel mit den Lichten. Stahl und Gold gegen filigrane Glaskunst und schimmernde Seidenstoffe. Ohne den Norden wären die Lichten nicht in der Lage, ihre unzähligen Fenster zu rahmen oder ihre Pforten in den Mauern anzubringen. Es war khatalahischer Stahl, der die Scheiben in den Angeln hielt, und es war khatalahisches Gold, aus dem die Lichten die Geburtsreifen für ihre Kinder schmiedeten.

Rag. Er knechtete seine Feinde ebenso wie die Clans, die sich seiner Herrschaft widersetzten. Während er aus Glaspokalen trank und seinen wuchtigen Körper in bunte Seide hüllte, stürzte er alles Leben unter dem Himmel in Finsternis.

Cordic rannte schneller. Die dunkle Wahrheit holte ihn dennoch ein. Bald musste er sich seinen Brüdern stellen. Als Ausgestoßener. Ohne

Ehre. Als Sohn eines Verräters, der bei den Feinden seines Volkes untergekrochen war, um sich von ihnen ebenso hassen zu lassen.

Der Gedanke vergiftete jeden Atemzug.

Sein Vater hätte ihn lieber die Felsen hinabstoßen sollen, als ihn in die Obhut eines Grenzgängers zu geben.

Zwischen den Baumstämmen schimmerten die Feuer der Wachen. Trotz seiner Last huschte er unbemerkt an den Männern vorbei. Die Waldleute würden es nie lernen, der Dunkelheit zu lauschen. Ob sie sich Grenzgänger nannten oder nicht. Ein khatalahischer Krieger hätte ihm längst den Kopf abgeschlagen.

Deshalb verachteten ihn die Grenzgänger, weil sie wussten, dass er ihnen überlegen war und sie ihn fürchteten.

Der trotzige Stolz tat gut. Er legte sich wie Balsam auf die Wunden, die ihm Nehrits Krieger täglich in die Seele schlugen.

Cordic rannte bis zur Mitte des Lagers. Das Lazarettzelt war noch nicht errichtet worden. Das lohnte sich lediglich vor Beginn einer Schlacht. Ohrat würde mit Nehrit Wein trinken. Der Heiler gehörte zu den engsten Freunden des Ersten Mannes.

»Bleib stehen.« Ratil trat ihm mit gezogener Klinge in den Weg. Bei jedem Wort klaffte sein gespaltenes Kinn. »Nehrit empfängt keine Nachtfresser.«

»Hast du dir das Hirn zersoffen? Ich bin's!« Wie konnte Nehrit einem halb blinden und tauben Kerl wie Ratil sein Leben anvertrauen?

»Cordic?« Der Alte kniff die Augen zusammen. »Ich hätte dir fast deinen Bauch durchlöchert.«

»Einen Dreck hättest du.« Dazu war er zu langsam.

»Komm mir nicht frech.« Misstrauisch glitt sein Blick zu der Lichten. »Wer ist das und was will sie hier?«

»Denkst du, sie vertraut sich einem wie mir an?« Das Entsetzen in den goldenen Iriden war ihm nicht entgangen. »Ich muss zu Ohrat. Sie bekommt ein Kind und braucht seine Hilfe.«

»Verarsch mich nicht.« Der Gardist baute sich vor dem Eingang des Zeltes auf. »Die blonden Haare sind ein Trick. Die Lichten sind zu feige, um sich in die Wälder zu wagen.«

»Sieh dir ihre Augen an, verdammt!« Am liebsten hätte er den Kerl niedergeschlagen.

Ratil klappte eines der blassen Lider hinauf. »Verflucht noch eins. Die sind golden.«

»Warum sollte ich lügen?«

»Weil du ein verderbter Nachtfresser bist und nicht einmal weißt, wie *Wahrheit* geschrieben wird.«

»Wenn du nicht sofort beiseitetrittst, schneide ich dir in den Zeichen meines Volkes *Wahrheit* so tief in die Stirn, bis dein Gehirn raustropft!« Wollte Ratil die Lichte sterben lassen?

Der Alte musterte ihn von oben bis unten. »Du bist bloß hier, weil uns Nehrit dazu zwingt. Sonst würde keiner von uns sein Brot mit dir teilen.« Er spuckte aus. »Mir ist ein Rätsel, woher du deine Arroganz nimmst. Nicht einmal die Bastarde ertragen dich. Das sollte dir zu denken geben.«

»Ich bin ein Clankrieger!« Langsam wurde die Last in seinem Arm schwer. »Natürlich hassen mich die Schwarzblüter.« Reiner Neid. Sie würden nie zu einem Clan gehören. Deshalb verdingten sie sich bei den Grenzgängern. Sie kannten kein Zuhause, besaßen niemanden, der sich um sie scherte.

Ebenso wie er. Jeder Einzelne seiner Sippe war von Rag ausgelöscht worden.

Ein Stein senkte sich auf sein Herz.

»Ein Clankrieger?« Ratil lachte heiser auf. »Das Balg eines Verräters bist du. Das wissen alle.«

Eines Tages würde er Ratils Kinn bis zum Nasenbein spalten.

»Was ist da draußen los?«, donnerte Nehrits Stimme aus dem Inneren des Zeltes. »Wie soll ich mich bei dem Lärm gepflegt besaufen?«

»Cordic hat eine halb tote Lichte angeschleppt«, brüllte Ratil zurück. »Er will zu dir!«

»Eine Lichte?«

»Kann auch ein Trick sein.«

»Scheiß auf dein Misstrauen, Ratil! Lass den Jungen rein!«

»*Junge*«, murmelte Ratil und spuckte erneut aus. »Mir ein Rätsel, dass Nehrit bei dir beide Augen zudrückt.« Mit verzogenem Mund schleuderte er die Plane zurück.

Cordic stürmte an ihm vorbei. Der Geruch nach altem Schweiß überdeckte den Duft des Weines bei Weitem.

»Immer derselbe, der Ärger macht«, brummte der Erste Mann, ohne ihn dabei anzusehen. »Es scheint, deine Dienste werden gebraucht.« Er stieß Ohrat an, dessen Kopf auf die Brust gesunken war.

Der zuckte zusammen, sah sich schmatzend um. »Was ist los?«

Er war betrunken.

Verfluchte Disziplinlosigkeit der Waldleute. Der Erste Mann eines khatalahischen Clans hätte es niemals gewagt, während eines Kriegszuges auch nur am Hals einer Weinflasche zu riechen. Dasselbe galt für den Heiler.

Ohrat rappelte sich auf. »Leg sie dorthin.« Er wies auf Nehrits Lagerstatt. »Die Lichten sind zerbrechlich. Der harte Boden ist nichts für sie.«

Immerhin hatte er sie als das erkannt, was sie war.

»Das Weib soll mein Bett vollbluten?« Rülpsend wedelte Nehrit mit der Hand, als wollte er eine Fliege verscheuchen. »Wag es ja nicht!«

Cordic ignorierte ihn. »Das Kind ist zu groß.« Vorsichtig bettete er die Frau auf weiche Felle. »Ich habe es gefühlt.«

Ohrat hob die Brauen. »Schade um die Kleine. Dann wird sie uns kaputtgehen.« Er fasste in den Ausschnitt ihres Kleides, zerriss es bis unten hin.

Wie ein blasser Berg wölbte sich der Bauch in die Höhe.

»Da sie nicht in der Lage ist, eine Entscheidung zu treffen, wirst du mir sagen, wen ich im Zweifel retten soll.« Ohrat sah ihn von der Seite an. »Mutter oder Kind?«

»Beide.« Sie war so zerbrechlich wie ein gläsernes Windspiel.

»Man kann nicht alles haben.« Ohrat tauchte die Hände in Nehrits Wasserbecken, seifte sie sich bis über die Gelenke ein. »Noch einmal: Mutter oder Kind?« Er spülte den Schaum ab und schleuderte die Tropfen von seinen Fingern. Sein Rausch schien verflogen zu sein.

»Bemühe dich um beide. Wird es eng, rette die Frau.« Es fiel leichter, Mitgefühl für jemanden zu empfinden, den man bereits kannte.

»Na dann wollen wir mal.« Der Heiler stellte die dünnen Beine der Lichten auf. »Setz dich hinter sie. Du wirst mir assistieren.«

»Was?« Er war ein Krieger. Keine Hebamme.

»Hinsetzen«, befahl Ohrat. »Lehne ihren Oberkörper an deine Brust und greife ihr unter die Kniekehlen.«

»Ich geh dann mal«, brummte Nehrit und erhob sich schwerfällig. »Viel Spaß beim Vollgeblutetwerden. Wenn euch von ihren Schreien die

Ohren klingeln, beschwert euch nicht bei mir.« Fluchend schlurfte er aus seinem Zelt.

Ohrat sah ihm nach. »Seine Frau ist auch eine Lichte. Sie hat ihm einen Sohn geboren, aber frag nicht, wie. Ich dachte, sie stirbt mir unter den Händen. Nehrit hat gedroht, mir in dem Moment den Kopf abzuschlagen, in dem ihr Herz aufhört zu schlagen.« Er verzog den Mund zu einem schiefen Grinsen. »Junge, ich habe in diesem Augenblick um drei Leben gekämpft.«

»Dein Kopf steckt zwischen den Schultern.« Demnach lebte Nehrits Frau.

»Zum Glück.« Ohrat schlug der Lichten unsanft auf die Wange. »Hey, Mädchen! Du musst ein bisschen mithelfen.«

Ihre Lider flatterten.

»Augen auf!« Ohrat klatschte ihr auf die andere Seite. »Wie heißt du?«, fragte er, kaum dass sie zu sich gekommen war.

»Liane«, kam es schwach zwischen ihren blassen Lippen hervor. »Wo bin ich?«

»In mehr oder weniger fähigen Händen.« Der Heiler nickte zu ihm. »Das da ist Cordic. Ich hoffe, es stört dich nicht, dass dir ein Nachtfresser die Schenkel spreizt.« Er griff zum Weinkelch, nahm einen großen Schluck. »Keine Angst, es dient einem guten Zweck.« Mit dem Handrücken wischte er sich die tropfenden Lippen.

Liana sah zu Cordic, und er lächelte nur, um sie zu beruhigen. Sein Herz donnerte in seiner Brust. Er war nie bei einer Geburt dabei gewesen, geschweige denn hatte er geholfen, ein Kind auf die Welt zu bringen.

Wie ihm Ohrat befohlen hatte, fasste er unter Lianes Knie und zog ihre Beine näher zu sich.

»Ich habe Angst«, flüsterte sie. »So furchtbare Angst.«

»Es wird alles gut werden.« Sie würde die Lüge nicht erkennen. Niemand log besser als ein Clankrieger.

Ohrats Hand verschwand in ihrem Schoß.

Liane keuchte erschrocken.

»Gemach, Teuerste. Ich kontrolliere bloß die Lage deines Kindes. Wenn du bereits jetzt vor Scham vergehst, wird das Folgende kein Vergnügen für dich.« Er zwinkerte ihr über den dicken Leib hinweg zu. »Das wird es zwar ohnehin nicht, aber na ja.«

Ein Beben fuhr durch ihren Körper. Sie schnappte nach Luft, schrie, bis Cordics Ohren klingelten.

Davon hatte Nehrit also gesprochen.

»Pressen«, brüllte Ohrat. »Und nicht in den Kopf, du Verrückte!« Liane lief dunkelrot an, schien seine Worte nicht zu hören.

Cordic ließ ihre Beine los, legte beide Hände auf ihren Bauch. Vorhin hatte er das Kind erspürt. Hatte gefühlt, wie die kleine, eigenwillige Seele durch seine Fingerspitzen kribbelte.

»Nach unten«, flüsterte er Liane und dem Baby zu.

Liane wimmerte, hob die Arme über ihren Kopf und schlang sie fest um seinen Nacken. »Hilf mir«, flehte sie. »Und lass um aller Weisheit willen deine Hände auf mir liegen.«

Es tat ihr gut. Trotz seiner Nervosität musste er lächeln. Die Gabe seines Volkes wurde selten dazu benutzt, Linderung zu verschaffen.

»Hör mal, Liebchen.« Ohrat schleuderte sich die verfilzten Haare zurück. »Wenn ich das nächste Mal *pressen* sage, machst du das auch. Aber nach unten, oder willst du dein Kind aus deinen Ohren quetschen?«

Liane nickte, holte tief Luft. »Es fängt wieder an«, schluchzte sie und wurde steif in Cordics Umarmung.

Er blendete ihre Schreie und Ohrats Fluchen ebenso aus wie seine Angst. Unter seinen Fingern bewegte sich taufrisches Leben. Energisch kämpfte es sich durch Enge und Dunkelheit, geführt von Lianes Schmerzen und seiner Berührung.

Er zählte nicht mit, wie oft Liane mit ihrem Hinterkopf an sein Kinn schlug, nahm nur am Rande den Blutgeschmack auf seiner Zunge wahr.

Er fühlte ihren Herzschlag an seiner Brust und einen schnellen, kraftvollen Puls an seinen Fingerkuppen. Ihr Kind war so viel stärker als sie. Es würde leben, gleichgültig, was mit seiner Mutter geschah.

Liane verstummte. Schlaff fiel sie zurück in seinen Arm. Auch wenn ihr Herz schwächer pochte, er spürte es nach wie vor.

»Sie hat sich eine Pause verdient.« Ohrat wischte sich über die schweißnasse Stirn und verteilte dabei rote Schlieren. »Ein Mädchen.«

Ein blutbeschmiertes Bündel ballte die Fäustchen, holte Luft und krähte aus voller Kehle.

Ohrat lachte. »Die schafft das. Aber du siehst ziemlich blass aus.«

Cordics Hände zitterten, als er hinter Liane wegrutschte und sie vorsichtig hinlegte. »Gib mir deinen Wein.« Er hatte ihn bitter nötig.

Ohne den Blick von dem Baby zu nehmen, reichte ihm Ohrat den Krug. »Sie hat goldene Iriden.«

Weshalb sah er plötzlich so erschrocken aus? Die Mutter des Mädchens war eine Lichte. Natürlich strahlten die Augen des Kindes in der Sonnenfarbe ihres Volkes.

Ohrat wischte mit einem Lappen das Blut von dem kleinen Kopf.

Tiefschwarz, wie die Federn eines Raben, standen verschmierte Haare in alle Richtungen ab.

»Das kann nicht sein«, sagte Ohrat leise. »Nehrits Sohn ist schon ein halbes Wunder. Normalerweise pflanzen sich die Lichten nur untereinander fort, und das bloß mit jeder Menge Glück. Nicht umsonst schwindet ihr Volk von Jahr zu Jahr mehr. Aber dass in einer Lichten der Same eines Nachtfressers gedeiht, ist unmöglich.«

»Und wenn es ein Schwarzblut gewesen ist?« Die Bastarde, die auf Rags Seite kämpften, nahmen sich an Frauen alles, was ihnen über den Weg stolperte. Wer wusste, was danach mit ihren Opfern geschah? Überlebten sie, würden sie ihre Schmach nicht an die große Glocke hängen, sondern das Kind nach der Geburt ertränken.

Etwas Ähnliches hatte Liane von ihm verlangt.

Ihm wurde kalt.

»Auch davon habe ich nie gehört.« Langsam schüttelte Ohrat den Kopf. »Licht und Schatten teilen nie denselben Platz. Das weißt du.«

»In der Theorie.« Das Leben war Praxis, und die machte, was sie wollte.

»Hast du mir nicht zugehört?«, donnerte der Heiler und hievte dadurch das Krähen des Säuglings auf ein ohrenbetäubendes Niveau an. »Was da liegt und brüllt, dürfte nicht existieren. Es widerspricht den Gesetzen der Natur!«

»Es liegt aber vor uns und brüllt.« Demnach scherte es sich einen Dreck um Gesetze. »Befrei es von seiner Mutter und finde dich damit ab.«

»Er versteht mich nicht«, murmelte Ohrat und wickelte einen dünnen Flachsfaden um die Nabelschnur. »Wie sollte er? Seit wann wissen Nachtfresser etwas von Wissenschaft?«

»Redest du mit mir?«

»Nein, ich rede *über* dich.« Er durchschnitt die Nabelschnur.

Cordic wurde flau.

»Die Lichten sind anders als du und ich. Zwar hängt an ihren Knochen Fleisch, und sie bluten, wie man sieht.« Er nickte zu Lianes verschmierten Schenkeln. »Aber es heißt, sie beherrschen das Licht der Sonne. Können es lenken, darüber befehlen.« Er wickelte die Kleine in ein Tuch. »Manche behaupten, sie bestehen daraus.«

Das ungute Gefühl in Cordics Magen verstärkte sich. Seltsam, er hatte oft die Verletzungen anderer Krieger versorgt. Dabei war ihm nie übel geworden. Doch der Anblick des blutenden Schoßes ließ seine Knie weich werden.

Er setzte den Krug an, leerte ihn, bis er den Grund durch den Wein schimmern sah.

»Das ist ein Gerücht.« Dasselbe in leichter Abwandlung erzählten die Wald- und Steppenleute über die Khatalaher. Sie wären aus Finsternis erschaffen worden, und wenn man nachts alle Laternen und Fackeln entzündete, könnten sie einem nichts antun.

Schwachsinn. Jeder Clankrieger liebte das Feuer. Es war ein verlässlicher Verbündeter gegen Dunkelheit und Kälte, und nichts schüchterte mehr ein als eine Horde Khatalaher, die, Fackeln vor sich hertragend und Schlachtgesänge brüllend, einen immer enger werdenden Kreis um den Feind zogen.

»Halt mal.« Ohrat drückte ihm das Baby in den Arm. »Ich muss mich um die Mutter kümmern.«

Die goldenen Iriden fanden Cordics Blick sofort. Das Kind zog eine Schnute, presste sein Fäustchen dagegen und begann daran zu nuckeln. Das dunkle Blut Khatalahs strömte ihm so kraftvoll durch die Adern, dass Cordic erschauderte. Es war kein Bastard gewesen, der das Mädchen gezeugt hatte, sondern ein überaus mächtiger Krieger.

Sacht wiegte er das Kind im Arm.

Dass etwas Schrumpliges und Schmieriges so wunderschön sein konnte.

»Als wir durch Silberbach ritten, hörte ich ein Gerücht.« Ohrat tauchte einen Lappen in das Wasserbecken und wrang ihn aus. »Die Tochter des Ersten Rektors der Lichten wäre aus der Glasstadt geflohen und beim Angriff der Clankrieger umgekommen. Das war vor etwa neun Monaten. Zur selben Zeit, als uns der erste Hilferuf der Lichten erreichte.« Vorsichtig begann er, Liane zu reinigen. »Rate, wie Mahkis' Tochter heißt.«

»Liane?« Bei allen Finsternissen! Offenbar hatte sie trotz des Gerüchtes überlebt.

»Wenn Mahkis von seiner Enkelin erfährt, wird er alles Mögliche mit ihr anstellen, doch ihr sicherlich nicht verzückt in die Apfelbäckchen kneifen.«

»Was meinst du damit?« Sacht streichelte Cordic mit dem Daumen über die rosigen Wangen. »Die Lichten sind friedfertig.« Schon deshalb, weil sie zu schwach waren, ein Schwert auch nur anzuheben.

»Physisch ja.« Ohrat hielt inne, betrachtete die Kleine versonnen. »Aber mental?« Er schüttelte zweifelnd den Kopf. »Ich habe seltsame Dinge von den Methoden der Rektoren gehört. Frag Nehrit dazu. Der hält nicht das Geringste von deren Weisheitslehren und Erziehungsmethoden.«

»Du denkst, ihr Großvater würde ihr etwas antun?« Das Kind konnte nichts für die Verwerflichkeit des Vaters.

»Ich denke, er wird seine Enkelin entweder in die Wüste verbannen, bis sich der kleine Körper in Sand verwandelt, oder er wird ihren Geist solange dem Licht aussetzen, bis es den letzten Rest Finsternis aus ihm herausgebrannt hat.«

Cordic drückte Lianes Tochter fester an sich. »Das einzige Licht, das wir lieben, ist der Widerschein der Flammen auf unseren Klingen.« Die Worte seines Vaters verstärkten die Sehnsucht nach ihm, bis es schmerzte. Unter Meruts Führung hätte sich kein Clankrieger auf den Weg in den Süden gemacht. Schon gar nicht, um ein schwaches Volk zu knechten. Kämpfe brachten nur Ruhm und Ehre ein, wenn der Gegner ebenbürtig war.

»Wie ein wahrer Krieger gesprochen.« Ohrat lachte. »Aber so schlimm ist es nicht. Ich besuchte einst das nördliche Grenzland und weiß, wie betörend schön eure Sonnenaufgänge sind.«

»Das ist etwas anders.« Jeder Strahl wurde durch die Schatten der Felswände gemildert. Ebenso wie die endlosen Wälder des Grünen Landes das Licht filterten. Die Stadt aus Glas jedoch lag inmitten einer Wüste. Nur gleißendes Leuchten von einem wolkenlosen Himmel, das die Augen versengte und mit Tränen flutete.

Rags Horden verbargen sich in den Steppen des Umlands und griffen meist während der Nacht an. Selbst die Schwarzblüter vermochten es nicht, der Helligkeit standzuhalten.

»Das Mädchen ist ein Wunder.« Ohrat klang ungewohnt mild. »Oder ein Verhängnis. Wir werden sehen.«

»Ich zeige ihm die Nacht.« Lianes Tochter gehörte zur Hälfte zu seinem Volk. Sie würde die sanfte Dunkelheit lieben und es genießen, wenn ihr das Licht der Sterne über die Wangen streichelte.

Er schnappte sich einen vollen Krug und überhörte Ohrats unflätigen Protest. Er galt dem entwendeten Wein, nicht der Entführung des Kindes.

Draußen empfing ihn klare Nachtluft. Eine Wohltat nach der stickigen Wärme des Zeltes.

Er ignorierte Ratils Gefasel, durchschritt das Lager bis zu dessen Rand, und setzte sich an den Stamm einer Linde.

»Ich werde mit deiner Mutter über deine Zukunft sprechen müssen, Goldaugenmädchen.« Er hatte geholfen, das Kind auf die Welt zu holen. Also war er auch ein Stück weit verantwortlich für sein Wohl. »Niemand wird dir ein Leid antun. Weder dein Großvater noch dein Vater.« Ob er den Krieger kannte, der Liane unter sich gezwungen hatte? Fand er heraus, wer es gewesen war, würde er ihm den Dolch bis zum Heft ins Herz rammen.

Die Kleine nuckelte so heftig an ihrem Fäustchen, dass es schmatzte.

»Soll ich dir ein Lied vorsingen? Mein Volk liebt Lieder. Je schauriger und blutrünstiger, desto besser.« Obwohl, ein Schlachtengesang wäre die falsche Wahl. Eine Weise, um die Liebste zu umwerben, ebenfalls. Ein Baby hatte keine Verwendung für die in Verse gebannte Glut khatalahischer Leidenschaft. Auch dann nicht, wenn sein Erbe zur Hälfte aus dem Norden stammte.

Das Lied von Schatten und Licht. Es passte perfekt zu dem Mädchen.

»Hör mir zu. Ich singe dir von den Mysterien unserer Heimat vor.«

Das Schmatzen verstummte.

Cordic räusperte sich. Es war schwirig, leise zu singen. Die meisten Lieder, die er kannte, wurden geschmettert. Bis auf die Liebeshymnen, doch dazu hatte sich bisher bei ihm keine Gelegenheit ergeben.

»*Licht und Schatten verließen das Nichts.*
Sie umschlangen einander, liebten sich.
Aus ihrer Mitte heraus wurde ein Vogel geboren,
Die Schwingen aus Freiheit, die Krallen aus Gier.

Er legte ein Ei und gebot dem Wind, es auszubrüten.
Der spielte damit, ließ es fallen.
Ein Traum fing es auf. Umschlang und hütete es.
Bis es in der Mitte zersprang.
Zwei Brüder entstiegen den Scherben.
Der eine trank Schatten, der andere Licht.
Sie fingen den Wind ein zur Strafe für seine Unachtsamkeit.
Seine Tränen schwemmten das Leben aus dem Nirgends ins Hier.
Es fühlte sich einsam und weckte den ungeborenen Tod.
Der streckte sich von Nord nach Süd, von Osten nach Westen, von den Tiefen bis zu den Himmelshöhen und verschlang alles, was der Traum gebar.
Der Wind grämte sich mehr und mehr.
Lausche seinem Wehklagen über den Gipfeln Khatalahs.«

»Ist das nicht zu schwere Kost für einen Säugling?« Ahfid setzte sich neben ihn. »Kennst du keine Wiegenlieder?« Er steckte sich eine der braunen, mit Silber durchzogenen Strähnen hinters Ohr und grinste spöttisch. »Nehrit lässt verkünden, du hättest deinen Posten als Späher aufgegeben und wärst Hebamme geworden.« Er linste in das Bündel in Cordics Arm. »Ein Lichtenkind, aber verdammt proper. Den Gerüchten nach bekommen deren Frauen nur kleine Elfen.«

Cordic streifte das Tuch von dem Köpfchen. Auch im dämmrigen Schein der Lagerfeuer würde Ahfid die schwarzen Haare erkennen.

»Beim ewigen Grün«, murmelte der und strich mit dem Finger über die weichen Stacheln. »Deshalb ist die Frau in den Norden geflohen.«

Das Baby schob das Fäustchen tiefer in den Mund.

»Und ein ungewöhnlich dunkelhaariger Mann aus dem Waldvolk kann es nicht gewesen sein?«

So zweifelnd wie er klang, nahm Ahfid die Frage selbst nicht ernst.

Die Waldleute glichen den Bäumen ihrer Heimat. Groß, kräftig, die Gesichter wie geschnitzt und die Haare in allen erdenklichen Holztönen. Kein Blond, kein Schwarz. Manchmal ein sanfter Rotton, der sich ins Braun mischte, so wie bei Ahfid.

Er kitzelte die runde Wange, und plötzlich wurde sein Finger von einem angesabberten Fäustchen geschnappt. »Hey, die ist stark.« Ahfid lachte.

»Wie ihr Blut.«

»Sag das nicht zu laut.« Er befreite sich aus der winzigen Umklammerung. »Sonst heißt es, das Kind wäre von dir. Du weißt, wie zäh sich schwachsinnige Gerüchte halten. Vor allem in einer Kriegerhorde. Und wenn einer der anderen sieht, wie verliebt du der Kleinen zulächelst, ist das Wasser auf den Mühlen der Lästermäuler.«

»Unsinn.« Er war zu vielem bereit, was bei den Waldleuten als verwerflich galt. Aber er würde niemals eine Frau unter sich zwingen.

»Wie dem auch sei. Weder die Mutter noch das Kind haben hier etwas verloren.« Ahfid runzelte die Stirn. »Je länger ich dem Mädchen in die Goldaugen sehe, desto mehr beschleicht mich ein seltsames Gefühl. Ich könnte wetten, dass es Ärger nach sich zieht.«

»Es ist nur ein Baby.«

»Ein unmögliches Baby.«

»Es ist winzig.«

»Lass uns wetten.« Ahfid tippte auf Cordics Handgelenk. »Um diesen Goldreifen.«

»Vergiss es.« Sein Freund wusste, dass es sich um den Geburtsreif einer Lichten handelte.

Die Erinnerung, auf welche Weise er das Schmuckstück erhalten hatte, senkte sich wie ein Schatten auf seine Seele.

»Hey, es war ein Scherz.« Ahfid stieß ihn in die Seite. »Einer deiner Silberringe reicht mir, du eitler Pfau.«

»Du bist neidisch, dass ich als geächteter Clankrieger mehr Schmuck besitze als du.« Was keine Kunst war. Ahfid war ein Ausbund an Bescheidenheit. Selbst seine Gürtelschnalle war so schlicht, als gehörte sie an die Hose eines Stallknechtes.

»Ja genau.« Ahfid schnaubte. »Ich beneide dich brennend um deine Klunker. Gleich nach deinen langen Haaren. Wieso macht ihr euch wie Mädchen zurecht?«

Hätte Cordic eine Hand freigehabt, hätte er sie seinem Freund aufs Kinn geschmettert.

Der schien es zu ahnen, denn er duckte sich feixend. »Schon gut, ich weiß, dass das eine ein Zeichen eurer Männlichkeit ist und das andere euren Wert als Krieger symbolisiert. Dummerweise wird dir niemand hier einen Ring anstecken. Gleichgültig wie viele Feinde du in den Staub wirfst.«

In einem khatalahischen Clan gebührte es dem Ersten Mann, seine Krieger nach einer erfolgreichen Schlacht mit einem Schmuckstück auszuzeichnen. Je ruhmreicher sie gekämpft hatten, umso größer und prachtvoller fiel das Geschmeide aus. Es gab Männer, die sich mit breiten Goldarmbändern schmückten, die bis zu den Ellbogen reichten.

Cordic besaß lediglich ein paar Silberringe an den Fingern. Abschiedsgeschenke seines Vaters.

Bis auf den goldenen Reif.

»Der! Der ist es!«, kreischte eine hohe Frauenstimme. »Der hat mein Täubchen entführt!« Gefolgt von einer der Wachen eilte die alte Lichte heran.

»Siehst du«, sagte Ahfid leise. »Der Ärger beginnt bereits. Ring her.«

Fluchend streckte Cordic den Finger aus.

Ahfid zog mit einem überheblichen Grinsen den Schmuck ab und steckte ihn sich auf.

»Wo ist Liane?«, wetterte die Frau. »Wo ist mein Täubchen?«

»Ich habe deiner Herrin geholfen.« Das wusste das Weib.

»Du hast sie geschnappt und bist weggerannt!« Die Frau ballte die Fäuste.

Woher stammten die Gerüchte, dass die Lichten friedfertig wären?

Ihr Blick fiel auf das Bündel in seinem Arm. »Ist das ihr Kind?«

»Na, was denkst du?« In Nehrits Horde war niemand jünger als der kleinste Knappe und auch dem sprossen bereits Flusen am Kinn.

Sie wollte es ihm abnehmen.

Cordic hielt es fest. Das Mädchen war etwas Besonderes. Es benötigte Schutz. In den dürren Armen der Lichten fand es den nie und nimmer.

Die Frau funkelte ihn wütend von unten an.

Sie war mutig.

»Gib es ihr. Sie fordert dich sonst heraus.« Ahfids Mundwinkel zuckten.

Alles in ihm sträubte sich, das Bündel abzugeben.

Die kleine Stirn zerfurchte sich, die Beinchen strampelten in den Tüchern. Ein zorniges Krähen erfüllte die Nacht, kaum dass die Alte das Kind in ihren Händen hielt.

»Siehst du? Es will nicht zu dir.« Bei ihm war das Mädchen friedlich gewesen.

Ahfid lachte. »Komm, ich führe dich zu deiner Herrin.« Er warf Cordic einen Spottblick über die Schulter zu, während er mit der Frau auf Nehrits Zelt zusteuerte.

Das Krähen wurde leiser, doch es endete nicht.

Sollte das Mädchen allein mit den Frauen in den Wäldern umherirren? Fiel es khatalahischen Spähern in die Hände, war es verloren. Wegen seiner Einzigartigkeit würden sie es zum Grauen Horn schleppen und es Rag vor die Füße legen. In Khatalah wurden Bastarde weit weniger nachsichtig behandelt als im Grünen Land. Das Kind würde entweder seinen ersten Geburtstag nicht erleben oder eine Zukunft zwischen Demütigungen und Knechtschaft vor sich haben.

»Was soll ich tun?«, fragte er die Nacht.

»Es mir geben.«

Cordic fuhr zusammen. Wie aus dem Boden gewachsen stand eine Alte vor ihm. Grau wie ein Eissee, gebeugt wie ein Sturmbaum. Ein Gesicht, als hätte der Winter Furchen durchs Fleisch gezogen. Auf ihrer knochigen Schulter hockte ein Rabe. Größer, als er je einen dieser Vögel gesehen hatte.

»Ich folge den beiden Lichten seit langem durch die Wälder«, krächzte sie. »Der Wind hat mir das Kind angekündigt, seit es der Vater in den zerbrechlichen Schoß gerammt hat.«

»Wer bist du?«

»Jetsuba.« Ahfid trat aus den Schatten. Sein Blick glitt über die dürre Erscheinung, eine Falte teilte seine Stirn. »Eine Hexe, eine Heilerin, eine Verrückte. Such dir was aus.« Seine Worte waren an Cordic gerichtet, obwohl er Jetsuba nicht aus den Augen ließ. »Eine Zeit lang hat sie in der Nähe des Hortes gewohnt, in dem ich geboren worden bin.«

»Ahfid!«, rief die Frau erfreut. »Wie geht es deinem Großvater?«

»Er ist tot.«

»Das ist sein gutes Recht. Er war damals schon alt.« Sie stützte sich auf ihren Stock, musterte sie beide abwechselnd. »Ich bin gekommen, um das Schattenlichtkind in Sicherheit zu bringen. Weder bei den Lichten noch im Norden wird es überleben, doch eines Tages werden wir es brauchen. Unversehrt und stark.«

»Wovon redest du?« Die Frau war ihm unheimlich.

»Von den Gerüchten, die mir der Herbstwind zugetragen hat«, wisperte sie. »Von einem tödlichen Gleißen im Süden. Die Lichten sind es leid, die Opferlämmer für Rags Gier zu sein. Sie vertrauen nicht mehr den Grenzgängern, die immer öfter den dunklen Horden unterliegen. Sie haben etwas erschaffen.« Sie humpelte auf Cordic zu. »Etwas, das du bald spüren wirst, mein stolzer Nachtfresser.«

»Nenn mich noch einmal Nachtfresser, und ich schneide dir deine welke Zunge aus dem Mund.« Es war demütigend genug, wenn ihn die Grenzgänger mit dem Schmähwort bedachten. Ahfid hatte es nie benutzt. Auch einer der Gründe, weshalb Cordic ihn schätzte.

Die Alte hob die Brauen. »Ist dir Clankrieger lieber? Oder Khatalaher? Das Wort rollt schlecht über die Lippen, findest du nicht?« Sie runzelte die Stirn. »Khatalaher«, murmelte sie und betonte dabei jede Silbe. »Eindeutig zu viele h's an den falschen Stellen. Zu kompliziert. Warum nennt ihr euch nicht Nordvolk? Das ist simpel und einprägsam.«

Die Frau spielte mit ihrer Gesundheit. »Khatalah bedeutet, *aus dem Chaos geboren*.« Und dorthin würde er dieses Weib schicken, wenn sie nicht endlich ihren faltigen Mund hielt.

»Tut es das?« Eben jener Mund verzog sich im Spott. »Als ob ich das nicht wüsste, Junge!« Ihre dunklen Augen schienen Funken zu sprühen. »Ich trage endlose Jahre mit mir. Kenne das Nordland ebenso wie den Süden, bin übers Meer bis zum Ende der Welt gesegelt, um zu begreifen, dass es kein Ende gibt. Also spare dir deine Erläuterungen und höre mir zu. Denn was ich dir zu sagen habe, betrifft das Schicksal deines Volkes.«

Sie war übers Meer gesegelt? Das war unmöglich. Man stürzte am Rand in die Tiefe. Das wusste jeder.

»Als Liane verschwand und ihr Vater sie für tot hielt, flehte er die Wissenden an, die Lichten zu beschützen.«

»Die Wissenden?« Wer sollte das sein?

»Die Wanderer«, fauchte Jetsuba ungeduldig. »Jedes Ding hat so viele Namen, wie ihm die Menschen geben wollen.«

Die Wanderer. Es herrschten Gerüchte, dass sie aus Nebel bestanden und wie dieser in das Leben hinein- und hinaussickern konnten. Geister. Fahlhäutig, mit farblosen Haaren und Augen.

Cordic schauderte.

»Du fürchtest dich zu Recht, Clankrieger.« Die wie welkes Laub raschelnde Stimme senkte sich. »Nichts und Niemand ist gefährlicher als das diffuse, stets flüsternde und wispernde Volk. Es spaziert zwischen den

Welten, wie es ihm beliebt, und pflanzt seltsame Gedanken in dumme Schädel.«

»Sprich deutlicher.« Ahfids Hand lag auf dem Schwertgriff. »Dein Gefasel hilft uns nicht.«

»Ich rede von den Taten eines verzweifelten Vaters«, sagte Jetsuba ernst. »Ich rede von der Verbohrtheit übereifriger Rektoren. Von ihrem Bündnis mit den Wanderern und von einem Gleißen, das alles töten wird, was du kennst und liebst.«

Ahfid trat einen Schritt zurück. »Was ist das für ein Gleißen?«

»Eine Mauer aus Licht.« Ihr Kopf wackelte auf dem dürren Hals, als wollte er jeden Augenblick hinabrollen. »Sie schützt die Glasstadt und tröstet einen alten Narren über den Verlust seiner Tochter hinweg.«

»Seine Tochter lebt.« Nehrit musste nur einen Boten schicken, um Mahkis die Nachricht zu überbringen.

»Noch.« Die faltigen Lider der Frau senkten sich. »Der Winter steht vor der Tür. Er wird seine Frostfinger um das Waldland schließen und es lange Zeit nicht freigeben. Keine Lichte erträgt Kälte und Dunkelheit.«

»Moment.« Ahfid hob die Hand. »Was hat Mahkis' voreilige Trauer mit dem tödlichen Leuchten zu tun, von dem du sprachst?«

»Alles.«

Der Rabe schwang sich mit lautem Krächzen in die Luft, ließ sich auf Nehrits Zeltstange nieder.

»Er erstickt seine Angst dahinter, sperrt Feinde aus und Freunde ein.«

»Auch gut.« Dann mussten die Grenzgänger nicht mehr ihr Leben lassen, um die Lichten vor Rags Horden zu beschützen.

»Du dummer Nachtfresser!« Jetsuba schlug mit dem Stock nach ihm. »Ein loderndes Feuer frisst Holz, sonst gibt es weder Wärme noch Licht her. Mahkis muss seine Mauer ebenfalls füttern. Die Frage ist, mit was?«

»Und was hat das Mädchen damit zu tun?« In Cordics Kopf schwirrten abstruse Gedanken. Allein die Alte hatte sie ihm eingeschwatzt.

»Das wirst du sehen.« Sie schürzte die Lippen, nickte. »Oh ja, mein junger Clankrieger, Sohn des Merut, der Rag verraten wollte und scheiterte.«

Verflucht sollte sie sein! War seine Schmach bereits zu den Waldhexen vorgedrungen?

»Schicksalsfäden knüpfen sich niemals umsonst umeinander. Eines Tages erfährst du, wer am anderen Ende auf dich wartet.« Sie humpelte zu Nehrits Zelt.

Verrücktes Weib.

»Wenn sie dem Kind etwas antut ...« Er würde sie in Scheiben schneiden.

»Wird sie nicht.« Ahfid sah ihr nach. »Sie schätzt das Leben zu hoch, um es auszulöschen. Viel mehr beunruhigt mich das Gerücht von der Lichtmauer. Ein Stoßtrupp muss sich die Sache ansehen und versuchen, einen Blick auf diese Wanderer zu werfen.«

»Geister lassen sich nicht ausspionieren.« Ein leichter Schmerz zog sich von Cordics einer Schläfe zur anderen. Er massierte sie mit den Handballen, und das Ziehen ließ nach.

»Keine Geister.« So, wie Ahfid sprach, schienen die ihm lieber zu sein. »Sie öffnen die Tore zwischen den Welten.«

»Von welchen Welten, außer unserer, sprichst du?« Nahm ihn sein Freund auf den Arm?

»Keine Ahnung.« Ahfid zuckte mit der Schulter. »Wir sollten es herausfinden.«

»Erst morgen.« Das Ziehen in seinem Kopf wurde stärker. »Ich leg mich aufs Ohr.« Es war ein harter Tag gewesen.

Ahfid schlug ihm auf die Schulter und wünschte ihm eine friedliche Nacht.

Cordic ging zu dem Zelt, das er sich mit den Schwarzblütern aus Nehrits Horde teilte. Weder er noch sie freuten sich darüber, aber nach zahlreichen gebrochenen Nasen und zwei gewonnenen Duellen hielten sie ihren Hass auf ihn hinter den Lippen verschlossen. Letztendlich teilten sie sein Schicksal. Er war heimatlos, weil sein Clan ausgelöscht worden war, sie, weil sie als Bastarde nie zu einem gehört hatten.

Wie das Mädchen.

Nur ein Bastard.

Dennoch rauschte das dunkle Blut Khatalahs in einer Intensität durch den kleinen Körper, wie er sie nie zuvor gespürt hatte. Auch nicht bei den Mitgliedern der ältesten Clans.

Das Gemurmel verstummte, als er das Zelt betrat.

Feindselige Blicke hefteten sich auf ihn, hielten seinem jedoch nur einen Wimpernschlag lang stand.

Er legte sich auf sein Lager, drehte sich zur Plane. Kaum berührte sein Kopf das weiche Mufflonfell, fielen ihm die Augen zu.

Ein Kind mit goldenen Iriden und rabenschwarzen Haaren durchzog seine Träume wie eine längst vergessene Melodie.

Liane

Licht schimmerte auf dunklem Grün. Eine Zeltbahn.

Ein würziger Duft stieg ihr in die Nase. Jemand schob ihr eine Hand in den Nacken, hob ihren Kopf an.

»Trink etwas«, sagte eine vertraute Stimme.

Martha hielt ihr einen Becher an die Lippen. Während sie lächelte, rollte ihr eine Träne über die Wange. »Der Heiler meint, der Kräuteraufguss wäre gut für dich.«

Heiß und bitter rann es durch Lianes Kehle.

»Willst du dein Kind betrachten?«

»Nein.« Sie hatte genug Abscheulichkeiten in ihrem Leben ertragen müssen.

»Aber, aber.« Martha hob ein Bündel aus einem Korb. »Es hat deine Augen.«

»Dem Licht sei Dank.« Nie wieder wollte sie in Finsternis trinkende Iriden sehen müssen.

»Ein Mädchen.« Martha legte das Baby neben sie. »Gesund und munter.«

Fäustchen strampelten sich aus der Decke, der Blick der goldenen Augen suchte ihren.

Der Wunsch, einen Kuss auf die runde Stirn zu geben, streifte Liane nur flüchtig. Sie würde ihr Herz niemals an das kleine Wesen hängen. Allein seine Existenz widersprach sämtlichen Lehren ihres Volkes. Licht und Schatten vereinten sich nicht. Aus Ordnung und Chaos entsprang kein Leben, sondern Untergang und Tod.

Ihre Tochter hatte sich nicht darum gekümmert. Sie lag vor ihr, glückste vergnügt, als befände sie sich in Sicherheit.

Eine Illusion.

Martha kniff zärtlich in die Pfirsichwange, als wäre die Kleine ein Geschenk, aber das war sie nicht. Das Chaos hatte sie geformt, und die Erinnerung daran ließ Liane verzweifeln.

Auf den ersten Blick erinnerte nichts an den Vater. Doch hätte er Haare besessen, wären sie schwarz gewesen wie die weichen Igelstacheln.

»Ich wünschte, ich könnte es hassen.« Dann wäre es möglich, das Kind im Wald den Tieren zu überlassen.

Erschrocken sog Martha die Luft ein. »Sag das nicht! Hass zerfrisst unsere Seele und verstümmelt unseren Geist«, wiederholte sie die Lehren der Wissenden. »Leidenschaft quält uns, und unser Herz der Illusion der Liebe zu opfern, verhindert unser Aufsteigen zum Licht.«

Was wusste Martha von den Abgründen aus Hass und Leidenschaft, die in Lianes Herz tobten? Martha war alt und stets fügsam gewesen. Nie hatte sie sich etwas zuschulden kommen lassen. Nie hatte sie gegen die hehren Gebote des Hohen Rates verstoßen, geschweige denn die Lektionen der Wissenden ignoriert.

Aber Liane hatte es getan. Der Preis dafür war hoch.

»Lichtaugen.« Behutsam nahm Martha das Kind auf den Arm. »Wir könnten der Kleinen den Kopf scheren, dann merkt Mahkis ...«

»Lege Hand an das Kind und ich schneide sie dir ab!«

Liane fuhr zusammen.

Eine Frau betrat das Zelt. Ein Gesicht wie ein Schädel. Auf der knochigen Schulter hockte ein Rabe und klackerte mit dem Schnabel.

»Du hast es geboren, aber es gehört dir nicht.« Die Alte wand das Baby aus Marthas Arm.

»Wer bist du?« Martha wurde blass. Dennoch brachte sie den Mut auf, die Fäuste in die Seiten zu stemmen. »Gehörst du zu der Grenzgängerhorde?«

»Ich gehöre zu niemandem«, sagte die Frau mit einer Stimme, die Liane Schauder über den Rücken jagte. »Nur den Wäldern, dem Wind und dem Leben. Ebenso wie das Kind.«

Der schreckliche Rabe wippte auf und ab. Sein Anblick verscheuchte jeden vernünftigen Gedanken aus Lianes Geist.

»Wenn du einen Namen brauchst, nenne mich Jetsuba.« Sie kicherte, als stünde sie kurz davor, den Verstand zu verlieren. »Das Mädchen ist knackig wie ein Apfel.« Sie kniff ihm grob in die Wangen.

Es krähte wütend.

Ein Lächeln huschte über das Schädelgesicht. »So stark«, murmelte sie. »So sonnig und dunkel wie die schwärzeste Nacht. Kein Sturm vermag es, deine Wurzeln auszureißen, kein Frost ist kalt genug, um das Feuer deines Herzens zu löschen. Du wirst dem Licht die Hand reichen und im selben Moment die Finsternis küssen. Deine Schritte senken Leben in verdorrten Boden, dein Anblick weckt Hoffnung in den verstocktesten Seelen.«

»Was redest du da?« Liane raufte sich die Haare. Ein Gegenschmerz zu dem Druck in ihrem Inneren. »Verschwinde!«

»Nur mit dem Mädchen.« Der Blick der dunklen Augen senkte sich in Lianes Sein. »Ich weiß, wer der Vater ist.«

Liane ertrank in Schatten.

»Wenn er davon erfährt, wird er alles daran setzen, seiner Tochter habhaft zu werden. Ein Kind, das Licht und Finsternis in sich vereint, ist ein machtvolles Werkzeug.«

»Nimm es.« Liane wandte sich ab. Sie brachte es nicht über sich, die Alte länger anzusehen.

»Dann gib dem Mädchen, was ihm zusteht.« Die Frau streckte die Hand aus. »Deinen Geburtsreif.«

»Niemals.« Ihre Mutter hatte ihn ihr geschenkt. Jedes Kind der Lichten erhielt einen solchen Goldreif. Die Segenssprüche ihres Volkes waren darin eingraviert. »Ebensogut kannst du mein Leben fordern!«

»Das ist nichts mehr wert, Kindchen.« Knochige Finger hoben ihr Kinn an. »Der Tod hat dich bereits vor Monaten berührt. Nur weil er ein geduldiger Geselle ist, heißt das nicht, dass er dich entkommen lässt. Und jetzt gib mir den Reif. Du wirst kein zweites Kind gebären, dem du ihn schenken kannst.«

Liane streifte den Schmuck ab, schleuderte ihn von sich. »Nimm ihn und verschwinde!« Das Zelt drehte sich um sie. Kalter Schweiß lief ihr über die Stirn.

»Du wirst blass«, hörte sie die krächzende Stimme sagen. »Dein letzter Atemzug wartet auf dich. Genieße ihn in der Gewissheit, dass ich das Schattenlichtmädchen in Sicherheit bringen werde.«

Schwere legte sich auf Lianes Brust. Vor ihren Augen wurde es dunkel.

Ahfid,
Krieger der Grenzgänger

Die Alte humpelte aus dem Zelt, sah sich um und drückte das Kind an sich. Wie ein böser Traum hockte der Rabe auf ihrer Schulter. Sie flüsterte ihm etwas zu, und er stieg mit rauschendem Flügelschlag in die Finsternis.

Ahfid trat tiefer in die Schatten der Nacht. Jetsuba war ihm stets unheimlich gewesen. Was hatte sie mit dem Baby vor?

Ratil versperrte ihr den Weg. »Du bleibst, bis Nehrit entschieden hat, was mit dir geschehen soll.«

Jetsuba lachte dem Krieger ins Gesicht. »Nehrit entscheidet über dich. Nicht über mich. Und jetzt weg mit dir. Ich habe zu tun.«

»Das Kind bleibt.« Ratil warf sich in die Brust. »Solange, bis mir Nehrit etwas anderes sagt.«

Schwere Schritte näherten sich.

Nehrit tauchte aus der Dunkelheit auf, um gleich wieder darin zu verschwinden. Als er erneut auftauchte, stand er direkt neben Ahfid.

»Lauscht es sich gut?« Nehrits vernarbter Mund zog sich zu einem Grinsen. Genau genommen wurde das gesamte, zerrüttete Gesicht davon in Mitleidenschaft gezogen. Die Anzahl seiner Narben war beeindruckend.

»Mach dir nichts vor«, raunte der Erste Mann. »Sie weiß, dass wir beide uns wie die Idioten vor ihr verstecken. Diesem Mistweib entgeht rein gar nichts.«

»Woher kennst du sie?«

»Ich kenne sie nicht. Niemand tut das. Doch sie kennt mich und dich und den restlichen Sauhaufen, aus dem sich meine Horde zusammensetzt.« Nehrit kratzte sich am Bart, schüttelte den Kopf. »Da ist was im Gange, Ahfid. Ich spüre es in meinen Knochen, und es ist nichts Gutes.

Es heißt, die Nachtfresser würden sich in den Norden zurückziehen. Völlig ungeordnet und überstürzt. Dabei hatten sie Rakti und ihre Kriegerinnen fast in die Knie gezwungen.«

Wenn Jetsuba bisher nichts davon bemerkt hatte, belauscht zu werden, Nehrits Schnalzen änderte das.

»Und das will was heißen«, wisperte er dennoch. »Rakti mag ein Schwarzblut sein, aber sie ist unübertroffen als Strategin und als Schwertkämpferin.« Das Zwinkern war nur zu ahnen. »Von ihrer Schönheit abgesehen, doch damit schmücken sich diese Bastarde ja allesamt.«

»Weißt du, was der Auslöser für die Flucht der Khatalaher war?«

»Nein.« Nehrit zog den Rotz hoch, spuckte aus.

Beides geschah laut genug, dass ein Schlafender aufgeschreckt wäre.

Jetsuba verdrehte die Augen.

Ahfid bildete sich ein, sie seufzen zu hören.

»Sie sprach von einem geheimnisvollen Licht, das die Glasstadt umschließt.« Ahfid nickte in Jetsubas Richtung. »Es sei gefährlich. Insbesondere für die Clanleute.«

»Aha, dann sollten wir ...«

»Kommt raus.« Die Alte schloss die Lider, winkte genervt mit ihrer dürren Hand. »Man muss ohrenlos geboren worden sein, um euch ignorieren zu können.«

»Was habe ich dir gesagt?« Nehrit straffte die Schultern. »Diesem Mistweib entgeht nichts.«

»Du hättest leiser rotzen sollen.«

»Das hat damit nichts zu tun.« Nehrit setzte für seine Verhältnisse ein charmantes Lächeln auf und ging mit ausgebreiteten Armen auf Jetsuba zu. »Meine Teure! Welch Freude, dich zu sehen.«

Eine der eisgrauen Brauen schnellte in die Höhe. »Du kannst mich nicht ausstehen.«

»Macht ja nichts.« Nehrit verbeugte sich vor ihr und winkte hinter seinem Rücken Ahfid heran.

Nur ungern kam Ahfid dem gestikulierten Befehl nach.

Jetsuba hinkte auf ihn zu. Ihre Augen fixierten ihn, dass er ihren Blick bis in seine Seele spürte. »Ich brauche dich.« Ihre dürre Hand packte ihn am Mantelkragen und zog ihn nahe an ihr Gesicht. »Eines Tages schicke ich dir meinen Raben. Er wird dich zu mir führen.«

Hätte er bloß das Versteck nie verlassen. »Wohin bringst du das Kind?« Die Kleine rührte ihn. Selbst jetzt fühlte er ihren festen Griff um seinen Finger.

»Magst du Schlehen?« Die Alte ließ ihn los.

»Nicht unbedingt. Sie sind mir zu bitter.«

»Bitter ist gut«, murmelte sie. »Bitter ist Medizin und heilt. Genauso, wie das Mädchen das Waldland heilen wird.« Ohne sich von ihm oder Nehrit zu verabschieden, schleppte sie sich in die Dunkelheit.

Ahfid wollte ihr nach.

Nehrit hielt ihn zurück. »Sie ist eine grässliche Vettel, die mir Albträume beschert. Trotzdem haben ihre Pläne Hand und Fuß.«

»Ich weiß immer noch nicht, wohin sie mit dem Kind will.«

Nehrit zuckte mit den mächtigen Schultern. »Ist besser so.«

»Ein Grund mehr ...«

Lautes Wehklagen unterbrach ihn.

Die Lichte, die er zu Liane geführt hatte.

»War klar, dass es die Frau nicht schafft.« Nehrit runzelte die Stirn. »Ich werde eine Amsel zu Mahkis schicken. Ein Vater sollte vom Tod seiner Tochter erfahren.«

»Wirst du ihm von seiner Enkelin erzählen?«

Nehrit fuhr sich über den vernarbten Mund. »Ich wäre ein Schurke, hielte ich damit hinterm Berg. Er ist ihr Großvater, verdammt.« Er stapfte in sein Zelt.

Das Weinen darin wurde leiser.

Mahkis,
Erster Rektor des Hohen Rates der Lichten

»Es ist ein Segen.« Er legte die Hände auf die gläserne Brüstung seines Balkons. Unter ihm lag die Stadt dank der Mauer aus Licht friedlich und still. »Wie lange wird es dauern, bis das Licht die Dächer erreicht hat?«

»Ein paar Wochen, vielleicht auch einige Monate.« Der Wissende breitete eine Karte aus.

Ohne seine Hilfe wären die Lichten den dunklen Horden Khatalahs längst zum Opfer gefallen.

»Es kommt darauf an, wie viel Energie wir zufügen können, um den Großen Schutz zu speisen.«

»Der Große Schutz?« Welch treffende Bezeichnung.

Der Wissende lächelte. »Städte tragen Namen, ebenso berühmte Schwerter. Da dachte ich, der *Große Schutz* wäre passend.«

»Sehr passend.« Der strahlende Ring, der die Glasstadt weiträumig umschloss, behütete sein Volk vor Vandalismus und Tod. Immer, wenn er in das gleißende Flimmern blickte, schlug sein Herz höher und er war von Dankbarkeit durchdrungen.

Der Große Schutz. Er schenkte Frieden und Sicherheit vor den Gefahren außerhalb. Gier, Brutalität, niedere Belange, mit denen grobschlächtige Menschen den Geist der Lichten vergiften wollten.

Wahrlich, die Nachtfresser waren nicht die einzige Bedrohung. Es existierte jenseits der Wüste zu viel, das es darauf anlegte, jede Spur Kultur und Wissen hinweg zu schwemmen. Doch das war nun vorbei. Der Infektion von außen war Einhalt geboten worden, und der geistigen Entwicklung der Lichten stand nichts mehr im Weg. Jahrelang hatte er sich dafür aufgeopfert, hatte sich nie geschont. Selbst dann nicht, als Liane verschwand. Auf den Märkten im Steppenland hätte man sie gesehen. Sie hätte getanzt und sich unter die Gaffer gemischt, die ihre Zeit mit dem Ansehen frivoler Schauspiele und oberflächlicher Zaubertricks verschwendeten. Plötzlich waren die Horden wie ein Sturm über die Menschen hereingebrochen. Einer der Markttreibenden hatte sich hinter die Glasmauern gerettet. Er hätte Liane zwischen Staub und Asche liegen sehen. Tot. Ihre sonnenhellen Haare wären von Unrat besudelt gewesen, ihre seidenen Kleider von Blut beschmutzt, ihr zierlicher Leib geschändet.

Mahkis fasste sich an die schmerzende Brust.

Einst hatten ihn alle um seine Tochter beneidet. Schön wie der Tag, als wäre sie den Lenden des Urvaters entsprungen.

Sein einziges Kind. Wie hatte es ihn enttäuscht.

Er hatte sich verboten zu trauern und sich stattdessen stärker auf seine Aufgaben fokussiert. Im Bestreben, jeden Bewohner der Glasstadt zu einem vollkommeneren Menschen zu erziehen, war er dornige Wege gegangen. Doch seine Arbeit war leichter geworden, seitdem die Wissenden ihm beiseitestanden.

Welch ein würdiges Volk! Ein Vorreiter für sein eigenes?

Sein Herz klopfte schneller.

Ein Leben in Gleichmut und Mäßigung. Jedes Wort Wahrheit, jeder Gedanke Gerechtigkeit und Sinn. Aber dazu würde es nur kommen, wenn die Gefahren von außerhalb für immer gebannt wären.

»Es ist möglich, die unterirdischen Energieadern anzuzapfen.« Der Wissende strich sich die farblosen Haare hinters Ohr, beugte sich tiefer über die Karte. »Diejenigen, die ich aufspüren konnte, habe ich eingezeichnet. Es sind fünf Hauptadern, die von Nord nach Süd verlaufen. Ihre zahllosen Verästelungen lasse ich außen vor. Eine davon fließt unter der Glasstadt entlang. Sollte es mir gelingen, auf der Höhe des Großen Schutzes ein Loch zu öffnen, strömt die Energie ungebremst in die Lichtmauer.«

»Löcher?« Das klang eindeutig nach Makel.

»Es ist ähnlich wie bei den Toren zwischen den Welten«, erklärte der Wissende. »Man kann sie zwingen, sich zu öffnen. Das trifft sowohl für die kleineren zu, die sich innerhalb einer Welt befinden, als auch für die großen, die in andere Dimensionen führen.«

Mahkis glitten ehrfürchtige Schauder den Rücken hinunter.

»Stell es dir wie eine Ader vor.« Der Wissende tippte auf die gelb eingezeichnete Linie der Karte. »Wir stechen hinein und das Blut läuft heraus und versorgt den Großen Schutz. Nur dass es kein Blut, sondern Lebensenergie ist.« Er faltete die Karte zusammen. »Allerdings dürfen wir es nicht übertreiben, sonst blutet das Land nördlich der Glasstadt aus. Ein Jahr oder zwei. Dann müssen wir das Loch schließen.«

»Und ertragen, dass die Nachtfresser erneut über uns herfallen?« Das würde er niemals zulassen.

»Ein Zuviel ist ebenso schädlich wie ein Zuwenig«, sagte der Wissende so gleichgültig, als spräche er nicht über das Überleben eines Volkes. »Das Experiment ist neu. Es birgt Risiken.«

»Wir stehen unter eurem Schutz.« Mahkis hob die Hände zum Himmel. »Ihr habt uns für würdig befunden und wir werden euch nicht enttäuschen.« Die Mauer aus Licht musste leuchten und sämtliches Ungeziefer fernhalten. Bis in die Ewigkeit.

Er verneigte sich vor dem Weltenwanderer. »Bitte, beginne mit deiner Arbeit.«

Der deutete ebenfalls eine Verneigung an und entfernte sich.

Die Glasstadt war gerettet.

Ein Volk, eine Seele und vor allem: Ein Geist!

Mahkis ließ den Blick über die transparenten Gebäude der Stadt streifen; eine Sinfonie aus Perfektion und Helligkeit, Gradlinigkeit und Schwerelosigkeit. Jede Mauer aus Glas, jeder Raum eine Einladung ans Licht. Nichts konnte verborgen werden. Wenn jeder alles sah, wurden Lügen überflüssig.

Ein Schatten glitt über den Großen Schutz. Ein Vogel?

Dem Licht sei Dank, dass Khatalahs Horden keine Flügel besaßen.

Er näherte sich. Schwarz und bedrohlich. Ein Unglücksbote in Rabengestalt.

Mahkis trat einen Schritt zurück, doch der Vogel hatte ihn erspäht und setzte sich auf die Brüstung. An seinem Bein befand sich ein Röhrchen. Eine Nachricht.

Mit zitternden Händen öffnete Mahkis die Befestigung, streifte das kleine Behältnis ab.

Der Vogel erhob sich, flog Richtung Norden davon. Demnach sollte er keine Antwort abwarten.

Mahkis zog eine zwei Finger breite Pergamentrolle hervor. Die Zeichen darauf waren winzig.

Er eilte in sein Gemach, nahm eine Lupe zu Hilfe.

> *Gib Dich nicht der Illusion hin, das Leben einsperren zu können. Weder innerhalb des Lichtes noch außerhalb. Dein eigen Fleisch und Blut wird es befreien. Um seiner selbst willen wird ihm das Chaos in Deine wohlgehütete Ordnung folgen und nur geschmolzenes Glas zurücklassen. Zweifle nicht an meinen Worten, es wird geschehen.*
>
> *Jetsuba, Hüterin des Windes*

Mahkis zerriss den Streifen, warf die Fetzen aus dem Fenster. Sie taumelten in die Tiefe, verloren sich zwischen Wänden und Gassen.

Wer wagte es, seiner Tochter zu spotten? Sie hatte sich ihrer Schwäche ergeben und dafür bezahlt. Nie wieder würde sie zurückkehren. Wer war diese Jetsuba? Er hatte nie von ihr gehört.

»Rektor Mahkis?«

Sein Sekretär war hinter ihn getreten. Er reichte ihm eine ähnliche Pergamentrolle wie diejenige, die er zerrissen hatte. »Eine Botschaft von Nehrit. Eben brachte sie eine Amsel.«

Hoffentlich hielt der Große Schutz auch dieses lästige, gefiederte Ungeziefer ab, wenn er sich weit über die Dächer der Stadt erhob.

> *Erster Rektor Mahkis. Es schmerzt mich, Dir mitteilen zu müssen, dass Liane kurz nach der Geburt ihrer Tochter gestorben ist. Sie suchte Hilfe in meiner Horde, und der Heiler hat sich ihrer angenommen, aber das Kind war zu stark für sie. Das Erbe seines khatalahischen Vaters forderte seinen Tribut. Dein Einverständnis vorausgesetzt, haben wir es den Händen einer Frau überlassen. Sie wird sich um das Kind kümmern.*
>
> *In tiefem Mitgefühl, Nehrit, Erster Mann der Grenzgänger.*

Seine Beine verweigerten ihm den Dienst. Er sank zusammen, die Worte verschwammen vor seinen Augen.

Liane hatte den Angriff überlebt. Doch wie hatte sie das Kind eines Nachtfressers empfangen können? Eine Lüge. Nichts anderes konnte es sein. Die Wissenden lehrten es. Herrschte die Finsternis, glomm kein Licht. Leuchtete das Licht, existierte keine Finsternis. So simpel, so wahr.

Und nun behauptete Nehrit, Liane hätte einen Bastard geboren. Ein Ungetüm, das Licht und Schatten in sich vereinte.

Davon hatte die Rabennachricht gesprochen.

Sein eigen Fleisch und Blut.

Er würde nicht zulassen, dass die Glasstadt im Chaos versank.

Ein Stich in die Ader, um den Großen Schutz zu speisen?

Er würde ein Loch hineinschneiden, das niemals mehr heilte.

Drei Jahre später

Rag,
Herrscher über das Felsenreich Khatalah

»Meine Bastarde haben ihn gefunden!« Parvaks Rattenaugen leuchteten vor Stolz. »Er ist hier, nach so vielen Jahren.«

Rag musterte den Ersten Mann eines emporgekrochenen Clans voll Argwohn. Seit wann war Parvaks Brut tauglich? Bisher hatte sie sich niemals als nützlich erwiesen.

»Und es irrt sich nicht, dein Pack?«

Parvak schüttelte übereifrig den Kopf. »Sie haben ihn sofort erkannt. Sie sagen, er sähe aus wie sein Vater.«

Davon musste er sich selbst überzeugen. Meruts Antlitz hatte sich für die Ewigkeit in sein Gedächtnis gebrannt, zumal er selbst es gewesen war, der es entstellt hatte.

»Er kämpfte mit Nehrit gegen unsere Horden«, plapperte Parvak. »Stell dir das vor. Ein Khatalaher auf der Seite des Feindes.«

»Er ist keiner mehr von uns.« Kein Khatalaher ohne Clan. Meruts Sohn war weniger als ein Bastard.

»Es heißt, er hätte viele von uns getötet und er wäre einer von Nehrits fähigsten Kriegern.«

»Halt den Mund, Parvak!« Das hektische Gefasel zerfranste seine Gedanken. Natürlich gehörte Meruts Sohn zu den besten Kriegern. Sein Vater war brillant gewesen. Ein Verräter mit mangelndem Verständnis für die notwendige Härte während Eroberungsphasen, aber herausragend im Umgang mit Schwert, Axt und Bogen. »Wie ist sein Zustand?« Drei

Jahre unter dem Einfluss dieses verfluchten Leuchtens aus dem Süden mussten Spuren an ihm hinterlassen haben.

»Das Licht schwächt ihn.« Parvak leckte sich die Lippen. »Als meine Bastarde ihn fanden, schrie er seinen Schmerz in die Nacht. Sie gaben zu, dass sie ihn sonst niemals hätten überwältigen können.«

»Sie sind Maden! Schwach und glitschig!« Wie, bei allen Finsternissen, hatte dieser Kerl so lange da draußen ausgehalten? Die Lichtmauer hatte Rag um seinen verdienten Sieg gebracht. Wie die Hasen waren seine Männer zurück in den Norden geflohen. Nun hielten es nur die Bastarde außerhalb der Felsen aus. Das Erbe ihrer Mütter aus dem Waldland verschaffte ihnen zum ersten Mal in ihren erbärmlichen Leben einen Vorteil.

Rag spuckte aus. Clanlose, die sich in Freiheit bewegen konnten, während er unter Gesteinsmassen kauerte. Er musste einen Weg finden, den Großen Schutz zu zerschlagen, sonst würde ihm der Verstand wegfaulen.

»Rag?« Parvak trat zögernd einen Schritt näher. »Was ist jetzt mit Meruts Bengel?«

»Lass ihn hereinbringen und verschwinde.« Er benötigte keinen Zeugen, der sich im Besitz einer Zunge befand.

Merut war ein gefährlicher Gegner gewesen. Sein Sohn würde von Rachegier zerfressen sein.

Ihn zerschmettern und den Halbwesen zum Fraß vorwerfen? Seinen Willen brechen, bis nichts als ein Stück faulenden Fleisches übrig blieb? Seine Seele in Dunkelheit ersticken und ihren gequälten Schreien lauschen? Es gab reichlich Möglichkeiten.

»Wie du wünschst, dann werde ich dich mit dem Gefangenen alleinlassen.« Parvaks Enttäuschung verbarg sich hinter einem gefälligen Grinsen, während er rückwärts zum Eingang huschte.

Dieser Wurm. Sein Verhalten war eines Khatalahers unwürdig. Bedauerlicherweise brauchte er ihn.

Noch.

Die hohe, kippende Stimme erteilte den Wächtern die nötigen Befehle.

Rag schritt die Stufen seines Felsenthrones hinab. So nah wie möglich wollte er Meruts Sohn sein. Ihm in die Augen blicken, die Verzweiflung darin erkennen. Endlich zappelte die Brut des Verräters in seinen Fingern.

Dort musste sie bleiben, bis er den letzten Tropfen Qual aus ihr herausgepresst hatte.

Die Torflügel wurden bis zum Anschlag aufgestoßen.

Parvak hatte nicht übertrieben. Was da in Ketten vor seine Füße gezerrt wurde, glich Merut wie aus dem Gesicht geschnitten.

Rag gab den Wächtern ein Zeichen.

Sie traten dem Gefangenen die Beine weg. Hilflos stürzte der vor ihm nieder.

Es existierte nichts Berauschenderes, als seine Feinde vor sich im Staub zu sehen.

»Das letzte Mal, als wir uns trafen, warst du ein Kind, Cordic, Sohn des Merut.« Er lauschte dem Echo seiner dröhnenden Stimme. Sie würde dem Gefangenen ins Herz fahren und den kleinsten Rest Mut ersticken. »Wie lebt es sich vaterlos und ohne Clan in den endlosen Wäldern fern der Heimat? Spürst du keine Sehnsucht nach den Gipfeln des Felsengebirges?«

Der Mann richtete sich mühsam auf.

Nur bis zu den Knien, weiter ließ Rag es nicht zu. Er griff ihm ins Haar, riss ihm den Kopf in den Nacken und genoss das Knirschen der Muskeln, die sich vergeblich zu widersetzen versuchten.

»Weißt du, warum du wie ein tollwütiges Halbwesen eingefangen wurdest?«

Keine Reaktion.

Er zog fester an den wundervollen Haaren. Sie flossen wie Seide durch seine Finger. Er sollte sich einige davon als Erinnerung an dieses prachtvolle Zusammensein abschneiden. Er liebte Trophäen.

»Dein Vater war ein Verräter, und die Brut eines Verräters lässt man nicht am Leben.« Wenn er herausfand, wer Cordic damals vor seinem Zugriff bewahrt hatte, würde er ihn das gleiche Schicksal erdulden lassen, das er bereits Merut beschert hatte.

Er näherte sich dem Gefangenen, bis ihre Wangen einander berührten. »Erinnerst du dich, was von deinem Vater übrig blieb?« Er spürte, wie Cordic die Zähne zusammenbiss.

Ein tapferer Versuch, das Leid im Zaum zu halten, doch es stand ihm zu und er würde es sich nehmen.

»Kleine, blutige Stückchen«, raunte er Cordic ins Ohr. »Kunstvoll in Seidentücher verpackt und in unzählige Feindeshände verteilt.«

War das ein Keuchen? Ein qualvolles Ächzen?

Wie sich das Gesicht vor Qual verzerrte. Bedauerlicherweise hinderte es Cordic nicht daran, wie ein Geschenk der Dunkelheit auszusehen.

Warum hatte ihm das Chaos einen eckigen kahlen Schädel beschert, während es dem Verräter ein Antlitz zum Niederknien geschenkt hatte? Bei Gelegenheit würde er das ändern. Das Leben des Gefangenen lag allein in seiner Hand, ebenso wie dessen Schönheit.

Macht. Was für ein berauschendes Gefühl. Dicht gefolgt von der Verzweiflung, jedoch nur, wenn sie einem aus fremden Augen entgegenblickte.

Ein Leichtes, sie zu wecken. Angst knechtete den Schwachen, Demütigung den Starken. Es war so simpel.

Ob er dem Sohn das Schicksal des Vaters angedeihen lassen sollte?

Nein. Zweimal hintereinander bereitete die perfideste Folter kein Vergnügen. Nicht der Körper, die Seele musste leiden. So sehr, dass sie in Finsternis erstickte.

»Dir wird eine besondere Ehre zuteil, bevor du in meinen Kerkern bei lebendigem Leib verrotten wirst.« Rag schuf ein wenig Distanz. Nur so viel, um in den mitternachtsblauen Augen nach der Angst zu suchen. Er legte die Hand in den steifen Nacken des Gefangenen, der sich vergeblich mit einem Ruck nach hinten zu retten versuchte.

»Rate, was dir bevorsteht.« Faszinierend, wie dem Mann der Schweiß ausbrach. Doch kein elender Laut kam über die zerbissenen Lippen.

Rag presste seine Stirn an die des anderen und schloss die Lider. Er spürte den Widerstand der fremden Seele bis in den letzten Winkel seines Bewusstseins. Wie sie sich wand, wie sie darum kämpfte, sich ihm zu entziehen. Es würde ihr nicht gelingen. Dem Herrscher von Chaos und Finsternis widersetzte man sich nicht. Man gab sich ihm und seinen Wünschen hin. Nicht mehr und nicht weniger. Und wenn der Herrscher eine Verbindung der Seelen befahl, hatte jedes Wesen zu gehorchen.

Seine Finger schlossen sich fester. Es war immer der Nacken, über den gebeugt und gebrochen wurde. Manchmal auch aufgerichtet, aber das kam in diesem Fall nicht in Betracht.

Erneut bäumte sich Cordics Wille unter seinem Einfluss auf.

Rag verstärkte den Druck. Ein Kampf, der ihn forderte.

Woher nahm der Verräter die Kraft?

Zeit verrann in den Ritzen der Ewigkeit.

Die widerspenstige Seele sträubte sich, bis sie endlich zusammenbrach. Ein letztes Zucken, und Cordic hing schlaff im Griff der Wächter.

Rag stürzte sich auf seine Beute. Gefühle ungeahnter Intensität fluteten ihn. Verzweiflung gehörte zu den köstlichsten. Wut auf ein Schicksal, das er ihm verdankte. Das Antlitz eines Grenzgängers tauchte aus dem Nebel auf. Sentimentale Freundschaft, die Entschlossenheit, für den anderen das Leben zu lassen. Ein Dasein zwischen Kriegen und heruntergebrannten Ruinen, ein Greis, der seine Hoffnung in die Hand seines Feindes legte.

Ein Geburtsreif. An Cordics Gelenk.

Rag tastete an den Fesseln entlang, spürte das Schmuckstück der Lichten zusammen mit fremder Schuld und lächerlicher Reue.

Zu unbedeutend. Es galt, tieferes Leid zu kosten.

Die durchsichtigen Mauern der Glasstadt, die sich gleißend in den Himmel reckten. Das wachsende Licht, das die Luft flirren ließ.

Wie deutlich es in Cordics Seele stand.

Die Erinnerung an kaum zu ertragende Schmerzen. Die Sehnsucht nach einem raschen Tod, gepaart mit dem Wissen, diese letzte Schmach nicht auf sich laden zu dürfen. Kein Khatalaher floh in feige Erlösung. Er starb im Kampf, lange bevor ihn das Alter dahinraffte. Alles andere war unehrenhaft und beschmutzte das Andenken sämtlicher lebender und toter Mitglieder des Clans. Das hätte Cordic seinem Vater niemals angetan. Doch interessant zu wissen, dass er dennoch mit dem Gedanken gespielt hatte. So intensiv, dass er einen Abdruck in der Seele hinterlassen hatte. Ähnlich einem schmachvollen Brandmal.

Weiter. Die Reise in Cordics Inneres bereitete ihm Vergnügen.

Grenzenlose Wut, überwunden und in Ketten gelegt zu werden.

Unbedeutend. Wie sich die Gefangenen in seinen Kerkern fühlten, war ihm vertraut.

Was war das? Ein Kind! Blutverschmiert vom Schoß der Mutter, aber die Augen leuchteten golden in flackerndem Kerzenschein. Es verschwand hinter einer Wand aus Nacht.

Cordic sträubte sich, wagte es, ihn fernzuhalten.

Was war so besonderes an einem Lichtenbalg, dass er die Erinnerung daran schützen wollte?

Rag fraß sich tiefer in die zitternde Seele.

Cordic stöhnte gequält auf.

Noch tiefer, bis gellende Schreie in seinen Ohren hallten.

Der Vorhang aus Schwärze löste sich.

Eingehüllt in ein Tuch, lag das Kind in Cordics Arm. Er sang ihm das Lied von Schatten und Licht vor, strich ihm über rabenschwarze Haare.

Ein Trugbild.

Rag drang mit aller Kraft in die längst verzweifelte Seele.

Dunkles Blut. Es floss durch die Adern des Neugeborenen, spottete dem eingefangenen Licht der Iriden.

Sein Erbe lag in Khatalah.

Wie war das möglich? Dunkelheit und Licht löschten einander aus. Jeder Idiot wusste das. Welche Macht hauste in dem kleinen Körper, wenn der sich einen Dreck um die Gesetze des Universums scherte?

Sie musste grenzenlos sein.

Mit einem einzigen Schlag ins Gesicht zwang er Cordic, die Augen zu öffnen. »Wo ist es?«

Der flackernde Blick suchte ihn, doch als er ihn fand, schlossen sich die Lider erneut.

Rag schlug ein zweites Mal auf die blasse Wange. »Rede!« Ganz nah hielt er sein Ohr an den Mund des Verräters.

»Es ist weg«, keuchte dieser. »In Sicherheit vor dir.«

Lächerlich.

»Es existiert keine Sicherheit vor mir. Weder hier noch an einem anderen Ort.« Irgendwo musste es sein. Ein Kind, gezeugt aus Licht und Finsternis, ließ sich nicht verstecken. Es war zu kostbar. Zu einzigartig.

Zu verlockend.

»Finde es für mich!«

»Damit du es zermalmst wie alles, was dir in die Finger kommt?« Das trostlose Lachen klang wie ein Krächzen. »Niemals.«

Rag tauchte die Hände in die Flut schwarzer Haare. »Du wirst tun, was ich verlange.«

Meruts Sohn wagte es, ihm vor die Füße zu spucken. »Mach mit mir, was du willst. Du kannst mich nicht zwingen.«

»Du weißt, dass das eine Lüge ist.« Er schlug ihn erneut.

Die Lippe platze auf, Blut floss übers Kinn.

»Du denkst, du wärst tapfer.« Das hatten viele von sich behauptet. »Wir werden sehen, wo deine Tapferkeit steckt, wenn du Jahr um Jahr in den Gedärmen des Grauen Horns vor dich hinmoderst und keine Kraft mehr findest, die Ratten von deinem stinkenden Fleisch fernzuhalten.«

Cordics lächerlicher Stolz fußte ausschließlich auf seiner Unerfahrenheit und Jugend. Beides würde brechen, lange vor der Zeit.

Rag gab den Wächtern ein Zeichen, dass sie den Gefangenen in den Kerker werfen sollten. »Lasst ihm sein hübsches Gesicht.« Eine Wonne, hineinzublicken. Der Bengel war ekelhaft schön.

Rag sah ihm nach, bis sich die Flügel des Tores hinter ihm schlossen.

Ein Schattenlichtkind. Zweifellos eine wertvolle Waffe. Mit seiner Hilfe würde er das verfluchte Licht auspissen und Finsternis gegen die durchsichtigen Wände schmettern. Sie würden zersplittern und alles unter sich begraben, was ihm jemals im Weg gestanden hatte.

Noch war es ein Säugling.

Bald nicht mehr.

Die Zeit arbeitete für ihn.

Bei Feuer und Blut

Eine Kleinstadt in der Nähe von Berlin, einige Jahre später

Fiona

Die Minuten tropften ins Klassenzimmer wie zäher Honig vom Löffel. Der Zeiger der Wanduhr klebte beharrlich an ein und derselben Stelle.

Entsprach es nicht seinem Job, weiterzuwandern?

Ihre Augen tränten allein vom Hinstarren.

Physik. Welcher Idiot hatte sich diesen Mist ausgedacht?

Fiona malte ein grinsendes Gesicht auf ihren Radiergummi und stieß Lina an. Die hatte ihren Kopf auf die Tischplatte gebettet und stierte Löcher in die Luft.

»Mir ist sterbenslangweilig.« Keine überwältigende Neuigkeit, doch interessanter als Herrn Krügers Gefasel.

Lina achtete nicht auf sie.

Fiona trat ihr ans Bein und brachte es in dem trüben Blick ihrer Freundin zu einem Zucken.

»Langweilig!«, formulierte sie tonlos aber überdeutlich.

»Na und?« Lina schielte zu ihr hoch. »Ist mir so was von …«

Fiona ließ ihr Radiergummimännchen zur Nasenspitze ihrer Freundin hoppeln. Es erbrach sich leise aber mit gut akzentuiertem Würgen über ihrem Federmäppchen.

Lina stemmte sich auf die Ellbogen und blickte sie aus glasigen Augen an. »Wie alt bist du? Sechs?«

»Häng zehn Jahre dran.« Zumindest fast. Wenn sich der Herbst mit dem Winter zu einem widerlichen Zustand eisiger Nässe mischte, hatte sie Geburtstag. Ein schlagkräftiger Grund, die Feier in den Sommer zu verlegen.

»Dann benimm dich auch so«, maulte Lina und beobachtete Krüger dabei, wie er durch die Reihen schlenderte.

Noch waren sie vor ihm sicher. Sein Blick klebte an Vanessa, die mehr mit ihrem Smartphone als mit dem Physikbuch beschäftigt war.

»Ich muss mal wieder richtig schlafen.« Lina unterstrich ihre Aussage mit einem zäpfchenbloßlegenden Gähnen. »Wie kann man von uns erwarten, dass wir um sechs aufstehen? Das ist unmenschlich.«

»Geh früher ins Bett.« Guter Rat. Hätte glatt von ihrem Opa kommen können.

Ihre Freundin sah sie aus den Augenwinkeln an. »Wer hat mich denn bis Mitternacht mit tiefgründigem Mist über die Notwendigkeit, secondhand Klamotten zu tragen und Bio-Kaffee zu trinken, genervt?«

»Whatsappen geht immer.« Auch im Halbschlaf. »Wären dir Themen wie Lippenstiftfarben oder der aktuelle Brustmuskelumfang von Collin lieber gewesen?«

»Auf jeden Fall.«

»Verräterin.« Zugegeben, Collins Brustmuskeln machten was her. Er war das reinste Unterwäsche-Model und bloß ein Jahrgang über ihr.

»Pssst!« Lina nickte nach vorn.

Krüger pirschte heran.

»Fiona Schildpatt! Ich sehe, du bist hoch motiviert und völlig bei der Sache.«

Neben ihr kicherte Lina schadenfroh, was ihr einen weiteren Tritt einbrachte.

»Sicher kannst du uns erklären, was es mit dem Prinzip der Unordnung, auch Entropie genannt, auf sich hat.« Sein hoffnungsvolles Lächeln wurde zu einem schmerzlichen Grinsen, als er erkannte, dass sie den Faden längst verloren hatte. »Komm schon. Du bist bestimmt eine Spezialistin auf diesem Gebiet.«

Einige aus der Klasse lachten.

Idioten.

Sie war raus. Sinnlos, im Physikbuch zu blättern und auf eine Eingebung zu hoffen.

Krüger setzte sich zu ihr auf die Tischkante und schlug die betreffende Seite auf.

Thermodynamik. Aha.

»Los, Fiona! Zähle uns ein paar Beispiele auf.«

Hatte er überhaupt welche genannt?

»In Diskussionen und Versammlungen ist deine Eloquenz kaum zu ersticken, und jetzt fällt dir nichts Passenderes ein als zu schweigen?« Tadelnd schüttelte er den Kopf. »Du enttäuschst mich.«

»Das ist *eine* Möglichkeit, auf mein Versagen zu reagieren.« Der Kerl hatte sie nie leiden können. »Eine andere wäre, mir einen schnellen Blick auf Google zu gestatten. Ich finde im Handumdrehen eine Seite, wo sämtliche Fragen zur Ent...« Wie hieß das verdammte Wort? Egal. »... wesentlich griffiger erklärt werden als in diesem nach Überarbeitung schreienden Schulbuch.«

Krüger hob eine Braue. Wie immer die rechte.

Fiona angelte ihr Handy aus der Hosentasche. »Danach wäre ich schlauer, und Sie könnten mit dem befriedigenden Gefühl in den Feierabend gehen, wenigstens einen Ihrer Schüler zum Lernen inspiriert zu haben.«

»Dein vorlautes Mundwerk geht nicht nur mir auf den Geist«, sagte er leise. »Im Kollegenkreis hast du dir längst einen zweifelhaften Ruf erschnattert. Bilde dir nicht ein, dass sich das positiv auf deine Noten auswirkt.« Er klappte das Buch zu. Sehr energisch, sehr laut. »An alle! Was hat der Zustand eurer Zimmer mit dem eurer Köpfe gemeinsam?«

Geschätzte neunzig Prozent der Klasse reagierten nicht. Die restlichen zehn heuchelten mehr oder weniger glaubhaft Interesse.

»Unordnung!«, donnerte Krüger, und die zehn Prozent fuhren vor Schreck zusammen. »Es herrscht eine gnadenlose Unordnung und es scheint, als ob man nichts dafür tun müsste, um sie entstehen zu lassen.« Theatralisch fasste er sich an die Stirn. »Dem Chaos der Welt ist nicht Einhalt zu gebieten.« Die verhaltenen Lacher ignorierte er. »Es breitet sich aus. Wo immer und wann immer es will. Und warum?« Erwartungsfroh sah er in ahnungslose Mienen. »Weil es für ein System der energetisch günstigste Zustand ist. Ordnung bereitet Mühe und verbraucht zur Aufrechterhaltung Energie.« Zum besseren Verständnis erwähnte er das Beispiel mit den Eiswürfeln im Wasserglas und nahm einen Ausblick auf die Funktionsweise der Dampfmaschine.

Klasse. Beides interessierte sie brennend.

Ein Gähnen unterdrückend starrte Fiona aus dem Fenster, während sie auf ihrem Bleistift herumkaute, bis ihr Lackstückchen zwischen den Zähnen klemmten.

Apropos Collin. Neben seinem Sixpack und den breiten Schultern besaß er ein ganz und gar nicht hässliches Gesicht. Zwar leuchteten seine Haare in einem künstlichen Blond, aber alles Gute war nie beinander. Trotzdem änderte ihr Herz bei seinem Anblick nicht den Takt.

Sie lehnte die Stirn gegen die Fensterscheibe.

Der Wind riss die ersten Blätter von den Bäumen, wirbelte sie in einem wilden Tanz durch die Luft. Sie wirkten verloren, als hätten sie nie ein Zuhause besessen.

Sie hasste den Herbst. Auch den Winter. Morgens ließ die Nacht den Tag nicht los und nachmittags griff sie erneut nach ihm.

Die kahlen Zweige, die Kälte, die trübsinnige Dunkelheit.

Sie schloss die Augen und sehnte den Sommer zurück, dabei steckte er noch in der Mittagswärme und im Blau der Wegwarten.

Im Garten sitzen, Gras zwischen den Zehen, nervende Mücken, der Duft eines Cappuccinos, der sich mit dem der Pfingstrosen mischte.

Alles war gut, solange die Sonne schien.

Ein Klopfen.

Nein, eher ein Klacken.

Ein Rabe. Er saß auf der Fensterbank, drehte den glänzenden Federkopf zur Seite und starrte sie aus einem schwarzen Auge an. Sein Kopf ruckte nach vorn, der Schnabel hackte erneut gegen das Glas.

Wie groß er war. Fast erschreckend, so aus der Nähe.

Fiona tippte mit dem Finger an die Scheibe.

Der Rabe klopfte zurück.

Verwunschen, verzaubert, verhext, verirrt, verflogen aus einem Zauberreich jenseits der Wolken.

Rabengeschichten waren die besten. Vor allem *Krabat*. Düster, überfließend vor dunkler Magie und Grausamkeit, ohne Hoffnung. Zwischen drückender Hitze und klirrendem Eis findet der Müllerbursche dennoch seine Liebste und wird von ihr aus den Fängen des Schwarzmüllers gerettet.

Müllerbursche.

Eines der Worte, die aus der Welt drifteten, ohne dass sich jemand die Mühe machte, sie rechtzeitig wieder einzufangen. Ihr Opa Karl führte eine Liste von ihnen. Sie wuchs ziemlich rasch.

Fiona tippte erneut ans Fenster.

Der Rabe antwortete.

Das reinste Morsen.

»Nur aus Interesse: Bist du verzaubert?« Die Scheibe beschlug unter ihrem Wispern. »Ich würde lieber dich als einen Frosch küssen.«

Der Vogel schlug wild mit den Flügeln, krächzte so laut, dass jeder in ihrer Nähe zusammenzuckte.

»Scheiße, seht euch das an!«

»Ein Monstervogel!«

»The dark knight returns.«

»Das ist ein Rabe und keine Fledermaus, du Spast!«

Oliver sprang auf, hämmerte sinnfrei gegen das Glas.

Dieser Idiot.

Der Rabe flog davon.

Sie sah ihm nach, bis ihn das Grau des Himmels schluckte.

Die folgenden Stunden glitten meilenweit an ihr vorbei. Wie in Trance lachte sie mit ihren Freunden und heuchelte Interesse für fremden Liebeskummer. Der Rabe ließ sie nicht los, als hätte er einen Teil von ihr mitgenommen. Es musste fantastisch sein, über Baumkronen zu schweben. Den Wind im Gefieder zu spüren, die Dächer unter sich schrumpfen zu sehen.

Endlich klingelte es zum Ende der letzten Stunde.

Fiona wischte Federmäppchen und Hefter in ihre Tasche und stürmte aus dem Klassenzimmer. Eine kalte Brise schlug ihr ins Gesicht, als sie aus dem Schulgebäude trat. Auf dem Weg zu den Fahrradständern ertappte sie sich dabei, wie sie nach dem Raben Ausschau hielt.

»Fuck!« Rene zerrte an seinem Fahrradschloss herum. Als er sie bemerkte, färbten sich seine Wangen in einem hübschen Purpurrot.

Seit der siebten Klasse stand er auf sie. Er wusste, dass sie es wusste, und sie wusste, dass er wusste, dass sie es wusste, was die Situation zumindest für ihn ins Unerträgliche driften ließ.

Ihr war es egal. Sie empfand nichts für ihn.

»Krasses Ding mit dem Raben, oder?« Rene übte sich an einem coolen Lächeln.

»Ziemlich.« Wo zum Henker steckte ihr Fahrradschlüssel? Sie spürte keinen Bedarf an dem höflichen Austausch gelogener Nettigkeiten, und darauf lief es immer hinaus, wenn es Rene über sich brachte, sie anzusprechen. Prinzipiell honorierte sie Mut. Doch in diesem speziellen Fall bedeutete es für Rene lediglich eine Verlängerung seiner Qual. Es war unfair, Hoffnungen zu wecken, die man nie erfüllen würde.

Jedes einzelne Wort weckte in Rene Hoffnungen. Leider gehörte er zu der Sorte Junge, die auf klare Ansagen übertrieben reagierten. Bei ihrem letzten Versuch, reinen Tisch zu diesem Thema zu machen, erschien er eine Woche lang nicht zum Unterricht. Laut der Gerüchtetrommel hätte er sich an der Hausbar seines Vaters zulaufen lassen und wäre wegen einer Alkoholvergiftung ins Krankenhaus gebracht worden.

»Und, was steht bei dir so an?«, kam es prompt. »Wir könnten den Tag gemeinsam abchillen.«

Respekt. Seine Penetranz ging glatt als Beharrlichkeit durch.

»Tut mir leid. Ich verpasse dir wieder eine Abfuhr.« Sie verpackte die Wahrheit mit einem hoffentlich glaubhaften Lächeln. »Ich muss meinem Opa helfen.« Was stimmte. Karl packte die Arbeit in der Gärtnerei nicht mehr allein.

Endlich klimperte der Schlüssel zwischen ihren Fingern. Sie befreite ihr Rad, registrierte am Rand Renes finsteres Gesicht.

Die Reue kroch tief genug in ihr Gewissen, um ihr dieses Mal ein ehrliches Lächeln zu entlocken. »Wir können uns nachher schreiben, wenn du willst. Okay?«

Rene nickte stumm.

»Hey, sei doch nicht so. Du weißt, dass ich dich ...«

»Nee, nee, schon verstanden.« Er riss an seinem Schloss.

Das Rad stürzte auf ihn zu, er stieß es von sich. Krachend fiel es in die anderen Räder.

Er starrte auf das angerichtete Chaos, trat noch einmal nach. »Es ist Collin. Hab ich recht?«

»Keine Ahnung, was du meinst.« Collin stand zumindest in der engeren Wahl.

»Bildest du dir ein, er steht auf deine komischen Augen?«

Diese Leier. Fiona sparte sich einen Konter. Zumal sie ihre Augenfarbe liebte. Ein breiter goldener Ring schloss sich um ihre Pupillen und zerfloss in leuchtendem Grünblau. Auf ihrem Einschulungsfoto waren ihre Iriden um einiges heller gewesen, ihre Haare dafür tiefschwarz. Ein genialer Kontrast. Später hatte sich das gegeben, aber auch mit dem Dunkelbraun kam sie klar. Vor allem, wenn Sommersonne und Schwimmbadwasser ein paar rotblonde Strähnchen hineingefärbt hatten.

»Tut mir leid.« Rene schob die Hände in die Hosentaschen. »Ist heute nicht mein Tag.«

»Ich hab nichts mit Collin.« Warum sagte sie das? Hätte sie Rene in dem Glauben belassen, wäre sie ihn losgewesen.

»Echt nicht?«

Der Hoffnungsschimmer in den blauen Augen sprach Bände.

Höchste Zeit, zügig zu verschwinden.

»Wir sehen uns.« Sie schwang sich auf ihr Rad und trat in die Pedale. Normalerweise gingen ihr Lügen flüssig über die Lippen. Wieso hatte sie ausgerechnet bei Rene die Wahrheit sagen müssen?

Sie holperte durch die Kopfsteinpflasterstraßen ihrer winzigen Heimatstadt. Aus dem Regengrau tropfte ein dumpf-trauriges Gefühl in ihr Herz und ließ es bleischwer werden. Sie versuchte, es zu verdrängen.

Es funktionierte nicht.

Sie brauchte einen Lichtblick. Etwas Aufregendes, Weltenerschütterndes. Das Abenteuer ihres Lebens. Sie war fast sechzehn und kannte bis auf die Städte im Umkreis nur die Ostsee und dank diverser Klassenfahrten London und Paris. Karl war klasse als Opa, aber selbst ein Rudel Velociraptoren brächte es nicht fertig, ihn aus seiner Gärtnerei zu scheuchen, und mit der Arbeit alleinlassen konnte sie ihn nicht. Von ihrem kläglichen Barvermögen abgesehen.

Irgendwann die Welt bereisen. Im Notfall auch mit Rucksack und Zelt.

Karl würde aus allen Wolken fallen. Er hielt bereits die Wochenenden in Berlin für Abenteuer, womit er nicht ganz unrecht hatte.

Die Ausflüge ins Berliner Nachtleben, umringt von Viktorias schrägen Künstlerfreunden, gehörten mit Abstand zu ihren Highlights. Ebenso die Abende, an denen sie beim Italiener saßen und über Gott und die Welt plauderten. Es machte Spaß, mit Viktoria Sinn und Unsinn von Tod und Leben kurz und klein zu diskutieren. Kein Thema, bei dem sie nichts zu sagen hätte. Einzige Ausnahme: Fionas Vater. Als hätte er nie existiert. Nerviges Nachbohren hatte sie längst aufgegeben.

Viktorias Standardantwort: Der Herbstwind hätte ihr Fiona in den Schoß geweht.

Auch für eine Künstlerin war diese Antwort heftig.

Karls Version zu dem Thema: Viktoria hätte bei einem One-Night-Stand nicht aufgepasst und es für eine gute Idee gehalten, ihrem armen, alten Vater einen Säugling aufs Auge zu drücken. Dabei sah Karl überzeugend zerknirscht aus, bis er auflachte und ihr die Haare zerwuselte. Sie wären damals weich wie ein Maulwurfsfell gewesen.

Früher hatte Fiona sie lang getragen, bis ihr das ewige Föhnen zu nervig wurde. Nur eine Strähne war davon übrig geblieben. Sie hatte sich auf einem Trödelmarkt Perlen hineinflechten lassen.

»Hey, Fiona!« Lina wartete an der Haltestelle vor dem Supermarkt.

Fiona bremste durch und kam schlitternd vor ihr zum Stehen. »Bus verpasst?« Sie hatte eine Stunde weniger als sie gehabt und hätte längst zuhause sein können.

»Ich war mit Nele Kaffeetrinken. Vorsicht!« Lina versuchte, Fionas Schultasche davon abzuhalten, vom Gepäckträger zu rutschen. Zu spät. Der Inhalt verteilte sich großzügig auf dem Bürgersteig. Lippenstift, Taschenrechner, Notfall-Tampon, alles dabei.

»Scheiße!« Was für ein mistiger Tag!

»Lass dir helfen.« Lina rettete den Taschenrechner aus einer Pfütze. »Sonst fährt dir der Bus deinen Kram platt.«

Ein Kribbeln huschte ihr über den Nacken. In dem Moment, als sie sich bückte. Als bliese ihr jemand darüber.

Etwas blitze auf. Ein heller Schein. Sie nahm ihn nur aus den Augenwinkeln wahr.

Auf der anderen Straßenseite stand ein Mann. Kerzengerade, wie aus dem Boden gewachsen, eingehüllt in einen silberglänzenden Kapuzenmantel. Als ob er das spärliche Tageslicht in Funken verwandelte. Sie glitten über den Stoff, sammelten sich an den Falten. Die Kapuze verbarg das meiste seines Gesichtes, nur Kinn und Mund lugten hervor.

Der Bus kam, versperrte ihr die Sicht.

»Ich muss los.« Lina drückte ihr einen Kuss auf die Wange, stieg ein.

Der Bus fuhr davon.

Der Mann im Kapuzenmantel war verschwunden.

Fiona holperte durch den Regen, ohne ihn wahrzunehmen.

Der Kerl hatte sie beobachtet. Sie hatte es gefühlt. Selbst jetzt kribbelte es ihr den Rücken hinauf und hinunter. Was wollte er von ihr?

Gar nichts. Er hatte ebenso wie sie im Nassen gestanden und den Tag verflucht.

Sie bog von der Hauptstraße ab, radelte bis zum Stadtrand. Neben der stillgelegten Eisenbahnstrecke duckten sich die Gewächshäuser der Gärtnerei hinter die ehemaligen Bahnhofsgebäude. Der Lokschuppen diente Karl als Warenlager und Geräteschuppen, in der Schalterhalle befanden sich der Blumenladen und dahinter ihre Wohnung.

Fiona stellte das Fahrrad in den Schuppen. Keine zwei Sekunden später trabte Kapitän Schmidt auf sie zu. Er wedelte so heftig mit dem Schwanz, dass er fast das Gleichgewicht verlor.

Sie kraulte die tropfenden Schlappohren. »Hat dich das böse Herrchen nicht reingelassen?« Kapitän Schmidt war alt. Ihm stand bei diesem Schweinewetter ein warmes Plätzchen in der Küche zu. Egal ob es danach für Tage nach nassem Hund stank.

»Komm mit, wir teilen uns die Ofenbank.« Hoffentlich hatte Karl den Kachelofen angefeuert.

Auf dem Weg zum Laden krächzte es über ihr.

Ein gigantischer Rabe schwang sich von der Dachrinne, zog einen Kreis und verschwand hinter dem Giebel.

Etwa zur selben Zeit im nördlichen Grenzland

Ahfid

Der letzte Tropfen. Ahfid leckte ihn vom Becherrand. Auch wenn sich die Gedanken in seinem Kopf dank des Weines hin- und herschleppten, sie schwiegen noch lange nicht.

Das Licht des schwindenden Tages fiel durch die Fenster der Schenke.

Beim Grün der endlosen Wälder, er begann sich täglich früher zu betrinken.

»Wirt! Wein!« Er hob den leeren Krug in die Luft. »Beeile dich!«

»Du hattest genug«, traute sich der Kerl zu sagen. »Kannst du überhaupt bezahlen?«

Ahfid zog Cordics Silberring vom Finger.

Es war falsch. Er sollte sich nicht davon trennen.

Cordic war tot. Ein verdammter Ring änderte nichts daran.

Der Wirt schnalzte anerkennend. »Das ist khatalahischer Schmuck. Hast du ihn einem dieser Mistkerle vom Finger geschnitten?«

»Ich habe ihn bei einer Wette gewonnen.« Das verflixte Kind hatte mehr Ärger nach sich gezogen, als er jemals angenommen hatte. »Er hat einem Freund gehört.«

»Dann hat der ihn einem Nachtfresser vom Finger geschnitten.« Die Augen des Mannes leuchteten vor Begeisterung über den Mist, den er erzählte.

»Behalte deinen Wein.« Ahfid steckte den Ring wieder an seinen Platz. »Sag noch einmal *Finger* oder *geschnitten* und ich kotze dir vor die Füße.« Nicht eine einzige Narbe zierte das dunsige Gesicht. Auch die Unterarme, die aus dem hochgekrempelten Hemdsärmeln lugten, waren unversehrt. Der Kerl hatte nie für das Leben eines anderen gekämpft. Wie sollte er ihm erklären, was Cordic ihm bedeutet hatte?

»Die Nachtfresser sind schlimmer als Tiere.« Der Wirt spuckte aus. »Sie überfielen uns während der Abenddämmerung. Einer von ihnen griff meiner Schwester in die Haare und zerrte sie mitten auf den Marktplatz. Vor aller Augen zwang er sie unter sich.« Für einen Moment schloss er die Lider. »Niemand kam ihr zu Hilfe. Jeder hatte Angst vor den Äxten und Schwertern dieser Bestien.«

»Was war mit dir?« Ahfid biss sich zu spät auf die Zunge. Ein einzelner Mann konnte nichts gegen eine Horde Clankrieger ausrichten. »Verzeih mir. Heute ist ein Dreckstag, und ich mache ihm alle Ehre.« Erneut zog er den Ring ab. »Bring mir trotzdem einen Krug Wein.« Nie hatte er einen Rausch nötiger gehabt.

Der Wirt winkte ab. »Behalte dein Nachtfressersilber.« Er trollte sich, kehrte nach wenigen Augenblicken jedoch mit dem Gewünschten zurück. »Der geht aufs Haus.«

»Danke.« Ahfid füllte sich den Becher, prostete dem Mann zu. »Auf sinnlos verlorene Leben.« Apropos sinnlos. Seinem Besäufnis stand nichts mehr im Weg. Er würde sich betrinken, bis er alles vergaß. Die Kriege, die Schreie der Verwundeten, das Schweigen der Sterbenden. Am besten er vergaß auch Cordic. Es quälte nur das längst wunde Herz, sich an einen toten Freund erinnern zu müssen.

Dreizehn Jahre war es her. Cordic hatte sich mit ein paar Schwarzblütern bereit erklärt, Jagd auf die letzten versprengten Bastarde aus Rags Horde zu machen. Diese hatten den überstürzten Rückzug ihres verhassten Ersten Mannes genutzt, um sich abzusetzen, und sich plündernd und mordend das zu nehmen, was nicht schnell genug vor ihnen floh.

Cordic kehrte nicht zurück. Die Schwarzblüter in seinem Haufen sagten, er hätte jede Nacht außerhalb ihres Lagers geschlafen, um seine Ruhe zu haben, und eines Morgens wäre er verschwunden.

Ahfid hatte sich auf die Suche nach ihm begeben. Bis hinunter ins südliche Grenzland, bis hinauf in den Norden, wo die Felsen Khatalahs wie Riesen aus der Erde wuchsen.

Die abenteuerliche Geschichte eines Schmiedes half ihm weiter. Der Mann war von einer Handvoll zerlumpter Gestalten überfallen worden.

Sie hatten ihn gezwungen, Handschellen für ihren Gefangenen zu schmieden. Aus den Fesseln aus Seilen würde er sich ständig befreien. Das wäre lästig.

Mit Klingen vor der Nase verweigerte es sich schlecht, also hätte er den Mann in Eisen gelegt. Eines um den Hals, zwei um die Handgelenke.

Ein Nachtfresser. Während der Arbeit hätte ihm der Kerl ununterbrochen angesehen. Ein Blick wie eine mondlose Nacht. Er hätte endlose albtraumverseuchte Nächte hinter sich gebracht, bis er ihn losgeworden war. Die Brut des Verräters, so hatte er einen der Kerle sagen hören.

Müßig, in trüben Erinnerungen zu versinken. Ahfid trank einen Schluck Wein.

Ob die Bastarde Cordic getötet, seine Gliedmaßen in alle Winde verstreut, oder ihn zu Rag geschleppt hatten, wusste er nicht. In beiden Fällen wäre nichts von ihm übrig.

Ein Gefühl, als versänke sein Herz in zähem Morast. Er hatte es in den letzten Jahren oft empfunden.

Verdammt, die Kriege fehlten ihm. Auf eine widerlich kranke Weise. Sie hätten ihn abgelenkt. Besser als der Wein. Doch es gab keine Feinde mehr. Zumindest keine, die man mit einem Schwert erschlagen und mit einem Speer aufspießen konnte. Seit die Mauer aus Licht die Glasstadt abschirmte und täglich höher in den Himmel wuchs, waren die Clankrieger zurück in ihre Berge geflohen. Es hieß, sie versteckten sich tief in den Felsen vor dem seltsamen Leuchten im Süden. An der Oberfläche hielten es nur wenige aus.

Niemand vermochte es, die Lichtmauer zu durchdringen. Je heller sie strahlte, desto stärker veröldete das südliche Grenzland. Als ob der Boden ausgezehrt würde. Das Vieh der Steppenbauern siechte ebenso wie ihre Kinder. Unzählige flohen ins Waldland in der Hoffnung auf Leben. Doch auch dort begann das Gras zu welken und das Moos seine Farbe zu verlieren.

Fluch auf Mahkis. Fluch auf den Wanderer, der ihm zur Seite stand. Mochten beide eines Tages von dem verdammten Licht gefressen werden.

»Darf ich mich zu dir setzen?«

Ein Mann, bleich wie Nebelschwaden. Sein Umhang floss ihm wie flüssiges Silber über die Schultern. Er deutete eine Verneigung an. Sein fahles Haar fiel ihm dabei ins Gesicht.

Besser so, dann musste Ahfid den Anblick dieser seltsamen Augen nicht ertragen. Sie glichen der Farbe eines zugefrorenen Sees und wirkten ebenso kalt.

»Mein Name ist Lun.«

»Du bist ein Wanderer.« Bisher hatte er nur Gerüchte über diese Wesen gehört. »Ich bin Ahfid und eine miese Gesellschaft.« *Vor allem für einen wie dich.* »Wenn du jemanden zum Reden suchst, setze dich woanders hin.«

»Ich suche jemanden, der mir hilft, ein Schwarzblut-Bastard aus einem khatalahischen Kerker zu befreien.«

»Das ist doppelt gemoppelt.«

Der Wanderer sah ihn irritiert an.

»Ein Schwarzblut ist ein Bastard und ein Nachtfresser ist ein Khatalaher. Und du bist ein Idiot, wenn du denkst, dass irgendjemand irgendetwas aus Rags Kerkern befreien könnte.«

»Der Mann heißt Cordic und man sagte mir, er wäre dir bekannt.«

Ahfid verschluckte sich am Wein.

Mit regloser Miene wischte sich Lun die Spucketropfen vom Mantel. »Ich bin der Meinung, dass der Kerl genau dort hingehört. Leider bin ich jemand sehr Mächtigem verpflichtet, der das anders sieht.«

»Cordic ist kein Schwarzblut. Lass ihn das bloß nicht hören. Er ist ein Clankrieger.« *Er lebte?* Einen Atemzug lang drehte sich der Gastraum um ihn.

»Ich kann dich durch ein internes Tor ins Innere des Grauen Horns schleusen und dafür sorgen, dass du es wieder verlässt«, erklärte Lun das Unmögliche. »Der Rest ist deine Aufgabe.«

»Das Graue Horn?« Dort residierte Rag.

Der Wanderer nickte.

»Was für ein internes Tor?«

»Externe Tore führen in andere Welten, interne Tore öffnen sich innerhalb einer Welt.«

»Aha.« Ihm schwirrte der Kopf. Es musste am Wein liegen.

»Deinem nachtfressenden Freund ist eine nicht unerhebliche Rolle zugedacht, die er nur unversehrt und halbwegs bei Kräften ausfüllen kann. Auch sollte er dazu lebendig sein.«

»Woher weißt du, wo er steckt?« *Zur Donnerechse, klopfte sein Herz.* »Und wie kommst du darauf, dass er nach all den Jahren noch lebt?«

Es existierten genug Gerüchte darum, wie Rag mit seinen Gefangenen umging.

»Ich weiß viel«, stellte Lun mit widerlicher Sachlichkeit fest. »Fragst du dich nicht, weshalb ein Wanderer Interesse an einem Nachtfresser hat?«

»Nein.« Solange er ihm half, Cordic zu retten, konnte der Kerl seine Seele frühstücken.

»Jetsuba will das Schattenlichtmädchen zurückholen.« Lun hob die farblosen Braue. »Erinnerst du dich?«

»Ich zähle keine zweihundert Sommer, Bürschchen. Hältst du mich für senil?« Ganz klar, das Kind schleifte den Ärger säckeweise hinter sich her.

»Sie meint, dazu diesen Cordic zu brauchen, was ich vergeblich versucht habe, ihr auszureden.«

»Sie wird ihre Gründe haben.« Ahfid schob ihm seinen Becher hin, doch Lun lehnte ab.

»Trinkt ihr Wanderer nicht?«

»Nein.«

»Schlemmt ihr?« Er hob die Hand, um den Wirt heranzuwinken, doch Lun schüttelte erneut den Kopf. »Treibt ihr es mit den Frauen?«

Luns Miene gefror.

Nun denn, dann war die Frage nach Männern wahrscheinlich überflüssig.

»Habt ihr überhaupt irgendwelchen Spaß, außer in interne oder externe Tore zu stolpern?«

»Mir ist bekannt, dass dein Volk Dinge wie Spaß überbewertet.«

Was für ein jämmerliches Dasein. »Du tust mir leid, mein Freund.«

»Trinke den Wein aus und lege dich schlafen. Wir brechen morgen früh zum Grauen Horn auf.«

»Du verarschst mich.« Niemand spazierte in Rags Festung. Nur ein Weg führte durch die scharfkantigen Felsen, und der wurde bewacht.

Lun schauderte sich. »Was immer das bedeuten soll, es klingt widerlich. Sei bei Sonnenaufgang aufbruchbereit.«

»Warum springst du nach der Pfeife der Hexe?« Irgendwo musste ein Haken sein. »Und wieso interessiert es dich, ob das Schattenlichtmädchen zurückkommt oder nicht?«

»Das muss dich nicht kümmern.« Er drehte sich um, schritt hinaus. Die gaffenden Blicke der Gäste schien er nicht zu bemerken.

Arroganter Mistkerl.

Ahfid leerte den Becher, ließ den Rest des Weines jedoch im Krug zurück. Eine gefährliche Reise lag vor ihm. Die konnte er keinesfalls mit Kater antreten.

Wenn Lun recht hatte und Cordic lebte.

Er musste sich an die Brust fassen, um sein Herz zu beruhigen.

Rag

Bei allen Finsternissen! Die Kanten des Felsblocks schnitten ihm ins Fleisch. Der Thron wäre eine bessere Alternative gewesen, doch von dort war die Distanz zu dem Gefangenen zu groß. Ein Jammer um jedes schmerzvolle Zucken der Miene, das ihm entginge. Es stand ihm zu. Ihm allein gebührte die fremde Qual, und weder der Dreck noch der Gestank in dieser verdammten Höhle änderten etwas daran.

Wie er sie hasste! Wie er das Licht hasste, das ihn hineinzwang!

Das Einzige, das er mit jeder geschundenen Kreatur Khatalahs teilte, war die Sehnsucht nach dem eisblauen Himmel, nach den Gipfeln des Felsengebirges, dem Blick über die Schluchten, die sich wie Wunden durch den Stein zogen.

Trotzdem schmerzte sein Hintern.

Er gab den unbequemen Sitz auf. Nichts sprach dagegen, Cordic stehend zu empfangen.

Die Wächter stießen die Torflügel auf, schleppten das, was von Meruts einst so prächtigem Sohn übrig geblieben war, vor seine Füße. Dieses Mal war es nicht nötig, dem Gefangenen die Beine wegzutreten. Er war nicht mehr in der Lage zu stehen. Die Zeit im Kerker hatte ihn übel zugerichtet, doch so lange er nicht zur Seite kippte, bestand kein Grund zur Klage.

»Hast du mir etwas zu sagen?«

Cordic fuhr sich mit der Zunge über die rissigen Lippen, setzte zu sprechen an. Nur ein Krächzen verließ seine Kehle.

Auf diese Weise würde er den Aufenthaltsort des Schattenlichtmädchens nie erfahren.

»Wasser!« Rag schnippte, und sein Lakai sprang wie von einer Viper gebissen auf und goss das Gewünschte in einen Kelch. Das devote Lächeln schien ihm ins Gesicht geritzt, als er ihm das Gefäß überreichte.

Bei allen Finsternissen, er war von Gewürm umgeben. Eventuell war es voreilig gewesen, bis auf wenige Ausnahmen die alten Clans auszulöschen. Revoltierende Widerständler eigneten sich zumindest für ehrenhafte Duelle. Die Speichellecker hingegen ließen es nicht so weit kommen. Sie verkrochen sich in ihre Höhlen und warteten bebend, bis sich der Wutrausch ihres Ersten Mannes gelegt hatte.

Sei's drum. Ein Nachkomme eines der ältesten Clans kniete vor ihm.

»Trink.« Rag hielt ihm den Kelch an den trockenen Mund.

Cordic verstand es, seine Gier zu zügeln. Maßvolle Schlucke, ohne zu husten, ohne vor Hast ausspucken zu müssen. Beeindruckend. Sicher hatte er in der Kerkerzelle die faulende Nässe aus den Wänden gesogen.

»Du hast genug.« Er schüttete den Rest des Wassers in den Staub. »Rede.«

»Ich weiß nicht, was du meinst.« Der Verräter versuchte vergeblich zu grinsen.

Wie hätte es ihm an diesem Ort der Verdammnis gelingen sollen?

»Wir wissen beide, dass du alles tun wirst, was ich von dir verlange, denn solltest du dich verweigern, zappelst du für die Ewigkeit in meinen Ketten.«

Blanke Qual sprang ihn aus den nachtdunklen Augen an. Kein Clankrieger ertrug die Gefangenschaft. Dass Meruts Sohn jahrelang durchgehalten hatte, glich einem Wunder.

»Ich fordere den Eid von dir, dass du mir das Mädchen bringst.«

Bei Feuer und Blut.

Ihm rann es wohlig über den Rücken.

Der Kerl wagte ein Kopfschütteln. »Es ist fort. Es wird nicht zurückkehren.«

»Still!« Er hatte den Anbeginn Khatalahs erlebt. Wozu Jahre zählen, wenn man über die Ewigkeit wachte? »Es ist ein Geschöpf dieser Welt und keiner anderen. Irgendwann muss es zurückkommen.« Er legte zwei Finger unter das Kinn des Mannes, drückte dessen Kopf weit in den

Nacken. »Ich kenne dich in- und auswendig. Hast du unser letztes Treffen vergessen?« Mit Sicherheit brüllte Cordic seine ihm verdankte Qual jede verfluchte Nacht gegen die Kerkermauern.

Aus den dunklen Augen sprangen ihm lediglich stumme Schreie entgegen. Rag lauschte ihnen dennoch. Ob gebrüllt oder gedacht, wenn sich fremde Qual äußerte, war es ein Genuss.

Zärtlich strich er über das pechschwarze Haar. Er hätte einiges für so eine Pracht gegeben, doch man konnte nicht alles haben. Er besaß Macht, und die war attraktiver als sämtliche Haare des Universums.

Er fasste Cordic ins Genick, presste seine Stirn auf die des anderen. »Schwöre mir den Eid unseres Volkes, dass du mir das Kind bringen wirst. Sonst martere ich deine Seele, bis nur Fetzen übrig bleiben.«

Wie sich die Augen vor Entsetzen weiteten. Hinter dem Horizont aus Verzweiflung wartete die Leere. Sie füllte den Blick mit jedem gepressten Atemzug.

Cordic wäre nicht der Erste, dessen Seele er in Finsternis ertränkte. Was zurückblieb, kroch durch faulige Tunnel und fraß vor Gier seine eigenen Glieder. Ein unterhaltsames Schauspiel, einem Menschen dabei zuzusehen, wie er sich in ein Halbwesen verwandelte.

»Der Schwur oder ein Dasein im Abgrund.«

Cordic schloss die Lider. Ein Beben fuhr durch den ausgemergelten Körper.

Ein Kinderspiel, ihn in diesem bejammernswerten Zustand den Eid abzupressen. Die Jahre in Gefangenschaft hatten ihn mürbe gemacht.

Ein letzter Griff in die gemarterte Seele, und stockend kamen die Worte über die blassen Lippen.

Bei Feuer und Blut.

Sein Blut würde brennen, sollte er es wagen, den Eid zu brechen.

Ein heiseres Schluchzen entrang sich der Kehle des Gefangenen.

So viel köstliche Qual. Rag tauchte tief in sie ein. Eine verlockende Idee streifte seinen Geist. Ein Spiel aus Verzweiflung und Hoffnung zwang den Stärksten in die Knie. Er würde es mit Meruts Sohn spielen.

»Ich möchte dir für deinen Gehorsam ein Geschenk machen.« Nie zuvor hatte er sich zu derlei Zugeständnis hinreißen lassen. Er brauchte sich nicht daran zu halten, aber es wäre erbaulich, dem Verräter dabei zuzusehen, wie er nach dem Köder schnappte. »Wenn du mir das

Mädchen gebracht hast, werde ich dich nie wieder mit meinen Wünschen behelligen.«

Der Kopf des Mannes ruckte empor. Ungläubig sah er ihn an.

Der Köder hing.

»Du wirst frei sein.« Er wisperte ihm die verführenden Worte direkt in die Seele. Da gehörten sie hin. Dort sollten sie wirken. »Klingt das nicht süß in den Ohren eines Gebundenen?« Er suchte nach dem Funken Hoffnung, der bei solchen Versprechungen stets in den Augen seiner Opfer glomm. Er würde warten, bis sich daraus ein Feuer entfachte. Es existierte nichts Berauschenderes, als es zu ersticken und zuzusehen, wie die Seele in der Dunkelheit endgültiger Verzweiflung versank.

Meruts Sohn hielt seinem Blick stand. »Schwöre es mir.«

»Was soll ich?« Hatten ihm die Ratten das Hirn zerfressen?

Cordic packte ihn ihm Genick, zog ihn dicht zu sich heran. »Schwöre es mir bei Feuer und Blut.«

Rag lachte, während die kalte Hand von seinem Nacken glitt. Matt und zerschunden kniete dieses Nichts vor ihm und forderte einen Gegenschwur. Die Finsternis hatte nie zuvor solche Dreistigkeit erlebt.

»Du kleiner Wurm! Was bildest du dir ein?«

Cordic sank im Griff der Wächter zusammen. »Ich fordere den Eid von dir«, wisperte er, »... dass ich frei sein werde, wenn ich das Mädchen aus Licht und Schatten zu dir gebracht habe.«

»Helft ihm hoch!« Unverschämt, doch amüsant. Ein gewagtes Spiel und zu herausfordernd, um es auszuschlagen.

Die Wachen zerrten Cordic auf die Beine. Sein Kopf hing auf der Brust, die Lider schlossen sich flatternd.

»Höre, Cordic, Sohn des Verräters Merut.«

Ein kaum wahrnehmbares Zucken ging durch den dürren Körper.

»Ich schwöre dir bei Feuer und Blut, dass ich dich für die Ewigkeit freigeben werde, sobald du deinen Eid erfüllt hast. Bedauerlicherweise hege ich kein Interesse an Halbwüchsigen.« Für seine Pläne war das Schattenlichtmädchen zu jung. »Genieße also weiterhin meine Gastfreundschaft und erfreue dich an dem Klirren deiner Ketten, bis ich dir erlaube, den Eid zu erfüllen.«

Dieses Mal war es nicht nötig, einem stummen Schrei zu lauschen.

Cordics Verzweiflung echote von den Wänden wider.

Ahfid

Tag für Tag drangen sie weiter in den Norden vor. Die letzte Wärme des Sommers war dahin, die Bäume trugen kaum noch Blätter an den Zweigen.

Ahfid blies sich in die Hände. Je näher sie Khatalahs Grenze kamen, umso kälter wurde es. Das Felsengebirge ragte längst wie eine finstere Drohung vor ihnen auf.

Irgendwo knackte es.

Lun zuckte zusammen, suchte panisch mit den Blicken die Umgebung ab. Seit ihrer Begegnung mit einer Moorkrähe machte er das ständig. Auch beim harmlosesten Geräusch.

Zugegeben, dieses Vieh hätte ihm beinahe das Augenlicht gekostet.

Unablässig hielt er den Stock umklammert, den Ahfid für ihn geschnitten hatte. Lun war kein begnadeter Kämpfer mit dieser eher simplen Waffe, aber mit einer Klinge kam er überhaupt nicht zurecht. Nach den ersten Versuchen hatte ihm Ahfid das Schwert abgenommen. Die Gefahr der Selbstverstümmelung durch das hilflose Gefuchtel war zu groß gewesen.

»Wenn du bei jedem Rascheln in Angst und Schrecken gerätst, verdresche ich dich irgendwann.« Hatte Lun gedacht, eine Reise ins Grenzland gliche einem Spaziergang?

»Da!« Lun blieb stehen, zeigte auf eine wilde Schlehenhecke, die sich an die Sonnenseite eines Felsausläufers schmiegte. »Diese Sträucher lieben die Nähe der Tore.«

»Heißt das, überall, wo sie wachsen, existieren Durchgänge in andere Welten?« Dann wäre das Waldland durchlöchert.

»Nicht zwingend.« Lun näherte sich den Büschen ehrfürchtig. »Sie markieren zumindest die dünnen Stellen zwischen den Dimensionen.«

Was war eine Dimension?

»Such dieses Loch und sag mir Bescheid, wenn du es gefunden hast.« Er setzte sich an einen Stein, streckte die Beine aus. Mit dem Hokuspokus der Wanderer hatte er sich nie befasst. Nun sollte er durch ein Weltentor spazieren. Aber nein, es war ja nur ein kleines Tor. Hier rein und in Rags Festung raus. Praktisch. Das erspartе ihnen einen Marsch von mindestens zehn Tagen inklusive dem lästigen Aufgegriffen- und Getötetwerden.

So oder so. Ein Wahnsinn.

»Ich muss es nicht suchen.« Ein Lächeln breitete sich auf den schmalen Lippen aus. »Wir befinden uns direkt davor.« Seine Hände glitten langsam durch die Luft. »Ich fühle das Vibrieren bis ins Herz.«

»Wo genau bringt es mich hin?« Er hegte kein Interesse daran, in Rags Thronsaal zu landen.

»Das Tor ist winzig.« Lun streichelte sanft die stacheligen Schlehenzweige. »Eri erwähnte es in seiner Forschungsschrift über das Nordland. Das ist lange her. Laut seiner Beobachtung öffnet es sich relativ weit unten im Grauen Horn, doch Tore sind tückisch; vor allem die kleinen. Hin und wieder springen sie vom Hier ins Dort.«

»Machst du Witze?« Auf was hatte er sich eingelassen? »Und wer zum Henker ist Eri?«

»Ein Wanderer wie ich.« Ein Hauch Dunkelheit berührte sein Gesicht. »Aber fähiger und älter. Er gehört zu den geistigen Größen meines Volkes.« Lun schloss die Augen. »Es gehorcht mir, wenn auch widerwillig.« Während er mit der einen Hand weiterhin die Zweige liebkoste, winkte er Ahfid mit der anderen heran. »Lass dein Gepäck hier. Es würde dich behindern. Ich versuche, das Tor offenzuhalten, bis du zurückkehrst.«

»Du versuchst es?« Beim ewigen Grün!

»Konzentriere dich auf das Gefühl des Hindurchgleitens und hüte dich vor Angst und Zweifel. Beides bindet dich an das, was du loslassen sollst. Wenn das geschieht, wirst du in der Leere zwischen dem Hier und Dort zerrissen.«

»Ist der falsche Moment für deine Art Humor.« Das mit dem Zerrissenwerden hätte ihm der Wanderer früher sagen müssen.

»Ich scherze nicht. Sei furchtlos oder stirb. Deine Entscheidung.« Luns Seitenblick streifte ihn. »Bist du bereit?«

Ein Gedanke, der nicht nur Angst und Zweifel im Zaum hielt, sondern beides verbannte. Woher sollte er den nehmen? Er stand kurz vor seinem eigenen Tod in einem obskuren Weltentor.

Eine kleine Faust, die sich fest um seinen Finger schloss, ein Blick wie Sonnenstrahlen.

Die Erinnerung flog ihm aus dem Nichts zu.

Was mochte aus dem Mädchen geworden sein? Wohin hatte Jetsuba es gebracht?

Sie wollte es zurückholen. Dazu brauchte sie Cordics Hilfe.

Cordic, der seit Jahren in Rags Kerkern schmachtete, ohne den Blick auf die Weite des Himmels, ohne den Wind auf der Haut zu spüren. Cordic, der ihm das Leben gerettet hatte, lange bevor er Ahfids Knappe geworden war und lange bevor er als Krieger in Nehrits Horde gekämpft hatte. Der Sohn eines der bedeutendsten Clankrieger war damals noch ein Kind gewesen.

Eine alte Geschichte. Sie würde ihn bis zum letzten Atemzug begleiten.

Verflucht. Er war Cordic einen Moment Tapferkeit schuldig.

»Leg los. Ich bin so weit.«

Lun nickte, senkte erneut die Lider. Seltsame Laute drangen aus seinem Mund. Er fasste Ahfids Hand, führte ihn zu dem Gebüsch.

Hindurchgleiten. Wohinein? Ein leichtes Kribbeln legte sich auf sein Gesicht, kroch tiefer, bis in sein Inneres.

»Schließe die Augen«, flüsterte Lun.

Er gehorchte.

Schritt für Schritt. Zweige streiften ihn, verhakten sich an seiner Kleidung, verfingen sich in seinen Haaren. Das Kribbeln nahm zu. Ein Gefühl, ins Nichts zu treten, ein Aufgefangenwerden von Schwerelosigkeit, ein kurzes Wirbeln, als trudelte er in einem Sturm.

Angst? Ihm blieb das Herz stehen.

»Ahfid!«, brüllte der Wanderer von irgendwoher.

»Mut!«, brüllte Ahfid zurück. »Mut! Beim Grün der Wälder, verdammt!«

Härte unter den Füßen. So unvermittelt, dass es ihn von den Beinen holte. Ein bestialischer Gestank schlug ihm entgegen, noch bevor er die Augen öffnete. Er hätte es auch sein lassen können. Um ihn herrschte Finsternis.

»Wir haben es geschafft.« Luns Flüstern neben ihm klang erleichtert. »Beeile dich! Wenn sie mich entdecken, fliehe ich ohne dich. Weder Cordic noch du seid mir meinen Tod wert.«

»Apropos Mut, sei ein Held!«

»Wozu? Ich reise schon ewig zwischen den Welten hin und her und weiß, was mit Helden geschieht.«

»Herzlichen Dank.« Dieser blasshäutige Mistkerl!

»Gern geschehen.«

»Ich kann nichts sehen!« Blind würde er Cordic niemals finden.

»Dann gewöhne deine Augen an die Dunkelheit«, zischte der Wanderer. »Da vorn ist es heller. Los!«

»Und wo muss ich hin?« Auf welcher Ebene befand er sich überhaupt? Unter Rags Thronsaal oder neben den Kerkern? Über den Kerkern?

»Eris Aufzeichnungen nach liegen die Kerker unter uns, aber nicht weit. Suche eine Treppe und beeile dich!«

Ahfid starrte ins Schwarze. Die Konturen eines Tunnels traten langsam hervor. Trübes Licht flackerte ihm entgegen.

Er zog sein Schwert, eilte darauf zu.

Es wäre schön gewesen, nicht atmen zu müssen. Was ließen die Nachtfresser in den Nischen der Gänge verrotten?

Von irgendwoher drang das Geräusch schleppender Schritte.

Er drückte sich an die Wand und betete darum, mit der Finsternis zu verschmelzen. Von Cordic wusste er, dass die Khatalaher wesentlich besser in der Dunkelheit sahen als die Waldleute.

»Wozu der Kerker?«, erklang eine heisere Stimme. »Reicht dem Schlächter nicht seine Galerie?«

Aus einem Seitengang traten nacheinander zwei Schatten. Sie gingen vor ihm entlang Richtung Licht.

Lautlos folgte er ihnen. Hoffentlich führten sie ihn dorthin, wovon sie sprachen. Einen anderen Anhaltspunkt besaß er nicht.

»Die Galerie ist für die, die faulen sollen«, sagte der eine. »Der Kerker ist für die, die er brechen will.«

»Beides stinkt nach Tod.«

»Beides ist der Tod.«

Das raue Gelächter verstummte, als ihnen aus dem Licht ein weiterer Wächter entgegentrat. Er war so breit, dass seine Schultern beinahe die

Wände streiften. »Faselt nicht! Wachablösung! Zibeth krepiert da unten und ihr lacht euch schimmlig.«

Die beiden murrten.

»Wird's bald, oder sollen sich die Gefangenen selbst bewachen?«

»Von denen flieht keiner«, maulte der eine. »Die sind mehr tot als lebendig. Die Ratten fressen längst an ihren Zehen.«

Der Breite zog ihm eins über den Schädel. »Dann kannst du dich allein um sie kümmern.« Er fasste den anderen am Arm. »Du kommst mit mir. Scheiße schaufeln, sonst ersticken wir in unserem eigenen Dreck.« Er zerrte ihn mit sich und verschwand mit ihm in einem gegenüberliegenden Gang.

Wie viele Seitentunnel gab es? Und was, wenn ihn daraus etwas Grässliches ansprang? Ahfid schauderte es bei der Vorstellung. Es existierten unzählige Gerüchte, was für schauerliche Kreaturen in den Schluchten des Felsengebirges hausten. Für die Gedärme des Grauen Horns traf das doppelt zu.

Das Großmaul trottete fluchend weiter, bog nach rechts ab.

Ahfid folgte ihm dicht an den Wänden entlang.

Der Verwesungsgestank wurde unerträglich.

Rechts und links waren Höhlen in den Felsen geschlagen worden. An den Gittern davor klebte Unrat. Er versuchte, hineinzuspähen, als sich der Wächter umsah.

Verflucht! Ahfid drückte sich an die Stäbe.

»Wer ist da?« Der Kerl zog sein Schwert. Es war erstaunlich kurz, dafür sehr breit.

Innerhalb von Sekundenbruchteilen spielte Ahfid das Szenario eines Kampfes durch. Er würde verlieren. Aus einem einzigen Grund. Seine Klinge war zu lang, um mit ihr in dem engen, widerlich niedrigen Gang auszuholen oder zu parieren.

Seine einzige Chance: Der erste Stich musste sitzen.

Er sprang aus dem Schatten, rammte dem Mann die Waffe bis zum Heft in die Brust. »Tut mir leid«, flüsterte er über das Röcheln hinweg. »Mir fehlt die Zeit für einen fairen Kampf.« Er lauschte in die Dunkelheit. Bis auf ein leises Wimmern und Stöhnen, das aus den Höhlen drang, blieb es still.

Ahfid schlich vor bis zum nächsten Abzweig und spähte um die Ecke.

An einem Tisch zusammengesunken hockte ein weiterer Wächter. Das zottelige schwarze Haar war schlampig zum Zopf geflochten, und die verschlissene Kriegerrobe starrte vor Schmutz.

Die Clankrieger, denen er sich in den Grenzkriegen gestellt hatte, waren prachtvolle Erscheinungen gewesen. Ihre Armspangen und Ringe hatten mit den Kettenhemden um die Wette geglänzt und die Kriegsroben darunter in nachtblau und blutrot geleuchtet. Doch das war lange bevor das Licht im Süden den Himmel in Brand gesetzt hatte.

Der Mann schlief. Der scharfe Geruch, der aus dem Krug neben ihm drang, verriet, warum. Um den schmutzigen Hals hing ein Schlüsselbund mit nur zwei Schlüsseln. Ein großer, ebenso rostig wie die Gitterstäbe, und ein kleiner.

Ahfid setzte die Klinge an. Ein Schnitt, und der Schlüssel fiel ihm in die Hand.

Der Wächter schmatzte, schlief jedoch weiter.

Sein Herz schlug bis in die Ohren. Irgendwo in diesem Elend musste Cordic stecken. Er wagte es nicht, nach ihm zu rufen. Nachher tauchten weitere Wächter auf.

Leise schlich er an den Zellen entlang. Der Schein der Fackeln war zu spärlich, um zu erkennen, was darin zusammengekrümmt auf dem Boden lag. Leichen? Sterbende? Von den Wenigsten kam ein Laut.

Er schloss ein Gatter nach dem anderen auf, auch wenn es sinnlos war. Die Geschöpfe dahinter würden nicht hinausfinden, sich höchstens in den Tunneln verlaufen und dort jämmerlich sterben, wenn sie überhaupt zu einem Schritt fähig waren. Doch wie sollte er es über sich bringen, die Gitter nicht zu öffnen? Er besaß den Schlüssel. Bestand eine winzige Chance für einen Gefangenen zur Flucht, musste er sie ihm schenken.

Er zog eine Fackel aus der Halterung und leuchtete in die Höhlen.

Grünschimmerndes, stinkendes Fleisch, angenagte Knochen, ein wenig Bewegung in blau angelaufenen Gliedmaßen. Manche mit Eisenschellen, andere nicht.

Es spielte keine Rolle. Hier rettete sich niemand mehr.

Ein Summen drang aus einer der vor ihm liegenden Zellen. Leise, rau.

Ein khatalahisches Schlachtenlied.

Cordic hatte es mit kraftvoller, tiefer Stimme gesungen, während er sein Schwert auf Rags Horden hatte niedersausen lassen – um sein eigenes Volk zu töten.

Ahfid öffnete das Gatter.

Der Gefangene dahinter hob nicht einmal die Lider. Er saß auf dem Boden und schwang den Kopf im Rhythmus der Melodie langsam hin und her. Seine Haare hingen ihm verfilzt ins schädelgleiche Gesicht.

Er erkannte es dennoch.

»Cordic!« Er war es. Beim Grün der unendlichen Wälder! »Cordic!«

Warum reagierte er nicht?

Das Summen wurde lauter, der Kopf schwang schneller auf den mageren Schultern. Der Hals war voll Striemen, die Handknöchel aufgeschlagen und das zerrissene Hemd war steif vor getrocknetem Blut, nur sein Gesicht schien unberührt.

»Cordic, verdammt! Mach die Augen auf!« Er schüttelte ihn.

Endlich hob Cordic den Kopf. Er sah ihn mit leerem Blick an, dann summte er weiter. Zögernd wischte er Ahfids Hände von sich, wiegte sich dabei ununterbrochen vor und zurück.

Er war zu spät gekommen. Cordics Seele war bereits erloschen. Dreizehn Jahre in diesem Loch. Ein Wunder, dass er noch atmete. In seinem Zustand würde er niemals das Tor passieren können.

»Hör mir zu.« Er strich ihm die schmutzigen Strähnen aus dem Gesicht. »Ich bin es, Ahfid. Ich bin hier, um dich zu retten.« Er hielt Cordics Kopf fest, zwang ihn, ihm in die Augen zu sehen. »Ich schwöre dir bei Feuer und Blut, dass ich nicht eher Ruhe geben werde, bis du mir in die Freiheit folgst.« Der Eid war alt wie die Welt. Die Schwarzblüter in Nehrits Horde hatten ehrfurchtsvoll den Blick gesenkt, wenn ihn einer von ihnen geleistet hatte.

Cordics Kopf entglitt seinen Händen, fiel auf die Brust.

Rag hatte ihn gebrochen. Er war zu lange gefangen gewesen.

Hätte er nur früher davon erfahren.

»Cordic, bitte! Du musst ...«

»Du darfst diesen Eid nicht schwören.« Cordic sprach so leise und heiser, dass er ihn kaum verstand. »Ich will nicht, dass du brennst.«

»Werde ich nicht, denn ich habe nicht vor, ihn zu brechen.« Vor Erleichterung traten ihm Tränen in die Augen. »Komm mit mir. Ich werde dir helfen. Wir schaffen das!« Sie hatten während der Grenzkriege so viel Schreckliches zusammen gemeistert. »Du musst mir vertrauen!«

Cordics Kopf ruckte hoch. Fassungslos starrte er ihn an. »Du bist da.« Er tastete mit zitternden Fingern nach Ahfids Gesicht. Die Ketten klirrten, als er es berührte. »Du bist wirklich da.«

»Ich bin hier, bei dir.« Er legte seine Hände auf Cordics. »Halte noch ein bisschen durch, hörst du?«

Cordic nickte zögernd.

Beim ewigen Grün, er musste sich beeilen. Jeder Augenblick in dieser stinkenden Finsternis brachte seinen Freund näher zum Tod, doch wie sollte er die Handschellen öffnen?

Der kleine Schlüssel. Natürlich.

Er passte.

Scheppernd fielen die eisernen Fesseln zu Boden und entblößten eiternde Wunden an Cordics Handgelenken. Sie drangen bis zu den Knochen.

Ahfid schluckte.

Sie würden heilen. Ebenso wie Cordics Seele. Irgendwann wäre alles bloß eine böse Erinnerung.

Die Cordics Geist bis zum letzten Atemzug vergiftete. Verdammt!

Warum hatte er nicht länger nach ihm gesucht? Wieso hatte er so schnell aufgegeben? Cordic war zäh. Das hatte er immer gewusst.

Seine Reue kam zu spät.

Er nahm die ausgemergelten Hände in seine. »Bitte, halte durch. Nicht weit von hier wartet ein Wanderer auf uns. Er schleust uns durch ein internes Tor in die Freiheit.«

Der Lebensfunke, der eben noch in den dunklen Augen aufgeglommen war, erlosch.

»Nur ein Traum.« Er zog seine Hände zurück, begann erneut zu wippen. »Ahfid würde mir keine unsinnigen Lügen erzählen. Das bringt nur mein verdorrtes Hirn fertig.« Entsetzlich leise summte er die Melodie, die er damals dem Schattenlichtkind vorgesungen hatte.

»Nein! Ich bin hier! Wirklich und wahrhaftig und du kommst jetzt mit.« Er zerrte ihn auf die Beine, doch die gaben nach.

Der Gestank, der von ihm aufstieg, ließ Ahfid taumeln.

Er warf sich Cordic über die Schulter, ging nur für einen Moment in die Knie. Ein Mann dieser Größe hätte um Vieles schwerer sein müssen.

Unter den Lumpen, die Cordic am Leib klebten, spürte er Knochen statt Muskeln.

»Ich bringe dich hier raus«, keuchte er. »Gleich bist du frei.« Die Angst, dass sein Freund aufgeben und sein Leben loslassen könnte, drückte ihm ebenso die Kehle zusammen wie die Befürchtung, den Weg zu Lun nicht mehr zu finden.

Ahfid stolperte durch die Dunkelheit, betete zum Gott der endlosen Wälder, dass er ihn nicht im Stich lassen möge.

»Da seid ihr ja endlich!«

Lun!

»Das Tor schließt sich! Kommt!«

»Er ist nicht bei sich.« Er ließ Cordic von seinen Schultern gleiten. »Keine Ahnung, was in seinem Kopf vorgeht, aber mit Angstfreiheit und Hindurchgleitenwollen brauchst du ihm nicht kommen.«

Der Laut, den der Wanderer ausstieß, klang verdächtig nach Fluch.

»Hoffen wir, dass sein Hirn leer ist.« Fahrig fuhr sich Lun übers Gesicht. »Sonst schwirren wir gleich als Fetzen durch den Äther.«

Was auch immer das sein mochte, er weigerte sich, es sich vorzustellen.

Er hievte Cordic auf die Beine, schlang den Arm um die knochige Hüfte.

»Beim Licht!« Lun keuchte auf. »Er stinkt entsetzlich.«

»Er hat jahrelang in einem verfluchten Loch Schimmel angesetzt!« Ahfids Faust schloss sich und sehnte sich nach Luns glattrasiertem Kinn. »Sei dankbar, dass er lebt!«

»Das bin ich ganz sicher nicht.« Luns Blick denunzierte Cordic als etwas weit von jedem Menschlichen Entferntes. »Ginge es nach mir, hätte ich …«

»Es geht nicht nach dir. Also bring uns hier raus.« Eine Welle heißer Wut rollte über ihn hinweg.

»Zügele deine Emotionen«, sagte der Wanderer kalt. »Unser Leben hängt davon ab.« Seine langen, dünnen Finger schlangen sich um Ahfids.

»Moment.« Wohin wollte er mit ihm? »Vor uns ragt eine Felswand empor und kein Schlehengestrüpp.« War Lun blind?

»Vertraue mir«, murmelte der Wanderer. »Dinge sind nie so massiv, wie sie scheinen.«

Ahfid schloss die Lider. Gleich würde er sich den Schädel einschlagen, und das lag nicht an seinem Misstrauen diesem Fahlgesicht gegenüber, sondern an der ehernen Existenz blanken Gesteins.

In ihm begann es zu kribbeln. Mit jedem Schritt stärker. Plötzlich zog ihn etwas Kraftvolles in sich hinein, presste ihn zusammen, ließ ihn nach Luft schnappen, doch da war keine Luft. Nur ein unerträglicher Druck, der seinen Schädel ebenso zusammenquetschte wie den Rest von ihm. Er wollte schreien, aber es ging nicht. Lun hielt seine Hand so fest umklammert, dass es schmerzte. Woher nahm der dünne Kerl die Kraft?

Der monotone Singsang schwoll an, bis er in seinem Innerem dröhnte.

Er würde ersticken und in dieser verfluchten Leere zermalmt werden. Nichtsdestotrotz durfte er dabei keine Angst empfinden.

Das irre Lachen blieb ihm erwartungsgemäß in der Kehle stecken.

Etwas stieß ihn heftig in den Rücken. Er stolperte nach vorn, kalte Herbstluft flutete seine Lungen.

Sie hatten es geschafft!

Ahfid riss die Augen auf, atmete, als wäre es das erste Mal.

Lun lag neben ihm auf den Knien. Blut tropfte ihm aus der Nase. »Beim gnädigen Licht, fast hätte es uns erwischt.« Er sah zu Cordic, der zusammengekrümmt auf dem Boden lag. »Wegen eines erbärmlichen Nachtfressers hätte es mich beinahe zerrissen.«

»Es hat sich eher nach Zerdrücktwerden angefühlt.« Ein warmes Rinnsal floss Ahfid über die Lippen. Es schmeckte nach Blut.

»Erst das eine, dann das andere«, keuchte der Wanderer. Mit zitternder Hand wischte er sich die Nase. Als er der roten Schlieren ansichtig wurde, brachte er es fertig, noch blasser zu werden. »Das werde ich dir niemals verzeihen«, zischte er in Cordics Richtung. »Und Jetsuba auch nicht!«

Cordic rollte sich auf den Rücken, blinzelte in den grauen Himmel, als würde die grellste Sommersonne auf ihn herabscheinen. Seine Hände fielen zur Seite, vergruben sich im spärlichen Gras. Ein Krächzen verließ stoßweise seine Kehle, im selben Rhythmus, wie sich der abgemagerte Brustkorb hob und senkte.

Versuchte er zu schreien? Zu lachen? Oder bekam er keine Luft?

»Cordic?« Er setzte sich neben ihn. »Was fehlt dir?«

Cordic schüttelte den Kopf. Tränen zogen helle Spuren durch das dreckverschmierte Gesicht.

Er brauchte keine Hilfe. Nur einen Moment für sich allein.

»Komm.« Ahfid winkte Lun. »Wir werden Holz sammeln für ein Feuer. Es wird Nacht.«

»Bin ich dein Diener?« Der Wanderer erhob sich, warf ihm einen eisigen Blick zu. »Als ob wir so dicht vor Khatalahs Toren rasten könnten.«

»Khatalah hat keine Tore.« Zumindest nicht außerhalb von Rags Felsenpalast. »Das Land ist frei, wie der Himmel weit ist.«

Cordic wandte sich ab.

Das raue Schluchzen hörte Ahfid dennoch.

Was musste in der Seele dieses Mannes vorgehen? Besser, er stellte es sich nicht zu bildhaft vor. Seine eigene litt bereits bei Cordics Anblick.

»Macht, was ihr wollt. Meine Arbeit ist vorläufig getan.« Lun setzte sich an einen Stein, faltete die Hände im Schoß. »Ich werde bis zum Sonnenaufgang meditieren und du wirst mich bewachen.« Seufzend senkte er die Lider. »Und wehe dir, ich erlebe den Morgen nicht.«

»Kann ich dir nicht versprechen.« Die Gegend war gefährlich. »Denk an die Moorkrähen.«

Ein leises Zischen drang aus den schmalen Lippen.

Begnügte er sich tatsächlich mit dieser Art sanfter Flüche?

Verwünschungen mussten brüllbar sein. Dazu brauchte es mindestens eines Vokals.

Cordic fuhr sich übers Gesicht, richtete sich mühsam auf. »Ich fasse es nicht, dass du einen Wanderer angeheuert hast, um mich zu befreien.« Er musterte Lun, als wollte er ihn trotz seines erbärmlichen Zustandes zu einem Kampf herausfordern. »Wie konntest du diesem Weißgesicht vertrauen?«

Lun bekam offenbar nichts davon mit. Er verharrte in seiner Versunkenheit.

»Du beklagst dich?« Ahfid unterdrückte ein erleichtertes Grinsen. Wenn sich Cordic beschwerte, war er auf dem besten Weg, wieder zu sich selbst zu finden. »Du bist auf freiem Fuß. Das ist sein Verdienst.«

Cordic schnaubte, bevor ihn ein rauer Hustenkrampf schüttelte.

Ahfid fischte einen Wasserbeutel aus seinem Reisesack und reichte ihn seinem Freund.

Der leerte ihn bis zum letzten Tropfen und ließ ihn schließlich mit einem erleichterten Seufzen neben sich fallen. »Woher wusstest du, wo ich bin?«

Er nickte zu Lun.

Cordic fluchte.

»Ich bin sicher, er schätzt dich ebenso sehr wie du ihn.«

»Worauf du wetten kannst.«

Nur ein Clanmann brachte es fertig, seinem Retter mit Hochmut und Verachtung zu begegnen. Immerhin, Cordic war wieder der Alte, auch wenn er nicht so aussah.

»Du musst etwas essen.« Ahfid wickelte ein paar Trockenfleischstreifen aus einem Tuch. »Sonst kommst du nie auf die Beine.«

Cordic zögerte. »Hast du keine sonnengetrockneten Eidechsen?« Sein Grinsen verwandelte sein Gesicht in einen Schädel. »Du weißt, wie sehr ich die mag.«

»Idiot.« Er hatte den kulinarischen Genüssen der khatalahischen Küche nie etwas abgewonnen, was daran lag, dass sie nicht existierten. Man musste in dem kargen Felsenland geboren worden sein, um dort nicht zu verhungern.

»Wie lange war ich Rags Gast?« Cordic schnupperte an dem Trockenfleisch, verzog den Mund.

»Du hast die Tage nicht gezählt?« Machten das nicht alle Gefangenen? Sie ritzten Kerben in die Wände, um ihren Geist zu zwingen, bei ihnen zu bleiben.

»Hast du da unten ein Fenster gesehen?«

»Du hättest die Mahlzeiten zählen können.«

Cordic sah ihn an, als zweifle er an seinem Verstand. Schließlich hob er in einer hilflosen Geste die Hand, ließ sie wieder sinken. »Nein, konnte ich nicht.« In seinem Blick lag eine Verzweiflung, die tief bis in Ahfids eigenes Herz drang.

Der Wunsch, ihn in den Arm zu ziehen, den Gestank zu ertragen und abzuwarten, bis die Dunkelheit aus Cordics Seele wich, breitete sich in ihm aus. Es wäre ein Fehler. Cordic war stolz. Diese Geste hätte ihn als das gezeigt, was er im Moment war. Ein elender Haufen Mensch, weit entfernt von dem Krieger von einst. Außerdem war er sich seines Zustandes bewusst. Bevor er nicht ein Bad genommen hätte, ließe er ihn kein zweites Mal in seine unmittelbare Nähe.

Ahfid reichte ihm einen Kleiderstapel. »Das habe ich für dich eingepackt.« Die Sachen würden an ihm herumschlabbern wie Großvaters altes Hemd an der Vogelscheuche, aber sie waren sauber.

Cordics Hand näherte sich dem Bündel, doch ehe die Finger es berührten, zog er sie wieder zurück. »Danke«, sagte er leise. »Für alles.« Er klang so rau wie in Rags Kerker.

»Nicht weit von hier fließt ein Bach. Das Wasser ist eisig, aber nach einem Bad fühlst du dich besser.«

»Das Silberband.« Ein winziges Lächeln kam und ging. »Ich habe als Kind an seinem Ufer gespielt und die Kiesel entzweigeschlagen. Innen glitzern sie, wenn sie nass sind.«

»Ich bringe dich dorthin.« Er wollte ihm hochhelfen.

Cordic winkte ab. »Ich schaffe es allein.«

Ja, diese Reaktion hatte er erwartet. »Gut, doch beeil dich.« Er erhob sich. »Wenn du wiederkommst, brennt ein Feuer.« Das Mondlicht reichte kaum aus, um verwendbares Bruchholz zu finden.

Aus den Augenwinkeln bemerkte er, wie Cordic versuchte aufzustehen. Es gelang ihm erst beim dritten Anlauf. Auch das Schwanken und leise Fluchen nahm er wahr.

Ein Teil von ihm wollte seinem Freund helfen, der andere erinnerte ihn daran, dass es klüger war, es zu lassen. Cordics Stolz hatte ihrer Freundschaft oft genug im Weg gestanden. Ahfid hatte seine Lektion gelernt.

Er ließ ihn allein, suchte in der Dunkelheit nach allem, was ein Feuer speisen konnte. Es dauerte lange, und als er endlich den Rückweg antrat, sah er kaum noch die Hand vor Augen.

Cordic hockte an einem bereits aufgeschichteten Reisighaufen und durchwühlte Ahfids Reisesack. »Hast du gedacht, ich überlasse das Feuer dir?« Er grinste zu ihm hinauf, während er den Lederbeutel mit dem Feuereisen und den Kienspänen aus dem Sack angelte. »Gib mir dein Messer.«

Ahfid warf es ihm zu.

Cordic schnitzte kleine Stückchen von dem Span und sammelte sie auf einem flachen Stein. Er schlug das Feuereisen gegen den Messerrücken, bis Funken in die Späne sprangen. Erst als der Haufen lichterloh brannte, schob er ihn in die Mitte der Reisigpyramide, so sanft, als handelte es sich um ein fragiles Wesen, das umhegt werden musste. Die Schatten unter seinen Augen waren schwärzer als die Nacht und stachen von der Blässe seines Gesichtes ab. Es war eingefallen wie bei einem Greis.

Er hätte ihn früher finden müssen.

»Hast du etwas gegessen?« Ahfid stapelte den Holzvorrat neben das Feuer und hielt die Hände an die Flammen. »Du siehst aus, als hättest du es nötig.«

»Ich habe es versucht.« Cordic zeigte hinter sich. »Es kam schneller wieder raus, als ich es schlucken konnte. Trockenfleisch ist meinem entwöhnten Magen zu üppig.«

»Ich habe auch Brot dabei.« Er nickte zu dem Reisesack. »Es ist trocken, also beiß dir nicht die Zähne ab.«

»Könnte passieren.« Cordic wühlte erneut in Ahfids Gepäck und fischte die in Leinen eingeschlagenen Scheiben hervor. Die meisten waren zerbrochen. Er steckte sich ein Stück in den Mund, kaute sehr vorsichtig und langsam.

»Wie geht es dir hier draußen?« Zwar befanden sie sich weit im Norden, aber Cordic würde das Licht der Glasstadt dennoch spüren.

»Wesentlich besser als im Kerker.« Er krempelte einen Hemdsärmel zurück. Der Geburtsreif der Lichten glitzerte im Feuerschein. »Im Süden hat es mir trotz dieses Dings fast das Hirn zerrissen, doch hier lässt es sich aushalten. Es scheint mich unempfindlicher zu machen.«

»Dann sei froh, dass ihn Rag nicht an sich gebracht hat.«

»Er hat ihn kaum wahrgenommen.« Finsternis flutete die ohnehin dunklen Augen.

»Willst du darüber reden?« Es war nur ein Angebot. Er wusste, dass Cordic sein Herz lieber verschloss, als es zu Markte zu tragen.

»Nein.« Immerhin schaffte er ein wackliges Grinsen. »Aber du kannst reden. Über den Grund, weshalb ein arroganter Mistbock im Glitzermantel einen zerlumpten Clankrieger rettet.«

Lun schien tief in die Meditation versunken zu sein, denn trotz der Beleidigung zeigte er keine Reaktion.

»Erinnerst du dich an das Schattenlichtmädchen?«

Cordic nickte.

»Jetsuba will es zurück.«

»Wo hat sie es hingebracht?«

Ahfid zuckte mit den Schultern. »Du sollst es holen.«

Cordic starrte ihn an. Der flackernde Schein der Flammen verzerrte sein Antlitz zu einer Fratze. »*Ich* soll es holen?« Er lachte viel zu laut für eine Nacht im Grenzland.

»Das ist kein Scherz!« Konnte er nicht still sein? Es klang unheimlich.

Cordic verstummte abrupt. »Ein Scherz.« Er fuhr sich übers Gesicht. »Nein, das ist es wahrlich nicht.« Er ließ sich zur Seite kippen, rollte sich in den Mantel. »Lass das Feuer nicht ausgehen.«

»Fällt mir nicht ein. Ich weiß, was für Bestien sich hier herumtreiben.«

»Nein«, sagte Cordic leise. »Du hast keine Ahnung.«

Fiona

Die Fünf in Physik lag Grün auf Weiß neben ihr und verteidigte vehement ihre Existenz. Das Schlimmste war, dass sie darauf wartete, von Karl unterschrieben zu werden. Bereits am Morgen war deswegen dicke Luft gewesen. Karl hatte Fiona Faulheit vorgeworfen und dass sie sich gefälligst auf den Hosenboden setzen und mehr lernen sollte. Er würde keine Fünfen unterschreiben. Da könnte sie lange warten. Sie hatte ihn deshalb einen alten Knispel genannt und gedroht, zu Viktoria zu ziehen.

Als ob sie das jemals freiwillig tun würde.

Karls Knittergesicht war eingefroren, er hatte sich umgedreht und war schweigend gegangen.

Sie hatte ihn getroffen. Direkt in seine wunde Stelle.

Fiona fühlte sich erbärmlich.

Karl meinte es gut. Das hatte er immer. Sie hätte gehirnamputiert sein müssen, um das nicht zu wissen. Klar war sie faul. Allerdings nur in gewissen Fächern. Das eintönige Gefasel der meisten Lehrer schläferte sie ein, und ab einem bestimmten Moment verschlangen sich die Kreidezahlen und Buchstaben auf der Tafel zu irgendwas Lebendig-Ekligem, das abgewischt gehörte. Die Schnörkel auf dem White-Board waren nicht besser, doch das Schlimmste: Powerpointpräsentationen. Klick. Ein Satz. Klick. Noch ein Satz. Klick. Ein Bild.

Hielten die Lehrer sie für bescheuert, eine Handvoll Merksätze nicht auf einmal verinnerlichen zu können?

Wenn sie wenigstens schweigen würde. Mal keine dicke Lippe bei Krüger oder der Widmann riskieren. Einfach die Klappe halten. Was war daran schwer?

Alles.

Ihr Hang, Widerworte zu geben, hatte sich bis zu Karl herumgesprochen. Zum Glück hob er sich deswegen nicht an. Meinungen wären dazu da, geäußert zu werden. Egal ob von einem Achtzigjährigen oder einem Teenager. Bei dem einen würde die Demenz greifen, beim anderen die Hormone. Für bare Münze taugten beide Aussagen nicht, aber immerhin wäre das Maul aufgemacht worden.

Es half nichts. Sie musste in den sauren Apfel beißen und sich Karls enttäuschter Miene stellen.

Der letzte Streit lag ein paar Monate zurück. Der Auslöser war Nico gewesen. Sie hätte ihn nicht in die Gärtnerei schleppen sollen. Karl war eigen, wenn es um ihre Freunde ging. Er hatte Nico von oben bis unten gemustert und gerade mal ein *Tach auch* herausgebracht. Am Abend hatte er ihr klipp und klar zu verstehen gegeben, dass der Kerl nichts tauge und sie die Finger von ihm zu lassen hätte.

»Das is'n Lappen«, hatte er gesagt. »Das seh ich schon, wie der im Gestell hängt! Wie hingehuddert sieht der aus. Und seine Hosen rutschen ihm ständig runter. Was soll das, jedem seine Arschritze vor die Nase zu halten? Ist das in?«

Es war nicht die Arschritze gewesen, sondern eine karierte Boxershorts, aber das machte bei Karl keinen Unterschied.

Das Schlimme daran: Karl hatte recht behalten. Nico war ein Lappen und das in jeder Beziehung. Fairerweise hatte es Karl schweigend hingenommen, als sie ihm sagte, dass das Thema Nico vom Tisch wäre.

Fiona schlich die Treppe hinab, durchquerte den Flur, und als sich der Hof zwischen Wohngebäude und Gewächshaus vor ihr ausbreitete, schaltete sie einen Gang zurück. Statt ihr Rückenwind zu geben, hing ihr das schlechte Gewissen wie eine Eisenkugel am Bein. Dazu kam eine steife, eiskalte Novemberbrise. Das Jahr trudelte dem Ende entgegen, und sie versank täglich tiefer im Spätherbstfrust. Die verdammte Fünf und der Streit machten alles schlimmer.

Aus dem Lokschuppen drang ein derbes Fluchen, gefolgt von einem lauten Klappern und erneuten Verwünschungen.

»Karl? Alles klar?«

»Nein«, knurrte es ihr entgegen. »Komm rein!« Karls Runzelhand winkte sie energisch ins dämmerige Chaos.

Gelebte Unschuld. Diese Assoziation hätte sie zu gern mit ihrem Lächeln erreicht, doch Karls buschige Augenbrauen wichen keinen Millimeter auseinander. »Sag mir, was das hier ist.«

Leitern, Blumentöpfe, Gartengeräte, ein alter Rasenmäher, die kaputte Wäschespinne, an der eine vergessene Unterhose hing, und in chronologischer Reihenfolge die zu klein gewordenen Fahrräder ihrer Kindheit. Alles vor den Regalen mit den Torfsäcken und Blumenkübeln.

»Schaut aus wie immer.« Haltung wahren! »Wo ist das Problem?«

Seine Brauen schoben sich übereinander. »Wo das Problem ist?« Sein Zeigefinger bohrte sich ins diffuse Irgendwo. »Das da ist ein Saustall!«

Kapitän Schmidt kam um die Ecke und sah erschrocken zu, wie sein Herrchen sein Frauchen anfuhr. Er legte die Ohren nach hinten, wedelte mit dem Schwanz und setzte sich zögernd vor sie.

Karl übersah den vierbeinigen, in die Jahre gekommenen Ritter. »Ich bin beinahe von den Tomatenstangen erschlagen worden, und was zum Henker macht die Sense auf dem Boden? Das ist gefährlich!« Er holte tief Luft.

Fiona zog den Kopf ein. Das hier würde länger dauern. Hätte sie sich nur nicht aus ihrem Zimmer gewagt. Sie hätte so schön ruhig und gemütlich für Physik lernen können.

»Und die Säge gehört auch aufgehängt«, wetterte er unbeirrt weiter. »Lass die Sachen nicht überall rumliegen. Die haben einen Platz! Da gehören sie hin! Und nur da!«

»Ich habe die Trittleisten für die Katzentreppe gesägt.« Vor gefühlten zwei Monaten. »Die Säge habe ich danach vergessen aufzuhängen, weil mir beim Abnehmen die Sense entgegen gefallen ist.« Ein zweites Mal hatte sie das Ding nicht herausfordern wollen.

Karl schnappte nach Luft. »Runtergefallen?«

»Die Treppe ist super geworden, wenn du willst, kann ich Blümchen drauf malen.« Irgendwo mussten noch alte Farbeimer herumstehen. »Luki wird sie lieben.« Sollte sich das Vieh je wieder blicken lassen.

Den Gedanken, dass der Kater eine schicksalsschwere Begegnung mit einem Autoreifen gehabt haben könnte, verdrängte sie.

»Da fällt 'ne Sense auf dich runter und du erzählst mir was von Blümchen?«

Fiona hob beschwichtigend die Hände. »Es ist nichts passiert. Wenn's dich beruhigt, räum ich den Schuppen auf und lerne nicht für Physik. Ist okay für mich.« *Bitte lass dich auf den Deal ein.*

»Erst die Arbeit«, sagte er mit eherner Miene. »Dann das Vergnügen.«

Bitte? »Heißt das, du bezeichnest das Lernen als Arbeit und das Aufräumen als Vergnügen?«

»Nein.« Karls Grinsen driftete ins Diabolische. »Zuerst der Schuppen, dann Physik.« Er pfiff nach Kapitän Schmidt, der sich nur ungern von Fiona trennte. »Komm, mein Junge. Frauchen hat heute keine Zeit zum Gassigehen. Sie muss aufräumen. Im Schuppen, in ihrem Zimmer, in ihrem Kopf.«

»Fuck«, murmelte sie, nachdem Karl außer Hörweite war. Er hasste dieses kleine, sich zum Fluchen hervorragend eignende Wort. Begriffe wie *zum Kotzen, Scheiße,* oder *Himmel, Arsch und Zwirn,* winkte er gnädig ab. Die waren in manchen Lebenslagen jedoch nicht kernig genug. Ein einziges Mal hatte sie versucht, Karl zu erklären, dass es bei diesem Wörtchen nicht um die Tätigkeit ging, die sich ursprünglich dahinter verbarg, sondern ausschließlich um das Gefühl, es fauchend zwischen den Lippen hervorzustoßen, um es knackig zu beenden. Wie ein Peitschenhieb, den man auf sämtliche miesen und am Ego nagenden Situationen niedersausen ließ. Danach fühlte man sich besser. Wenn es besagte Situationen wagten, obschon im Staub vor einem liegend dennoch zu zucken oder sich gar noch einmal aufzubäumen, konnte man mit einem zweiten *Fuck* nachlegen, bis die Sache endgültig geklärt war.

In diesem Fall brachte ihr auch stundenlanges Fluchen nichts. Der Schuppen räumte sich nicht von allein auf, und das Innere ihres Kopfes genauso wenig.

Fuck!

Seit ein paar Wochen wurde sie von unheimlichen Träumen heimgesucht. Jede Nacht. Es begann damit, dass ein Rabe krächzte. Sogar das Flügelrauschen hörte sie, doch sie sah ihn nicht. Überall standen Bäume mit so dicken Stämmen, dass drei Mann sie nicht hätten umfassen können. An den Ästen hingen Flechten wie dicke Bärte und die Kronen waren so dicht, dass sie den Himmel verbargen.

Es geschah immer dasselbe. Sie lief durch den Wald und wusste bei jedem Schritt, dass sie tiefer in das grüne Labyrinth geriet. Seltsamerweise spürte sie nie Angst. Sie mochte den Wald. Das Moos war weich und kühl unter ihren Füßen und die feuchte Luft duftete nach Pilzen und moderndem Laub. Wenn sie morgens erwachte, fühlte sie Enttäuschung statt Erleichterung, als wäre ihr dieser geheimnisvolle Ort vertrauter als die Gärtnerei.

Ihr schlechtes Gewissen legte noch eine Schippe drauf.

Karl hatte ihr ein Zuhause gegeben und sorgte dafür, dass es ihr gut ging. Sich woanders hinzusehen war Verrat.

Ahfid

»Holt sie zurück.« Jetsubas Augen leuchteten aus faltigen Lidern hervor. »Es wird Zeit.«

Erstaunlich, dass die Alte trotz der Hautlappen etwas sehen konnte.

Ahfid zog die Knie näher an die Brust. Obwohl ein Feuer brannte, drang die Nachtkälte durch seinen Mantel. Tagsüber hatte es zu schneien begonnen, nun herrschte Frost. Fuhr der Wind in die Zweige, knackte das Eis, das sie in einer dünnen Schicht überzogen hatte.

Jetsuba stieß mit ihrem knotigen Stock so heftig in die Flammen, dass ihr die Funken um die strähnigen Haare stoben. »Ahfid, hörst du mir zu?«

Es roch angesengt.

»Das Überleben des Waldlandes steht auf dem Spiel, und du träumst?« Ihre knochige Hand packte ihn am Kragen und schüttelte ihn. »Wie kann ein Grenzgänger so verantwortungslos sein!«

»Deine Haare brennen an. Es stinkt.«

»Hol das Mädchen zurück!« Fluchend schlug Jetsuba die Funken aus. »Es steckt jenseits des Tores wie die Made im Speck und tanzt im Leben, während hier der Tod nach uns greift.«

»Dann hättest du sie nicht wegschicken dürfen.« Er riss sich nicht um einen weiteren Tordurchtritt. Schon gar nicht in eine fremde Welt.

»Dinge geschehen wie sie geschehen sollen«, maulte die Alte. »Und das Mädchen musste weg.«

»Wer hat das gesagt?«

»Ich.«

Er war zu müde, um mit ihr zu streiten.

Vor zehn Tagen hatte ihn der Rabe aus heiterem Himmel angefallen und ihn wie einen Narren vor sich hergetrieben. Kaum Pausen, kaum Schlaf. Bloß, um ihn aus dem Norden in die Mitte des Waldlandes zu scheuchen. Cordic hatte gedroht, das Vieh zu erschlagen und Jetsuba als Erinnerung die Krallen zu schicken. Sie sollte jemand anderen gängeln. Er weigerte sich, nur einen Schritt Richtung Süden zu gehen.

Ahfid drängte ihn nicht. Es war ein hartes Stück Arbeit gewesen, ihn aufzupäppeln.

»In der Nähe befindet sich eines der großen Tore.« Jetsubas Knochenhand fuchtelte Richtung Osten. »Am Rand des Weidenmoores. Du musst hindurch und das Mädchen holen.«

»Die Tore sind tückisch. Sie werden mir nicht gehorchen. Ob zwischen Schlehen, Weiden oder sonst wo.«

Jetsuba zog ihn nah an ihr Gesicht.

Wie er es hasste, den Staub in den Tiefen ihrer Falten zu sehen.

»Der Wanderer wird dich begleiten. Ich habe ihn in meine Dienste gezwungen, und dort bleibt er.« Ihr Grinsen ließ den Dreck aus den Furchen bröseln. »Und den Clankrieger nimmst du ebenfalls mit. Er wird das Kind erkennen. Er hat ihm zuerst in die Augen gesehen.«

»Cordic hat sich im Norden verschanzt und lässt ausrichten, dass er kein Interesse an deinem Angebot hat. Und was ist so schwer daran, ein Mädchen mit goldenen Augen zu erkennen?«

»Sie ist ein Bastard«, schnaubte die Alte und sprühte ihm zähe Tropfen entgegen. »Die Dunkelheit des Vaters wird das Licht der Mutter schwächen.«

»Dann erkennt Cordic die Kleine ebenfalls nicht.« Er wischte sich schaudernd die fremde Spucke aus dem Gesicht. »Außerdem ist er nicht vollständig genesen. Du hättest ihn sehen sollen, als er ...«

»Er wird ihr dunkles Blut von weitem erspüren«, fuhr ihm die Hexe über den Mund. »Locke ihn aus seinem Versteck. Ich weiß, dass er den Auftrag mehr verabscheut als Rags zweifelhafte Gastfreundschaft, aber er muss mir gehorchen, wenn ihm etwas an diesem Land liegt.«

»Im Moment liegt ihm wenig an ...«

»Unsere Welt verglüht im Licht!« Ihr fauliger Atem schlug ihm ins Gesicht. »Sie wird verzehrt wie das Wachs von der Flamme. Ohne das Schattenlichtmädchen haben wir kein Mittel zur Hand, das Leben des Waldlandes zu retten.«

»Sie soll den Großen Schutz zerstören?«

Jetsuba nickte.

»Mit was?« Das Mädchen war ein Kind, und auch wenn es eine Kriegerin gewesen wäre, änderte das nichts daran, dass sich die Lichtmauer weder ersticken noch ausblasen ließ.

»Ihre Anwesenheit genügt.«

»Du sprichst der Kleinen viel Macht zu.«

»Oh ja.« Die Alte grinste. »Sie ist einzigartig, unmöglich, verboten, zweischneidig, dem Chaos entsprungen und im Licht geboren. Das muss für ein Wunder reichen.« Endlich ließ sie ihn los, streckte sich ächzend auf dem Laub aus und sah hoch zu den Sternen. »Letztendlich reicht es, wenn sie jeder für machtvoll hält. Der Rest kommt von allein.«

»Ist sie nun mächig oder nicht?« Zum Rätselraten war er zu erschöpft.

»Sie ist es.« Jetsuba lachte kehlig. »Und wie sie es ist.« Plötzlich wurde ihr Blick weich, und das Unheimliche, das sie umgab wie ein dunkler Mantel, wich für einen Moment. »Damals habe ich das Mädchen für uns gerettet. Jetzt sollte es alt genug sein, um uns zu retten.« Sie rieb ihre Hände, und die trockene Haut raschelte wie Pergament. »Ich werde ihre Kräfte wecken müssen, was ein gehöriges Stück Arbeit für mich bedeutet.«

Etwas an ihrem Lächeln, das eindeutig ins Hinterhältige glitt, gefiel ihm nicht. Diese Frau verschwieg etwas. Darauf war er bereit, den Eid zu schwören.

Jetsuba brach einen dürren Halm ab und steckte sich das Ende in den Mund. »Wo Leben ist, ist kein Tod«, nuschelte sie in die Nacht. »Diesen Trumpf werden wir ausspielen.«

»Bis zu dem Moment, wo er kommt. Denn dann geht das Leben.«
Unzählige Male war er Zeuge dieses Phänomens gewesen.

»Wir werden sehen«, murmelte Jetsuba, ohne ihn eines Blickes zu würdigen. »Kümmere du dich darum, dass Cordic dem Wanderer während eurer Reise nicht an die Kehle springt.«

»Kann ich nicht versprechen.« Dieses Unterfangen würde zu einem Spießrutenlauf werden. So viel stand fest. »Wie heißt das Mädchen?«

»Kein Name.« Sie wandte ihren Kopf zu ihm. Das laute Knacken dabei schien von ihrem Genick zu kommen. »Ich habe einen Zauber gewirkt. So alt, dass ich ihn aus den Tiefen des Felsenreiches locken musste. Er glühte vor Hitze und sträubte sich mit aller Macht, mir zu Willen zu sein.« Sie stieß ihn heftig mit der Faust ans Bein. »Ich bin gut, hm?«

»Du bist eitel.« *Und brillant, aber das werde ich dir nicht auf die warzige Nase binden.* »Gruselig. Das bist du auch.«

»Es gibt Schlimmere als mich.«

Hoffentlich erwartete sie keine ehrliche Antwort.

»Die Kleine spürt den Bann bereits. Zu gegebener Zeit wird sie ihm folgen und euch über den Weg laufen. Dann müsst ihr nur zupacken.«

»Und sie in einen Sack stopfen?« Sie war ein Mensch, keine Katze. »Wie hast du es angestellt?« Er bereute die Frage, während er sie aussprach. Es war weiser, keine Ahnung davon zu haben, wie Hexen ihre Zauber woben.

»Mit einem Pfand.« Jetsuba schürzte die Lippen. »Es blieb hier, als sie nach dort ging.«

»Und wo ist dort?«

Ohne Vorwarnung schnellte sie hoch und packte sie ihn am Arm. »Haltet sie von den Lichten fern! Bekommt Mahkis sie in die Finger, ist es aus mit ihr.« Sie ließ ihn los, zog einen kleinen Lederbeutel aus den Falten ihres Mantels. Der Verschluss war versiegelt. Auf seinen fragenden Blick hin schüttelte sie den Kopf. »Du musst nicht wissen, was da drin ist. Aber es führt dich zu ihr und sie zu dir.«

»Dann ist die Reise keine Suche, sondern ein Warten?«

»Herumzulaufen und dabei Augen und Ohren offenzuhalten, hat nie geschadet. Mit oder ohne Zauber.« Sie streckte ihren Arm aus, und der Rabe ließ sich flügelschlagend darauf nieder. »Ich werde Lun auf deinen Weg schicken und du prügelst Cordic auf seinen. Und sag ihm, er soll dem alten Mann den Geburtsreif zeigen.«

»Welchem alten Mann?« Was ging einen Fremden Cordics Armschmuck an?

»Er wird es wissen, wenn er ihn sieht.« Sie rappelte sich auf die dürren Beine und verschwand humpelnd in den langsam heraufziehenden Frühnebel.

Der Segen der endlosen Wälder möge euch auf eurer Reise begleiten.

Die Stimme schien sich im Rascheln der Blätter zu verstecken.

Ahfid legte die Hand auf sein Herz. Ob körperlos in den Wind gewispert oder von faltigen Lippen geformt, der Segen blieb heilig und dem, der ihn aussprach, gebührte Dank.

Während das Feuer niederbrannte, schmiedete er seine eigenen Pläne. Sie hingen an denen der Hexe wie Vögel am Leim. Zuerst musste er Cordic überzeugen, was die schwerste Aufgabe von allen darstellte, und danach Lun finden. Wie es schien, führte ihn Jetsuba an unsichtbaren Fäden. Dennoch war die Idee, einen Wanderer zusammen mit einem Khatalaher auf eine Quest diesen Ausmaßes zu schicken, Irrsinn. Wahrscheinlich war das der einzige Grund, weshalb ihn Jetsuba mit ins Boot befohlen hatte – zum Streitschlichten und eingeschlagene Nasen richten.

Fiona

»Kaputt.« Nele stand breitbeinig da, die Hände in die Hüften gestemmt und betrachtete mit kritischem Blick den erfrorenen Lorbeer. »Dem war's zu kalt letzte Nacht.«

»Blödsinn. Der fängt sich.« Eine optimistische Aussage angesichts der kläglich braunen Blätter. Fiona zerbröselte eines zwischen den Fingern.

»Lass uns die Dinger wegschmeißen.« Nele zuckte mit der Schulter. »Die päppelt auch dein Opa nicht mehr auf.«

»Er nicht, aber ich.« Sie wollte ihn nicht wieder enttäuschen. Seit Wochen lag er ihr damit in den Ohren, die Sträucher auszugraben und ins Gewächshaus zu pflanzen. Sie hatte es zuerst verdrängt und dann vergessen. Nun lag das Kind im Brunnen und stank bereits.

Sie drückte Nele die Grabegabel in die Hand.

»Ich will nicht für dich arbeiten.« Nele popelte mit den Zinken in der nassen Erde herum. »Ich bin hier, um mich wegen meines Erzeugers auszujammern.«

»Schon wieder?« Neles Vater war ein heikles Thema, dem man sich besser mit Vorsicht näherte. Er hatte kein Problem damit, Frau und Tochter in Grund und Boden zu brüllen. Hatte er getrunken, was in letzter Zeit häufiger der Fall war, übertraf er sich im Dauerbrüllen. Wurde es Nele zu viel, kam sie zu ihr und Karl und ließ ihren Tränen freien Lauf. Allein wenn sie mit dieser speziellen Miene *Hi Karl* murmelte, griff der zur Küchenpapierrolle und platzierte sie strategisch klug vor Neles Nase. Dann hörte er sich gemeinsam mit Fiona das Drama an und kochte nebenbei einen Ostfriesentee, durch den der Tassenboden nicht einmal zu ahnen war. Plus drei Stück Zucker pro Portion und einen Schwapp Sahne, und fertig war der fettaugenverzierte Zaubertrank. »Es gibt sone und sone«, murmelte er in solchen Augenblicken. »Aber sone sind die Schlimmsten.«

»Ist langsam nicht mehr witzig.« Das feuchte Glitzern in Neles Augen bedeutete nichts Gutes.

Fiona schrieb Karl eine Nachricht, dass er Wasser aufsetzen sollte. »Sag deiner Mum, sie soll sich von dem Arsch scheiden lassen.« Die Hinhaltetaktik von Neles Mutter führte zu nichts.

»Funktionieren Scheidungen in vier Tagen?« Nele zog lautstark die Nase hoch. »Da hat sie Geburtstag und das wäre ein klasse Geschenk.«

»Eher weniger.«

Karl antwortete, dass es zu zeitig für einen Spezialtee wäre. Das Frühstück läge erst eine Stunde zurück.

Richtig, das hatte sie verdrängt. Flexible Ferientage waren eine feine Sache. Außer man hatte einen Großvater, der einen um sieben aus dem Bett pfiff und zur Arbeit zwang.

Neun Uhr morgens. Zeit für einen zweiten Kaffee.

Nele quetschte die Finger in die Tasche ihrer Jeans und versuchte, ein Papiertaschentuch herauszuziehen. Es riss in der Mitte durch.

»Du musst dich in den Dingern bücken können.« Fiona machte es ihr vor. Die Nähte ihrer Hose ächzten verräterisch, aber so lange das Handy nicht zwischen den Stofflagen zermalmt wurde, ging die Rechnung auf.

»Wie wäre es mit Freikarten für die Vernissage deiner Mutter?« Nele lächelte verlegen. »Dann könnten wir uns in Berlin einen schönen Tag machen und mein Erzeuger verdirbt ihn nicht wieder.«

»Klar.« Hatte Viktoria während ihres letzten Besuchs etwas von einer Ausstellung erzählt?

»Die Sehnsucht nach verblassendem Blau«, klärte Nele sämtliche Fragen. »Ihr neues Thema.«

Mit den meterhohen Leinwänden verdiente sich ihre Mutter zwar keine goldene Nase, aber mit Freikarten knauserte sie nie.

»Ist bestimmt tiefenentspannt, das Leben mit deiner Mum.« Nele schnäuzte sich ins halbe Taschentuch. »Künstler sind cool.«

»In erster Linie sind sie weg.« Was Vor- und Nachteile mit sich brachte.

Ein dumpfes Gewittergrollen gefolgt von einem krachenden Donner ließ Nele besorgt gen Himmel schauen.

»Keine Sorge. Ist bloß mein neuer Klingelton.«

»Klingt total authentisch.«

»Er ist authentisch.« Beim letzten Unwetter hatte sie Ewigkeiten auf der Lauer gelegen.

Lehmann-Café stand auf dem Display. Eine Bestellung?

»Wie sieht's mit meinem Tee aus«, klang es dezent genervt in Fionas Ohr. »Ich habe dich gestern erwartet.«

»Hallo Herr Lehmann. Ich wusste nicht, dass Sie etwas bestellt hatten.« Sollte sie es vergessen haben?

»Hatte ich. Das Übliche. Die Mengen hatte ich Clara durchgegeben. Sie wollte dir Bescheid sagen.«

Frau Webheimer, die alte Schlange. Wahrscheinlich hatte sie absichtlich nichts von der Bestellung gesagt. Keinen Schimmer, weshalb Karl sie nicht längst gefeuert hatte. Er ärgerte sich ständig über sie.

»Reicht es, wenn ich heute Nachmittag vorbeikomme?« Karl hatte ihr eine Latte an Arbeiten aufgebrummt und es war besser, wenn sie zumindest die Hälfte vor dem Mittagessen erledigte.

»Kein Problem«, sagte Lehmann. »Ehe ich es vergesse: Nachträglich alles Gute zum Geburtstag.«

»Danke.« Seit einer Woche war sie sechzehn. Endlich musste sie geburtsdatumstechnisch keine Muttizettel mehr fälschen. Nur die Unterschrift von Karl, wenn sie sich spontan zu einer durchzutanzenden Nacht entschied. Das Gekrakel ging ihr mittlerweile sauber von der Hand.

»Bis später.« Fiona verstaute das Handy.

»Was vergessen?«, fragte Nele.

»Anscheinend.« Dunkel schwante ihr, dass ihr die Webheimer gestern etwas zwischen Tür und Angel zugerufen hatte. Sollte es die Bestellung gewesen sein?

Es war ein mieser Tag gewesen. Ihre Träume hatten sämtliche Grenzen gesprengt, und am Morgen war sie kaum aus dem Bett gekommen. Da war eine Melodie gewesen, sehr leise, schwermütig, trotzdem kraftvoll und betörend schön. Sie hatte sich wie ein roter Faden durch den Traum gezogen. Hin und wieder hatte sie sich eingebildet, Worte zu hören, sie aber nicht verstanden. Plötzlich hatte es nach Rauch gerochen. Sie war dem nachgegangen, immer tiefer in den Wald. Auf einer Lichtung brannte ein Feuerkreis. Die Flammen schlugen in den Nachthimmel, leckten an den Bäumen. Mittendrin krümmte sich eine Gestalt. Sie rief in einer seltsamen Sprache. Der verrückte Gedanke, dass Fiona sie verstehen müsste, hatte sie ohne Vorwarnung aus dem Traum geschleudert.

»Dein Klingelton kann Voodoo.« Nele blickte zum Himmel. »Sieh dir die Wolken an.«

Dunkelgrau mit einem Stich ins Grüne.

Über ihnen braute sich ein Unwetter zusammen.

Ahfid

Die Weide ragte aus dem Nebel. Reglos hingen ihre Zweige in den eisgrauen Tümpel.

Ahfid zog sich den Mantel enger um die Schultern. Im Morgenlicht wirkte das Moor beinahe freundlich. Nachts hingegen wurde es zu einem unheimlichen Ort. Höchste Zeit, ihn zu verlassen.

Gestern war endlich eine Rabennachricht von Jetsuba eingetroffen. Seit Tagen wartete er darauf. In ihr hatte nur gestanden, dass Lun gegen Morgen zu ihm stoßen würde.

Bis jetzt hatte sich der Wanderer noch nicht blicken lassen.

Wenn wenigstens Cordic mitgekommen wäre, dann wären ihm die vergangenen Nächte weit weniger gruselig erschienen, doch der hatte Jetsubas Forderungen mit ausdrucksloser Miene hingenommen und ihm eine gute Reise gewünscht. Ahfid hatte ihn inständig gebeten, ihn zu begleiten. Cordic hatte davon nichts wissen wollen.

Dann musste es eben ohne ihn gehen. Jetsubas Pfand würde ihn zu dem Mädchen führen. Es war unnötig, dass Cordic dunkles Blut oder sonst etwas in ihr erspürte.

Die Riemen des Reisesacks schnitten ihm in die Schultern. Neben allem Nützlichen hatte er ein paar Dinge für das Mädchen dabei. Sollte es ihnen nicht freiwillig folgen, würden sie es entführen müssen. Das schloss geplantes Packen aus. Die Methode, auf das Beste zu hoffen und mit dem Schlimmsten zu rechnen, hatte ihn während der Grenzkriege am Leben gehalten.

Und wenn schon. Das Mistding war einfach zu schwer.

Er streifte es wieder ab. Er sollte sich von dem ein oder anderen darin trennen und es stattdessen Lun überhelfen. Wo stand geschrieben, dass er bei diesem Unterfangen als Packesel herhalten musste?

Etwas stieß ihn derb in den Rücken. Er taumelte nach vorn, versuchte, sein Schwert zu ziehen.

»Lass es stecken.« Cordic lachte. »Du wirst alt, mein Freund.«

»Einen Dreck werde ich!« Verflucht, er hatte ihn nicht kommen hören. »Seit wann kannst du schweben?«

»Seit wann schläfst du mit offenen Augen?« Cordic grinste übers blasse Gesicht. »Ich habe es mir anders überlegt. Es ist unverantwortlich, dich ohne meinen Schutz mit dieser fahlen Gestalt durch fremde Welten stolpern zu lassen.«

»Ich kann allein auf mich aufpassen.« Tat das gut, ihn zu sehen.

»Habe ich gemerkt.« Sein Grinsen breitete sich bis zu den Ohren aus.

Keine Chance, ernst zu bleiben. Dazu freute er sich zu sehr. Die unvermeidlichen Machtkämpfe mit Lun würden ihm zwar den Nerv rauben, aber mit Cordic reiste es sich weitaus amüsanter als mit dem überängstlichen Wanderer.

Cordic blinzelte ins diesige Sonnenlicht. »Die Hexe pfeift und wir springen. Sie hat uns gut dressiert.«

»Nur ein Katzensprung«, drang Luns eintönige Stimme durch den Dunst. »Beide Welten durchdringen einander.« Er trat aus den Schwaden wie ein Geist. Das fahlhäutige Gesicht, die farblosen Haare, als hätte er sich aus dem Nebel geformt.

»Wo ist dein Glitzerumhang?«, fragte Cordic. »Der hat besser zu deinem Teint gepasst, als der schnöde Mantel.«

»Das mag sein, doch ist diese Garderobe unauffälliger.« Mit spitzen Fingern zupfte Lun am Kragen seines Leinenhemdes. »Jetsuba bat mich um Eile. Daher sollten wir uns auf den Weg machen.« Er maß Cordic mit gleichgültigem Blick. »Da du dieses Mal ansprechbar bist, werde ich dich so weit in die Magie der Weltentore einweisen, dass wir unbeschadet auf der anderen Seite ankommen. Mir liegt nichts daran, erneut mein eigenes Blut zu betrachten.«

Cordic sah ratlos zu Ahfid.

»Nicht wichtig.« Wenn er ihm erzählte, dass Lun wegen harmlosem Nasenbluten einen Aufstand gemacht hatte, würde Cordic den Wanderer niemals respektieren.

Wahrscheinlich würde er das auch so nicht.

»Dort drüben.« Lun zeigte auf die Weide. »Zwischen ihrem Stamm und den ins Wasser hängenden Zweigen wird es sich öffnen. Sind wir durch, trennt uns lediglich ein kurzer Fußmarsch von dem Mädchen.«

»Was ist mit dem Schlehendorn?« Galt dieser Strauch nicht als Hinweis auf ein Tor?

»Das ist ein Moor.« Lun hob die Braue. »Hier wachsen keine Schlehen.«

Beim immerwährenden Grün! »Das weiß ich. Aber du hast gesagt ...«

»Hin und wieder gibt es Ausnahmen zur Regel«, erklärte Lun gelangweilt. »Du wirst mir vertrauen müssen. Außerdem habe ich damals Jetsuba dabei geholfen, das Kind hindurchzuschicken.« Eine schmale Braue hob sich. »Dort *ist* ein Tor.«

»Hochnäsiger Fatzke«, zischte Cordic und gönnte Lun einen Blick, der die Beleidigung wenig subtil unterstrich.

»Bedeutet *hochnäsig* für dich, dass ich nicht erbaut bin, mit einem wie dir meiner Wege zu ziehen?« Die zweite Braue folgte der ersten. »Dann trifft es zu.«

Cordic stieß in seiner Muttersprache eine Verwünschung aus, die Ahfid spontan husten ließ. Hoffentlich war der Wanderer kein Sprachgenie.

Luns Miene gefror.

Er hatte den Fluch verstanden.

Bevor der Wanderer zu einem verbalen Gegenschlag ausholen konnte, hob Ahfid die Hand. »Da ist etwas, um das ich euch bitten möchte.« *Euch nicht schon vor Reiseantritt an die Kehlen zu gehen.* Ein frommer Wunsch. Er würde einer bleiben. »Es geht um einen Brauch meines Volkes.« Er fischte vier Seidentücher aus seinem Gepäck. Beglichene Wettschulden eines Kaufmannes aus dem Steppenland. Der Mann war nicht glücklich darüber gewesen, ihm die Kostbarkeiten zu überlassen. »Spottet, wenn ihr wollt, aber bindet euch die Dinger trotzdem um.«

»Nein.« Lun schüttelte entschieden den Kopf. »Ich lasse nichts an mich ran, dessen Herkunft ich nicht kenne. Außerdem besitze ich bereits einen Schal.«

»Es geht nicht ums Wärmen.« Hätte er vier Amulette oder Ringe besessen, hätte er die genommen. Letztendlich spielte es keine Rolle, solange der Gegenstand am Körper getragen wurde.

Cordic lächelte ihn an. Sein Blick verriet, dass er wusste, was Ahfid mit den Tüchern vorhatte.

Ahfid atmete tief ein und aus, schloss die Lider.

Die Kälte auf seinen Wangen, das Rascheln zwischen froststeifen Halmen, der kaum wahrnehmbare Windhauch, der seine Wangen streifte.

»Ich erbitte den Segen der unendlichen Wälder.« Die Worte flossen ihm von allein über die Lippen. »Möge er uns auf unserer Reise begleiten und uns eines Tages glücklich und unversehrt in unsere Heimat zurückführen.«

Stille. Sie senkte sich tief in sein Herz, ließ es ruhiger schlagen.

Außerhalb seiner Lider schnaubte es.

»Diesen Hokuspokus lehne ich ab.«

Lun.

Ahfid öffnete die Augen.

Der Wanderer stand mit zusammengekniffenen Lippen vor ihm.

Fürchtete er, er würde ihm eines der Tücher in den Mund stopfen?

»Lehn ab, was du willst, aber nimm eines.« Er hielt sie ihm hin. »Der Segen hilft, sobald er ausgesprochen wird. Dein Zweifel ändert nichts daran.«

»Nein.« Lun wandte den Kopf zur Seite.

»Bei allen Finsternissen«, murmelte Cordic und schnappte sich das fahlviolette Tuch. »Stell dich nicht so an.« Er drückte es dem Wanderer in die Hand. »Wage es, Ahfids Geschenk abzulehnen, und du lernst mich von meiner dunkelsten Seite kennen.« Tatsächlich wurden seine Augen bei jedem Wort schwärzer.

Lun schluckte, steckte sich das Tuch jedoch in die Hosentasche, statt es sich umzubinden.

Seine Entscheidung.

Es blieben ein rostrotes, dunkelblaues und moosgrünes übrig.

Cordic wählte das dunkelblaue, wand es sich um den Hals und knüpfte aus den Enden einen kunstvollen Knoten. »Sie halten warm und werten die schlichte Kleidung auf.« Er zwinkerte Ahfid zu.

Schlicht, aber zweckmäßig. Wenn sie auf der anderen Seite des Tores nicht auffallen sollten, wären die farbenprächtigen Kriegsroben der Khatalaher kontraproduktiv. Dasselbe galt für Luns Silbermantel.

Ahfid entschied sich für das rostrote und wickelte es sich um.

Wie hatte es Cordic hinbekommen, dass es so edel aussah? Als ob sein Hals viel länger und schlanker als vorher wäre. Er selbst scheiterte bereits an dem aufwändigen Knoten, und der Rest fühlte sich nach Wülsten statt nach zierlichen Faltenwürfen an.

Cordic verdrehte die Augen, wischte Ahfids Hände beiseite und wiederholte sein Kunstwerk. »Was ist mit dem vierten Tuch?«

»Es ist für das Schattenlichtmädchen.« Für sie war diese Reise am gefährlichsten.

»Du sorgst dich um sie?«

»Hast du vergessen, wie winzig sie war?« Nicht für das Kind einer Lichten, aber für ein menschliches Wesen. »Ich frage mich, was aus ihr geworden ist.«

»Etwas weniger Winziges.« Cordic trat einen Schritt zurück, betrachtete sein Werk. »Sie wird uns Ärger einbringen. Deine Worte.«

Zweifellos. »Wie erklären wir ihr, was wir von ihr wollen?« Den Lichten fiel es bereits schwer, einen von den Waldleuten zu verstehen. Umgekehrt verhielt es sich ähnlich, von den Clankriegern ganz zu schweigen. Mit ihrem garstigen Dialekt kam er nur dank Cordics Bekanntschaft zurecht.

»Hat man es einmal begriffen, ist es leicht.« Lun zog ein Fläschchen aus seiner Manteltasche. Die Flüssigkeit darin schimmerte wie frisch gefallener Schnee. »Sprache ist eine verschlüsselte Information, für die unser Gehirn den jeweils gelernten Schlüssel parat hält. Eine fremde Sprache kann dieselbe Information enthalten, wird aber nicht entschlüsselt, also nicht verstanden.«

»Sag doch, dass wir ihre Sprache lernen sollen«, maulte Cordic. »Ich wette, du sprichst sie fließend.«

»Allerdings«, gestand Lun ohne eine Spur von Stolz. »Wenn ich jedoch sämtliche Sprachen sämtlicher Welten lernen müsste, die ich bereise, würde ich verrückt werden. Der Trick ist, unserem Gehirn einen Universalschlüssel zur Verfügung zu stellen. Dadurch versucht es nicht, fremde Worte durch ein bekanntes Raster zu quetschen, um frustriert festzustellen, dass es nicht gelingt, sondern es löst das Raster auf und alle Informationen, gleichgültig in welcher Sprache vorgetragen, erreichen ihr Ziel.«

»Und davon wird man nicht verrückt?« Allein bei dem Gedanken wurde Ahfid schwindelig.

»Selbst eure überschaubare Gehirnkapazität ist bei normalem Gebrauch nicht ansatzweise ausgelastet. Nach wenigen Minuten werdet ihr es nicht mehr bemerken, dass ihr in der landestypischen Sprache inklusive des gängigen Duktus parliert.«

»Mein Gehirn ist mir heilig«, sagte Cordic entschieden. »Redet ihr mit dem Mädchen, wenn euch das einen zerlöcherten Verstand wert ist.«

»Du hegst Bedenken bezüglich der telepathischen Fähigkeit deines Volkes, nehme ich an.« Lun räusperte sich. »Die kann ich zerstreuen.«

Cordic hob eine Braue.

»Die Substanz wirkt ausschließlich in den Bereichen, die für die Spracherkennung und -verarbeitung relevant sind. Solltest du dich also dazu hinreißen lassen, dem armen Kind deine Seele aufzuzwingen, ist das auch nach dem Genuss möglich.«

»Moment.« Cordic zeigte auf das Fläschchen. »Wir sollen das trinken?«

»Nein«, antwortete Lun gelassen. »Ihr werdet eure Füße damit einreiben.«

»Dein Ernst?« Was hatten die Füße mit dem Gehirn zu tun?

Cordic und Lun hoben zeitgleich die Brauen, während sie Ahfid schweigend ansahen.

Gut. Es hatte schlauere Tage in seinem Leben gegeben.

»Jeder nur einen Schluck«, ermahnte Lun und reichte Cordic das Fläschchen.

Der entkorkte es, schnupperte daran. Angewidert verzog er das Gesicht. »Auf dein spezielles Wohl, Wanderer.« Er trank, schüttelte sich und gab es Ahfid. »Schluck es schnell«, krächzte er. »Sonst musst du speien.«

Ein ekliger, metallisch-süßer Geruch drang aus dem Gefäß.

Er folgte Cordics Beispiel. Die Flüssigkeit biss ihn in die Zunge, kaum dass sie sie berührte. Schlucken? Das Zeug klammerte sich an sein Zäpfchen. Ahfid würgte es hinunter, kämpfte mit dem Brechreiz. Es brannte in der Kehle, im Magen und würde es sicherlich auch im Darm tun.

Was war das für ein grässliches Gefühl in seinem Rückgrat?

Als kröche es wieder darin empor.

Hitze strömte ihm in den Nacken, und in seinem Hinterkopf begann es unangenehm zu kribbeln. Er massierte die Stelle. Umsonst.

»Ich sehe, es wirkt.« Lun nahm das Fläschchen und verstaute es in seiner Tasche. »Lasst alle Waffen zurück, die ihr nicht in euren Reisesäcken verbergen könnt. Sie sind zu auffällig.«

»Ein Scherz.« Cordic umfasste den Griff seines Kurzschwertes. »Soll ich mich wie ein dahergelaufener Waldbauer mit einem Stock verteidigen?«

»Wir werden nicht kämpfen, also brauchst du dich auch nicht verteidigen. Eine Waffe würde Aufmerksamkeit auf uns ziehen, was wir nicht gebrauchen können.«

Cordic musterte den Wanderer mit finsterer Miene, bevor er die Schwertscheide vom Gürtel schnallte und sie in eine Astgabel der Weide hängte.

»War das alles?«, fragte Lun und ließ seinen Blick über ihn wandern. »Oder versteckst du noch mehr dieser unkultivierten Hieb- und Stichwaffen?«

Cordic hob die Hände. »Wenn du dich vergewissern willst, bitte.«

»Das wird nicht nötig sein«, sagte Lun eine Spur zu schnell. »Es wäre töricht von dir, mich anzulügen. Immerhin bin ich der Spezialist für die Welt jenseits dieses Tores, und du tätest gut daran, mir zu vertrauen.«

Cordic versteckte mindestens einen Dolch im Stiefelschaft, einen zweiten im Reisesack und eventuell einen dritten im Hosenbund. Das lehrte ihn nicht nur die Erfahrung, sondern er erkannte es auch an dem unverschämten Grinsen, mit dem sein Freund den Wanderer bedachte.

»Ein letzter Hinweis.« Lun räusperte sich. »Bevor wir das Tor betreten, müsst ihr ...«

»Leise!« Cordic legte den Finger an die Lippen, spähte in den Nebel. »Wir werden beobachtet.«

Lun fuhr zusammen. »Von wem?« Er sah sich hektisch um. »Ich sehe niemanden.«

»Aber ich spüre ihn.« Cordic zog seinen Dolch. »Wir müssen uns beeilen.«

Die Zweige der Weide bewegten sich.

Ein Schatten trat daraus hervor, sprang.

Clara Webheimer

»Bin noch mal weg«, rief es quer durch den Raum. »Nur für den Fall, dass Karl nach mir fragt.«

Carla ignorierte das rotzige Gör. Erst als die Ladentür krachend ins Schloss fiel, zuckte sie zusammen. Ein Reflex. Ihre Nerven waren dank dieses Mädchens zerrüttet.

Fiona stürmte an ihr vorbei zum Lagerraum, woraus es Augenblicke später schepperte.

Der alte Schildpatt hätte bei der Erziehung härter durchgreifen müssen. Weshalb hatte er sich überhaupt mit dem Kind belastet? Es brachte bloß Unruhe ins Leben. Fiona hätte nach Berlin zu ihrer Mutter ziehen sollen. In diesem lauten und mit allem möglichen Volk besiedelten Moloch fiel sie nicht auf. In einer Kleinstadt auf dem Land war das was anderes.

Damals hatte sich jeder im Ort gefragt, warum Karls verantwortungslose Tochter ihr Baby zurückließ. Das ging doch nicht mit rechten Dinge zu. Mit der Zeit waren die Mutmaßungen verstummt.

Ein Jammer. Ein bisschen Tratsch war etwas wert. Das lausige Schicksal eines anderen ließ das eigene sonniger erscheinen.

Die Nelken nach rechts auf den Tisch, die Rosen nach links. Das Grün nach oben, das Schleierkraut nach unten. Bevor nicht alles sortiert war, begann Clara nie damit, einen Strauß zu binden.

Ordnung. Ohne sie verlor das Leben jeglichen Sinn. Das war eine Wahrheit, die niemand dem Balg eingeprügelt hatte. Dem Schildpatt fehlte die Durchsetzungskraft und seiner Tochter die Lust, sich mit Fiona zu befassen. Kein Wunder in einer Zeit, in der die Kinder den Eltern auf der Nase herumtanzten. Claras Vater war da ganz anders gewesen. Wenn sie nicht gespurt hatte, hatte er sich kommentarlos den Schlappen ausgezogen und ihr den Hintern verdroschen. Und? Hatte es ihr geschadet?

Bei Fiona sollte auch mal jemand den Schlappen ausziehen.

Was für ein eigenartiges Mädchen.

Als wäre es gestern gewesen. Ja, sie erinnerte sich genau. Von jetzt auf gleich war Viktoria hochschwanger in der Gärtnerei aufgetaucht, dabei kam sie sonst nur zu Weihnachten her. Ohne Mann, was niemanden wunderte. Flittchen blieb Flittchen. Wahrscheinlich trieb sie es mit jedem, der ihr versprach, eines ihrer verrückten Bilder zu kaufen.

Hätte sie keinen richtigen Beruf lernen können? Immerhin wartete eine Gärtnerei auf sie. Damit ließ sich Geld auf anständige Weise verdienen.

Der alte Schildpatt hatte den dicken Bauch seiner Tochter hingenommen, ohne eine von Claras Fragen zu beantworten. Sie sollte sich um ihren Kram kümmern, hatte er ihr an den Kopf geworfen.

Tja. Wenn es schon so weit war, dass man sich nicht einmal mehr der interessierten Öffentlichkeit stellen wollte.

Dann war das Kind gekommen. Angeblich im Gewächshaus. Eine Sturzgeburt. Das allein zeugte von mangelndem Verantwortungsgefühl.

Zwei Wochen später verschwand Viktoria wieder in Berlin.

Ohne das Baby.

Die Stadt zerriss sich das Maul. Nicht nur, weil sich Viktoria aus dem Staub gemacht hatte. Oh nein. Das Kind war eigenartig. Rabenschwarzes Haar, doch dazu Augen ...

Wie der Teufel. Geradezu lodernd. Viktoria hatte sich mit irgendeinem dahergelaufenen Ausländer eingelassen. Das lag auf der Hand. Mochte der alte Schildpatt zehnmal beteuern, die Augen wären hellbraun und daran wäre nichts auszusetzen.

Golden waren sie gewesen! Jeder, der etwas anderes behauptete, war blind. Na bitte, goldene Augen und schwarze Haare, das war doch nicht normal!

Das eine war mit der Zeit dunkler und das andere heller geworden. Das änderte aber nichts an der Tatsache, dass Fiona von Anfang an ihrem Großvater auf dem Kopf herumtanzte. Mit ihren sechzehn Jahren erlaubte sie sich Dinge, die hätte es bei Clara zuhause nie gegeben. Mit dem Latschen hätte der Vater …

Ja. Der Latschen. Den würde sie bis an ihr Lebensende nicht vergessen. Nie hätte sie sich damals getraut, erst mitten in der Nacht heimzukommen.

Fiona scherte sich nicht um Regeln, nicht um Anstand, nicht um ihre Schulnoten. So was sprach sich herum, die Stadt war klein. Und was sie erst in Berlin trieb, wenn sie ihre Lottermutter besuchte? Sich Zigeunerzöpfe flechten lassen.

Eine Rose, eine Nelke, das Grünzeug, das Schleierkraut. Alles hübsch hintereinander gesteckt. Immer ein Stängel in die Lücke der beiden davor. Nur so hielt der Strauß zusammen.

Zusammenhalt und Ordnung.

Ein Zigeunerzopf, dabei hatte sie schöne, lange Haare besessen. Ein Wochenende in Berlin und sie war zurückgekommen, als hätten sich die Mäuse auf ihrem Kopf ausgetobt. Nur eine Strähne hatte sie übrig gelassen, und die erkannte man nicht wieder. Bunte Perlen und eingeflochtene Strippen. Ihr Großvater hatte bei ihrem Anblick die Wangen gebläht. Mehr nicht. Er hätte ihr dieses Ding abschneiden sollen, aber nein. Er ließ dem Mädchen alles durchgehen.

Eine Rose, eine Nelke.

Aus Fiona würde nie etwas Anständiges werden. Die konnte froh sein, wenn sie später die Gärtnerei übernehmen durfte. Einen Mann fand die im Leben nicht! Wie die Hasen liefen ihr die Freunde davon. Kein Wunder. Wer wollte eine Frau mit einem verkrüppelten Fuß?

Rose, Nelke, Farn, Schleierkraut, Rose, Nelke …

Der Fuß. Ja, das war auch so eine absonderliche Geschichte. Ihm fehlte ein Zeh, als hätte Gott dieses Mädchen schon im Vorfeld für den Ärger bestraft, den es später anrichten würde.

Schildpatt hatte über ihren Verdacht gelacht. Gott wären die Zehen ausgegangen, aber einen schönen Menschen entstellte bekanntlich nichts, also hätte er Fiona mit einem Zeh weniger auf die Erde geschickt.

Fiona war gezeichnet. Das konnte auch ihr Großvater nicht schönreden.

Die goldenen Augen, die schwarzen Haare, diese unerträgliche Aufsässigkeit und der fehlende Zeh.

Gleichgültig, was Karl für Entschuldigungen für seine Enkelin fand, in dem Mädchen steckte nichts Gutes. So viel stand fest.

Ahfid

Triff die Toilette, hatte ihm Lun hinterhergerufen.

Welche Toilette, verdammt?

Erst als Ahfid in dem engen Kämmerchen gestanden hatte, hatte er gesehen, was Lun meinte. Trotzdem hatte er es nur bis zu der Waschschüssel an der Wand geschafft, bevor ihm alles hochkam, was er jemals gegessen hatte.

Ihm war hundsmiserabel schlecht, und dass sein Mageninhalt die winzigen Löcher verstopfte, statt abzufließen, machte es nicht besser.

Wo war der Wasserkrug?

Eine schöne Schüssel. So ebenmäßig, und dass sie an der Wand klebte, war praktisch. Auf diese Weise brauchte man keinen Tisch zum Drunterstellen. Der Spiegel darüber war ebenfalls beeindruckend. Glasklar ohne die kleinste Unebenheit. Selbst die Lichten vermochten es nicht, den geschmolzenen Sand in dieser Perfektion auseinanderfließen zu lassen.

Aus dem Kunstwerk blickte ihm ein leichenblasser Mann entgegen.

Bei allen Finsternissen, sah er elend aus.

Hinter ihm öffnete sich die Tür. Cordics besorgte Miene erschien neben ihm im Glas.

»Lun sagt, du sollst unter dem Rohr wedeln, wenn du Wasser willst.« Er zeigte auf die Metallscheibe an der Wand, schweifte mit dem Blick über das Desaster in der Schüssel und verzog angewidert das Gesicht. »Spüle das weg oder ich übergebe mich gleich mit.«

»Wedeln holt Wasser?« Seit wann denn das?

»Siehst du hier eine Pumpe?«

Ahfid wedelte. Ein Wasserstrahl quoll aus dem dünnen Rohr und beseitigte den sauer stinkenden Brei.

Cordic pfiff leise. »Praktisch.«

»Ich begeistere mich später.« Vorher musste er den widerlichen Geschmack aus seinem Mund spülen.

Cordic lehnte sich an die Wand und sah ihm dabei zu. »Geht's besser?«

»Ein bisschen.« Seit ihn der Nebelwolf ins Bein gebissen hatte, kämpfte er mit der Übelkeit. Als ob es nicht genügte, dass diese Biester über fingerlange Zähne und messerscharfe Krallen verfügten, aus ihren Mäulern troff auch noch giftiger Speichel.

Das Vieh hatte ihn angesprungen und niedergerissen. Er hatte versucht, es von sich zu treten, da hatte er es sich in seinem Bein festgebissen. Cordic hatte der Bestie den Dolch in den Nacken gerammt und ihn durch das Tor geschleppt.

Von wegen Angstfreiheit und Gleichmut.

Lun verstand sein Handwerk, sonst wäre keiner von ihnen mehr am Leben. Er hatte sie zwischen dornigen Schlehensträuchern herausstolpern lassen und war danach beinahe in Ohnmacht gesunken. Während Cordic Ahfids Bein verbunden hatte, war Lun damit beschäftigt gewesen, sich wieder in Form zu meditieren.

Er lockerte die Halsbinde. Er brauchte Luft. Offenbar taugte ihr Segen nichts, oder er hatte etwas falsch gemacht.

»Hat es aufgehört zu bluten?« Cordic nickte zu Ahfids versehrtem Oberschenkel.

»Ich hoffe es.« Der Mantel verbarg die durchgebluteten Stofffetzen, die als Verband dienten. Dafür hatte er sein zweites Hemd geopfert. »Geh wieder zu Lun, ich komme gleich nach.« Wenn die Wunde bloß nicht so verdammt wehtun würde.

»Du musst dich ausruhen.«

Wie besorgt Cordic klang.

»Ich sage dem garstigen Weib da draußen, dass sie dir einen Wein bringen soll.«

Er musste trotz der Schmerzen lachen. »Du hast in den Schirmständer gespuckt.« Lun hatte Cordic zu spät auf die Funktion dieses Dings hingewiesen.

Er strich erneut an der silbernen Fläche entlang und ein kühler Strahl sprudelte ihm über die Hand. Die hiesigen Wirte mussten wohlhabend sein, wenn sie sich Silberrohre auf dem Abort leisten konnten.

»Du brauchst Kühle«, stellte Cordic mit einem Blick auf Ahfids nasse Hände fest. »Hast du Fieber?«

»Ach was.« Ihm war nur zu warm.

Cordic zog ein paar spröde Lappen aus einer Kiste und reichte sie ihm. »Sieh zu, dass du hier fertig wirst. Du brauchst etwas Stärkeres als Wasser.« Sein Zwinkern war zu ernst. »Ich werde mich in der Zwischenzeit bei der Wirtin einkratzen.« Noch ein Schlag auf die Schulter und er ließ ihn allein.

Sicher würde er mit Lun und der Wirtin gleichzeitig streiten.

Ahfid atmete ein paar Mal tief ein und aus, bis sich sein Magen beruhigte. Vielleicht stammte die Übelkeit gar nicht von der Wunde, sondern von Luns Elixier. Es war erschreckend gewesen, wie sich das sinnlose Gebrabbel der Frau plötzlich in verständliche Sätze verwandelt hatte. Statt auf ihre Fragen zu antworten, hatte er ihr auf den Mund gestarrt. Zum Glück hatte Lun das Reden übernommen.

Und Cordic. Doch der hätte sich das besser verkniffen.

Ahfid schleppte sich in den Gastraum der Schenke, von der Lun behauptete, sie hieße *Café*.

Ihm war es gleich. Hauptsache, er konnte im Warmen sitzen und sein Bein schonen.

Auf dem erstaunlich glatt polierten Schanktisch wartete bereits ein Glas Wein auf ihn. Die Wirtin sah ihn misstrauisch an, wollte die Flasche wegstellen.

Ahfid kam ihr zuvor.

Was zuckte sie zusammen, nur weil er ihr die Flasche aus der Hand nahm? Hielt sie ihn für einen Schurken?

»Ich tue dir nichts, gute Frau. Ich will mich nur betrinken.«

»Ist es nicht zu früh dazu?« Ihrem Blick nach hegte sie immer noch Misstrauen gegen ihn. »Außerdem schenken wir normalerweise keinen Wein aus. Das ist ein Café, keine Kneipe.«

Eine Schenke, die keinen Wein ausschenkte, war sinnlos. Gleichgültig wie sie sich nannte. Davon abgesehen war die Mittagsstunde längst vorüber und in dem Regal hinter der Wirtin reihten sich jede Menge Flaschen.

»Warum hortest du ihn dann?« Er zeigte an ihr vorbei auf den Vorrat.

»Damit ihn die Gäste kaufen.«

»Um ihn *nicht* zu trinken?« In welcher Welt war er gelandet?

»Um ihn entweder zu verschenken oder zuhause zu trinken.« Sie zwang sich ein Lächeln auf den zu kleinen Mund. »Diese Produkte sind regional. Die Marmelade, der Wein, der Tee, der Sanddornsaft und die Pralinen.«

Durchsichtige Säckchen mit dunklen Klumpen darin.

»Natürlich ist es möglich, unser Sortiment zu verkosten.« Wieder dieses halbherzige Lächeln. »Aber ...«

»... für den Wein ist es zu früh, ja?« Er goss sich das Glas randvoll. »Nicht da, wo ich herkomme.«

»Hm.« Sie schnappte sich einen Lappen, wischte etwas vom Schanktisch, das nur für ihre Augen existierte. »Und wo kommen Sie her, wenn ich fragen darf?«

Luns Räuspern drang überdeutlich zu ihm. Der Wanderer saß mit Cordic an einem der Fenstertische und schüttelte mahnend den Kopf.

»Offensichtlich darfst du das nicht.« Er milderte die Unhöflichkeit mit einem Lächeln. Es prallte an der düsteren Miene der Wirtin ab.

Mochte sie ihm grollen oder es lassen. Solange sie nicht mit dem Wein geizte, war es ihm gleichgültig. Der Tropfen war gut. Ein wenig hatte ihm die Sonne gefehlt, aber die herbe Note störte ihn nicht, und selbst wenn. Er brauchte keinen Gaumenschmeichler, sondern Medizin, und zwar in angemessenen Mengen.

Er stürzte ihn hinunter, goss nach, leerte das zweite Glas ebenfalls. Mühsam quälte er sich auf den viel zu hohen Stuhl vor dem Schanktisch und ließ die Stirn auf die Arme sinken.

Cordic hatte recht. Er brauchte eine Pause. Wenn Jetsubas Zauber funktionierten, lockte das, was in dem Lederbeutel steckte, das Mädchen ohnehin zu ihm. Oder ihn zu ihr. Nein, das war mit Laufen verbunden. Etwas, das sein Bein keinesfalls wollte.

Die Tür öffnete sich mit einem hohen Bimmeln.

Das Mädchen?

Nein, nur zwei Frauen, deren Köpfe aus seltsam aufgeplusterten Jacken hervorragten. Sie musterten ihn mit missbilligenden Blicken, kauften einen Laib fast weißen Brotes, ein paar sehr kleine, runde Brote, musterten ihn erneut auf diese abschätzende Weise, bezahlten mit etwas Knisterndem und gingen wieder.

Würde ihn hier jeder anstarren?

Es lag an ihrer Kleidung. Lun hatte sich geirrt, sie war nicht unauffällig. In dieser Welt schien niemand knöchellange Mäntel und Stiefel mit umgeschlagenen Schäften zu tragen. Lun hätte ihnen diese seltsamen Jacken besorgen sollen.

Die Zeit verging. Immer wieder betraten Leute die Schenke, doch das Schattenlichtmädchen war nicht dabei. Würde er es erkennen? Zumindest wäre es keine alte Frau, und dieser Ort wurde offenbar nur von denen heimgesucht, auch wenn einige von ihnen kein einziges graues Haar auf dem Kopf trugen.

Da, ein Mann. Nicht ganz so alt. Er setzte sich an einen Ecktisch, entfaltete etwas, das einem riesigen dünnen Buch ohne Einband ähnelte, und spähte daran vorbei zu Cordic und Lun. Seine Miene zeigte dieselbe Missbilligung wie die der Frauen zuvor. Die Wirtin stellte einen zierlichen Becher samt kleinem Teller vor ihn und flüsterte. Der Mann nickte, verzog den Mund noch etwas weiter nach unten und begann seufzend in dem Buch zu lesen.

Wenn das Mädchen doch endlich käme und sie hier verschwinden konnten. Er war es leid, angestarrt zu werden.

Als sich erneut die Tür öffnete und eine Frau mit einem winzigen Hund einließ, hätte er vor Enttäuschung am liebsten das Weinglas an die Wand geschmettert. Das Warten zermürbte ihn, und die elende Wunde schmerzte immer stärker. Sie raubte ihm schon jetzt Kraft und Konzentration.

Es war beschämend, das schwächste Glied in der Kette zu sein.

Die Wirtin setzte ein Lächeln auf ihre grimmige Miene. »Guten Tag, Frau Schulze. Ihre Pralinen sind heute Morgen fertig geworden. Der Chef lässt schön grüßen und hofft, dass sie Ihnen schmecken.« Sie hielt der Frau einen Teller mit einem braunen Klümpchen darauf hin. Es ähnelte denen in den durchsichtigen Beuteln.

Die Frau kostete, warf den Rest ihrem Hund zu. »Sehr köstlich«, sagte sie dennoch. »Ich nehme zehn Tütchen.«

Während die Wirtin die Beutel mit den braunen Brocken aus dem Regal holte, nickte sie zu dem Gerede der Frau.

Magere Rente, Diabetes, Arthrose, Ballenzehe und Praxisgebühren.

Die Worte streiften sinnfrei an Ahfid vorbei.

Schließlich reichte sie zwei Zettel über den Schanktisch und bekam dafür einige Münzen zurück.

Sonderbare Art zu bezahlen. Ob Lun ähnliche Zettel dabeihatte?

Die Frau redete weiter. Das schrille Timbre duldete kein Weghören.

Ahfid entkam ein Stöhnen. Wie er sich nach Ruhe sehnte! Er hielt sich die Ohren zu, wandte sich ab. Anscheinend erging es Cordic ähnlich. Mit sturmfinsterer Miene sah er zwischen der Frau und der Wirtin hin und her, während Lun hektisch auf ihn einflüsterte. Cordic ignorierte ihn, ließ seinen Arm hinabbaumeln und schnippte nach dem Hund.

Der sah hoch, wedelte fröhlich mit dem Schwanz.

Cordic schnippte ein zweites Mal.

Ein Ruck, und der Hund hopste zu ihm, während seiner Hüterin die Leine aus den Fingern glitt.

»Pablo! Pablo! Kommst du wohl her!«, zeterte sie in ihrer grausamen Stimmlage, die spielend durch seine Hände drang. »Hier! Bei Fuß!«

Wie durch ein Wunder schien der Hund der Einzige zu sein, der sie nicht hörte. Schwanzwedelnd blieb er vor Cordic sitzen. Der zog etwas aus seiner Manteltasche und hielt es dem Tier vor die Nase.

»Was machen Sie da?« Empört schnaufend stapfte die Frau zu ihm.

Cordic grinste sie unverschämt an und reichte es ihr.

Was immer es war, die Frau starrte es mit zusammengekniffenen Augen an, bevor sie kurz und gellend aufschrie und es fallenließ. Der Hund schlang das Geschenk hinunter, während ihn die Frau zeternd von Cordic wegzerrte und ins Freie flüchtete.

Der Mann sah an seinem Buch vorbei und schüttelte grimmig den Kopf. Die Wirtin murmelte etwas von vergraulter Kundschaft und Landstreichern, sah jedoch davon ab, sie vor die Tür zu setzen.

Nur eine Frage der Zeit. Augenscheinlich langweilte sich Cordic, und das würde ihn auf jede Menge dumme Ideen bringen. Ahfid hatte es aufgegeben, die von ihm angezettelten Schlägereien zu zählen.

Nein, so weit würde es der Clankrieger nicht kommen lassen. Ein Mann und eine Frau waren keine Gegner für ihn. Cordic legte sich ausschließlich mit Kerlen an, die ihm ebenbürtig oder in Anzahl und Statur überlegen waren.

»Was sollte das?«, fauchte Lun ungewohnt emotional. »Kannst du dich nicht unauffällig benehmen?«

Cordic wandte sich ab und sah teilnahmslos aus dem Fenster.

Ahfid grinste müde.

Cordic war in keiner denkbaren Welt unauffällig. Es lag nicht nur an den hüftlangen Haaren, dem Schmuck oder der Kleidung. Es betraf sein gesamtes Auftreten. Allein der Stolz in seiner Miene und die Arroganz in seinen Augen genügten, um jeden moralisch in den Staub zu schleudern, dem der Anblick eines khatalahischen Clankriegers fremd war.

Ahfid ließ erneut die Stirn auf die Arme sinken. Er sehnte sich nach einem Bett und Ohrats kundiger Behandlung. Der Heiler hatte es stets geschafft, ihn wieder zusammenzuflicken. Dabei hatte er nie mit Wein gegeizt. Zumindest bis zu dem Punkt, an dem Ahfid die Sinne geschwunden waren. Wegen des Rausches, der Schmerzen oder beidem.

Stuhlbeine scharrten, Schritte näherten sich.

»Wie geht's deinem Bein?«, fragte Lun leise genug, um von der Wirtin hoffentlich nicht verstanden zu werden. »Der Nachtfresser macht sich Gedanken um dich.«

»Tatsächlich?« Ohne den Kopf unnötig hochzuheben, schielte Ahfid an seiner Schulter vorbei zu Cordic.

Der grinste ihn unverschämt an. Nicht die Spur Mitgefühl im Blick.

Ahfid tastet nach dem Glas und prostete ihm zu.

Cordic grinste eine Spur breiter.

Mistkerl.

»Wie lange kennst du ihn schon?«, fragte Lun flüsternd. »Bist du sicher, dass wir ihm vertrauen können?«

Ahfid konnte es, auch wenn ihn viele deswegen für leichtsinnig hielten.

»Er wurde mir als Knappe zugeteilt«, beantwortete er Luns Frage. »Damals spross ihm der erste Flaum am Kinn.« Was Cordic nicht daran gehindert hatte, sich binnen kürzester Zeit mit jedem Krieger der Horde anzulegen. »Wir hatten ein paar Meinungsverschiedenheiten, aber er gab mir nie einen Grund, an ihm zu zweifeln.«

Lun schnaubte.

»Du glaubst mir nicht?« Er richtete sich auf, um dem Wanderer besser in die Augen sehen zu können. »Weshalb hast du dann sein Leben gerettet?«

»Vielleicht war das ein Fehler.«

»Nein, war es nicht.« Er verdrängte die Erinnerung an den Kerker. Er hatte Cordic nie zuvor so elend gesehen.

»Wir sollten sicher sein.«

»Sicher vor was?«

»Vor Verrat.«

Ahfid hätte gern gelacht. Cordic war ein Clankrieger. Tapfer, klug, aber auch verschlagen und auf seinen Vorteil bedacht. Niemand würde für einen Khatalaher die Hand ins Feuer legen.

Niemand bis auf ihn.

Lun versank neben ihm in düsteren Grübeleien.

Gleichgültig, was der Wanderer befürchtete, es war gut, dass Cordic sie begleitete. Ahfid vertraute den Instinkten seines Freundes ebenso wie dessen Mut, schwerwiegende Entscheidungen zu treffen. Sollte er selbst ausfallen, wäre Cordic in der Lage, ihre Aufgabe allein zu erfüllen.

Er versuchte, sein Bein auszustrecken. Eine Welle brennenden Schmerzes fraß sich durch seinen Oberschenkel. Er verbiss sich ein Stöhnen, während sich der Raum um ihn drehte.

»Was machen wir, wenn dein Bein schlimmer wird?« Lun schnitt das Thema an, das Ahfid zurzeit mehr hasste als die Frage nach Cordics Loyalität. »Sollen wir das Mädchen ohne dich suchen?«

»Wir müssen es nicht suchen.« Er atmete vergeblich gegen den Schmerz an. »Die Kleine wird uns finden.« Verdammt, hörte das Brennen nie mehr auf?

»Und wie?«

Demnach wusste Lun nichts von Jetsubas Pfand.

Ahfid zog den kleinen Lederbeutel aus seinem Hemd.

»Was ist das?« Lun wollte ihn berühren.

Er steckte ihn wieder zurück. »Das, mein Freund, ist der Zauber, der sie zu uns rufen wird.« Hoffentlich bald, solange er sich noch auf den Beinen halten konnte.

»Warum weiß ich nichts davon?«

»Vielleicht erscheint ein Wanderer in Hexenaugen ebenfalls nicht vertrauenswürdig genug, um ihn in die Feinheiten ihres Plans einzuweihen.«

Lun schnappte nach Luft. »Jeder vertraut meinem Volk.« Er warf sich in die schmale Brust. »Wir sind die Hüter des Universums.«

»Ihr seid was?«

Lun kniff die Augen zusammen, schüttelte den Kopf. Nach einem tiefen Atemzug wandte er sich um und schritt zu seinem Platz.

Ahfids Kopf sank von allein auf die Arme zurück. Wenn er nur ein wenig schlafen dürfte. Sein Körper fühlte sich bleischwer an. Stattdessen musste er wach bleiben. Wach und stark. Wie sonst sollte er das Schattenlichtmädchen davon überzeugen, dass es ihnen vertrauen konnte? Es musste ihnen aus dem Exil zurück in seine Heimat folgen, von der es nicht das Geringste ahnte.

Eine kühle Hand legte sich ihm in den Nacken. Sie milderte den Schmerz in seinem Bein und vertrieb die trüben Gedanken aus seinem Kopf.

Cordic. Anscheinend sorgte er sich tatsächlich um ihn.

»Habe ich dich aus deinen Träumen gerissen?« Sein Lächeln war ungewohnt mild. »Dann tut es mir leid.«

»Du weißt, dass ich nicht geträumt habe.« Wie alle seines Volkes besaß Cordic eine untrügliche Intuition, wenn es um die Gefühle anderer ging, nur dass die meisten seiner Leute diese Fähigkeit dazu nutzten, Leid zu vermehren, statt es zu lindern. »Du sorgst dich um mich, habe ich gehört.«

»Der Wanderer übertreibt.«

Ja, das hatte er sich gedacht.

Hinter dem Schanktisch floss Wasser in ein Metallbecken.

Sicher war es kalt.

Ein Schauder lief ihm den Rücken hinab.

Cordic setzte sich neben ihn. »Ist es noch auszuhalten?« Er wollte die Mantelecke von Ahfids Bein nehmen.

Ahfid hielt seine Hand fest. »Ja, ist es.« Zumindest solange er die durchgebluteten Fetzen verbarg.

Cordic sah ihn an. Auf eine Weise, die jede Lüge bloßlegte.

Ahfid wandte sich ab. Nicht schnell genug. Er spürte das Echo des dunklen Blickes tief in seiner Seele.

»Übertreib es nicht mit deinem Heldentum.« Cordic nippte an seinem Wein, ohne dabei die Augen von ihm zu nehmen. »Wenn du das Bein verlierst, gefährdest du diese Mission.«

»Dann hör auf, mir Angst zu machen.« Er wusste, wie es um ihn stand. »Hilf mir lieber.«

»Hier?« Cordic hob zweifelnd die Brauen. Kurz schweifte sein Blick zu der Wirtin, die jedoch mit dem Rücken zu ihnen an einem seltsamen Kasten hantierte. »Wie du meinst.« Er legte ihm die Hand aufs Herz.

Sofort schlug es gleichmäßiger.

Ahfid schloss die Augen und konzentrierte sich auf die Berührung. Sie tat unendlich gut. Ein fairer Zug des Schicksals, einem Volk, das sich über Kriegsführung und Kämpfe definierte, die Gabe des Linderns in die Wiege zu legen.

»Du hättest die Frau mit dem Hund nicht provozieren dürfen.« Er sprach nur, um sich am Einschlummern zu hindern. »Je weniger wir auffallen, desto besser.« Welch ein Unsinn. Wahrscheinlich waren sie bereits das Gespräch der kompletten Siedlung.

»Sie ist mir mit ihrem Gerede auf die Nerven gefallen.« Dem Schluckgeräusch nach nippte Cordic erneut an seinem Wein. »Was wollte Lun von dir?«

»Wissen, ob dir zu trauen ist.«

»Was hast du ihm gesagt?«

»Dass jeder ein Narr ist, der einem wie dir vertraut.«

Cordic lachte leise. »Niemand kann aus seiner Haut.«

»Schade.« Im Moment würde er es zu gern.

Der Druck auf seiner Brust nahm zu.

Er seufzte vor Erleichterung. Es mischte sich mit dem Räuspern der Wirtin und Cordics spöttischem Schnauben.

Mochte sie denken, was sie wollte. Er brauchte Hilfe und Cordic gab sie ihm.

»Was hast du mit dem armen Hund gemacht?« Vielleicht wirkte es weniger seltsam auf die Wirtin, wenn sie sich dabei unterhielten.

»Nichts Besonderes«, antwortete Cordic gelangweilt. »Es lohnt keiner Worte.«

»Erzähle es mir trotzdem.«

»Brauchst du so dringend eine Ablenkung?«

»Deine Hand steckt unter meinem Hemd und kontrolliert mein Herz. Wann habe ich mich das letzte Mal dazu hinreißen lassen?«

»Als der vergiftete Dolch eines Clankriegers aus dir herausragte und du sterben wolltest.«

Das war ein übler Tag gewesen.

Cordic schob ihm das Glas hin. »Sei mit dem Wein verschwenderischer. Er tut dir gut.«

Ahfid schob es wieder zurück. »Trinke ich noch mehr, rutsche ich vom Stuhl.« Jeder weitere Schluck kostete ihn seine Konzentration, mit der es ohnehin schlecht stand.

»Du brauchst Hilfe, mein Freund. Nicht nur Linderung.«

»Sollten wir einem Heiler über den Weg stolpern, werde ich ihn mit meinem Anliegen behelligen. Bis dahin wirst du dich um mich kümmern.«

Ob es in dieser Welt Nebelwölfe gab?

»Wie du willst. Aber ein Heiler würde dir besser bekommen als mein Hokuspokus.« Er zog seine Hand zurück. »Wegen dir wachsen mir Brandblasen.«

Fast hätte er ihm den Ernst in der Stimme abgekauft.

»Wenn sich die Kleine nicht beeilt, trifft sie eine charismatische Leiche statt eines tapferen Grenzgängers.« Cordic nahm sich einen Stapel dicker Papierscheiben und versuchte sich an einem Kartenturm. »Was mir ganz und gar nicht gefallen würde.«

»Weil du dann deinen einzigen Freund los wärst?«

»Nein, weil ich dann allein mit dieser Fahlhaut umherziehen muss.«

Der Turm stürzte ein.

»Noch lebe ich.« Er hatte schon Ärgeres überstanden.

Cordic baute einen zweiten Turm, dessen Existenz ebenfalls bloß Augenblicke währte. Fluchend fegte er die Einzelteile vom Tisch.

Die Wirtin schnappte nach Luft und machte sich bereit, ihre Meinung zu dem Schauspiel zu äußern.

Cordic legte den Finger an den Mund und schüttelte entschieden den Kopf.

Die Frau presste ihre Lippen zusammen und schwieg. Nach einigen empörten Schnaufern warf sie den Wischlappen ins Wasserbecken und verschwand in einen angrenzenden Raum.

»Solltest du mich brauchen, sag Bescheid.« Cordic schlug ihm auf die Schulter. »Und bis dahin quäle ich Lun.« Er lief über die am Boden verteilten Scheiben hinweg, ohne ihnen einen Blick zu gönnen.

Wahrscheinlich holte die Wirtin in diesem Moment ihren Mann und dessen vier Brüder, um sich die lästigen Gäste vom Hals zu schaffen.

Apropos. Der Mann am Ecktisch faltete sein Buch zusammen, ließ ein paar Münzen zurück und verließ mit einem letzten, grimmigen Blick auf Cordic die Schenke.

Vielleicht holte er seine Brüder.

Beim Versuch sich bequemer hinzusetzten, durchfuhr Ahfid ein derart heftiger Schmerz, dass er sich auf die Lippen beißen musste.

Mädchen, komm einfach. Wenn ich sterben muss, dann in meiner Heimat.
Bis dahin würde er es hoffentlich noch schaffen.
»Was ist mit der?«, erklang Luns Stimme hinter ihm. »Das Alter passt.«
Mühsam drehte sich Ahfid zu seinen Reisegefährten.
Die starrten aus dem bodentiefen Fenster.
Ein Mädchen stieg von einem Konstrukt auf zwei Rädern. Es lehnte das Ding an die Hauswand und schulterte einen grasgrünen Reisesack. Der Regen rann ihm über das Gesicht, mit grimmiger Miene stiefelte es zum Eingang. Die Türglocke schlug an, kurz danach betrat es den Gastraum. Es eilte zu dem langen Tisch, rutschte aus. Im letzten Moment fing es sich.
»Fuck!«
Ein Fluch. Eindeutig. Eine seltsame Bedeutung blitzte in seinem müden Hirn auf. Sie hatte nichts mit dem Regen oder dem Missgeschick zu tun. Vielleicht funktionierte Luns trinkbarer Universalschlüssel nicht einwandfrei.
Das Mädchen rief einen Namen, und die Wirtin erschien einen Augenblick später. Während es Blechdosen aus dem Reisesack packte, glitt sein Blick zu ihm.
Die Augen ...
Dunkles Gold, eingefasst von einem tiefen Blaugrün.
Sie war es.
Sein Herz schlug doppelt so schnell, Schweiß trat ihm auf die Stirn.
Keine Schwäche. Nicht jetzt!
Bevor er Cordic auf sie losließ, musste er mit ihm reden.
Vorsichtig stand er auf, kämpfte mit dem Schwindel. Verachtenswert, derart hilflos vor dem Schattenlichtmädchen entlang zu humpeln.
Sie beobachtete ihn aus den Augenwinkeln.
Ahfid verfluchte sich.
»Bitte nicht.« Cordic schüttelte den Kopf. »Sag mir, dass sie nichts mit der Rettung unserer Welt zu tun hat.« Er musterte sie mit unverhohlenem Entsetzen. »Sie sieht aus wie eine Katze, die man bei Regen aus dem Stall getreten hat, und nicht wie die einzige Hoffnung des Waldlandes.«
»Es könnte schlimmer sein«, raunte Lun. »Was hast du erwartet?«
»Eine Kriegerin und kein Kind, das nicht in der Lage ist, geradeauszulaufen.« Cordic dachte nicht daran, seine Stimme zu dämpfen.

»Ihr fehlen die Erfahrungen eines kargen Lebens zwischen den Felsen.« Beim Sprechen legte Ahfid den Finger auf die Lippen. Da es Cordic nicht mitbekam, hätte er sich die Geste sparen können. »Wäre sie in Khatalah aufgewachsen, stünde eine Frau vor dir.« Zwar eine sehr junge, aber dennoch fähig, im Bedarfsfall in eine Schlacht zu ziehen. »Sie ist es, also beiß dich nicht an ihrer Aufmachung oder ihrem mangelnden Geschick fest.« Immerhin hatte sie sich aufgefangen und war nicht gestürzt. Vielleicht hatte es an den nassen Schuhen gelegen. Sie sahen seltsam aus. In dieser Welt war alles seltsam. Die Laternen, die nicht flackerten, die Silberrohre in den Wänden, röhrende Gefährte auf den Wegen, die ohne Pferde fuhren.

Lun hatte sie vorbereitet. Sie sollten sich nicht zu auffällig wundern und unerklärliche Dinge einfach hinnehmen.

»In fließender Seide und mit langen Haaren wäre sie eine Schönheit.« Cordic neigte den Kopf und musterte das Mädchen aufs Neue. »Wenn ich es mir recht überlege, gefällt sie mir doch.«

»Untersteh dich«, zischte Lun und vergaß erneut die Emotionslosigkeit seines Volkes. »Du wirst dich nicht an die potenzielle Retterin des Waldlandes heranmachen. Du hast selbst gesagt, sie sei zu jung.«

»Kommt darauf an, für was.« Cordic gönnte Lun einen kurzen Seitenblick. »Hast du Ahfid nicht zugehört? In Khatalah wäre sie längst eine Frau.«

»Wage es!« Lun starrte ihn an, als säße kein Mensch, sondern ein Leichengeier vor ihm.

Cordic lachte.

Das Mädchen sah zu ihnen herüber.

»Sie ist es.« Ahfid stieß Cordic an die Schulter. »Erkennst du ihr Erbe?«

»Ich versuch's.« Er kniff die Lider zusammen, als ob das Erspüren des dunkeln Blutes etwas mit dem Sehvermögen zu tun hätte.

»Hör mit den Faxen auf. Ich verblute, und du machst Witze über die Rettung unserer Welt.«

»Unsere Welt ist zu groß, um sich von einer halben Portion retten zu lassen. Wenn sie ihre erste Begegnung mit einem Halbwesen übersteht, ist das mehr, als wir hoffen können.«

»Sträubst du dich absichtlich?« Für Wortplänkeleien ging es ihm zu dreckig. Er wollte dieses Mädchen einpacken, es durch das Schlehentor schubsen und sich unter den mächtigen Baumkronen seiner Heimat zum Sterben betten. »Ich kümmere mich um sie.« Mochte Cordic zweifeln, wie er wollte. Sie war es.

Wie sollte er sie ansprechen?

Wie geht es dir? Zu simpel.

Wusstest du, dass du unsere Weltenretterin bist? Zu pathetisch.

Mein Freund findet deine Haare zu kurz, aber mir gefallen sie. Beim ewigen Grün!

Etwas Einfaches, das auf der Hand lag und sie nicht verschreckte.

Sacht tropfte ihr der Regen aus den Haaren.

Sicher war ihr kalt.

Fiona

»Du musst frieren, so nass wie du bist.«

Sie zuckte zusammen. Es lag nicht an der Stimme des Mannes, sie klang freundlich und sanft, wenn auch ein eigenartiger Akzent in ihr schwang, sondern an seiner unmittelbaren Nähe.

Warum stand er plötzlich hinter ihr? Eben war er doch zu den beiden anderen gehumpelt.

Seine braunen Haare hingen ihm ins blasse Gesicht, und seine seltsam altmodische Kleidung sah so mitgenommen aus wie er.

Schlammverschmierte Schaftstiefel, ein speckiger Mantel, der fast bis zum Boden reichte, ein grobes Hemd, ein abgewetzter Ledergürtel, eine schäbige Hose. Nur das Halstuch passte nicht ins Landstreicherbild. Es schimmerte seidig und sah edel aus.

Seine Freunde waren gekleidet wie er, wirkten jedoch sehr viel schräger. Der eine hatte seltsam farblose Haare. Nicht blond, nicht weiß. Auch nicht grau. Seine Haut war ebenso blass. Ein Albino? Sein Blick streifte sie nur flüchtig.

Der andere beobachtete sie mit unverhohlener Neugier. Im Gegensatz zu dem Albino glitten seine Haare pechschwarz über die Stuhllehne. Seine Augen schienen kaum heller zu sein. Unglaublich, als ob sie das Licht schluckten. Trotzdem nicht zwingend dämonenmäßig. Es lag etwas in ihnen, das eher Wut als Angst weckte.

Spott.

Klasse, der Typ kannte sie nicht und mobbte sie bereits.

Hohe Wangenknochen, ein markantes Kinn, einen Mund, auf den auch der zweite und dritte Blick fiel.

Und der vierte.

Verdammt, der Kerl hatte was. Allein der Mut, mit dieser Haarpracht herumzulaufen.

Sie fuhr sich durch die eigenen Strähnen. Sie klatschten wie nasses Fell an ihrem Kopf. Daher der Spottblick. Tropfend und durchgeweicht machte sie sicher einen kläglichen Eindruck.

Und wenn schon. Wieso interessierte sie, was ein Fremder von ihr dachte?

Vielleicht gehörten die drei zu einer Gauklertruppe. Fand in der Nähe ein Mittelaltermarkt statt? Dann musste sie die Plakate übersehen haben.

»Willst du dich nicht ein wenig aufwärmen?«, fragte der Braunhaarige.

»Nur solange, bis der Regen aufhört.«

Sein Lächeln war sympathisch. Es zuckte in den Mundwinkeln, als ob es sich nicht entschließen konnte, sich auf dem gesamten Gesicht auszubreiten.

»Wirtin!«

Meinte er Simone?

»Bring dem Mädchen einen heißen Met.«

Gaukler. Sonnenklar. Krass, dass er in seiner Rolle blieb.

»Met?« Simone wechselte einen Blick mit ihr, hob schließlich die Brauen. »Tut mir leid, der Herr. Met ist aus. Soll ich das edle Fräulein fragen, ob es ein heißer Sanddornsaft sein darf?«

Anscheinend vermutete Simone dasselbe.

Der Mann sah Fiona fragend an. »Darf es einer sein?«

»Nein, danke. Ich muss wieder nach Hause.« Sie zog sich den Rucksack über. »Wo tretet ihr auf?«

Er runzelte die Stirn.

»Ihr seid Gaukler, oder?«

»Du denkst, wir sind Feuerschlucker und Taschenspieler?« Grinsend sah er sich zu seinen Freunden um. »Habt ihr das gehört?«

Der Weißhaarige sah gen Himmel.

Der Schwarzhaarige verschränkte die Arme vor der Brust. »Sie hält uns für Schurken.« Er bedachte den Albino mit einem höhnischen Blick. »Ich dachte, wir sollten vertrauenerweckend und unauffällig erscheinen.«

Schurke. Eines der Worte von Karls Liste.

Besser, sie verschwand.

»Ich muss los.« Sie winkte Simone zu, drehte sich um und ...

»Geh nicht.« Der Mann packte sie am Arm, so fest, dass es wehtat. »Du musst hierbleiben.« Er sah sie an, als hinge sein Glück davon ab.

So viel zum Thema *Schurke*.

»Auf drei ist deine Hand weg.« Ihr Herz pochte im gesamten Körper und pumpte ihr Mut bis in die Haarspitzen. »Eins, zwei ...«

»Ich bitte dich nur, zu bleiben.«

»Hand weg!«

»Soll ich die Polizei rufen?« Simone schnappte den Telefonhörer. »Das wird eh höchste Zeit. Die drei machen bloß Ärger.«

Er ließ sie los. »Verzeih, aber du darfst nicht gehen. Ich muss mit dir reden. Es ist wichtig.«

»Ist das eure Masche?« Wahrscheinlich erzählte er ihr gleich die Geschichte seiner unglücklichen Kindheit, die ihn zwangsweise auf die schiefe Bahn geschleudert hatte. »Wenn ihr Geld wollt, sorry, bis auf ein paar Euros habe ich nichts dabei.« Die konnten sie ihrethalben bekommen.

»Euros?« Er sah zu dem Albino, der jedoch nicht reagierte, sondern stattdessen Fiona musterte. Auf eine durch und durch unangenehme Weise, als wäre sie ein Ding.

»Bitte, setz dich einen Moment zu uns.« Der Braunhaarige wies zu seinen Freunden.

Auf dem Boden standen Rucksäcke. Nicht die Sorte, in die Wanderversessene ihr Wurfzelt samt Schlafsack stopften, sondern unförmige Dinger aus grobem Leder. Sie passten perfekt zum restlichen Outfit der drei.

»Es dauert nicht lange.« Das Lächeln des hinkenden Mannes ging nahtlos in eine Grimasse über. Sein Gesicht wurde aschfahl. »Nur ein paar Fragen.« Er fuhr sich über die Stirn, auf der sich Schweiß gebildet hatte. »Doch dazu möchte ich mich gern hinsetzen.« Er humpelte zu seinen Freunden, ließ sich mit einem nach Schmerz klingenden Stöhnen auf den Stuhl sinken.

Ihm ging es schlecht, und zwar so richtig.

Hatte er Hunger? Lag es an seinem Bein? Auf jeden Fall brauchte er Hilfe.

»Schlag keine Wurzeln.« Der Schwarzhaarige schob mit dem Fuß den letzten freien Stuhl vom Tisch. Mit einer lässigen Geste lud er sie ein, dort Platz zu nehmen. »Niemand von uns frisst kleine Mädchen.«

An *fressen* hatte sie auch nicht gedacht.

»Was ist jetzt mit der Polizei?« Simone hielt das Telefon ans Ohr.

Gute Frage. Bisher hatten ihr die Kerle nichts getan.

Fiona winkte ab. Sie würde sich aufs Rad schwingen und wie der Teufel nach Hause fahren, wenn ihr die Sache suspekt wurde.

Beinahe enttäuscht legte Simone das Telefon weg.

Die Tür schwang auf. Eine Frau, ein Mann und zwei Kinder drängten sich ins Warme und eroberten den zweiten Tisch an den Frontfenstern. Die Kinder jammerten, dass sie einen heißen Kakao wollten, und der Vater griff halbmotiviert zur Getränkekarte.

»Beruhigt?«, fragte der Schwarzhaarige quer durch den Raum. »Du bist nicht mehr allein mit uns Gesindel.«

Er war gut im Blicke-Interpretieren.

»Was hast du zu verlieren?«

Das band sie ihm sicherlich nicht freiwillig auf die Nase.

Gehen? Bleiben? Was wollten die Typen von ihr?

Entnervt stand er auf. Der Braunhaarige versuchte, ihn zurückzuhalten, doch er schüttelte den Kopf und streifte dessen Hand von seinem Arm.

Bei jedem Schritt auf sie zu schimmerten seine Haare, als wären sie aus Seide.

Sie sollte gehen. Hierzubleiben und sich auf die drei einzulassen, widersprach sämtlichen Sicherheitsbelehrungen, die ihr Karl eingetrichtert hatte.

Sie wollte nicht gehen. Sie wollte mit den Fingern durch die langen, seidigen Strähnen fahren.

Der Mann baute sich vor ihr auf. »Niemand von uns wird dir etwas antun.« Seine Iriden leuchteten in einer Mischung aus Nachtblau und

Dunkelviolett mit starker Tendenz ins Schwarze. »Dafür stehe ich mit meinem Leben ein.«

Krass. Auf die Tour war sie noch nie angesprochen worden.

»Wenn es sein muss«, hörte sie sich mit gespielter Langweile sagen. »Aber ich habe wenig Zeit.«

»Natürlich.« Er deutete eine Verbeugung an, die er dem spöttischen Unterton nach niemals ernst meinte. »Darf ich?« Er legte ihr sacht die Hand auf den Rücken und führte sie zu seinem Tisch.

Das Bedürfnis, sie abzuschütteln, blieb aus.

Der Braunhaarige lächelte ihr entgegen. »Ich heiße Ahfid.« Er wies zu dem Schwarzhaarigen hinter ihr. »Das ist Cordic.« Seine Hand schwenkte zu dem Albino. »Und das ist Lun.«

Die Namen passten perfekt zum Rest.

»Und wie heißt du?«

»Susanne.« Sie dachte nicht im Traum daran, ihren echten Namen zu nennen.

Cordic ging an ihr vorbei zu seinem Platz, sah sie dabei kurz von der Seite an. »Wirklich?«

Was sollte der zweifelnde Unterton? Sie war gut im Lügen.

»Denkst du, dein Anblick hat mich meinen Namen vergessen lassen?« Sie setzte ein Lächeln auf, das mindestens so spöttisch war wie seines.

Cordic zuckte mit der Braue. »Wie du meinst, *Susanne*.«

Verdammt, der Kerl glaubte ihr tatsächlich nicht. Bisher war Karl der Einzige, der sie durchschaute, was an seinem jahrelangen Training lag.

Wie auch immer, das Gespräch würde ihre gesamten Talente fordern.

»Wir suchen ein Mädchen.« Ahfid schob ihr den freien Stuhl zurecht. »Eines wie dich und es ist dringend.«

Was zur Hölle ...

»Es wäre nicht zu deinem Schaden.« Unsicher sah er zu Lun. »Hoffen wir jedenfalls.«

Der verdrehte die Augen.

Wurde das hier zu einer Fleischbeschau? Sie hätte den Kerlen eine Menge zugetraut, aber nicht das.

»Vergesst es.« Diese Schweine. Da musste Ahfid gar nicht so erstaunt die Stirn runzeln. »Egal zu was ihr mich zu brauchen meint, sucht euch ein anderes Opfer.« Die Idee mit der Polizei war gut.

Die brauchten mindestens eine Dreiviertelstunde, um hier aufzuschlagen.

»Wie kann man so misstrauisch sein?« Cordic schüttelte schnalzend den Kopf. »Für das, was du uns unterstellst, bist du zu jung.«

Ansichtssache.

»Und selbst wenn nicht ...« Er legte Ahfid die Hand auf die Schulter. »Mit ihm würde ich dich teilen. Aber mit dem da?« Mit dem Daumen wies er zu Lun. »Ganz sicher nicht.«

Die Hälfte von Luns Gesicht verschwand hinter seiner Hand. Der Rest wechselte die Farbe von elfenbeinweiß zu zartrosa.

»Verdammt, Cordic!«, zischte Ahfid und funkelte ihn wütend an. »Hör auf mit dem Mist! Was soll sie denn von uns denken?«

»Dass ihr miese Ratten seid, und dass ich keine Sekunde meiner Zeit länger mit euch verschwenden werde.« Sie hatte genug.

Dieses Mal war es Cordic, der sie am Gehen hinderte. Seine Finger schlossen sich um ihr Handgelenk, drückten jedoch nicht zu. Breite Silberringe glänzten an ihnen.

»Das Mädchen, das wir suchen, gehört zu uns. Vor langer Zeit wurde es aus Gründen der Sicherheit fortgebracht, und wir sind hier, um es zurückzuholen.«

»Pech gehabt.« Ihr fielen Steine vom Herzen. »Ihr habt die Falsche erwischt.« Zwar klangen Cordics Worte abenteuerlich und eindeutig nach Familienzwist, Sippenstreit, Clansfehde ... ja genau, in diese Kategorien passten die drei Männer, aber wenigstens waren sie keine Moralschweine.

»Ja, das dachte ich anfangs ebenfalls.« Er ließ sie los. »Mittlerweile bin ich mir dessen nicht mehr sicher.«

»Ich schon.« Sie war nie irgendwohin fortgebracht worden. »Wie heißt sie?« Wenn er *Susanne* sagte, musste sie ihre Lüge aufbügeln.

»Wir kennen ihren Namen nicht.«

»Aber ihr wisst, wie sie aussieht, oder?«

»Jetzt schon.« Er grinste.

Das hier wurde unheimlich. Gut, dass sie nicht allein mit den Kerlen war. »Was ist mit einem Foto?«

»Ein Foto?« Sein fragender Blick galt Lun, der den Kopf schüttelte. »Nein, tut mir leid. So was haben wir nicht.«

Wollten die sie verarschen?

»Okay, es reicht mir langsam.« Sie hätte sich nie auf dieses Gespräch einlassen sollen. »Ich kann euch nicht helfen, also tschüss.«

Cordic lehnte sich zurück und sah sie abschätzend an. »Das glaube ich eher weniger.« Sein Blick glitt in sie hinein. Immer tiefer bis zu einem Ort, der alles, was sie war, bloßlegte.

Sie versuchte, sich zu wehren, wegzusehen, eine Schranke zwischen ihr Inneres und diesen forschenden Augen zu errichten. Vergebens.

»Hör auf damit.« Ahfid stieß ihn in die Seite, brach den Bann. »Du machst ihr Angst.«

Verrückte Gedanken, verwirrende Empfindungen. Als wäre sie aus einem ihrer Träume erwacht und noch nicht in der Realität angekommen.

Ihr Herz schlug so schnell.

»Du wolltest, dass ich sie genauer in Augenschein nehme.« Ein winziges Lächeln erschien auf Cordics Lippen. Es galt ihr und streichelte über die wunden Stellen, die sein Blick in ihr hinterlassen hatte. Er neigte sich zu Ahfid, sah jedoch weiterhin zu ihr. »Beeindruckend«, sagte er leise. »Sie hält mir stand.«

Was hatte er mit ihr gemacht?

»Setz dich.« Er nahm ihre Hand, zog sie sanft, doch entschieden auf den freien Stuhl. »Du musst dich nicht fürchten. Jedenfalls nicht vor mir.«

»Und das soll mich beruhigen?« Tat es nicht.

»Allerdings.« Er schnippte nach Simone. »Bring uns drei Flaschen Wein.«

»Ich bin sechzehn!« Und es war erst Nachmittag.

Er sah sie betroffen an. »Kein Wein?«

»Nein. Natürlich nicht.« Wo war sein Problem?

»Was möchtest du dann?«

»Schnell von euch weg.« Warum saß sie neben ihm und nicht auf ihrem Fahrrad?

»Das gibt sich.« Seine lässige Geste tat ihre Bedenken als Kinkerlitzchen ab. »Was trinkt sie sonst?«, erkundigte er sich bei Simone, deren Lippen zu einem Strich zusammenwuchsen.

»Einen Kaffee«, presste sie daraus hervor.

»Gut.« Cordic klatschte in die Hände, dass die Familie am Nachbartisch synchron zusammenzuckte. »Was immer das ist, ich will es auch.«

»Bleibt's trotzdem bei dem Wein?«

»Worauf du dich verlassen kannst, Wirtin.« Er wedelte mit der Hand, um Simone zur Eile anzutreiben.

»Was soll das?«, zischte Lun. »Nach drei Flaschen fallen wir unter den Tisch.«

»Du schon.« Gelangweilt betrachtete Cordic seine ringgeschmückten Finger. »Ich sicher nicht.«

Was für ein arroganter Kerl. Wenn er bloß nicht so genial aussehen würde. Dieses scharf geschnittene Gesicht mit den deutlich hervortretenden Wangenknochen und dem verflucht markanten Kinn. Nur die etwas zu großen und sagenhaft sinnlich geschwungenen Lippen verhinderten, dass es hart und grausam wirkte.

Grausam? Ja.

Ihr schauderte. Schlucken musste sie dennoch. Cordic sah verboten gut aus. Gerade wegen dieser dunklen und gefährlichen ...

Ahfids Räuspern schmiss sie aus einem beginnenden Tagtraum.

Das amüsierte Zucken in Cordics Mundwinkeln verriet, dass es ihm keinesfalls entgangen war.

Fuck.

»Lebst du schon immer hier?«, drang Ahfids Stimme durch eine seltsame Mischung aus Scham und Neugierde, die sich kein Stück von Cordics Spottblick einschüchtern ließ.

Fiona nickte.

Wie alt mochte Cordic sein? Keinesfalls dreißig, aber die Zwanzig hatte er schon länger hinter sich.

Simone brachte den Wein samt zwei Tassen Kaffee.

»Ein schwarzes Getränk?« Cordic schnupperte an der Tasse. »Riecht vielversprechend.« Während er daran nippte, schloss er genießend die Augen.

Die beste Gelegenheit zur Flucht. Je länger sie blieb, umso seltsamer würden ihre Empfindungen werden, und das war alles andere als gut.

»Tut mir leid, ich muss jetzt wirklich ...«

Cordic fasste sie am Ellbogen, ohne dass die Hand, die die Tasse hielt, auch nur zuckte. »Nein, musst du nicht.« Er zog sie zurück auf den Stuhl. »Vertraue mir.«

In ihrem Magen formte sich ein Stein. Ein sehr großer. Ein ebenso gigantischer Korken wuchs in ihrem Hals.

Es war wichtig, hierzubleiben und ihnen zuzuhören.

Und es war grottenfalsch.

Ihr Verstand brüllte: Flieh! So laut, dass sie für einen Moment nichts anderes wahrnahm.

Vollkommen sinnfrei rührte sie in ihrem Kaffee. Der Löffel entglitt ihren Fingern, klirrte auf den Fliesen. Sie bückte sich, tastete unter dem Tisch, streifte ein Bein, bevor sie das verdammte Ding fand.

»Entschuldigung.« Sie legte den Löffel auf die Untertasse zurück.

Warum starrte Cordic auf ihre Hand?

Sie war voll Blut.

Er sah erschrocken zu Ahfid.

Der schüttelte den Kopf, zog den Mantel über den Oberschenkel.

Er war verletzt. So sehr, dass er die Hose durchblutete.

Weshalb saß er hier und plauderte über Schwachsinn, anstatt sich in einer Notaufnahme verarzten zu lassen?

Cordic wischte die Hand samt Mantelschoß beiseite.

Ein blutdurchtränkter Lappen schlang um Ahfids Bein.

Fiona wurde flau.

»Ist nur halb so schlimm, wie es aussieht.« Ahfids Lächeln scheiterte. »Ich hatte auf dem Weg hierher einen Unfall.«

»Es sieht furchtbar schlimm aus.« Sie wollte den Lappen entfernen, obwohl eine innere Stimme sie davor warnte.

Ahfid wehrte sie sacht, doch bestimmt ab. »Zieh jetzt keine voreiligen Schlüsse.«

In ihrem Kopf spukten hundert voreilige Schlüsse. Von Bankräubern über entlaufene Sträflinge bis hin zu Mördern waren alle vorhanden.

»Du hattest einen Unfall?« Ihre Stimme klang dünn und hoch. »Was für einen?« Mit einer Pistolenkugel oder einem Messer. Ganz klar.

Ahfid sah hilfesuchend zu Cordic. »Mit einem gefährlichen Tier.«

Der nickte. »Mit einem *sehr* gefährlichen.«

Ja sicher. »Und wo soll das gewesen sein? In einem Zoo?«

»In einem Wald, weit weg von hier.« Ahfid senkte den Blick. »Es war ein Ne…«

»Ein Wolf.« Lun räusperte sich. »Ein großer, böser Wolf.«

Sie musste lachen, obwohl sie es nicht wollte. »Jungs, ihr sagt mir jetzt die Wahrheit, oder ich bin weg.« Vorher würde sie ihnen noch den Weg ins nächste Krankenhaus erklären.

»Wir sind wegen dir hergekommen«, teilte ihr Lun im euphorischen Timbre einer Bahnhofsdurchsage mit. »Das sagten wir dir bereits.«

Durch ein beginnendes Rauschen in ihren Ohren nahm sie das Geräusch verrückender Stühle und leiser werdendes Gerede wahr. Die Familie vom Nachbartisch verließ das Café. Von Simone fehlte jede Spur. Wo war sie, verdammt?

»Bitte, du musst uns glauben.« Ahfid klang verzweifelt.

Wäre sie auch, an seiner Stelle, aber er schien es nicht wegen der Tatsache zu sein, jeden Moment zu verbluten.

Sie musste wissen, um was es ging.

»Wenn ich euch frage, was ihr von mir wollt, bereue ich es dann?« Ihr Herz schlug ihr bis zum Hals.

»Was mich betrifft, garantiert.« Cordic nickte entschieden. »Bisher hat es jeder bereut, der sich mit mir eingelassen hat.«

»Danke für die Warnung.« Scheiße, auf was ließ sie sich ein?

»Es ist keine Warnung, sondern ein Versprechen.« Er stand auf, schlenderte hinter den Tresen. »Hey, Wirtin!«

Keine zwei Sekunden später kam Simone aus der Küche geschossen. »Jetzt hört's aber auf!« Sie stemmte die Fäuste in die Hüften.

»Für dich auf jeden Fall.« Er zog etwas aus seiner Manteltasche, stach ihr damit in den Hals. So schnell, dass ...

Simone verdrehte die Augen, sank in seinem Arm zusammen.

Er hob sie hoch, trug sie zurück in die Küche.

Was hatte er ihr angetan?

Mörder. Alle drei. Nein, Ahfid nicht. Aber die anderen.

Zehn Meter bis zur Tür. Oder zwölf? Sie schaffte das.

»Keine Sorge.« Cordics Gesicht tauchte hinter Lichtblitzen auf. »Der Frau geht's gut. Sie schläft bloß.«

»Dreh das Schild an der Tür um und schließ ab«, wies ihn Lun an.

Als ob nichts gewesen wäre, schlenderte Cordic zur Tür, wendete es von *Heute geöffnet* auf *Heute geschlossen* und drehte den Schlüssel um.

Sie war die Maus in der Falle.

Cordic war der Kater, und er würde sie fressen.

»Hör auf, deine Angst zu verschwenden.« Er setzte sich zu ihr. »Du brauchst sie noch.«

Etwas pochte furchtbar laut. Es wurde schneller, härter, schmerzender.

»Lun, du bist dran.«

Oh Gott!

»Kennst du die Schlehensträucher an dem stinkenden Bachlauf östlich von hier?« Lun verschränkte die schmalen Finger ineinander. »Da kommen wir her.«

Nicht ohne Seife waschen. Der Merksatz driftete folgenfrei durch ihren Kopf. Um zu wissen, wo Osten war, hätte sie vorher den Norden bestimmen müssen. Sie besaß kein Kompass-Implantat im Hirn.

Cordic zeigte mit hochgezogener Braue in eine Richtung.

Gedanklich folgte sie dem Fingerzeig über die Stadtgrenze hinaus zu der Skaterstrecke bis zum Schweinestall des nächsten Dorfes. Parallel zu den längst überwucherten Bahnschienen standen ein paar Eichen und wenige Meter davor wuchsen Schlehensträucher. In der Nähe floss ein Fließ.

»Ihr seid aus den Büschen gekrochen?« Wenn bloß das Rauschen in ihrem Kopf aufhören würde!

Cordic lehnte sich zurück und legte die Füße auf den Tisch. Seine Stiefel starrten vor angetrocknetem Dreck. »Na dann wollen wir mal sehen, wie viel Wahrheit du ertragen kannst.«

Ahfid seufzte. »Halt dich raus. Lun klärt sie auf.«

»Ist sie die Richtige, steckt sie es weg.«

Die Richtige für was?

»Hör zu, Täubchen.« Cordic sprach mit tiefstem Ernst. »Wir kommen aus einer anderen Welt.«

Fiona brauchte eine Weile, um das *Täubchen* zu verdauen.

»Mein Freund Ahfid gehört zu den Waldleuten, ich bin ein Khatalaher und unser Gespenst ist ein Wanderer.«

Ahfid schlug die Hände vors Gesicht. »Beim ewigen Grün, man sollte dich erwürgen.«

Fionas Magen fühlte sich von Atemzug zu Atemzug flauer an.

»Wenn ich aushelfen darf?« Lun ignorierte Cordics geblähte Wangen. »Unsere Welten teilen sich den Raum und berühren mittig dieselbe Zeitachse, allerdings mit asynchroner Ausdehnung.«

Bitte?

»Dennoch gehören sie zu unterschiedlichen Dimensionen.«

Sie ertappte sich beim Nicken.

»Kannst du mir folgen?«

»Auf Schritt und Tritt.« Ein Mörder, ein Opfer, ein Irrer.

Sie musste hier raus.

»Früher bildeten die wesentlichen Bereiche beider Welten eine Einheit«, dozierte Lun. »Aber aus uns nicht vollständig bekannten Gründen senkte sich ein Schleier zwischen sie, ähnlich einem Vorhang, der für geistig minderbemittelte Wesen wie dich oder meine Reisebegleiter undurchdringlich wurde.«

Cordic zog zischend die Luft ein.

»Jedoch existieren Durchgänge, die von beiden Welten aus erreichbar sind und von mir und meinesgleichen als Passage genutzt werden können.«

»Und am Schlehenfließ ist so ein Durchgang?«

Lun nickte.

Hätte sie bloß nicht gefragt.

»Wenn du mich außen vor lässt, wirst du feststellen, dass Ahfid und Cordic den Menschen hier sehr ähnlich sehen. Das liegt darin begründet, dass sich dein und ihr Volk dieselben Wurzeln teilt.«

»Moment.« Für diesen Schwachsinn gab es eine vernünftige Erklärung. »Ihr seid Cosplayer.« *Und habt an irgendeinem Punkt verpasst, wieder ins Reallife zurückzukehren.*

Lun runzelte die Stirn.

»Rollenspieler«, half sie nach.

»Nein, sind wir nicht.«

»Und ob ihr das seid!« Mann, steckten die tief drin. »Aber in eurer Methodik ist ein Fehler.« Es fühlte sich so gut an, endlich wieder Boden unter den Füßen zu spüren. »Ihr versteht mich und ich verstehe euch.« Der Klassiker aller Fantasy- und Scifilogikfehler. »Polen liegt keine zwei Autostunden von hier entfernt, trotzdem spreche ich kein Wort dieser Sprache. Ihr behauptet, aus einer anderen Dimension zu stammen. Wie ist es da möglich, dass wir uns über den ganzen Schwachsinn hier unterhalten?« Wehe, die packten den guten, alten Universalübersetzer auf den Tisch.

»Es hat etwas mit einem trinkbaren Gehirnschlüssel und einem aufgelösten Raster zu tun.« Cordic nickte zu Lun. »Frag ihn. Er wird es dir ausführlich erklären.«

»Schluss jetzt.« Sie hatte genug Geduld bewiesen. »Seht zu, dass Simone wieder auf die Beine kommt, bevor die Polizei anrückt.« Genau die würde sie anrufen. Aber erst von Karls Küche aus.

Sie nahm ihren Rucksack, stand auf.

Cordic fasste schneller nach ihrer Hand, als sie sie wegziehen konnte. »Interessiert es dich nicht, dass wir Landsleute von dir sind?« Sein Blick bohrte sich erneut in ihren Kopf.

Sie musste die Lider senken, um ihm zu entgehen.

Das hier war ein fieser Traum. Nichts anders. Sie musste nur aufwachen.

»Und wenn du deine schönen Augen noch so sehr zukneifst, du kannst der Wahrheit nicht entfliehen.« Er strich sanft mit dem Daumen über ihren Handrücken. Es fühlte sich nach Trost an. »Du gehörst in unsere Welt, und wir sind hier, um dich dorthin zurückzubringen.«

Kidnapper. Charismatisch, aber durch und durch irre.

Fiona wand sich aus seinem Griff. »Du lässt mich jetzt hier rausgehen.« Alles an ihr zitterte. »Sofort!«

»Niemals.«

Sie hatte sich geirrt. Seine Lippen waren ebenso grausam und hart wie der Rest seines Gesichtes. Das schmale Lächeln machte es schlimmer.

»Halt endlich deinen Mund!« Ahfid stieß Cordics Beine vom Tisch. »Du hast genug Schaden angerichtet.«

»Es ist eine Tatsache.« Cordic sah ihn herausfordernd an. »Wir sind nur aus einem Grund gekommen: um sie zurückzubringen. Je schneller sie das begreift, desto eher können wir wieder verschwinden.« Sein Finger schnellte zu ihrer Brust. »Und zwar mit dir, Mädchen!«

Sie wich zurück, der Stuhl kippte. Sie fing sich, stand auf zittrigen Beinen.

»Bitte geh nicht.« Ahfid wollte aufstehen.

Cordic hielt ihn fest. »Du rennst ihr in deinem Zustand nicht hinterher.«

Rennen. Gute Idee.

»Dann mach du das, und zwar bevor sie sich auf dieses Ding da draußen schwingt!«

»Fahrrad«, half Lun aus.

»Meinetwegen«, brummte Ahfid.

Jemand lachte.

Sie?

»Bitte beruhige dich.«

Das war der beste Witz des Tages.

»Cordic! Ich könnte dich ...«

Vor ihren Augen flackerten Lichtblitze. Ahfids Gesicht verschwand dahinter. Der Raum begann, um sie zu kreisen. Sie hielt sich an der Tischkante fest, doch es wurde trotzdem schlimmer. Was war mit den Fliesen los? Sie lösten sich nacheinander vom Boden, schwebten um sie herum.

Ihr Herz begann zu rasen. Sie brauchte Luft, aber so sehr sie auch atmete, es genügte nicht.

»Mir geht's nicht gut.« Als würde sie durch Watte sprechen.

»Ich weiß.« Cordic, irgendwo hinter dem blitzenden Nebel. »Habe keine Angst. Ich bin bei dir.«

Alles wurde dunkel, kalt.

Sie fiel, mitten hinein in das schwarze Loch.

»Lass es zu.« Cordic fasste sie am Nacken.

Er konnte sie nicht halten. Niemand konnte das.

Sie fiel. Mittenhinein in undurchdringliche Schwärze.

Ahfid

Das Mädchen sank zusammen. Cordic fing sie auf, setzte sie wieder auf den Stuhl und hielt sie fest. Seine Hand blieb in ihrem Nacken, als wollte er sie stützen, doch das war nicht der Grund. Er führte ihre Seele. Die Frage war nur, wohin. Zurück ins spärliche Licht eines Regentages oder tiefer in seine eigene Dunkelheit.

»Was hast du angerichtet?« Lun starrte erst Cordic, dann ihn an. »Er ist dein Freund! Tu was!«

Ahfid schüttelte den Kopf. Ihn jetzt zu stören, wäre ein unverzeihlicher Fehler.

Cordic sah auf, dankte ihm die stumme Entscheidung mit einem Blick, bevor er seine Stirn an die des Mädchens legte und die Augen schloss.

»Beim Licht!« Lun schlang die dünnen Finger ineinander. »Wir hätten ihn niemals mitnehmen dürfen. Was hat sich Jetsuba dabei gedacht?«

»Genau das.« Jetsuba wusste, dass die Seele des Mädchens Führung brauchte, und niemand außer Cordic war dazu in der Lage.

»Dieses Unterfangen wird in einem einzigen, großen Unglück enden.« Lun drehte sich zum Fenster, starrte in den niederpeitschenden Regen. »Es wird ihre und eure Welt erschüttern.«

»Was ist mit deiner?« Wo kamen die Wanderer her?

»Meine ist im Dazwischen und damit unantastbar für Katastrophen wie die, die der Nachtfresser gerade auslöst.«

»Sollte dir etwas an deiner Unversehrtheit liegen, gebrauche diesen Ausdruck nicht zu oft in seiner Gegenwart.« Cordic hasste das Schmähwort. In seiner Anfangszeit bei den Grenzgängern hatte er es zu oft gehört und es mit wüsten Prügeleien und gebrochenen Nasen gesühnt.

Lun schnaubte, schwieg jedoch.

Gut so, dann lenkte er mit seinem Gerede Cordic nicht unnötig ab.

Ahfid streckte vorsichtig das Bein aus. Es fühlte sich heiß und wund an. Dummerweise blieb die Hitze nicht in seinem Oberschenkel. Sie füllte seine Brust, kroch seinen Hals hinauf, flutete sein Gesicht.

Sich rücklings in einen der eiskalten Seen des Grenzlandes fallen lassen. Was für ein verlockender Gedanke. Oder sich draußen in das heraufziehende Unwetter stellen und genießen, wie der Regen seine Kleidung durchdrang und ihn kühlte.

Der Himmel war fast schwarz. An den kahlen Ästen der Bäume zerrte der Wind.

Cordic atmete tief ein, verzog das Gesicht.

Was er auch in der fremden Seele fand, es schmerzte ihn.

Fiona

Die Bäume rauschten im Nachtwind. Einzelne Sterne funkelten in den Lücken des Blätterdaches. Wolkenfetzen schluckten sie, spuckten sie wieder aus.

Fiona lag auf weichem Moos, doch ihr war bitterkalt. Sie wollte aufstehen. Es gelang ihr nicht.

Eine faltige Hand, die eine Fackel hielt. Ein runzliges Gesicht, das sich über sie beugte.

Die Flamme knisterte im Wind, ihr harziger Geruch erfüllte die Luft. Ein Rabe flog krächzend darüber hinweg. Seine Schwingen fegten Blätter von den Zweigen. Mit wildem Flügelschlagen hockte er sich auf die Schulter der alten Frau.

»Ich schicke dich fort, kleiner Bastard.« Sie strich Fiona mit der freien Hand über den Kopf. »Und wenn du so weit bist, wirst du mein Rufen hören und zurückkehren.«

Ein Baby schrie. Wütend und durchdringend. Am liebsten hätte sich Fiona die Ohren zugehalten, doch weder ihre Hände noch Arme gehorchten ihr.

»Jetzt rette ich dein Leben.«

Traurigkeit in jeder Silbe. Warum? Es war gut, ein Leben zu retten.

»Doch später fordere ich es ein.«

Angst wuchs in ihrer zu engen Brust, drückte ihr Herz zusammen.

»Ein paar Jahre in Frieden und Sicherheit. Mehr bekommst du nicht. Mehr bekommt niemand, in dessen Adern das dunkle Blut fließt.«

Ihr Blut war nicht dunkel. Es war rot. Die Frau irrte sich.

»Eine Menge Chaos«, murmelte die Alte mit ihrer seltsam raschelnden Stimme. »Finsternis, mehr als dir lieb ist. Aber du darfst dich davor nicht fürchten.«

Es war so kalt. Warum lag sie nicht in ihrem Bett?

»Das Leben wurde im Gleißen der Sterne gezeugt und in der Dunkelheit der Erde geboren. Alles ist so, wie es sein soll.«

Nein, das war es nicht. Sonst wäre sie nicht hier.

»Feuer und Wald und Leben«, summte die Frau auf nur einem Ton. »Es wird sich in dich verlieben, Chaos-Mädchen. Es wird dir aus der Hand fressen, groß und stark werden und den Tod wie eine Flamme zwischen den Fingern auslöschen.« Sie stützte ihr spitzes Kinn auf die Knie, wippte auf den Ballen vor und zurück. »Doch vorher müssen wir es mit dir füttern, müssen ihm zeigen, wie lecker und saftig du bist, mein kleines Äpfelchen.« Sie wickelte Fionas Bein aus dicken Tüchern. »Ich sorge dafür, dass du den Weg zurückfindest. Du darfst jenseits des Tores nicht verlorengehen.« Sie streichelte über einen winzigen Fuß, kitzelte knubbelige Zehen.

Etwas Helles blitze im Schein der Fackel.

»Nur einmal Leid, und du bist für immer an deine Heimat gebunden.«
Der Griff um ihren Fuß wurde fester. Funken tanzten über eine Klinge.
Schmerz.

»Es tut weh!« Der Schrei des Babys gellte ihr in den Ohren. »Diese Frau, sie tötet …«

»Es ist alles gut.« Jemand berührte ihre Wange. »Du hast es geschafft.«

Der Wald löste sich auf. Regen klatschte gegen die Scheiben, die Bäume vor dem Fenster bogen sich im Sturm.

»Mir ist schlecht.« Sie hielt sich die Hand vor den Mund.

Ein klarer Gedanke. Bitte, nur einen einzigen klaren Gedanken!

»Was war das eben?« Ihr Magen krampfte sich zusammen.

»Nur eine Erinnerung.«

Cordics Hand. Sie spürte jeden einzelnen Finger auf ihrem Nacken.

»Sie reicht weit zurück. Dein Kopf hat sie längst vergessen, doch deine Seele nicht.«

»Das ist verrückt.« Eine Lüge, ein Psychotrick, irgendetwas, aber niemals eine Erinnerung.

»Was ist mit deinen Träumen? Was mit den Sehnsüchten, die sie dir ins Herz flüstern?«

Woher wusste er davon?

Sie rang nach Luft, versuchte, das herunterzuwürgen, was in ihrer Kehle steckte.

»Bitte, lasst mich aus dieser verdammten Tür gehen und fertig.« Sogar ihre Stimme zitterte.

»Lass deine Angst los. Sie macht alles nur schlimmer.«

Wie sollte sie? Sie bestand aus nichts anderem.

Cordic kniete sich vor sie. »Da gibt es etwas, das dich an unsere Welt bindet.« Er löste die Schleife ihres durchnässten Schuhs, streifte ihn mitsamt der Socke von ihrem Fuß. »Du hast es mir eben gezeigt.«

Der Rabe? Das Messer?

»Es ist ein Pfand.« Er legte den Finger auf die Stelle, wo ihr kleiner Zeh hätte sein sollen. »Deshalb bist du zu uns gekommen.«

»Bin ich nicht.« Sie hatte Tee ausgeliefert. Das war alles. »Lass meinen Fuß los.«

Das Messer in der Runzelhand. Der Schmerz.

Bloß Einbildung. Sie hatte nie einen Zeh besessen. Gott waren die Zehen ausgegangen. Karl hatte es gesagt. Karl log nie. Seltsam, er glaubte nicht an Gott, ging nie in die Kirche. Sie auch nicht. Weder das eine noch das andere.

Zu viele Gedanken. Keiner taugte etwas.

Ein altes Weib hatte sie verstümmelt.

»Lass mich endlich los!« Sie riss Cordic die Socke aus der Hand. Sie klebte vor Nässe, ließ sich kaum überziehen.

Der Schuh. Klitschnass. Der Senkel auch.

Ihre Finger flatterten, wie sollte sie die verfluchte Schleife binden?

»Fuck!« Sie schleuderte das Drecksding von sich.

Wenn ihr nur nicht so übel wäre.

Cordic hob den Schuh auf, kniete sich erneut vor sie. »Deine Verwirrung ist verständlich«, sagte er leise, während ihr Fuß in nasses Leder glitt. »Niemand von uns hat erwartet, dass du dein Schicksal schulterzuckend annimmst.« Er band eine Schleife, zog sie fest. »Es genügt, wenn du aufhörst, dich dagegen zu sträuben.«

»Ich will zu Karl.« Sie brauchte seine Ruhe, seine Klugheit. Sein Versprechen, dass es für diesen Albtraum eine logische Erklärung gab, und dass sie verdammt noch mal daraus erwachte.

Auf sie selbst war kein Verlass mehr.

Was für ein schreckliches Gefühl.

»Karl?«

»Mein Großvater.«

»Wo sind deine Eltern?«

Wieso bildete sie sich ein, dass seine Frage lauernd klang?

»Das geht dich nichts an!« Er sollte weg von ihr! »Nichts geht euch was an!« Sie stieß ihn von sich.

Cordic taumelte zurück, fing sich jedoch.

Seine Augen, tiefschwarz.

»Du irrst.« Er sprach so leise, so schneidend. »Alles, was dich angeht, geht uns an. Deshalb werden wir dich begleiten.«

»Den Teufel werdet ihr.« Karl würde aus allen Wolken fallen.

»Ahfid braucht Hilfe.«

»Dann soll er sich ein Taxi ins Krankenhaus nehmen.«

Cordics Hand schnellte vor, packte sie am Kinn. »Sieh ihn an.« Er drehte ihren Kopf in Ahfids Richtung. »Er ist verletzt, hat Schmerzen und trotzdem sitzt er hier, um dir beizustehen.«

»Beizustehen?« Etwas explodierte in ihr. Es schlug seine Hand von ihrem Kinn, fauchte ihn an. »Nichts weißt du über mich, und einen Dreck werde ich tun, euch mit nach Hause zu nehmen!« Sie durften Karl nichts antun. »Ihr seid Irre, Mörder oder sonst was und ich werde …«

Ahfid stöhnte auf. So schmerzerfüllt, dass sich ihr Herz zusammenzog. Sein Gesicht verlor jede Farbe, sein Kopf sank zurück.

»Bei allen Finsternissen!« Cordic sprang auf, hielt ihn auf dem Stuhl. »Hiergeblieben, mein Freund!« Er schlug ihm fest auf die Wange. »Ahfid!«

Ahfids Lider flatterten. Er fiel nach vorn, direkt in Cordics Arm.

Er würde sterben, weil sie sich vor Angst in die Hosen schiss.

»Ist gut. Ihr könnt mitkommen.« War sie verrückt? Karl konnte ein aufgeschlagenes Knie versorgen, aber keinen halb toten Mann retten. Wie kam sie auf die Idee, ihm Schurken unters Dach zu setzen?

Cordic hievte Ahfid hoch, legte sich den schlaffen Arm um die Schulter. »Danke.«

Für einen Schurken klang er erschreckend aufrichtig.

»Was ist mit Simone?« Sollte sie in der Küche liegen bleiben?

»Die wacht bald auf und erinnert sich an nichts mehr«, keuchte Cordic unter seiner Last.

»Mach dasselbe mit mir.« Dann wäre dieser schreckliche Tag verschwunden. Wenigstens für sie.

Er lachte trocken. Torkelnd schleppte er Ahfid zur Tür.

Lun wuchtete sich zwei der Rucksäcke auf die Schultern, den dritten umfasste er vor seinem Bauch. »Was ist jetzt mit diesem Karl?«

Ihre Hände zitterten, als sie das Handy hervorzog.

Was sollte sie ihm sagen?

»Wo steckst du?«, blaffte er nach dem zweiten Klingelton. »Draußen geht die Welt unter!«

Wie recht er hatte.

»Bitte komm zu Lehmann's. Hier sind drei Typen, die ein Dach über dem Kopf brauchen.« Hatte sie jemals dermaßen untertrieben?

»Hast du'n Rad ab? Die Gärtnerei ist kein Hotel, sag ihnen, sie sollen zu …«

»Es ist nur für eine Nacht.«

Cordic lehnte Ahfid gegen die Wand, fühlte am Hals dessen Puls. Er sah schrecklich besorgt aus.

»Karl, bitte. Es ist wichtig.«

Karl fluchte. »Dein Eindruck von ihnen. Spontan und ehrlich.«

»Sie sind keine Lappen.« Definitiv nicht.

»Werde ich es bereuen?«

Mit Sicherheit. »Weiß ich nicht. Aber wenn du es nicht machst, stirbt einer von ihnen.«

Stille.

»Karl?«

»Zehn Minuten.«

»Danke.« *Ich hab dich lieb.*

Sie steckte das Handy weg, zitterte stärker als vorher. »Wenn ihr meinem Opa was antut, wenn ihr ihn auch nur schief anseht, werde ich ...«

»Wir tun ihm nichts.« Cordic nickte ihr zu. »Du hast mein Wort.«

Lun schnaubte. »Sein Wort ist nichts wert.«

Doch, war es. Weil sein Blick ebenso aufrichtig war wie seine Sorge um seinen Freund.

Sie ging zu ihm, lehnte sich neben Ahfid an die Wand. »Er kommt gleich.«

Cordic nickte. »Was ist das für ein Ding, mit dem du ihn gerufen hast?«

»Willst du mich auf den Arm nehmen?«

»Ich dachte, du hättest Angst vor mir.«

»Guter Witz.« Ihr war nicht nach lachen zumute.

»Sag schon, was hat es mit dem kleinen Kasten auf sich?«

Er blieb in seiner Rolle. Selbst jetzt noch. Respekt.

»Das ist ein Mobiltelefon.« Lun klang zum Sterben gelangweilt. »Die Funktionsweise würde deinen Verstand überfordern. Merke dir nur: In dieser Welt gelangen Worte, Bilder und Szenen über weite Strecken zu kleinen bis sehr großen Kästen und können von einem oder vielen Menschen gehört und gesehen werden.«

Cordics Mund öffnete sich. Er starrte Lun, dann Fiona an.

Unmöglich, er kannte tatsächlich keine Handys und Computer.

Wo kam der Kerl her?

Aus einer anderen Welt. Er hatte es ihr selbst gesagt.

In ihrem Kopf begann es dumpf zu rauschen. Method Acting. Das Wort blitzte im Chaos auf. Schauspieler, die ihren Job übertrieben? Eine bessere Erklärung als die Sache mit den Weltentoren.

Ahfid stöhnte auf, griff nach Cordics Oberarm.

Cordic legte ihm die Hand auf die Brust. »Du kannst dich gleich ausruhen. Halte noch ein wenig durch.«

Ahfid atmete tief ein und aus. Seine verkrampften Finger lockerten sich.

»Er muss ins Krankenhaus.« Und genau dorthin würde ihn Karl fahren.

Cordics Brauenrunzeln machte Karls Konkurrenz.

»Trotz des irreführenden Wortgebrauchs ein Ort der Heilung«, erklärte Lun. »Nur für den Fall, dass sich ein falsches Bild in deinem Geist geformt hat.«

»Das hatte es allerdings.« Cordics Stirn glättete sich.

Himmel, die Kerle machten sie noch wahnsinnig.

»Er kann nicht dorthin.« Zögernd schüttelte Cordic den Kopf. »Ihm würden zu viele Fragen gestellt, die er nicht beantworten darf.«

»So, wie er aussieht, beantwortet er bald gar nichts mehr«, sagte Lun in einem Ton, als wäre ihm Ahfid vollkommen gleichgültig.

»Besser, du hältst deinen Mund«, knurrte Cordic. »Er hat ganz andere Dinge überstanden.«

»Wenn du das sagst.« Lun sah gelangweilt auf die Straße.

Cordic biss die Zähne zusammen.

Krass, wie seine Wangenmuskeln hervortraten.

Schweigen, drückend wie Gewitterwolken. Die Minuten schlichen.

Endlich drang das Brummen von Karls Pick-up durch das Rauschen des Regens.

»Er ist da.« Sie schloss die Tür auf. »Egal, was passiert, ihr tut ihm nichts.«

»Solange er uns nichts tut.« Cordic legte sich Ahfids Arm um die Schultern, schleppte ihn in den Regen.

Karl stieg aus, schnappte sich ihr Fahrrad und packte es auf die Ladefläche. »Die Rucksäcke auch da drauf«, wies er Lun an. »Beeil dich.«

Lun wuchtete seine Last über die Rampe und flüchtete sich auf die Rückbank.

»Was ist mit deinem Kumpel?« Karl zeigte zu Cordic, der Ahfid an die Hauswand gelehnt hatte und keuchend vor ihm stand.

Lun unternahm keinerlei Anstalten, den Wagen zu verlassen.

Karl ging kopfschüttelnd zu den beiden Männern, legte sich Ahfids freien Arm um die Schulter. Gemeinsam schleppten sie Ahfid zum Auto und halfen ihm vorsichtig auf den Rücksitz.

»Krankenhaus?«, fragte Karl knapp.

»Nein.« Cordic nahm ihn beiseite, redete leise mit ihm.

Das bisschen, was sie von Karls Gesicht sah, verriet ihr, dass er von dem Gespräch wenig begeistert war. Cordic zupfte sich den Ärmel hinauf und zeigte ihm etwas. Karl zog zischend die Luft ein, nickte schließlich.

Was zum Teufel passierte da?

»Karl?«

Er sah an Cordic vorbei zu ihr. »Steig ein.«

Was hatte ihm Cordic erzählt?

»In den Wagen, hab ich gesagt!«

Scheiße, er war stinksauer.

Sie schlich auf den Beifahrersitz, zog die Tür zu.

Hinter ihr setzte sich Cordic neben Ahfid.

»Was hast du meinem Opa gesagt?«

»Geht dich nichts an.«

Arschloch.

Karl schwang sich hinters Steuer, knallte die Tür zu. Ohne sie eines Blickes zu würdigen, startete er den Motor und fuhr los.

Was auch immer ihm Cordic erzählt hatte, es sorgte dafür, dass ihr Opa drei wildfremde und mindestens suspekte Männer mit nach Hause nahm.

Cordics Kopf tauchte neben ihr auf. »Wir sollten uns einander vorstellen.«

»Das haben wir schon.«

»Aber nicht in angemessener Weise, Goldaugenmädchen.«

»Sie hat keine goldenen Augen«, giftete Karl. »Also nenn sie nicht so.«

Cordic hob entschuldigend die Hände.

»Ich bin Cordic, Sohn des Merut«, sagte er feierlich. »Mein Vater war der Erste Mann seines Clans.«

Klang nach Schottland. »Dann war er der Boss?« Das erklärte Cordics Arroganz.

Aus dem Fond drang Luns freudloses Lachen.

Cordic schloss die Augen, atmete tief ein und aus. Als er sie wieder öffnete, wirkten sie dunkler als vorher. »Frage mich aus«, sagte er dennoch freundlich. »Wenn du genug von mir weißt, bin ich kein Fremder mehr für dich. Das würde deine Vorbehalte und Ängste mir gegenüber im Zaum halten.«

Was für ein verrückter Kerl.

Er runzelte die Stirn, zeigte auf ihren Mund. »War das ein zustimmendes oder ablehnendes Schnaufen?«

Sie musste grinsen. Es ging einfach nicht anders. »Ein zustimmendes.«

»Das war ein Fehler«, informierte Lun sie. »Je weniger du dich auf diesen Seelenmanipulateur einlässt, umso besser für dich.«

»Hör nicht auf ihn«, wisperte Cordic. »Sein Volk zerfleddert sich zwischen unzähligen Welten. Das trübt die Sicht fürs Wesentliche.«

»Erzähl mir von deinem Clan.« Seltsamerweise tauchten in ihrem Kopf keine Bilder von kiltragenden Männern auf, sondern von brüllenden Kriegshaufen, die mit gezückten Schwertern einen Abhang hinunterstürmten.

»Ja«, mischte sich Lun ein. »Erzähl ihr von der Sinnhaftigkeit eurer ach so kultivierten Sippenpolitik.«

Cordic rollte mit den Augen. »Es ist praktisch, ein Volk in unterschiedliche Clans aufzuteilen«, sagte er nach hinten. »Das macht es leichter, Nachbarschaftsfehden vom Zaun zu brechen, um die Schatz- und Vorratskammern aufzufüllen.« Er wandte sich wieder zu ihr. »Die Clankriege in meiner Heimat sind legendär.«

»In etwa so berühmt wie eure Manieren und eure Sanftmut.« Lun schnaufte resigniert.

»Mag sein, doch in der Schwertschmiedekunst und der Bildhauerei sind wir wahre Meister.« Ihm war Luns Ironie offenbar entgangen. »Der Ruf unserer Gold- und Silberschmiede reicht bis ins südliche Grenzland. Auch die Schlachtengesänge meines …«

»Es ist krank, dir zuhören zu müssen, wie du über ein grobes und brutales Volk faselst, als bestünde es ausschließlich aus Dichtern und Denkern«, fauchte Lun. »Ihr seid Wilde!«

»Hast du jemals einen Fuß in Meister Arkans Werkstatt gesetzt?« Cordic beobachtete Lun durch den Innenspiegel. »Oder Iranas Poesie der Morgenröte gelauscht?« Ein sehnsüchtiger Glanz trat in seine Augen. »Sie bettet deinen Geist auf kraftvolle Schwingen und liebkost deine Seele auf eine Weise ...« Er hielt inne, senkte den Blick. »Du würdest es nicht verstehen.«

»Gefasel.« Lun verschränkte die Arme vor der Brust, sah gelangweilt aus dem Seitenfenster.

»Würde ich es verstehen?« Das Wenige, was er gesagt hatte, hatte wundervoll geklungen.

Cordic sah sie an, nickte langsam. Etwas lag in seinem Blick. Es rieselte warm durch sie hindurch, weckte ein so schmerzhaftes Ziehen in ihrer Brust, dass sie kaum atmen konnte.

»Es wird Zeit, mir die Wahrheit anzuvertrauen«, sagte er leise. »Beginn mit deinem Namen, Susanne.«

Verdammt.

»Wer ist Susanne?«, fragte Karl überflüssigerweise.

Cordic hob eine Braue.

»Schon gut.« Es spielte ohnehin keine Rolle mehr. »Ich heiße Fiona.«

»Warum hast du mich angelogen?«

»Weil ich es kann.«

»Nicht gut genug.«

Mistkerl. »Nur Idioten lassen sich von Fremden aushorchen.«

»Ich bin keiner mehr.«

»Genau.« Was?

Cordic grinste. Er ließ sich nach hinten kippen, versank in Schweigen. Es breitete sich im gesamten Wageninneren aus. Vor allem zwischen Karl und ihr. Sobald er mit ihr allein war, konnte sie sich auf was gefasst machen.

Karls Finger trommelten auf dem Lenkrad. »Was ist mit eurem Freund passiert?«

»Er wurde von einem Wolf angegriffen«, antwortete Cordic. »Und er hat eine Menge Blut verloren.«

»Ein Wolf?« Karl musterte ihn durch den Innenspiegel. »Junge, verarsch mich nicht.«

»Käme mir nie in den Sinn.« Cordic klang erschöpft. »Kannst du ihm helfen?«

Karl blähte die Wangen. »Du fragst mich Sachen.«

Fiona wandte sich um.

Ahfid hatte die Augen geschlossen. Sein Gesicht wirkte grau und war nass von Schweiß. Cordic lockerte ihm das Halstuch, redete leise mit ihm. Ahfid schüttelte den Kopf.

Es war verrückt, ihn nach Hause zu bringen.

Sie lehnte sich nah zu Karl. »Er muss zu einem Arzt«, flüsterte sie. »Was ist, wenn der Wolf Tollwut hatte oder sich die Wunde entzündet?«

»Dann hat er Pech gehabt.« Karl starrte mit finsterer Miene auf die Straße. »Und jetzt sei still. Ich muss nachdenken.«

Der Mann neben ihr war niemals ihr Opa.

Endlich leuchtete das grüne Schild der Gärtnerei durch den Regen.

Karl parkte vor dem Blumenladen. »Wartet hier. Ich will erst die Webheimer nach Hause schicken. Die tratscht zu viel.«

Kurz nachdem er im Laden verschwunden war, öffnete sich die Tür erneut und Frau Webheimer stapfte durch die Pfützen. Sie starrte zu ihnen herüber, während sie die Plastiktüte von ihrem Fahrradsattel zog und das Schloss entriegelte. Noch beim Davonfahren verrenkte sie sich den Hals.

Fiona wartete, bis sie hinter der Toreinfahrt abbog. »Die Luft ist rein.« Hoffentlich blieb sie es. »Geht einfach durch den Laden durch. An der Rückwand ist eine Tür, die führt in die Wohnung.«

Lun schwang sich aus dem Wagen und rannte ins Trockene. Das Gepäck hatte er offenbar vergessen.

Cordic half Ahfid aus dem Fond, schleppte ihn zum Haus.

Im Lichtschein des Schaufensters verschmolzen die beiden Silhouetten zu einer. Es sah unwirklich aus.

Der gesamte Tag driftete ins Unwirkliche.

Während sie den Pick-up entlud, versuchte sie umsonst, ihre Gedanken zu ordnen. Es scheiterte an dem Chaos ihrer Gefühle. Von Angst bis Abenteuerlust über Misstrauen und Hilflosigkeit war alles dabei, sogar Wut. Unter dem Strich blieb die Frage, ob sie morgen in ihrem Bett erwachte und sich zurück in diesen verrückten Traum sehnte.

Nachdem sie das Rad in den Schuppen geschoben hatte, zerrte sie die Rucksäcke ins Haus. Sie waren verdammt schwer.

Auf dem Weg in die Küche stach ihr der scharfe Geruch von Karls selbstangesetztem Arnikaschnaps in die Nase. Damit behandelte er alles.

Aufgeschlagene Knie und Ellbogen, entzündete Pickel, egal wo, Muskelkater, Zerrungen, Hals- und Zahnschmerzen, Schnitte und Insektenstiche.

Das Zeug brannte höllisch. Hoffentlich hatte er Ahfid gewarnt.

Der saß wie hingemäht vor ihrem Opa, der ihm in aller Gemütsruhe das Hosenbein aufschnitt.

»Holla.« Karl musterte die Wunde mit seinem *Sieht scheiße aus, aber das weißt du ja* – Blick.

Als hätte der Wolf ein Stück Fleisch rausgebissen.

Fiona musste schlucken.

Statt Ahfid zu fragen, ob er nicht doch lieber in ein Krankenhaus wollte, bot Karl ihm Fionas selbstgehäkelten Topflappen zum Draufbeißen an. »Wenn du ihn zusammenrollst, funktioniert das.« Er hielt ihm das Ding hin.

Ahfid schüttelte tapfer den Kopf. »Lass mich dein Gebräu trinken, dann kriege ich das auch ohne Lappen im Mund hin.«

»Das wird dir nicht bekommen.« Karl holte seinen Notfallschnaps aus dem Küchenschrank. »Der hier schon.«

Mit zittrigen Fingern schraubte Ahfid die Flasche auf, trank drei gigantische Schlucke, ohne zu husten oder auch nur das Gesicht zu verziehen. Karl fischte währenddessen eine Handvoll Mullbinden aus dem Arzneikasten.

Vielleicht brauchte er Hilfe.

Fiona wusch sich die Hände, riss eine Packung Kompressen auf.

Karl winkte ab. »Für Mädchenmethoden sieht das Bein zu schlimm aus. Der Alkohol muss tief in die Wunde, sonst bringt das nichts.«

»Du willst ihm das Zeug drübergießen?« Allein bei der Vorstellung wurde ihr flau.

»Jepp.« Er hielt die Flasche über die Wunde. »Bereit?«

Ahfid nickte mit entschlossener Miene.

Karl goss ihm die gelbe Flüssigkeit übers Bein.

Ahfid schnappte nach Luft, klammerte sich an die Tischkante. Als der nächste Schwall kam, stieß er einen Laut aus, der Fiona ins Herz fuhr.

»Ist vorbei.« Karl fasste ihn hart an der Schulter. »Entspann dich.«

Ahfid knurrte etwas zwischen zusammengebissenen Zähnen hervor, das sie nicht verstand, aber es färbte Luns Wangen rosa.

Cordic erwiderte es grinsend in derselben Sprache.

Fiona hatte sie noch nie irgendwo gehört.

»Theoretisch muss das genäht werden.« Karl griff nun doch zu den Kompressen. »Praktisch auch. Du bist sicher, dass sich das kein Arzt ansehen soll?«

Endlich wurde er vernünftig.

»Ich bin mit dem Tierarzt befreundet. Wenn ich ihn bitte, den Mund zu halten, wird er es tun.«

Er wollte Helmut da mitreinziehen?

Ahfid schüttelte den Kopf. Seine Kiefermuskeln dellten immer noch die Wangen aus.

»Natürlich nicht«, murmelte Karl und verteilte die Kompressen auf der Wunde. »Wenn sich das entzündet, hast du Pech gehabt.«

»Weiß ich.« Ahfid griff zum Schnaps und trank, bis ihm Karl die Flasche aus der Hand nahm. »Wann wirkt das?«

»Gleich.«

Stöhnend ließ Ahfid den Kopf in den Nacken fallen.

»Findest du nicht, dass es langsam Zeit wird, mir das ein oder andere von euch zu erzählen?« Karl schlang ihm den Verband ums Bein. »Ich bin mir nicht sicher, ob ich es wissen will, aber ich bin sicher, dass ich es wissen sollte.«

»Ist eine lange Geschichte. Wir sind hier, um …« Ahfid verstummte, als Karl den Verband festzog.

»Ja?« Karl steckte das Ende fest.

Ahfid schlug auf den Tisch, dass das Saftglas vom Frühstück hochsprang. »Verdammt! Du hast gesagt, es wirkt gleich!«

»Tut es ja auch.«

Cordic lachte. Er saß auf der Ofenbank und kraulte Kapitän Schmidts Ohren mit einer Hingabe, die den Hund grunzen ließ.

»Lun soll es dir erzählen«, stieß Ahfid zwischen den Zähnen hervor. »Ich kann jetzt nicht.« Mit geballten Fäusten saß er da und schien sich nur aufs Ein- und Ausatmen zu konzentrieren.

Er tat ihr entsetzlich leid.

»Lun!«, rief Cordic Richtung Wohnzimmer. »Trau dich her! Kein Blut mehr zu sehen.«

Bis auf die die schnapsgetränkte Pfütze auf dem Fußboden und Ahfids zerschnittenes Hosenbein.

Fiona holte Eimer und Wischmopp.

Erst, als sie fertig war, erschien Lun in der Küche. Er sah konzentriert an Ahfid vorbei, während er sich zu Karl an den Tisch setzte. »Was ich dir jetzt sagen werde, wird dir niemand diesseits des Tores glauben, dennoch bitte ich dich, Stillschweigen darüber zu bewahren.«

»Welches Tor?« Karls Blick huschte zu Fiona.

»Dasjenige, durch das Fiona hierher gebracht wurde.« Lun betrachtet Karl mit einer Gelassenheit, die angesichts der verrückten Situation krank wirkte. »Es existieren viele Welten. Manche sind durch Tore miteinander verbunden. Durch eines von ihnen sind wir hergekommen.«

Warum zeigte Karl ihm keinen Vogel?

»Denkt euch Mottenlöcher im Stoff. Zwei dünne Stellen übereinander ergeben ein Tor. Es ist simpel.«

»Ja«, sagte Karl leise. »So was ähnliches habe ich mir gedacht.«

»Was?« Wie konnte er diese verrückte Geschichte glauben?

Karl hob die Hand zum Zeichen, dass sie still sein sollte.

Fiona biss sich auf die Lippen.

»Erzähle uns, wie du Fiona gefunden hast.«

Gefunden?

Karl stand auf, lief hin und her. Zwischen seinen buschigen Augenbrauen hatte sich eine tiefe Falte gebildet. »Bis jetzt habe ich es für mich behalten.«

»Was hast du für dich behalten?«

Karl sah sie unglücklich an, seufzte. »Ich ging mit Jon Doe spazieren.«

»Wer ist das?«, fragte Lun.

»Kapitän Schmidts Vorgänger.«

»Ein Hund?«

Karl nickte und Lun atmete auf.

»Es war ein eiskalter Tag im Spätherbst. Plötzlich hörte ich ein Baby schreien, so kläglich, dass sich mein Herz zusammenzog.« Er sah sie an.

Völlig falsch. Viel zu schüchtern. So sah er sie nie an. Nie!

»Du hast mitten in den Schlehensträuchern gelegen, dick in ein Wolltuch gewickelt. Dein Näschen war blau vor Kälte.«

»Du lügst! Viktoria hat mich geboren. Im Gewächshaus. So schnell, dass ihr es nicht ins Krankenhaus geschafft habt.« Er hatte es ihr oft erzählt. Sie wusste es genau.

»Ach Kind, was hätte ich denn sagen sollen? Das Gerede im Ort war unerträglich genug.«

Für einen Augenblick hörte sie nur ihren dröhnenden Herzschlag.

»Ich weiß es wie heute. Du hast mich mit deinen Sonnenaugen angeschaut, dass mir seltsam geworden ist. Ich habe dich unter meine Jacke gesteckt. Ich fürchtete, du erfrierst. Dann habe ich mich umgesehen, aber da war niemand. Ich bin im Sturmschritt nach Hause gegangen und je länger ich dich an mich gedrückt habe, desto mehr dachte ich, du gehörst dahin. Es hat sich richtig angefühlt und wenn sich etwas richtig anfühlt, muss man es machen.«

»Sonnenaugen?« Fiona schluckte. Der Kloß in ihrem Hals blieb, wo er war.

»Ich kann es dir nicht beweisen. Ich traute mich damals nicht, Fotos von dir zu knipsen. Hatte Angst, die könnten dich mir wegnehmen, in ein Labor stecken, sonst was mit dir anstellen. Dabei sahen deine Augen wunderschön aus. Zumindest auf eine bestimmte Weise.«

»Karl! Welches Labor?« Daher existierten keine Babyfotos von ihr. War sie deshalb erst so spät in den Kindergarten gekommen?

Etwas hatte mit ihren Augen nicht gestimmt.

Sonnenaugen. Goldaugenmädchen ...

»Du hättest es mir sagen müssen.« Was? Dass sie eine Außerirdische war? Ihr wurde übel.

»Ich habe Viktoria angerufen, meine Tochter«, erklärte er Lun. »Sie kam am selben Abend und wir schmiedeten die Nacht über Pläne. Wir wussten nur eines: Niemand durfte das Baby sehen, sonst würde er irgendwelche Behörden auf uns hetzen.«

»Du hast zu viel Akte X gesehen.« Fionas Hände zitterten. Sie steckte sie in die Hosentaschen. »Weißt du, was du für einen Schwachsinn erzählst?« Der Boden schwankte unter ihren Füßen.

»Ich habe dich von Kinderärzten, Nachbarn und Briefträgern ferngehalten«, sagte er traurig. »Nur die olle Webheimer hat es mitbekommen. Das ist der Grund, weshalb sie bei mir arbeitet.«

»Sie hat dich erpresst?« Diese Schlange!

»Wie man's nimmt.« Karl zuckte mit den Schultern.

Ein Traum. Oder ein grausamer Scherz.

Nein, das würde er ihr niemals antun.

»Viktoria stopfte sich aus und mimte die Schwangere. Wir wollten ein paar Tage warten, um uns umzuhören. Eine schwangere Frau, die auf einmal wieder dünn ist, aber kein Kind vorweisen kann, fällt auf. Doch da war nichts.«

Schräg hinter ihm seilte sich eine Spinne von der Zimmerdecke. An dem unsichtbaren Faden baumelte sie hin und her.

»Ich habe mir wilde Ausreden einfallen lassen, um dich von den Leuten fernzuhalten. Erst, als deine Iriden dunkler wurden, ließ ich dich auf die Menschheit los.«

Eine Lüge, ein Traum. Wahnvorstellungen?

»Kind, du warst für mich von Beginn an meine Enkelin. Was spielt es für eine Rolle, wie du zu mir gekommen bist?«

Plötzlich riss der Faden ab. Die Spinne fiel herunter, krabbelte davon.

»Fiona?«

Sie würde ihr Netz nicht mehr finden können.

Aus und ein. Aus und ein. Immer aus- und einatmen. Die Dunkelheit kroch auf sie zu. Verschluckte die Zimmerecken, Karl, das Glas auf dem Tisch. Es blieb nur ein Lichtklecks.

Jemand fing sie auf. Es war nicht Karl. Karl roch nach Blumenerde und Irish Moos. Der, der sie auf die Küchenbank legte, duftete nach Wald und Holzfeuer. Ein guter Geruch.

Cordics ernste Miene tauchte über ihr auf. Er fühlte an ihrem Hals, streichelte ihre Stirn.

Karl drängte ihn zur Seite, sah erschrocken auf sie herab. »Fiona?«

Sie schlug die Arme übers Gesicht. Es war unerträglich, sich anstarren zu lassen. Ihr Leben brach in Stücke. Sie zerschellten auf dem Küchenfußboden, zersprangen in tausend Tränen.

Cordic

Sie hatten das Mädchen in den Strudel gestoßen und sahen zu, wie es darin ertrank. Karls hilflose Versuche, sie zu trösten, würden sie nicht retten. Er war stärker als ihre lichte Mutter, aber nicht stark genug, um Fiona Halt zu bieten.

»Wo ist ihr Bett?« Cordic hob sie hoch. »Sie braucht Ruhe. Sonst verliert sie sich.«

»Ich werde sie in diesem Zustand nicht alleinlassen.« Karl fuhr sich über den Mund, schüttelte immer wieder den Kopf. »Was habe ich angerichtet?«

»Die Schuld trifft uns. Nicht dich. Wo schläft sie?« Langsam wurde Fiona schwer auf seinem Arm. Er hatte sie schon einmal auf diese Weise gehalten. Damals war sie viel leichter, viel kleiner gewesen. Sie hatte ihn angesehen, glücklich und zufrieden. Jetzt verbarg sie ihr Gesicht an seiner Brust und durchweichte mit ihren Tränen sein Hemd.

»Na gut.« Karl wollte vorgehen.

Ahfid winkte ab. »Bleib hier. Cordic hat sich bereits um sie gekümmert, da steckte sie noch im Bauch ihrer Mutter. Vertraue ihm.« Er hielt ihm die Flasche mit der klaren Flüssigkeit hin. »Lass uns zusammen trinken. Wir haben es uns beide verdient.«

»Ich bin ihr Opa!«

»Daran wird sich nichts ändern.«

Ärger und Hilflosigkeit zeigten sich abwechselnd in der Miene des Alten.

»Die Treppe hoch und die erste Tür links«, sagte er zerknirscht.

Luns Gemurmel, dass das mit dem Vertrauen in einen Clankrieger so eine Sache wäre, verstummte, als Cordic die Tür hinter sich zudrückte.

Der Wanderer hatte recht. Ihm war nicht zu trauen. Statt ihn mit Fiona allein zu lassen, hätte ihn Ahfid besser erschlagen.

Ihr Leben für seine Freiheit. Ein hoher Preis.

Ein Regal, vollgestellt mit Büchern. Glänzende Einbände. Bunt. Kein Leder. Die Zeichen auf den Rücken sagten ihm nichts. Luns Elixier schien das Lesen fremder Sprachen auszuschließen. Ein Tisch mit Papierstapeln und jeder Menge Dinge, deren Nutzen sich nur raten ließ.

Ausgestopfte Tiere. Zu drollig, um echt zu sein. Spielzeuge? Wäre Fiona in Khatalah aufgewachsen, hätte sie sich längst davon getrennt.

Cordic legte sie vorsichtig aufs Bett.

Warum benötigte ein einzelner Mensch so viele Kissen?

Fiona drehte ich auf den Bauch, zog die Decke über ihren Kopf.

Die Einsamkeit würde ihr besser helfen als seine zweifelhafte Gesellschaft oder Karls Sorge.

Er sollte gehen.

Sie wirkte klein unter der Decke. Hilflos wie damals, als er ihr das Schattenlichtlied vorgesungen hatte.

Jetsuba war gekommen und hatte sie ihm weggenommen.

Er verließ das Zimmer, schloss leise die Tür hinter sich.

Ahnte die Hexe etwas von seinem Verrat?

Niemals, sonst hätte sie ihm nicht befohlen, Ahfid und Lun auf dieser Reise zu begleiten.

Er hatte sich gegen ihren Befehl gewehrt. Ein paar Tage hatte er sich eingebildet, der Angst vor dem Eidbruch standhalten zu können.

Bei Feuer und Blut. Er hatte es Rag geschworen.

Nun verriet er Fiona.

Am Fuß der Treppe wartete Karl auf ihn. »Ich zeige euch, wo ihr schlafen könnt. Ist mein Bastelzimmer, aber ein altes Sofa und ein paar Sessel stehen drin.«

Hinter ihm erschien Lun. Er stützte Ahfid, dessen Wangen von Karls Gebräu glühten.

Der Alte führte sie bis zum Ende des Ganges. »Stört euch nicht an dem komischen Geruch. Kommt von den Seifen. Ich siede sie selbst. Mit Blüten und so.« Ein Hauch Stolz schwang in der Stimme. Er öffnete eine Tür, tippte auf eine glänzende Fläche an der Wand. Die Laterne an der Zimmerdecke leuchtete auf.

Ein Raum mit gepolsterten Stühlen und einer ebensolchen Liege. Ein rundes Tischchen mit einer Schale voll Äpfeln stand daneben. An den Wänden hingen Blumenbilder und auf dem Fenstersims sammelten sich bunte Kerzen. Ein seltsamer Ofen, ein Becken mit Wasserrohr, ein Tisch mit Schüsseln, Tiegeln und allerlei Werkzeug. Die Regale waren mit Kisten und Körben gefüllt. Aus manchen duftete es intensiv nach Rosen, aus anderen nach Lavendel.

Cordic schnupperte an einem Seifenstück. Betörend.

Aus milchigem Weiß schimmerten rosa Blütenblätter.

»Hier.« Karl entnahm einer Truhe einen Armvoll Decken und stapelte sie auf einen der Stühle. »Macht es euch gemütlich. Die Heizung spinnt manchmal. Wenn euch kalt ist, schmeißt den Kanonenofen an.«

»Klingt gut.« Ahfid ließ sich auf die Liege sinken. »Sagst du uns auch, was das ist?« Er grinste. »So was Beeindruckendes wie dein Automobil?«

Trotz seiner Schmerzen hatte er dem Gefährt Aufmerksamkeit geschenkt?

Eine sanft schaukelnde Kutsche ohne Pferde. Dennoch ebenso schnell wie Raktis Schlachtrösser, und das gleichmäßig über eine weite Strecke. Wäre sein Herz nicht bleischwer gewesen, hätte er die Reise darin genossen.

»Der Ofen da.« Karl zeigte auf das einzige Ding im Raum, das als Feuerstelle infrage kam, schon wegen der Körbe mit Holzscheiten und zusammengeknülltem Papier daneben. »Das sind Zündhölzer.« Er schob eine kleine Schachtel auf, pickte ein Hölzchen heraus und strich es schnell am Rand entlang. Eine Flamme züngelte auf. »Nur damit ihr wisst, wie es funktioniert.« Er warf die Schachtel Cordic zu. »Setz mir das Haus in Brand und du kannst was erleben.«

»Ich komme mit Feuer zurecht.« Bis auf Ahfid war es sein einziger Freund.

»Und wie.« Ahfid nahm sich kichernd einen Apfel. »Er liebt es.«

»Aha.« Karls Blick zu ihm drückte Zweifel aus. »Na dann, gute Nacht die Herren. Ich geh mal nach Fiona sehen.« Er schlurfte aus dem Raum, zog die Tür hinter sich zu.

»Ein netter Kerl.« Ahfid sah ihm nach. »Steckt eine Menge weg. Ich begreife trotzdem nicht, warum er uns nicht davongejagt hat.«

Cordic zog den Hemdärmel hoch. »Deshalb.« Karl hatte den Goldreifen erkannt, also hatte er einen ähnlichen bereits gesehen; Fionas. Jetsuba musste den Geburtsreif zusammen mit dem Kind durch das Tor geschickt haben.

Fiona trug ihn nicht. Wusste sie, dass er existierte, oder hatte Karl ihr den Schmuck vorenthalten?

Wenn sich ihr Geist beruhigt hatte, würde sie akzeptieren, was sie war. Und mit jedem Schritt auf dieser Reise ihrem Untergang entgegengehen.

Die Schuld schnürte ihm die Brust ein.

Cordic öffnete das Fenster, inhalierte tief die kalte Herbstluft. Sie duftete anders als im Waldland. Weniger nach Bäumen, mehr nach Laub und faulendem Obst. Kein schlechter Geruch. Aber das Beste an dieser Welt war das Fehlen seiner Kopfschmerzen. Sie waren in dem Moment von ihm abgefallen, als er aus dem Schlehentor getreten war. Hier besaß die Lichtmauer keine Macht über ihn.

»Mir ist kalt.« Lun wickelte sich in eine der Decken. »Zünde das Feuer in dem Ding da an.«

»Bitte mich darum.« Es war leicht, mit den Stäbchen die Flamme zu locken, doch es roch seltsam. Cordic zündete ein paar der Kerzen an und drückte auf die Fläche neben der Tür. Die Laterne an der Decke erlosch. Sie war zu grell, außerdem flackerte sie nicht. Starres Feuer war totes Feuer. Wie sollte es Wärme schenken?

»Kannst du nicht tun, was man dir sagt?« Luns Zähne klapperten. »Und schließ das Fenster!«

»Mach es selbst.« Er warf ihm die Schachtel hin. »Ich bin weder dein Lakai noch dein Freund.«

»Mein Glück.« Lun stopfte wahllos Scheite in die runde Öffnung des Ofens. Seine Zungenspitze erschien zwischen den Lippen, während er ein Hölzchen nach dem anderen an der Reibefläche abbrach. Mehr als klägliche Funken brachte er nicht zustande. Auf die Idee, eine der Kerzen an die Späne zu halten, kam er nicht. Entnervt schleuderte er die Schachtel in Ahfids Schoß. »Mach du es.«

Der winkte ab. »Ich brauche Ruhe und darf mich nicht bewegen. Du hast Karl gehört.« Mit einem lauten Schmatzen biss er in seinen Apfel und streckte sich aus.

Ihm ging es besser.

Für einen Augenblick fühlte sich Cordics Herz leicht an.

»Sag was zu unserem Licht- und Schattenmädchen.« Ahfid grinste zu ihm. »Wie gefällt sie dir?«

Cordic wandte sich wieder zum Fenster und füllte seine Lungen bis zum Bersten. Würde die Kälte doch die schwelende Schuld in ihm ersticken.

»Und mach endlich das Fenster zu.«

»Du bist Kälte gewohnt.« Morgen früh würde silberner Raureif die Gräser und Zweige überziehen.

»Ja, mit genug Blut im Körper, aber nicht halb ausgelaufen.« Ahfid warf den angebissenen Apfel nach ihm.

Er prallte gegen Cordics Rücken, rollte unter den kleinen Tisch.

Cordic schloss das Fenster, drehte sich zu seinem Freund. »Du willst wissen, ob mir das Schattenlichtmädchen gefällt?« Was sollte diese Frage?

Ahfid nickte.

»Sie ist ein Küken.« Das mit dem dünnen Hals längst in der Schlinge steckte. Niemand ahnte es. Nur er. Cordic, Sohn des Merut, Verstoßener seines Volkes, Dauergast in Rags Kerkern. Und er war es, der diese Schlinge zuziehen würde. »Wir haben ihr alles genommen, an das sie geglaubt hat. Wir können froh sein, wenn sie bei Sinnen bleibt.«

»Hält sie durch?«

»Das fragst du mich?« Er blickte zu dem Mann, der keine Ahnung davon hatte, dass ein Verräter vor ihm stand.

Ahfid wischte sich mit dem Handrücken den Saft vom Mund. »Wen sonst? Immerhin hast du einen Blick in ihre Seele geworfen.«

Sie würde an dem, was jenseits des Tores auf sie lauerte, zerbrechen.

Cordic ersparte sich eine weitere Lüge. Er zuckte mit den Schultern, wandte sich wieder zum Fenster. Unmöglich, Ahfid in die Augen zu sehen. Er vertraute ihm. Glaubte, dass er alles in seiner Macht stehende tun würde, um Fiona zu schützen.

Das Gegenteil entsprach der Wahrheit.

Er presste die Stirn an die Scheibe. Sein Atem hüllte die Nacht dahinter in Nebel.

»Was ist, wenn sie sich weigert?«, störte Lun die eingetretene Stille. »Wenn sie hierbleiben will?«

»Wir zwingen sie.« Weder für ihn noch für das Mädchen gab es einen Weg zurück.

»Eine Entführung?« Der Wanderer schnappte nach Luft. »Es muss eine andere Lösung geben.«

»Steck dir deine Moral dahin, wo sie mir nicht auf die Nerven geht.« Lun wusste nichts von den Zwängen, denen sich Cordic fügen musste. »Das Mädchen besitzt einen starken Willen. Niemals wird es sich widerstandslos etwas beugen, dass es ablehnt.« Selbst ihm hatte sie sich widersetzt. Er drehte sich mit dem Rücken zur Scheibe, lehnte sich ans Fensterbrett. »Was ist mir dir?«

»Ich mag sie.« Ahfid angelte sich einen zweiten Apfel aus der Obstschale. »Nicht nur ihre Augen, auch sonst. Ich glaube, sie passt besser in unsere Welt als hierher.«

»Sie *stammt* aus unserer Welt.«

Ahfid runzelte die Stirn. »Stimmt. War mir entfallen. Ich bin wohl doch ein wenig ...«

»... erschöpft?«

»Mag sein.«

»Blutleer und nur knapp dem Tode entronnen?«

»Das klingt ja, als sei ich ein Krüppel, der zu nichts taugt.«

»Im Moment bist du das.« Aber er lebte. Das würde er Karl niemals vergessen.

»Ich finde sie zu normal.«

Die Arroganz in Luns Stimme stellte Cordic die Nackenhaare auf.

»Ich hatte gehofft, in die strahlend goldenen Augen einer Lichten zu blicken, aber dieses Grünblau lässt sie beinahe profan wirken.«

»Stimmt«, nuschelte Ahfid zwischen zwei Bissen. »Sie ist ja bloß das einzige existierende Wesen, das aus Licht und Schatten erschaffen wurde.« Er grinste hinterhältig zu Lun. »Doch wenn du willst, bitte ich Jetsuba, dass sie uns das nächste Mal auf Rag persönlich ansetzt. Das macht es für dich sicher interessanter.«

Auf Luns Wangen bildeten sich rote Flecken. »Als Cordic sie eine nasse Katze genannt hat, hast du ihm nicht gedroht.«

»Ich hatte jemand anderes erwartet.« Nein, hatte er nicht. Er hatte sie im ersten Moment erkannt. Das Gold der Iriden mochte durch das Grünblau eingefangen worden sein. Das änderte nichts an dem Blick. Schon in Nehrits Zeltlager hatte er ihre Stärke darin wahrgenommen.

Sie würde ihr nichts nützen. Niemand war stark genug für den Herrscher Khatalahs.

»Sicher hast du was anderes erwartet«, sagte Lun gedehnt. »Etwas Üppigeres mit langen Haaren und fließenden Gewändern, das naiv genug ist, deinem zweifelhaften Charme zu erliegen.«

Cordic griff die nächstbeste Kerze. Ein rundes, dickes Ding in Dunkelrot. Er schleuderte sie auf Lun.

Der kiekste erschrocken auf, rubbelte hektisch das heiße Wachs von seinem Unterarm. »Bist du verrückt geworden? Das gibt Blasen!«

Ahfid lachte, ohne sich an Luns Zornesblick zu stören.

Cordic legte sich vor ihn auf den Boden und wickelte sich in eine Decke.

»Ich finde sie hübsch.« Ahfid grinste zu ihm hinab. »Bis auf ihre Haare, die sind scheußlich.«

»Hübsch?« Die ungewöhnliche Färbung ihrer Iriden, die Entschlossenheit, mit der sie ihm getrotzt hatte, der Mut in ihrem Blick, der zierliche Nacken, der dank der kurzen Haare schutzlos wirkte.

Er wollte ihn berühren, wie er es in der Schenke getan hatte. Er hatte seine Wärme gespürt, den Puls unter der Haut gefühlt. Den Duft nach Regen und Frische eingeatmet.

»Die Strähne ist nett«, bemerkte Ahfid mit schwerer Zunge. »So bunt mit all den Perlen darin.« Er rollte sich wieder auf den Rücken, schnarchte nach wenigen Momenten.

Auch in Luns Ecke wurde es still.

Cordic schloss die Lider, doch an Ruhe war nicht zu denken. Sollte sich Fiona weigern, würde er sie zwingen, ihnen durch das Tor zu folgen. Was dahinter auf sie wartete, wusste er nur zu genau.

Er stopfte sie in den Rachen eines unerbittlichen Schicksals.

Der Abgrund, der sich in seinem Innern auftat, vertrieb den Schlaf wie ein scheues Tier, und je mehr es ihn danach verlangte, umso schneller floh es vor ihm. Sinnlos, an die Decke zu starren und sich selbst zu verabscheuen.

Er schlich aus dem Raum, stieg die Treppe hinauf zu Fionas Zimmer. Erst als er vor ihrem Bett stand, fragte er sich, was er hier verloren hatte.

Unruhig drehte sie sich im Schlaf hin und her.

Spürte sie die Gefahr, oder bescherten ihr Jetsubas Zauber böse Träume?

»Ich nehme dir dein unbeschwertes Leben.« Nur die Dunkelheit lauschte ihm. »Es steht dir nicht zu.« Dazu gruben sich ihre Wurzeln zu tief in die kahlen Felsen Khatalahs hinein.

Fiona

Feuer, überall. Es kreiste sie ein, fraß sich näher. Fiona stolperte zurück. Die Hitze biss ihr in die Schulter. Sie floh in die Mitte des Flammenkreises, auch dort zitterte die Luft. Eine Melodie mischte sich unter das Prasseln und Knistern. Sie war ihr so vertraut wie ein oft geträumter Traum. Unwirklich, dennoch realer als der Klang ihres Namens.

Wind fuhr in die Flammen, sie schlugen bis ins Schwarz der Wolken, verwandelten das Lied in Ascheflocken. Sacht schwebten sie hinab wie fallender Schnee. Aus dem Gleißen löste sich eine Silhouette. Sie zuckte und krümmte sich. Hände streckten sich ihr entgegen.

Fiona wollte sie ergreifen, doch die Flammen waren zu heiß. Sie versengten ihre Haut.

Jemand rief ihren Namen. Die Stimme tanzte mit den Funken in den Himmel.

Wer immer sie rief, er verbrannte.

Fiona schreckte auf. Ihr Herz raste.

Graues Licht hinter den Fenstern. Es war Morgen.

Sie flüchtete aus dem Bett, rannte in Karls Schlafzimmer.

Leer. Wo war er?

Sie hetzte die Treppe hinunter in die Küche. Die Panik krallte sich ihr in den Nacken, ließ sie kaum Luft holen.

Stimmen. Eine davon gehörte ihrem Opa.

Kein Traum. Die Männer, die mit Karl am Küchentisch saßen, waren real. Aber nicht ihre Lügen.

»Sie sollen gehen!« Sie klang falsch. Zu hoch, zu schrill. Dieses zitternde Etwas, das sich am Türrahmen festklammerte, hatte mit Fiona Schildpatt nichts zu tun.

Flackern vor den Augen, Watte in den Knien.

Verschwommen nahm sie wahr, wie Karl erschrocken aufsprang.

Cordic kam ihm zuvor. Er legte den Arm um ihre Taille, führte sie zum Tisch. Mit einem knappen Nicken scheuchte er Lun einen Platz weiter und setzte sich neben sie.

Alle starrten sie an. Sie fühlte es.

Bloß nicht hochsehen, das machte es schlimmer.

»Hier, das Zeug trinkst du doch gerne.« Er schob ihr seine Tasse hin.

Kaffee. Nach jedem Schluck entspannte sie sich etwas mehr. Aus dem Schnappen nach Luft wurde ein Atmen, der Druck in ihrer Kehle löste sich auf. Fiona schloss die Lider. Von der Stelle zwischen ihren Schulterblättern breitete sich Wärme über ihren Rücken aus. Es tat so gut. Sie lehnte sich zurück, seufzte.

»Wird's besser?«, flüsterte Cordic direkt an ihrem Ohr.

»Viel besser.« Ihr war nach schnurren. Woher kam plötzlich diese tiefe Entspannung? Das konnte unmöglich am Kaffee liegen.

Er lachte leise. »Dann können wir mit unserer Besprechung fortfahren.«

Das behagliche Gefühl verschwand. Auch die Wärme.

Cordic grinste sie an. Jede Menge Spott in den Augen. »Ich kann nicht ständig für dein Wohlergehen sorgen, Prinzessin. Es wäre nett, wenn du wieder allein klarkämst.«

»Ich brauche keine Krankenschwester!« Wie hatte er das gemacht?

»Nicht?« Seine Brauen wanderten zum Haaransatz. Langsam glitt sein Blick an ihr hinab. »Nur nebenbei. Was du da trägst, ist kläglicher als das nasse Zeug, aus dem dich Karl gestern gepellt hat.«

Ihre schlabbrigste Jogginghose, ihr gemütlichstes, allerdings völlig ausgewaschenes Shirt.

Ihre Wangen begannen zu pochen. Immerhin hatte Karl sie nicht in den Schlafanzug mit dem Sonne Mond und Sterne-Motiv gestopft.

»Besitzt du keinen Stolz, der dir das Tragen solcher Sachen verbietet? Es gibt keinen Grund, dich gehenzulassen.«

Ihm jetzt etwas entgegenschleudern. Spitz, kränkend und ein für alle Mal klarstellend, dass er sie kreuzweise konnte.

Ihr fiel nichts Passendes ein.

»Übrigens, du musst mir nicht danken. Ich bin schwächelnden Mädchen gern behilflich.«

Ob er weitergrinste, wenn ihm Kaffee von der Nase tropfte?

»Lass den Blödsinn!« Karl schlurfte zum Küchentresen, goss Tee in eine Schale und stellte ihn vor sie. »Trink den. Der hilft dir besser als Kaffee und der da.« Sein Daumen zeigte auf Cordic.

»Ganz bestimmt«, raunte der und trank den letzten Schluck Kaffee aus.

»Unsere Gäste müssen dir was sagen.« Karl räusperte sich, wischte imaginäre Krümel vom Tisch, räusperte sich erneut. »Ist wichtig, also hör zu.« Er nahm ihre Hand.

Fiona wand sich aus seinem Griff. Nicht, dass sie seinen Trost nicht gebraucht hätte, aber Cordics Spottblick ruhte nach wie vor auf ihr.

»Ich will wissen, weshalb ihr hier seid.«

Ahfid streckte seufzend das Bein aus. Den Schnitt in seiner Hose hatte er mit einer dicken Naht verschlossen. Es sah wie eine Narbe aus.

»Eine innere Stimme mahnt mich, dich behutsam vorzubereiten.«

»Nein.« Keine Ausflüchte, kein Hinhalten.

»Wie du willst.« Seine Geste wirkte ratlos. »Du bist etwas, das es nicht geben dürfte. Eine Hexe ist sicher, dass du deshalb unsere Heimat vor dem Untergang retten kannst, und versteckte dich nach deiner Geburt in dieser Welt, um dich vor dem Volk deiner Mutter zu schützen.«

Cordic pfiff durch die Zähne. »Knapp und präzise. Damit ist alles gesagt, also pack deine Sachen, Fiona.«

Sie schloss die Augen, suchte einen Punkt in ihrem Innern, der nicht am Auf- und Abhüpfen war. »Okay, bereite mich vor.«

»Ich werde es versuchen.« Ahfid lächelte sie an. »Versprich mir, dass du mir glauben wirst. Gleichgültig wie seltsam dir meine Worte erscheinen.«

»Nein.« Auf Cordics Stirn hatte sich eine steile Falte gebildet. »Tu das nicht. Lass sie nichts versprechen und lass sie nichts schwören.«

Ahfid sah erschrocken auf. »Hier ist es anders.«

Cordic schüttelte den Kopf. »Kein Schwur.«

»Okay!« Wo lag das Problem? »Ich höre mir alles an, was du mir sagst.« Wie sie damit umging, war ihre Sache.

»Gut.« Ahfid lehnte sich zurück. »Dann werde ich dir von deiner Heimatwelt berichten.«

Ihre Handflächen wurden feucht.

»Stelle dir nicht enden wollende Wälder vor. In ihren Zweigen singen Vögel und der Wind streichelt ihre Blätter.« Während er erzählte, formten sich seine Worte zu Moosmatten, leuchtenden Anemonen, Wolkenfetzen, die über die Baumkronen wehten. Zu dem Duft welken Laubes, zu Tautropfen auf Grashalmspitzen. Wilde Tiere durchstreiften das Unterholz, seltsame Wesen hausten in dem Schatten zwischen Felsen und Wurzeln. Wie ein Smaragd lag das Land eingebettet in Ozeanen, Wüsten und rauem Gebirge. Nur wenige Menschen hatten den Mut gefunden, dort zu leben. In der Wildnis schienen ihre Siedlungen klein und unbedeutend.

Da war eine Stadt im Süden, deren Häuser wirkten wie aus Licht erschaffen. Wände aus Glas glitzerten wie schmelzendes Eis. Die Menschen dort strebten nach Vollkommenheit und Frieden. Vor der Stadtmauer breiteten sich Märkte aus. Händler feilschten, Wagenräder knarrten, Gaukler schwangen sich in die Luft oder ließen Feuerreifen tanzen.

Doch es gab auch Finsternis. Hoch im Norden. Kriege, die über das Land hereinbrachen, wilde Horden, die die Menschen knechteten. Das Felsenreich Khatalah. Nur schroffe Gipfel unter einem endlosen Himmel. Seine Krieger drangen weit in den Süden vor. Bis zu der Glasstadt. Nicht einmal die Grenzgänger vermochten es sie aufzuhalten.

In der Stunde der höchsten Not erhob sich eine Mauer aus reinem Gleißen. Sie umschloss die Stadt der Lichten, hielt alles Dunkle und Böse fern.

Als Ahfids Stimme verklang, war es ihr, als würde sie aus ihren eigenen Erinnerungen zurückkehren.

»Es ist ein gefährliches Volk, das dort im Gebirge haust.« Sein Blick schweifte zu Cordic. »Frag ihn. Sicher erzählt er dir gern davon.«

Der Mann, der sie mit undurchdringlichen Blick musterte, gehörte zu den wilden Kriegerhorden des Nordens. Er hatte es zugegeben. Schon gestern. Es wollte ihr dennoch nicht in den Kopf.

»Weißt du, was *Khatalah* bedeutet?« In Cordics Augen funkelte Stolz.

»Woher sollte sie?«, fragte Lun gelangweilt. »Ich wette, dass selbst die Clanleute es nicht wissen.« Er hauchte auf die Fingernägel und polierte sie an seinem Hemd. »Diese Barbaren sind kaum in der Lage, ihre eigenen Kritzeleien zu entziffern.« Sein Hohn traf auf Cordics vernichtenden Blick und stürzte geschlagen zu Boden.

Ahfid stupste Lun an. »Wusstest du, dass die khatalahischen Schlachtengesänge von Wirak gleich hinter der Liebeslyrik von Surata zu den bedeutendsten kulturellen Werken zwischen dem südlichen und nördlichen Grenzland zählen?« Er spitzte die Lippen. »Nein? Dann ist dir auch neu, dass die Clans ihre Familienchroniken in Versform von Generation zu Generation weitergeben.«

»Die *Lieder von Leben und Tod*.« Luns ohnehin schmaler Mund verdichtete sich zu einem Strich. »Mir kam davon zu Ohren.«

»Und, hast du ihnen je gelauscht?«

»Meine Zeit ist mir zu schade, um Wilden beim Grölen zuzuhören.«

»Bedauerlich. Es heißt, sie würden selbst den Feinden Tränen der Rührung entlocken.«

Cordic sah zu ihm, lächelte.

Ahfid lächelte zurück, nicht länger als ein Wimpernschlag.

Er kannte diese Lieder. Sie war sich sicher.

Cordic stützte die Ellbogen auf den Tisch, versank hinter seinen ineinanderverschränkten Fingern in Gedanken.

Ob er Heimweh hatte?

»Und?«, fragte Karl. »Was bedeutet Khatalah?«

Cordic blickte auf. Seine Augen schienen dunkler als jemals zuvor. »Aus dem Chaos geboren.«

Ihr rieselte eine Gänsehaut über den Rücken. Es lag nicht an dem, was er gesagt hatte, sondern wie.

»Wer sich in dem Labyrinth zwischen Schluchten und Bergen nicht auskennt, geht darin verloren und wird zu einem Felsen.« Ein winziges Lächeln vertrieb das Unheimliche aus seinen Augen. »Die Alten erzählen eine Menge, wenn die Tage dunkel sind und ihnen die stickige Luft der Tunnel auf die Seele drückt.«

»Welche Tunnel?«

»Die, in die uns die Mauer aus Licht gezwungen hat. Sie duldet nichts außer sich selbst. Keine Schatten, keine Nacht, kein Leben.« Unvermittelt griff er zur Zuckerdose, schüttete Mengen ihres Inhalts in seine Tasse. »Ein hoher Preis, den ein stolzes Volk für seinen Eroberungswillen bezahlt.« Er trank einen Schluck, verzog angewidert den Mund.

»Zu viel des Guten wird automatisch zu etwas Schlechtem.« Karl setzte seine Klugscheißer-Miene auf.

Cordic zuckte unbeeindruckt die Schulter und kippte das Experiment in die Spüle.

Mit einer Engelsgeduld sah ihm Ahfid dabei zu, wie er sich einen frischen Kaffee eingoss. »Kann ich fortfahren oder brauchst du noch was?«

Cordic nahm wieder Platz und gestattete Ahfid mit einer lässigen Geste, fortzufahren.

»Die Mauer aus Licht besitzt einen Namen«, erzählte Ahfid. »Der Große Schutz. Er hat das vermocht, woran die Grenzgänger gescheitert sind. Rag musste vor ihm die Waffen strecken und sich mit seinen Kriegern tief in die Felsen seines Reiches zurückziehen.«

»Wer ist Rag?« Klang schwedisch.

»Der Herrscher über Chaos und Finsternis.« Cordic beobachtete, wie der Dampf seines Kaffees aus der Tasse quoll.

»Was soll das heißen, *Herrscher über Chaos und Finsternis*?« Der Titel klang nach Teufel, Mittelalter und maßloser Übertreibung.

»Das, was ich gesagt habe. Er herrscht über Finsternis und Chaos. Beides hat seinen Ursprung in den Tiefen des Felsengebirges.«

»Das ist nur ein Mythos, Fiona.« Lun hatte sich mittlerweile hinter seinen Händen verschanzt. »Gib nichts auf die Worte dieses Wilden.«

»Da Rag keine Bedrohung mehr darstellt, wo ist das Problem?«

Cordic sah sie düster an. »Der Große Schutz hält nicht nur Feinde ab, er sperrt die Lichten auch ein. Niemand kann ihn durchdringen, weder von innen noch von außen.«

»Ist ja nicht so, dass uns Mauern und eingesperrte Völker unbekannt wären«, sagte Karl. »Aber hier neigen wir dazu, Schutzwälle einzureißen, wenn sie nicht mehr schützen, sondern einsperren.«

Lun beugte sich vor. Seine fahlen Augen musterten ihn voll Interesse.

»Der Große Schutz lässt sich nicht einreißen«, fuhr Ahfid fort. »Er speist sich aus der Lebensenergie des Waldlandes und zehrt es aus.«

»Er hat's verbockt.« Cordic zeigte mit dem Daumen auf Lun. »Los, erkläre Fiona, was geschehen ist.«

Lun sah angestrengt vor sich auf den Tisch. »Mein Volk steht mit den Lichten seit vielen Jahren in Kontakt. Wir wussten um ihre Widersacher ebenso wie um ihren Willen, sich trotz der Bedrohung weiterzuentwickeln.« Er nahm Cordic ins Visier, der jedoch keine Miene verzog. »Wir erkannten ihre Sehnsucht nach einem höheren Dasein, nach Frieden, nach dem Streben zum Licht.«

»... und da konntet ihr euch nicht zurückhalten und habt euch eingemischt.« Karl schüttelte den Kopf. »Der Satz: Wir haben es doch nur gut gemeint, steht am Ende vieler Katastrophen.«

»Das haben wir wirklich.« Lun erwiderte Karls herausfordernden Blick. »Alles, was sie anstrebten, hatten wir bereits verwirklicht. Bildung, Kultur und Frieden waren bei uns verwurzelt. Wege, die dazu nötige Disziplin aufzubringen, sind wir vor Ewigkeiten gegangen. Wir wussten, wie dieses Volk seine Ziele erreichen konnte, und ihr Wunsch danach war brennend.« Er holte tief Luft, unterbrach das Blickduell. »Ich wurde zu ihnen gesandt, um mit ihnen zusammen eine Lösung für ihre Probleme zu finden. Eigentlich existierte nur eines: die Angriffe aus dem Norden. Unter denen litten sie am meisten.«

»Auch die Waldleute haben unter Rag gelitten.« Cordics Worte schnitten durch die Luft. »Seine Feuerwalzen brannten endlose Schneisen in die Wälder, damit seine Horden schneller vorankamen. Er plünderte Siedlungen, versklavte ihre Einwohner, während sich die Lichten hinter ihre Glaswände verkrochen und weiter nach Hilfe riefen.«

»Für einen Nachtfresser, der die Seiten gewechselt hat, sind das große Worte.« Die hellen Augen wurden schmal. »Wie nennt man jemanden wie dich? Verräter?«

»Lun!« Ahfid schlug auf den Tisch. »Halte deinen ...«

Es war zu spät.

Cordic sprang auf, packte Lun am Hals. Er riss ihn in die Höhe, schleuderte ihn so derb mit dem Rücken auf den Tisch, dass Lun laut pfeifend die Luft aus den Lungen entwich. »Du elender Heuchler! Was weißt du von den Grenzkriegen?«

Karl sprang ebenfalls auf. »In meiner Küche wird sich nicht geprügelt!«

Cordic dachte nicht daran, sein röchelndes Opfer aus den Fingern zu lassen.

Karl baute sich neben ihm auf und griff nach Cordics Hand, die nach wie vor Luns Kehle umschloss. »Junge, hast du mich verstanden?«

Cordic knirschte mit den Zähnen.

»Hey!«

Fluchend ließ er von Lun ab.

Der war blass wie der Tod und schaffte es nur mit Mühe, sich vom Tisch aufzurappeln.

Hätte er es getan? Lun umgebracht?

Ihr Herz raste vor Schreck.

»Das machst du kein zweites Mal.« Ahfid war beinahe so weiß wie Lun. »Fass ihn noch einmal an, und ich vergesse unsere Freundschaft.«

Cordic starrte ihn an. Kein dunkles Blau in seinen Augen, bloß Finsternis.

Fiona versuchte, ruhig zu atmen. Nerven behalten. Egal wie.

»So, jetzt haben wir uns wieder lieb.« Karl hob beschwichtigend die Hände. »Mit dir alles klar?«, fragte er Lun.

Der fasste sich an die Kehle, sah panisch zu Cordic, der ihm jedoch keine Beachtung schenkte.

»Gut, dann erzähl weiter, das lenkt dich ab.«

Lun setzte sich, fing seine flatternden Finger ein, indem er sie ineinander verschränkte. Minutenlang sah er darauf, während sich seine Lippen bewegten und seltsame Laute hervorbrachten.

»Gebt ihm einen Moment. Er muss sich sammeln.« Ahfid fuhr sich seufzend durch die Haare. »Ich kann's ihm nicht verübeln.«

»Und wie lange dauert das?« Sie würde Lun nicht stundenlang beim Herumsitzen zusehen.

»Ein paar Augenblicke, ein paar Tage.« Ahfid zuckte mit den Schultern.

»Vergiss es.« Sie stieß Lun an. »Rede weiter.«

»Ich habe den Großen Schutz erschaffen«, gab der mit bebender Stimme zu. »Mahkis, der Erste Rektor des Hohen Rates der Lichten, war mir zutiefst dankbar dafür.« Er sah sie an, schluckte. »Er ist dein richtiger Großvater.«

»So ein Schwachsinn!«

Warum senkte Karl den Kopf? Wieso schwieg er?

Weil er sie in einem Schlehenstrauch gefunden hatte.

Nicht nachdenken. Alles, aber nicht denken.

»Mahkis rief das Licht«, drangen Luns Worte wie durch Watte zu ihr. »Ich sorgte dafür, dass es genug Nahrung bekam. Dazu öffnete ich die Energiebahnen, die unter der Stadt entlangliefen. Ich sagte ihm, dass dies keine Lösung für die Ewigkeit wäre, da der Schutzwall zu viel Lebensenergie verschlingen und früher oder später das Umland darunter leiden würde.«

»Lass mich raten, er hat's nicht hören wollen«, sagte der Mann, den sie bis eben noch für ihren Opa gehalten hatte. »Es ist immer dasselbe mit den Kerlen.«

»Er legte mir nahe, die Glasstadt zu verlassen, sollte ich nicht bereit sein, das Risiko auf mich zu nehmen. Zwischen Wilden und Gelehrten gäbe es Unterschiede. Nicht jedes Leben wäre schützenswert.« Lun beobachtete eine Fliege, die unter der Küchenlampe Kreise zog. »Ich erkannte zu spät, dass die Lehren meines Volkes die Bewohner der Glasstadt überfordert hatten. Auch wenn sie sich selbst so nannten, keiner von ihnen wusste, was es bedeutete, im Licht zu leben.«

»Weil das keiner kann«, brummte Karl. »Und wollen tun sie's alle. Weiß der Teufel warum.«

Wenn es andere Welten gab, wenn es Männer wie Cordic gab, existierte dann auch der Teufel?

»Und du Idiot hast ihnen gezeigt, wo die Flamme ist«, schimpfte Karl. »Hast ihnen noch ordentlich eingeheizt, und als sie blind vor Gier losgezogen sind, hast du gemerkt, dass die Geschichte schlecht ausgehen wird. Jetzt sind sie wie die Motten in der Lampe gefangen und verglühen in ihren eigenen Heiligenscheinen.« Sein Finger zielte auf Luns schmale Brust. »Wir sind keine Lichtgestalten und werden es niemals sein. Wir sind die mit dem Rücken zur Sonne, und es ist besser, wenn wir nicht zu lange reingucken, sonst sehen wir bald nichts mehr außer flackernde Punkte.«

»Die Lichten sind anders.« Lun klang beinahe verzweifelt. »Glaub mir.«

Karls buschige Brauen hoben sich. »Reden wir von Menschen wie du und ich?«

»Wie du und ich?« Luns Miene war anzusehen, dass er die Frage als Beleidigung verstand.

Karl lehnte sich zurück, verschränkte die Arme vor der Brust. »Winde dich, wie du willst. Ich habe recht.«

»Du bist ein weiser Mann, Karl«, durchbrach Cordic sein Schweigen.

»Ich bin ein paar Takte länger auf der Welt als du. Da lernt man so was.«

»Das glaube ich eher weniger«, sagte Cordic mehr zu sich selbst.

»Wie meinst du das?« War sie die Einzige, die es gehört hatte?

Für einen Moment legte er ihr den Finger auf die Lippen. »Nicht die falschen Fragen stellen, Mädchen. Dann muss ich dir auch keine falschen Antworten geben.«

Ihre Wangen begannen zu pochen. Wo kam diese Hitze plötzlich her? Cordics Mundwinkel zuckten.

Ahfid wechselte einen Blick mit ihm, der ihn sofort ernst werden ließ.

»Der Große Schutz muss zerstört werden«, drangen Ahfids Worte durch die seltsamen Gefühle, die sie plötzlich gefangen hielten. »Nicht nur wegen der Ödnis, die sich weiter und weiter ausbreitet, auch wegen des Lichtes selbst. Es dringt bis nach Khatalah, für menschliche Augen unsichtbar, aber die Clans spüren es und werden von ihm in die Felsen gezwungen.«

»Da gehören sie hin.« Nur für eine Sekunde schweifte Luns Blick zu Cordic.

Der erwiderte ihn mit eisiger Kälte. »Nimm den Mund nicht zu voll. Sonst könnte ich dich zwingen, den Brocken zu schlucken.«

Lun zog den Kopf ein.

»Cordic, bitte!« Müde kniff sich Ahfid in die Nasenwurzel. »Das hatten wir gerade.«

»Warum sind die Khatalaher so empfindlich?« Ein Kriegervolk sollte ein bisschen Licht verkraften. »Die Waldleute verkriechen sich nicht, oder ist mir bei Ahfids Erzählung etwas entgangen?«

»Nein«, sagte Cordic gelassen. »Die sterben gleich.«

»Tun sie nicht«, fauchte Lun. »Bloß ihr reagiert so extrem auf den Großen Schutz.«

»Dann gönnen sich die Nomaden der Südsteppen nur einen ausgiebigen Schlaf und vergessen, wieder aufzuwachen?«

Lun verschwand hinter seinen Händen.

»Eventuell ist es Absicht, dass sie dabei anfangen zu stinken und vor sich hinrotten. Vielleicht ist es auch gewollt, dass sich die Ödnis immer weiter ins Waldland erstreckt. Kann alles sein. Tatsache ist, dass sie von nichts anderem ausgelöst wird, als von dieser elenden Lichtmauer!«

»Sie ist ein Schutz«, nuschelte Lun zwischen den Fingern hindurch. »Vor Kerlen wie dir!«

»Die Lichten sind die Einzigen, die sie schützt.« Cordic schlug auf den Tisch. »Alle anderen tötet sie oder macht sie zu Gefangenen im eigenen Land!«

Fiona zuckte vor Schreck zusammen.

Ein abschätzender Blick aus schwarzen Augen traf sie. »Was hast du? Gruselt dich die Vorstellung, unter Gesteinsmassen lebendig begraben zu sein?«

Es nahm ihr den Atem.

»Den immerwährenden Schmerz, der dir das Licht ins Hirn bohrt, oder ein Leben als Wurm. Die einzige Wahl, die den Clans bleibt.«

»Was ist mit dir? Bist du nicht auch einer von ihnen?«

Ein bitteres Lächeln huschte über sein Gesicht.

»Genau.« Lun ließ die Hände sinken. »Wieso macht dir das Licht nichts aus?« Er neigte den Kopf, als würde er scharf nachdenken. »Vielleicht bist du gar kein stolzer Clankrieger, wie du ständig allen erzählst, sondern nur ein schäbiger Bastard und kommst deshalb klar.«

Cordic knallte seine Kaffeetasse so fest auf den Tisch, dass sie überschwappte.

»Was hast du?«, fragte Lun kalt. »Habe ich ins Schwarze getroffen? Nehrit hätte in seiner Horde niemals einen Nachtfresser geduldet. Selbst die Schwarzblüter waren ihm zuwider, aber um die war es wenigstens nicht schade, wenn sie unter den Kurzschwertern ihrer ach so ehrenhaften Brüder starben.«

Cordics Lippen wurden blass.

Lun rutschte samt Stuhl von ihm weg.

Ahfid machte Karl ein hektisches Zeichen, dass er im Notfall wieder eingreifen sollte. Doch so weit kam es nicht.

»Ich weiß, was ich bin.« Cordics Miene gefror zu einer Maske aus Gleichgültigkeit. »Was ist mit dir? Jedes tote Kind, jedes verendete Vieh, jeder kahle Baum gehen auf deine Rechnung. Du bist ein Mörder, Lun. Nicht mehr und nicht weniger.« Sein Blick verfolgte den Wanderer, der kommentarlos den Raum verließ.

»Er hat seinen Fehler erkannt«, sagte Ahfid leise. »Deshalb ist er mit uns hergekommen, um seine Schuld auszumerzen.«

»Er ist hier, weil ihn Jetsuba dazu gezwungen hat«, fauchte Cordic. »Wegen ihm reißen wir Fiona aus ihrem sicheren Leben. Sie hätte hier glücklich sein können. Unbehelligt von allem, was auf der anderen Seite des Tores auf sie lauert!«

»Sie gehört aber in unsere Welt, und dort hat sie eine Aufgabe, vergiss das nicht.« Ahfid erhob sich mühsam, hinkte aus der Küche.

Karl räusperte sich. »Ich muss was erledigen. Außerdem ist mir die Luft hier drin zu dick. Kein Mensch kann die atmen.« Er blickte zu Fiona. »Was ist mit dir?«

»Gleich.« Ihr fehlte die Kraft, aufzustehen. Zu viele Fragen schwirrten in ihrem Kopf, zu viel Angst flutete ihr Herz. Sie driftete aus der Realität, und Karl nahm es hin. Irgendetwas stimmte nicht. Vielleicht wurde sie verrückt, oder Karl war niemals Karl gewesen.

Cordic starrte mit ausdrucksloser Miene vor sich hin und schien vergessen zu haben, dass sie neben ihm saß.

Cordic

Das Feuer fraß sich durch die Siedlung. Beißender Rauch drang in seine Lungen. Schreie gellten durch den Qualm, klagten ihn an.
Er hatte versagt.

Die Grenzgänger seiner Horde suchten zwischen schwelenden Balken nach Überlebenden. Es würden nur wenige sein. Ihnen blieb nichts, als den Clankriegern hinterherzuhetzen.

Cordic wendete sein Pferd, um die Verfolgung seines eigenen Volkes aufzunehmen.

Ein Mann fiel ihm in die Zügel. Seine Haut war versengt, die Augen hasserfüllt. »Du elender Nachtfresser! Gib mir meine Thyra zurück!« Die Verzweiflung hatte ihm mehr Wagemut eingeflößt, als gut für ihn war. Er versuchte, Cordic vom Pferd zu reißen. »Du Mörder!«

»Sei froh, dass du dich irrst.« Mit einem Ruck befreite er sich aus dem Griff des Alten. »Wäre ich einer von Rags Kriegern, lägst du jetzt blutend im Dreck.«

Der Blick des Mannes wurde weit vor Erstaunen.

»Du hast richtig gehört. Ich bin ein Grenzgänger.«

»Aber dein Haar, deine Augen«, stammelte er verwirrt. »Du siehst aus wie sie.«

»Weil ich einer von ihnen war.« Er führte sein Pferd dicht an den Alten heran, neigte sich zu ihm hinab und legte ihm die Hand in den Nacken.

Die verkrampften Muskeln entspannten sich, der Mann atmete auf, öffnete die geballten Fäuste. »Was machst du mit mir?«, *fragte er zögernd, als hätte er vergessen, was Trost ist.*

»Ich werde sie verfolgen und alles tun, um deine Tochter zu dir zurückzubringen.« *Der Hoffnungsfunke, der in den Augen des Mannes aufglomm, stach ihm ins Herz.*

»Sie ist leicht zu erkennen. Ihre Mutter war eine Lichte, und Thyra trägt ihren Geburtsreif.« *Er umklammerte Cordics Arm.* »Bring sie mir wieder. Lass sie nicht in den Händen dieser Bestien.«

Bestien. Das Wort schmeckte zu bitter, als dass er dem flehenden Blick länger standhalten konnte. Früher hätte kein Khatalaher Hand an Kinder und Frauen gelegt. Rags Wahnsinn trieb sie dazu, vergiftete ihre Seelen mit Gier und Ruchlosigkeit.

Cordic wollte davonreiten.

Der Mann hielt ihn am Bein fest. »Sie ist mein einziges Kind«, *flehte er.* »Ich habe nur sie.«

Cordic stieß ihn zurück. »Und wenn du zehn hättest, du wärst nicht weniger verzweifelt.« *Er wendete sein Pferd und rief die Männer zusammen. Sie würden auf den Spuren der Verwüstung hinter Rags Horden herjagen. Sollten sie das Felsenreich vor ihnen erreichen, gäbe es für die Gefangenen keine Hoffnung mehr.*

Fiona

»Cordic?« Sie berührte ihn vorsichtig am Arm. Sie konnte keine Sekunde länger dieses Schweigen ertragen. »Ist alles gut?«

Er sah sie an, als wäre er aus einem Albtraum erwacht. »Nichts ist gut, und das wird es auch nicht werden.«

»Du machst mir Angst.« Ein unheimliches Gefühl, wenn fremde Trostlosigkeit nach dem eigenen Herzen griff.

Er nickte, als verstünde er exakt, wie es ihr ging.

»Erzähle mir mehr von dir.« Ein Clankrieger im Exil, gezwungen, seine Schwestern und Brüder zu bekämpfen. Oh ja, sie wollte alles von ihm erfahren.

»Und wenn ich nicht will?«

»Dann bleibst du ein Fremder für mich. Wie du gesagt hast.«

»Das wäre besser.«

»Nein, wäre es nicht.« Dazu steckte er zu tief in ihrem Leben.

»Was möchtest du wissen?« Müde strich er sich übers Gesicht.

»Alles.«

»Das ist eine Menge.«

»Fang an. Ich habe Zeit.« Das flirrende Gefühl in ihrem Kopf verdrängte sie.

Er blähte die Wangen, entließ zischend die Luft. »Es gibt die Bösen, die Guten und die, die versuchen, ein friedliches Leben dazwischen zu führen.«

»Dann sind die Bösen immer die Khatalaher?« Das Wort ging so sperrig über die Zunge, dass sie sich auf jede Silbe konzentrieren musste.

»Und damit gehöre ich dazu.« Er schnippte ein paar Zuckerkrümel vom Tisch. »Ahfid ist neutral. Das sind alle Waldleute. Wie die meisten seines Volkes diente er bei den Grenzgängern und versuchte, den Frieden zu bewahren. So wie ich, aber das macht mich nicht besser.« Er spielte mit der Tasse und goss den Rest des kalten Kaffees auf die Tischplatte. »Die Lichten sind die Guten.« Der Sarkasmus war deutlich zu hören. »Meine Welt ist so schlicht gestrickt, dass es einen langweilen könnte, würde man nicht selbst in ihren Netzen hängen.«

»Ich glaube dir nicht, dass du zu den Bösen gehörst.« Dann würde er sich nicht um Ahfid sorgen.

»Warum nicht?«, fragte er die Kaffeepfütze. »Du weißt kaum etwas von mir.«

»Ich will dich nicht in deinem Stolz kränken, aber *böse* habe ich mir anders vorgestellt.« Viele Jungs schlüpften in die Schurkenrolle, um verwegener zu erscheinen.

»Und wie?« Mit dem Finger malte er Ornamente und Tierköpfe aus der Pfütze.

»Abgrundtief.« Das Wort formte sich zu schauderlichen Bildern. Ihr fehlte der Mut, hinzusehen. »Entsetzlich, über die Maßen grausam und ohne jegliches Mitgefühl.«

»Genau so.« Mit einer einzigen Handbewegung wischte er die Kaffeezeichnungen vom Tisch.

»Das bist du nicht.« Sie hielt die Hand fest, die eben die flüchtigen Kunstwerke zerstört hatte. »Ein bisschen Menschenkenntnis musst du auch einer Sechzehnjährigen zugestehen.« Was sagte sie da? Er hatte recht, sie wusste nichts von ihm.

Er drehte seine Hand in ihrer, streichelte mit den Fingerspitzen über ihre Knöchel. Es prickelte bis zu ihrem Arm hinauf. Sogar in ihrem Magen kam das Echo dieser sanften Berührung an.

Sie zog ihre Hand weg.

Mit einem bitteren Lächeln lehnte sich Cordic zurück. »Willst du eine Kostprobe?«

Irgendetwas stimmte nicht mit seinen Augen. Oder lag es an der Art, wie er sie ansah? Als wäre sie kein Mensch, sondern ...

Beute.

Kälte kroch ihr durch die Glieder. Als sie ihr Herz erreichte, versiegte ihr Atem.

Sein Blick senkte sich in sie hinein. Wie gestern. Die Iriden verdunkelten sich, bis sie mit den Pupillen verschmolzen, doch die Finsternis blieb nicht dort. Sie kroch zu ihr, umklammerte ihre Seele.

Aufstehen, rausgehen. So einfach.

Sie schaffte zwei Schritte.

»Es ist die Sehnsucht nach absoluter Freiheit, die das Volk Khatalahs antreibt.« Cordic erhob sich, trat ihr in den Weg. »Niemand schreibt einem Clankrieger vor, was er zu denken und zu fühlen hat. Niemand sagt ihm, was er tun oder lassen soll. Und jetzt stell dir vor, dass dieses Volk für die Ewigkeit eingesperrt wird. Nicht in Feindesland oder in der Fremde, sondern mitten in der Heimat.« Seine Lider sanken. »Weißt du, was Freiheit ist?«

Sie nickte, dabei war es eine Lüge. Die Freiheit, von der er sprach, existierte nur in ihren Träumen.

»Dann begreifst du, was es bedeutet, wenn sie dir genommen wird.«

Wieder nickte sie. Wieder war es eine Lüge.

Sie sollte ihn fürchten. Da war etwas in ihm, das sie bedrohte, das dunkel und grausam war und das sie unter keinen Umständen kennenlernen wollte. Sie wich immer weiter vor ihm zurück. Der Küchentresen in ihrem Rücken beendete ihre Flucht.

Er stellte sich dicht vor sie, stütze rechts und links von ihr seine Hände auf die Arbeitsplatte.

Sie war gefangen, zwischen seinen Armen, von seinem Blick.

Er war zu nah. Viel zu nah!

Ihr Herz begann zu rasen.

Durchhalten. Sie war nicht das kleine zusammenbrechende Mädchen. Auch wenn es in ihr gellend um Hilfe schrie.

»In stillen Stunden spürst du den ewigen Kampf zwischen Licht und Schatten.« Sein Wispern glitt über ihr Gesicht. »Du bist aus ihm geboren worden. Du kennst ihn besser als jeder andere.« Die Dunkelheit seines Blickes drang immer tiefer in ihre Seele.

Sie würde darin ertrinken.

»Weg von mir.« Wie kläglich schwach ihre Stimme klang. »Geh!« Sie stieß ihn von sich.

Er wich einen Schritt zurück, ohne sie aus den Augen zu lassen. »Du weißt, dass es in dir steckt.«

Gar nichts wusste sie!

»Sperre es nicht ein.«

Nein, da war nichts Dunkles, nichts Grausames. Kein Kampf zwischen Licht und …

Etwas flüsterte in ihr. Mit rauer, eindringlichen Stimme.

»Tu, was sie sagt.« Ahfid stand in der Tür, sah Cordic mit unfassbarer Strenge an. »Geh.«

Cordic senkte den Blick. »Verzeih mir, Fiona.«

»Ich dachte, niemand schreibt einem Khatalaher vor, was er zu tun und zu lassen hat.« Nie wieder würde sie vor ihm kleinbeigeben. Nie wieder würde sie sich wie ein Kaninchen vor der Schlange fühlen! »Aber dein Kumpel sagt: Aus! und du kuschst.« Die Wut ließ ihr Herz bis in den Hals pochen. »Vielleicht hatte Lun recht. Du bist ein Bastard, der sich nur mit fremden Federn schmückt!«

»Ein Bastard?« Das schmale Lächeln saß auf seiner Steinmiene wie eingemeißelt. »Das bist du, Schattenlichtmädchen. Nur dass du das *Aus!* nicht einmal wahrnimmst.« Er drehte sich auf dem Absatz, eilte zur Tür.

»Sag mir, was ich bin!« Gott, wie ihre Knie zitterten. »Sag es mir!«

»Das Ergebnis einer Vergewaltigung.« Cordic blieb stehen. »Die Tochter einer toten Mutter und eines bestialischen Vaters. Das Unmögliche, das nicht existieren darf. Die Hoffnungsträgerin einer senilen Hexe, die Retterin unserer Welt.« Langsam drehte er sich zu ihr. »Genügt dir das als Antwort?«

Wo war Karl? Warum ließ er sie mit diesem Mann allein?

»Du wurdest hierhergebracht, um in Sicherheit aufzuwachsen. Das hast du getan, und nun kommst du mit uns zurück.«

»Vergesst es! Ich lasse mich nicht aus meinem Leben pflücken wie ein reifer Apfel!« Sie war Fiona Schildpatt, die Tochter von Viktoria und irgendeinem One-Night-Stand. Sie war Karls Enkelin!

»Aber genau das bist du«, sagte er kalt. »Ein kleiner, süßer Apfel.«

Dieser Blick.

»Und jetzt ist Erntezeit, Fiona.«

Da war etwas Hartes. Sie schleuderte es auf ihn.

Cordic wich aus, eine Tasse zerschlug am Türrahmen.

»Ich hatte recht.« Sein Blick streifte über sie hinweg zu Ahfid. »Sie *ist* eine Regenkatze.«

»Du verdammtes Arschloch!« Ihre Stimme überschlug sich. »Mir ist scheißegal, was mit deiner Dreckswelt geschieht! Und weißt du warum?«

Cordic traute sich tatsächlich, den Kopf zu schütteln.

»Weil sie nicht existiert. Weil ihr Spinner seid! Idioten!«

Sie log.

Erbärmlich schlecht.

Nur ein Tanz

Fiona

Tage wie in Watte gepackt. Diffuse Gedanken, ein erstickendes Gefühl in der Brust, der Wunsch, jedem ins Gesicht zu schreien. Fiona schluckte ihn hinunter. Diejenigen, die es verdient hatten, gingen ihr aus dem Weg und Karls Trauermiene ging sie aus dem Weg.

Ihr Opa, das Leuchtfeuer der Vernunft, hatte ihr all die Jahre ihre Herkunft vorenthalten. Schlimmer war, dass Karl überhaupt nicht ihr richtiger Großvater war und sie stattdessen einen knispeligen Lehrer mit Erleuchtungswunsch am Hacken hatte.

Karl glaubte die Geschichte vom Schattenlichtmädchen. Das erschütterte sie am meisten.

Hatte sie sich nicht nach Abenteuern gesehnt?

Jetzt traten sie ihre Tür ein.

Vor zwei Tagen hatte sie Viktoria angerufen. Statt ihr zu versichern, dass es sich um Blödsinn oder um einen miesen Witz handelte, war sie still am Telefon geworden. Karl hätte bereits mit ihr darüber geredet. Sie wäre gerade dabei, ins Auto zu steigen und zu ihr zu fahren.

Zwei Stunden später stellte sich die Frau, die sie für ihre Mutter gehalten hatte, drei Männern aus einer anderen Dimension vor. Sie brachte es fertig, über Ahfids Scherze zu lachen und Cordic Komplimente zu seinen Haaren zu machen. Selbst mit Lun kam sie zurecht. Sie diskutierte mit ihm, was geschähe, wenn die Zeit nicht existierte und stattdessen sämtliche möglichen Szenen eines Lebens nicht hintereinander, sondern nebeneinanderlägen.

Beim Abschied hatte sich Viktoria ein paar Tränen von den Wangen gewischt und Fiona in den Arm genommen.

Ich habe immer gewusst, dass du etwas Besonderes bist. Vertraue deiner inneren Stimme. Sie führt dich zu deinem Schicksal.

Fast wäre Fiona ihr für diesen Schwachsinn ins Gesicht gesprungen.

Warum konnte sie nicht ihre echte Mutter sein? Scheiß auf den Vater. Ein Künstlerkollege, ein One-Night-Stand oder sonst wer. Ihr wäre alles recht gewesen, bloß kein Arschloch, das eine Frau vergewaltigte. Viktorias Besuch hatte nicht das Geringste an dieser beschissenen Situation geändert.

Das Gewittergrollen des Handys rettete sie vor nachtschwarzen Gedanken.

Lina.

»Sehen wir uns heute Abend auf der Fete?«

Ihre Freundin klang, als gäbe es eine vernünftige Realität.

Sie irrte sich.

»Oder geht es dir immer noch schlecht?«

Karl hatte Fiona in der Schule krankgemeldet. Was fair von ihm war. Sie wäre ohnehin nicht hingegangen.

»Alles bestens«, log sie. »Welche Fete?«

»Vanessa hat sturmfrei. Sie hat die halbe Schule eingeladen.«

»Mich nicht.«

»Du warst nicht da.«

Richtig. »Klar komme ich.«

Vanessa war eine Edel-Zicke mit Heuchlergefolge, aber das spielte keine Rolle. Die Fete war eine Flucht in die Normalität. Fiona brauchte sie so dringend wie Luft zum Atmen. Nur für ein paar Stunden vergessen, dass ihr Leben aus sämtlichen Fugen geriet.

»Super, Collin kommt auch und Tom sowieso.«

Eine Weile ertrug sie Linas fröhliches Gezwitscher, in dem es ausschließlich um Tom und ihre Gefühle für ihn ging. Dass er schon so erwachsen und vernünftig wäre und einfach nur wow.

Tom war in der Elften. Der Zunselbart an seinem Kinn machte ihn zu allem Möglichen, aber nicht erwachsen.

Fiona beendete das Gespräch bei erster Gelegenheit und schrieb Karl einen Küchentisch-Zettel.
Bin bei einer Freundin. Es wird spät. Mach dir keine Sorgen.
Manchmal fragte sie Karl vorher, ob sie ausgehen durfte. Manchmal schlich sie sich weg. Immer dann, wenn die Chancen auf Zustimmung seinerseits schlecht standen, was im Moment garantiert der Fall wäre.
Fiona schaltete ihr Handy aus. Sicher war sicher. Diesen Abend würde sie sich von keinen *Wo bist du ich mache mir Sorgen*-Nachrichten verderben lassen.
Das Mädchen aus Licht und Schatten. Eine tote Mutter, ein unbekannter Arschloch-Vater, beide in einer Paralleldimension.
Sie musste etwas werfen, und es musste dabei kaputtgehen.
Der Wecker. Er war ohnehin ihr Feind.
Er lernte fliegen, krachte gegen den Kleiderschrank und zerfiel in seine Einzelteile.
Besser.
Keine abstrusen Gedanken bis zum Morgen. Heute Abend würde sie sich alles von der Seele tanzen, was dort nicht hingehörte.
Sie schwor sich den Eid mit tiefstem Ernst.
Lass sie nichts versprechen und lass sie nichts schwören.
Cordics Stimme hallte in ihrem Kopf.
Fiona rieb ihre Schläfen mit den Handballen.
Normalität. Das war das Zauberwort.
Sie stellte sich vor den Spiegel und besah sich von oben bis unten. Selbst im schummrigen Licht ihrer Schreibtischlampe fielen die ungewöhnlich gefärbten Iriden auf. Die meisten Komplimente von Jungs bekam sie für ihre Augen.
Früher waren sie golden gewesen.
Davon hatte sie keine Ahnung gehabt.
Verräter-Karl.
Angst. Sie hockte wie eine dicke Spinne in ihrer Brust und wickelte ihr Herz mit klebrigen Fäden ein. Es war nicht das Gefühl, verrückt zu werden. Es war der Gedanke, dass ihre drei ungeladenen Gäste recht hatten.
Die Spinnfäden zogen sich enger.
Niemand konnte sie zwingen, ihr Leben hinter sich zu lassen.

Wenn die drei Wahnsinnige waren? Wenn sie Karl und Viktoria hypnotisiert hatten, damit sie ihren Lügen glaubten? Wenn die gesamte Story eine komplizierte und aberwitzige Methode perverser Mädchenhändler war?

Und wenn nicht?

Sie musste sich dieses Schlehentor ansehen. Gleich morgen.

Weg mit den ständig kreisenden Gedanken.

Minutenduschen, Deo, Mascara, knallroter Lippenstift. Kleiderschrank auf. Die Hotpants. Draußen war es kalt. Na und? Wozu existierten Feinstrumpfhosen?

Ihre Finger flogen über den T-Shirt-Stapel, streiften die Tops. Das neue in Ozeanblau, absichtlich eine Nummer zu eng und verboten weit ausgeschnitten. Es betonte Iriden und Oberweite. Perfekt. Letzteres gehörte dennoch gepusht. Begehrende Blicke schmeichelten dem Ego, und genau das brauchte sie dringend.

Was Rotes wegen der Lippenstiftfarbe.

Schuhe? Die Großstadt-Knöchelbrecher. Die Absätze waren hoch, breit und formten den Hintern zusammen mit der Pants zu etwas Verheißungsvollem bis Verruchtem.

In dieser Aufmachung würde ihr Karl keinen Schritt vors Haus erlauben, dafür würden Collin bei ihrem Anblick die Augen aus dem Kopf fallen.

Und Cordic?

Wen interessierte das.

Halb zehn. Zeit, sich davonzuschleichen.

Sie huschte die Treppe hinunter, linste in die Küche. Leer. Dafür drangen aus dem Wohnzimmer gedämpfte Stimmen. Sie sparte sich das Lauschen an der Tür. Der Weltretter-Schwachsinn quoll ihr ohnehin aus den Ohren.

Sie pflückte ihre Jacke vom Garderobenhaken, schlang sich sicherheitshalber den Schal um. So leise wie möglich überquerte sie den Hof. Die Kälte biss in ihre fast nackten Beine. Die Fahrt zu Vanessa würde ein Martyrium, so viel stand fest.

Kapitän Schmidt. Wie aus dem Nichts aufgetaucht, schwanzwedelnd und direkt vor ihrem Fahrrad. Sein Hecheln gefror ihm vor der Schnauze.

»Du kannst nicht mit«, flüsterte sie und dimmte seine Wachsamkeit mit einem Ohrenkraulen. »Und wenn du mir jetzt bellend hinterherläufst, sind wir geschiedene Leute, verstanden?«

Sie spürte den bittenden Blick im Nacken, bis sie das Grundstück verlassen hatte. Nach wenigen Minuten bibberte sie im eisigen Fahrtwind. Sie träumte von Skihosen, dicken Rollkragenpullovern und selbst gestrickten Socken und wäre dadurch fast an Vanessas Zuhause vorbeigefahren. Kaum hatte sie mit steifen Fingern das Rad angeschlossen, kam ihr Lina entgegen.

»Wenigstens ist eine meiner besten Freundinnen da.« Sie zeigte ihr eine Nachricht von Nele. »Sie hat zu ihrem Alten *Säufer* gesagt und der Arsch hat ihr Stubenarrest aufgebrummt.«

Karl hatte ihr nie mit solchem Schwachsinn gedroht.

Arme Nele. Niemand suchte sich seine Eltern aus.

Ein Gefühl, als würde sie aus sich selbst geschleudert. Sie war nicht mehr Fiona Schildpatt, sondern etwas Fremdes, das gewaltsam gezeugt worden war und irgendeine geheimnisvolle Macht in sich trug.

Warum hatte sie das nie bemerkt?

»Hey, was ist los?« Lina stieß sie in die Seite. »Du siehst so ernst aus.«

Unmöglich, mit ihr darüber zu reden. Sie würde sie zu Recht für komplett durchgeknallt halten.

»Ach was.« Ihr Mund wollte nicht lächeln, also zwang sie ihn dazu.

»Na dann komm mit.« Lina nahm ihre Hand und führte sie ins Haus.

Marmorstufen, sinnfreie, da leere Blumenvasen. Sämtliche in demselben Rotton, Möbel, die wie aus einem Museum geklaut aussahen.

»Wir sind im Partykeller.« Lina zog sie erschreckend glatte Stufen hinunter.

Es war rappelvoll. Vanessa schien jeden zu kennen.

»Gib mir deine Jacke.« Lina pflückte sie Fiona von den Schultern. »Ich leg sie da hinten zu den anderen.«

»Danke.«

Lina zwinkerte und bahnte sich einen Weg durch hüpfende Körper. Neben einem blieb sie stehen, tippte ihn an und zeigte zu Fiona.

Collin. Er sah zu ihr herüber, lächelte.

Sie hatte gehofft, ihn zu treffen. Weshalb freute sie sich nicht?

Er kam zu ihr, lächelte breiter. »Finde ich gut, dass du hier bist.«

»War eine spontane Entscheidung.«

Er nickte, als wüsste er, was sie meinte. »Wir haben noch nie miteinander getanzt.« Sein Blick glitt über sie hinweg, haftete schließlich am Ausschnitt samt gepushtem Inhalt. »Wir könnten den Fehler nachholen.« Bevor ihr irgendetwas Schlaues über die Lippen kam, beugte er sich zu ihr und küsste sie auf die Wange.

Kein Kribbeln. Keine aufsteigende Hitze. Selbst Karls Trost-Stirn-Küsse lösten mehr Emotionen bei ihr aus.

Sie hatte eine Ablenkung gewollt und hier stand sie, also los.

Sie schnappte sich Collins feuchte Hand, zog ihn auf die Tanzfläche.

Nach drei Liedern leuchteten seine Wangen in der Farbe reifer Tomaten. Von seiner Stirn lief Schweiß und das Blau seiner Augen wirkte wässerig.

Seltsam. Aus unmittelbarer Nähe betrachtet, büßte er massiv an Attraktivität ein, dabei hatte sie früher davon geträumt, ihm so nah wie möglich zu kommen.

Andere Träume hatten ihre Nächte erobert. Collin war farblos daneben.

»Lass uns etwas trinken«, japste er und zog sie zu den Wassereimern, in denen Bierflaschen kühlten. Er drückte ihr eine davon in die Hand, während er den Inhalt von seiner mit lauten Schluckgeräuschen und erstaunlich schnell verringerte.

Hatte er sein Zäpfchen eingeklappt?

Er wischte sich über den Mund, unterdrückte wenig effektiv ein Rülpsen. »Du bist mit Abstand das hübscheste Mädchen des Abends.«

Das war der Moment, in dem sie sich besser fühlen sollte.

»Echt, deine Augen. Unglaublich.« Träge rutschte sein Blick an ihr hinab. »Der Rest ebenfalls. Ohne Scheiß, du siehst richtig lecker aus.« Das dämliche Grinsen hätte er ihr besser erspart.

»Ich bin kein Apfel.« Und es war auch keine Erntezeit. Egal, was Cordic sagte. »Ich suche Lina.« Sie hatte genug seiner Nähe probiert, um zu wissen, dass sie nichts taugte.

»Die ist mit Tom abgehauen.« Sein Lächeln driftete ins Fiese. »Besser, du störst die beiden nicht.«

Auch das noch.

Oliver, der den Job des DJs übernommen hatte, spielte einen Blues ein. Ein Grund mehr, ihn zu hassen.

»Das wird unser Lied.« Collin zog sie nah zu sich heran.

Zu nah. Zwischen ihnen staute sich die Hitze. Überhaupt wurde es in dem Partykeller immer stickiger. Ihr wurde schwindelig.

»Ich muss mal an die Luft.« Sie befreite sich aus seiner Umklammerung, drängte sich durch die Tanzenden bis zum Aufgang der Kellertreppe. Der kühle Hauch, der ihr entgegenwehte, tat unglaublich gut.

»Mir ist es auch zu voll.« Collin legte von hinten die Hände auf ihre Hüften. »Willst du woanders hin?«

»Ja.« Nach Hause. Es war eine Schnapsidee gewesen, herzukommen.

Er drehte sie zu sich, presste ohne Vorwarnung seine Lippen auf ihren Hals.

Es fühlte sich falsch an. Kein Prickeln, kein Verlangen, seinen Mund zu küssen oder gar den Geschmack seiner Zunge zu probieren. Das nasse Geschmuse auf ihrer Haut nervte.

»Lass es gut sein.« Zugegeben, seine nüchterne Version hatte Sehnsüchte in ihr geweckt. Seine angetrunkene keinesfalls. »Ich muss nach Hause.«

»Soll das ein Witz sein?« Er drückte sie an die Wand, lehnte sich gegen sie. »Wir fangen doch gerade erst an.«

Sein weicher, nasser Mund auf ihrem, seine Zunge, die sich zwischen ihre Lippen zwängen wollte.

Hatte er den Verstand verloren?

Sie stieß ihn von sich.

Er taumelte zurück, prallte mit dem Rücken ans Treppengeländer. »Spinnst du?« Er starrte sie fassungslos an. »Erst quetschst du dich in geile Klamotten, dass dir fast die Titten aus dem Ausschnitt springen, und dann machst du einen auf schüchtern?« Er wischte sich über den Mund. »Wer sich anzieht wie 'ne Bitch, wird auch so behandelt.«

Sie war keine Mimose. Dämliche Sprüche ignorierte sie aus Prinzip. Keinen Schimmer, warum ihr Collins beschissene Worte Tränen in die Augen trieben.

Sie hätte nicht herkommen sollen.

Collins höhnisches Grinsen fiel ihm aus dem Gesicht. Er starrte die Treppe hinauf, runzelte die Stirn.

Endlos lange Beine in einer abgewetzten Hose. Sie verschwanden in hohen Schaftstiefeln. Bei jedem Schritt die Stufen hinab, wurde mehr von dem Mann sichtbar.

Cordic.

Wie hatte er sie gefunden?

Er ging an ihr vorbei, als wäre sie Luft. Stattdessen baute er sich vor Collin auf. »Weder deine Zunge, noch sonst ein kümmerliches Teil von dir hat etwas in diesem Mädchen verloren.« Mit kalter Arroganz sah er zu ihm hinab. »Erwische ich dich noch einmal dabei, dass du dich ihr aufdrängst, bereust du es bis zu deinem letzten Atemzug.«

Collin schluckte, rührte sich jedoch nicht vom Fleck. Er sah Cordic an, als wäre der ein Geist.

Mit einem knappen Nicken wies Cordic zu der tanzenden Menge.

Collin zuckte zusammen, huschte an der Wand entlang in die gezeigte Richtung.

In ihren Ohren rauschte blanke Wut.

»Das war mein Freund!« Im Leben nicht. »Was fällt dir ein, dich in meine Angelegenheiten zu mischen?« Er hatte sie mit diesem machomäßigen Gehabe bloßgestellt!

Cordic wandte sich zu ihr. »Das Herumgenuckel hat dir gefallen?«

»Ja! Und wie!« Hatte er mitbekommen, dass sie Collin von sich gestoßen hatte? Wie lange beobachtete er sie bereits?

Er neigte den Kopf, musterte sie versonnen. »Du hast nicht wie eine Frau ausgesehen, die die leidenschaftlichen Küsse ihres Liebsten genießt.«

Ihr wurde heiß. Vor Zorn. Was bildete er sich ein?

Er hatte sie als *Frau* bezeichnet. Mit ernster, aufrichtiger Stimme.

Seine Küsse würden nicht vor Spucke triefen. Vielleicht schmeckten sie nach Kaffee. Nach Wein. Oder nach ihm.

Was interessierte sie, wie Cordic küsste?

Scham schmerzte. Sie biss die Zähne zusammen.

»Du bist nicht mein Aufpasser«, zischte sie. »Verschwinde!« Sie wollte zu den anderen, irgendwo in der Masse untertauchen.

Cordic packte sie am Handgelenk, riss sie so heftig zu sich, dass sie gegen seine Brust prallte. »Ich bin genau das.« Seine Lider sanken bedrohlich. »Es ist mir zuwider, aber ich werde diese Aufgabe erfüllen und es schert mich einen Dreck, ob es dir passt oder nicht.« Unvermittelt ließ er sie los.

Fiona stolperte zurück. Vor Zorn stiegen ihr Tränen in die Augen.

»Alles klar?«, fragte jemand, dessen Stimme sie nicht kannte.

Ihre eigene hing in der Kehle fest. Sie beließ es bei einem Nicken.

»Ich will den Gastgeber sprechen«, drohte Cordic mit einem Timbre, das an das Knurren eines Bären erinnerte. »Sofort!«

Ihr Retter fuhr zusammen. »Ich schau mal, wo sie steckt.« Er verdrückte sich zwischen die Tanzenden.

Cordics Blick glitt über Fiona hinweg. Ebenso wie Collins verharrte er auf ihrem Oberteil, doch der Ausdruck in seinen Augen war ein gänzlich anderer.

»Hol deine Jacke.« In seiner Miene zuckte es, als würde ihr Anblick ihm Schmerzen bereiten. »Wir gehen.«

»Und warum hast du nach Vanessa gefragt?« Fiona biss sich auf die Lippen. Sie sollte froh sein, dass er ihr eine weitere Demütigung ersparte.

»Um den Jungen loszuwerden.« Er zupfte den hinaufgerutschten Saum ihres Tops zurecht. »Warum lässt du dich von dahergelaufenen Welpen ablecken?«

In Gedanken sprang sie ihm ins Gesicht und zerkratzte es, bis es in Streifen hing. Sie war ein freier Mensch. Sie war sechzehn! Sie konnte mit wem auch immer machen, was sie wollte!

»Beeil dich. Ich wiederhole mich ungern.«

Er würde ihr das büßen. Ausgiebig und mit allem Drum und Dran.

»Hey Fiona!« Tina fing sie kurz vor dem Jackenhaufen ab. »Wer ist der heiße Typ mit dem Endloshaar?« Sie fuhr sich durch die Mähne, glühte Cordic durch ihre Lockenpracht hindurch an. »Gott, der hat bestimmt eine eigene Seite, gespickt mit Fotos, auf denen er halb nackt auf rassigen Pferden sitzt.«

»Schluck runter, bevor es dir aus dem Mund läuft.«

»Kann ich nicht.« Tina seufzte. »Der Kerl macht mich fertig.«

»Er ist mein Onkel.« Es gab schlechtere Lügen. »Und ein totales Arschloch.«

»Ist mir egal.« Ein vom Alkohol verwässerter Glanz trat in Tinas Augen. »Du musst mich ihm vorstellen.«

»Was?«

»Bitte, ich will nur ein paar Sätze mit ihm reden.«

Fiona fischte ihre Jacke aus dem Haufen. »Wie viel hast du getrunken?«

»Nicht genug, um ihn zu einem Selfie mit mir zu zwingen.«

Glück gehabt.

»Wie alt ist der?« Erneut wuschelte sie in ihren Haaren.

»Zu alt.«

»Wirkt massiv jünger.«

»Ansichtssache.«

»Wobei ...« Tina kniff die Augen zusammen. »Seinen coolen Bartschatten sieht man bis hierher. Ich gebe ihm Ende zwanzig.«

»Zu alt. Sag ich doch.«

Cordic sah finster zu ihnen herüber. Er hatte sich zwar eine drastischere Rache verdient, aber Tina ins Feld zu führen, war besser als nichts. »Komm mit.«

»Du bist ein Schatz.« Sie klatschte in ihre Hände wie eine übermotivierte Fünfjährige.

Mit jedem Schritt näher zu ihm, vertieften sich die Falten auf Cordics Stirn.

»Hier will dich jemand kennenlernen, *Onkel*.«

Seine Braue zuckte.

»Tina, das ist mein Onkel. Onkel, das ist Tina.«

Tina reichte ihm kichernd die Hand.

In Sekundenschnelle brachte er das charmanteste Lächeln der Welt zustande. »Es ist mir eine Freude.« Er führte Tinas Hand an seine Lippen, hauchte einen Kuss auf die Knöchel.

Oldschool vom Feinsten.

Tina stammelte etwas von *meinerseits,* und *Vergnügen* und lief rot an.

Nicht zum Aushalten.

Fiona packte ihn am Ärmel. »Komm, Opa wartet.« Sie zog ihn hinter sich her die Treppe hinauf. Ein Blick über die Schulter verriet ihr, dass Tina ihnen mit offenem Mund hinterher starrte.

Binnen Sekunden würden sich alle das Maul zerreißen.

Sie hätte vor Wut platzen können.

Fiona wollte sich auf ihr Fahrrad schwingen, doch Cordic griff ihr in den Lenker. »Du läufst.«

»Ich will nicht laufen.«

»Und ich will nicht, dass du mir davonfährst.«

»Warum hast du mich nicht mit dem Auto abgeholt?«

»Meinst du die Frage ernst?«

Richtig, in seiner Mittelalter-Krieger-Welt existierten vermutlich nicht einmal Dampfmaschinen.

Fiona stapfte neben ihm durch die Kälte und versuchte, das Zähneklappern zu unterdrücken. Noch ätzender war das eisige Schweigen. Cordic schien es auszuatmen. Wenn er ihr wenigstens Vorhaltungen machen würde, dann könnte sie ihn mit Widerworten bombardieren, aber so?

Sie hielt es nicht mehr aus.

»Was war das für eine schräge Nummer mit Tina?« Sie würde ihn so lange provozieren, bis er sich auf einen Streit einließ.

»Was für eine Nummer?« Er blies sich in die Hände, sah nach vorn, statt zu ihr.

»Du hast einen Jane Austen Helden raushängen lassen und sie eiskalt beflirtet.«

»Ich lasse keine Helden raushängen. Welcherart auch immer.« Gelassen stellte er den Kragen seines Mantels auf. »Ich *bin* ein Held.«

Sie sehnte sich nach einem Boxsack. »Ich dachte, du wärst der Schurke in diesem Spiel.«

»Meine Rolle ist vielschichtig.« Ein flüchtiger, durch und durch hinterhältiger Seitenblick streifte sie. »Deine Freundin ist ein süßes Ding. Etwas leicht zu durchschauen, doch ihre optischen Reize gleichen das aus.«

»Ja, ein echtes Pralinchen.« Was war mit ihr? Besaß sie keine optischen Reize? »Trotzdem hast du es übertrieben.«

»Nein, Fiona.« Er blieb stehen, fasste ihr erneut in den Lenker. »Du hast es übertrieben.«

»Einen Scheiß hab ich, ich kann …«

»Karl dachte, du wärst fortgelaufen.«

»Wieso? Ich habe ihm einen Zettel …« Nein, hatte sie nicht. Sie hatte ihn in ihrem Zimmer liegenlassen und das Handy ausgeschaltet. Sie zog es aus der Tasche, schaltete es an. Acht eingegangene Anrufe, drei Nachrichten. Alle von Karl.

Scheiße.

»Geh nicht weg, ohne uns zu sagen, wohin.«

»Ich habe bloß den verdammten Zettel vergessen! Da stand drauf, wo ich war.« Hatte Karl wirklich gedacht, sie würde ihn einfach so alleinlassen?

Ihr Herz zog sich zusammen.

»Hat er eine Ahnung von dem, was du treibst, wenn niemand auf dich aufpasst?«

Bitte?

»Ich werde mit ihm darüber reden müssen.«

Dieser Bastard! »Ich kann treiben, was ich will!«

»Mit dem Milchbart zum Beispiel?« Seine wegwerfende Geste schloss jeden männlichen Teenager sämtlicher Universen mit ein.

»Wir haben nur getanzt!«

»Er hat dich mit seiner plumpen Annäherung bedrängt.«

»Das muss dir nicht gefallen, weil es dich nichts angeht!« Begriff er es nicht?

»Dir hat es ebenso wenig gefallen.« Cordic fasste sie am Kinn, zwang sie, ihn anzusehen. »Küsse sind Geschenke. Man sollte sie nicht erdulden müssen, sondern genießen dürfen.«

Ihr Mund war trocken.

Und seiner zu nah.

Ihre Blicke trafen sich, fragten einander etwas in einer Sprache, die sie nicht beherrschte.

Er ließ sie los, wandte sich ab.

Ihr Herz pochte so seltsam.

»Beim Küssen wäre es nicht geblieben, oder sind die Männer in dieser Welt einfältig?« Cordic steckte die Hände in die Manteltaschen, sah in die Nacht.

»Vorhin war Collin ein Milchbart.« Der Begriff gehörte definitiv auf Karls Liste. »Jetzt ist er plötzlich ein Mann. Was denn nun?«

»Er hat dich beleidigt.«

»Woher willst du das wissen?«

»Er hat dich *Bitch* genannt.«

Verdammt, er hatte sie belauscht.

»Das Wort lockte seltsame Bilder in meinen Kopf. Keines davon gefiel mir.«

Keine Chance, seine Gedanken zu lesen. Ebenso gut hätte sie eine Maske anblicken können.

Ein paar Typen zeigten auf sie und lachten. Sie standen an ihren parkenden Autos und klammerten sich an Bierflaschen.

Cordic beachtete sie nicht. »Lass dich mit niemandem ein, der auf diese Weise mit dir spricht.«

Er hatte einen wunderschönen Mund, selbst im Zorn.

»Soll ich mich lieber mit dir einlassen?« Gott, sie hatte den Gedanken tatsächlich ausgesprochen.

Cordics Pupillen weiteten sich. Der Lichtschein einer Laterne erhellte sein Gesicht, verwandelte es in etwas Verletzliches.

Seine Wange berühren. Nur um zu sehen, wie er darauf reagierte.

Fiona ballte eine Faust, um sich daran zu hindern.

»Hey!«, grölte einer der Kerle. »Vergiss den Wichser und komm zu uns.« Er griff sich zwischen die Beine. »Wir sind keine Milchbärte. Können wir dir nacheinander beweisen.«

Fiona wollte ihnen etwas Passendes entgegenschleudern, doch Cordic schob sie beiseite.

»Nein, seid ihr nicht.« Seine Stimme klirrte vor Kälte. »Bloß jämmerliche Schurken, die nach einer Tracht Prügel schreien.« Er ließ seinen Mantel von den Schultern gleiten, ging auf die Kerle zu.

Das Lachen der Typen verstummte.

Fiona packte ihn am Handgelenk. »Keine Schlägerei, hörst du?«

»Es dauert nicht lang.«

»Darum geht es nicht!« Er wollte ihre Ehre verteidigen. Der Gedanke blockierte ihr Gehirn.

»Bleib locker, war nur ein Scherz.« Der Kerl, der sich eben eingebildet hatte, kein Milchbart zu sein, wich zurück. »Wenn das deine Bitch ist, sag's einfach.«

Cordic ruckte nach vorn.

Fiona klammerte sich an seinen Arm. »Lass das!«

»Er hat dich beleidigt.«

»Mir egal.« Himmel!

»Aber nicht mir.«

»Cordic, bitte lass uns weitergehen.« Sie zitterte wie Espenlaub. Es lag nicht an der Kälte. Sie war fix und fertig.

»Bis du sicher?« Die Kiefermuskeln dellten seine Wangen aus, während er sie ansah, als könnte sie jeden Moment zerbrechen.

»Ganz sicher.« Sie hob seinen Mantel auf, kämpfte gegen die Tränen. Was auch geschah, sie durften auf keinen Fall aus ihren Augen fließen.

Cordic nahm ihr den Mantel ab, runzelte die Stirn. »Was ist das?« Sacht wischte er mit dem Daumen an ihren Wimpern entlang. »Farbe?«

»Mascara.« Garantiert wieder ein neues Wort für ihn. »Eigentlich sollte er wasserfest sein.«

»Du brauchst das nicht.« Er zerrieb fettiges Schwarz zwischen den Fingerkuppen. »Es ist dumm, Schönheit zu übermalen.«

Kein Spott, kein Tadel. Nur Bedauern.

Aus und vorbei. Ihr lief es über die Wangen, und kein Zwinkern der Welt änderte etwas daran.

»Fiona.« Er hob ihr Kinn an, suchte in ihren Augen den Grund für jede einzelne Träne.

Begriff er nicht, was er ihr antat? Er und seine Freunde?

»Hört auf, mich wie euer Eigentum zu behandeln!« Sie brüllte ihm jedes Wort entgegen. »Lasst mich in Ruhe!«

»Du bist kein Eigentum«, sagte er mit einer Milde, die kaum durch ihr Herzpoltern drang. »Du bist die Hoffnung auf Leben für ein Land, das im Sterben liegt.«

»Ich will das nicht sein!« Das alles war eine Lüge. Die Wahrheit spielte sich in Klassenzimmern und Gewächshäusern ab. Sie war kein Wunder. Nur Fiona Schildpatt, deren Hände zitterten und deren Magen kurz davor stand, sich umzustülpen.

Sie schwang sich auf den Sattel, fuhr wie vom Teufel gejagt.

Nicht denken, nur tanzen und alles andere vergessen.

Sie hatte ihren Eid gebrochen.

Sie schlitterte auf den Hof der Gärtnerei, das Rad rutschte unter ihr weg. Den Sturz nahm sie kaum wahr. Kapitän Schmidt saß plötzlich winselnd vor ihr. Sie weinte ihm die Schlappohren bis zur Auswringgrenze nass.

Das war nicht mehr ihr Leben. Bloß ein Albtraum, der sie nicht aus den Fängen ließ. Voll Wut, seltsamer Empfindungen, fremder Gestalten und irrsinniger Aufgaben.

Er musste aufhören!

Fiona stürmte ins Haus. Karl stand an der Spüle, schnippelte Bohnen in eine Schüssel, dabei war es längst mitten in der Nacht. Ihm fiel das Messer aus der Hand, als er sie bemerkte.

»Kind!« Er fasste sich an die Brust, atmete viel tiefer als sonst. »Ich dachte schon …« Für einen Moment schien es, als wollte er die Arme ausbreiten und sie wie früher darin auffangen.

Fiona hätte es getan, wäre hineingelaufen, hätte sich an ihn geklammert und ihn gebeten, alles gut werden zu lassen.

»Cordic wollte dich suchen gehen«, sagte er stattdessen. »Er war sich sicher, dich finden zu können.«

»Das habe ich auch.« Cordic stützte sich keuchend am Türrahmen ab. War er ihr den gesamten Weg hinterhergerannt?

Er fischte etwas aus seiner Manteltasche, warf es Ahfid zu. »Danke.« Der nickte und steckte es sich ins Hemd.

Sie bewachten sie. Verfolgten sie. Und Karl unternahm nichts dagegen.

»Schmeiß sie raus!« Ihre Stimme kippe. Scheißegal. »Das sind Irre! Wie kannst du ihnen glauben?« Die Luft blieb ihr weg. »Irgendeine überforderte Frau hat mich geboren und in den Büschen abgelegt. War jämmerlich von ihr, aber was soll's?« Was, um Himmels willen, redete sie da? »Du hast mich gefunden. Fertig! Aus! Mehr nicht! Das mit den Augen ist ein beschissener Gendefekt. Wieso denken alle, dass ich nicht von hier bin? Das ist Wahnsinn!«

Karl ließ den Kopf hängen. »Ich zeige dir mal was.« Er schlurfte die Treppe hinauf, kam nach ein paar Augenblicken wieder. »Das hier war mit dir zusammen in dem Wolltuch eingewickelt.«

Ein goldener Reif. Sehr breit und mit verschlungenen Zeichen graviert.

Karl reichte ihn ihr. »In den letzten Jahren hat Viktoria versucht, herauszufinden, was es mit diesen Ornamenten auf sich hat. Ohne Erfolg. Sie hat sich dumm und dusslig gegoogelt. Sie war sich sicher, dass es eine Schrift ist, und wollte sie entziffern, um dein Geheimnis zu lüften.«

»Das ist bloß ein dämliches Armband. Nichts weiter.« Es zitterte in ihrer Hand.

Karl bedachte sie mit seinem *Mädchen das glaubst du doch selbst- nicht-* Blick.

Cordic zog sich den Hemdsärmel hinauf. An seinem Handgelenk trug er das gleiche Schmuckstück. »Das sind Geburtsreifen der Lichten, Fiona. Sie werden Kindern direkt nach der Geburt in die Wiege gelegt, um sie vor allem Bösen und Dunklen zu beschützen. Die Zeichen sind Segenssprüche ihres Volkes. Es sind immer fünf untereinandergeschrieben.«

Sie zog die Reihen mit dem Finger nach.

»Deine Mutter war eine von den Lichten, deshalb hat sie dir diesen Armreif mitgegeben.« Auch Lun sprach ruhig.

Jeder war ruhig. Nur sie nicht.

»Ihr lügt!« Cordic war kein Lichter. »Wieso trägst du diesen Schmuck? Du gehörst zu den Bösen!« Genau das hatte er ihr gesagt. Hier, in Karls Küche.

Etwas in seinen Augen sagte ihr, dass es besser gewesen wäre, den Mund zu halten.

»Er gehörte einem Mädchen, das nichts mehr damit anfangen konnte.«

»Lass mich raten«, höhnte Lun. »Du warst der Grund dafür. Nicht umsonst werdet ihr Nachtfresser genannt.« Er wandte sich zu Fiona. »Die Clankrieger greifen nur im Schutz der Dunkelheit an und ...«

»... trinken das Blut ihrer Feinde?« Cordic hob eine Braue.

Sie versuchte, sich ihn mit blutverschmiertem Mund vorzustellen. Es funktionierte nicht.

»Hört auf mit dem Mist und macht dem Mädchen keine Angst.« Ahfid fluchte. »Die Situation ist schwer genug für sie.«

»Sie ist nicht dumm.« Cordic hielt ihre Hand fest. Das Zittern endete. »Wenn in unserer Welt alles friedlich und schön wäre, hätte die Hexe sie nicht in eine andere geschickt.«

»Und warum ist es nicht friedlich und schön?« Lun sprang auf. »Weil sich das Gute und Helle wegen dir und deinesgleichen verschanzen muss!«

Cordic ließ Fiona los. »Die Lichten akzeptieren nur ihre eigene Kultur, und die hat sie nicht weit gebracht. Während du Mahkis mit weisen Sprüchen bei Obst und Wein missioniert hast, musste ich meine Brüder töten!«

»Ich zweifle an Jetsubas Verstand.« Lun verzog den Mund zu einem schiefen Strich. »Wie konnte sie einen Verräter und Brudermörder an Fionas Seite stellen?«

Cordic wurde blass. Nicht auf schwache, sondern weiß glühende Art. Dass Lun noch nicht die Flucht ergriffen hatte, war ihr ein Rätsel. Sie an seiner Stelle hätte es getan.

»Lun!«, donnerte Ahfid. »Es reicht!« Mit festem Griff packte er Cordic an der Schulter und hielt ihn zurück. »Was du auch vorhast, lass es!«

Sie musste hier raus. Sofort. Sonst würde sie heulend zusammenbrechen.

Fiona drückte den Armreif an sich, rannte aus der Küche.

Lass es ein Traum sein!
Wen immer sie anflehte, er erhörte sie nicht.

Irgendwann dämmerte sie in einen unruhigen Schlaf, irgendwann wachte sie auf. Keinen Hunger, kaum Kraft aufzustehen, um aufs Klo zu gehen.

Der Sonntag kam und ging. Sie schlief fast die ganze Zeit. Wenn nicht, grübelte sie. Schlafen war besser. Endlich traumlos. Einfach ins Dunkle fallen. Eine Suppe neben ihrem Bett. Ein Tee, ein Kaffee. Fiona ließ es stehen. Beim nächsten Aufwachen war es weg. Karl würde sie nicht ewig in diesem Dämmerzustand lassen. Warum eigentlich nicht? Er war für alle Beteiligten die erträglichste Alternative.

Ständiger Halbschlaf.

Das Klopfen drang nur gedämpft hindurch.

»Fiona?« Nele betrat das Zimmer, setzte sich auf die Bettkante. »Dein Opa hat mich angerufen.« In ihrem Lächeln lag zu viel Mitgefühl. »Dir ginge es mies und ich solle das ändern.« Sie nahm das Feuerzeug vom Nachttisch, zündete eine der Kerzen an. »Guck mal, schon ist's gemütlicher.«

Fiona blies die Kerze aus.

Nele zündete sie wieder an.

Fiona nahm ihr das Feuerzeug weg, steckte es sich in die Hosentasche.

»Hey, ich bin Profi bei Depri-Phasen. Wie oft hast du mir da rausgeholfen?«

»Hab's nicht mitgezählt.«

»Siehst du? Jetzt bin ich dran.«

Es raschelte, und plötzlich klemmte Schokolade zwischen Fionas Lippen.

»Kauen, schlucken, besser fühlen.« Nele grinste. Es war nicht echt, aber der Anblick tat dennoch gut.

Fiona gehorchte.

»Was fehlt dir denn?« Schon brach sie ein weiteres Stück ab und fütterte sie damit. »Sind es die Hormone? Schlechte Noten? Allgemeiner Weltschmerz oder Liebeskummer?«

»Ich bin ein Wesen höherer Art und soll eine fremde Welt vor der Vernichtung durch eine mysteriöse Lichtmauer retten.«

»Der ist gut.« Nele lutschte sich Schokokrümel von den Fingerkuppen. »Jetzt mal im Ernst. Was ist los?«

Deshalb machten Lügen Sinn.

»Ich hatte die Chance, mit Collin zusammenzukommen, und habe es vergeigt.« Nichts lag ihr ferner, als diesem Idioten hinterherzujammern.

»Meine Süße! Wie schrecklich!« Trauerfalten auf der Stirn, überfließendes Mitleid in der Stimme. Nele hatte den Lügenbrocken mühelos geschluckt. »Was hast du denn angestellt?«

»Ich will nicht darüber reden.« Sie hätte nicht gewusst, über was. Collin sollte der Teufel holen. Vielleicht fand der Geschmack an seiner sabberigen Zunge.

»Gegen Liebeskummer hilft, sich zackig neu zu verlieben.« Neles Augen sprühten vor Motivation. »Was ist mit dem Wahnsinnstyp, dem ich eben auf der Treppe begegnet bin?«

»Welchen meinst du?« Sie hatte drei dieser Sorte zu bieten. Und ja, mit Wahnsinn hatten sie alle etwas zu tun.

»Der Albino.«

»Lun.«

»Lun?« Verzückt biss sie sich auf die Lippen. »Ist ein Ausländer, oder? Ich meine bei dem Namen und dem Aussehen. Schwede?«

Fiona nickte aus Reflex.

»Wie ein Manga. Ist das der Neue von deiner Mutter?«

»Nein.«

Nele wartete auf detailliertere Erklärungen.

Zeit, das Thema zu wechseln. »Was macht der Stress mit deinem Vater?« Hatte sie nicht Stubenarrest?

»Ist abgeklungen.« Sie schlug die Beine unter und lehnte sich seufzend ans Kopfteil. »Bis zum nächsten Mal. Aber darüber will *ich* nicht sprechen.«

Verständlich.

»Erzähle von dem Kerl, der plötzlich auf Vanessas Fete aufgetaucht ist.« In Neles Stimme schwang Sensationsgier. »Ist der echt dein Onkel? Tina schwärmt ununterbrochen von ihm.«

»Da gibt es nichts ...«

Schritte auf der Treppe. Einen Moment später betrat Cordic ungefragt das Zimmer.

Nele starrte ihn an, schluckte. »Ist er das?«

»Ja.« Sie übersah die obligatorische Falte zwischen Cordics Brauen.

»Ahfid bittet dich, zu uns zu kommen.« Sein knappes Nicken zu Nele zeigte zumindest, dass er sie wahrgenommen hatte. »Sofort.« Er schloss die Tür einen Tick zu laut.

Es genügte, um Fiona überkochen zu lassen. Das Saftglas auf ihrem Nachttisch lernte fliegen. Verdammt, war sie gut darin, Dinge zu zerschmettern.

Nele zuckte erschrocken zusammen. »Wer sind die?«

»Es ist kompliziert.« Fuck! Schon wieder wurden ihre Augen nass. Interessante Theorie, dass ein Nervenwrack imstande sein sollte, auch nur irgendetwas zu retten.

Zögernd stand Nele auf. »Du sagst mir, wenn du in Schwierigkeiten steckst?«

»Klar.« Die Lüge wuchs wie ein Geschwür in ihrem Hals.

»Und wer sind die?«

»Meine Onkel.«

Neles Pupillen wuchsen ins Uferlose. »Dein Ernst?«

»Ja.«

»Sind die ein Paar?«

»Weil sie beide auf lange Haare stehen?«

»Weil sie einander kein bisschen ähneln. Außerdem hat deine Mutter keine Geschwister.«

»Aber mein Vater.«

Neles Mund öffnete sich im Zeitlupentempo.

Zeit, für eine weitere Lüge. »Er ist der Leadsänger einer rumänischen Hardrock-Band und tourt durch die Berliner Clubs. Er hat meiner Mutter einen Besuch abgestattet und wollte mich kennenlernen. Leider ist er ein komplettes Arschloch und ich habe ihm gesagt, dass er mich sonst wo kann, und ich bräuchte keinen Vater.«

»Aber das wäre doch cool gewesen.«

»Nein, wäre es nicht.« Es machte nicht den geringsten Spaß, die beste Freundin anzulügen. »Er ist abgehauen, und seine Brüder machen das auch gleich.« Mit jedem Wort wuchs ihr schlechtes Gewissen. Nele hatte die Wahrheit verdient. Bedauerlicherweise würde sie keinen Satz davon glauben.

»Und wer ist dieser David, von dem dein Onkel gesprochen hat?«
»Ahfid. Der Drummer der Band. Er chauffiert sie.«
»Wahnsinn!«
»Allerdings.«
»Wie heißt die Band?«
»*NoIdea!*« Der Glaubwürdigkeit halber schrieb sie den Namen mit Kuli auf Neles Unterarm.
»Krass.« Verzückt starrte sie auf die Buchstaben.
»Wirst nicht viel finden. Die Typen sind ein Geheimtipp und brandneu dabei.«
»YouTube?«
»Versuchs.« Statt in Reue zu ertrinken, fühlte sie sich lediglich ein bisschen flau. Was war bloß los mit ihr?
»Ich geh dann mal.« Nele drückte ihr einen Kuss auf die Wange. »Gib deinem Dad eine Chance. Ist doch nett, dass er sich gemeldet hat.«
»Nach sechzehn Jahren?« Ihr richtiger Vater hatte keinen Schimmer, dass sein Verbrechen Folgen nach sich gezogen hatte.
Ihr war schon wieder danach, etwas zu zertrümmern.
»Geh duschen.« Nele rümpfte grinsend die Nase und zupfte an einer fettigen Haarsträhne. »Ab und zu ein Ölwechsel ist was Feines.« Sie huschte aus dem Zimmer.
Fiona starrte die Tür an, die sich längst geschlossen hatte.
Ahfid wollte sie sehen. Wie sie sich darauf freute. Ihre Laune rutschte vier Stockwerke tiefer.
Auf dem Nachttisch lag der goldene Armreif. Sie streifte ihn über. Er war eng und es tat weh, als sie ihre Hand hindurchquetschte.
Fiona brauchte zwei Anläufe, um die Sicherheit ihres Zimmers zu verlassen.
Cordic wartete am Fuß der Treppe. Sein Blick heftete sich auf den Geburtsreif.
Passte es ihm nicht, dass sie ihn trug? Er gehörte ihr, also konnte sie damit machen, was sie wollte.
Lun und Ahfid kamen aus der Küche, gesellten sich zu ihm.
Alle drei in voller Montur inklusive Rucksäcken.
Sie würden gehen.
Ihr Herz zog, statt zu hüpfen.

»Wir brechen auf«, teilte ihr Lun lapidar mit. »Kommst du mit oder bleibst du hier?«

War die Frage ernst gemeint? »Ich bleibe.« Wieso schnürte sich ihr Hals zusammen? *Idiotin*, zischte eine innere Stimme. *So wirst du nie herausfinden, ob die drei Verrückte sind oder ob sich wirklich ein Weltentor im Schlehenbusch verbirgt.*

Lun sah zu Ahfid, der bedächtig nickte, ohne dabei ihrem Blick zu begegnen.

Cordic ging an ihr vorbei, als würde sie nicht existieren.

»Danke.« Karl nahm sie in den Arm. »Danke, danke, danke.«

»Hast du tatsächlich geglaubt …«

»Ja.« Er biss sich auf die Lippe, was eine komplett untypische Geste bei ihm war. »Ich fahre sie zu diesem Tor. Bin bald zurück und dann sortieren wir das Chaos der letzten Tage. Einverstanden?« Er schnappte sich den Wagenschlüssel und folgte Cordic.

Ein Traum. Sonnenklar. Das Gefühl absoluter Unwirklichkeit hing wie dicker Nebel in der Luft.

In ihrem Kopf flüsterte es, dass sie einen Fehler beging. Dass sie zumindest mitfahren sollte, um zu sehen, was am Fließ geschah.

Die Hürde war zu hoch.

Ahfid kam zu ihr, legte ihr die Hand auf die Schulter. »Es tut mir leid, was du wegen uns durchmachen musst.«

Ja, ihr auch.

»Was ist mit deinem Bein?« Sie klang so eingeschüchtert, wie sie sich fühlte. »Schaffst du die Reise?« Heuchlerin! Was kümmerte sie sein Bein? Eben hatte sie sich entschieden, ihn im Stich zu lassen.

Schwachsinn! Sie hatte sich entschieden, keinen Spinnern auf den Leim zu gehen. Das war etwas völlig anderes.

»Karl hat mich gut versorgt.« Er lächelte an ihr vorbei. »Er hat mir dieses Gebräu mitgegeben. Für den Notfall.« Zögernd berührte er ihren Perlenzopf. »Fiona, ich …«

»Aufbruch!«, rief Karl von draußen. »Ich werde nicht jünger.«

»Begleite uns bis zum Tor.« Ahfid zwinkerte ihr zu. »Ein sich öffnender Durchgang in eine andere Dimension ist etwas Besonderes. Willst du das verpassen?«

Er glaubte daran. Nach wie vor.

»Was ist dabei? Entweder entlarvst du uns oder wirst Zeuge eines Spektakels.«

Bevor sie begriff, was sie tat, schlüpfte sie in die Stiefel, warf sich die Jacke über und folgte ihm nach draußen.

Hatte sie den Verstand verloren?

Cordic lehnte an Pick-up. Er wechselte einen Blick mit Ahfid, der ihm kaum merklich zunickte.

Hatten die zwei gewettet, ob sie mitfuhr oder nicht? Cordic hatte garantiert gegen sie gesetzt.

Sie ließ ihn links liegen, als sie in den Wagen stieg.

Karl startete den Motor. »Du willst es auch wissen, oder?«

Und ob.

»Dann lassen wir uns mal überraschen.«

Dicht vor der Windschutzscheibe flog ein Rabe entlang.

Sein Krächzen ließ sie zusammenzucken.

Jetsuba,
Hüterin des Windes

Holz zerfiel zu Asche, Feuer dimmte zu Glut, die Nacht drohte dem Tag und ein Mädchen entfachte Finsternis.

Jetsuba zeichnete Kreise in den Schnee. Sie berührten, durchdrangen einander. Die Tore vibrierten vor Erwartung. Sehnten sich danach, sich zu öffnen. Das eine floss ins andere, das Obere ins Untere, das Dunkle ins Helle. Mehr brauchte es nicht, um Starres zu erweichen. Keine Mauer musste zertrümmert, kein Blut vergossen werden. Doch niemand wusste, dass die sanften Wege am weitesten führten. Sie würden ihre Schwerter schleifen und auf feindliche Kehlen lauern, statt einem Mädchen zu gestatten, zu wirken.

Sie würde es dennoch. So, wie Regentropfen den Stein höhlten und der Frost sie zu Sternen verwandelte.

Das leise Sirren des Windes in seidigen Federn.

Aus dem Himmelsfleck über ihr stürzte der Rabe. Er fing sich in Höhe der Baumwipfel, glitt in engen Bögen tiefer.

Sie streckte die Hand nach ihm aus. Er benötigte nicht die Tricks der Wanderer, um hin- und herzuschlüpfen. Ein Botschafter zwischen den Welten. Er schleuste Träume unbemerkt vom Hier zum Dort, zurück zum Vielleicht und verharrte im Niemals. Träume, ersonnen zwischen gegossenen Straßen und künstlichen Flammen, wurzelnd im Grün unendlicher Wälder.

Das Mädchen erstickte daran.

Sie kommt, verrieten die funkelrunden Augen. *Sie kommt.*

Dann wurde es Zeit, neue Kontakte zu knüpfen. Sie waren hilfreich und überaus machtvoll.

»Du musst wieder aufbrechen«, blies sie dem Raben in die Brustfedern. »Fremde zu Verbündeten machen.« Damit sie einen Wimpernschlag später zu zukünftigen Feinden wurden. »Nehrit braucht unsere Hilfe.« Er schmiedete mutige Pläne. Sie schlangen sich um ihre eigenen wie Liebende.

Es wurde Zeit, sich zurückzuziehen und die Geschehnisse aus dem Schatten heraus zu beobachten. Ahfid würde versuchen, sie zu finden, um ihr das Mädchen zu bringen. Er dachte, das wäre wichtig. Alle dachten es.

Als ob das Schattenlichtkind einer alten Frau bedurfte. Was es benötigte, besaß es bereits. Freunde, Feinde, Angst, Stolz, den Willen, das Versagen so lange wie möglich hinauszuzögern.

All das würde das Mädchen kreuz und quer durchs Waldland führen, würde ihm Gelegenheit geben, zu wirken wie eine Arznei im Körper eines Kranken. Am Ende wäre es wie diese verbraucht, doch das Waldland gesund.

Ein Jammer um das Kind.

Es sei denn, das Unerwartete drängte sich durch die engen Maschen festgezurrter Pläne und forderte sein Recht auf Beachtung.

Jetsuba musste lächeln.

Fiona

Nebelschwaden. Dick wie Watte. Sie umhüllten die Bäume, sickerten in ihren Kopf. Alles war verschwommen. Nicht nur das, was sie sah, auch ihre Gedanken. Sie flutschten wie glitschige Fische.

Ihre Lider waren zu schwer. Fiona stemmte sie auf, sie fielen wieder zu. Von Weitem raschelte und rauschte es. Stimmen wisperten. Jemand hob sie hoch. Ein schönes Gefühl. Kälte strich ihr um die Nase. Sie duftete nach Pilzen und altem Laub.

»Sie kommt zu sich. Leg sie vorsichtig ab.«

Die Worte klangen freundlich, bedeckten sie mit Geborgenheit. So ein sanftes Timbre hatte niemand, den sie kannte.

Doch, da war einer.

Sie tastete um sich, erwischte einen Arm, zog sich daran hinauf. Ihr Kopf sank gegen eine Schulter.

»Ausgeschlafen?«

Auch diese Stimme kam ihr vertraut vor.

Cordic.

Der Schreck schleuderte sie aus der Benommenheit.

Er grinste zu ihr herab. Lun hockte ihm gegenüber, beide Hände zu einer beruhigenden Geste erhoben, und Ahfid lächelte nervös.

Wieso saßen sie im Wald? Und wo war Karl?

»Karl!« Keine Antwort.

»Ihm geht es bestens.« Cordic schob sie von sich, stand auf. »Er sitzt längst wieder in seiner Küche.«

»Er hat mich mit euch alleingelassen?« Niemals.

»Er weiß, was richtig und was falsch ist«, sagte er streng. »Du bist die Einzige, die sich weigert, die Wahrheit zu sehen.« Für einen Sekundenbruchteil schweifte sein Blick zum Waldrand.

Da war nichts außer Dunkelheit.

»Er wusste von Beginn an, dass du mit uns zurückkehren würdest. Es ging lediglich darum, dich davon zu überzeugen.«

Was? Nein! »Er war erleichtert, als ich gesagt habe, dass ich bleibe!«

»Er ist ein guter Schauspieler.«

Oh wie sie dieses abfällige Grinsen hasste! »Ist er nicht!«

»Du kennst Karl nur halb so gut, wie du meinst.«

»Wenn du denkst, ich mache euer Spielchen mit ...«

»Ich denke es nicht, ich weiß es.«

Ihr Puls vibrierte im gesamten Körper. Angst, Wut, Enttäuschung. Ein widerlicher Mix. Was war geschehen? Ihre Erinnerungen verschwammen zu einer grauen Suppe. Sie stocherte darin herum, bis einzelne Bröckchen nach oben trieben.

Sie waren ins Auto gestiegen. Karl wollte zum Schlehentor fahren.

Und dann?

Plötzlich hatte sie etwas in den Hals gestochen.

Sie berührte die Stelle. Ein leichter Schmerz, sonst nichts.

»Du musst nicht blass werden.« Cordic wischte sich Blätter vom Mantel. »In der Schenke hast du mich darum gebeten, dich zu betäuben.«

»Um alles zu vergessen!« Sie erinnerte sich an jedes verdammte Detail der letzten Tage. »Du hast gepfuscht!«

»Ich habe die Dosis geringgehalten.« Er zog ein Tuch aus der Manteltasche, breitete es aus.

Schwarze Dornen. Sie ähnelten denen von Schlehensträuchern, waren jedoch länger und dicker.

»Von einem Schwarzbeerstrauch«, erklärte Cordic. »Ein Pikser, und du sinkst in sanfte Träume. Je nachdem wie tief die Spitze in die Haut dringt, können auch ein paar Erinnerungen verloren gehen.« Gelassen faltete er das Tuch wieder zusammen.

Er hatte sie hintergangen und wie ein Küchengerät ausgeschaltet. Ersticken sollte er an diesem grässlichen Lächeln, das bloß Hohn und Spott für sie übrig hatte. Dachte er, sie sei ein furchtsames, hilfloses Kaninchen? War sie nicht!

Sie sprang auf die Beine und holte aus. Sie würde ihn schlagen. Mit der Faust! In dieses schöne und überhebliche Gesicht. Dieser ständig verzogene Mund sollte bluten. Oh ja, das musste er unbedingt. Erst ein

Mal hatte sie einem Menschen Schmerzen zufügen wollen und es auch getan. Sie hatte sich geschworen, dass es nie wieder geschehen würde.

Scheiß auf den Schwur!

Eine winzige Bewegung, kaum wahrzunehmen.

Keine Sekunde später saß sie im Moos.

»Wolltest du mich schlagen?« Cordic sah mit schmalem Lächeln auf sie herab. »Ich respektiere deinen Mut, aber der Versuch war jämmerlich.«

Dieses Arschloch!

»Sag mir, was das hier soll! Oder ...«

»Oder was?« In aller Ruhe verschränkte er die Arme vor der Brust. »Du bist in einem Wald, weitab von jeglicher Hilfe, umgeben von drei Schurken und stellst Bedingungen?« Er schüttelte den Kopf, schnalzte tadelnd.

»Lass das.« Ahfid stieß ihn an, bevor er Fiona die Hand reichte und sie auf die Beine zog. »Du hast nichts von uns zu befürchten.«

Sollte das ein Witz sein? »Ihr habt mich betäubt und entführt!«

»Weil du freiwillig nicht mitgekommen wärst.«

»Und Karl hat eurem miesen Plan zugestimmt?« Nie und nimmer!

»Das hat er.« Cordic sah ihr gerade in die Augen. »Er war lediglich erstaunt, dass er uns zu diesem und nicht zu dem Tor an dem Wasserlauf fahren sollte.«

»Die großen Tore verhärten nach einem Durchgang.« Lun redete, als handele es sich um etwas Triviales. »Meist öffnen sie sich erst wieder nach ein paar Wochen oder Monaten. Bei den kleineren geht es schneller. Ein paar Stunden, manchmal einen Tag, und sie sind erneut passierbar.«

»Vergesst es! Ich folge euch nirgendwo hin!« Sie würde aus diesem beschissenen Wald finden, nach Hause laufen und Karl die Hölle heißmachen!

Cordic strich sich seufzend über die Stirn. »Dann geh mit Lun allein, wenn du dir einbildest, bei ihm besser aufgehoben zu sein. Er lügt nie. Aus seinem Volk ist keiner fähig, eine anständige Lüge sauber über die Zunge zu bringen.«

»Bei dir klingt es, als wäre das eine Schande«, schnappte Lun. »Seit ihr Nachtfresser stolz auf eure Hinterlist und Tücke?«

»Ja«, kam es knapp. »Eine wohl platzierte Lüge sichert oftmals das eigene Überleben. Wer's nicht kann, ist klar im Nachteil.«

»Schluss jetzt!«, donnerte Ahfid dazwischen. »Fiona, du hast keine Wahl. Du musst mit uns durch dieses Tor gehen.« Er zeigte auf den Waldweg vor sich.

Wo sollte da ein Tor sein? Bis auf einen kläglichen Schlehenstrauch war da nichts.

»Und du musst es freiwillig tun, sonst verwehrt es uns den Durchgang.«

»Viel Spaß beim Warten.« Ein durch und durch hysterisches Lachen zwängte sich ihre Kehle hinauf. Sicherheitshalber hielt sich Fiona den Mund zu.

Cordic setzte sich an den Wegesrand und lehnte sich mit dem Rücken an einen Baumstumpf. »Kann es sein, dass du aus lauter Heimweh so einen Aufstand machst?«

»Na dann lass mich nach Hause gehen!« Aufstand? Sie war am Zusammenbrechen!

»Aber das wollen wir doch.« Er neigte den Kopf, lächelte sie an wie ein Psychiater seinen Patienten. »Warum sträubst du dich dagegen?«

»Du elender Scheißkerl!« Sie trat ihm an die Beine vor Wut. »Hör mit dem Grinsen auf!« Ihr Herz raste immer schneller. Sie wollte ihn anbrüllen, es kam bloß ein Schluchzen.

»Erzähle mir von deinen Träumen.« Seine Stimme klang sanft wie Ahfids. »Erzähle mir von der Sehnsucht, die sie dir in die Seele wispern.«

»Woher weißt du davon?« Sie hatte mit niemandem darüber gesprochen.

»Ich weiß eine Menge über dich.«

Dieses Mitgefühl in seinem Blick.

»Zum Beispiel, dass du dich davor fürchtest, weil es Erinnerungen sind.«

»Nein!« Dann wäre die Gestalt im Feuer verbrannt. Wegen ihr. Weil sie zu feige war, ihr zu helfen.

Er nahm ihre Hand, zog sie neben sich. »Kleidet man Angst in Worte, lässt sie sich leichter verscheuchen. Rate, warum.«

»Keinen Schimmer.« Im Moment schien sie ausschließlich aus Angst zu bestehen. Ob sie darüber sprach oder nicht.

»Weil sie nicht mehr nackt ist und sich nicht schämen muss, wenn sie das Hasenherz verlässt.«

»Ich habe kein Hasenherz.« Es schlug ihr bis in die Schläfen.

»Du *bist* ein Hasenherz.«

»Ich kann dir unmöglich von meinen Träumen erzählen!« Sie wollte nach Hause.

Nein, wollte sie nicht. Sehen, wohin dieser Irrsinn führte, das wollte sie. Oder doch nicht?

Wieso war Cordic plötzlich nett? Weshalb saß sie allein mit drei Kerlen im Wald und warum war das für Karl okay?

»Deine Angst braucht Kleider«, sagte er leise. »Versuch es.«

»Dir von meinen Träumen zu beichten, ist, als ob ich einem Fremden mein Tagebuch vorlese.« Es ging einfach nicht.

»Ich bin dir nur halb so fremd, wie du denkst.« Mit einer flüchtigen Geste wies er zu Lun. »Aber er ist fremd. Da kannst du sicher sein.«

»Soll ich mir die Ohren zuhalten?«, fragte Lun genervt.

»Ja, bitte.« Cordic grinste.

Lun schnappte nach Luft, wandte sich zu Ahfid, der jedoch bloß mit den Schultern zuckte.

»Bis auf deine Angst hast du nichts zu verlieren.« Aus Cordics Grinsen wurde ein Lächeln. »Niemand von uns wird dich auslachen. Dazu ist die Situation zu ernst.«

Ja, das war sie allerdings.

Wenn es nur nicht ständig in ihr flattern würde. Als hätte jemand einen Spatz in ihren Brustkorb gesperrt.

»Da ist ein Wald.« Die Worte schlichen sich aus ihrem Mund. »So groß, wie ich noch nie einen gesehen habe.« Sie hörte das Rauschen der mächtigen Bäume, fühlte den Nachtwind auf ihrer Haut. »Von irgendwoher erklingt ein Lied, so traurig und schön, dass ich ihm folge.«

»Ein Lied?« Cordic zog wie sie die Beine an, schlang die Arme um die Knie. »Kennst du es?«

»Ich weiß, dass ich es kennen müsste, doch ich verstehe die Worte nicht.« Sie wischte sich über die Wangen. Es spielte keine Rolle mehr, dass sie nass waren. »Die Melodie lockt mich zu einem Feuerkreis. Jemand krümmt sich in den Flammen und ruft nach mir. Er streckt die Hände nach mir aus, aber ich traue mich nicht zu ihm.« Vor ihrem inneren Auge warf ihre Haut Blasen vor Hitze. »Die Flammen schleudern mich zurück, und ich weiß, dass er verbrennt.« Wegen ihr. Weil sie feige war.

Cordic sog laut die Luft ein.

Sie spürte seinen starren Blick auf sich, konnte ihm nicht begegnen.

»Komm mit uns.« Er klang, als bereitete ihm jedes Wort Mühe. »Es gibt den Wald deiner Träume.«

»Fiona.« Ahfid berührte sie an der Schulter. »Wir sollten uns auf den Weg machen. Es wird Zeit.«

Karl

»Junge, was machst du für Sachen?«

Welche Sachen?

»Ist dir schlecht geworden?«

Etwas Hartes drückte gegen seine Schläfe. Karl wollte es wegschieben.

Wo waren seine Hände? Er öffnete die Augen. Hätte er auch lassen können. Um ihn war es dunkel.

Und kalt. Bitterkalt.

»Brauchst du einen Arzt?«

Das war doch Henner Schulz. Warum tauchten Polizisten immer dann auf, wenn man sie nicht gerufen hatte?

»Ich bin nicht zu schnell gefahren.« Karl sabberte auf das Lenkrad.

Das war es, was ihm ins Gesicht drückte.

Er setze sich aufrecht hin, wischte sich über den Mund. »Was ist passiert?«

»Das fragst du mich?«

Ein grelles Licht blendete ihn. »Mach das aus!«

»Tschuldigung.« Henner hielt die Taschenlampe nach unten. »Ich bin auf dem Weg zum Hochsitz und da habe ich deinen Wagen gesehen.«

Daher die Jagdflinte über seiner Schulter.

»Ich fahre dich besser nach Hause. Komm raus da.«

»Ich kann allein fahren.« Wo war er überhaupt?

Wald auf der einen Seite, Wiese auf der anderen.

»Hauch mich mal an.«

»Ich bin nicht betrunken.« Er gehorchte trotzdem.

»An was erinnerst du dich?«

»Dass es Fiona schlecht geht.« Er musste sofort nach ihr sehen. Sie war traurig gewesen. Bestimmt war sie krank.

Henner half ihm aus dem Wagen, bugsierte ihn in seinen Jeep. »Dann schau nach ihr und sag ihr, dass sie dich auch ein bisschen betutteln soll.«

»Ich bin in Ordnung.« Bis auf die Watte in seinem Schädel.

Da war etwas Wichtiges. Er durfte es nicht vergessen. Was war es bloß gewesen? Vielleicht konnte ihm Fiona auf die Sprünge helfen.

Henner startete den Motor, lenkte den Wagen durch die Dunkelheit.

»Wie spät ist es?« Wann war er von zuhause losgefahren und was hatte er hier gewollt?

»Kurz vor acht.«

»Abends?«

Henner sah ihn von der Seite an. »Ja, abends.«

Irgendetwas stimmte nicht.

Der Jeep holperte über Feldwege, bog auf eine Straße ab.

»Ich habe gehört, du hattest Besuch?«, fragte Henner nach einer Weile.

»Besuch?«

»Helmuts Enkelin hat was von einem Onkel erzählt.«

»Meine Onkel sind längst tot.«

»Nicht deine. Fionas!«

»Sag mal, nimmst du mich hoch?« Er wusste genau, dass Viktoria ein Einzelkind war, er war schließlich ihr Vater.

Erneut musterte ihn Henner mit diesem eigenartigen Blick. »Lass dich mal durchchecken. Du bist nicht mehr der Jüngste.«

»Einen Dreck werde ich.« Eine Tasse Tee, und das Leben lief wieder rund.

Was, bei allen Wettern, juckte so erbärmlich an seinem Hals?

Er kratzte, aber es wurde schlimmer statt besser.

»Was ist«, fragte Henner in diesem besorgten Ton, der Karl langsam auf die Nerven ging.

»Ein Mückenstich oder so.« Musste ein Mordsvieh gewesen sein.

»Ehrlich, Karl. Du machst einen seltsamen Eindruck auf mich.«

»Bilde dir nichts ein.« Vielleicht sah sich Fiona mit ihm einen Krimi an. Das würde ihnen beiden guttun.

Henner hielt vor dem Blumenladen. »Leg dich am besten gleich hin.«

»Hör auf, dich um mich zu sorgen. Ich bin kein Kind.« Karl stieg aus, klopfte aufs Autodach. »Danke für die Fahrt.«

Kapitän Schmidt trabte auf ihn zu. Demnach hatte ihn Fiona noch nicht ins Haus gelassen. Das machte sie sonst oft. Spätestens, wenn sie schlafen ging.

»Na los, komm rein.« Kaum hatte er die Tür aufgeschlossen, schoss der Hund an ihm vorbei ins Warme.

»Fiona?« Es war so still im Haus.

Kapitän Schmidt schnüffelte an einer Tüte.

Hatte das Mädchen vergessen, den Einkauf auszuräumen?

Äpfel, Bananen, hart gekochte Eier in einem Geschirrhandtuch eingeschlagen. Belegte Brötchen in Butterbrotpapier.

Reiseproviant. Aber von wem?

Fiona

Sie würden zerschellen. Keine Frage. Im leeren Raum zwischen den Welten. Weil sie panisch wurde und sich dämlich anstellte oder weil es schlichtweg Irrsinn war.

Wäre es Lun bloß nicht rausgerutscht. Angst und Zweifel blockierten die Übergänge. Nicht nur die, sie auch. Eine ihrer Blockaden steckte im Hals, die andere im Bauch.

Fiona war hundsmiserabel schlecht.

»Du musst es wollen«, erklärte Lun ihr zum tausendsten Mal. »Nicht erzwingen, nur wollen und dabei wissen, dass es gelingen wird. Es muss leicht gehen, ohne Druck. Hindurchgleiten. Verstehst du? Keine Angst, kein Tod. Ganz einfach.«

»Ist mir klar. Kein Problem.« Fuck!

»Wenn du weiter schwafelst, wird sie ihre Angst nie überwinden.« Cordic blies sich in die Hände. »Du hättest dir den Hinweis mit dem Zerschellen in irgendwelchen leeren Räumen sparen sollen.«

»Ich habe keine Angst!« Sie zitterte wegen der Kälte. Wegen nichts anderem.

Cordics Augenaufschlag bezichtigte sie als Lügnerin.

»Solltest du konstruktive Vorschläge unterbreiten wollen, nur zu«, giftete Lun alles andere als gelassen. »Fiona kann jede Hilfe brauchen. Selbst die von einem Nachtfresser.«

Ahfid rollte mit den Augen. »Was habe ich dir zu diesem Begriff gesagt?«

Cordic hob beruhigend die Hand, doch seinem Blick nach plante er etwas Entsetzliches, das er ganz allein Lun zudachte. »Ich kann ihr helfen, *weil* ich ein Nachtfresser bin.«

»Was?« Ahfid sah ihn erschrocken an. »Nein, das wirst du nicht.«

»Warum nicht? Ich bin der Einzige, der in der Lage ist, sie von ihrer Angst zu befreien.«

»Bist du taub?« Fiona steckte ihre bebenden Hände in die Jackentaschen. »Ich habe keine Angst!«

»Doch. Aber gleich nicht mehr.« Mit entschlossener Miene ging er auf sie zu.

Ahfid stellte sich ihm in den Weg. »Ich sagte: Nein.«

»Was soll das, Hinkebein?« Cordic straffte die Schultern. »Geh zur Seite!«

Ahfid blieb, wo er war.

»Angst ist eine Angelegenheit der Seele, also ist das meine Aufgabe.«

»Auf keinen Fall.«

»Du kennst mich.«

»Eben.«

»Es steht ihr zu.«

»Es ist gefährlich.«

»Es ist nicht das erste Mal.«

»Das war etwas anderes.« Ahfids Zeigefinger schoss in die Höhe. »Ein bisschen in die Seele linsen ist eine Sache, aber was du vorhast ...«

»Sie wird es schaffen.« Er lächelte sie an Ahfid vorbei an. Voll Erwartung. Voll Vorfreude.

Fiona wurde flau im Magen. »Was hat er denn vor?«

»Eine Seelenverbindung.« Ahfid redete über seine Schulter zu ihr. »Theoretisch kann er dir auf diese Weise deine Ängste nehmen.«

»Auch praktisch«, ergänzte Cordic ebenfalls über Ahfids Schulter hinweg.

»Und warum ist das gefährlich?« In ihrer Vorstellung flossen zwei helle Nebelschleier ineinander.

»Cordic ist, was er ist. Es könnte dich überfordern. Der schlimmste Fall wäre ein kompletter Zusammenbruch.«

Sie stand längst vor einem Zusammenbrechen und war überfordert, seit sie die drei getroffen hatte.

»Ich habe nicht vor, meine Katastrophen auf ihr abzuladen«, sagte Cordic ungeduldig. »Für wie verantwortungslos hältst du mich?« Er versuchte, Ahfid zur Seite zu schieben.

Ahfid hielt stand. »Willst du das wirklich wissen?«

Cordic senkte für einen Sekundenbruchteil den Blick. »Lass uns das nicht vor Fiona austragen. Ich passe auf sie auf. Bitte glaube mir.«

»Wo ist das Problem?« Lun warf die Arme in die Luft. »Sie sagt, sie fürchtet sich nicht.«

»Sieh dir ihre Hände an«, kam es aus zwei Mündern gleichzeitig.

»Wie denn? Sie hat sie in die Taschen gesteckt.«

»Eben!« Wieder synchron.

Sie hatten es bemerkt. Fiona fühlte sich jämmerlich feige. Andererseits, wer spazierte gelassen zwischen Dimensionen hin und her?

»Ich mache das.« Sie hörte ihre Worte und wünschte sie zurück in ihren Mund.

»Bist du sicher?« Zögernd gab Ahfid den Weg frei.

Sie nickte im Takt ihres Herzpochens.

»Ich bin vorsichtig.« Cordic reichte ihr die Hand, führte sie ein Stück weg von den anderen. »Sieh es als ein Geschenk.« Er strich ihr über die Haare bis hinunter zu ihrem Nacken. »Von meiner Seele an deine.«

Die Wärme seiner Berührung beruhigte bereits jetzt. »Wird das so was wie Hypnose?« Er besaß die perfekten Augen dafür. Sie zwangen einen förmlich, darin zu versinken.

»Ich weiß es nicht, aber das Wort klingt zu kompliziert.« Er legte seine Stirn an ihre. »Was wir machen, ist einfach. Du musst nur an etwas Schönes denken, dann fällt es mir leichter.«

Etwas Schönes.

Dass seine unmittelbare Nähe es in ihrem Magen kribbeln ließ, obwohl er ein Fiesling war? Seit wann stand sie auf Schurken?

»Denk an was anderes.« Um seinen Mund zuckte ein Lächeln. »Nur nicht an den Milchbart.«

»Du liest meine Gedanken?« Rasend schnell kroch Hitze über ihren Hals bis in ihr Gesicht. »Lass das!«

»Bevor du denkst, fühlst du. Ohne Gefühl kein Gedanke.«

»Ich fühle mich bespitzelt.«

Sein Lächeln wurde breiter. »Es ist schön, die Erinnerungsbilder deiner Seele anzusehen.«

»Likst du sie auch?«

»Liken?«

Lustig, wie er die Stirn kräuselte.

»Ach nichts.« Er hätte auf Instagram und Co garantiert Tausende von Followern. Er bräuchte bloß täglich ein Selfie posten und fertig.

»Bleib bei der Sache«, drang seine Stimme ruhig doch bestimmt durch ihre Gedanken. »Was ist ein Selfie?«

»Soll ich jetzt bei der Sache bleiben, oder dir Nachhilfe im Umgang mit sozialen Netzwerken geben?«

»Schließe deine Augen.« Das winzige Grinsen steckte noch in den Fältchen seiner Augenwinkel.

Fiona gehorchte. Während sie die Lider senkte, entspannte sie sich. Ihre erste Stirn an Stirn Berührung mit einem Menschen. Bisher hatte sie das nur mit Kapitän Schmidt zelebriert. Er roch gut. Zwar nach Hund, aber nicht nach nassem Hund. Es sei denn, es regnete. Regen war nicht schön. Außer im Sommer, wenn es lange heiß und trocken gewesen war.

Sommer war gut. Sonnenschein. Wärme. Licht. Eine frische Brise. Sie fasste in ihre Kleider. Sie reichten bis zu den Knöcheln, waren seidig und grellrot. Der Wind bauschte sie auf, wehte Fiona beinahe von einem Berggipfel.

Was für ein fantastischer Blick. Der Himmel schien unendlich und die Täler und Schluchten zogen sich wie dicke Schlangen am Fuß der Felsen entlang. Zwei Adler kreisten über ihr. Ihre hohen Schreie drangen durch das Brausen des Windes.

Eine Pforte. Mitten im Stein. Stufen. Sie führten steil in die Tiefe.

Ein derber Stoß in den Rücken. Sie fiel.

Jemand keuchte. Cordic? Wo war er?

Der Druck in ihrem Nacken nahm zu.

Die Treppe verschwand. Mit ihr das Rasseln von Ketten und ein Schrei, so heiser und schmerzerfüllt, dass ihr Herz vor Mitgefühl zuckte.

Felsen und Mauern lösten sich im Nebel auf.

Eine Waldlichtung. Sonnenflecken auf Moos. Anemonen wuchsen überall, verfingen sich zwischen ihren Zehen. Es kitzelte. Sie rannte, ohne ein Ziel. Einfach die Füße ins Weiche tauchen. Immer weiter an glitzernden Spinnennetzen und Farn entlang.

Die Stämme lichteten sich.

Unter ihr, in einem sanften Tal, wieherten Pferde. Ein Dorf schmiegte sich an den Hang. Aus den Schornsteinen stieg Rauch. Das helle Lachen eines Mädchens klang zu ihr herauf.

Dunkelheit am Horizont. Keine Wolken, dazu bewegte sie sich zu schnell. Feuer sirrte durch die Luft, verwandelte die Strohdächer in Scheiterhaufen.

Eine Kriegerhorde brach über das Dorf herein. Das Brüllen der Männer mischte sich mit dem Schreien der Leute. Blut tropfte von zahllosen Klingen. Der gebrochene Blick eines Kindes, Ruß im Gesicht, Blasen auf der Haut.

Jemand riss sie fort. Sie fühlte es, ohne ihn zu sehen. Zurück zum Wald, doch es war Nacht geworden. Das Moos war kalt und feucht.

Fiona ließ sich auf die Knie fallen, tauchte die Hände hinein. Sie waren heiß, verbrannt. Ein Rabe flog auf sie zu. Sein Krächzen rief sie zu einer Hütte aus Zweigen. *Knackig wie ein Äpfelchen*, wisperte eine Stimme. *Deine Seele wird beschützt, dein Körper ist nur ein Schatten. Was soll ihm geschehen?*

Fiona fiel. Wo eben Waldboden gewesen war, öffnete sich ein Schlund im Felsen. Am Boden hockte ein Mann. Blut und Dreck bedeckten seinen Körper mehr als die zerrissenen Fetzen seiner Kleidung. Eisenschellen fesselten seine Handgelenke aneinander. Auch um den Hals trug er einen Ring. Die Kette war dick wie ein Tau.

Sie kannte ihn.

Erneut wurde sie fortgeführt. So schnell, dass sie ihre Schritte nicht sehen konnte.

Eine Wiese im Mondlicht. Der Ruf eines Käuzchens, eine leise Stimme, die versprach, sie zu beschützen.

Nein, das hier sollte nicht aufhören. Was war mit dem Mann? Was mit dem Dorf? Sie musste zurück!

Ein Schatten. Er stand vor ihr, wollte sie von dem Grausamen wegführen. Fiona legte ihm die Hand in den Nacken, spürte verkrampfte Muskeln.

Zeige mir mehr!

Er sträubte sich.

Ich will es sehen!

Szenen lösten sich aus der Nacht. Wie Wogen wälzten sie sich auf sie zu, schlugen über ihr zusammen.

Dunkelheit. So tief, dass sie Erinnerungen aus dem Kopf stahl. Licht, das in den Augen brannte. Seltsame Kreaturen hockten um ein Feuer. Eis kroch näher, schmolz zu einem Ozean. Regen auf ihrer Haut, Hass in ihrem Herz. Er gehörte ihr nicht, ätzte dennoch ihre Seele wund.

Der Schatten schüttelte ihre Hand ab. Sie erwischte im Nichts ein Gefühl von Freundschaft und Verbundenheit. Da war eine Ahnung von Liebe. So flüchtig wie eine Schneeflocke. Sie verdampfte im sengenden Licht, das sich über eine Ödnis ergoss.

Nähe. Das bittere Empfinden von Reue. Verlust, der sich als Schmerz tarnte. Fiona zog ihm die Maske weg, blickte in die leeren Augen endgültigen Abschieds.

Sie taumelte zurück, fing sich jedoch. Nein, sie durfte nicht wegsehen!

Vertrauen in Feinde. Das Sträuben, helfende Hände zu ergreifen, die Angst vor der eigenen Finsternis.

Verrat. Er sprang sie aus den Schatten an, versenkte seine Krallen in ihrem Fleisch. Der Aufprall schleuderte sie aus sich heraus. Jemand fing ihren Sturz auf, jagte eine unsichtbare Bestie zurück in die Dunkelheit. Eine Frau mit hellen Haaren und goldenen Augen blickte auf. Als Fiona den Arm nach ihr ausstreckte, trat sie in dichten Nebel. Er verschlang den Wald, die Felsen. Dämpfte das Rasseln der Ketten, ließ das Brausen des Feuers verstummen.

Sie war zurück.

Cordic stand vor ihr, sein Gesicht dicht vor ihrem. Alles, was sie gesehen hatte, floh in seinen Blick, als hätte es nie existiert.

»Warum hast du das getan?« Zögernd lösten sich seine Finger von ihrem Genick. »Du hättest dir nicht mehr nehmen dürfen, als ich bereit war, dir zu geben.«

»Ich wollte es sehen.« Ihr Herz pochte zu schnell. Es barst vor fremden Gefühlen.

»Du hältst eine Menge aus.« Sein Daumen fühlte sich rau an, während er über ihre Wange strich.

»Ich habe ...« Ihre Stimme riss ab. Vor ihren Augen tanzten Funken.

»Fiona?«, rief Ahfid irgendwo hinter Bergen aus Watte. »Was ist mit dir?«

»Alles okay.« Sie kämpfte um jede Silbe.

»Du hast es übertrieben«, donnerte Ahfid.

Meinte er sie oder Cordic?

»Ja«, sagte der knapp. »Weil sie es wollte.«

Ihre Beine gaben nach.

Cordic fasste sie unter, führte sie ein paar Schritte und lehnte sie mit dem Rücken gegen einen Baumstamm. »Hoffentlich war dir das eine Lehre.«

»Wer war der Mann in Ketten? Er hat ...« Ihr wurde schwindelig.

»Niemand.« Cordic schlug ihr unsanft auf die Wange. »Wieder da?«

»Ich will es sehen.« Sie pflückte seine Finger von sich. »Alles, was du gesehen hast.«

»Vorsicht vor deinen Wünschen.«

Was sollte das angedeutete Zwinkern? Es genügte nicht, um die Finsternis in seinen Augen zu verbergen.

»Ich habe keine Angst mehr.« Sie streckte ihre Hände aus. Sie waren ruhig, nicht die Spur eines Zitterns. »Also zeig es mir.«

Ein kaum wahrnehmbares Lächeln, ein ebenso unscheinbares Nicken.

Er war stolz auf sie. Dazu musste er nichts sagen, es stand in seinem Blick.

Allein dafür wäre sie ihm gefolgt. Egal wohin.

»Na endlich«, maulte Lun. »Sicherheitshalber sollten wir uns dennoch an den Händen fassen, damit niemand verloren geht.« Er trat in die Mitte des Weges, winkte sie zu sich. »Konzentrier dich auf das gleitende Gefühl des Übergangs.«

»Das hat nichts mit gleiten zu tun.« Ahfid stellte sich neben den Wanderer. »Mach dich auf einen holprigen Ritt gefasst.«

»Mut, Entschlossenheit und *Durchgleiten!*« Lun sah ihn streng von der Seite an. »Ist das klar?«

»Beeil dich«, murmelte Cordic. »Der Tag war lang genug.«
Harte Linien um seinen Mund.
Was immer er mit ihr gemacht hatte, es hatte ihn angestrengt.
Fiona nahm seine Hand. Statt sie anzusehen, verkrampften sich seine Kiefermuskeln.
»Wer war der Mann in Ketten?«
Er schüttelte den Kopf.
»Ich werde ihn finden.« Und sie würde ihn befreien.
»Fiona?« Ahfid schloss seine Finger um ihre. »Konzentriere dich.« Sein Blick streifte Cordic, nicht sie.
Sich losreißen und nach Hause rennen. Das wäre vernünftig und moralisch angemessen.
Um nichts in der Welt.
Gedanklich krempelte sie sich die Ärmel hoch und griff zum Schwert. Sie kämpfte sich durch Reihen wilder Kriegerhorden, stürmte Kerker, zerschlug Ketten.
Irrsinn? Garantiert.
Perfekt.
Stille senkte sich auf ihr Herz. Sie bettete es in den Frieden einer richtigen Entscheidung. Ein fantastisches Gefühl.
Das Knacken der Zweige verstummte. Das Rascheln des Laubes, das Rauschen des Windes. Alles schwieg, alles wartete.
Lun schloss die Augen, straffte die Schultern. Wie Wasser flossen leise Silben zwischen seinen Lippen hervor. Wann endete ein Wort? Wann begann ein neues? Es klang wie das Murmeln eines Baches.
Er hob die Arme, schien die Luft vor sich ertasten zu wollen. Es sah aus, als würde er etwas Unsichtbares streicheln.
Fiona lauschte in die heraufbrechende Nacht, doch nichts geschah.
Lun hielt inne. Mitten in der Bewegung. »Das Tor ist offen.«
Cordic und Ahfid schlossen ihre Finger fester um ihre.
Durchgleiten. Wie eine scharfe Klinge durch Papier.
Sie bildete sich ein, es ratschen zu hören.
Ein Kribbeln auf ihrem Gesicht, ihrem Hals. Es sickerte in ihre Brust, breitete sich bis in den Magen aus. Es wurde stärker, nahm ihr die Luft, zwang sie dennoch, tiefer einzuatmen, als sie es jemals getan hatte.
Ihre Gedanken zerfielen zu etwas Federleichtem, schwebten aus ihrem

Kopf, verwirbelten im Nirgendwo. Ihre Begleiter dünnten zu Schemen aus. Seltsam, der Druck um ihre Finger bestand nach wie vor.

Ein Tanz von Farben, ein Licht, das ihr bis ins Hirn drang. Sie schloss die Augen, sah es dennoch. In ihrem Inneren explodierte es. Funken stoben bis in ihr Herz, ließen es leuchten. Die Frage, weshalb sie plötzlich in eines ihrer Organe sehen konnte, streifte sie nur von fern.

Lavaflüsse verwirbelten in dunklem Rot. Verschmolzen mit ihm, bis es glühte.

So schön, so wunderschön.

Das Pulsieren wurde zu einem Dröhnen. Kraftvoll, unendlich.

Fiona schmeckte ihr Leben, roch es, fühlte es. Es stieg ihre Kehle hinauf, befreite sich, nahm sie mit, jubelte in die Dunkelheit, die sanft das Licht zurückdrängte. Sie warf sich ihr entgegen. Ein kalter Wind ergriff sie, wirbelte sie empor, bis die Welt unter ihr im Nebel versank. Weit über den Baumwipfeln gab sie sich der Nacht hin. Eiskristalle glitzerten auf ihrer Haut. Sie lachte, bis ihr Atem zu Wolken gefror. Sie hüllten sie ein, sanken mit ihr hinab.

Ihre Glieder verloren alles Leichte, ihr Blick die Farben.

Das Gefühl grenzenloser Freiheit verschwand. Nur der Duft einer seltenen Blume. Wenigstens hatte sie daran gerochen.

»Fiona?« Ahfid starrte sie erschrocken an. »Geht es dir gut?«

»Was war das?« Lun sah sie an, als hinge ihr etwas Ekliges aus der Nase.

»Glück.« Cordic wischte ihr über die Wangen. Auf seinen Fingern schimmerte Nässe.

Sie hatte geweint?

»Wegen ihrer Schreierei weiß jetzt jeder Spitzel von Rag, Mahkis oder sonstwem, dass sie das Tor durchschritten hat.« Lun schüttelte den Kopf. »Das war's zum Thema *geheime Mission*.«

»Sie hat nicht geschrien.« Cordics Augen leuchteten durch die Dunkelheit. »Sie hat gejubelt.«

»Ich habe was?«

»Es hat dir gefallen.«

»Es war fantastisch«, sprudelte es aus ihr hervor. »Ich bin geflogen, war so unendlich glücklich. Es hat geprickelt in mir, und als ich dachte, ich halte es nicht mehr aus, floss es über.« Nein, eher eine Explosion, ähnlich wie ein Feuerwerk. »Aus mir sind Funken gestoben und mein Herz …«

»Ich war ununterbrochen an deiner Seite.« Zum Beweis hob Ahfid ihre Hand, die nach wie vor in seiner lag. »Da waren keine Funken, und geflogen bist du auch nicht. Aber du hast den Kopf in den Nacken geworfen und lauthals gelacht.«

Sie wand ihre Finger aus seinen. Irgendetwas lief mit ihr schief, dabei fühlte es sich richtiger an als alles, was sie je erlebt hatte.

Bis auf die Kälte. Sie schlang die Arme um den Oberkörper.

Blasses Mondlicht schimmerte durch die Baumkronen und verlieh jedem Zweig, jedem Grashalm, den es berührte, ein silbernes Funkeln.

Der Wald ihrer Träume, sie stand mittendrin.

»Wann geht die Sonne auf?« Sie musste diese Welt sehen.

»Das dauert noch.« Ahfid zog einen Mantel aus seinem Rucksack. »Wickle dich darin ein, sonst erfrierst du im Schlaf.«

»Schlafen?« Machte er Witze? Sie hatte das Gefühl, als ob reines Koffein durch ihre Adern pulsierte.

»Glaub mir, deine Augen fallen gleich freiwillig zu.« Cordic bückte sich nach ein paar trockenen Zweigen. »Und zwar lange bevor dich das Feuer wärmen wird.«

»Nie und nimmer.« Sie hockte sich an einen umgestürzten Baumstamm, wickelte sich in den Mantel ein. Der grobe Stoff fühlte sich wie gewachst an. »Dazu müsste ich meinen Kopf ausschalten, und das gelingt mir nach der Aktion eben für keine Sekunde.« Ihre Gedanken rauschten durch ihr Hirn.

»Wollen wir wetten?« Ahfid setzte sich neben sie.

»Um was?« Sie hatte bisher nie ohne Zelt im Freien übernachtet. Wie es sich wohl anfühlte?

»Was hast du dabei?«

»Keine Ahnung.« Im Zweifel ein voll geschnäuztes Papiertaschentuch und den Hausschlüssel.

Nein, aber ein Feuerzeug.

Ahfid winkte ab. »Behalte es. Was immer das ist.« Er legte den Arm um sie, zog sie näher zu sich.

Gemütlich, den Kopf an seine Schulter zu lehnen und Cordic beim Holzsammeln zuzusehen.

Eher zuzuahnen. Er war kaum mehr als ein Schatten in der Nacht.

Ihre Lider wurden schwer.

Ein Funke in der Finsternis. Er knisterte in Cordics Hand.

Wie hatte er das so schnell hinbekommen? Sie hätte ihm das Feuerzeug anbieten sollen.

Eine Flamme züngelte zwischen Zweigen. Winzig und zittrig.

Ein echtes Lagerfeuer. Sie hatte lange an keinem mehr gesessen.

Cordic blies hinein, summte eine Melodie, als es aufloderte.

Dieses schwermütige, wunderschöne Lied. Sie kannte es.

Fiona kuschelte sich dichter an Ahfid, lauschte den Worten, die sich zu den Tönen gesellten. Auch die kannte sie.

Woher nur?

Jenseits des Tores

Mahkis,
Erster Rektor des Hohen Rates

Gleißendes Licht flimmerte am Horizont. Ein Ring, der die Heimat seines Volkes vor der Grausamkeit der Nordclans beschützte.

Rektor Mahkis lehnte die Stirn an die Glaswand seines Gemaches, ließ seinen Blick über die Gebäude der Stadt streifen. Jeder, der dieses Anblicks wahrhaftig wurde, musste tiefe Dankbarkeit empfinden. Der Große Schutz hielt das Böse fern. Nicht nur von Leib und Leben, auch von Geist und Seele. Die Querulanten begriffen das nicht. Junge Menschen, die sich an die Zeit der Angst nicht mehr erinnerten, die den Geschichten ihrer Eltern misstrauten und sich nach dem Dahinter sehnten.

Im Dahinter existierte Chaos. Nichts weiter.

Mahkis hatte Jahre seines Daseins geopfert, um es aus den Köpfen der Lichten zu vertreiben. Der Rat der Rektoren unterstützte ihn dabei. Dennoch schlüpften ihm Querdenker durch die Finger. Sie lehnten sich gegen die schützende Isolation auf, begehrten Austausch mit der Welt außerhalb. Anfangs hatte er es für undenkbar gehalten, dass sich auch nur ein Bürger der Glasstadt dazu hinreißen lassen konnte, ein Verräter am Licht zu werden. Doch dann hatten die Rektoren immer öfter Botschaften abgefangen. Lichtsphären, die das Gleißen unbeschadet durchdrangen, gespickt mit Nachrichten von der anderen Seite.

Die Botschaften stammten von den Grenzgängern.

Die Sphären von den Lichten.
Verrat. An den Wissenden, an dem Licht, an ihm.
Jeden Einzelnen würde er aufspüren und der Leere überlassen. Dort besann sich der Geist auf sich selbst und streifte unsinnige Wünsche ab.
Keiner der Querulanten durfte ihm entkommen, gleichgültig, wie zahlreich sie waren.
»Rektor Mahkis?« Leise betrat sein Sekretär den Raum. Seine Hand, über der eine Lichtsphäre schwebte, zitterte. »Verzeiht, aber es ist wichtig. Ihr batet mich, euch nicht zu stören, doch dies hier wurde soeben durch den Großen Schutz geschickt.« Er ließ die kleine weiß leuchtende Kugel zu ihm schweben »Rektor Kopa hat sie aufgespürt. Er hält die Nachricht für bedenklich.«
Es erforderte eiserne Disziplin, seine Finger zur Ruhe zu zwingen. Wut auf die Unbelehrbaren griff nach seinem Herz.
Gelassenheit. Frieden.
Er meditierte beides einige Atemzüge lang.
Als seine Finger die Sphäre durchdrangen, breitete sich ein leichtes Brennen in ihnen aus.
Pergament knisterte. Er zog es hervor.
Es ist geschehen.
Beim Licht!
Er schloss die Lider.
Es durfte nicht geschehen sein. Jetzt nicht und niemals.
Es kostete ihn Kraft, die Augen wieder zu öffnen und die nächsten Zeilen zu entziffern.
Worte, Sätze. Doch der Sinn ...
Nein. Nein! Das durfte nicht sein. Niemals.
Jeder Gedanke ein Messerstich in seinen Verstand.
Seine süße, geliebte Tochter! Konnte sich das grausamste Schicksal zum Unendlichen wuchern?
Er raufte sich die Haare, eilte aus seinen Gemächern, floh Treppen hinab, rannte durch Gänge aus Glas, die sich vor seinem inneren Auge mit Dunkelheit füllten. Keuchend stützte er sich an der Wand ab, blickte durch das Glas hindurch auf die Straßen, voll mit Menschen. Sie vertrauten ihm, schöpften Hoffnung aus seinen Worten. Sähe nur einer von ihnen empor, erblickte er den Ersten Rektor, wie sich seine Miene

vor Angst verzerrte, wie ihm die Knochen vor Entsetzen schlotterten. Dabei predigte er seit Jahr und Tag Gelassenheit und die Segnungen eines ruhigen Gemütes.

Die Brut seiner Tochter. Jemand musste sie aufspüren, ehe sich die Rabenprophezeiung erfüllte.

Die Wissenden. Sie mussten ihm helfen.

Oder dieses Monster würde jeden Funken Licht verschlingen.

Seine Beine gaben nach. Bebend sank er zu Boden.

Hätte er doch die verfluchte Hexennachricht niemals gelesen.

Fiona

Kein Bett. Kein Zimmer. Keine Geräusche aus der Küche. Kälte.

Fiona schälte sich aus dem Mantel. Sie fühlte kaum noch ihre Füße.

Gestern war sie bei Karl gewesen. Jetzt war sie hier. Der Wald ihrer Träume hatte sie in seine Realität gelockt.

»Das hier ist wahr, oder?«

»Hegst du Zweifel?« Cordic hockte an einem schwelenden Aschehaufen und versuchte, die Glut zum Leben zu erwecken.

Das Lagerfeuer. Sie hatte es trotz der Wette verschlafen.

Er zwinkerte ihr zu, und sein Blick sagte genau das.

Sie war durch ein Weltentor gegangen. Von einer Dimension in die andere. Einfach so.

Bevor ihr der Gedanke Angst machte, ließ sie ihn fallen.

Sie stand auf, drehte sich langsam um sich selbst.

Raureif. Auf dem Farn, dem Moos, den Ästen, den letzten verwelkten Blättern, die sich an die Zweige klammerten. Wie Kristallstaub glitzerte er in der Morgensonne, verwandelte Spinnennetze in Gebilde aus gegossenem Glas. Bäume, so hoch, dass sie den Himmel zu berühren schienen. Wurzeln, die weit über den Waldboden hinausragten.

Knotige Adern auf einer alten Hand.

Die Vorstellung irritierte nur für einen Moment.

Ihre Träume verblassten angesichts dieser atemraubenden Realität.

Cordic lächelte versonnen, ohne sich von seiner Arbeit abzuwenden. Als die ersten Flammen empor züngelten, fütterte er sie mit Zweigen und wippte schließlich auf die Fersen zurück. »Wie geht es dir?«

»Weiß ich nicht.« Es fühlte sich immer noch nach Traum an. »Wo sind Ahfid und Lun?«

»Der Wanderer ist da, wo Wanderer eben sind, wenn ihnen ihre Reisegesellschaft zur Last wird, und Ahfid ist kurz in die Büsche.«

Gute Idee. Ihre Blase drückte fürchterlich.

»Was hast du vor?«

»Ebenfalls in die Büsche zu verschwinden.« Und zwar schnell, sonst wurde es peinlich.

Cordic erhob sich. »Gut, geh vor.«

»Soll das heißen, du kommst mit?« Das konnte er vergessen.

»Denkst du, ich lass dich hier allein herumstolpern?« Er legte ihr die Hand auf die Schulter und dirigierte sie vor sich her zu einigen Haselnusssträuchern. »Einem Nebelwolf zu begegnen ist unangenehm genug, auch ohne heruntergelassene Hosen.«

Charmant. »Und du willst dich ihm mit bloßen Händen entgegenwerfen, ja?«

Cordic klappte die eine Hälfte seines Mantels auf. In seinem Gürtel steckte ein Messer mit wundervoll verziertem Griff und beeindruckender Klinge.

Ein Dolch? Er war bildschön. Trotzdem, sie wollte bloß pinkeln.

»Übertreibst du nicht?« Sie zeigte auf die Waffe.

»Nein.«

»Ich habe ohne Dach über dem Kopf im Wald geschlafen und nichts hat mich gefressen.« Auf beides war sie stolz. »Vertrau mir, ich kann das hier allein.«

»Du hast dich wie ein Baby an Ahfid gekuschelt und nur überlebt, weil er und ich abwechselnd Wache geschoben haben.«

»Lun nicht?«

Cordic hob eine Braue.

Diese Mimik hatte er echt raus.

»Bitte.« Mit einer eleganten Geste wies er in die Lücke zwischen zwei Sträuchern. »Keine Sorge, ich drehe mich um.«

»Das will ich dir auch raten.« Fiona zog den Mantel aus, hängte ihn Cordic von hinten über die Schulter. »Halt mal.« Jogginghose runter und los. Zaudern würde ihr Frostbeulen bescheren. »Sing ein Lied. Laut.«

»Während du pinkelst?«

»Mir ist es peinlich, wenn du das Plätschern hörst.« Auf was wartete er?

Cordic schmetterte etwas Kraftvoll-Verwegenes aus voller Brust.

Fiona musste kichern, dabei klang das Lied fantastisch. Bei jedem unverstandenen Wort strömte ihr Mut ohne Ende ins Herz. Mit dieser Melodie auf den Lippen hatte Angst keine Chance.

Endlich war sie fertig und packte sich wieder ein. Auch den Mantel hängte sie sich über. »Was war das für ein Lied?«

»Die erste Strophe der Schlachtengesänge von Wirak.« Cordic drehte sich zu ihr. »Ich fand es der Dramatik der Situation angemessen.«

Hätte sein Mundwinkel nicht gezuckt, hätte sie ihn ernst genommen.

»Komm, ich zeige dir etwas.« Er führte sie an den Haselsträuchern vorbei zum Waldrand.

Vor ihnen öffnete sich ein Tal, durch dessen Mitte sich ein breiter Fluss den Weg bahnte. Der Wind trug sein Rauschen bis zu ihnen herauf. Die Sonne glitzerte auf dem Wasser, verwandelte es in Silber. Jenseits des Tales erstreckte sich erneut ein Wald. Dahinter erhob sich eine Bergkette. Die Gipfel glühten in Gold und Rosa.

»Wehe, das ist ein Traum.« Sie durfte nicht in ihrem Bett aufwachen.

»Das Waldland reicht bis zur Baumgrenze des Felsenreiches.« Ahfid humpelte näher. »Es heißt, im Norden Khatalahs würde das Meer versuchen, die Berge zu verschlingen.«

»Was ihm nicht gelingt, immerhin sind sie noch da.« Cordic nickte ihm zu.

»Und welches Land liegt hinter dem Meer?« Wie groß war das Waldland? Wie weit reichte Khatalah in den Norden? Wo lag die Glasstadt? Im Süden. Aber wo genau?

»Keine Ahnung.« Ahfid zuckte mit den Schultern. »Manche behaupten, hinter dem Ozean hört die Welt auf. Ein gigantischer Schlund, der das Etwas vom Nichts trennt.«

»Das ist Unsinn.« Cordic ließ den Blick über den Horizont schweifen. »Viele meines Volkes sind ausgezogen, um das Land jenseits des Meeres zu erforschen. Doch bisher ist keiner zurückgekehrt.«

»Was die Theorie mit dem Schlund und dem Nichts bestätigt.« Ahfid schlug ihm auf Rücken. »Sollte es dich nach Abenteuern gelüsten, mein Freund, darf ich dich daran erinnern, dass du in einem drinsteckst. Immer der Reihe nach.«

Der Scherz prallte an Cordic ab. Seine Augen hafteten nach wie vor an der Bergkette im Norden.

Über die Gipfel zogen graue Wolken herauf. Noch hatten sie die Sonne nicht erreicht.

»Sag bloß, dir gefällt diese Wildnis.«

Wo war Lun plötzlich hergekommen?

»Zu viele Bäume, zu viele gefährliche Wesen und zu wenig Bildung.« Er betrachtete das vor ihnen liegende Tal, als erwartete er, dass jeden Augenblick Monster die Hänge hinauf kriechen würden.

»Ich liebe diese Welt.« Auch wenn sie erst einen Zipfel davon kannte.

Lun blies sich in die hohlen Hände. »Das legt sich, wenn du sie kennengelernt hast.«

Nein, das würde es nicht. »Gibt es hier Drachen?« Das wär's.

Ahfid und Cordic wechselten einen Blick.

»Zu dem Wort formen sich widersprüchliche Bilder.« Cordic wechselte mit Ahfid einen Blick.

Der runzelte die Stirn. »Manche Wesen speien Feuer, andere sind rosa und dick und halten sich mit bunten Flatterflügeln in der Luft.«

Cordic nickte zögernd.

»Sie meint Donnerechsen.« Lun rollte mit den Augen. »Ich gebe zu, dass das Rezept des Sprach-Universalschlüssels einer gewissen Verfeinerung bedarf.«

Des was?

»Donnerechsen.« Prüfend blickte Ahfid zum Himmel. »Früher kreisten sie über den Gipfeln des Felsengebirges, doch seit der Große Schutz das Leben aus dem Land frisst, sind sie verschwunden.«

Drachen. Wahnsinn. »Was ist mit Riesen?« Die würden prima in die Gegend passen.

Synchrones Kopfschütteln von Ahfid und Cordic.

»Und der Vogel Greif?«

»Ab einer bestimmten Größe greifen sämtliche Vögel nach dir.« Ahfid klopfte ihr auf die Schulter.

Weshalb fühlte es sich nach Trost an?

»Die Adler, die Dunkelfalken, die Moorkrähen, die gute fünf Schritte Spannweite erreichen, und natürlich die khatalahischen Leichengeier. Aber denen sollten wir aus dem Weg gehen. Die sind grässlich. Vor allem die Würggeräusche, wenn sie sich an den Därmen der Verwesenden verschlucken.«

»Nimmst du mich auf den Arm?«

»Dazu bist du zu groß.« Er zwinkerte ihr zu, humpelte zurück zum Wald. »Kommt zum Feuer«, rief er über die Schulter. »Lagebesprechung.«

Donnerechsen und Leichengeier. Klang spannend. Wobei, wie sollten diese Aasfresser sonst heißen?

»Hey Ahfid!« Mit steifen Beinen rannte sie ihm nach. »Gibt es auch andere Geier?«

»Du meinst Vögel, die keine Leichen, sondern lebendiges Fleisch fressen?« Er schnalzte mit einem Seitenblick zu Cordic, dessen Miene sich um mindestens drei Grad verdüstert hatte. »Worauf du wetten kannst.«

Da war er wieder, der Rückenschauder. Und in ihrer Welt regten sich die Leute über ein paar Wölfe auf.

Sie erreichten den Lagerplatz, und Ahfid setzte sich an einen Baumstamm. »Komm her, Fiona.« Er klopfte neben sich. »Wir sehen den beiden zu, wie sie sich darum kümmern, damit wir möglichst lange am Leben bleiben.« Offenbar hatte er nicht vor, sich an diesen Vorkehrungen zu beteiligen.

»Ich muss dir etwas sagen.« Im Prinzip lag es auf der Hand. »Ich bin kein Superheld.« Wenn sie nicht der Blitz traf und ihr magische Fähigkeiten in Hirn und Körper brannte, würde sie Ahfid und jeden anderen, der seine Hoffnung in sie setzte, enttäuschen. »Ich bin nicht sonderlich tapfer oder stark oder geschickt oder irgendetwas, das euch weiterhelfen könnte.«

»Du irrst dich. Ich habe Cordics Blick nach der Seelenverschmelzung gesehen. Dieser Respekt lag nicht einmal in seinen Augen, als ich ihn …« Mit einer Geste wischte er den Rest der Worte beiseite. »Spielt keine Rolle. Aber vertraue seinem Urteil.« Ahfid schenkte ihr ein flüchtiges Lächeln, bevor er sich an Lun wandte. »Schneide für mich auch einen Stock. Immerhin war es deine Idee, uns ohne Schwerter auf die Reise zu schicken.«

»Aha.« Etwas verloren wirkend, wandelte Lun zwischen den Stämmen umher. Plötzlich sprang er an einen Seitentrieb, klammerte sich fest und zappelte daran herum, bis der Trieb abbrach. Zufrieden betrachtete er das ausgefranste Ende. »Hat jemand ein Messer für mich?«

»Der arme Baum.« Ahfid kniff die Augen zusammen.

Cordic nahm Lun den Ast aus der Hand, schnitzte mit wenigen Zügen die Bruchstelle glatt und kappte die dünnen Zweige auf der anderen Seite. »Ein passabler Gehstock. Das muss dir genügen.«

Das sollte eine Waffe sein? Und was geschah, wenn ein Rudel Nebelwölfe sie umzingelte oder sich wider Erwarten eine Donnerechse aus dem Felsengebirge traute? »Gegen was wollt ihr die Dinger einsetzen?«

»Gegen dich.« Cordic brach einen weiteren Zweig von einem der Bäume. »Für den Fall, dass du das Erbe deines dunklen Blutes entdeckst und auf uns losgehst.«

»Ja genau.« Er würde nie damit aufhören, sich über sie lustig zu machen. »Mein Blut ist nicht dunkel. Es ist rot.«

»Dunkles Blut zu haben, bedeutet nicht, dass es mir schwarz aus der Nase sprudelt, wenn mir Lun in einem Anflug von Größenwahn eins drauf gibt.«

Lun schnaubte. »Als ob ich mich je zu einer derartigen Handlung hinreißen ließe.«

Cordic überhörte den Einwand. »Stelle es dir als eine charakterliche Eigenschaft vor. Es verleiht den Menschen eine gewisse ...«

»Skrupellosigkeit ...« Lun schürzte die Lippen. »... Boshaftigkeit, Gnadenlosigkeit, Verlogenheit, Brutalität, Grausamkeit und völlige Zügellosigkeit!«

»Genau«, sagte Cordic gelassen. »Doch du hast Blutrünstigkeit und Sadismus vergessen.« Ein ebensolches Lächeln streifte Lun. »Rate, warum uns die Waldleute *Nachtfresser* nennen.«

Eine zweite, sehr viel heftigere Gänsehaut folgte der ersten.

»Ihr seid nichts anderes als Schlächter.« Lun sah starr an Cordic vorbei. »Ihr habt die Lichten bis in alle Ewigkeit traumatisiert.«

»Du verwechselst Clankrieger mit dem Pack, das sich in Rags Schatten duckt«, sagte Cordic kalt. »Bevor Rag den Verstand verlor und hirnlose

Brut um sich scharrte, hätte sich jeder Khatalaher eher die Schwerthand abgeschnitten, als gegen ein hilfloses Volk Krieg zu führen.« Ein hintertriebenes Lächeln wischte den Ernst der Situation beiseite. »Der Lieblingsfeind eines Clankriegers ist ein Grenzgänger. Diese Kriegerhorde wurde nur wegen uns ins Leben gerufen. Es erhöht den Nervenkitzel, wenn bei einer Schlacht die Chancen gerecht verteilt sind.«

»Ohne die Grenzgänger hätten die Clans das Waldland längst an sich gerissen und jeden darin versklavt.« Ahfid erwiderte Cordics Grinsen eine Spur gelangweilter. »Doch lasst uns keine alten Geschichten auftischen. Im Moment sollten uns herumstreunende Schwarzblüter beunruhigen.«

»Und gegen die wehrt ihr euch mit Stöcken?« Spontan fielen ihr Lanzen, Morgensterne und Pfeil und Bogen ein; alles Waffen, die bestens in diese Welt passten. »Bitte sagt mir, dass die auch nichts anderes dabei haben.«

Ahfid schüttelte entschieden den Kopf. »Eher Kurzschwerter, Streitäxte und Armbrüste. Ich kannte mal einen ...« Er stützte sich auf die Ellbogen auf, runzelte die Stirn. »Nein, das willst du nicht hören.«

»Und ob ich das will!« Und sie wollte eine verdammte Waffe!

Ahfid verzog den Mund. »Na ja, es sieht seltsam aus, wenn jemand nur ein halbes Gesicht hat und zu grinsen versucht. Aber mit der Zeit gewöhnt man sich dran.«

Fuck! »Warum habt *ihr* keine Streitäxte?«

Er sah sie an, als würde sie völlig überzogene Ansprüche stellen.

»Seid ihr noch zu retten? Diese Wilden sind bis an die Zähne bewaffnet, und ihr wollt mit 'nem Stöckchen wedeln?«

Luns zerknirschter Gesichtsausdruck gab ihr Recht.

Wenigstens schätzte einer ihrer Entführer die Lage realistisch ein.

»Werde an deinem ersten Tag nicht gleich zappelig, Prinzessin.« Cordic strich liebevoll über seinen fertigen Kampfstock. »Ob *wir* noch zu retten sind oder nicht, liegt allein bei dir. Bis dahin haben wir den Auftrag, *dich* zu retten, und zwar aus allen dämlichen Situationen, in die ein Mädchen wie du hineingeraten kann, und ein Vögelchen zwitschert mir zu, dass du keine auslassen wirst.«

Sie hätte ihn nicht zum Pinkeln mitnehmen dürfen.

»Du bist Ärger auf zwei Beinen, Fiona.« Er prüfte, ob der Stock gut in der Hand lag, warf ihn hoch und fing ihn wieder auf. »Das wusste ich vom ersten Moment an.« Lässig wirbelte er die improvisierte Waffe in den Händen und ließ sie um den Körper kreisen. »Eine Regenkatze, die über ihre eigenen Füße stolpert.« Sein Blick zu ihr war reine Provokation. »Übrigens bist dank deines Vaters ebenfalls eine Wilde. Vergiss das nicht.«

Ihr beschissener Vater konnte sie mal!

»Ich überfalle keine hilflosen Dörfer, brenne alles nieder und schlachte die Menschen wie Vieh!« Sie hatte gesehen, zu was die Clankrieger fähig waren. »Wer von uns beiden ist der Nachtfresser?«

Cordic ließ den Stock sinken.

Sein Gesicht war eine Maske, seine Augen schwarze Abgründe.

Jedes einzelne Wort wünschte sie zurück in den Mund. »Tut mir leid, ich ...«

»Leise!« Er legte den Finger auf die Lippen, spähte hinauf zu den Baumkronen.

Ein gigantischer Uhu brach durch die Zweige. Er zog einen Kreis, stieß seinen schwermütigen Ruf aus und flog über das Tal davon.

Cordic sah ihm mit finsterer Miene nach.

Rag

Dieser kleine Kriecher! Wie er sich in die Ecke kauerte, wie er wimmerte.

»Her mit dir!« Rags Stimme dröhnte von den Felswänden. »Sofort!«

Sein Lakai bückte sich unter der Wucht der Worte so tief, dass seine tropfende Nase über den Boden schrammte.

»Du wolltest dich durch die verborgenen Tunnel davonschleichen.« Hatte sich der Kerl eingebildet, dass seine Flucht unbemerkt bliebe?

Das panische Lächeln verzerrte sich zu einer jämmerlichen Grimasse. Sie taugte dazu, den nachsichtigsten Despoten in einen Wutrausch zu treiben.

»Herr, bitte, straft mich nicht!«

»Lass das Wimmern und steh mir Rede und Antwort, bevor ich sie dir aus dem schwammigen Hals würge!« Er sprang auf ihn zu, packte ihn an der Kehle. Den entsetzten Kiekser zwängte er ihm in den Schlund zurück. »Ich werde dich lehren, mich im Stich zu lassen!«

Das röchelnde Husten mochte ein Ersuch um Gnade sein.

Oder auch nicht.

Einer seiner Spione schwebte in die Höhle. Seine mächtigen Schwingen ließen die Luft vibrieren.

Rag schleuderte den Lakai von sich. Das Spiel mit fremdem Schmerz musste warten. Einst hatte er sich zu derlei Zwecken einen Grenzgänger gegönnt, doch freiwillig betraten Nehrits Krieger die Tunnel des Grauen Horns gewiss nicht, und außerhalb sah er sich außerstande, auf die Jagd zu gehen.

Blanke Wut biss ihm in die Därme. Das verfluchte Licht im Süden zwang ihn in den Dreck, stopfte seinen Mund mit Asche. Wann hatte er zuletzt einen Triumphschrei ausgestoßen? Wann einem Feind die Klinge durch den Leib gezogen? Er verrottete unter Stein und Fels. Selbst die Finsternis bot keinen Trost. Sie schmeckte schal ohne die Weite des Himmels.

Der Haufen Nichts, der früher ein mehr oder weniger vollwertiges Mitglied eines Clans gewesen war, krümmte sich schlotternd zusammen, ängstlich bemüht, sein nach Luft heischendes Schnappen so leise wie möglich zu halten.

Es tat gut daran.

Rag streckte dem Nachtvogel seinen Arm entgegen, und der Uhu ließ sich darauf nieder. Die unstete Vogelseele war schwer zu durchschauen. Er musste die Augen schließen, um sich zu konzentrieren. Bedeutungslos, dass ihm die Krallen ins Fleisch schnitten. Jede Information besaß ihren angemessenen Preis.

Der Wirrwarr aus Bildern lichtete sich.

Ein zorniges Mädchen. Beklagenswert kurzes Haar, glühende Augen, aber nicht von dem tiefen Gold der Mutter. Die Finsternis erstickte es bereits. Ihre fremdartige Kleidung übertraf alles an Erbärmlichkeit, das er je gesehen hatte. Selbst der Mantel vermochte dies nicht zu verbergen. Dennoch rauschte das dunkle Blut machtvoll in ihren Adern und brachte die Vogelseele für einen Moment zum Erzittern.

Das Mädchen aus Licht und Schatten hatte den Fuß auf heimatlichen Boden gesetzt.

Cordic würde ihre Schritte mitten ins Graue Horn lenken.

Rag warf den geflügelten Boten in die Luft, dessen Ruf die Höhle füllte.

Bald brach die Zeit des Triumphes an. Des Sieges der Finsternis über das Licht. Er würde jedes Quäntchen Magie aus dem Mädchen herauspressen, bis seine Ziele verwirklicht waren.

Um die leere Hülle konnten sich später die Geier kümmern.

Fiona

Cordic hatte ihr keine Chance gegeben, sich bei ihm zu entschuldigen. Kaum war der Uhu davongeflogen, war er mit leichenbitterer Miene in Schweigen versunken. Selbst die laut Ahfid wichtige Lagebesprechung änderte das nicht. Ständig fuhr er sich mit den Handballen über die Schläfen oder kniff sich in die Nasenwurzel.

Cordic war angespannt, und das nicht zu knapp. Weil ihn der Job als Babysitter anpisste?

Sie hatte ihn nicht darum gebeten.

Ahfid und Lun diskutierten, welches der sicherste Weg von hier bis zum nördlichen Grenzland wäre. Ahfids Vorschlag, ein internes Tor zu benutzen, schlug Lun mit einem Haufen Gegenargumenten in den Wind. Eines davon war, dass Jetsuba Fiona auf diese Weise nicht finden konnte.

Anscheinend existierten in dieser Welt keine Möglichkeiten zur schnellen Kontaktaufnahme. Keine Strommasten, keine Windräder, keine Funktürme.

Ob sie Handyempfang hatte? Vielleicht waren die Übergangstore strahlendurchlässig.

Sie tastete ihre Taschen umsonst ab. Ihr Handy lag in ihrem Zimmer neben dem Bett in einer anderen Welt.

Heimweh schwappte über sie hinweg und versickerte im feuchten Moos.

Ob sich Karl um sie sorgte? Er hatte sie gehenlassen, und sie war gegangen. Nicht zu fassen.

Ahfid und Lun stritten immer noch um die Frage, welcher Weg der sicherste wäre. Ob die vor Sonnenuntergang auf die Idee kämen loszulaufen, oder spielte Zeit keine Rolle bei diesem Unterfangen?

Sie befand sich im Abenteuer ihres Lebens und saß zweckfrei herum. Die Sehnsucht, sich ihm zu stellen, wuchs mit jedem verstreichenden Augenblick. Sie rief Fiona tiefer in den Wald, versprach ihr tausend wundervolle Dinge im Schatten der mächtigen Bäume, die darauf warteten, von ihr entdeckt zu werden.

Nur ein bisschen umsehen. Ihre selbst ernannten Beschützer steckten bis zum Hals in Argumenten und Gegenargumenten. Sie würden es nicht mitbekommen, wenn sie für ein paar Minuten ihr eigenes Ding machte.

Niemand achtete auf sie, als sie aufstand. Keiner bemerkte es, dass sie tiefer in den Wald ging. Die drei verschwanden aus ihrem Sichtfeld, ihre Stimmen wurden leiser.

Bäume, Flechten und das leise Rauschen des Windes. Wie in ihrem Träumen. Ihr Herz schlug schneller vor Freude.

Sie war barfuß übers Moos gerannt. Leichtfüßig und voller Energie.

Unmöglich mit dem dicken Mantel und den Stiefeln.

Und wenn sie Frostbeulen bekam, das war es ihr wert.

Sie zog beides aus, streifte sich die Socken ab und verstaute den Kleiderhaufen am Stamm eines Baumes. Die Kälte biss ihr in die Füße, dass sie nach Luft schnappen musste.

Losrennen. Deshalb war sie hier.

Bei jedem Schritt versank sie zentimetertief im Moos. Was für ein geniales Gefühl. Sprung für Sprung wurden ihre Füße wärmer. Sie kribbelten vor Lust, weiter und schneller zu rennen.

Der Wind griff ihr ins Haar, kühlte ihr glühendes Gesicht. Alles in ihr prickelte vor Glück.

Sie war zuhause. Was für ein irrwitziger Gedanke.

Fiona nahm Anlauf, schlug ein Rad und quietsche dabei wie ein Kind.

Die Arme ausbreiten, sich um sich selbst drehen. Immer schneller. Das dunkle Grün der Blätter, blaue Himmelsfetzen dazwischen, die

Schwingen eines Vogels, raureifüberzogene Hagebutten, eine Gestalt mit vor der Brust verschränkten Armen, wieder die Hagebutten, der Himmel, die Gestalt.

Cordic.

Fiona blieb stehen. Die Welt nicht. Sie raste weiter im Kreis, holte sie von den Beinen. Egal. Den Baumwipfeln von unten beim Karussellfahren zuzusehen war auch was Schönes.

»Genug getanzt?« Cordic lehnte an einem Stamm, das obligatorische Spottlächeln auf den Lippen. »Ich dachte, ich hätte mich zum Thema *verschwinde nicht allein in den Büschen* klar ausgedrückt.«

»Seit wann beobachtest du mich?« Ob er die Nummer mit dem quietschenden Radschlag mitbekommen hatte?

»Eine ganze Weile.«

Und wenn schon. Bis in ihre Fingerspitzen kribbelte das Glück.

»Es ist viel besser als in meinen Träumen.«

»Solche Momente sind selten.« Der Spott verschwand aus seinem Lächeln. »Genieße ihn.«

»Worauf du wetten kannst.« Klar war sie eine Heldin. Kein Problem, diese oder jede andere Welt zu retten. Her mit den Finsterlingen und heimtückischen Lichtstrahlen. Sie war bereit.

»Ich will auch so einen Stock.« Sie würde trainieren, bis ihr die Handflächen bluteten. Karate Kid war ein Lappen im Vergleich zu ihr. »Riechst du das?«

Cordic schnupperte. »Was meinst du?«

»Das Leben!« Sie inhalierte es, bis ihre Lungen schmerzten. »Ich bin voll davon.«

»Dann gestatte mir, dafür zu sorgen, dass es so bleibt.« Er schlenderte zu ihr, hielt ihr die Hand hin. »Wenn du mir davonläufst, erschwerst du mir diese Aufgabe.«

»Deshalb bist du mir nachgeschlichen?« Sie ließ sich von ihm auf die Beine ziehen. »Du hattest Angst, ich könnte dir verloren gehen?«

Cordic schien sie nicht gehört zu haben. Er blickte ins Leere, als würde er träumen.

»Hey, ich hab dich was gefragt.«

»Ob ich Angst habe, dass du mir verloren gehst?« Er pflückte ein Blatt aus ihrem Haar. »Ja, ständig. Du hast einen Hang dazu.«

Er hatte sich Sorgen um sie gemacht. Das fühlte sich gut an. Viel besser als sein ätzender Sarkasmus.

»Ich hätte Ahfid nicht mehr unter die Augen treten können, ohne dich.«

War ja klar gewesen.

»Hier.« Er bückte sich hinter den Baum, an dem er eben gelehnt hatte. »Mit abgefrorenen Zehen läuft es sich schlecht.«

Ihr Kleiderhaufen.

Cordic drückte ihr die Stiefel samt Socken in die Hand. »Schaffst du es diesmal allein oder brauchst du meine Hilfe?« Sein Unschuldsblick ließ keine Rückschlüsse zu, ob er sie verspottete oder es ehrlich meinte.

»Nein danke.« Sie stopfte ihre vor Kälte kribbelnden Füße in ihr Gefängnis zurück. »Ohne Nervenzusammenbruch bin ich zu feinmotorischen Dingen bestens in der Lage.«

»Schade«, murmelte er und ging voraus.

»Warte!« Sie hatte noch nicht einmal den Mantel an. »Solltest du nicht auf mich aufpassen?« Sie rannte, bis sie ihn erreicht hatte.

»Das ist kein Witz, Fiona.« Sein tadelnder Blick ließ sie zusammenschrumpfen. »Du tanzt durch diese Wälder, als wären sie zu deiner Erbauung da, aber das sind sie nicht.«

»Ich habe nur in *einem* Wald getanzt.« Außerdem war er dabei gewesen.

»Stell dich nicht dumm! Du weißt, was ich meine.«

Und da war er wieder, der alte, missmutige Cordic.

»Diese Welt ist gefährlich«, erklärte er ihr, als könne sie nicht bis drei zählen. »Und du bist ein gefundenes Fressen.«

Danke, dass du mir ständig die Butter vom Brot nimmst.

Das letzte bisschen Euphorie löste sich im Nichts auf, dafür wuchs mit jedem Schritt die Wut auf den Mann, der wieder in finsterem Schweigen versunken war.

Statt zum Lagerplatz, führte er sie zum Waldrand, blieb stehen und blickte in den Himmel.

Die Wolkenfront vom Morgen war nähergezogen und hüllte das Tal in grauen Dunst. Dennoch wirkte der Wald lebendig und unversehrt. Diese geheimnisvolle Lichtmauer schien keine Spuren hinterlassen zu haben.

»Wie weit ist der Große Schutz entfernt?« Sollte das Land nicht öde und welk vor sich hinsiechen?

»Sehr weit.« Cordic schloss die Lider. »Aber nicht weit genug.«

Ihr fielen die verstörenden Bilder ein, die sie in seiner Seele gesehen hatte. Das gleißende Licht, seine Verzweiflung, die er vor ihr zu verbergen versucht hatte. Auch der Mann in Ketten und der Sturz in die Tiefe.

»Du hast mir bei der Seelenvereinigung etwas vorenthalten.«

»Worauf du dich verlassen kannst.« Ein bitteres Lächeln huschte über sein Gesicht.

»Warum?«

»Ahfid hätte mich in Stücke gehackt, wenn ich mich dir voll und ganz zugemutet hätte.«

»Das glaubst du doch selbst nicht.« Allein Ahfids Sanftmut schloss das aus.

Cordic zuckte mit den Schultern. »Zumindest hätte er unsere Freundschaft beerdigt. Doch das wird er eines Tages ohnehin.«

»Warum ...«

»Hey!« Ahfid tauchte zwischen den Stämmen auf. »Wo wart ihr?« Er winkte ihnen, zurückzukommen.

Cordic klappte den Mantelkragen hoch, eilte ihm entgegen.

Cordic

Wo hat sie gesteckt?« Ahfid schob die Hände in die Manteltaschen. »Ich dachte, du hättest ihr gesagt, wie gefährlich es ist, sich allein hier herumzutreiben.« Er sah sich nach ihr um, winkte ihr, sich zu beeilen.

Cordic spürte ihren Blick im Nacken.

Sie würde ihn durchschauen. Es war nur eine Frage der Zeit.

»Ich habe dich was gefragt.«

»Nimm sie das nächste Mal an die Hand. Das erspart uns eine Menge Ärger.« Er versuchte, ohne ein weiteres Verhör an ihm vorbeizukommen.

Ahfid griff ihn am Arm. »Was ist los?«

Wie sorgenvoll der Blick seines Freundes nach seinem suchte.

Er würde den Verrat darin nicht erkennen.

Sein Magen zog sich zusammen.

»Cordic?«

»Es ist nichts!« Er schüttelte die vertraute Hand ab. »Sie ist wieder da. Was willst du noch?«

Ahfid wich einen Schritt zurück, musterte ihn mit gerunzelter Stirn. »Habt ihr gestritten?«

»Was geht es dich an?« Er musste allein sein. Nur für einen Augenblick.

Ahfid stellte sich ihm in den Weg. »Ob ihr gestritten habt, will ich wissen.«

»Wie käme ich dazu, mit deinem Liebling zu streiten?« Er konnte es nicht lassen, Ahfid hämisch ins Gesicht zu grinsen.

Zu allem Überfluss schlenderte Lun zu ihnen.

Der blasshäutige Mistkerl war der Letzte, den er jetzt ertrug.

Mit einem Seitenblick auf den Wanderer führte ihn Ahfid ein Stück beiseite. »Wir reisen so schnell wie möglich nach Norden«, sagte er leise. »Dort wird es dir besser gehen.«

Natürlich, er machte sich Sorgen, dass er unter diesen Bedingungen nicht durchhielt. Dabei hatte er, seit er denken konnte, nichts anderes getan, als durchzuhalten.

Er befreite sich aus Ahfids Griff, eilte tiefer in den Wald.

Was hätte er ihm sagen sollen?

Freund, du hast einen Verräter vor dir, der den Tod verdient?

Als er die Blicke der anderen nicht mehr auf sich spürte, atmete er auf.

Unbeobachtet dem Reißen in seiner Brust nachgeben, den pochenden Schmerz in seinem Kopf hinnehmen, ohne tun zu müssen, als fühlte er ihn nicht. Ahfids Sorge um ihn tröstete nicht; sie beschämte ihn. Er hatte sie nicht verdient.

Am Stamm einer Buche ließ er sich nieder, zog die Beine unter den Mantel. Es war kalt. Er sehnte sich nach einem gut geschürten Feuer.

Und nach einem Ausweg.

Die Seelenvereinigung mit Fiona war ein Fehler gewesen. Sie wäre ihnen auch ohne diesen Trick gefolgt. Neugierde und Abenteuerlust hätten früher oder später über ihre Angst gesiegt.

Er war es, der es gewollt hatte. Die Versuchung, einen Blick in die Geheimnisse ihrer Seele zu werfen, war zu groß gewesen.

Fiona hatte sein Inneres mit einer Vehemenz gestürmt, mit der er nie gerechnet hätte. Dennoch wusste sie kaum etwas von ihm. Wie sollte sie? Da waren Dinge, Zwänge, die er am liebsten vor sich selbst verborgen hätte.

Er raufte sich die Haare. Weder half es gegen den Druck in seinem Schädel, noch gegen alles andere.

Als ihn Rag zu der Vereinigung gezwungen hatte, war es eine Tortur gewesen. Bei der Erinnerung daran kroch das Gefühl absoluten Ausgeliefertseins in sein Herz, ließ es zittern. Niemals wieder wollte er sich so hilflos, so vollkommen bar jeglichen Schutzes fühlen.

Ganz anders bei Fiona. Ihre Seele hatte ihm vertraut, sich hingegeben. Neugierig, mutig. Beneidenswert stark.

Zweimal war ihm die Kontrolle entglitten, und Fiona hatte Dinge gesehen, die nicht für sie bestimmt waren. Doch auch er hatte ein Geheimnis in ihr entdeckt. Zu tief verborgen, um ihr bewusst zu sein. Sie war nicht das unbedarfte Kind, das zwischen die Mühlen fremder Mächte geraten war. Ihre Schuld wog ebenso schwer wie seine, obwohl sie nichts davon ahnte.

Ein Grund, sie zu hassen. Es sollte ihm leicht fallen, dann würde ihm alles andere ebenfalls leicht fallen. Stattdessen fühlte er Mitleid.

Er durfte es nicht zulassen. So wie keines der Gefühle, die ihn Tag für Tag gefangen hielten. Er musste sie wegsperren und vergessen, wenn er überleben wollte.

Dieser verfluchte Schmerz.

Cordic presste die Fäuste gegen die Schläfen.

Während der Vereinigung war ihm Fiona nah gewesen. Sie hatte seiner Seele, seiner leidigen, schwarzen Drecksseele blind vertraut. Ohne Argwohn. Ohne Angst.

Für einen kostbaren Moment hatte sie ihm gehört.

Bald gehörte sie jemand anderem.

Bei dem Gedanken daran wurde ihm übel.

Er stand auf, lief ein paar Schritte. Es half nichts. Das Gefühl, in bodenloser Schwärze zu versinken, wuchs mit jedem Atemzug.

Kalter Schweiß floss ihm übers Gesicht. Er stützte sich an einen Baum, atmete durch.

Du bist ein Scheißkerl, Cordic, Meruts Sohn. Ein elender Scheißkerl.

Fiona

Ekliges Schmuddelwetter. Der glitzernde Raureif war verschwunden, dafür kroch ihr die feuchte Kälte bis unter die Haut.

Sie hockte sich dichter ans Feuer, streckte die klammen Hände zu den Flammen.

»Habt ihr Cordic gesehen?« Ahfid durchwühlte dessen Rucksack. »Er wollte den Proviant mitgenommen haben, aber ich kann ihn nicht finden.«

»Den Proviant oder deinen nachtfressenden Freund?« Lun kniete sich neben sie, wärmte sich ebenfalls die Hände. »Mir ist schleierhaft, wie er es mit dem Kerl aushält«, sagte er leise. »Niemand vertraut einem Clankrieger. Dafür gibt es mehr Gründe als Sterne am Himmel.«

»Was läuft zwischen euch?« Umsonst gingen die beiden einander nicht ständig an die Gurgel.

»Er ist, was er ist.« Ein gleichgültiger Seitenblick streifte sie. »Das genügt.«

»Ich dachte, dein Volk wäre weise und fortschrittlich, aber von Toleranz hat es nie was gehört, oder?« Nur Deppen stempelten blind ab.

»Würdest du ihn so gut kennen wie ich, würdest du ...«

»Du kennst gar nichts von mir.« Cordic lehnte an einem Baumstamm, als ob er nie weggewesen wäre. »Also erzähl Fiona keinen Mist.«

Lun verzog den Mund, wandte sich wieder dem Feuer zu.

»Gut dass du da bist.« Ahfid hielt den Rucksack hoch. »Wo ist das Essen, das Karl für uns eingepackt hat?«

»In einer Tüte bei ihm zu Hause.«

»Was?« Der Rucksack rutschte aus Ahfids Fingern.

»Ich hab's vergessen.« Cordics Geste war zu lässig für eine Entschuldigung. »So was kommt vor.«

»Nicht bei dir.« Ahfids Stimme klang alles andere als bisschen sanft. »Wir haben keine Zeit, uns ein Frühstück zu erjagen. Hast du dir den Himmel angesehen?«

»Es wird regnen.« Cordic ging zu ihm, hievte sich seinen Rucksack auf die eine und Ahfids auf die andere Schulter. »Deshalb werden wir aufbrechen. Sofort.«

»Her damit!« Ahfid streckte die Hand danach aus. »Ich bin kein Greis, ich kann meinen Kram selbst tragen.«

»Nicht, solange dir dein Bein Ärger macht. Wir müssen durch den Fluss, das wird auch ohne das schwere Ding hart für dich.«

Ahfid brummte einen Fluch.

»*Durch* den Fluss?« Es war eiskalt. »Gibt es keine Brücke?«

»Du wirst waten müssen, Prinzessin.« Cordics Miene glich Luns, gleichgültig bis verschlossen. »Und nein, ich werde dich nicht hinübertragen, also spare dir die Frage.«

»Das hätte ich auch nicht verlangt.« Idiot!

Ohne sie eines weiteren Blickes zu würdigen, marschierte er los.

Lun erhob sich seufzend, schulterte sein Gepäck und folgte ihm. Ahfid ebenfalls. Ihr blieb nichts anderes übrig, als den dreien schafbrav hinterherzutrotten.

Sie war noch nie durch einen Fluss gewatet. Schon gar nicht im Winter.

Und das mit leerem Magen.

Je näher sie dem Ufer kamen, umso nervöser wurde sie. Zu allem Überfluss begann es zu regnen. Cordic schien das nicht zu stören. Unbeirrt schritt er voran und überließ es Ahfid, sich hin und wieder nach ihr umzusehen.

Als ob sie abhauen würde. Wohin? Sie wusste nicht einmal, in welche Richtung sie liefen.

Bis sie den Fluss erreichten, waren ihre Stiefel allein vom Regen durchweicht. Immerhin war er nicht tief. Die Kieselsteine am Grund schimmerten durchs Wasser. Höher als bis zu den Knien würde es nicht reichen. Glück gehabt.

Cordic schritt am Ufer entlang und schien etwas zu suchen. Er hockte sich hin, stak mit dem Stock ins Wasser. Das Ding versank fast vollständig.

»Hast du gedacht, es sei flach, Prinzessin?«

»Wie kommst du darauf?« Sie hatte nie zuvor so klares Wasser gesehen. »Und nenn mich nicht Prinzessin.« Das nervte.

»Du bist eine.« Er ging langsam flussaufwärts.

»Bin ich nicht!« Sollte ihm doch seine Spottzunge abfaulen.

Sein Brauenzucken gab ihr den Rest.

Die wahre Herausforderung bei diesem Abenteuer war weder eine Donnerechse noch ein reißender Eisfluss, sondern die Launen dieses Mannes.

»Zieh deinen Mantel aus und häng ihn dir um.« Er blieb stehen und prüfte erneut die Wassertiefe. Dieses Mal versank der Stock nur bis zum unteren Drittel. »Sieh zu, dass er trocken bleibt, sonst bringt er dir Schwere und Kälte statt Schutz und Wärme.« Er legte sich seinen eigenen wie einen monströs dicken Schal um den Hals.

Einer der Rucksäcke rutschte ihm von der Schulter.

Fiona fing ihn auf, hängte ihn sich um. Das Ding war bleischwer.

Davon trug er freiwillig zwei?

Cordic registrierte es mit einem knappen Nicken. »Bleib an meiner Seite.« Er ging einen Schritt ins Wasser, drehte sich zu ihr und reichte ihr die Hand. »Akzeptiere die Kälte, dann macht sie dir weniger aus.«

»Alles klar.« Er hatte nicht einmal das Gesicht verzogen. So schlimm konnte es nicht sein.

Sie folgte ihm.

»Fuck!« Als ob ihr jemand die Füße abbiss.

Cordic lachte, während in ihrem Blut Eiskristalle erblühten.

Sie biss die Zähne zusammen. Dass Kälte so wehtun konnte!

Lun jammerte auf, kaum dass seine Schuhspitze die Wasseroberfläche streifte, doch Ahfid watete ähnlich abgebrüht wie Cordic durch die Fluten. Nur seiner angespannten Miene war anzusehen, dass ihm sein Bein zu schaffen machte.

Es war gut, dass Cordic und sie die Rucksäcke trugen. Ahfid hatte genug mit sich selbst zu tun.

Die Nässe kroch ihre Hose hinauf bis über die Hüfte. Mit jedem Zentimeter schlotterte Fiona lauter. Ihre anfangs vor Kälte schmerzenden Beine spürte sie kaum noch.

Sie glitt auf einem Stein aus, fing sich im letzten Moment.

»Nicht hinfallen.« Cordics Finger schlossen sich fester um ihre. »Wir haben es gleich geschafft.«

»Gleich?« Das rettende Ufer sah kein Stück näher aus.

»Nur auf den nächsten Schritt konzentrieren.« Seine Zähne klapperten so laut wie ihre, seine Hand fühlte sich so kalt an wie ihre, seine Kleidung war durchnässt wie ihre. Seltsam, dass der Gedanke, nicht allein in der Scheiße zu stecken, tröstete. Dennoch vergingen gefühlte Ewigkeiten, bevor sie die andere Seite erreichten.

Cordic kletterte aus dem Wasser, ohne sie dabei loszulassen. Er zog sie zu sich aufs Trockene, half danach Ahfid und Lun. »Je schneller wir gehen, umso wärmer wird uns.« Er schwang seinen Mantel um sich, nahm ihr den Rucksack ab.

»Ich werde nie wieder warm.« Sie schnatterte sich durch die Silben. Innerhalb von Sekunden hatte sie ihren Mantel angezogen.

»Nicht lange und wir erreichen den Wald, dort ist es trockener.« Cordic ging voraus, Lun folgte ihm.

»Nach dir.« Ahfid grinste sie zittrig an. »Mir ist wohler, wenn ich dich im Blick behalte.«

»Angst, ich könnte euch davonlaufen?«

Er zwinkerte.

»Werde ich nicht.« Sie wollte das hier.

Wahrscheinlich war sie verrückt.

Bei jedem Schritt quatschte eisiges Wasser in ihren Schuhen.

Konnten Zehen nachträglich abfrieren?

Endlich erreichten sie den Wald, aber dort war es kaum trockener. Der Regen rann von den Zweigen und weichte alles auf, was er berührte.

Fiona blendete ihre mittlerweile schmerzenden Glieder aus. Nur auf den nächsten Schritt konzentrieren, wie im Fluss. Mehr brachte sie ohnehin nicht fertig. Sie fror erbärmlich, ihre Schultern taten weh, ihre Füße schienen verschwunden zu sein, ihr Magen hing in den Knien und ihre Moral kroch jenseits von Gut und Böse durch den Schlamm. Der Wunsch, die Nacht unter einem Dach zu verbringen, eventuell in einem Bett, brannte sich in ihr Herz.

Jetzt in Karls Küche sitzen, eine Tasse Tee vor sich, und ihm beim Gemüseschnippeln zusehen. Kapitän Schmidts Kopf auf ihren Knien, seine Sabberspur, die warm und nass ihre Jeans durchdrang.

Wie aus dem Nichts sprang sie das heftigste Heimweh ihres Lebens an. Es schnürte ihr die Brust zusammen, drückte unter ihren Lidern.

Oh nein, sie würde nicht losheulen wie ein verwöhntes Balg. Nicht jetzt und schon gar nicht vor Cordic. Aber später. Zusammengerollt in ihrem nassen Mantel, hungrig und kalt, wenn die anderen schliefen und es niemand mitbekamen. Bis dahin starrte sie weiterhin auf Luns Rücken und zwang ihre Beine, sich vorwärts zu bewegen.

Wie viel Zeit war seit ihrem Aufbruch vergangen? Wie lange dauerte es, bevor sie endlich rasteten? Ihr Zeitgefühl war ebenso spurlos verschwunden wie ihr Enthusiasmus.

Hinter ihr keuchte Ahfid immer lauter. Mit verbissener Miene kämpfte er sich durch den Regen.

Sicher schmerzte sein Bein.

»Brauchst du eine Pause?« Weichte der Verband auf, war das schlecht für die Wunde. Ob sie mittlerweile verheilt war?

»Nein.« Ahfid nickte nach vorn. »Wir haben wenig Zeit. Jetsuba wartet auf uns.«

»Und wo?«

»Sie weiß was zu tun ist«, keuchte er, statt ihr zu antworten. »Sie wird deine verborgenen Kräfte wecken.«

»Auf die bin ich gespannt.« Fiona the Supergirl.

Zum Lachen war ihr zu elend zumute.

Ahfid zog eine Grimasse, stützte sich schwer auf den Stock.

»Und ob du Ruhe brauchst.« Nachher brach die Wunde auf oder entzündete sich. Eine Eingebung flüsterte ihr zu, dass es in dieser Welt keine Ärzte in erreichbarer Nähe gab.

»Mir geht es gut«, fauchte er. »Ich brauche keine Pause.«

Cordic wandte sich zu ihnen um. »Was ist los?«

»Nichts«, knurrte Ahfid. »Geh weiter!«

Cordic sah sie fragend an.

Fiona schüttelte unauffällig den Kopf. Wenn Ahfid sich noch länger quälte, würde das böse ausgehen.

Cordic nickte. »Wir rasten.«

»Tun wir nicht.« Ahfid wollte weiterhumpeln.

Cordic verstellte ihm den Weg. »Du wirst zum Krüppel, wenn du so weitermachst.«

»Pass auf, dass dich der Krüppel nicht verdrischt.« Er wollte ihn zur Seite stoßen.

Cordic wich aus. »Du bist langsam, alter Mann.«

»Ich gebe dir gleich einen alten Mann!«

»Lauft weiter«, kommandierte Lun von vorn. »Sonst holen wir uns den Tod.«

»Wir pausieren.«

Etwas in Cordics Stimme ließ Fiona strammstehen.

Ahfid hingegen sah ihn bloß herausfordernd an.

»Es schüttet«, wies Lun auf das Offensichtliche hin. »Lasst uns wenigstens in der Nähe einen Unterschlupf suchen.« Er zog eine kleine Flasche aus seiner Manteltasche und hielt sie Fiona hin. »Hier, trink.«

Für einen Flachmann war das Ding recht bauchig.

»Ich mag keinen Schnaps.« Wenn überhaupt hätte sie sich auf Karls Grog eingelassen.

»Das ist kein Schnaps«, er klärte Lun ungeduldig. »Wir werden bald auf Einheimische treffen. Du wirst kein Wort von dem verstehen, was sie sagen. Ein Schluck hieraus sorgt dafür, dass du nicht nur mit ihnen, sondern auch mit allen anderen halbwegs kultivierten Wesen dieses katastrophal unkultivierten Landes kommunizieren kannst.«

Der Universaltranslator.

»Glaub mir, ein schlichtes *Nein* zur rechten Zeit wirkt lebensrettend.«

»Dann hören Leichengeier und Nebelwölfe auf ein *Nein*?«

Lun stieß die Luft aus. »Nicht einmal ein Schwarzblut würde das. Dennoch macht es Sinn, die hiesigen Sprachen zu beherrschen.«

Und alles, ohne Vokabeln zu lernen.

»Nebenwirkungen?« Paranoide Schizophrenie? Spontane Demenz? Hirnschmelze?

»Ein Brennen im Magen, das sich über deine Wirbelsäule bis ins Hirn ausbreitet.«

Klang harmloser als ihre Befürchtungen.

Sie zog den Korken aus dem Flaschenhals, schnupperte. »Ach du Schande!«

»Selbst der Nachtfresser hat es überlebt.« Er zeigte zu Cordic, der nach wie vor mit Ahfid stritt. »Also wirst du es auch.«

War das ein Lächeln auf den schmalen, extrem blassen Lippen? Wie konnte ein Mensch nur so farblos aussehen.

»Fließt Blut in deinen Adern?« Sie nahm einen Schluck, zwang ihn durch die Kehle.

Grauenhaft.

»Ja«, kam die knappe Antwort. »Es ist sogar ein bisschen rot.«

»Echt?«, keuchte sie zwischen zwei Würgkrämpfen. »Warum bist du trotzdem so käsig?«

»Warum bist du so rosig?«

»Sind die meisten Menschen.« Bis auf die Nachtschattengewächse.

»Eben. Und genau das bin ich nicht.« Er nahm ihr das Fläschchen aus der Hand, verschloss es wieder und steckte es in seine Manteltasche zurück. »Nun lass uns schweigen und laufen.«

»Wozu habe ich das Zeug dann geschluckt?« Es brannte fürchterlich in ihrem Bauch, als hätte sie händeweise Chilis gegessen.

»Um mit *anderen* zu reden.« Lun beschleunigte seine Schritte, bis er Fiona hinter sich gelassen hatte.

Charmant.

Ihre Wirbelsäule kribbelte. Ihr Nacken, ihr Kopf.

Klasse, Ameisen im Hirn. Leider vertrieb dieses scheußliche Gefühl nicht die Kälte aus ihrem Körper.

Zuhause hätte Karl den Kachelofen angefeuert. Das machte er immer bei Sauwetter. Sie hätte sich mit Kapitän Schmidt auf die Ofenbank verkrochen und Musik gehört oder ein Buch gelesen.

Ob Karl sie vermisste?

Ihr Herz verwandelte sich in einen Klumpen, der unwillig gegen eine Gummiwand pochte.

Irgendwann kehrte sie zurück, würde ihm um den Hals fallen und bei Kluntjes-Tee von ihren Abenteuern erzählen. Wie es so war, bereits am ersten Tag in der Fremde frierend Heimweh zu ertragen.

Alles klar. Sie war kein Held.

»Wartet!« Cordic blieb stehen, schnupperte. »Ahfid, mein Freund. Ich verordne dir eine Zwangspause in der rustikalen Atmosphäre einer Köhlerhütte.«

»Wo zum Henker siehst du eine Köte?« Ahfid blickte sich um.

»Nirgends, aber ich rieche den Meiler.« Cordic schlug seinem Freund auf die Schulter, eilte an ihm vorbei. »Folgt mir. Mit etwas Glück haben wir heute Nacht ein Dach über dem Kopf und eine Mahlzeit.«

Gedanklich stieß sie die Faust in die Luft.

Kurze Zeit später erreichten sie eine Lichtung, an deren Rand sich ein moosüberzogener, breiter Kegel erhob. Erst auf den zweiten Blick ähnelte er einem Zelt aus Ästen und Zweigen. Aus dem mit einem Knubbel überdachten Rauchfang quoll es grau und träge. An der Stirnseite klebte ein Vordach, das mit zwei dünnen Stämmen abgestützt wurde. Einige Meter entfernt wölbte sich ein ebenfalls rauchender, dunkelgrauer Haufen aus dem Waldboden.

»Ein wenig schlicht, dafür warm und trocken.« Cordic wollte sich auf den Weg machen.

Lun hielt ihn zurück. »Dem Mann schwinden vor Schreck die Sinne, wenn einer wie du auf seiner Schwelle steht.«

»Wo siehst du eine Schwelle?«

Lun hob die Brauen.

»Wie du meinst.« Seufzend gab sich Cordic geschlagen. »Nach dir.« Mit einer knappen Geste wies er auf die Köhlerhütte.

»Ich kann ebenso wenig um Obdach bitten. In seinen Augen bin ich kaum mehr als ein Geist.«

»Das trifft auch für meine zu«, murmelte Cordic und wandte sich zu Ahfid. »Du?«

Der lachte trocken. »Er wird von keinem von uns begeistert sein. Köhler sind alles, aber nicht gesellig.«

Fiona schüttelte sich. Es überfiel sie spontan. Ihr war schweinekalt.

Cordics Miene verdüsterte sich um mindestens zwei Level. »Unsere Prinzessin benötigt ein Obdach für die Nacht. Wir werden den Kerl da drin davon überzeugen, uns eines zu gewähren.«

Großartig. Er hielt sie für einen Lappen.

Sie versuchte, wenigstens mit dem Zähneklappern aufzuhören.

Keine Chance.

Cordics abschätzender Blick war nicht auszuhalten. Sie erwiderte ihn so lässig wie möglich, bloß, um ein Mundwinkelzucken zu ernten.

Arroganter Mistkerl! Stand ihr keine Eingewöhnungszeit zu? Eine Art Abenteuer-Praktikum?

»Mach ein Feuer«, brummte Ahfid. »Das wird ihr helfen.«

»Bei der Nässe?« Cordic schüttelte den Kopf. »Ich bin gut, aber ich kann nicht zaubern.«

»Dann fang ihr was zu essen. Das wärmt auch.«

»Da du meinen Einwand bezüglich Nässe und Feuer offenbar überhört hast: Soll sie das Karnickel roh verspeisen?«

»Lass dir was einfallen«, fauchte Ahfid. »Doch spekuliere nicht mit der Gastfreundschaft eines Einsiedlers, der in einem Verschlag haust!«

Cordic atmete tief ein, sah sie an, sah wieder zu Ahfid, dann wieder zu ihr. »Hättest du gern einen Vater?«

»Es lebt sich prima ohne«, klapperte es zwischen ihren Lippen hervor. »Außerdem habe ich einen, oder?« Das war das Problem.

»Nein.« Cordic grinste hintertrieben. »Ich meine einen leidenden, humpelnden Vater, dessen brave, doch erbarmungswürdige Tochter jämmerlich erfriert, wenn nicht ein mitleidiger Mensch sie bei sich aufnimmt.«

»Danke, ich kenne mein Schicksal.« So krass hätte sie es nicht formuliert, aber na ja.

»Sollte es funktionieren, kommt ihr beide nach, und zwar bevor die Tür wieder zufällt.« Ahfid stützte sich schwer auf Fionas Schulter, verwandelte sein Gesicht in eine Schmerzensmiene. »Kannst du gut lügen, Fiona?«

»Für einen, der einsam im Wald haust, wird es reichen.« Es sei denn, er tickte wie Karl.

»Dann sieh leidender aus!«, herrschte Cordic.

»Ich *bin* leidend!« Dachte er, es machte ihr Spaß, ihren eigenen Knochen beim Gefrieren zuzuhören?

»Zeig es mir!«

»Himmel!«

»Keine Wut.« Mahnend hob er den Zeigefinger. »Leid.«

Dieser miese, elende ...

»Ich warte.«

»Du kannst mich mal!«

»Willst du da rein?« Er nickte zu dem Elendsverschlag. »Da drin brennt ein Feuer. Das ist warm.«

Es existierten nicht genug Verwünschungen für diesen Mann. »Ich kriege das hin. Nur nicht vor dir.« Sein verdammtes Augenbrauenzucken konnte er sich sonst wohin stecken.

Sie fasste Ahfid um die Hüfte. »Los, Papa. Wir ziehen das durch.«

Cordics Spottlachen versank im Regenrauschen.

Gemeinsam schleppten sie sich auf die Lichtung. Ahfid musste sich ducken, um unter das Vordach zu passen.

Bettler auf der Schwelle. Genau das waren sie. Die Sehnsucht nach ihrem Zuhause, die Selbstverständlichkeit, sich einen Tee zu kochen, heiß zu duschen und danach in ein sauberes Bett zu steigen, sprang sie mit einer Gewalt an, die ihr die Tränen in die Augen trieb.

Was hatte sie sich gedacht? Herzuspazieren, mit einem Fingerschnippen die Welt zu retten, und alles war gut? Sie versagte bereits am ersten Tag, bloß, weil es kalt war und sie Hunger hatte.

Gott, war sie erbärmlich.

»Das machst du gut«, flüsterte Ahfid und klopfte an die Balken. »Das mit den Tränen wirkt ausgesprochen überzeugend.«

Bevor sie etwas erwidern konnte, öffnete sich die Tür. Ein ausgemergeltes Gesicht erschien in dem Spalt.

»Was wollt ihr?«

Mit kläglicher Stimme berichtete Ahfid von dem Angriff eines Nebelwolf-Rudels, erwähnte mehr als dreimal, wie sehr sich seine Tochter im Wald fürchtete und dass sie erfrieren würden, wenn sie nicht an einem Feuer sitzen dürften. Ach ja, Hunger hätten sie auch.

Bei jedem seiner Worte fühlte sich Fiona elender.

Der Mann verzog die Lippen so weit hinunter, dass die Mundwinkel unter dem stoppeligen Kinn verschwanden. »Was schert mich dein Gejammer?« Er spuckte knapp vor Fionas Füße. »Nimm dein Gör und verschwinde! Bei mir ist kein Platz. Und wie kommt ihr darauf, dass ich euch durchfüttere?«

»Ist so eine Ahnung.« Cordic schlenderte um die Ecke. »Allerdings sollst du nicht zwei hungrige Mäuler stopfen, sondern vier, und ich weiß, dass du das mit Freuden tun wirst.«

Der Köhler riss die Augen auf, versuchte panisch, die Tür zuzuziehen.

Cordics Fuß war schneller. »Glaubst du im Ernst, dass es dir irgendetwas bringt, wenn du dieses morsche Ding vor unserer Nase zuschlägst?«

Der Mann nickte hektisch.

»Auf drei wäre sie aus den Angeln, und dann hättest du nicht einen höflichen und dankbaren Clankrieger als Gast, der großzügig eine angebrachte Bezahlung in Erwägung zieht, sondern einen unentspannten und aufgebrachten Nachtfresser, der dich aus deiner Bruchbude prügelt und sie nach abgeschlossenem Aufenthalt abfackelt.«

Während Lun um die andere Ecke kam, schnappte der Mann hilflos nach Luft.

»Ich würde an deiner Stelle seinen Worten Glauben schenken«, bemerkte der Wanderer nebenbei. »Vertraue mir. Der macht so was.«

Der Köhler klappte den Mund auf, dann wieder zu. »Ich bin ein armer Mann und habe nichts zu teilen.«

Cordic hob die Brauen.

»Warum versucht ihr es nicht ...«

»... ein paar Hütten weiter?« Cordic sah sich um. »Ich wette, dass im Umkreis von zwei Tagesmärschen keine mehr zu finden ist.« Er wischte den Mann beiseite und verschwand in dessen Behausung. »Freue dich«, klang es nach draußen. »Du hast die Ehre, uns bewirten zu dürfen!«

Ihr Gastgeber sah alles andere als erfreut aus. Als sich Fiona an ihm vorbeigedrückt hatte, schloss er unwirsch die Tür hinter ihr.

Wahrscheinlich wünschte er sich, sie nie geöffnet zu haben.

Ein strenger Geruch, durchsetzt mit Ruß und irgendetwas Fauligem, schlug ihr entgegen.

»Hat was von Rattenstall.« Cordic rümpfte die Nase. Er wählte den schlichtesten seiner Ringe und warf ihn dem Mann zu. »Wir bleiben nur diese Nacht.«

Dem traten die Augäpfel aus den Höhlen. »So lange ihr wollt. Verfügt frei über meinen Besitz.«

Bis auf ein trockenes Plätzchen am Feuer und einen Holzklotz gab es nicht viel zu verfügen. Ein paar Gegenstände, die sich in die Dunkelheit duckten, und ein Bett, das aus einem Laubhaufen mit darüber ausgebreiteten, vor Dreck starrenden Lumpen bestand. Einer davon schien als Decke zu dienen.

Etwas Dunkles, Kleines krabbelte daraus hervor, um kurz darauf wieder in den Falten zu verschwinden.

Fiona schauderte es.

Cordic zog seinen Mantel aus und hängte ihn an den abgeschnittenen Ast eines der Stämme. Von dieser Art Haken gab es reichlich. An den meisten hing der Besitz des Köhlers. Eine Jacke, Beutel undefinierbaren Inhalts, Sträuße getrockneter Kräuter.

Fiona folgte Cordics Beispiel. Ebenso Ahfid und Lun.

»Mein Name ist Mohat«, informierte sie ihr Gastgeber. »Wie ihr heißt, will ich nicht wissen. Mein Hirn ist löcherig. Bis morgen habe ich es eh wieder vergessen.«

Komischer Kauz.

Fiona zog sich die Jacke aus, streifte die Stiefel ab und stellte sie so nah an die Feuerstelle, dass sie hoffentlich nicht ansengten. Ihre Socken legte sie daneben.

Schrumpelfüße, als hätte sie Stunden in der Badewanne gelegen.

Das wär's. Nicht nur, um warm zu werden, auch sauber. Sie hatte seit Tagen nicht geduscht.

»Essen.« Mohat fischte aus dem Dunkeln drei Holzschüsseln mit den dazugehörigen Löffeln. »Mehr habe ich nicht.«

»Kein Problem.« Cordic rückte den Hocker vors Feuer und platzierte Ahfid darauf. »Wir teilen uns nicht zum ersten Mal denselben Napf.«

Demnach würde sie mit Lun zusammen essen.

Mohat schöpfte etwas Graues, Undefinierbares aus einem Kessel. Er drückte ihr und Cordic jeweils eine gefüllte Schüssel in die Hand.

Nicht darüber nachdenken, aus was die Bröckchen darin bestanden, sonst würde sie das Zeug niemals schlucken können.

Luns Würgen untergrub ihren Vorsatz.

»Du hättest den Proviantbeutel nicht vergessen dürfen.« Ahfid betrachtete unglücklich sein Abendessen. »Das verzeihe ich dir nie.«

Cordic schnupperte an dem Pamps, als befürchtete er, jeden Moment daraus angesprungen zu werden. »Hätten wir vor Mohats neugierigen Augen bunt eingepackte Schokoladenriegel essen oder eine Banane schälen sollen?« Er sprach direkt an Mohat vorbei, der erstaunt zwischen ihm und Ahfid hin- und hersah, während löffelweise grauer Matsch in seinem Mund verschwand.

»Wir dürfen kein Aufsehen erregen. Luns Worte.«

»Wir hätten es heimlich essen können«, fauchte Lun. »Alles wäre besser gewesen, als das hier!«

»Was ist ein Schokoriegel?« Mohat sparte sich die Mühe, vorm Sprechen runterzuschlucken.

»Wenn ich dir das verrate, muss ich dich anschließend töten.«

Fiona hatte nie zuvor ein dermaßen schauerliches Lächeln gesehen, wie es gerade auf Cordics Lippen entstand.

Mohat zuckte zurück.

»Ein paar Stullen wären harmlos gewesen.« Sie tippte sacht an den Brei, der nicht daran dachte, nachzugeben.

»Je schneller du dich an ein karges Leben gewöhnst, umso besser, Prinzessin.« Cordic hielt Ahfid einen gefüllten Löffel vor die Nase. »Rein damit, sonst fällst du vom Fleisch.«

Ahfid nahm ihm den Löffel ab, schob ihn sich in den Mund.

Es schüttelte ihn, noch bevor er geschluckt hatte.

»Ich glaube, ich sollte mich aufs Ohr legen.« Er gab Cordic den Löffel zurück. »Wir sehen uns morgen früh.« Es schüttelte ihn erneut. »Falls wir das Essen überleben.« Er rutschte vom Hocker, rollte sich am Boden zusammen und schloss seufzend die Augen.

Der Arme war fix und fertig.

»Wir müssen nach seinem Bein sehen und es neu verbinden.« Karl hatte ihm für diese Zwecke Arnikaschnaps mitgegeben. Das hatte Ahfid selbst gesagt.

Cordic schüttelte den Kopf. »Die Wunde ist gut verheilt, wenn man auf Ästhetik keinen Wert legt. Das Bein ist noch schwach und schmerzt. Das ist alles.«

»Dem feinen Herrn schmeckt das einfache Mal eines Köhlers wohl nicht.« Mohats finsterer Blick verharrte auf Ahfids Rücken.

»Das hat mit *einfach* nichts zu tun.« Lun ignorierte die Masse in Fionas Schüssel. »Mehr mit *widerlich*.«

Mohat schleuderte seine fettigen Haare zurück. »Hat euch niemand gezwungen, mir zur Last zu fallen.«

Fiona stieß Lun an, der bereits zu einer entsprechenden Antwort angesetzt hatte. »Lass ihn. Wenigstens ist es hier warm.«

»Und verlaust«, flüsterte er mit einem finsteren Blick zu ihrem Gastgeber. »Allein wenn ich ihn ansehe, juckt es mich.« Er kratzte sich demonstrativ am Hals. »Ich frage mich, wann sich der Kerl das letzte Mal gebadet hat.«

Apropos.

Sie schnüffelte in den Ausschnitt ihres Pullovers. So roch also jemand, der einen ganztägigen Gewaltmarsch hinter sich hatte, ohne vorher geduscht oder ein Deo benutzt zu haben.

Sie musste sich waschen, oder sie verlor jegliche Achtung vor sich.

»Ich werde meditieren«, murmelte Lun, schloss die Augen und begann, eine seltsam dissonante Melodie zu summen.

Ahfid schlief, Lun war nicht ansprechbar und Cordic grub mit konzentrierter Miene Tunnel in seinen Brei. Niemand achtete auf sie. Eine gute Gelegenheit, unauffällig eine peinliche Bitte zu äußern.

Sie rückte näher an Mohat heran. »Kann ich mich hier irgendwo frisch machen?«

»Sicher. Geh raus. Da ist es frisch.« Mit dem Handrücken wischte er sich Breibrocken aus den Mundwinkeln.

»Ich meine waschen, mit Seife und so.«

»Seife?« Er musterte sie von oben nach unten. »Wozu? Bist doch sauber.«

Der dunkle Speckkragen seines Hemdes und die schwarzen Fingernägel sagten ihr, dass fettige Haare und tagelang nicht gewechselte Kleidung für ihn kein Problem darstellten.

»Wenn es sein muss.« Er erhob sich, durchwühlte einen der Beutel, die von den schrägen Wänden hingen. »Aber nicht verschwenden.« Er warf ihr ein stinkendes Stück Irgendwas zu. »Draußen ist eine Tränke. Bei dem Regen ist die voll. Benutz den Eimer. Ich will morgen keine Seifenbrühe trinken.«

»Geht in Ordnung.« Bei dem Gedanken, sich in der Kälte auszuziehen, schüttelte es sie. Sich an sensiblen Stellen schmuddelig zu fühlen, war allerdings schlimmer. »Hast du eine Taschenl...« Nein, so was gab es hier nicht. »... eine Laterne für mich?« Draußen war es garantiert schon dunkel.

Mohats Blick nach war das eine Bitte zuviel. Dennoch fischte er ein Ding hervor, das Karls Werkstatthandleuchte entfernt ähnelte. Bloß ohne Kabel und Handgriff, dafür mit einem Henkel. Statt Glühlampe steckte eine Kerze darin. Der Köhler entzündete sie mit einem Kienspan. »Beeil dich.« Er reichte ihr die nicht wirklich helle Lichtquelle. »Habe nicht mehr viele Kerzen.«

»Okay, danke.«

Cordic sah auf. »Soll ich mitkommen?«

»Auf keinen Fall.« Kannte er kein Schamgefühl?

Sie hatte hinter seinem Rücken gepinkelt.

Nicht darüber nachdenken.

Er nickte wider Erwarten und versank erneut im Anblick seines Abendessens.

Fiona schlüpfte in die immer noch nassen Stiefel. Je schneller sie draußen war, umso besser. Nachher überlegte er es sich und bestand auf seinen Wachhund-Job.

Vor der klapperigen Tür empfing sie Finsternis, dafür hatte der Regen aufgehört. Nur von den Zweigen tropfte es nach wie vor.

Die Tränke stand auf der Rückseite, der Eimer wie angekündigt daneben. Fiona tauchte den Finger ins Wasser. Es war eiskalt. Sie würde die schnellste Hygienemaßnahme hinter sich bringen, die diese oder jede andere Welt jemals gesehen hatte, und zwar im Zwiebelverfahren. Nur das wurde ausgezogen, was für die Reinigung des jeweiligen Körperteils zwingend notwendig war.

Das Schlimmste zuerst. Die Haare. Dazu musste sie sich von dem Pullover trennen. Sie legte das, was Mohat Seife nannte, auf den Rand der Tränke und füllte den Eimer. So weit wie möglich beugte sie sich vor, zählte stumm bis drei, und goss sich das Wasser über den Kopf.

Ihr Hirn zersprang in tausend Splitter. Sie brüllte jeden einzelnen aus sich heraus.

»Fuck!« Was für eine Schwachsinnsidee! Wen störte in dieser versifften Welt ein bisschen Dreck?

»Beeindruckender Brüller.«

Fiona blinzelte durch tropfende Nässe.

Cordic sah ihr interessiert zu, wie sie sich nach Luft schnappend an den Rand der Tränke klammerte. »Ich war mir nicht sicher, ob es sich um einen Todes- oder Triumphschrei handelte, und hielt es für weise, nachzusehen.«

Sie wischte sich das Wasser aus den Augen, um ihm einen bösen Blick zuwerfen zu können.

»Was bedeutet *Fuck*?«

»Es wird dir noch weniger gefallen als *Bitch*.«

»Tatsächlich?« Er schlenderte näher, tippte sich mit dem Zeigefinger an die Unterlippe. »Verrätst du mir, was du da tust?«

»Nach was sieht es für dich aus?« Sie stöhnte vor Kopfschmerzen.

»Als ob du dich ersäufen wolltest.«

»Will ich nicht. Geh wieder rein.« Wie oft musste sie sich noch vor ihm demütigen?

»Verstehe. Du wäschst dich.« Mit angeekelter Miene stupste er an den Stinkeklumpen, der sich nach wie vor hochstaplerisch als Seife ausgab. »Warte einen Moment. Ich habe etwas Besseres.«

»Glaube ich dir nicht.« Gott, das Ziehen in ihrem Schädel hörte nicht auf.

Er verschwand, sie tropfte weiter, unfähig, sich zu einem einzigen weiteren Handgriff aufzuraffen.

Warum hatte sie vergessen, nach einem Handtuch zu fragen?

Es dauerte keine Minute, da kehrte er zurück. Ein grauer Lappen hing über seiner Schulter. »Hier!« Er warf ihr etwas zu.

Wie durch ein Wunder fing sie es auf, ohne dass es ihr durch die nassen Finger flutschte.

Rosenseife. Von Karl in einem Anflug von Experimentierfreude selbst gesiedet. Der Duft wirkte an einem Ort wie diesem unwirklich. Ein Stück Zuhause zum Einseifen und Schnuppern.

Ihre Kehle wurde eng.

»Keine Angst, ich habe sie Karl nicht geklaut.« Cordic setzte sich lässig auf den Rand der Tränke. »Er hat sie mir geschenkt, als er mich beim Klauen erwischt hat.« Er nahm ihr die Seife wieder aus der Hand. »Beuge dich nach vorn.«

Wollte er ihr die Haare waschen?

»Ich bin kein Kind. Ich kann das allein.«

»Beuge. Dich. Nach. Vorn.«

Sie gehorchte. Zum Streiten fehlte ihr die Moral. Sie bestand ausschließlich aus Heimweh und Gänsehaut.

Cordic rubbelte ihr die Seife über den Kopf. »Ich mache das nur, damit du nicht zu viel verschwendest.« Er massierte ihr den Schaum in die Haare, pfiff dabei ein Lied.

Die Melodie kam ihr bekannt vor.

»Luftanhalten und Augen zu.«

Erneut schwappte es eisig über ihren Schädel.

Fiona biss sich auf die Lippen, um nicht zu brüllen.

»Eins noch, Prinzessin«, plauderte er nebenbei. »In dieser Welt quält man sich nicht selbst.«

»Ich dachte, das gehöre zum guten Ton.« Sie nahm ihm den Lappen ab und wickelte ihn sich um den Kopf. Er roch wie das Innere der Köte. Hoffentlich kam der Rosenduft dagegen an.

»Nein, denn das übernehmen hier andere.« Er erhob sich, ließ seinen Blick durch die Dämmerung streifen. »Keine Angst, das lernst du bald.« Er zwinkerte ihr viel zu ernst zu, ging zurück in die Hütte.

»Fein!«, rief sie ihm nach. »Dann habe ich was, worauf ich mich freuen kann!« Idiot!

Da sie das Schlimmste hinter sich hatte, würde der Rest ihrer Reinigungsaktion ein Klacks sein. Sie verwarf ihren ursprünglichen Plan, schrittweise vorzugehen. Kälter als jetzt konnte es ihr nicht mehr werden. Sie riss sich ihre Anziehsachen vom Leib, wusch sich so gründlich wie möglich und spülte den Schaum mit händeweise Eiseskälte von sich. Kurz vor dem Erfrierungstod rubbelte sie sich mit dem längst feuchten Stofffetzen mehr oder weniger trocken.

Ein unangenehmes Gefühl, sauber in dreckige Kleidung zu steigen.

Keine Chance, sie ebenfalls zu waschen. Sie hatte nichts zum Wechseln mit.

Innerlich fluchend kehrte sie zurück ins Warme.

Cordic saß am Feuer und gönnte ihr eines seiner Spottgrinsen. Ahfid schien tief und fest zu schlafen, von Lun war nichts zu sehen, und Mohats durch Mark und Bein dringendes Schnarchen sprach für sich.

Sie setzte sich neben Cordic, gab ihm die Seife zurück. »Danke.«

»Gern geschehen.« Er wickelte sie sorgfältig in ein Tuch und verstaute sie im Rucksack.

»Keine heiße Dusche, aber immerhin.«

Er lachte leise und für einen Moment war der Spott aus seinem Blick verschwunden. »Das war mit Abstand das Beste in Karls Welt. Stundenlang unter dem heißen Wasserstrahl zu stehen und langsam dabei gar zu kochen.«

»Und erst die weichen Handtücher.« Sie hatte sich eben mit einem Lumpen abgetrocknet.

»Ja, die auch.« Er versank erneut in Schweigen, doch weder durchfurchte eine Falte seine Stirn, noch zuckte sein Mund im Spott.

Er hatte ein schönes Profil, markant, männlich und eindeutig verwegen, was von dem Bartschatten verstärkt wurde. Kein Wunder, dass Tina ihn angeschmachtet hatte.

»Zieh dich aus.«

»Wie bitte?«

Cordic sah nicht einmal hoch. Er hielt seine Hände ans Feuer und starrte in die Flammen. »Du sollst dich ausziehen.«

»Hör mal, ich bin dir dankbar für die Seife, trotzdem ...«

»Deine Sachen stinken und taugen nicht für die Reise.«

»Nackt tauge *ich* aber nicht für die Reise.« Himmel, war der Stein riesig, der ihr vom Herzen fiel.

Cordic zog ein dickes Bündel aus Ahfids Rucksack. »Das ist für dich.« Er legte es auf den Hocker, stellte ein paar Stiefel dazu.

Hoch bis zu den Knien mit einem breiten Umschlag.

Sie sahen genial aus.

Ein dickgewebtes Hemd mit Schnürung statt Knöpfen, eine Hose wie diejenige, die Cordic selbst trug, und eine Weste. Der braune Stoff war mit grünen Ranken bestickt. Wunderschön und auf den ersten Blick viel zu edel, um sich damit durch Schlamm und Regen zu kämpfen.

Cordic wühlte erneut in Ahfids Reisegepäck. »Keine Ahnung, wozu du diese Strippen brauchst. Wärmen können die dich jedenfalls nicht, aber Lun meinte, die müssten mit.« Er fischte eine Handvoll Unterwäsche hervor, die Fiona in einem Anfall von Größenwahn gekauft und bisher stets vor Karl verborgen hatte.

»Ihr wart an meiner Wäscheschublade?« Ihr wurde siedend heiß. »Was habt ihr noch durchsucht?«

»Das Badezimmer.« Er zauberte ihre Kulturtasche zutage, breitete seinen Mantel auf dem staubigen Boden aus und kippte den Inhalt darauf. »Das hier ist überflüssig.« Statt des Mascaras oder des Lippenstiftes, was sie eingesehen hätte, pickte er ausgerechnet die Zahnbürste aus dem Haufen. »Brich dir einen kleinen Zweig von einem Baum, kaue ein Ende fransig und fege damit die Essensreste weg.«

»Aha.« Fiona nahm sie ihm aus der Hand. »Ich bevorzuge die klassische Methode der Zahnreinigung.« Unglaublich, sogar an Damenbinden hatte er gedacht. Sie versuchte, das Päckchen unauffällig wieder im Kulturbeutel verschwinden zu lassen.

»Bei dem habe ich geraten, weil Lun damit nichts anfangen konnte.« Cordic zeigte darauf, ohne eine Spur Röte im Gesicht. »Aber ich denke, du wirst es irgendwann brauchen.«

»Gut geraten.« Weg mit dem Ding und Reißverschluss zu!

Er zuckte mit der Schulter und wandte sich ab. »Die Kleidung stammt von Ahfids ehemaligem Knappen. Als er damals in seinen Dienst trat, war er jünger und vorlauter als du.«

»Du kanntest ihn?«

»Allerdings.«

So wie er das sagte, war er von dem Jungen wenig begeistert.

»Hoffentlich passt alles.«

»Geht schon.« Hauptsache sauber. Fiona angelte sich das seriös wirkendste Höschen aus dem Haufen. Einen BH suchte sie vergebens. Offenbar hatte dessen Funktion keinem von den beiden eingeleuchtet.

Sie schlüpfte in die Hose. Angenehm eng, ohne zu kneifen, dafür ein bisschen zu lang. Sie verschloss die Häkchen am Bund und bückte sich zum Test.

Perfekt.

Mangels Spiegel kontrollierte sie den Sitz am Po, indem sie darüberstrich. Keine Falten, kein Herumlabbern. Alles knackig und fest. Jetzt fehlte bloß noch etwas zum Drunterziehen. Ein Top oder ähnliches.

Sie suchte es umsonst. Demnach wurde das Hemd direkt auf der Haut getragen. Hoffentlich kratzte es nicht.

Der grob gewebte Stoff fühlte sich weicher an, als er aussah.

»Ihr habt an alles gedacht, hm?«

Cordic wandte den Kopf zur Seite, ohne nach hinten zu sehen. »Wir planen deine Entführung schon länger.«

»Beruhigend.« Sie stopfte ihre Füße in die Stiefel, deren Schäfte ihre Waden wie eine dicke zweite Haut umschlossen. »Hättet ihr mich eingeweiht, hätte ich auf Socken und T-Shirts bestanden.« Sie zog die Weste über. Sie war bildschön. Die Knöpfe funkelten wie Perlmutt, aber warum befand sich auf der Rückseite eine Schnürung?

»Fertig?« Cordic drehte sich zu ihr, ohne ihre Antwort abzuwarten. Er betrachtete sie, nickte zufrieden. »Die Sachen passen wie angegossen.« Er ging um sie herum, pfiff leise. »Vor allem die Hose.«

Keine Chance, sich das Grinsen zu verkneifen.

»Doch das Wams muss strammer sitzen.« Er zog die Rückenschnürung fest.

Fiona keuchte trotz beginnender Luftnot. »Darf ich atmen, oder spielt das fürs Welt-Retten keine Rolle?« So musste es sich anfühlen, ein Korsett zu tragen.

»Das Wams dient in erster Linie dem Zweck, deine Reize vor neugierigen Augen zu verbergen. Ahfid hat es extra für dich anfertigen lassen.« Sein Blick glitt prüfend über eben jene Reize hinweg. »Ich hatte gehofft, die Tatsache, dass du eine Frau bist, hinter der Männerkleidung zu verstecken, aber es funktioniert nicht.« Frustriert schüttelte er den Kopf. »Es wäre besser, du wärst hässlicher.«

»Herzlichen Dank.« Der Stoff knarrte, als sie versuchte, tief einzuatmen. »Keine Angst, das Ding kann mir niemand vom Körper reißen.«

»Das hoffe ich.« Er reichte ihr ein dunkelgrünes Tuch. Bis auf die Farbe sah es so aus wie seines und Ahfids.

Es war seidenweich und leicht wie eine Feder.

Fiona wickelte es sich um.

Cordic pflückte es wieder ab. »Ahfid hat es für dich gesegnet. Er ist eigen in diesen Dingen.« Er schlang es zweimal um ihren Hals, knotete es vorne locker zusammen.

Seine Finger streiften warm über ihre Haut.

Ein seltsames Gefühl breitete sich in ihr aus. Es schnürte ihre Brust enger ein als die Weste.

»Das Tuch ist wunderschön.« Sie sprach nur, um die Stille zu durchbrechen.

Seine Hände kamen auf ihren Schultern zur Ruhe. Ganz nah an ihrem Hals. »Das bist du auch.« Sein Daumen streichelte an ihrem Kinn entlang. »So schön, dass ich wünschte, es wäre anders.« Er sah sie auf eine Weise an, die ihr Herz mit aller Kraft gegen die Rippen pochen ließ.

Sie versank in dem mitternachtsblauen Blick, der jeglichen Spott verloren hatte.

Sacht legten sich Cordics Lippen auf ihre.

Fiona schloss die Augen.

Das Prasseln des Feuers verstummte ebenso wie das Tropfen der Zweige. Kein Gedanke an Flucht oder Angst.

Ein Streicheln über ihren Nacken, das Gefühl, warm und sicher gehalten zu werden, während Cordic ihre Lippen liebkoste, als wären sie flüchtig wie Nebel.

Ein Traum? Dann war er der schönste ihres Lebens.

Alles in ihr prickelte, flirrte, wollte mehr von diesen festen und dennoch sanften Lippen kosten.

Ein gewaltiges Schnarchen erschütterte die Kate, ein Grunzen folgte.

Mohat.

Cordic wich zurück, sah sie erschrocken an. »Du solltest schlafen.« Er wandte sich ab, schluckte. »Leg dich zu Ahfid. Dort bist du sicher aufgehoben.« Er nahm seinen Mantel, eilte aus der Hütte.

Er ließ sie allein? Jetzt?

Mohat sollte der Schlag treffen!

Fiona kauerte sich neben Ahfid, presste die Hand auf ihren Mund. Er wollte weiterküssen. So dringend, dass es überall in ihrem Körper schmerzte. Was immer eben geschehen war, es war fantastisch gewesen, und sie wollte mehr davon.

Cordic war ein Mann. Kein Junge aus ihrem Jahrgang. Er war viel zu alt für sie und damit absolut tabu. Die goldene Regel: Trau keinem über dreißig.

War er vielleicht noch nicht. Eher um die Mitte zwanzig.

Ende zwanzig?

Er hatte sie geküsst. So zärtlich und behutsam.

Gott, war das schön gewesen.

Und er hatte es bereut, sonst wäre er nicht aus der Hütte geflohen.

Sie versuchte, ihre Gefühle einzufangen.

Keine Chance. Sie traten über sämtliche Ufer.

Bei Ahfid wäre sie sicher? Scheiß drauf.

Sie wollte zu Cordic. Mitten hinein, in seine Dunkelheit.

Cordic

Sein Herz donnerte wie eine Kriegstrommel.

Was in aller Finsternis hatte er getan?

Er stolperte in den Wald, biss sich bei jedem Schritt fester auf die verräterischen Lippen. Sie hatten sich danach verzehrt, Fionas weichen Mund zu kosten. In dem Moment, als ihn das Mädchen angesehen hatte. Unmöglich, den Blick von dem warmen Gold ihrer Augen zu wenden. Die Sehnsucht darin hatte er sich nicht eingebildet. Sie hatte ihn ebenso verführt wie Fionas schlanke Gestalt und das leichte Rot ihrer Wangen. Für einen Moment hatte er vergessen, wen er vor sich hatte.

Mach dir nichts vor! Er schlug sich gegen die längst schmerzende Stirn. Er war es gewesen, der sich gesehnt hatte.

In Fionas Nähe wurde sein Schmerz erträglicher. Als er sie berührt hatte, war er vollkommen verschwunden. Stattdessen war eine Wärme in sein Herz gesickert, die er nie zuvor gespürt hatte. Bereits beim Überqueren des Flusses war es ihm aufgefallen. Diese Ruhe, die ihn erfasst hatte, kaum, dass sich seine Finger um Fionas schlossen. Ein Gefühl des Vertrautseins, dabei war er ihr Feind.

Wie enttäuscht sie ihm eben nachgesehen hatte. Es hatte ihn bis in die Seele geschmerzt.

Sie empfand etwas für ihn.

Statt die winzige Flamme auszutreten, blies er in die Glut.

Hatte er den Verstand verloren?

Er musste diesen unverzeihlichen Fehler ausmerzen.

An einer Eiche sank er zusammen. Über den Nacken hinauf kroch der unselige Schmerz, bohrte sich in sein Hirn, ließ es brennen.

Er schlug mit dem Hinterkopf gegen den Stamm, doch es half nichts.

Sich jetzt neben Fiona legen, die Augen schließen und zulassen, dass ihre Nähe linderte. Mit der Erinnerung an den Geschmack ihrer Lippen einschlafen und sie morgen um Verzeihung bitten.

Das Einzige, was er verdient hatte, war ihre Verachtung.

Bald begann ein neuer Tag, gefüllt mit Gelegenheiten, genau die zu erwerben. Die meisten Menschen, die ihn kannten, hassten ihn.

Fiona würde es ebenfalls. Dafür würde er sorgen.

Das bittere Gefühl schnürte ihm den Atem ab.

Fiona

Asche und Dreck. Bis in ihre Träume verfolgte sie der Geruch. Sie kämpfte sich in die Realität, die für zwei Atemzüge aus verkohlten Holzscheiten und einem rostigen Kessel bestand.

Die Köhlerhütte. Von deren Besitzer fehlte jede Spur. Auch von Lun und Cordic. Nur Ahfid lag schlafend neben ihr.

Fiona wickelte sich aus dem Mantel. Himmel, war ihr kalt. Zitternd streckte sie ihren Rücken durch. Er war steif wie ein Brett. Ihr Mund war trocken, ihr Magen leer. Sie war noch nie so durstig und hungrig gewesen. Schon gar nicht gleichzeitig. Wenigstens das eine konnte sie stillen.

Leise schlich sie nach draußen. Fahle Sonnenstrahlen drangen durch den Nebel, verzauberten den Wald in ein Herbstmärchen.

Inklusive dunklem Prinzen.

Cordic lehnte an der Tränke, zitterte ebenso wie sie.

Hatte er die Nacht im Freien verbracht?

Die Erinnerung an seinen Kuss prickelte ihr warm durch den Körper.

Er hob den Blick, sah ihr entgegen.

Kalt, abweisend, als wäre sie für ihn das Ärgernis seines Lebens.

»Vergiss, was gestern geschehen ist.«

Die eben noch prickelnde Wärme verschwand.

»Du bist ein hübsches Ding, da kommt ein Mann in Versuchung.« Sein Lächeln war so kalt wie die Dunkelheit seiner Augen. »Es wird nicht wieder vorkommen, also spare es dir, Ahfid dein Hasenherz auszuschütten.«

»Angst, ich könnte petzen?« Sie hatte sich getäuscht. In seinen Augen war niemals etwas Sanftes und Sehnsuchtsvolles gewesen, nur Abweisung und Spott. An beides hätte sie sich längst gewöhnen müssen. »Hatte ich nicht vor.« Nur keine Miene verziehen. Es ging ihn nichts an, wie sehr seine Worte schmerzten. »Da wir das geklärt haben, wann brechen wir auf?« Jetzt noch ein hochmütiges Lächeln, und die Lüge wäre perfekt.

Sie versuchte es umsonst.

»Sofort.« Er schritt an ihr vorbei zur Hütte.

»Du mich auch, Arschloch.« Wenn bloß ihre Augen nicht so brennen würden.

Für den Bruchteil einer Sekunde hielt er inne, drehte sich jedoch nicht zu ihr um.

Sie hätte ihn von sich stoßen sollen, statt seinen Kuss zu erwidern.

Ihr Durst war vergangen, sie trank trotzdem. Das eisige Wasser zog an ihren Zähnen und ließ sich kaum schlucken. Umso besser, das lenkte sie von der brennenden Wut ab.

Und der Enttäuschung. Die schmerzte noch mehr.

Fiona rieb sich über die Lippen, bis es wehtat.

Sie dachten nicht daran, die Erinnerung an den Kuss zu vergessen.

Nein, sie würde jetzt nicht zum schmollenden Mädchen mutieren, das versetzt worden war. Von wegen hübsches Ding. Sie war eine Frau! Das hatte er selbst zugegeben.

Sie atmete ein paar Mal tief ein und aus, blinzelte die Tränen weg und folgte ihm in die Hütte. Sie musste ihre Sachen packen, und wenn er ihr dabei im Weg stand, sollte er verschwinden.

Er saß mit dem Rücken zu ihr am Feuer, während Ahfid ihre Habseligkeiten verstaute.

»Guten Morgen.« Ahfid lächelte sie an. »Gut geschlafen?«

Bestens! Sie brachte keinen Ton hervor, raffte stattdessen ihre alte Kleidung zusammen, obwohl sie sie nicht mehr brauchte und nicht einmal einen Rucksack besaß, um sie mitzunehmen.

»Lass das hier.« In seinem Blick stand die Frage, was mit ihr los war. »Ist noch was Wichtiges in den Taschen?«

Bloß, um was zu tun und nicht aufsehen zu müssen, wühlte sie in ihrer alten Hose und der Jacke herum.

Das Feuerzeug. Es flutschte ihr aus den zittrigen Fingern, landete neben Cordics Fuß.

Er hob es auf, reichte es ihr. »Was ist das?«

»Geht dich nichts an.« Sie steckte es in die Westentasche, schnappte sich ihren Mantel und floh aus der Hütte.

Gott, war sie naiv! Wie hatte sie sich einbilden können, er würde etwas für sie empfinden? Nur weil er sie geküsst hatte?

Er war ein Mann und sie das einzige weibliche Wesen in seinem Umfeld. Es war mit ihm durchgegangen, er bereute es und jetzt verachtete er sie umso mehr, weil sie sich auf den Kuss eingelassen hatte, statt ihm eine schallende Ohrfeige zu verpassen.

Wütend wischte sie die Tränen von den Wangen.

Sie war eine Idiotin.

Und Cordic ein ...

Scheißegal.

Nach Norden

Fiona

Gammeliges Trockenfleisch zum Frühstück. Lecker.
Sie warf den Streifen hinter sich.
Ahfid fing ihn auf. »Das Weiße ist kein Schimmel, sondern Salz. Wie oft soll ich es dir noch erklären?«

Ihr war nach Marmeladenbrötchen und Heidelbeerjoghurt, aber nicht nach einem Stück getrocknetem Tier.

Cordic hatte das Zeug Mohat abgepresst. Zum Jagen würde ihnen die Zeit fehlen. Das lag fünf Tage zurück. Zweimal hatte es dennoch Fisch zum Abendessen gegeben. Die über dem Feuer gegrillten Forellen waren köstlich gewesen, auch ohne Salz. Gestern waren sie an einer Edelkastanie vorbeigekommen. Bis zum Überquellen hatten sie sich die Taschen mit Maronen gefüllt. Abends hatten sie sie in die Glut des Feuers gelegt und garen lassen. Ihr war schlecht geworden, so viel hatte sie davon gegessen. Dabei hatte sie die mehligen Dinger in ihrer alten Welt nie gemocht und bei Weihnachtsmärkten einen Bogen darum gemacht.

Geschmack änderte sich dramatisch, wenn der Hunger ununterbrochen im Magen herumkroch.

Sie liefen jeden Tag von Sonnenauf- bis Sonnenuntergang. Den Muskelkater blendete sie zusammen mit ihrem Heimweh aus. Nachts war sie ohnehin zu müde, um sich Gedanken darüber zu machen. Meist schlief sie ein, lange bevor sie ein Bett oder ein Dach über dem Kopf auch nur vermisste. Morgens steif vor Kälte aufzuwachen, gehörte ebenfalls zu ihren täglichen Erfahrungen, wenigstens hatte sich das Wetter gehalten.

»Gib das her.« Cordic nahm ihr die restlichen Trockenfleischstreifen aus der Hand und steckte sie in den Beutel. »Langsam solltest du dich an dein neues Leben gewöhnt haben, Prinzessin.«

Irgendwann stopfte sie ihm dieses verdammte Wort so tief in den Rachen zurück, dass es unten wieder rauskam.

Seit sie Mohats Hütte verlassen hatten, ging er ihr aus dem Weg. Er sprach nur mit ihr, wenn es sich absolut nicht vermeiden ließ, und dann meist mit diesem widerlich höhnischen Unterton. Er schien den Kuss abgrundtief zu bereuen, dabei hatte sie sich gar nicht so dämlich angestellt.

Sie hatte lediglich die Lippen hingehalten. Vielleicht lag das Problem genau dort. Sie hätte seinen Kuss inniger erwidern müssen, ihn damit umhauen, statt den Eindruck zu hinterlassen, in Liebesdingen nicht bis drei zählen zu können.

Weg mit den Gedanken. Sie war zu fertig zum Grübeln. Gestern Abend hatte sich ihre Regel angekündigt. Für einen Moment hatte sie sich mit dieser alltäglichen Herausforderung weiblichen Daseins überfordert gefühlt. In der Nähe von Drogeriemärkten, Waschmaschinen, Schokoladentafeln und Wärmflaschen war es keine Hürde. Aber unterwegs in der Wildnis mit einem Minimum an Wäsche zum Wechseln und einem begrenzten Vorrat an Binden plus Dauerkälte plus ausschließlich männlicher Begleitung, die weder für Bauchschmerzen noch für miese Laune Verständnis aufbringen würde, war es mehr, als sie ertragen wollte.

Wie ein Dieb hatte sie in der Nacht Ahfids Rucksack durchwühlt, um die Binden herauszufischen. Für einen Moment hatte sie sich den Duft von Kaffee eingebildet. Ein klares Zeichen, wie dringend sie ihn nötig hatte. Nur eine Tasse, und die Welt würde ein klein wenig rosiger aussehen.

»Wir müssen weiter.« Ahfid schulterte den Rucksack. »In zwei Tagen erreichen wir Silberbach.«

»Und das ist was?« Vom Klang her zumindest etwas Schönes.

»Die letzte Siedlung, bevor das nördliche Grenzland beginnt.«

Bett, Brot, Wärme, Menschen, Zivilisation, die Möglichkeit, ihre Wäsche zu waschen, vielleicht sogar Süßigkeiten. Die Begriffe schossen durch ihr Hirn. Oh doch, sie hatte sich ein bisschen Luxus verdient.

Wie immer übernahm Cordic die Spitze ihres Zuges, während Ahfid in ihrer Nähe blieb.

Dieses Beschützerding war lächerlich. Bis auf einen Elch, der in aller Gemütsruhe ihren Weg gekreuzt hatte, und einer zugegeben großen und sehr scheuen Wildkatze, die auf den ersten Blick wie ein dunkelgrauer Luchs ausgesehen hatte, war ihnen nichts Aufregendes begegnet.

Schade, um den Anblick eines Leichengeiers hätte sie sich gerissen. Garantiert hätte dessen Mimik Cordics täuschend geähnelt.

»Ich freue mich auf ein Kaminfeuer und heißen Met.« Ahfid stieß sie an. »Du wirst sehen, er schmeckt ausgezeichnet.«

Das würde sich zeigen.

»Was genau wollen wir in Silberbach?« Außer ein stundenlanges, heißes Bad zu nehmen. Ihretwegen auch in einem Waschzuber.

»Wir treffen dort auf einen Freund. Er hat sich bereit erklärt, uns Gastfreundschaft zu gewähren, bis Jetsuba Kontakt mit uns aufnimmt.«

»Diese Frau kann mich mal.« Das Ding mit dem Zeh würde sie ihr nie verzeihen.

»Hüte deine Zunge, Prinzessin.« Cordic sparte sich die Mühe, sich nach ihr umzudrehen. »Die Hexe könnte sie dir sonst abschneiden.«

»Sehr witzig.« Sie würde ihn ignorieren. Für immer und ewig.

Sie meditierte diesen Entschluss, während der Morgen zum Abend wurde.

Inmitten einer Senke umgeben von riesigen Eschen blieb Cordic endlich stehen. »Wir rasten.«

Gott sei Dank! Ihre Beine fühlten sich wie Sandsäcke an.

Sie ließ sich auf einen mit Moos überwucherten Baumstumpf sinken und zog die Stiefel aus. »Hat einer von euch Lust, mir die Füße zu massieren?«

Cordics Blick hätte sie zusammenzucken lassen, wäre ihr das *Ich ignoriere Cordic für die Ewigkeit*-Mantra in den letzten Stunden nicht in Fleisch und Blut übergegangen.

»Das war ein Scherz. Soll ich Holz sammeln?«

»Nein«, kam es knapp.

Nicht einmal das traute er ihr zu.

Er machte sich mit Lun auf die Suche und kam nach kurzer Zeit mit dem Arm voller Reisig und Zweigen zurück. Wie jeden Abend schichtete er das Brennholz, schlug mit dem seltsamen Eisenstück Funken aus dem Messerrücken und entfachte damit ein paar kleingeschnippelte Holzstückchen. Es war der einzige Moment, in dem seine Miene nicht angespannt oder genervt wirkte. Umsorgte er das Feuer, spiegelte sich blanke Hingabe auf seinem Gesicht. Ähnlich wie bei Karl, wenn er junge Bäume veredelte.

»Seit Tagen siehst du traurig aus.« Ahfid setzte sich zu ihr, blies sich in die hohlen Hände. »Bis auf die Momente, in denen du wütend bist.«

»Ich bin weder das eine noch das andere.« Und wieder eine Lüge. Langsam wurde sie Profi.

»Lass mich raten.« Seufzend folgte er ihrem Blick. »Es ist seine Schuld.«

»Wir hatten eine Auseinandersetzung.« Die schlechteste Umschreibung für einen Kuss, die es gab. »Seitdem scheine ich ein Ärgernis für ihn zu sein.«

»Du, ich, Lun, dieser Auftrag, der ihm zusetzt.« Er nahm ihre Hände zwischen seine und rieb sie warm. »Verschwende keine Gedanken daran. Cordic macht es niemandem leicht.«

»Er soll es mir nicht leicht machen, sondern nur fair zu mir sein.« Das genügte völlig.

»Fair zu sein ist nicht das, was Khatalaher gut können.« Ahfid zog eine Grimasse. »Wahrscheinlich wurmt es ihn, dass er dir bei der Seelenvereinigung etwas über sich preisgeben musste. Für gewöhnlich hütet er sein Innenleben wie einen Schatz.«

»Er hat mir nichts preisgegeben, sondern mir die spannendsten Dinge verheimlicht.«

»Davon kannst du ausgehen.«

»Wie war das bei euch beiden?« Immerhin waren sie Freunde.

»Bei uns?« Ahfid lachte. »Er würde mir nie eine solche Verbindung zumuten.«

»Und wieso nicht?«

»Er würde mich dabei töten.«

»Was?« Und das sagte er so gelassen?

»Die Seele eines Khatalahers ist dunkel wie sein Blut.« Ahfids Lächeln war zu flüchtig, um fröhlich zu wirken. »Ich könnte in meiner die Fülle der Gefühle eines zweiten Wesens nicht unterbringen. Schon gar nicht die eines Clankriegers. Sie würde bersten.«

»Und was ist mit meiner Seele?« Die war Cordic offenbar egal.

»Du kommst damit wesentlich besser zurecht als ich.«

»Weil ich ein Schwarzblut bin?« Wie fremd das klang.

Ahfid nickte. »Ich hatte trotzdem Angst um dich. Die Vereinigung zweier Seelen ist gefährlich. Egal, zwischen wem sie stattfindet.« Eine Weile sah er Cordic dabei zu, wie der das Feuer schürte. »Es liegt viele Jahre zurück«, erzählte er schließlich. »Der Große Schutz existierte noch nicht, und das Waldland lag wie immer im Krieg mit Khatalah. Ein Freund von mir spottete über diesen Seelenhokuspokus der Clankrieger und wettete, dass er ebenfalls in der Lage wäre, diese Verbindung einzugehen.« Er lächelte traurig. »Er war betrunken und ein Aufschneider, doch ich mochte ihn trotzdem.«

Das *erzähl weiter* lag ihr auf der Zunge. Sie traute sich nicht, es auszusprechen. Was war das für eine Welt, in der Seelen zerbarsten und Menschen in leeren Zwischenräumen zerrissen wurden?

»Mein Freund provozierte Cordic, bis der ihm dieses Erlebnis anbot.«

»Cordic?«

»Er war der einzige Clankrieger in Nehrits Horde. Für ihn war das kein Vergnügen, das kannst du mir glauben. Mein Freund verachtete ihn und ließ ihn das bei jeder Gelegenheit spüren. Vielleicht willigte Cordic deshalb ein. Das Bedürfnis nach Rache wird einem Khatalaher zusammen mit leichtsinnigem Mut und nervender Arroganz in die Wiege gelegt.« Er zwinkerte ihr zu, schwieg jedoch einige Augenblicke, bevor er weitererzählte. »Es war für beide nicht lustig und es endete damit, dass mein Freund nie wieder mit irgendetwas prahlte. Ich versuchte danach, Cordic zu hassen, aber es gelang mir nicht. Also akzeptierte ich, dass ein Clankrieger, auch wenn er in der Kluft eines Grenzgängers steckt, immer ein Clankrieger bleibt.«

Cordic hatte in Karls Küche die Wahrheit gesagt. Er gehörte zu den Bösen.

Fiona mühte sich, das enge Gefühl in ihrer Kehle wegzuschlucken.

»Anfangs war er mein Knappe.« Ahfid zupfte an ihrem Perlenzopf. »Kannst du dir das vorstellen?«

Ein dienender Cordic? »Nein.«

»Ursprünglich hatte Nehrit einen anderen Krieger für ihn bestimmt, doch Cordic schritt auf mich zu, vergaß die mir gebührende Verbeugung und sagte: Ich diene dir oder keinem dieser Schwächlinge.«

Fiona musste lachen.

»Damals wuchsen ihm gerade mal die ersten Zunseln am Kinn. Du kannst dir denken, wie begeistert die Krieger waren, von einem Nachtfresserbalg als Schwächlinge bezeichnet zu werden, doch er steckte die Häme und Prügel weg, die er regelmäßig bezog. Auch von mir.«

»Du hast ihn geschlagen?« Sie konnte sich eine Menge vorstellen, aber nicht, dass Ahfid einen Teenager verdrosch.

Schnaubend sah er zum Himmel. »Er hat mich zur Weißglut getrieben mit seiner ständig scharfen Zunge. Kein Befehl, den er nicht kommentiert und hinterfragt hätte. Er gehorchte mir so wenig wie möglich, und wenn, vermittelte er mir den lächerlichen Eindruck, mich bei ihm dafür bedanken zu müssen. Als wäre es nicht seine verdammte Pflicht.«

Es fiel ihr schwer, sich Cordic als pickligen Jungen vorzustellen.

»Ich weiß nicht mehr, wie ich es geschafft habe, aber irgendwann lachte er über einen meiner Witze. Das hatte er bis dahin nie getan. Danach kamen wir besser miteinander zurecht und es fiel ihm leichter, sich in die Horde der Grenzgänger einzufügen. Nehrit bemerkte eines Tages Cordics Talent im Schwertkampf und erlaubte mir, ihn zum Grenzgänger auszubilden.« Ihre Strähne glitt ihm aus den Fingern. »Damit verlor ich einen miserablen Knappen und gewann einen treuen und ausgesprochen mutigen Kampfgefährten.«

»Klingt spannend.« Kein Wunder, dass sich Cordic um ihn sorgte.

»Das Leben in einer Kriegshorde ist in erster Linie anstrengend, erschütternd und traurig.« Eine Falte bildete sich zwischen seinen Brauen. »Jeder, der es nicht kennt, meint, es würde vor Ruhm und Heldentaten strotzen, aber seine Freunde sterben zu sehen, ist ebenso wenig heroisch, wie sein Schwert in die Brust eines Feindes zu rammen.« Die Freundlichkeit seines Blickes verschwand hinter einem Schatten. »Wir mordeten, um das Leben zu schützen. Selbst ein Idiot muss erkennen, wie krank das ist.«

»Und es gab keine diplomatische Lösung?«

»Diplomatie?« Ahfid lachte trocken. »Allein das Wort begreift Rag als Beleidigung. Nur der Große Schutz vermochte es, ihn in die Schranken zu weisen. Doch auch der bringt den Tod, und Cordic ...« Er biss sich auf die Lippen. »Egal.«

»Du magst ihn.«

Eine Weile ruhte sein Blick auf dem Mann, der beinahe zärtlich das Feuer umsorgte.

»Ich bewundere ihn mehr als jeden anderen.« Er zog die Beine näher zum Körper, schlang die Arme darum. »Trotzdem würde ich niemals mit ihm tauschen wollen.« Sein Blick wurde leer, nur die Flammen spiegelten sich darin. »Niemals.«

Ahfid

Die Faust traf ihn hart. Sein Kiefer krachte. Er ging zu Boden, schmeckte Blut. Er wollte sich aufstützen, doch sein Arm hing ihm nutzlos an der Seite.

»Seht ihn euch an, Brüder! Der Grenzgänger liegt im Dreck! Da, wo er hingehört!«

Eine Stiefelspitze bohrte sich in seinen Magen, kaum dass er sich aufgerichtet hatte. Er sackte zusammen. Sterne tanzten vor seinen Augen.

Lange hielt er dieses Spiel nicht aus. Verdammt, er war ein miserabler Späher, sonst wäre er nicht in die Falle der Nachtfresser getappt.

Aus den Augenwinkeln sah er drei von ihnen blutend im Staub. Immerhin, er hatte sein Leben teuer verkauft.

Ein Tritt gegen seinen Kopf, einer in den Magen.

Er erbrach sich, ließ das Gelächter über sich hinwegschwappen. Die Chance auf Gegenwehr lag hinter ihm. Er würde jämmerlich zugrunde gehen.

Auf den nächsten Schlag warten und hoffen, dass es bald vorbei war.

Er kam. Blut floss ihm in die Augen.

»Hört auf damit!«

Die Stimme war zu hoch für einen Mann.

Durch den roten Schleier nahm er verschwommen einen Jungen wahr. Er betrat den Kreis, den die Clankrieger um Ahfid gebildet hatten.

Seit wann schleppten sie ihre Kinder auf Kriegszüge mit?

»Hey, was machst du hier?« Der Kerl, dem er seine gebrochenen Rippen verdankte, stellte sich vor ihn. »Verschwinde!«

»Ich bin euch nachgeschlichen.« Der Junge reckte das Kinn. *»Ihr stapft so laut durch den Wald, dass selbst die Lichten hinter ihren Glasmauern das Beben der Erde spüren.«*
Das empörte Aufbrüllen brachte sein Hirn zum Explodieren.
»Mein Vater schickte mich mit euch, um zu lernen.«
Der Blick gehörte keinem Kind. Er forderte heraus, leuchtete vor Entschlossenheit.
»Wie kann ich das, wenn ihr mich ständig im Lager zurücklasst?«
»Du willst lernen?« Ein Mann, dessen Zopf den Boden streifte, lachte auf. *»Macht ihm Platz«*, brüllte er in die Runde. *»Meruts Sohn erhebt Anspruch auf den Grenzgänger!«* Er schlug dem Jungen auf die Schulter. *»Lass dir Zeit mit ihm und genieße den Spaß. Er ist zäh. Stellst du es klug an, amüsierst du dich bis zum Morgen mit ihm.«*
»Hoch mit dem Kerl«, rief ein anderer. *»Sonst schlägt der Welpe daneben.«*
Ahfid wurde auf die Beine gezerrt.
»Prügelt mich einfach tot.« Jedes Wort genuschelt. Seine aufgeplatzte Lippe gab nichts Besseres her. *»Aber verhöhnt mich nicht mit einem Kind.«* Dem Jungen wuchs kein einziges Haar am Kinn.
Wie er ihn zornig anfunkelte. Beinahe zum Lachen. Doch dazu fehlte Ahfid der Mut. Zu sterben machte Angst. Die Schmerzen machten Angst. Die Gewissheit, dass sie noch lange nicht beendet waren, machte die größte Angst.
»Dresche ihm das Leben aus dem Leib, und das erste Mädchen, das uns in die Finger gerät, gehört dir.« Der Kerl mit dem Zopf brüllte vor Lachen. *»Danach bist du ein Mann und kannst stolz vor deinen Vater treten.«*
Gerede, Gelächter. Alles mit Demütigungen gespickt.
Wenn sie bloß den Mund hielten und ihn endlich sterben lassen würden.
Der Junge trat näher.
Für einen Moment versank Ahfid in nachtblauen Iriden.
Etwas berührte seine Seele. So flüchtig wie ein Windhauch.
»Ich bin kein Feigling, der seinen Gegner festhalten lässt«, drang die Stimme des Knaben zu ihm.
»Große Worte für einen Milchbart«, höhnte der Nachtfresser, der ihn festhielt. *»Verschluck dich nicht an ihnen.«*
Speichel sprühte ihm ans Ohr.
Die Pupillen des Jungen verengten sich. Er schlug zu.
Zu schnell, für Ahfids gequälte Sinne. Derjenige, der ihm eben ans Ohr gespuckt hatte, sank zu Boden.

Ein Aufschrei der Empörung, und sie stürzten sich auf den Knaben.
Sie würden ihn zu Tode prügeln, egal, ob er zu ihrem Volk gehörte oder nicht.
Kriegsrufe aus der Dunkelheit. Nehrits Männer. Sie hatten ihn gefunden.
Wie eine Woge schlugen sie über den Feinden zusammen.
»Lasst den Jungen in Ruhe.« Ahfid stammelte es Ratil zu, der den Arm um ihn schlang. »Nur ein Kind. Es hat mir geholfen.« Woher hatte es den Mut genommen?
»Du redest wirr.«
»Nehmt ihn gefangen, doch tötet ihn nicht!«
»Welcher Junge?«, fragte Ratil. »Da sind nur Nachtfresser.«
Er versuchte, trotz der Dämmerung und seiner verschwommenen Sicht etwas zu erkennen.
Der Junge war verschwunden.

Fiona

Ahfid blickte ins Feuer, doch sie war sicher, dass er andere Dinge sah als zuckende Flammen und zu Asche zerfallende Zweige. Hatten ihn seine Gedanken gefangen und ließen ihn nicht mehr frei? Sie kannte solche Labyrinthe. Es war nie gut, zu lange darin umherzuirren.

Fiona stieß ihn an. »Komm wieder her.«

Er blinzelte, sah zu ihr. »Wusstest du, dass es Cordic war, der dich zuerst gehalten hat?« Er lehnte sich zurück, blickte zu den Zweigen empor. Rote Schimmer huschten darüber. »Deine Mutter bekam dich in Nehrits Zeltlager. Er und der Heiler standen ihr bei. Ich erwischte ihn kurze Zeit später, wie er dir das Lied von Schatten und Licht vorsang und dich dabei in seinen Armen wiegte.«

Er hatte sie gehalten, ihr vorgesungen.

Bevor sie der Gedanke erreichte, wurde er zu einem Gefühl von Wärme und Geborgenheit. Ein sanftes Vibrieren in der Nacht. Es wob sich um leise Töne und kraftvolle Silben.

»Als Jetsuba kam, um dich mitzunehmen, wollte er dich nicht hergeben.

Er war sicher, du wärst bei ihm besser aufgehoben.« Ahfid lachte leise. »Ein frisch geschlüpfter Säugling unter den Fittichen eines Kriegers. Ich weiß bis heute nicht, wie er sich das vorgestellt hat.«

Redete er wirklich von dem Mann, der von Beginn an über sie gespottet hatte?

»Es vergingen zwei Jahre. Wir lagerten im Süden, spürten Rags versprengte Chaoshorden auf. Das Licht um die Glasstadt erstrahlte bereits. Unsere eigenen Schwarzblüter hatten allesamt darum gebeten, weiter in den Norden versetzt zu werden, was ihnen Nehrit zugestanden hatte. Ein vor reißenden Kopfschmerzen wimmernder Krieger ist ein kläglicher Anblick.« Sein Zwinkern war bar jeder Häme. »Er bot Cordic ebenfalls an, unter Rakti zu dienen. Sie führte als einziges Schwarzblut eine Horde. Cordic lehnte ab, obwohl es ihm anzumerken war, wie sehr ihm das Licht zusetzte. Ich fragte, wie er es schaffte, sich davon abzulenken. Weißt du, was er sagte?«

Fiona schüttelte den Kopf. Sie steckte noch in der Vorstellung fest, dass ihr Cordic Lieder vorgesungen hatte.

»Er würde an die Nacht denken, in der er zum ersten Mal neues Leben im Arm gehalten hatte. An den Blick aus goldenen Augen und die Kraft winziger Fingerchen. Er würde sich vorstellen, dass aus dem Kind eines Tages eine Kriegerin würde, stark und geschickt im Kampf. Eine Frau wie Rakti, der niemand etwas zuleide tun konnte.«

Er hatte eine Heldin erwartet und eine Regenkatze bekommen. Deshalb spottete er über sie. Er war enttäuscht und dachte nicht daran, es für sich zu behalten. In seinen Augen war sie nur ein Prinzesschen, das jammerte, wenn es kein Marmeladenbrötchen zum Frühstück bekam. Er traute ihr nicht einmal zu, allein pinkeln zu gehen.

Ihre Wangen brannten trotz Kälte.

»Deshalb hat ihn Jetsuba auf diese Reise geschickt.« Ahfids Lächeln tröstete sie kein bisschen. »Er kennt dich am längsten von uns.«

»Und er mag mich am wenigsten.« Und das mit Grund. »Hättest du mich nicht allein kidnappen können?« Ahfid ließ sie nie merken, dass sie zu nichts taugte.

»Ich bin seit jeher für die Drecksarbeiten prädestiniert.« Cordic stand keine zwei Meter von ihr entfernt. »Jetsuba weiß das.«

Kalte Stimme, noch kälterer Blick und beides von oben auf sie herab.

Und wenn er ihr zehnmal vorgesungen hatte.

»Erstick doch an deinem beschissenen Zynismus!« Sie war kein Held. Na und? Zwischen Blumentöpfen und Matheaufgaben wäre er auch keiner geworden. Wurde man als Krieger geboren? War es normal, andere Menschen abzuschlachten und sich dabei gut zu fühlen? Nein! War es nicht! Sie könnte so was niemals. Ob sie ihn nun enttäuschte oder nicht!

Verdammte Wuttränen. Sie ließen sich nicht wegblinzeln.

Cordics Blick wurde eine Spur eisiger. »Das wäre nur eine weitere interessante Todesart, die auf mich wartet.« Er eilte an ihr vorbei, verschwand zwischen den Bäumen.

Was seufzte Ahfid? Da gab es nichts zu bedauern! Cordic verachtete sie und fertig.

»Er meint es nicht so.«

»Und ob er es so meint.« Sie floh vor Ahfids Schlichtungsversuchen ans Feuer.

Wehe, heute sprach sie noch einer an.

Lun sammelte Esskastanien aus seinen Manteltaschen. »Hunger?«

»Nein!«

Er zuckte zurück. »Schon gut.«

Gar nichts war gut.

Sie starrte in die Flammen, versuchte, mit diesem widerlichen Gefühl in ihrem Herzen klarzukommen.

Sie hatte Cordic enttäuscht, und dafür rächte er sich an ihr. Ganz einfach. Und wenn sie sich Arme und Beine ausriss, er würde seine Meinung über sie nicht ändern.

Ihr Brustkorb fühlte sich an, als würde ein Elefant draufsitzen.

Finsternis kroch zwischen den Bäumen auf sie zu. Das Feuer knisterte, fiel zusammen. Sie legte Reisig nach, sah ihm beim Brennen zu. Langsam wurde sie ruhiger. Es tat gut, das Feuer zu hüten. Es lenkte ab.

Als ihr die Augen zufielen, übernahm Ahfid diese Aufgabe.

Schlafen und hoffen, morgen ohne Bauchschmerzen aufzuwachen.

Wünsche konnten so einfach sein.

»Hoch mit euch!« Ein Schatten, dunkler als die Nacht, rannte auf sie zu. »Wir sind nicht allein.«

Cordic?

Fiona quälte sich aus dem Schlafmodus.

»Was meinst du damit?«, fragte Lun ängstlich.

»Dass wir beobachtet werden.«

»Von wem?« Ahfid schälte sich aus seinem Mantel und spähte in die Richtung, aus der Cordic gekommen war.

»Von *was*.« Cordic sah ihn vielsagend an und beantwortete Ahfids stumme Frage mit einem knappen Nicken.

Ahfid wurde blass. »Ich dachte, sie hätten sich wegen des Lichts in den Norden verkrochen.«

»Von der Mitte aus betrachtet befinden wir uns im Norden.« Er nahm Ahfid zur Seite. »Da war aufgeworfene Erde an einigen Stellen. Ich habe die Spur verfolgt.« Seine Augen glühten im Lichtschein des Feuers. »Ahfid, sie hausen unter uns.«

»Was heißt das, *unter uns*?« Luns Stimme schrammte knapp an einem Kreischen vorbei. »Sagt mir sofort, was los ist!«

»Halbwesen.« Cordics Blick streifte ihren.

Sie hatte keinen Schimmer, um was es ging, doch es lief ihr eiskalt den Rücken hinunter.

»Wesen, deren Seelen von Rag erstickt wurden.« Lun schluckte. »Ich kenne nur Gerüchte, habe nie eine dieser Kreaturen gesehen.«

»Das holst du heute nach.« Cordic zwinkerte dem Wanderer zu, ohne die Miene zu verziehen.

»Seelen lassen sich nicht ersticken.« Niemals. Das durfte einfach nicht sein.

»Du irrst.« Cordic neigte sich zu ihr. »Rag taucht sie in die Tiefen von Dunkelheit und Chaos, und wenn er sie wieder hervorzerrt, sind sie zu etwas geworden, das besser nie existiert hätte.«

Das Gefühl, von innen heraus zu erfrieren, schnürte ihr die Luft ab.

»Wie haben sie uns aufgespürt?« Ahfid warf sich den Rucksack über die Schulter und nahm seinen Stock. »Wir haben Kastanien geröstet und kein Reh ausgenommen.«

»Was hat das damit zu tun?« Lun klang zwei Oktaven höher als sonst.

»Der Geruch von Blut lockt sie an.« Cordic trat das Feuer aus. »Ihre Gier ist unersättlich. Wenn sie nichts zu fressen finden, zerfleischen sie sich gegenseitig.«

»Die wollen uns essen?«

Cordic nickte.

Würgend umklammerte Lun seinen Kampfstock, bis ihm die Knöchel weiß hervortraten.

Er starb vor Angst. Genau wie sie.

»Zu spät.« Cordic starrte auf den gegenüberliegenden Rand der Lichtung. »Was gäbe ich jetzt für ein gutes Schwert.«

Schatten. Sie zeichneten sich deutlich im Mondlicht ab, wuchsen.

»Sie kommen aus dem Dickicht«, flüsterte er. »Verdammt, sind das viele.«

»Wir müssen fliehen!« Lun packte ihn am Arm. »Los!«

»Nur zu. Dann bist du der erste Gang ihres Festmahls.«

»Die sind langsam!«

»Sie haben uns längst eingekreist.«

Nein, auf keinen Fall hinter sich sehen. Fiona tat es dennoch. Keine zehn Meter von ihrem Lagerplatz entfernt grub sich etwas unförmig Blasses aus der Erde. Es sah aus, als hätte die Natur einen schrecklichen Frevel begangen. Auf dem wulstigen Kopf wuchsen einzelne Haarstrünke, die Hälfte des Gesichtes schien mit Narben zugewuchert zu sein. Das verbliebene Auge glotzte hasserfüllt in ihre Richtung.

Nein. Kein Hass.

Gier.

Fiona wurde schlecht.

Die Kreatur robbte auf Armstümpfen näher, die aufgequollenen Beine schleppte sie hinter sich her.

Ein zweites Wesen wühlte sich nach oben. Die Arme bewegten sich in falschen Winkeln.

Wie viele Ellbogen besaß das Ding?

Ein Stück von der wuchtigen Schulter fehlte. Der Knochen schimmerte aus dunklem Fleisch.

Cordic zog sie hinter sich. »Die müssen am Verhungern sein.«

»Wie können die leben?« Bei einigen, die den Hang hinab krochen, fehlten elementare Körperteile.

Cordic überhörte ihre Frage. Er fixierte die näherkriechende Gefahr mit beneidenswert kaltem Blick.

Selbst die Laute dieser Wesen stellten ihr jedes Haar einzeln auf.

Heiseres Keuchen, Grunzen, Wimmern und Schreien, als würden sie Todesqualen ausstehen.

»Sie werden sich gleichzeitig auf uns stürzen«, raunte Cordic. »Du bleibst in der Mitte von uns. Wenn wir Glück haben, schlagen wir sie mit ein paar gezielten Hieben in die Flucht.«

»Ich will mich wehren können, so wie ihr.« Sie versuchte, die Vorstellung zu verdrängen, dass diese Dinger sie fressen wollten. Keine Chance. »Wo ist mein Kampfstock?«

»Noch am Baum.«

Oh Gott, das hier ging niemals gut aus.

Wie auf ein geheimes Zeichen hin, setzte ein martialisches Kreischen ein, und die Wesen stürzten sich auf sie.

»Schließt den Kreis!«, brüllte Ahfid.

»Welchen Kreis? Wir sind zu dritt!« Trotzdem riss Cordic Lun an seine Seite. »Rühr dich da drin nicht!«, zischte er ihr über seine Schulter zu.

Als ob sie dazu Platz gehabt hätte.

Das Schnaufen und Keuchen der Kreaturen wurde durch das Geräusch dumpfer Stockschläge und schmerzvoller Schreie abgelöst. In dem Chaos wirbelnder Gliedmaßen wurde sie hin- und hergeworfen. Deformierte Finger griffen nach ihr, Mäuler schnappten, versehrte Leiber schoben sich durch das Inferno in ihre Richtung.

Ein Stock! Ein Schwert! Eine Axt! Alles hätte ihr geholfen und nichts davon besaß sie!

Aus dem Kampfgetümmel heraus funkelten hasserfüllte Augen sie an. Das fleischige Gesicht war fahl wie die wenigen Haarbüschel auf dem unförmigen Kopf.

Es war irgendwann ein Mensch gewesen.

Der Gedanke lähmte sie.

Wie in Zeitlupe nahm sie wahr, wie sich das Wesen über die Körper der anderen zu ihr schob. Um sie her tobte es weiter. Schädel zerbarsten, Knochen brachen.

Die Kreatur beachtete nur sie.

Fiona wich aus, prallte gegen Cordics Rücken.

»In die Mitte mit dir!« Er stieß sie zurück, sie krachte gegen Ahfid.

Der sah hinter sich, fluchte.

Als hätte das Wesen auf diesen Moment gewartet. Es sprang mit ohrenbetäubendem Schrei in die Lücke zwischen Ahfid und Lun, krallte sich in Fionas Haare, zerrte sie daran zu sich.

Zuschlagen, egal wohin.

Schmerz, er zuckte durch ihre Hand, raste den Arm hinauf.

Das Ding fauchte, ließ sie nicht los.

»Weg mit dir!« Mit der Linken. Immer wieder.

Es hing wie eine Zecke an ihr!

»Ahfid! Hilf mir!«

Er wirbelte herum, schmetterte ihm den Stock auf den Schädel. Es verdrehte die Augen, blieb in seinem Blut liegen, nur um den Weg für den nächsten Angreifer freizumachen.

Überall Augen, überall grapschende Finger. Der Irrsinn nahm kein Ende. Sie hörte Cordic fluchen, Ahfid Kommandos brüllen und regelmäßig die dumpfen Schläge der Kampfstöcke.

Etwas robbte zwischen Luns Beinen hindurch, schnappte nach ihrem Fußgelenk und umklammerte es.

Treten ging nicht, sie würde stürzen.

Schlagen. Mit beiden Fäusten. Immer wieder. Der Schmerz war egal.

Das Wesen starrte sie an, nackte Verzweiflung im Blick.

Ein Stock sauste nieder, zerschmetterte ihm den Schädel.

Es starrte weiter zu ihr herauf. Die Verzweiflung blieb in den aufgerissenen Augen.

Der Lärm verstummte. Ächzend und stöhnend kroch alles von ihnen weg, was sich noch bewegen konnte. Es rettete sich in den Wald, als folgte es einem stummen Kommando.

War es vorbei?

Ahfid riss sie an sich, rannte.

Sie stolperte, fiel.

Fluchend zerrte er sie auf die Beine. »Weiter!«

Die Bäume, der Himmel, der Boden, sie. Alles schwankte.

Nässe unter den Händen. Sie roch nach Blut.

»Hoch mit dir!« Cordic schnappte sie am Kragen, zog sie mit sich.

Ein paar Schritte, dann war es aus. Sie fiel auf die Knie.

Diese entsetzliche Verzweiflung in den fahlen Augen. Sie war geblieben, über den Tod hinaus.

Cordic ließ sie los. »Fiona?«

Es waren Menschen gewesen.

»Fiona!«

»Alles gut.« Zu lügen war kein Morden.

»Werden sie uns verfolgen?« Lun rang nach Atem, wischte sich übers Gesicht.

Blut. Überall. Wenn es ihm klar wurde, würde er sich die Seele aus dem Leib kotzen.

»Nein.« Cordic stütze sich keuchend auf die Knie. »Die haben genug. Was noch lebt, verkriecht sich und wartet auf den Tod.«

Fiona zitterte am ganzen Körper.

Lun betrachtete seine Hand, schauderte. Er wischte sich mit der anderen ebenfalls übers Gesicht, würgte.

Er schaffte es ein paar Schritte zur Seite, bevor er sich erbrach.

Ahfid half ihm zum nächsten Baum und lehnte ihn dagegen. »Für einen Wanderer hast du dich tapfer geschlagen.« Er klopfte ihm auf die bebende Schulter. »Kannst stolz sein.«

Lun sah ihn an, schüttelte den Kopf, bevor es erneut aus ihm hervorquoll.

»Ich habe nie so viele von denen auf einem Haufen gesehen.« Cordic richtete sich auf. »Normalerweise rotten die sich nicht zusammen, und wenn, überlebt nur der Stärkste.«

»Weil sie sich gegenseitig fressen?« Ihr ging es wie Lun. Ihr Magen stand kurz davor, alles herzugeben, was sie jemals gegessen hatte.

»Schlau bemerkt, Prin...« Sein höhnisches Grinsen verschwand in dem Moment, als er sie ansah. Er hob ihr Kinn vorsichtig an, starrte mit zusammengekniffenen Augen auf ihre Schläfe. Langsam glitt sein Blick über ihre Wange hinab, dann wieder hinauf. »Ahfid?«

Sofort stand der neben ihm, starrte auf dieselbe Stelle. »Ich brauche Licht. Ich kann kaum etwas erkennen.«

»Ich schon«, sagte Cordic düster. »Und was ich sehe, gefällt mir nicht.« Er berührte behutsam ihre Schläfe.

»Au!« Der Schmerz zuckte ihr übers gesamte Gesicht.

»Wartet!« Lun stolperte zu ihnen. »Eventuell kann ich helfen.« Mit dem Ärmel wischte er sich den Mund, schluckte. »Manchmal funktioniert es.« Er begann, die Hände umeinander kreisen zu lassen.

Blasse Funken glühten zwischen seinen Fingern, verdichteten sich zu einer weiß leuchtenden Kugel.

Kein Fantasyfilm. Kein Trick. Das Ding schwebte zwischen Luns zitternden Händen.

»Eine Lichtsphäre.« Ahfid stieß einen leisen Pfiff aus. »Ich wusste nicht, dass dein Volk die Kunst der Lichten beherrscht.«

»Mein Volk hat sie diese Kunst gelehrt.« Sein Lächeln sprach von Stolz. »Leider fehlt es mir an Talent. Mir gelingt es nur selten, eine so perfekte ...«

»Her damit.« Cordic winkte ihn ungeduldig heran. »Du kannst dich später in deinem Ruhm sonnen.«

Lun ließ die Sphäre knapp über seiner Hand zu Fiona schweben. »Theoretisch lassen sie sich schicken, leider nicht von mir.«

»Stillhalten«, murmelte Ahfid und untersuchte im Schein der Kugel ihr Gesicht.

»Das heilt wieder.« Bis auf den Schmerz ging es ihr halbwegs gut. Die anderen sahen übler aus. Ahfids Braue war aufgeplatzt und blutete vor sich hin, ebenso eine Kratzspur an seinem Hals. Luns linkes Auge schwoll zu, doch das Blut in seinem Gesicht schien nicht von ihm zu stammen. Cordics Hemd war über der Brust aufgerissen und gab den Blick auf eine Wunde frei, die nicht tief, aber schmerzhaft aussah. Als hätte ein Tier seine Kralle darüber gezogen.

Keine Tiere. Keine Menschen.

Was dann?

Ihr wurde speiübel.

»Wir haben Glück gehabt«, murmelte Ahfid. »Das hätte ganz anders für uns ausgehen können.«

»Die hatten es auf Fiona abgesehen.« Cordic zog ihr vorsichtig eine blutverklebte Strähne von der Wunde. »Sonst wären sie nicht zweimal zu ihr durchgedrungen.«

Wieso redete er über sie und nicht mit ihr? Und warum sah er ihr dabei nicht in die Augen?

»Du hättest mir auch einen Stock zurechtschneiden sollen.« Sie hätte sich wehren können!

»Beim Ausholen hättest du uns die Schädel eingeschlagen, bevor dein Stock nur in die Nähe eines Halbwesens gekommen wäre.«

»Ich musste auf diese Fratzen boxen und es hat nichts, absolut nichts gebracht!« Sie ballte die Fäuste. Der plötzliche Schmerz in ihrer Rechten ließ sie aufstöhnen.

»Tut mir leid«, murmelte Ahfid in seine Untersuchung vertieft. »Ich bin gleich fertig.«

»Es ist meine Hand. Ich kann meine Finger nicht bewegen.«

»Zeig her.« Er ließ von ihrem Gesicht ab und delegierte Luns Lichtkugel weiter nach unten. Mit ernster Miene tastete er ihre Hand ab.

Fiona biss die Zähne zusammen. Verdammt, tat das weh.

»Du musst sie schonen.« Cordic machte sich an Ahfids Rucksack zu schaffen. »Gut, dass uns Karl diese praktischen Verbände mitgegeben hat.«

»Die sind für Ahfids Bein.« Ihre Hand blutete nicht, sie brauchte keinen Verband.

Cordic ignorierte den Einwand.

Es hatte etwas Skurriles an sich, ihm zuzusehen, wie er in dieser Mittelalter-Monster-Welt Plastikfolie von einem Verbandspäckchen abzog. Viel eher hätte es gepasst, wenn er sich vom Saum seines Hemdes getrennt hätte.

Er wickelte ihre Hand fest und beinahe vollständig ein. Nur die Fingerspitzen sahen hervor. »Keine Ahnung, ob da was gebrochen oder nur gestaucht ist. Drück dir die Daumen, dass du sie irgendwann wieder bewegen kannst.«

»Klappt nur mit einem Daumen.« Sie versuchte, über ihre Angst hinwegzulächeln. Eine verkrüppelte, unbrauchbare Hand war genau das, was zu ihrem Glück gefehlt hatte.

»Du hast dem Halbwesen eins auf die Nase gegeben?« Cordic grinste. »Gut gemacht.«

»Das wäre nicht nötig gewesen, hätte ich besser aufgepasst.« Ahfid entkorkte die Flasche mit der Arnikatinktur. »Das war meine Schuld, Fiona. Es tut mir leid.« Unschlüssig stand er vor ihr. »Ich werde dir das Zeug auf keinen Fall in die Wunde gießen. Ich weiß, wie schmerzhaft das ist.« Er wandte sich an Cordic. »Gib mir eine Kompresse.«

Cordic wühlte sich durchs Innenleben von Ahfids Reisegepäck, zuckte schließlich mit den Schultern. »Du hast keine mehr.«

Ahfid runzelte die Stirn. »Wie sieht es mit den weichen Tüchern zum Naseputzen aus?« Die Frage war an sie gerichtet.

Fiona schüttelte den Kopf.

Er fluchte. »Haben wir nichts, um dieses Zeug auf die Verletzung zu tupfen? Wenn ich es gieße, verschwende ich zu viel davon.«

Im Prinzip besaß sie etwas. Die Binden. »Versuch es hiermit.« Sie zog eine aus der Manteltasche, wich seinem fragenden Blick aus.

»Was ist das?«

»Du hast es für mich mitgenommen.« Herrje! »Also weißt du auch, wofür es gut ist.«

»Ich habe nur das eingesteckt, was mir Cordic in die Hand gedrückt hat.« Er öffnete es, zog den Inhalt von der Klebefläche. »Ein Pflaster? Warum klebt es auf der falschen Seite?«

»Das ist kein Pflaster.« Cordic verpasste ihr einen Blick, der sie in den Erdboden stampfte. »Du hättest es uns sagen sollen.«

»Ist das dein Ernst?« Er spottete doch schon, wenn sie länger zum Pinkeln brauchte!

»Du hast die Halbwesen zu uns gelockt!« Fahrig zeigte er auf ihre Mitte. »Sie haben es gerochen.«

»Hör auf, mich ständig bloßzustellen!« Sie zitterte. Ihre Hände, ihre Knie, ihr Magen, einfach alles.

Er trat dicht an sie heran, packte sie im Genick. »Beim nächsten Mal sagst du mir Bescheid, Prinzessin. Hast du das verstanden?« Er nickte in die Richtung, aus der sie gekommen waren. »Für die bist du Frühstück! Und zwar eins, das verdammt lecker riecht!«

Klar setzte er eins drauf. Warum auch nicht? Nach einem Kampf mit Monstern war es genau das, was ihr noch gefehlt hatte.

»Es macht dir Spaß, mich zu demütigen, oder?« Sie zerrte seine Hand aus ihrem Nacken. »Sonst würdest du es nicht ständig tun!« Sie kämpfte mit den Tränen und verlor nach wenigen Sekunden.

Cordic dachte nicht daran, sich abzuwenden und sie in Ruhe tropfen zu lassen. Mit ausdrucksloser Miene sah er ihr in die Augen.

Ein Blickduell? Ehrlich?

Sie war zu fertig, um sich auf diesen Scheiß einzulassen.

»Ich mache das.« Er nahm Ahfid die Binde ab, knickte sie in der Mitte und goss die Tinktur darauf. »Nicht bewegen.« Sanft tupfte er über die Wunde.

Der Schmerz setzte ihr Gesicht in Brand.

»Hältst du es aus?«

Sie konnte nur nickend lügen.

»Die Wunde klafft. Da wir nichts haben, um das zu ändern, wirst du eine gehörige Narbe zurückbehalten.«

»Ist mir egal«, presste sie zwischen den zusammengebissenen Zähnen hervor.

Cordic hob die Braue.

Glaubte er ihre Lüge nicht? Da war er nicht der Einzige.

»Du bist sehr tapfer«, sagte er leise. »Bleib es, solltest du jemals wieder vor einem Spiegel stehen.«

Oh Scheiße.

»Solange ich nicht aussehe wie eines dieser Halbwesen, komme ich klar.« Lügentraining. Irgendwann wäre sie eine Meisterin ihres Fachs.

»Das Schlimmste an ihnen waren ihre Augen.« Nicht die deformierten Gesichter.

»Fand ich nicht.« Über Luns Handfläche erzitterte die Lichtkugel. »Ich hörte von der Abscheulichkeit dieser Kreaturen, aber was ich eben sah, übertrifft meine kühnsten Vorstellungen.«

»Sie sind verzweifelt.« Abgrundtief. »Und ich wette, das hat nichts mit ihrem Aussehen zu tun.« Was war mit ihr? Würde sie verzweifeln, wenn sie in einen Spiegel blickte?

Der Kloß in ihrem Hals schnürte ihr die Kehle zu.

»Welche Gefühle sie auch mit sich herumschleppen mögen«, murmelte Cordic, während er ihr tupfenweise Schmerz zufügte, »wir haben die meisten von denen davon befreit.«

»Wie kannst du gelassen darüber reden?« Ihr Herz pochte bis in die Schläfen.

»Entweder sie oder wir. Ganz einfach.«

Diese widerliche Gleichgültigkeit!

Sie schlug ihn vor die Brust. »Was ist das für eine Welt, in der Kreaturen wie diese existieren müssen?«

»Meine.« Er hielt ihre Hand fest. »Willst du dir deine Linke auch noch verletzen?«

»Die liegen jetzt irgendwo im Dreck und leiden sich in den Tod, und du zuckst nicht einmal mit deiner beschissenen Braue!« Dabei machte er das sonst zu jeder Gelegenheit!

Lun sah sie an, als hätte sie den Verstand verloren. »Hast du Mitleid mit diesen Monstern?« Seine hellen Augen wirkten im blassen Schein der Lichtkugel gespenstisch. »Die hätten dich gefressen! Dich und uns!«

Die Bilder der zerschmetterten Schädel flackerten durch ihr Hirn.

Ihr Magen stand kurz davor, sich umzustülpen.

»Fiona, die Viecher besitzen dank Rag ein Gespenst statt einer Seele.«

Luns Worte machten alles nur schlimmer.

»Die haben keinerlei Existenzberechtigung, also spar dir dein Mitgefühl für ein verletztes Rehkitz oder ein aus dem Nest gefallenes Vogelbaby!«

»Was immer sie sind, sie leben und fühlen!« War sie die Einzige, der das wichtig war?

Lun schüttelte den Kopf und blickte ratlos zu Ahfid.

»Tu nicht so!« Ihre Stimme überschlug sich. »Du hast ihre Schreie gehört. Sag mir nicht, dass sie gefühllos wären!«

»Also, *leben* würde ich es nicht nennen.« Cordic beging den Fehler, ihre Hand loszulassen.

Sie holte aus und boxte ihm mit voller Wucht vor die Brust.

Er keuchte, rieb sich die Stelle und fing ihre Faust ein. »Für deine Linke kein schlechter Treffer.«

Sie war zu naiv für diese Welt. Hier musste man eisenhart und abgebrüht sein, um zu überleben. Ein Angriff, ein Schlag, Gegner tot und gut. Aber den Blick dieses Halbwesens würde sie niemals vergessen.

Cordic schaffte es im letzten Moment, den Fuß wegzuziehen, bevor sie sich darüber erbrach.

»Wir brauchen einen Platz zum Ausruhen.« Seine Stimme klang beruhigend unaufgeregt über Luns solidarisches Würgen hinweg. »Vielleicht finden wir ein wenig Schlaf bis zum Morgen.«

Er scherzte. Nach dieser Nacht konnte sie nie wieder schlafen.

Es dauerte, bis nichts mehr kam. Ihr Magen wollte sich nicht beruhigen.

»Mit dem Gestank in der Nase hört das niemals auf.« Cordic führte sie von der ekligen Pfütze weg. »Packt die Sachen zusammen und beeilt euch«, rief er den anderen zu. »Und lass die Lichtsphäre verschwinden, Lun.«

Der sachte Schein hinter ihnen erlosch.

Fiona versuchte, ihren krampfenden Magen zu entspannen.

Nach einer Weile ließ Cordic sie los, blieb jedoch dicht an ihrer Seite.

Ab und zu spürte sie seinen Blick, wie er nach Anzeichen eines erneuten Zusammenbruchs suchte.

»Ignoriere mich.« Wie die Tage zuvor. Sie musste sich ausheulen, hysterisch werden dürfen und sich komplett gehenlassen. Unter seiner Beobachtung funktionierte das nicht.

Statt sie in Ruhe zu lassen, legte er den Arm um sie.

Nach gefühlten Ewigkeiten erreichten sie einen Hügel. Obwohl ihre Beine längst aus Watte bestanden, führte Cordic sie bis zur Kuppe hinauf.

»Hier können wir bleiben.« Er sah sich um, nickte.

Ein paar Birken, ein paar Felsbrocken, eine steilabbrechende Kante auf der gegenüberliegenden Seite.

Fiona trat an deren Rand.

Unter ihr breitete sich Dunkelheit aus.

Die Tiefe zog den letzten Rest Mut aus ihrem Herzen.

Nein, das war alles andere als ein guter Ort.

Cordic setzte sich an einen Baumstamm. »Ihr schlaft, ich halte Wache.« Sein Blick schweifte durch die Nacht, als könnte er sie kilometerweit durchdringen.

Merkte er auch, wenn sich etwas durch die Erde grub?

Die Angst kroch den Abhang hinauf, sprang sie an und umklammerte ihre Seele.

»Geh von der Kante weg«, drang Cordics Stimme durch das Pochen in ihr. »Sofort!«

Ihr wurde schwindelig. Trotz der Kälte brach ihr der Schweiß aus.

Sie taumelte zurück, sah Sterne vor den Augen. Irgendwo dahinter saß Cordic und passte auf, dass niemand kam, der sie fressen wollte.

Sie stolperte zu ihm, fiel auf die Knie. »Ich weiß, dass ich für dich eine Zumutung bin.« Ihr wurde schon wieder übel. »Darf ich mich trotzdem neben dich legen?« An jedem anderen Platz würde sie heute Nacht den Verstand verlieren.

Cordic nickte, ohne sie anzusehen.

»Danke.« Erschreckend, wie schnell Angst Stolz auffraß.

»Trink etwas, dann geht es dir besser.« Er reichte ihr seinen Wasserbeutel.

Zum ersten Mal seit Anbruch der Reise war es ihr egal, dass das Ding fellig war und nach Tier roch.

Sie gab es ihm zurück, rollte sich neben ihn zusammen und schloss die Lider. Ein Fehler. Dahinter spulten sich grauenhafte Szenen in Endlosschleifen ab.

Cordic legte ihr die Hand in den Nacken. »Denke an deinen ersten

Tag, als du im Wald getanzt hast.« Wie sanft seine Stimme klang. »Das weiche Moos unter deinen Füßen, seine Nässe.«

Es war kalt gewesen und das verwelkte Laub hatte bei jedem Schritt geknistert.

»Weißt du noch, wie sich der Wind auf deinem Gesicht angefühlte?«

An diesem Tag war sie sicher gewesen, sich niemals mehr vor irgendetwas zu fürchten.

»Deine Angst vergeht. Glaub mir.«

»Du hast nie Angst, hm?« Sie beneidete ihn.

»Doch, habe ich.«

Ihr Körper wurde schwer, entspannte sich. Langsam breitete sich Wärme in ihr aus, verdrängte den Schmerz, die Furcht, das Zittern.

»Mehr, als du ahnst.«

Worte in beginnende Träume geflüstert. Weit weg von der Wirklichkeit. Sie vermischten sich mit einer Melodie, die von der Liebe zwischen Schatten und Licht erzählte. Ein verräterischer Wind verlor etwas Wichtiges, ein Traum fing es auf.

Ein schönes Lied.

Ahfid

Diese Melodie hatte er lange nicht mehr gehört. Er stemmte sich auf die Ellbogen, lauschte Cordics leiser, tiefer Stimme. Sie durchdrang die Dunkelheit, nahm ihr den Schrecken.

Cordic saß mit dem Rücken zu ihm an einen Baum gelehnt, die Hand in Fionas Nacken. Sie schien zu schlafen. Ein Wunder, nach dem, was sie erlebt hatte.

Das Geschehene hatte sie gezeichnet. Nicht nur ihr Gesicht, auch ihre Seele. Cordic wusste es ebenso wie er. Duldete er deshalb die Nähe des Mädchens?

Ahfid setzte sich auf. Die Nacht war sternenklar und heuchelte einen

Frieden, den sie längst gebrochen hatte. Hoffentlich beeilte sich Jetsuba. Je schneller sie Fionas Unterweisung übernahm, umso besser. So sehr er das Mädchen lieb gewonnen hatte, die Verantwortung drückte auf ihn.

Cordic verstummte. Vorsichtig bettete er Fionas Kopf neben sich, erhob sich und trat vor bis zur Felskante. Das Geräusch hinabrollender Steine schien er nicht zu bemerken. Mit gesenktem Haupt stand er reglos in der Dunkelheit.

Ihn mochten ähnliche Gedanken quälen. Es war lediglich eine Frage der Zeit gewesen, dass das Grauen dieser Welt die Finger nach Fiona ausstreckte. Nun war es geschehen, und es würde nicht bei diesem einen Mal bleiben.

Noch ein Schritt vor. Wieder lösten sich Steine.

Bei allen Finsternissen! Wollte er sich das Genick brechen?

»Hey!« Er rief so leise wie möglich. »Geh zurück!«

Cordic rührte sich nicht.

»Cordic!« Ahfid mühte sich auf. Verdammt, sein Bein taugte nichts mehr. »Zurück, sage ich!«

»Lass ihn«, murmelte Lun. »Wenn ich ein Nachtfresser wäre, würde ich meinem jämmerlichen Dasein ebenfalls ein Ende bereiten.«

»Was redest du da?« Hatte sich Lun den Verstand weggefürchtet?

Der drehte sich auf die andere Seite.

»Cordic!« Ahfid humpelte an Fiona vorbei, die schlief, als wäre nichts geschehen. »Bist du taub?«

Erst, als er neben ihm stand, hob Cordic den Kopf.

Dieser Blick.

Ahfid schluckte gegen die Angst an, die ihm plötzlich die Brust einschnürte.

»Soll ich dich ablösen?« Er nahm Cordic am Arm, zog ihn ein Stück von der Felskante weg. »Mir sitzt der Schreck zu tief in den Knochen, um zu schlafen. Lass mich die Wache übernehmen und ruh dich aus.«

Er reagierte nicht.

»Bleib bei Fiona. Sie braucht dich jetzt.« *Oder geh Halbwesen jagen oder Jetsuba suchen oder verprügele meinetwegen Lun, doch hör auf, mich mit dieser Trostlosigkeit anzusehen!*

Cordic nickte, ging zu seinem Platz und rollte sich in seinen Mantel.

Dieser leere, vollkommen trostlose Blick.

Er hatte ihn schon einmal gesehen. Damals, als er ihn in Rags Kerker gefunden hatte.

Fiona

Die krassesten Kopfschmerzen ihres Lebens. Jeder Kater war ein Witz dagegen.

Sie setzte sich vorsichtig auf, wartete, bis der Schwindel nachließ.

»Hier.« Ahfid hielt ihr den Wasserbeutel hin. »Denk dran, dass deine Rechte nicht …«

Zu spät. Der Schmerz zuckte ihr bis zum Ellbogen.

Ahfid verzog mitleidig das Gesicht. »Schlimm?«

Nicht so schlimm wie die Erinnerungen an letzte Nacht. Mit jedem Schluck schälten sie sich aus dem Nebel in ihrem Kopf.

Ihr wurde flau, was ihrem restlichen Körper egal war.

»Bin gleich wieder da.« Ihre Blase drückte, und sie musste nachsehen, welche Katastrophen in ihrem Slip auf sie warteten.

Und sie musste aus Ahfids fürsorglicher Nähe raus. Sein Blick lockte ihre Tränen, statt sie zurückzudrängen.

»Nur bis hinter den nächsten Baumstamm«, ermahnte er sie. »Sonst komme ich mit.«

Besser er als Cordic. Wo war der überhaupt?

»Dreh dich um.« Die Birkenstämme waren nicht dick genug, um unbeobachtet alles Nötige zu erledigen.

Ahfid gehorchte, Lun schlief noch, Cordic blieb verschwunden.

Ihre Chance.

Sie fischte eine Binde aus der Manteltasche, machte sich auf den Weg.

Das Tageslicht hielt ihre Angst im Zaum, dennoch beobachtete sie jedes Fleckchen aufgeworfener Erde. Der einzige Lichtblick: Ihre Regel ließ nach. Dafür war das Wechseln mit der verbundenen Hand eine

Herausforderung. Auch wenn sie ihre Finger kaum bewegen konnte, das bisschen genügte, um den Schmerz fröhlich vor sich hinzucken zu lassen.

Ahfid sah ihr entgegen, kaum dass sie sich aus ihrem Versteck hervorgewagt hatte.

»Wolltest du dich nicht umdrehen?«

»Ich bin für dich verantwortlich«, entschuldigte er die Todsünde. »Außerdem bist du fast vollständig im Schatten verschwunden.«

Was bedeutete *fast*?

»Weck Lun. Wir sind spät dran.«

Warum hatte er das nicht selbst gemacht?

Fiona stieß den Wanderer an. »Hey, aufwachen.«

Der blinzelte zu ihr hinauf, fuhr plötzlich mit einem Kiekser zusammen. »Weg mit dir!« Er sprang von seinem Lager, starrte sie schreckensbleich an. »Verschwinde!«

»Ich wollte dich bloß wecken.« Das war ihr gelungen.

Er stolperte rückwärts gegen Ahfid, der ihn augenrollend auffing.

»Beim Licht«, japste Lun. »Ich dachte, du wärst eines der Ungeheuer von letzter Nacht.« Er fasste sich an die Brust, atmete tief ein und aus. »Tut mir leid. Aber du siehst aus, als ...«

»Lun!« Ahfid stieß ihn in die Rippen, lächelte sie dabei verdächtig zaghaft an. »Vergiss sein Geschwafel. Ist alles halb so schlimm.«

»Er hat recht.« Cordic tauchte exakt zwischen den Stämmen auf, hinter denen sie eben gehockt hatte. »Die Schwellungen in deinem Gesicht werden von allein zurückgehen.« Er blieb vor ihr stehen, musterte sie mit geneigtem Kopf. »Diese Mischung aus Dreckigrot und Ultramarin steht dir im Übrigen gut. Besonders der Kontrast zu deiner suppenden Wunde ist ...« Er schnalzte. »Wir hätten dein Gesicht besser verbunden. Das wäre für jeden von uns angenehmer gewesen.«

Alles klar, der Waffenstillstand war vorbei.

Sie zeigte ihm den Mittelfinger, doch Cordic runzelte bloß die Stirn.

Ahfid schleuderte ihm einen Mörderblick zu, den Cordic ebenso gelassen an sich abprallen ließ.

Sie wollte einen Spiegel.

Nein, wollte sie nicht.

»Das Frühstück fällt aus«, motivierte Ahfid sie zu allem Überfluss. »Es ist nichts mehr da. Außerdem erreichen wir vor Sonnenuntergang Silberbach.«

In Luns Augen trat ein milder Glanz. »Zivilisation«, hauchte er. »Ein Dach über dem Kopf und schützende Mauern um mich herum. Oh Licht, ich danke dir.«

Gestern hatte sie sich auf die Ankunft in Silberbach gefreut. Jetzt war da nur ein mulmiges Gefühl in ihrem Magen.

Ahfid winkte sie zu sich. »Lass mich deine Wunde versorgen.« Er kramte den Arnikaschnaps aus dem Rucksack, streckte die Hand aus.

»Muss das sein?« Ihr Vorrat schrumpfte zu schnell.

Er nickte.

Dieses Mal kam er mit dem improvisierten Tupfer besser zurecht.

»Es heilt«, murmelte er, während Fiona bis zur Knirschgrenze die Zähne zusammenbiss. »Brauchst du die Dinger noch anderweitig?« Seine Wangen färbten sich rosa, doch sein Blick blieb ernst.

»Vorläufig nicht.« Sie hatte sich nie danach gesehnt, ein Junge zu sein. Bis jetzt.

»Bleib dennoch in Cordics oder meiner Nähe. Sicher ist sicher.« Er versenkte die Flasche zurück an ihren Ort, nahm ihre Hand in Augenschein. »Immerhin sind deine Finger nicht blau geworden.«

Bewegen ließen sie sich trotzdem nicht.

»Sie bleiben eingewickelt, dann kommst du nicht in Versuchung, sie zu benutzen.«

»Okay.« Himmel, klang sie verzagt.

Er zwinkerte ihr zu, wuchtete sich den Rucksack auf den Rücken und gab Cordic ein Zeichen, dass er vorgehen sollte.

Dessen Blick glitt über sie hinweg, als wäre sie ein Felsen oder eine der Birken. Jedenfalls nichts, das seine Aufmerksamkeit erregte.

Sie trottete neben Ahfid her, sehnte sich an einen anderen Ort, ohne zu wissen, wie oder wo der sein sollte. Trotz der ständigen Versuchung vermied sie es, über ihre Wange zu streichen. Sie fühlte sich wund an, doch das war nicht der Grund.

Luns Reaktion, als sie ihn geweckt hatte. Das war schlimmer gewesen als Cordics ätzender Sarkasmus.

Die Sonne versank hinter dem Horizont, als sie endlich Silberbach erreichten. Die Siedlung lag am Hang eines mächtigen Felsens, an dessen Fuß sich ein Bach entlang schlängelte. Sie war umgeben von einer ebenso beeindruckenden Mauer, deren Rückseite in die Felswand überzugehen schien.

»Da stehen Wachposten.« Ahfid kniff die Augen zusammen. »Die sind bewaffnet.«

»Bestens.« Lun rieb sich die Hände. »Denen werden keine kriechenden Kreaturen entgehen.«

»Die fürchten sich nicht vor Halbwesen.«

»Nicht?«

Ahfid schüttelte den Kopf. »Die scheuen Menschenmengen.«

»Und warum ...«

»Ihr sorgt euch wegen einer Handvoll Wächter«, unterbrach ihn Cordic, »und überseht das Lager davor.«

»Ein Markt.« Ahfid zuckte mit der Schulter. »Wenn auch ein extrem großer.«

»Zu schäbig. Die Behausungen bestehen aus Lumpen und Bruchholz.« Cordics Miene verdüsterte sich.

Er hatte es echt raus, sich als Gewitterwolke zu tarnen.

»Das sind Flüchtlinge aus dem Süden.«

»Weshalb sollten sie den weiten Weg in den Norden auf sich nehmen?«, fragte Ahfid. »Die Gegend ist karg. Im Waldland wären sie besser aufgehoben.«

»Die Situation hat sich verschlimmert.« Cordic wich seinem Blick aus. »Schon eine ganze Weile.«

»Sie hat ...« Ahfid fluchte. »Warum hast du mir nichts gesagt?«

Redeten sie von dem Licht des Großen Schutzes?

Cordic zuckte mit den Schultern. »Es hätte nichts gebracht.« Er schritt den Hang hinauf, während ihm Ahfid mit einer tiefen Falte zwischen den Brauen nachsah.

»Los!« Lun schob sie vorwärts. »Ich will hinter diese Mauern.«

Irgendetwas stimmte nicht. Je näher sie Silberbach kamen, umso bedrückender wurde die Atmosphäre.

Ahfid schien ähnlich zu empfinden. »Du bist nicht der Einzige, Lun.« Er nickte nach vorn. »Wenn Cordic recht hat, wird es bald eng dahinter.«

Eine Zeltstadt. Verschläge aus Planen und Ästen, Feuerstellen unter freiem Himmel, Menschen, die ihnen misstrauisch entgegensahen. Ausgemergelte, dreckige Gestalten mit leeren Blicken und zerschlissener Kleidung. Die Stoffe waren zu leicht für den Winter. In einem Tuch, das eine Frau um den Hals trug, glitzerten Goldfäden. Unter dem Schmutz einer langen Reise ahnte Fiona ein leuchtendes Orange.

Ein Mädchen klammerte sich an den Rock der Mutter. Mit aufgerissenen Augen starrte es Fiona an.

Bernsteinfarbene Iriden. Wunderschön.

»Flüchtlinge aus dem Süden.« Lun schob sie weiter durch die Menge. »Bei der Masse muss ihre Heimat menschenleer sein.«

»Wegen des Lichtes?«

»Wahrscheinlich.«

Zahllose Augenpaare richteten sich auf sie.

»Und wieso starren die uns an?« Es machte sie nervös.

»Wegen dir, wegen mir und wegen ihm.« Lun nickte zu Cordic. »Er ist ein Nachtfresser. Die Leute haben nicht vergessen, was die Clankrieger ihnen damals angetan haben.«

Cordics pure Anwesenheit scheuchte einen Jungen mit sandfarbenen Haaren aus dem Weg und veranlasste eine erschöpft aussehende Frau, ein Mädchen hastig ins Zelt zu ziehen.

»Das gefällt mir nicht.« Ahfid hielt Cordic am Arm fest. »Lass uns einen von ihnen fragen, was los ist.«

Cordic zeigte auf einen zottelbärtigen Alten, der ihnen wie die meisten finster entgegen starrte. Bevor er fliehen konnte, vertrat ihm Cordic den Weg.

»Tu mir nichts«, flehte der Mann und hielt beide Hände vor sich. »Ich bin hier, um zu leben, nicht um zu sterben.«

»Wenn du uns sagst, weshalb ihr an dieser Mauer klebt, bleibt es dabei.« Sein Blick ließ den Mann dennoch zusammenschrumpfen.

»Die meisten von uns stammen aus dem Steppenland.« Ängstlich sah er zwischen Ahfid und ihm hin und her. »Als es starb, zogen wir gen Norden, aber die Ödnis kroch hinter uns her, und die wenigen Siedlungen in eurer Wildnis waren bereits umlagert, also mussten wir weiterziehen.«

»Das Waldland ist groß genug«, sagte Ahfid. »Ihr hättet eure eigene Siedlung errichten können.«

»Wir sind keine Holzfäller!« Der Mann spuckte ihm vor die Füße.

Cordic packte ihn an der Kehle, presste ihn gegen einen der Zeltpfeiler. »Mach das ein zweites Mal, und du erlebst den Morgen nicht.«

»Lass ihn.« Ahfid legte ihm die Hand auf die Schulter. »Du siehst, in welcher Verfassung er ist.«

»Das gibt ihm nicht das Recht, sich wie Abschaum zu verhalten.«

»*Ihr* behandelt uns wie Abschaum«, keuchte der Alte und versuchte, Cordics Finger von sich zu lösen. »Die da hinter der Mauer, die mästen ihre eigenen Bäuche, und für uns bleibt der Abfall!«

Cordic gab ihn frei.

Hustend rieb sich der Mann den Hals. »Wir sind Händler, Glasbläser, Schreiber und Gelehrte. Um zu leben, brauchen wir Siedlungen, keine Einsamkeit mit versprengten Menschen zwischen den Bäumen, denen eine Hütte aus Zweigen genügt.« Er wandte seine Hände mit den Flächen nach oben, betrachtete sie unglücklich. »Wie soll ich hiermit eine Axt schwingen? Ich habe in der Bibliothek von Salzgrund Bücher kopiert.«

»Ein Kopist?« Cordic schnaubte. »Dafür werden die wenigsten Leute in Silberbach Verwendung finden.«

Der Mann zeigte auf die Mauer. »Lasst uns da rein und wir lehren euch lesen, schreiben und kalkulieren. Oder wollt ihr weiterhin auf den Märkten mit den Fingern den Preis erraten und euch trotzdem von jedem Krämer aus dem Süden übers Ohr hauen lassen?«

»Du sprichst nur für die Waldleute.« Cordic senkte die Stimme. »In Khatalah lernt jedes Kind lesen und schreiben, oder denkst du, wir flüstern unsere Lieder in den Wind?«

»Nein, ihr schreibt sie mit Blut in verbrannte Erde.« Er brachte es fertig, Cordics Blick länger als zwei Atemzüge standzuhalten. »Entweder frisst uns das Licht aus dem Süden oder die Monster aus dem Norden. Eine beschissene Wahl!«

Cordic packte ihn erneut an der Kehle. »Sag es, wenn du deinen Tod ersehnst.«

Der Mann hob die Hände. »Ich rede nicht von deinesgleichen«, würgte er hervor. »Sondern von den Kreaturen, die sich nachts aus dem Schlamm graben.«

»Sie sind hier?« Lun sah sich panisch um, als könnte jeden Moment ein Halbwesen zwischen den Zelten auftauchen. »So dicht an der Zivilisation?«

»Zivilisation?«, röchelte der Alte. »Soll das ein Witz sein?«

»Wir müssen zu Wulf.« Ahfid pflückte Cordics Hand von der fremden Kehle. »Und wir werden den Ersten Mann der Siedlung aufsuchen. Das hier sind keine Zustände.« Seine Geste galt dem gesamten Lager.

Halbwesen vor Silberbachs Toren.

Fiona lief es eiskalt über den Rücken.

Wie immer ging Cordic voran. Die Menschen wichen ihm aus, kaum dass sie ihn bemerkten.

»Ein perfekter Rammbock«, murmelte Lun. »Er muss nicht einmal zustoßen. Sein Anblick genügt völlig.« Mit einem resignierten Seufzen schüttelte er den Kopf. »Abschreckung ebnet den Weg für alles und jedes. Ich frage mich, ob diese Welt reif für die Lektionen der Wissenden ist, oder ob wir seit Jahren unsere Zeit verschwenden.«

»Wer sind die Wissenden?« Nannte sich Luns Volk nicht *Wanderer*?

»Wir«, stellte Lun klar. »Bis auf die Lichten nennen uns die meisten Völker *Wanderer*. Aber wir selbst bezeichnen uns als *die Wissenden*. Weil wir ...«

»... alles wissen, schon klar.« An Selbstbewusstsein mangelte es ihnen jedenfalls nicht. »Missioniert ihr jedes Volk, dem ihr über den Weg lauft?«

Luns Lachen klang ungewöhnlich spontan. »Sicherlich nicht. Nur wenige Völker besitzen dazu die Grundvoraussetzungen.«

»Wart ihr bei uns?«

Er sah sie fragend an.

»In Karls Welt.« Bis vor Kurzem war es auch ihre gewesen.

»Ja.« Lun nickte entschieden. »Das Experiment startete erfolgreich, schlug jedoch nach einer Weile ins Gegenteil um.« Eine Ahnung von Unmut zeigte sich in seiner Miene. »Eventuell hat Karl recht, wenn er sagt, die Menschen stünden mit dem Rücken zum Licht. Setzen wir es vor ihre Nase, blenden wir sie, und sie verlieren die Orientierung.«

Für einen Augenblick spürte sie Karls kratzige Wange an ihrer eigenen. Ein schönes Gefühl.

»Wir sind da.« Lun wies zu einem mächtigen Tor.

Ahfid baute sich davor auf, klopfte mit dem Stock dagegen.

»Wer seid ihr? Was wollt ihr, und warum stört ihr mich in meiner Schicht?« Ein Auge schielte durch die Holzplanken. »Silberbach ist keine Auffangstation für Bettler! Wir brauchen keine hungrigen Mäuler, die uns das Brot wegfressen!«

»Ich bin Ahfid. Wulf erwartet mich.«

»Die da auch?« Der Blick des einsamen Auges wanderte zu Lun und Fiona.

»Uns alle. Mach auf, verdammt!«

»Macht auf!«, echote es von der anderen Seite.

Knarrend öffneten sich die Torflügel.

Ein Mann in Kettenhemd und mit einem Helm auf dem Kopf trat ihnen entgegen. »Wulf erwartet euch seit Tagen. Ihr seid spät dran.«

»Dann verschwende unsere Zeit nicht mit Frage- und Antwortspielen.« Ahfid wollte an ihm vorbei, als ein Junge auf ihn zu rannte und versuchte, vor ihm in die Stadt zu huschen.

Der Wächter packte ihn am Ohr. »Weg mit dir!«

»Dann lass mein Ohr los!«

Er stieß den Jungen zurück, der fluchend zwischen den Zeltplanen verschwand.

»Landlose!« Der Mann rotzte gelb in den Staub. »Ihr könnt euch nicht vorstellen, was für üble Kerle darunter sind. Selbst Chaospack kriecht hier rum.« Er hoffte auf Zustimmung, aber der Einzige, der seine Empörung teilte, war Lun. Leichtsinnigerweise bemerkte der Wächter weder Cordic, der sich im Schatten des Torbogens hielt, noch das Lauern in dessen Augen. »Denen sieht man ihr dunkles Blut von Weitem an, das kann ich euch sagen.« Sein Blick fiel auf Fiona, verengte sich. »Beim Grün der Wälder, was ist dir denn passiert?«

»Nichts, was dich etwas anginge.« Ahfid stieß den Mann zurück.

Der starrte sie immer noch an. »Was für ein Jammer.« Er verzog er den Mund. »Deine Schönheit ist jedenfalls futsch.«

Ihr Magen zog sich zusammen.

»Schönheit ist vergänglich, mein Freund.« Cordic schlenderte zu ihm. »Ebenso wie Verstand.« Seine Eisstimme ließ den Mann gefrieren, dem erst jetzt klar zu werden schien, wer vor ihm stand.

Cordic schenkte ihm ein grausames Lächeln, beugte sich dicht zu ihm und gewährte ihm Zeit, in seinem finsteren Blick zu ertrinken.

Die Augen des Wächters wurden glasig. Als sie begannen, aus den Höhlen zu treten, hauchte ihm Cordic ein zärtliches *Buh* zu.

Der Mann wurde bleich, fasste sich ans Herz.

Cordic sah ihn auf eine Weise an, die jegliches Selbstwertgefühl aus den Knochen schälte.

Der Kerl wimmerte hilflos, taumelte zurück. Nur langsam wurde sein Blick wieder klar.

Cordic packte Fiona grob an der Schulter und dirigierte sie mit sich. »Was hast du mit ihm gemacht?«

»Ein wenig nach seiner jämmerlichen Seele gegriffen.« Er schnaubte. »Zufällig streifte ich dabei seinen beklagenswert schlichten Geist.«

»Eine Seelenvereinigung?«

»Mit so was wie ihm?« Er lachte trocken. »Gewiss nicht.«

»Aber ...«

»Er hatte Angst«, sagte er genervt. »Damit hat er für mich die Tür in sein Inneres geöffnet. Ich habe bloß einen Moment reingesehen und dafür gesorgt, dass er mich ebenso sieht.«

»Was ihm nicht gefallen hat.« Der Mann starrte Cordic immer noch entsetzt hinterher.

Cordic wandte sich zu ihm um, winkte ihm huldvoll zu.

Sein Opfer zuckte zusammen und verkroch sich ins Torwärterhäuschen.

»Verachtenswert«, murmelte Cordic. Unbeirrt schob er sie durch die engen Gassen. Sie glichen Hohlwegen, grob in die Felsen geschlagen. Nur, dass sich die Wände aus Häuserfronten zusammensetzten, die nahtlos ineinander übergingen. Ohne die Türen und Fensteröffnungen hätte Fiona sie nicht als solche erkannt.

»Die Bauweise der Khatalaher«, dozierte Ahfid. »In einer Gegend, die mehr Steine als Bäume hervorbringt, eine holzsparende Alternative.«

»Auf mich machen die Gebäude einen abweisenden Eindruck.« Ein paar Blumenkübel hätten den Fensterbänken gut getan.

»Das ist Absicht. Die meisten Menschen im nördlichen Grenzland sind Fremden gegenüber misstrauisch.« Er nickte zu Cordic. »Sie haben zu lange unter seinesgleichen gelitten.«

Der Torwächter hatte sich demnach nicht grundlos gefürchtet.

Zwei Männer kamen ihnen entgegen. Sie starrten Fiona in einer Mischung aus Spot und Mitleid an, tuschelten miteinander, während sie an ihr vorbeigingen.

Ihr wurde immer mulmiger.

Vorsichtig tastete sie nach der Wunde. Sie war empfindlich und fühlte sich schorfig und breit an.

»Finger weg«, herrschte Cordic. »Oder willst du, dass es sich entzündet?«

»Ich will wissen, wie ich aussehe!« Verdammt!

»Nein, willst du nicht. Vertrau mir.« Er baute sich vor ihr auf. »Empfindest du immer noch Mitleid für diese armen, gequälten Geschöpfe, die dir das angetan haben?« Sein Lächeln troff vor Spott. »Dass sie uns töten wollten, kannst du ihnen verzeihen, aber dass sie deine Schönheit ruiniert haben, lässt dich verzweifeln?« Jedes Wort fühlte sich nach Ohrfeige an. »Kannst du dir vorstellen, dass es Leid gibt, das tiefer greift als deine gekränkte Eitelkeit?«

»Ja, kann ich.« Sie schlug seine Hand weg.

»Tatsächlich?« Gelangweilt hob er eine Braue. »Oder wollen wir die Leute vor dem Tor fragen, welche Probleme ihnen auf der Seele brennen?« Er schnappte sie und zog sie hinter sich her.

»Hör auf damit! Ich hab's kapiert, okay?« Ihre Hände zitterten vor Wut.

»Hast du nicht.« Sein Griff schmerzte. »Aber du wirst es kapieren, verlass dich drauf.« Er ließ sie los, eilte an Lun vorbei, rammte ihn dabei an der Schulter.

»Elender Nachtfresser«, raunte der. »Der ist genau der Richtige, um dir einen moralischen Vortrag zum Thema Eitelkeit zu halten. Wenn ihm ...«

»Lun, lass es gut sein.« Ahfid gab ihm ein Zeichen, dass er weitergehen sollte.

Sie wollte ihr Gesicht sehen. Jetzt sofort. Scheiß egal, dass es schlimmere Probleme gab.

Neben ihnen öffnete sich ein Marktplatz. In dessen Mitte stand ein Brunnen.

Besser als nichts.

Fiona rannte hin, ignorierte Ahfids Rufen.

Der Schacht war verschlossen. Ein massiver, mit Eisenstreben verstärkter Holzdeckel kettete an vier Verankerungen.

Cordic holte sie ein. »Hau noch einmal ab, und ich mache irgendetwas Schreckliches mit dir.«

Machte er das nichts ständig?

»Warum ist der Brunnen verschlossen?«

»Das willst du nicht wissen.« Er wollte sie weiterziehen.

Fiona schüttelte seine Hand ab. »Und ob ich das wissen will!«

»Nein und jetzt sei still.« Er schnappte ihr Handgelenk, zerrte sie mit sich.

War sie ein Baby?

»Sag mir sofort, was da unten ist!«

»Ich denke nicht dran.«

»Willst du warten, bis es mir den Kopf abreißt?« Vor den Halbwesen hatte er sie definitiv zu spät gewarnt.

»Nein«, sagte er gelassen. »Es hätte keinen Sinn mehr.«

Oh diese widerlich ignorante Miene!

»Ich hasse dich!« Die Worte schossen aus ihr heraus.

Cordic verzog spöttisch den Mund. »Längst nicht genug.« Sanft fuhren seine Finger über ihre Wange, dicht an der Wunde entlang. »Gib mir ein wenig Zeit, dann weißt du, was Hass bedeutet.«

Sie schlug seine Hand weg.

Es kam der Tag, an dem würde sie ihm jeden Finger einzeln abbeißen.

Ahfids Frage, was los wäre, Luns gleichgültiger Blick, das Gaffen der Menschen, die ihnen entgegenkamen; Fiona ignorierte alles.

Bis auf ihre kochende Wut.

Als Ahfid vor einem der Häuser stehen blieb, wäre sie beinahe in ihn hineingelaufen.

»Wir sind da.«

»Sicher?« Lun schaute die Straße hinauf und hinab. »Hier sehen alle Häuser gleich aus.«

»Weil du nicht richtig hinsiehst.« Dieses Mal galt Cordics vollkommen demoralisierender Blick ihm.

»Ruhe jetzt.« Ahfid klopfte mit dem Stock gegen die Holzbohlen. »Wulf?«, rief er durch die Tür. »Ich bin's, Ahfid.«

Es dauerte eine Weile, bis von innen das Geräusch eines Riegels erklang, der zurückgeschoben wurde. Ein Mann in knöchellanger Kutte öffnete ihnen. In seinem Gürtel steckte ein Dolch, die Haare hatte er im Nacken zusammengebunden. Sein Blick heftete sich auf Cordic und gefror die Luft zwischen ihnen. Dennoch winkte er sie ins Innere.

Kaum hatte er die Tür geschlossen, nahm er Ahfid beiseite. »Du schleppst mir einen Nachtfresser ins Haus? Ausgerechnet du? Du weißt, dass ich ihn nicht unter meinem Dach dulden kann.«

Ahfid hob beschwichtigend die Hände. »Er ist ein Freund.«

»Nicht meiner!«

»Dann sorge dafür, dass er es wird.« Er ging an Wulf vorbei zum Ende des Raumes und machte es sich vor dem Kamin gemütlich.

Das Feuer war neben den schmalen Fensterschlitzen die einzige Lichtquelle.

Kein freundliches Zuhause, das Gäste einlud, sondern eine Festung, die jedem Fremden entgegen schrie: Bleib fern!

Fiona hatte sich noch nie so unwohl in einem Haus gefühlt.

Ahfid schien die abweisende Atmosphäre nicht zu stören. »Wulf, es tut gut, an deinem Feuer zu sitzen.« Er streckte sich seufzend. »Wir alle brauchen Wärme, beschützten Schlaf und ein gutes Essen.« Er knotete sein Halstuch ab und massierte sich den Nacken. »Und wir brauchen keinen Streit und vor allem kein Misstrauen untereinander.«

Wulf schnaubte verächtlich. »Keiner traut einem Nachtfresser.«

»Ich schon.« Ahfid sah versonnen zu Cordic, der seinen Blick gleichgültig erwiderte. »Wir haben zusammen in den Grenzkriegen gekämpft. Glaube mir, wenn ich dir sage, dass er sehr viel mehr als deine Gastfreundschaft verdient hat.«

Cordic senkte den Blick.

Das Schweigen zwischen ihm und Wulf konnte man in Scheiben schneiden. Wulf brach es erst, als Ahfid die Brauen hob und sich räusperte.

»Meinethalben«, knurrte er. »Aber nur, weil du für ihn bürgst.«

Ehe jemand etwas erwidern konnte, wurde die Tür aufgerissen, und drei Mädchen stürmten herein. Ein älterer Junge folgte ihnen mit genervter Miene.

»Was macht ihr hier? Ihr solltet bei Bea bleiben.« Wulf funkelte den Jungen wütend an. »Du hast deine Schwestern nicht im Griff.«

»Und du nicht deine Töchter.« Er setzte sich neben Ahfid, nickte ihm mürrisch zu.

Das kleinste der Mädchen fiel Wulf um den Hals, dessen Miene sich schlagartig entspannte. »Tante Bea meckert ständig an uns rum. Warum müssen wir zu ihr?«

»Sie hat recht.« Der Junge sah mit gerunzelter Stirn ins Feuer. »Wir sind deine Kinder. Scheuch uns nicht fort.«

»Das habe ich nicht!« Wulf versuchte, die Ärmchen seiner Tochter aus seinem Genick zu pflücken. »Was wir zu besprechen haben, geht euch nichts an.«

Sein Sohn nickte zu Cordic. »Wenn der da zu deinen Gästen zählt, will ich wissen, weshalb.«

Cordics Gesichtsausdruck übertraf alles an Gleichgültigkeit, was sie jemals gesehen hatte. Mistkerl hin oder her, seine Selbstbeherrschung war beneidenswert.

Wulf sah fragend zu Ahfid.

Der zuckte mit den Schultern. »Es sind deine Kinder. Nur du weißt, ob sie vertrauenswürdig sind.«

»Bei allen Finsternissen«, murmelte Wulf. »Bleibt, wenn ihr wollt. Aber kein Wort von uns verlässt dieses Haus.«

Die vier nickten gehorsam.

»Ich heiße Elli.« Das jüngste der Mädchen grinste Ahfid an. »Das da ist Stin.« Sie zeigte auf den Jungen. »Und das sind Nia und Henni, meine Schwestern.«

Ahfid grinste zurück. »Ich bin ein Freund deines Vaters und habe Freunde von mir mitgebracht.« Er stellte sie nacheinander vor.

Elli ließ von ihrem Vater ab und stromerte zu Fiona. »Ist dein Vater auch so streng?«

»Keine Ahnung.«

»Wieso nicht?«

»Weil ich mich nicht traue, über ihn nachzudenken.« Wulf mochte sein, wie er wollte. Aber seine Kinder hatte er bestimmt aus Liebe gezeugt.

Elli neigte den Kopf. »Magst du ihn nicht oder kennst du ihn nicht?«

»Beides.«

Sie nickte verständnisvoll, während ihr Fingerchen auf Fionas Schläfe zeigte. »Tut das sehr weh?«

»Nur, wenn ich lache.« Ein Lächeln genügte, um den Schmerz bis zum Haaransatz schnellen zu lassen.

»Mach dir keine Sorgen. Wenn das abgeschwollen und nicht mehr bunt ist, ist das nur noch halb so schlimm.«

Ja, das hoffte sie auch. Inständig.

»Komm mit.« Elli nahm sie an der Hand, führte sie zur Feuerstelle. Kaum hatte sich Fiona hingesetzt, kletterte ihr die Kleine auf den Schoß. »Die sind schön.« Sie zupfte an dem Perlenzopf. »Schenkst du mir eine?«

»Klar.« Schwierig, die Perle mit der linken Hand aus den Haaren zu pfriemeln. Unmöglich, sie in Ellis zu flechten.

Henni kam ihr zu Hilfe, opferte eines ihrer Zopfbänder und wickelte es um die verzierte Strähne.

Elli strahlte Fiona an. »Du bist nett.«

»Du auch.« Die Maus war süß mit ihren runden Wangen und der Stupsnase.

»Kannst du kochen?« Das Kind sah sie mit tiefem Ernst an, während ihre Schwester die Augen verdrehte und an ihren Platz zurückging.

»Kein bisschen.« Diese Aufgabe hatte Karl übernommen.

»Nähen?«

Fiona schüttelte den Kopf.

»Putzen?«

»Ja, aber ich hasse es.«

»Ich auch.« Elli runzelte die Brauen. »Wenn du bei uns bleibst, kann dir Tante Bea alles beibringen. Dummerweise ist sie grässlich.«

»Ich glaube nicht, dass ich lange hierbleiben werde.«

Jemand beobachtete sie. Sie fühlte es in ihrem Nacken kribbeln.

Nur Wulf und Cordic befanden sich außerhalb ihres Sichtfeldes. Unmöglich, sich unauffällig nach ihnen umzudrehen.

»Unser Vater braucht eine neue Frau«, plapperte Elli. »Hast du darauf Lust?«

»Unsinn!«, schnappte Wulf hinter ihr. »Was redest du für dummes Zeug?«

Elli zog einen Schmollmund, neigte sich dicht zu Fionas Ohr. »Das ist kein Unsinn«, flüsterte sie. »Wir gehen ihm auf die Nerven. Außerdem schläft er nicht gern allein im Bett. Das ist ihm zu kalt.«

»Was du nicht sagst.« Fiona musste sich auf die Lippen beißen, um nicht zu grinsen. »Ich bin sicher, er meint nicht jemanden wie mich damit.«

»Und ob er das meint.« Elli nickte entschlossen. »Denkst du, er will sich von einer alten Schachtel wärmen lassen?«

»Was habe ich für einen Hunger!«, rief Ahfid laut genug, um alle Anwesenden zusammenzucken zu lassen. »Was gibt's zum Abendessen?« Motiviert rammte er Stin den Ellbogen in die Seite.

Hinter ihr atmete Wulf hörbar aus.

Offenbar war er für den Themenwechsel ebenso dankbar wie sie.

Eilige Nachrichten

Bendra,
Zweiter Mann in Thuls Horde

»Thul?« Wie konnte der Kerl so tief schlafen? »Thul!« Bendra rüttelte an dem jüngsten Ersten Mann aller Zeiten. Vergebens. Thul lag leichengleich unter seinen Decken, nur die Haare lugten hervor. Hätte es aus dem hellblonden Gewühl nicht in regelmäßigen Abständen gegrunzt, hätte er sich ernsthaft Sorgen gemacht.

Sie hatten in der Nacht gezecht und das nicht zu knapp. Er hatte ebenfalls den Tag verschlafen, so, wie die meisten von ihnen. Draußen dämmerte bereits der Abend.

»Los, auf mit dir!« Er schlug die Decke zurück.

Das Grunzen wurde lauter. Hektisch versuchte Thul, sich die Decke wieder über den Kopf zu ziehen.

Nicht zu fassen! Der Junge wollte nicht wach werden.

»Thul, verdammt! Dein Vater hat eine Nachricht geschickt!« Das machte Nehrit nur, wenn es sich nicht vermeiden ließ. Der Alte liebte seine Amseln. Ehe er eine von ihnen gen Süden schickte, um sich nach dem Befinden seines einzigen Sohnes zu erkundigen, scheuchte er lieber einen Reiter quer durchs Waldland.

Bendra erstaunte es immer wieder, wie unähnlich sich Vater und Sohn sein konnten. Thul würde sich für seine Leute teeren und federn lassen. Hoffentlich wusste diese Saubande das zu schätzen.

Ein letzter Versuch. Er rüttelte Thul, bis dessen Kopf hin und her schlackerte.

»Hör auf«, keuchte es gequält. »Ich sterbe. Zeig mir wenigstens einen Hauch Respekt.«

»Dann sauf das nächste Mal weniger.«

Thul blinzelte in die Kerzenflamme, richtete sich langsam auf. »Nie wieder werde ich so viel Wein trinken.« Er stützte seinen Kopf in die Hände, kniff die Lider zusammen. »Du bist mir untergeben, Bendra, und es ist deine Aufgabe, dich um mein Wohl zu kümmern.«

»Ich habe dir nachgeschenkt, wenn dein Becher leer war, und auf dein Wohl angestoßen. Wieso beklagst du dich? Es war eine lustige Nacht.«

»Rede dich nicht raus.« Zwei rot geäderte Augen versuchten, ihn zu fixieren. »Du hast kläglich versagt.«

Bendra musste lachen.

»Du hättest mich vom Trinken abhalten müssen.« Ächzend presste Thul die Fäuste an die Schläfen. »Dein Versäumnis grenzt an Verrat.«

»In erster Linie bin ich nicht dein Lakai, sondern dein Freund, und da wir nur so lange trinken dürfen wie du, werde ich mich hüten, dich zu bremsen.«

Thul starrte ihn verärgert an. »Es ist mir egal, wie lange ihr sauft. Meinethalben die ganze Nacht. Hauptsache ihr haltet mich da raus.«

»Es *war* die ganze Nacht, und du kennst die Regeln.«

»Wir schaffen sie ab.«

»Sie sind so alt wie die Instanz, der wir dienen.« Bendra goss ihm Wasser in einen Becher. »Dein Vater ehrt sie. Dann solltest du das ebenfalls.«

»Nein, sollte ich nicht.« Er leerte den Becher, wischte sich über den Mund. »Du siehst ja, was dabei herauskommt.«

Ein Rotschopf lugte aus der Decke, rieb sich die Augen. »Seid leise, ich will schlafen.« Eine überreichlich geschmückte Hand angelte nach dem Deckenzipfel und verschwand samt Frau und Haaren.

Alle Achtung! »Was ich vorhin in meinem Bett gefunden habe, war nicht halb so hübsch.«

Thul sah verwundert unter die Decke. »Ich habe keine Ahnung, wer das ist.«

»Du scherzt.«

Thul schüttelte den Kopf.

»Wie dem auch sei, sie ist den ärgsten Kater wert.«

»Darüber werde ich nachdenken, wenn ich wieder denken kann.« Thul sortierte seine Beine aus den Fellen, hielt inne. »Eine wunderschöne Frau liegt auf meinem Lager, richtig?«

Bendra nickte und versuchte, ernst zu bleiben. Thuls Schüchternheit den Weibern gegenüber war in der gesamten Horde bekannt.

»Wie habe ich sie da rein bekommen?«

»Zweifellos mit deinem unwiderstehlichen Charme.«

Thul hob die Brauen.

»Ich könnte es zufällig der Wache gegenüber erwähnen.« Binnen Augenblicken wüsste es jeder einzelne bis hin zum jüngsten Knappen.

Auf dem blassen Gesicht wuchs ein Grinsen. »Gute Idee. Dann bleiben mir wenigstens für ein paar Tage die dummen Sprüche erspart.«

Es hatte noch keinen besseren Ersten Mann als ihn gegeben, trotzdem zogen ihn die Krieger bei jeder Gelegenheit auf. Thul hatte es nicht verdient und bot bis auf seine Herkunft und seine Schüchternheit keinen Anlass. Zugegeben, seine Mutter war eine Lichte, und einige Wesenszüge ihres Volkes hatte auch er verinnerlicht. Die Männer nannten ihn *den Sanften*, was für einen Grenzgänger knapp an einer Beleidigung vorbeischrammte.

»Hoch mit dir.« Bendra hievte ihn auf die Beine. »Arbeit wartet.« Er schleppte ihn zum Tisch, ließ ihn auf den Schemel plumpsen.

»Ich will nicht arbeiten«, maulte Thul. »Ich will schlafen, und zwar mit der Rothaarigen.«

»Vielleicht ergibt sich später die Gelegenheit dazu.« Bendra zog die Zeltplane zurück und pfiff. Nach wenigen Augenblicken flatterte eine Amsel herein, landete auf dem Rand des Wasserkruges und tschilpte.

»Halte den Schnabel, oder du landest im Eintopf.« Thul pfriemelte an dem Vogelbein, um die Nachricht aus dem Röhrchen zu ziehen.

Vergebens.

Bendra kam ihm zu Hilfe. »Du reißt dem Vogel noch das Bein aus, und dann macht dein Vater dasselbe mit mir.« Er hielt Thul den zusammengerollten Zettel hin.

»Warum sollte Nehrit so etwas tun?«

»Weil du sein Prachtbengel bist. Also muss ich dafür herhalten, wenn du eines seiner Viecher im Suff zum Krüppel machst.«

Thul stierte ihn an. »Wirklich?« Erschrocken, doch sehr behutsam, schüttelte er den Kopf. »Das wäre ungerecht.«

Bei allen Finsternissen! »Lies.«

Thul fuhr sich über die Augen, starrte auf die winzige Schrift des Pergamentstreifens. »Vater plant einen Überfall. Wir sollen so viele Kriegshaufen wie möglich zusammentrommeln und mit ihnen an die Grenzen Khatalahs vorrücken.«

»Eine Schlacht?« Mit wem? »Die Nachtfresser stecken wie die Maden unter den Felsen.«

Thul zuckte mit den Schultern. »Es ist ein Befehl, demnach wird er den passenden Plan ausgebrütet haben, ihn jedoch weder einem Pergamentstreifen noch einer Amsel anvertrauen wollen.«

»Wie auch immer. Er schickt uns nach Norden. Das ist gut.« Die Ödnis saugte dem stärksten Krieger die Kraft aus den Knochen. Er sehnte sich nach der Kühle frisch gefallenen Schnees und lebendigen Bäumen. Alles, was er hier zu Augen bekam, starb vor sich hin.

»Ich weiß nicht recht.« Thul zupfte an dem dünnen Bart, der sein viel zu jugendliches Kinn zierte. »Manchmal ist mir das Felsenreich zu ruhig.«

»Du misstraust der Wirkung des Großen Schutzes?« Dieses Drecksding schlug jeden Nachtfresser in die Flucht.

»Das Clanvolk lebt für die Freiheit.« Thul sah ihn mit seinen goldbraunen Augen ernst an. »Es wird einen Weg finden, die Fesseln des Lichtes abzustreifen.«

»Kann sein, dass dein Vater dieselben Befürchtungen hegt.« Grundlos schickte er sie nicht in den Norden. »Vielleicht hat er etwas erfahren.« Es hieß, Nehrit unterhielte zahlreiche Spione als Mahkis und Rag zusammen. »Ein Ausbruch der Clans wäre jedoch nur möglich, wenn der Große Schutz fiele.«

»Einige der Lichten wollen das ebenfalls.«

Bendra kannte die Botschaften, die mithilfe von Lichtsphären zwischen der Glasstadt und dem Steppenland hin- und hergeschleust wurden. Nehrit opferte die Gesundheit seiner Männer dafür, die in unmittelbarer Nähe des Lichtwalls ausharren mussten.

»Angenommen der Große Schutz erlischt, warum auch immer.« Thul schloss die Lider. »Ich weiß nicht, ob ich diesen Tag ersehnen oder mich davor fürchten soll.«

»Die Clans werden wie die Heuschrecken über das Waldland herfallen.« Ihn schauderte es. »Nach jahrelanger Demütigung, die ihnen die Gefangenschaft im eigenen Land eingebracht hat, werden sie nach Vergeltung schreien.«

»Erst das Waldland, dann die Glasstadt. Sie werden alles an sich reißen, was sie zu fassen bekommen.«

»Und deshalb will uns dein Vater an der Nordgrenze. Wir sollen die Clans besiegen, bevor sie zu ihrer alten Kraft zurückfinden.« Die Jahre zwischen Fels und Stein, ohne Aussicht auf Freiheit und Kampf, würden sie geschwächt haben. Physisch und moralisch. Es existierte keine bessere Gelegenheit, Khatalah endgültig zu unterwerfen.

»Weck die Männer, Bendra. Im Morgengrauen brechen wir auf.« Thul schrieb eine Nachricht für seinen Vater und entließ die Amsel in die beginnende Nacht. »Und während du mit ihnen zusammen das Zeltlager abbaust, werde ich mich mit der hübschen Rothaarigen vergnügen.« Die Blässe seines Gesichtes schwand, um einer feinen Röte Platz zu machen.

Bendra verließ grinsend das Zelt.

Nach Norden.

Endlich.

Fiona

»Wir haben deine Ankunft ersehnt.« Wulf häufte kellenweise Gemüseeintopf in ihre Schüssel. »Ich bin einer der Grenzgänger, die damals die Glasstadt vor Rags Überfällen geschützt haben. Es gibt viele wie mich, die mit den Lichten, die sich nach Freiheit sehnen, sympathisieren und mit Mahkis' Politik der Isolation nicht einverstanden sind. Trotz der immensen Gefahr, die von Khatalah ausgeht.« Finster schaute er zu Cordic, der unbeeindruckt seine Suppe löffelte. »Als die Zerstörung des Landes immer größere Ausmaße annahm, verstärkten wir unsere Versuche, Informationen über den Großen Schutz zu erlangen.

Leider vergebens. Die Lichten, mit denen wir in Kontakt stehen, sind selbst ratlos.« Mit Schwung füllte er ihren Becher bis zum Rand mit einer gelben Flüssigkeit. »Als wir erfuhren, es gäbe ein Kind, das die Lösung für die Katastrophe in sich tragen würde, konnten wir wieder hoffen.«

Sie war aufgeschmissen.

Fiona leerte den Becher. Hoffentlich war der Met stärker, als er aussah. War er.

Wulf schlug ihr auf den Rücken, ohne ihr Husten auch nur im Ansatz zu lindern. »Vorsicht. Der ist stark.«

»Ist mir aufgefallen.« Sie wischte sich die Tränen aus den Augen. »Und was ist, wenn ich scheitere?« In ihr schlummerten keine Superkräfte. Das hätte sie in den letzten sechzehn Jahren bemerkt. Alles, was mehr als ihre blanke Anwesenheit erforderte, würde sie ins Aus schleudern.

»Das wirst du nicht.« Aus dem Klopfen wurde ein Tätscheln. »Die Grenzgänger stehen dir bei deiner Aufgabe zur Seite. Wir vertrauen dir und du vertraust uns.«

Ich kenne euch nicht, ihr mich nicht. So viel zum Thema Vertrauen.

Es war zu warm in der Küche. Warum öffnete niemand das Fenster? Es war breiter als die Schlitze in dem anderen Zimmer. Weil es nach hinten hinausführte? Oder diente es als zusätzlicher Rauchabzug?

»Das Waldland wird weder die Bedrohung aus dem Süden noch die aus dem Norden länger hinnehmen«, tönte Wulfs Stimme durch ein beginnendes Rauschen in ihren Ohren. »Wir haben genug unter beiden gelitten.« Er goss ihr nach, prostete ihr zu. »Es wird Zeit, dass sich die Lichten geschlossen gegen den Rat der Rektoren stellen und ihre Freiheit fordern.«

Mit jedem Schluck Met wurde ihr heißer.

»Und du wirst sie dazu motivieren.« Er trank, wischte sich über den Mund. »Das ist eine deiner zahllosen Aufgaben.«

»Ich soll als Revolutionsführerin herhalten?« Der Witz war gut.

Wulf nickte erschreckend ernst. »Du wirst die Lichten anführen, immerhin bist du Mahkis' Enkelin und damit eine von ihnen.«

»Sie ist ein Schwarzblut.« Cordics Blick streifte sie nur flüchtig. »Ihre eigene Mutter forderte ihren Tod von mir. Wie kommst du darauf, dass die Lichten sie akzeptieren werden?«

Jedes Geräusch verstummte am Tisch.

Auch ohne aufzusehen, spürte sie die betretenen Blicke der anderen.

Ihre Mutter hatte sie gehasst. Verständlich, nach dem, was ihr angetan worden war.

Der Met schmeckte plötzlich entsetzlich bitter.

»Der Widerstand der Lichten wurde bereits über ihre Ankunft informiert.« Wulf nahm ihre Hand. »Es werden Vorbereitungen auf beiden Seiten der Mauer getroffen. Wenn sie mit den Widerständlern in Kontakt getreten ist, entwickeln sich die Dinge von allein.«

»Ich halte das für eine schlechte Idee.« Cordic betrachtete mit ausdrucksloser Miene ihre Hand, die nach wie vor von Wulfs umfasst wurde. »Mir passt es nicht, dass Fiona ein Mittel zum Zweck sein soll.«

»Dafür ist sie hier.« Ahfid legte den Löffel beiseite. »In ihr schlummert eine Macht, die selbst Rag in die Schranken weisen wird.«

»Oder die Hexe treibt ein Spiel mit uns.« Cordics Braue zuckte.

»Lass deine Scherze.« Ahfid fasste sich an die Brust. Seine Finger umschlossen etwas, das unter dem Hemd steckte. »Dazu ist die Lage zu ernst.«

Cordics flüchtige Geste verriet, dass er nur ihm zuliebe schwieg.

In Fionas Schädel rauschte und brummte es. An ihre Rolle als Weltenretterin würde sie sich niemals gewöhnen. Der Gedanke war absurd. Sie entzog ihre Hand der mittlerweile schwitzigen Umklammerung und griff zum Becher. Eine gute Ausrede, schließlich steckte ihre Rechte noch in dem Verband.

Bei jedem Schluck fühlte es sich seltsamer in Kopf und Magen an.

»Der Umbruch muss im Süden stattfinden!« Wulf schlug mit der Faust auf den Tisch. »Dort ist die Lichtmauer, und dort muss Fiona einwirken. Nicht im Norden, wo Rag darauf wartet, sie sich einzuverleiben.«

»Wieso will mich Rag einverleiben?« Ihr musste etwas Wesentliches entgangen sein.

»Weil du der Joker in diesem Spiel bist.« Lun gönnte ihr ein gleichgültiges Lächeln. »Jeder Spieler will dich auf seiner Seite wissen.«

Zwei Luns. Beide sahen sie an, beide nickten.

Fiona blinzelte. Die beiden Luns schoben sich übereinander und wurden zu einem.

»Wulf hat recht. Du musst dich deiner Aufgabe stellen.«

Wieder zwei Luns.

Sie schüttelte den Kopf. Ein Fehler. Neben Ahfid saß plötzlich einer, der ihm erschreckend ähnelte.

Sollten die Klone doch das Waldland retten. Von ihnen schien es genug zu geben.

Zur selben Zeit in der Glasstadt

Lorat

Der eingerissene Pergamentstreifen lag ausgebreitet auf dem Tisch. Er las die Nachricht zum dritten Mal, und noch immer weigerte sich sein Verstand, den Inhalt der Botschaft zu akzeptieren. Sie war an den Widerstand der Lichten gerichtet und damit an ihn. Seine verwegensten Träume erfüllten sich vor seinen Augen gleichzeitig mit seinen schlimmsten Ängsten. Dass sein Bruder im Zimmer nebenan einen Segensspruch der Wissenden nach dem anderen rezitierte, schürte seine Nervosität zusätzlich. Am liebsten hätte er ihm gesagt, dass er den Mund halten sollte, aber das konnte er nicht. Sein Bruder hätte auch nicht auf ihn gehört. Witrin reagierte selten auf irgendetwas oder irgendjemanden.

Ein Schatten erschien hinter der Nebelglastür. Ohne zu klopfen, trat Gerot ein. »Litul hat gesagt, du wolltest mich sprechen.«

»Schließ die Tür.« Von dem, was er zu sagen hatte, durfte niemand aus seiner Familie etwas erfahren.

Gerot gehorchte. »Auf dem Weg zum Haus der Erinnerungen habe ich Situ und ihre Mutter getroffen.« Grinsend plumpste er aufs Bett. »Ich soll dich grüßen. Von der Mutter so und von Situ anders.«

Situ. Allein die Erwähnung ihres Namens ließ sein Herz schneller schlagen.

»Und wie genau?« Jedes Detail konnte alles bedeuten.

»Von Risa soll ich dir liebe Grüße ausrichten und von Situ ganz besonders liebe Grüße.« Gerot grinste bis zu den Ohren. »Und sie ist dabei rot geworden.«

Er hatte es gewusst. Sie fühlte mehr für ihn als bloße Freundschaft. In seinem Innerem flatterte es vor Glück.

»Sie ist bildhübsch.« Gerot grinste nach wie vor. »Aber wegen ihr bin ich nicht zu dir gekommen. Also, was ist los?«

»Mehr, als du dir in deinen wildesten Träumen vorzustellen vermagst.« Wie sollte er seinem besten Freund die als Wunder getarnte Katastrophe erklären?

»Du hast keine Ahnung von der Wildheit meiner Träume.« Traurig schüttelte Gerot den Kopf. »Du würdest mir sonst die Freundschaft kündigen.«

»Keine Sorge. Meine Träume stehen ebenfalls auf der Roten Liste.«

Fanden die Rektoren eines Tages eine Möglichkeit, in seinen Verstand zu sehen, war es aus mit ihm. Kein Gedanke, der nicht verboten war. Mit seinen Gefühlen stand es noch schlimmer.

»Ich war in unserem Versteck.« Die winzige, aus Zweigen und Laken bestehende Hütte duckte sich unter das Gestrüpp eines mannshohen Wüstendornstrauches. Wäre der Große Schutz nicht, könnte man von dort die Steppen des südlichen Grenzlandes sehen. »Rate, was ich vor der Nase der Rektoren abgefangen habe.« Lorat reichte seinem Freund den Pergamentstreifen.

»Beim Licht!« Gerot überflog die Zeilen. »Die machen ernst.«

»Ich bin dermaßen erschüttert, dass mir schlecht ist.«

»Die wollen die Lichtmauer zerstören!« Gerots Augen leuchteten.

»Oder jemanden einschleusen, der das kann.« Ob es Lichtsphären gab, die Menschen in sich aufnehmen konnten? Das wäre die einzige Möglichkeit, den Großen Schutz zu durchdringen.

»Warum so plötzlich?« Sein Freund sprang auf, tigerte im Zimmer auf und ab. »Seit zwei Jahren bitten wir um Hilfe und erhalten schlappe Durchhaltebotschaften, und jetzt zaubern sie dieses Ding aus dem Ärmel?« Seine Ohren färbten sich dunkelrot.

Das geschah Gerot häufiger und brachte ihm regelmäßig Straflektionen ein. Rote Ohren, rote Flecken auf den Wangen, weiße auf dem

Laken, Tränen in den Augen, lautes Lachen oder ein zu tiefes Seufzen. Alles Indizien für übergroße Emotionalität und aus Sicht der Rektoren der Grundstein sämtlicher Leiden und von daher absolut verwerflich.

Lorat hatte sich angewöhnt, nur heimlich in ihrem Versteck oder unter der Bettdecke zu weinen. Ursachen gab es für einen siebzehnjährigen Jungen in einer Gesellschaft, die jegliche körperliche und seelische Regung ablehnte, reichlich. Das war einer der Gründe, weshalb er den Widerstand ins Leben gerufen hatte.

»Wir sollen uns bereithalten«, las Gerot mit entschlossener Miene. »Unsere Mitstreiter informieren.« Er schüttelte den Kopf. Seine weißblonden Haare fielen ihm dabei ins Gesicht. »*Uns* bereitzuhalten, dürfte nicht schwerfallen, aber welche Mitstreiter meinen die?«

»Die Mitglieder des Widerstandes.« Er setzte sich exakt aus drei treuen Kämpfern zusammen: Gerot, der kleine Litul und ihn. Die Grenzgänger hinter dem Großen Schutz hatten davon keine Ahnung. Sie erwarteten Scharen an Unzufriedenen, die sich dem Rat der Rektoren in den Weg stellen würden, und das nur, weil er in den Nachrichten ein wenig übertrieben hatte, was das Ausmaß der Rebellion anging.

Was hatte er angerichtet?

»Sie schreiben, wir sollen uns wegen der Nachtfresser keine Sorgen machen. Nehrit würde so viele Kriegshaufen wie möglich nach Norden schicken.« Gerot biss sich auf die Lippe, las die Zeilen wieder und wieder. »Das ist kein Spiel mehr, Lorat. Die versammeln Horden wegen uns.« Entschlossen warf er sich in die Brust. »Sie erwarten von uns eine Revolution. Dann werden wir die liefern. Du weißt, dass wir nicht die Einzigen sind, die sich eingesperrt fühlen. Die anderen sind bloß zu feige, es vor sich selbst zuzugeben.«

Lorat wurde übel.

Hinter der Glaswand seines Zimmers flammte gleißendes Licht in den Himmel. Es vertrieb die Dunkelheit der Nacht, die Finsternis aus dem Norden, die Schwärze aus seiner Seele, nach der er sich von Tag zu Tag stärker sehnte. Zu viel Helligkeit zermürbte. Witrin war der beste Beweis. Lorat konnte sich an keine Zeit erinnern, in der der Große Schutz nicht existiert hatte. Er hasste ihn, und bis vorhin hatte er sich aus vollem Herzen dessen Zerstörung gewünscht.

Jetzt, wo sie greifbar nah rückte, fürchtete er sich davor.

»Sei ehrlich.« Gerot rollte den Pergamentstreifen zusammen. »Wie viele werden uns folgen?«

»Die Wahrheit?«

Gerot nickte zögernd.

»Nicht einer.«

Fiona

Noch ein Schluck und sie würde Dinge tun, die sie am Morgen bereute.

Fiona schob den Becher von sich. Allein der Geruch dieses Gebräus weckte Übelkeit in ihr. Wenigstens ließ Wulf sie mit seinen Wundererwartungen in Ruhe. Er und Lun diskutierten über politische Konzepte zur nachhaltigen Friedenswahrung.

Ahfid rührte lustlos in seinem Essen, Cordic hielt sich komplett aus allem heraus und Wulfs Töchter beschnipsten sich mit Erbsen. Die Ermahnungen ihres Bruders, nicht mit dem Essen zu spielen, prallten an ihnen ab.

Gut möglich, dass ihnen eine Mutter fehlte.

Was wohl mit ihr geschehen war?

Fiona stieß Ahfid an. »Weißt du, was mit Wulfs Frau passiert ist?«

»Sie ist verschwunden.« Sein Klon rutschte aus dem Nichts und blickte ebenso traurig wie das Original. »Vor drei Jahren«, flüsterten beide. »Es hieß, die Dunkelheit hätte sie geholt.«

»Wie das denn?«

Die zwei Ahfids hoben vielsagend die Braue. »Denk an gestern Nacht.«

Ihr Magen verklumpte zu etwas Ekligem.

»Schau nicht so traurig.« Wulf wandte sich ihr zu, füllte ihren Becher bis zum Rand. »Dank dir haben wir Grund zum Feiern.«

Wie konnte man fröhlich sein, wenn einem die Frau weggefressen worden war? Auf den Schreck musste sie etwas trinken.

Wulf plauderte von dem Glück, in Silberbach wohnen zu dürfen, von den Vorteilen der khatalahischen Bauweise, von seinen mutigen Taten als Grenzgänger und dass seine Kinder dringend eine Mutter bräuchten.

Also doch. Vorhin hatte er es abgestritten.

Weshalb verschwendete er seine Zeit damit, auf sie einzureden, statt in die Nacht zu ziehen und ein Date klarzumachen? Gab es in diesem Kaff keine ledigen Frauen?

Verantwortung, Vermögen, Vernunft, Vermählung, Verwasweißich. Zu viele Vers. Seine Worte schwirrten um sie herum. Ihr Kopf fühlte sich dumpf an, ihr Magen flau und auch sonst ging es ihr miserabel. Wulf war das egal. Er redete in einer Tour.

Fiona beschränkte sich auf ein gelegentliches Nicken. Irgendwann funktionierte das nicht mehr, weil ihr Kopf auf dem Tisch lag.

Keinen Schimmer, wie der dahingekommen war.

»Wir sollten schlafen gehen«, klang Ahfids Stimme aus dem Off. »Der Tag war lang und die vergangene Nacht nicht besonders erholsam.«

Wulf fragte nach dem Grund, zog zischend die Luft ein, als er ihn erfuhr, erkundigte sich grässlich besorgt nach ihren Blessuren.

Wieso bei Ahfid? Eben hatte er ununterbrochen auf sie eingetextet und kein einziges Mal nach der offensichtlich unübersehbaren Wunde gefragt.

Um sie wurde es still. Nicht einmal Elli plapperte.

Waren ihr die Erbsen ausgegangen?

In ihrer Schüssel mussten noch welche herumschwimmen.

Keine Chance, den Kopf zu heben, um nachzusehen.

»Ich habe für dich und deine Begleiter ein Lager am Feuer herrichten lassen.« Wulf eins neigte sich zu ihr. »Doch sollte es dir auf dem Boden zu unbequem sein, kann ich dir ein Bett zur Verfügung stellen.« Wulf zwei lächelte zuckerwattesüß auf sie herab.

»Etwa deines?« Cordic dagegen klang nach Eis und Schnee. »Fiona hat die letzten Nächte auf dem Waldboden zugebracht und ist gut damit zurechtgekommen.«

Alles in ihr wollte widersprechen, aber ihre Zunge lag faul im Mund herum und weigerte sich, ihren Job zu erledigen.

Ein Bett. Mit einer warmen Decke, einer weichen Matratze. Das wär's gewesen.

Idiotischer Cordic!

Ahfid zog ihr Lid hoch, blickte ihr tadelnd ins Auge. »Sag mal, bist du betrunken?«

Wie kommst du denn darauf?

Er half ihr auf die Beine, lotste sie vor den Kamin.

Lauter graue Felle. Von Wölfen? Die Armen. Sicher hatten die sich ihre Zukunft anders vorgestellt.

So weich und warm. Fiona legte sich auf sie, sah der rußigen Zimmerdecke beim Kreisen zu.

Zwei Cordics kamen zu ihr. Beide mit finsteren Mienen.

Heimliches Klonen sollte verboten werden.

Der eine verschwand in unsichtbarem Nebel, der andere legte sich neben sie.

»Hör auf, Wulf schöne Augen zu machen.« Er verschränkte die Arme hinter dem Kopf, starrte nach oben.

»Wie kommst du darauf?« Sie drehte sich auf die Seite, stützte sich auf die Ellbogen. Es war besser, sie sah ihn beim Sprechen an. Das förderte die Glaubwürdigkeit. »Ich mache ihm keine schönen Augen.«

Cordic lachte verächtlich.

»Der könnte locker mein Vater sein.« Es gab schlechtere Alternativen.

»Ist er aber nicht.« Misstrauisch beobachtete er ihre Versuche, den Kopf auf der Handfläche zu balancieren.

Es lag nicht an der Hand. Mit dem Ellbogen stimmte etwas nicht. Er kippelte hin und her.

Sie gab auf, legte sich eine Etage tiefer. »Sei nicht immer so streng zu mir«, nuschelte sie in ihre Armbeuge. »Das ist unfair.«

»Du bist kein Kind mehr, Fiona.« Er setzte sich auf, sah mit zusammengezogenen Brauen auf sie herab. »Männer in seinem Alter nehmen sich Frauen in deinem. Erst recht, wenn sie kleine Töchter haben.«

»Ist nicht mein Problem.« Elli war süß. Keine Frage. »Außerdem wollen Frauen wie ich keine Männer in Wulfs Alter.« *Sondern Männer in deinem Alter.*

Ihre Sicht verschwamm.

Keine grauen Haare bei Cordic. Bei Wulf schon. War zwanzig alt? War dreißig alt? Wo hatte ein zynischer Kerl wie er so gut küssen gelernt?

»Rede dir ein, was du willst.« Er legte sich mit dem Rücken zu ihr hin, rollte sich zusammen.

Sollte er.

Fiona schloss die Augen. Alles drehte sich. Augen wieder auf. Es half nichts. Das graue Flauschding spielte Karussell.

Gott, war ihr schwindelig.

»Cordic!« Er musste ihr helfen, sie fühlte sich gruselig. »Mein Fell kreist!«

Sein Gesicht erschien über ihr, kreiste solidarisch mit.

»Was kreist?«

»Mein Fell.« Ihr war furchtbar schlecht.

»Bei Rags stinkenden Kerkern.« Er lachte bitter. »Dein ehrenhafter Wulf hat dich abgefüllt.«

»Hilf mir.« Ihr Herz schlug seltsam. »Ich gehe verloren.« Genau so fühlte es sich an, ganz sicher.

»Bleib liegen, ich hol dir etwas zu trinken.«

»Untersteh dich!«

»Wasser, Fiona. Du musst das Zeug verdünnen.« Er verschwand.

Nicht einmal seinen Klon hatte er zurückgelassen, dabei holperte ihr Herz immer schlimmer und fürchtete sich mindestens so sehr wie sie.

Vor was?

Zu viel zum Aufzählen.

Endlich kam er zurück.

Sie wollte sich aufsetzen. Es funktionierte nicht.

Vor ihrer Nase tauchte ein Becher auf.

Er stützte ihren Kopf. »Kleine Schlucke, hörst du?«

Die Welt drehte sich etwas sachter, dafür wackelte der Becher zusammen mit ihrer Hand und ließ sich einfach nicht zu ihrem Mund führen.

»Ganz langsam.« Cordics Finger schlossen sich um ihre, hielten alles ruhig, was sie berührten. Ihre Hand, den Becher, sie, ihr Herz.

Nett von ihm.

Das Wasser tat gut.

»Du solltest den Mist rausbringen.«

»Was meinst du?« Sie hatte es gerade erst geschluckt.

»Dass du dich erbrichst.«

»Kann ich nicht auf Kommando.« Schauerliche Vorstellung.

Cordic seufzte. »Danach würde es dir besser gehen.«

»Dazu muss ich aufstehen.« Unmöglich.

»Soll ich dich raustragen?«

»Würdest du das?«

Er nickte.

»Geht auch nicht.« Schade, sie wäre gern auf seinem Arm.

»Warum nicht?«

»Ich find's schon schrecklich, hinter deinem Rücken zu pinkeln. Rate, wie ich mich fühle, wenn ich vor deiner Nase aufs Pflaster kotze.« Ein Albtraum.

»Du hast mir gestern fast auf die Stiefel ...«

»Pst!« Er durfte nicht davon sprechen, sonst schwirrten die falschen Bilder in ihrem Kopf.

Cordic lachte leise. »Sag Bescheid, wenn du mich brauchst.« Seine Stimme wurde zu etwas Weichem. Es streichelte sie, ohne sie zu berühren.

Sie kuschelte sich bis zur Nasenspitze darin ein.

Cordic rückte näher zu ihr, drehte ihr jedoch den Rücken zu.

Seine Haare glänzten im Schein der Flammen.

Fiona griff hinein, wickelte sich eine Strähne um die Finger.

Wie Seide.

Cordic

Ihre Finger flochten sich in seine Haare. Für einen Moment fühlte er nichts anderes als das leichte Ziehen. Er lag still, lauschte Fionas Atemzügen. Sie wurden gleichmäßig, tief, mischten sich mit dem Knistern des Feuers. Erst als es heruntergebrannt war, setzte er sich auf. Er musste es schüren, sonst würde Fiona frieren.

Ihre Hand glitt aus seinem Schopf. Fiona verzog das Gesicht, schlief jedoch weiter.

Cordic legte ein paar Scheite nach, wartete, bis die Flammen an ihnen empor leckten.

Am liebsten hätte er Wulfs Schädel hineingehalten. Hatte der Kerl gedacht, er könnte Fiona in sein Bett locken, nur weil er ihr einen Rausch verpasst hatte?

Dazu musste er an ihm vorbei, und das würde ihm nicht gelingen.

Sie sah blass aus. Auf der kaum verschorften Wunde lag die bunte Haarsträhne, als wollte sie den Makel verdecken.

Es gelang ihr nicht.

Vorsichtig schob er die Strähne beiseite.

Wie zart sich Fionas Wange anfühlte.

Ihre Miene entspannte sich. Leise seufzend schmiegte sie sich in die Berührung.

Was, bei allen Finsternissen, tat er?

Er sprang auf, nahm seinen Mantel und floh nach draußen. Lautlos huschte er durch die Gassen, erklomm das Dach eines Stalles, der aus der Schutzmauer wuchs. Es war ein Leichtes, darüberzusetzen und es den Händen und Füßen zu überlassen, die Risse und Vorsprünge zwischen den Steinen zu finden.

Keiner der Wachposten bemerkte ihn.

Diese Tölpel.

Cordic rannte zwischen den Zelten und Verschlägen entlang, bis Silberbach weit genug hinter ihm lag, um aufzuatmen.

Der Nachtwind wehte ihm eisig entgegen. Er zog den Mantel fester um sich, ließ sich rücklings auf die Wiese fallen. Die Kälte störte ihn nicht. Im Gegenteil. Sie half ihm, seine wirren Gefühle zu ordnen, sich auf das zu konzentrieren, was vor ihm lag.

Er musste einen Weg finden, Fiona von sich fernzuhalten. In ihrer Nähe war allein der Gedanke an Distanz kaum möglich.

Sie ahnte nicht, wie gut sie ihm tat.

Ein Nachtvogel zog über ihm seine Kreise. Einer von Rags Spionen?

Und wenn schon. Er befand sich mit dem Schattenlichtmädchen längst auf dem Weg zum Grauen Horn.

Fiona hatte weder für Wulfs Träume noch für Jetsubas Pläne das Schlehentor durchschritten.

Lun hatte recht. Sie war die rettende Karte in einem verzweifelten Spiel.

Und er würde sie zerreißen.

Thul,
Erster Mann seiner Horde und Sohn von Nehrit

Was für ein saukalter Morgen. Der Nordwind blies ihnen seit Sonnenaufgang ins Gesicht. Noch ein wenig, und ihm wuchsen Frostbeulen am Kinn.

Thul klappte den Mantelkragen hoch. »Wie viele haben wir eingesammelt?«

»Mit denen, die wir an der Furt von diesem Elendsfluss getroffen haben, müssten es um die zweihundertfünfzig sein.« Bendras rot gefrorene Nase tauchte aus der Fellkapuze auf. »Er hat uns beinahe die Pferde gekostet. Verfluchte Strömung.«

Zweihundertfünfzig. Zu wenige, um Rag die Stirn zu bieten. Je weiter sie in den Norden ritten, umso enger wurde ihm die Brust. Er hatte die Grenze zu Khatalah nie überschritten. Alles, was er über dieses Land wusste, stammte aus schauerlichen Gerüchten.

»Wie gut kennst du das Felsenreich?«

Bendra blähte die Wangen. »Mir reicht es, wenn ich dem alten Wikal zuhören muss. Der erzählt Geschichten, da stellen sich dir die Haare bis zum nächsten Morgen zu Berge.«

»Mir geht es ähnlich.« Sie handelten von lichtlosen Schluchten und Gipfeln, die mit ihren Spitzen den Himmel schrammten. Grau und Silber statt Grün und Braun, kein Baum weit und breit, dafür Felsspalten, in denen Schattenwesen mit Klauenhänden lauerten, die danach trachteten, jeden Vorüberziehenden in Stücke zu reißen. Als Kind hatte er nach diesen Geschichten kaum in den Schlaf gefunden, und wenn, hatten seine Träume vor Düsternis gestrotzt.

»Herr!« Mati galoppierte heran. »Wir haben Botschaft, dass bis zum Abend knapp hundert Mann zu uns stoßen werden.«

Bendra rieb sich die steifgefrorenen Hände. »So langsam wird aus unserem kümmerlichen Haufen eine Horde.«

»Und Ahnati trifft uns in sieben bis zehn Tagen.« Mit einem stolzen Grinsen im Jungengesicht preschte Mati davon.

»Ein tüchtiger Bursche.« Bendra sah ihm nach. »Kommt ganz nach dem Vater.«

»Der mit allen Mitteln verhindern wollte, dass sein einziger Sohn einem Rotzlöffel wie mir unterstellt wird.« Mati war trotzdem seiner Horde zugeteilt worden. Seit diesem Tag spürte Thul die Verantwortung noch stärker auf seine Schultern drücken.

»Machen wir uns nichts vor.« Bendra ließ seinen Blick über die Reiter schweifen. »Auch mit Ahnatis Unterstützung sind wir zu wenige, um Rag herauszufordern.«

»Vielleicht sind unsere gefiederten Boten abgefangen worden.«

»Oder den Kriegern war der Frieden zu langweilig und sie haben sich ein neues Abenteuer gesucht.« Er trieb sein Pferd näher zu Thuls. »Meine Familie stammt von der Ostküste. Meine Tante hatte ein Haus am Strand. Ich habe die Sommer meiner Kindheit damit verbracht, mit den Fischern hinauszufahren und die Löcher in den Netzen zu stopfen. Sie erzählten mir Geschichten, dass unsere Vorfahren über das Meer gekommen wären. Ein Sturm hätte ihre Schiffe zertrümmert und sie an Land gespült.« Er zwinkerte ihm zu. »Klingt logisch. Oder glaubst du an die Sage mit dem Ei?«

»Meine Mutter hat daran geglaubt.« Wie oft hatte sie ihm das Lied von den ungleichen Brüdern vorgesungen.

Sein Vater würde ihn für diesen Aberglauben heute noch verdreschen.

»Wie auch immer«, plauderte Bendra gegen den Wind an. »Eines Tages machte sich ein junger Heißsporn mit seinem Boot auf den Weg, das Ufer jenseits des Ozeans zu finden. Alle hielten ihn für verrückt, aber er scherte sich nicht darum.«

»Was ist aus ihm geworden?«

»Ich weiß es nicht.« Bendra zuckte mit den Schultern. »Doch wegen ihm saß ich jeden Morgen am Strand und suchte den Horizont nach seinem geflickten Segel ab.«

Ein Sonnenaufgang über dem Meer.

Das musste ein fantastischer Anblick sein.

Fiona

Ihr Kopf war eine schmerzende Melone.

Was hatte Wulf ihr angetan?

Fiona öffnete die Lider und bereute es im selben Moment. Wenigstens drehte sich nichts mehr. Himmel, war ihr gestern schlecht gewesen.

Außer ihr war niemand im Zimmer, doch von irgendwoher drangen Stimmen zu ihr. Bevor sie ihnen nachging, musste sie auf die Toilette, sollte es so etwas geben. Wenn nicht, war der nächste Busch ihrer.

Im Zeitlupentempo hinsetzen funktionierte. Aufstehen ebenfalls, obwohl es ihrem Magen nicht gefiel.

Sie tappte in den engen Gang.

Kaum Türen. Hinter welcher war das, was sie suchte?

Aus einer linste Elli. Ihre Haare waren verwuschelt, aber die Perle baumelte noch in dem dünnen Zopf. »Musst du Pipi?«

»Sieht man mir das an?« Fiona nahm die Hand aus dem Schritt.

Elli nickte verständnisvoll. »Komm mit, sonst läufst du aus.« Sie führte sie zu einer Pforte am anderen Ende des Ganges.

Ein schmaler Garten mit brachliegenden Beeten, gestutzten Bäumen und einem winzigen Steinhäuschen im hintersten Winkel. Genau dahin zeigte Elli.

»Wasser ist im Regenfass, aber wasch dich nur, wenn es unbedingt sein muss. Es ist eiskalt.«

»Das macht nichts.« Mittlerweile war sie abgehärtet.

»Wie du meinst.« Die Kleine verschwand im Haus.

Ein Plumpsklo. Der Gestank schlug ihr von Weitem entgegen.

Die letzten Meter musste sie rennen.

Wie viel von dem Zeug hatte sie getrunken?

Konzentriert nicht ins Loch sehen und sich nicht vorstellen, was da drin die Fliegen anzog. Wenigstens lagen ein paar Lumpen neben dem Balken. Sie hielt den Atem an und versuchte, sich zu beeilen, doch mit nur einer Hand ließ sich die Hose schlecht öffnen, und alles andere dauerte ebenfalls seine Zeit.

Kurz bevor der Sauerstoffmangel ihr Hirn erreichte, floh sie ins Freie.

Ein Busch wäre die bessere Wahl gewesen.

Auf dem Wasser in der Regentonne hatte sich eine dünne Eisschicht gebildet. Sie zerschlug sie, wusch sich Gesicht und Hände, und ...

Ihr zitterndes Spiegelbild blickte ihr entgegen. Mit jedem vergehenden Moment wurde es klarer.

Das war sie?

Ihre Augen sahen anders aus, ernster. Ihr Gesicht war schmaler, die Wunde auf ihrer Wange zu breit und zu lang. Sie zog sich vom Haaransatz an der Schläfe bis zum Kieferknochen hinab, und dass sie schorfig und schrundig aussah, machte es kein Stück besser. Selbst die Narbe würde jedem auffallen, der auch nur einen flüchtigen Blick auf sie warf.

Sie hatte sich gemocht. Ihre Augen, ihre Haare, ihre Figur, ihr Gesicht.

Und jetzt?

Scheiße.

Sie schluckte gegen den Korken in ihrem Hals an.

War sie hässlich? Entstellt?

Karl würde ihr einen Schlag auf den Hinterkopf verpassen und sagen: Sei froh, dass du nach der Sache noch lebst. Cordic würde sie am Schlafittchen packen, vors Tor ziehen und ihr einen moralischen Vortrag zum Thema Heimatverlust und echte Probleme halten.

»Ich bin keine Prinzessin.« Die Wasseroberfläche zitterte. »Aber ich bin auch kein Halbwesen.« Sie war nicht hier, um einen Schönheitswettbewerb zu gewinnen, sondern eine Welt zu retten.

»Fiona?« Aus der Dämmerung des Hauses drang Ahfids Stimme zu ihr. »Frühstück!«

Auch das noch.

Sie schlich in die Küche wie ein geprügelter Hund, murmelte einen *Guten Morgen* und setzte sich an den Tisch.

»Gut geschlafen?« Ahfid schob ihr eine Schüssel hin.

Garstige Fettaugen starrten ihr entgegen.

Eine zweite, gefüllt mit klumpigem Getreidebrei, folgte.

Fasten am Morgen war gesund. Irgendwo hatte sie das gelesen.

»Hau rein.« Motiviert steckte er einen Löffel in den Brei und erhob sich. »Ich bin gleich zurück. Bis dahin hast du aufgegessen.«

»Vergiss es.« Ihr Magen hätte ihr das nie verziehen. »Wo ist Cordic?« Irgendetwas war gestern Nacht geschehen. Ein Streit? Was sonst.

Sie musste ihren Kopf beim Denken festhalten. Er war definitiv zu schwer.

»Weg.« Lun zerteilte einen schrumpeligen Apfel und reichte ihr eine Hälfte. »Wenn es nach mir ginge, könnte er das bleiben.«

»Es geht nicht nach dir.« Cordic schwang sich zum Küchenfenster herein. Er warf seinen Mantel über eine Stuhllehne und setzte sich neben sie. Mit gerümpfter Nase betrachtete er ihr Frühstück. »Bist du sicher, dass du das essen willst?«

Sie schob es ihm hin.

»Nein danke.« Er pflückte ihr die Apfelhälfte aus der Hand und verschlang sie mit zwei Bissen.

Eine Lärchennadel segelte ihm aus den Haaren. Mitten auf ein Fettauge.

»Wo bist du gewesen?« Sie sammelte ihm eine zweite aus den Strähnen.

»Mauern engen mich ein.« Er wickelte ein Lederbändchen von seinem Handgelenk, band sich die Haare im Nacken zu einem Pferdeschwanz zusammen. »Unter freiem Himmel schläft es sich besser.«

»Stimmt, du hältst es ja nie lange in meiner Nähe aus.« Idiot.

»Das auch.« Er wischte sich den Saft von den Lippen, erwiderte Wulfs finsteren Blick mit völligem Desinteresse.

»Nimm das nächste Mal die Tür«, schnappte Wulf. »Nur Diebe klettern durch Fenster.«

Cordic rollte mit den Augen. »Lass mich in Ruhe, ich hatte eine harte Nacht.«

Wulf schnaubte.

»Hast du wirklich draußen geschlafen?« Wie konnte jemand eisige Kälte einem Platz am Kamin vorziehen?

Cordic zuckte mit den Schultern.

Ahfid kam in die Küche, nickte ihm zu und machte sich am Wasserkessel zu schaffen. Einen Moment später wehte ihr der Duft frisch gebrühten Kaffees entgegen.

Eine unsichtbare Halluzination. Erschreckend, was ein Kater anrichtete.

»Hier.« Er stellte ihr einen Becher vor die Nase. »Danach geht es dir besser.«

Kaffee?

Sie war gerettet.

»Aus Karls Beständen. Ich dachte, ich nehme ein Päckchen für den Notfall mit.« Er verpasste Cordic einen tadelnden Blick. »Bloß gut, dass *ich* ihn eingesteckt habe.«

Deshalb hatte es aus seinem Rucksack nach Kaffee gerochen.

»Und ich?« Cordic schnappte sich den Milchkrug, kippte den Inhalt aus dem Fenster. »Als wäre die Prinzessin die einzige, die sich in Not befindet.« Er schüttete Kaffeepulver hinein, goss mit heißem Wasser auf. »Das schwimmt oben.« Mit zusammengezogenen Brauen betrachtete er sein Werk. »Bei Karl sah das anders aus.«

»Umrühren und abwarten.« Räuberkaffee war was Gutes.

Cordic zog den breiverschmierten Löffel aus ihrem Pamps, tauchte den Stiel in seinen Kaffee und rührte wie befohlen.

»Wie lange bleiben wir hier?« Fiona schlürfte den ersten viel zu heißen Schluck. Schon fühlte sich ihr Leben geschmeidiger an.

»Das liegt an der Hexe.« Cordic nippte am Kaffee, schloss seufzend die Augen. »Bis sie kommt, fallen wir Wulf zur Last.«

»Dann weiß sie, dass ich hier bin?«

»Davon gehe ich aus.« Mit spitzen Fingern sammelte er sich Kaffeekrümel von der Zungenspitze. »Hexen habe ihre eigenen Methoden der Informationsbeschaffung.«

»Bis es so weit ist, seid ihr meine Gäste.« Wulf erhob sich, lächelte wohlwollend in die Runde. »Auf ein paar Tage mehr oder weniger kommt es mir nicht an.« Er schlug Ahfid auf die Schulter, schritt beschwingt aus der Küche.

Cordic sah ihm mit gerunzelter Stirn hinterher, griff zeitgleich zum Honigtopf, verfehlte ihn jedoch knapp.

Sie schob ihm das Ding in die Hand. »Der scheint sich über unseren Besuch mächtig zu freuen.«

»Über meinen gewiss nicht.« Der erste Löffel landete in seinem Mund. »Darauf kannst du wetten«, nuschelte er am Stiel vorbei.

»Irgendetwas stört mich an Wulfs Begeisterung«, murmelte Ahfid und kratzte sich durch den Bart. »Wir sollten uns im Ort umhören.«

»Du misstraust ihm?« Cordic sah dem Honig zu, wie er langsam in seinen Kaffeekrug floss. »Ich dachte, ihr zwei wärt ganz dicke miteinander.«

»Wenn überhaupt, bin ich das mit dir.« Ahfid stand auf, nahm ihm den Honigtopf weg. »Lass uns gehen.«

»Ich soll mit?« Cordic blähte die Wangen. »Du weißt, wie die Leute auf mich reagieren.«

»Eben.« Ahfid zwinkerte. »Komm.«

»Und wer passt auf die Prinzessin auf?« Sein Daumen wies zu ihr, während sein Blick bei Ahfid blieb.

»Lun«, sagte der prompt und marschierte aus der Küche.

Cordic verschluckte sich.

»Ich brauche keinen Babysitter!« Schon gar nicht Lun.

»Und ob du den brauchst«, murmelte Cordic, schnappte sich den Krug und folgte Ahfid.

Idioten!

Mit zusammengekniffenen Augen lauschte Lun in den Flur. Als die Haustür ins Schloss fiel, erhob er sich und warf sich den Mantel über. »Tut mir leid, ich muss etwas erledigen.« Sein Lächeln war nichtssagend wie seine Miene. »Wulf kommt sicherlich bald zurück. Bis dahin bleib im Haus.« Ohne sie eines weiteren Blickes zu würdigen, schritt er eilig von dannen.

Sie war allein.

Perfekt!

Wenn die dachten, sie würde in diesem düsteren Haus bleiben, hatten sie sich geschnitten.

Fairerweise sollte sie vorher den Abwasch erledigen.

Sie trank ihren Kaffee, räumte den Tisch ab und stapelte das Geschirr im Spülstein. Im Kessel auf dem Herd war noch heißes Wasser.

Was für eine verwegene Konstruktion.

In einem gemauerten Gewölbe brannte das Feuer wie in einem Kamin. In der Steinplatte darüber war ein Loch eingelassen. Der Topf mit dem restlichen Eintopf steckte darin. Der Wasserkessel stand auf der heißen Fläche daneben und eine rußige Mulde mit Kohleresten verriet, dass man nicht nur in, sondern auch auf dem Herd offenes Feuer nutzen konnte.

Multifunktional. Nicht schlecht.

Sie beeilte sich mit dem Abwasch, zog sich den Mantel an und huschte leise aus dem Haus. So niedlich Elli war, auf ihrem Streifzug durch Silberbach konnte sie die Kleine nicht gebrauchen.

Draußen pfiff ihr der Wind um die Nase.

Zum ersten Mal, seit sie diese Welt betreten hatte, war sie allein unterwegs. Wenn Cordic davon erfuhr, würde er explodieren.

Sollte er.

Sie zog sich die Kapuze tiefer ins Gesicht und schlenderte durch die Gassen. Ein gutes Gefühl, nicht von jedem angestarrt zu werden.

An einem Haus hing ein Stiefel über der Tür. Bei dem nächsten war es ein Krug, beim übernächsten eine Schere. Anscheinend war sie ins Handwerkerviertel geraten. Ob es auch einen Bäcker gab?

Keine Brezel weit und breit. Es hätte ihr ohnehin nichts genutzt, sie besaß nichts, mit dem sie hätte bezahlen können.

Der Platz mit dem Brunnen. Dieses Mal lag der Deckel samt Ketten daneben.

Fiona zog die Kapuze zurück, blickte hinab. Starrte ihr aus dem Wasserspiegel die Fratze eines Halbwesens entgegen, würde sie ganz Silberbach zusammenschreien.

Nichts. Weder hasserfüllte noch verzweifelte Augen, kein angebissener Kopf, keine halb aufgefressenen Gliedmaßen. Nicht einmal ihr eigenes Gesicht konnte sie erkennen, dazu lag der Wasserspiegel zu tief.

»Wenn du mit deinen Betrachtungen fertig bist, mach Platz.« Die Frau, der sie gefolgt war, stand neben ihr. Die Hände in die Hüften gestemmt, der Blick klebte an Fionas Wunde. »Das da ist frisch.«

»Ich weiß.«

»Verheilt aber gut.«

»Scheint so.«

»Stell dir mal vor, das hätte sich entzündet.«

»Mache ich nicht.« Das hätte noch gefehlt.

»Wie ist das passiert?«

»Ein Unfall.« Erzählte sie die Wahrheit, schürte sie nur ihre eigenen Albträume.

Die Frau reckte den Kopf näher zu ihr. »Du bist nicht von hier. Gehörst du zu Wulfs Gästen?«

Offenbar kannte sie die Antwort bereits.

»Wo kommt ihr her?«

Das wurde ein Verhör. Fiona hatte keine Ahnung, wie viel sie von ihrer Reise preisgeben durfte.

»Von ziemlich weit.« Was der Wahrheit entsprach.

»Und was wollt ihr hier?« Sie seilte den Eimer ab. Erstaunlich spät drang ein Platschen nach oben.

»Gestern ist der Brunnen verschlossen gewesen.« Ein paar Gegenfragen lenkten sie hoffentlich von ihrer Neugierde ab. »Warum?«

Schnaufend zog die Frau den Eimer wieder herauf, kippte den Inhalt in ihre eigenen. »Du warst nie so weit im Norden, was?«

»Nein, bisher nicht.« Auch die Wahrheit.

»Es geschah vor einigen Jahren. Da kam nachts etwas aus diesem Schacht. Keiner hat es gesehen, aber auf einmal war da ein Sturm gewesen.« Die Frau schlang die Arme um ihren voluminösen Oberkörper, als ob sie frieren würde. »Er war kalt und grausam. Er riss an den Fensterläden, bog die Bäume in den Gärten bis zur Erde und fegte die Ziegeln von den Dächern.« Sie kniff die Augen zusammen und schüttelte den Kopf. »Der alte Moog schwört, er hätte Stimmen in dem Tosen gehört.«

Sacht stellten sich Fionas Härchen auf.

»Sie wurden lauter und lauter, übertönten das Brausen und brüllten den Menschen schreckliche Gedanken in den Kopf. Als sich der Sturm legte, haben wir alle gezittert wie Espenlaub. In derselben Nacht hat sich der älteste Sohn des Schneiders erhängt, und mein eigener Vetter hat versucht, sich im Mühlbach zu ersäufen.«

Ihre Gänsehaut trieb Blüten.

»Bis zum Morgen waren fünf Leute verschwunden«, erzählte die Frau mit Grabesstimme. »Auch Wulfs Frau, dabei hatte die erst die kleine Elli zur Welt gebracht. Seit dieser Nacht verschließen wir den Brunnen, sobald es dunkel wird.«

Ihr grimmiges Nicken unterstrich die finsteren Szenen, die in Fionas Kopf herumwehten.

»Der Sturm stammte aus Khatalah«, sagte die Frau entschieden. »Wie alles Böse und Dunkle.«

»Ich habe nie von unterirdischen Stürmen gehört.«

Die Frau hob ihr fleischiges Kinn. »Dann hast du heute etwas Neues gelernt.« Misstrauisch nahm sie Fiona von oben bis unten in Augenschein. »Seid ihr Freunde von Wulf?«

»Ja.« Auf eine gewisse Weise zumindest.

»Und der Nachtfresser?« Sie spukte das Schimpfwort wie etwas Schleimig-Grünes aus.

»Cordic ist ein Clankrieger.« Sie musste eine Lanze für ihn brechen. Und wenn er sie noch so oft verspottete.

»Sag ich doch.« Die Frau beugte sich näher zu ihr. »Deine Haare sind ebenfalls ziemlich dunkel. Sag bloß, du bist ein Schwarzblut.«

»Und wenn?« In ihr begann es zu brodeln.

»Dann wärst du hier nicht willkommen.«

Der irrwitzige Wunsch, der Schwätzerin eins aufs Kinn zu geben, durchzuckte Fionas rechte Faust. Der Schmerz beim Versuch, die bandagierten Finger zu krümmen, hielt sie davon ab.

»Fiona!« Wulf eilte über den Platz auf sie zu. In seiner Hand schwang ein Stock. »Hast du dich verlaufen?« Nebenbei nickte er der Frau flüchtig zu. »Du solltest nicht allein unterwegs sein.«

Super, noch ein Bodyguard.

Er fasste sie am Ellbogen, zog sie mit sich. »Was hast du ihr erzählt?«, fragte er leise.

»Nur, dass wir deine Gäste sind, aber das wusste sie schon.«

Wulf fluchte. »Die hätte dir jede Einzelheit deiner Mission aus der Nase gezogen.«

»Mission?« Klang verwegen.

»Ich muss zu einem Versteck vor der Stadt. Dort werden mir Nachrichten aus dem Süden hinterlegt. Willst du mich begleiten?« Ohne auf ihre Antwort zu warten, führte er sie eine der breiteren Gassen hinab zum Tor. »Lasst uns raus«, rief er den Wächtern zu.

»Brauchst du Geleitschutz?«, fragte einer von ihnen.

Wulf hob seinen Stock. »Ich kann mich meiner Haut wehren.«

Demnach verwendete er ihn nicht als Gehhilfe.

»Besitzt du kein Schwert oder was Ähnliches?« Diese Welt schrie nach Waffenarsenalen. Warum erkannte das niemand?

»Stich- und Hiebwaffen von einer Länge über eineinhalb Spannen sind innerhalb der Siedlungsmauern für normale Bürger verboten.« Er warf dem Wächter einen flüchtigen Blick zu, senkte die Stimme. »Dennoch befinden sich ein paar Schwerter in meinem Keller. Sie stammen aus meiner Zeit als Grenzgänger.«

Sollte sie Silberbach eines Tages verlassen, würde sie ihn um eines davon bitten.

Kaum öffnete sich das Tor, drängten die Menschen davor auf sie zu. Einige flehten, andere fluchten. Ins Innere der Mauern wollten sie jedoch alle.

Wulf schwang drohend den Stock. »Bleibt zurück!« Er bahnte sich einen Weg durch das Zeltlager, zog Fiona hinter sich her. »Wenn die gleichzeitig auf die Idee kämen, die Mauern zu stürmen, wäre es aus«, raunte er ihr zu. »Ein Glück für uns, dass die Steppenleute Händler und Handwerker, aber keine Krieger sind. Sie vermeiden körperliche Auseinandersetzungen aus Prinzip. Haben wohl zu lange in der Nähe der Lichten gelebt.«

»Vielleicht ändern sie bald ihre Meinung.« Ein Überfall von Halbwesen verwandelte den friedlichsten Menschen in einen Berserker. Sie hatte es am eigenen Leib erfahren.

»Dann haben wir ein Problem.« Er scheuchte einen jungen Kerl aus dem Weg. »Das Recht des freien Landes verbietet uns, sie wegzujagen. Alles außerhalb der Siedlungsmauer ist Wildnis, und wenn sie wollen, können sie bleiben, bis der Winter sie einfriert.«

Kurz davor würden sie die Mauern stürmen. Jede Wette.

Erst als die Zelte hinter ihnen lagen, drosselte Wulf die Geschwindigkeit. »Ich muss mit dir reden.« Er blieb stehen, ließ den Blick über das Tal schweifen. »Ist dir klar, was von dir erwartet wird?«

»Ich kann das *Bedenke du bist die Rettung*-Gerede nicht mehr hören.« Ihr Ton war zu hart, zu genervt, dennoch war es die Wahrheit.

Wulf fasste sie an den Schultern. »Nimmst du deine Aufgabe nicht ernst?«

»Was ist, wenn sich diese Hexe geirrt hat?« Beinahe tröstete der Gedanke.

»Bald wird es keinen grünen Halm mehr geben«, sagte er eindringlich. »Das Leben stirbt und wir mit ihm.«

»Wulf, es tut mir leid, aber …«

»Nicht leid genug, wenn du darüber spottest!«

»Ich spotte nicht, ich bin bloß …«

»Ohne dich werden wir sterben«, fuhr er ihr über den Mund. »Elli zuerst. Es erwischt immer die Schwächsten. Du hast sie kennengelernt. Willst du, dass sie ...«

»Nein!« Wie konnte er das annehmen? »Vielleicht bin ich bloß nicht das, was ihr erwartet.«

»Du hast Angst zu versagen?« Sein Blick wurde weich. »Das brauchst du nicht. Glaube mir, du schaffst das.«

Wie in einem Actionfilm. Dem Helden wurde ständig versichert, dass er der Einzige wäre, der die Welt retten könne, und dass er nicht aufgeben dürfe. Seine besten Freunde starben im Kampf und er verlor mindestens tausendmal jegliche Hoffnung, hin und wieder auch den Verstand, doch am Schluss stand er da, strahlend und schön oder abgekämpft aber glücklich.

Das hier war kein Film. Es war ihr Leben, und sie war kein Held. Warum zum Teufel begriff das niemand?

»Du bist das Mädchen aus Licht und Schatten, du allein kannst ...«

»Einen Scheiß kann ich!« Wenn sie diesen bescheuerten Begriff noch ein einziges Mal hören musste! »Du kennst mich seit ein paar Stunden und bildest dir ein zu wissen, zu was ich fähig bin?« Etwas in ihr explodierte. »Wie zur Hölle soll ich dieses Lichtmonster ausknipsen, wenn ihr selbst keine Ahnung davon habt?« Sie konnte sich noch nicht einmal gegen Zombies wehren!

»Fiona, ich verlange von dir ...«

»Lass mich in Ruhe!« Sie stieß ihn von sich. »Ihr alle!« Sie rannte zurück, bis ihre Lunge vor Kälte stach.

Wenn Wulfs Kinder starben, war sie schuld. Wenn die Welt unterging, war sie schuld, wenn diese mistige alte Hexe nicht auftauchte, war sie wahrscheinlich ebenso schuld. Zum Kotzen!

Flackern vor den Augen, ein Pochen in der Brust, dass ihr in den Ohren dröhnte.

Sie bahnte sich einen Weg zum Tor, schlug nach ausgestreckten Kinderhänden und schämte sich im selben Moment. »Ich habe nichts!«, brüllte sie einen kleinen Jungen an, der sie am Ärmel festhielt.

Eine Frau zog ihn zurück, musterte sie mit kaltem Blick. »Du hast nichts?«

»Nein, verdammt!« Sie wollte nur weg hier!

»Gut für dich, dann hast du auch keinen Hunger.« Sie nahm das Kind auf den Arm und verschwand mit ihm in einem der Verschläge.

Als hätte ihr jemand vor die Brust geboxt und alles erschüttert, was sie sich je über sich selbst eingebildet hatte.

Sie hatte es in ihrer alten Welt niemandem Recht machen können. Wie sollte sie es hier? Sie war kein Wunder. Nur das Ergebnis einer Vergewaltigung. Der ganze mystische Rest von ihr war ein Versehen, ein Missverständnis oder die Spinnerei einer senilen Psychopatin.

Elli zuerst. Es erwischt immer die Schwächsten.

Die Zelte verschwammen vor ihren Augen.

Erneut schlossen sich Finger um ihre.

Fiona schüttelte sie ab. »Tut mir leid, ich kann dir nicht helfen.«

»Schade.«

Cordic?

»Ich hätte ein bisschen Hilfe nötig.« Er grinste spöttisch auf sie herab. »Du offenbar auch.« Sein Blick schweifte über die umherstehenden Menschen. »Wo ist Lun?«

»Weg.«

Der Spott verschwand aus seiner Miene. »Hat er dich alleingelassen?«

»Ich war mit Wulf unterwegs.« Falsche Antwort. Sie wusste es, auch ohne ihm in die Augen zu sehen.

»Hat *er* dich alleingelassen?«

»Wir haben gestritten, und ich bin weggerannt.« Gott, klang das erbärmlich. Als wäre sie ein überfordertes Pipimädchen, das weder seine Gefühle noch sein Leben im Griff hatte. »Ich werde ihn suchen und mich bei ihm entschuldigen.« Es wurde Zeit, dass sie Verantwortung übernahm. Das schloss Wutworte und Handgreiflichkeiten mit ein.

Cordic hob eine Braue.

»Was siehst du mich so an?« Sie wusste selbst, dass sie einen jämmerlichen Eindruck machte.

»Ich frage mich, was du wirklich willst.«

»Du meinst, ich will mich nicht entschuldigen?«

Er schüttelte den Kopf.

»Sondern?«

»Du willst, dass ich dich zu einem Ort bringe, an dem dir niemand sagt, was du tun sollst, und an dem du deine Gefühle zeigen darfst.«

Genau das. Auch wenn ihr Hals zuschwoll und ihre Augen unter Wasser standen.

Er wartete ihr Nicken nicht ab, sondern führte sie durch die drängende Masse zum Tor.

Der Wächter linste durch die Luke, erkannte Cordic und öffnete sofort. Seiner Miene nach spulte er gedanklich sämtliche Verwünschungen ab, die er kannte.

»Der hat dir den Griff in seine Seele nicht verziehen.«

»Das wird er nie.« Cordic bog links ab, dirigierte sie an einer Schmiede vorbei. »Bis zu seinem letzten Atemzug werden ihn wegen mir Albträume quälen.«

»Dein Ernst?« Sie blieb stehen. »Wie konntest du?«

»Ich bin der Böse«, sagte er lässig. »Was erwartest du von mir?«

Nicht, dass er einen Menschen psychisch ruinierte.

Aus Holzverschlägen drang ihnen leises Wiehern entgegen.

»Die Pferde sollten raus auf die Weiden, stattdessen werden sie von ihren Besitzern eingesperrt.«

Die Falten zwischen seinen Brauen waren längst ein vertrauter Anblick.

Ein tierlieber Sadist mit Hang zu temporärer Freundlichkeit und beispielloser Empathie, der ihre Nähe nicht ertrug und sie trotzdem rettete.

»Ich werde aus dir nicht schlau.«

Cordic lachte trocken.

Nach wenigen Minuten erreichten sie einen Garten. Winzig, schmal einsam. Die niedrige Einfriedung bröckelte und in den Steinritzen wuchs Moos.

Cordic steuerte eine verwitterte Bank an. »Ich entdeckte ihn heute Morgen, als ich zurück in die Siedlung schlich.« Er nickte zu der angrenzenden Stadtmauer. »Streng genommen bin ich reingesprungen.«

»Und die Wächter haben dich nicht bemerkt?«

Er sah sie an, als grenzte allein die Frage an eine Beleidigung.

Kein angenehmes Gefühl, dass die Kerle ihren Job vermurksten.

Ob Halbwesen gut klettern konnten? Die Vorstellung, wie sie in Massen spinnengleich über die Mauer krochen, ließ sie schaudern.

»Wolltest du dich wieder aus dem Staub machen?« Er setzte sich neben sie. »Du weißt, dass ich gut darin bin, dich zu finden.«

»Ich aber nicht.« Sie hatte sich verloren und wusste nicht einmal, wo sie nach sich suchen sollte.

Er roch gut. Wieso fiel ihr das ausgerechnet jetzt auf? Kaffee, Winterluft mit einem Hauch Ruß und etwas unsagbar Herb-Männlichem, das sie bis in die Lungenspitzen inhalieren wollte.

»Was ist los?« Sein Blick drang zu tief.

Fiona wandte sich ab. Sie fühlte sich wie ein rohes Ei, kurz vorm in die Pfanne gehauen werden.

»Weich mir nicht aus.« Warme Finger an ihrem Kinn. »Ich will deine Augen sehen.«

»Warum?« Mehr als beschämendes Selbstmitleid würde er nicht finden.

»Weil ich dann weiß, wie es dir geht.« Behutsam drehte er ihren Kopf zu sich.

Keine Chance, sich zusammenzureißen. Sein Blick erfasste ihre Not während eines Wimpernschlages.

Tränenbäche stürzten ihr aus den Augen. Sie versuchte erst gar nicht, sie aufzuhalten.

»Alle laden ihre Angst, ihre Hoffnung und ihre komplette Zukunft auf mir ab!« Sie wollte ihr Gesicht verbergen, doch Cordic hielt ihre Hände fest. »Bis vor Kurzem habe ich nichts von dieser Welt gewusst. Jetzt erwartet jeder, dass ich sie vor dem Untergang rette und nebenbei eine Revolution anzettele.« Nie hatte sie sich dermaßen überfordert und untauglich gefühlt.

Cordic legte den Arm um sie, zog sie zu sich. »Muss schön sein, einer geruhsamen Arbeit nachzugehen.« Sanft streichelte er ihr über den Rücken. »Mir werden auch ständig die falschen Aufgaben zugeschoben.«

»Herzlichen Dank«, nuschelte sie gegen seine Schulter. »Ich habe mich dran gewöhnt, eine falsche Aufgabe für dich zu sein.«

»Die falscheste, die mir je aufgehalst worden ist.«

»Warum tröstest du mich dann?«

»Weil du weinst.«

»Kein Stück!« Sie zog die Nase hoch.

»Deine Tränen durchweichen mein Hemd.«

Deshalb fühlte es sich so glitschig an ihrer Wange an. »Halt's aus.«

Er lachte leise. Es klang resigniert.

Bevor sie sich darüber wundern konnte, drückte er sie von sich, sah starr an ihr vorbei.

Keine fünf Schritte vor ihnen stand Wulf. Der Mund zu einem Strich verzogen.

War er ihnen nachgeschlichen?

Cordic setzte ein Grinsen auf, das vor Hohn strotzte, und legte den Arm erneut um sie.

Zwischen Wulfs Augenbrauen wuchs ein Graben. »Lass sie los.«

»Sonst was?« Cordic zog sie näher zu sich. »Willst du mich mit deinem Spazierstock verprügeln?«

»Kann passieren.«

Dieses Mal klang Cordics Lachen amüsiert.

Wulf kam einen Schritt näher, streckte seine Hand nach ihr aus. »Komm mit, wir gehen nach Hause.«

Offenbar deutete er die Situation vollkommen falsch. »Ich bin nicht das Opfer.«

Die Falte zwischen seinen Brauen wurde tiefer.

»Ich habe Cordic gebeten, mich herzubringen. Ich brauchte eine Auszeit.«

»Mit ihm?« Wulf schüttelte den Kopf. »Männer wie er tun dir nicht gut, Fiona.«

Himmel, Arsch und Zwirn! Was war bloß mit diesem Kerl los?

»Wer oder was für mich gut ist, entscheide ich«, sagte sie ruhiger, als es ihr vor Wut pochendes Herz verlangte. »Ich bin nicht deine Tochter.«

»Er sieht keine Tochter in dir.« Cordics Arm glitt tiefer, umfasste ihre Taille. »Nicht wahr, Wulf?« Sein Blick zu ihm war reine Provokation.

Ein Machtspiel. Das hatte ihr gerade noch gefehlt.

»Lass sie los!« Wulfs Augen sprühten vor Zorn. »Sofort!«

»Nur, wenn Fiona das will.«

Offenbar war Cordic scharf auf eine Prügelei.

»Lass mich los.« Sie hatte keine Lust auf eine Szene. Ihre Nerven hingen auch so in den Seilen.

Cordic breitete übertrieben langsam die Arme auseinander, ohne den durch und durch provozierenden Blick von Wulf zu nehmen.

Dessen Schläfenadern begannen zu puckern. »Du machst einen Fehler, Fiona.« Sein Finger stach in Cordics Richtung. »Du vertraust dem Falschen und suchst dein Glück da, wo es niemals sein wird.«

»Und wo ist es deiner Meinung nach?« Cordics Eisblick glitt über ihn hinweg. »In deinem Bett?«

Himmel!

»Übertreibe es nicht, Nachtfresser«, presste Wulf zwischen den Zähnen hervor. »Es ist nicht lange her, da fütterte ich mein Schwert mit deinesgleichen.« Er drehte sich auf dem Absatz und eilte davon.

»Was sollte das denn?« Hatte Cordic den Verstand verloren? Fiona sprang auf, sie musste von oben auf ihn hinabsehen. Wut auf Augenhöhe funktionierte nicht. »Spare dir das nächste Mal deine Schwachsinnskommentare.«

»Wulf ist ein elender Heuchler.« Er strich sich eine Strähne aus dem Gesicht. Seine Finger zitterten. »Er wollte dich vom ersten Moment an.«

»Ich bin sicher, es gibt hübschere Frauen in seinem Umfeld.« So lässig wie möglich wies sie auf ihre Narbe.

Er sah sie an, schüttelte den Kopf. Langsam streckte er die Hand nach ihr aus.

Fiona ergriff sie, hielt sie fest. Mit ihr sein Schweigen, das Zittern seiner Finger, die Nähe zwischen ihnen.

Stille senkte sich wie Nebel auf sie herab, sperrte die Geräusche der Siedlung aus.

Cordic zog sie neben sich, legte erneut den Arm um sie. »Wenn du wegen mir erfrierst ...«

»... reißt du Ahfid den Kopf ab, ich weiß.« Sie fror nicht. Kein bisschen. »Ahfid hat mir erzählt, dass du mir vorgesungen hast.« Die Melodie aus ihren Träumen.

»Ich hatte eine Menge auszustehen, als es sich herumsprach.«

Ein Augenwinkel-Lächeln.

Sie berührte es mit den Fingerspitzen, strich sacht über die winzigen Fältchen.

Cordic fixierte einen Punkt, der jenseits der Mauer zu liegen schien. Die Stille zwischen ihnen wuchs sich zu etwas Greifbarem aus.

Dann begann er zu singen. Mit leiser, tiefer Stimme.

Gerot

Konnte man an Langeweile sterben? Vorhin hatte es sich so angefühlt.

Gerot pulte den Sand aus den Mauerfugen des Springbrunnens. Das war spannender als sämtliche Lektionen zusammen.

»Denkst du an etwas Verbotenes?« Litul sah ihn ängstlich von der Seite an. »Wenn, lass es sein.«

»Ich denke, dass ich mir das Geseier von der Überlegenheit logischen Denkens nie wieder anhören will.« Wenn Rektor Kopa sprach, schlief die Welt ein.

»Meint ihr, der fragt uns morgen sämtliche Sätze der Weisheit ab?« Litul klang panisch. »Ich konnte mir nur vier merken.«

»Dann bist du besser als ich.« Warum mussten sie die Lektionen der Wissenden lernen, wenn sie sich nicht umsetzen ließen? Er wurde seit Kindesbeinen an damit traktiert, und seine Ohren färbten sich trotzdem rot und verrieten seinen alles andere als gelassenen Seelenzustand.

»Gerot! Ich rede mit dir!« Litul stieß ihn in die Seite.

»Mach dir keine Gedanken, Kleiner.« Er tippe ihn auf die sommersprossige Nasenspitze. »Rektor Kopa hat die bis morgen selbst vergessen, stimmt's Lorat?«

Lorat saß in sich versunken neben ihnen und reagierte nicht. Seit der Disziplinierung seines Bruders kam er weder mit Kopa noch mit dessen Lektionen zurecht.

Witrin hatte es böse erwischt.

Die Rektoren nahmen solche Ausrutscher billigend in Kauf und faselten etwas von übergeordnetem Wohl.

Die Wut in seinem Bauch stieg hinauf bis zur Brust, kroch ihm über den Hals und erreichte pochend seine Ohren.

Gerot zupfte die Haare darüber. Musste nicht jeder auf dem Marktplatz mitbekommen, dass er ein Opfer seiner Gefühle war.

Der Platz der Friedfertigkeit. Er saß mitten drauf und hegte trotzdem den Wunsch, Kopa zu verprügeln.

»Wisst ihr, was mich wundert?« Lorat knetete seine Unterlippe. »Warum fangen die Rektoren die Nachrichten von jenseits der Mauer nicht ab?«

»Du meinst, bevor wir sie in die Hände bekommen?« Diese Frage stellte er sich oft. »Vielleicht rechnen sie nicht damit, dass ein Lichter gemeinsame Sache mit den Grenzgängern macht.« Oder sie waren zu taub und blind. Der Rat der Rektoren bestand ausschließlich aus alten Männern.

»Das glaubst du doch selbst nicht.« Lorat ließ seine Lippe in Ruhe, warf stattdessen Steinchen ins Wasser. »Die Rektoren holen sich für alles und jedes Rat bei den Fahlgesichtern. Ich wette, die fragen sogar, ob sie pissen dürfen.«

»Sei still!« Litul zuckte zusammen. »Es ist verboten, etwas Schlechtes über die Wissenden zu sagen.«

»Alles ist verboten«, fauchte Lorat. »Außerdem sage ich nichts Schlechtes. Die Kerle sind fahl!« Düster sah er Rektor Kopa hinterher, der zum Palast des wiederkehrenden Lichtes schritt. Es hieß, dort würden die Rektoren mit den Wissenden kommunizieren.

»Seht mal«, trällerte Litul plötzlich, als hätte er sich eben nicht fast vor Angst in die Tunika gepinkelt. »Da kommt Situ! Sie hat Kirschen dabei!«

Lorats Blick verklärte sich.

Kein Wunder, Situ war hübsch. Vor allem ihre gewellten Haare. Ob es daran lag, dass sie in den Gewächshäusern arbeitete? Dort war die Luft so feucht, dass sie sich wie ein nasses Tuch auf die Haut legte.

Lorat seufzte, während seine Wangen zu glühen begannen.

Gerot stieß ihn in die Seite. »Du wirst rot. Das ist mein Part.«

»Werde ich nicht!«

»Oh doch.« Er musste lachen. »Wetten, sie hört dein Herz klopfen?«

»Kann gut sein«, murmelte Lorat und fasste sich an die Brust. »Ich bin ein Idiot.«

»Nein, bist du nicht.« Bloß verliebt, was einer Todsünde glich.

Litul sprang auf. »Ich hole mir welche.« Er rannte zu Situ, die ihm entgegenlächelte, aber keinen Schritt näher kam.

»Der neunte Satz der Gemeinschaft ist ein Ärgernis.« Lorat starrte neidvoll zu Litul, der sich von ihr mit Kirschen füttern ließ. »Ich kann ihr nicht einmal Hallo sagen, weil der Rat der Rektoren um unsere Moral fürchtet.«

Der neunte Satz der Gemeinschaft. Ab dem Alter der ersten Bürde war es Jungen und Mädchen verboten, ohne elterliche Begleitung miteinander zu sprechen oder einander gar zu berühren. Das galt auch für einen simplen Handschlag. Litul, der Glückliche, fiel unter diese Altersgrenze. Sobald sein Stimmbruch einsetzte, war es damit aus.

»Sieh genau hin.« Er nickte zu Litul und Situ. »Deswegen riefen wir die Grenzgänger um Hilfe.«

»Was ist, wenn wir uns gnadenlos übernehmen?« Lorat ließ den Kopf hängen. »Sie erwarten etwas, das sie nicht vorfinden werden.«

»Du meinst scharenweise Lichte, die sich aufbegehrend gegen die Rektoren stellen und Freiheit fordern?« Er verkniff sich ein Lachen. »Niemand ist so naiv, das von uns zu verlangen.«

»Aber mehr als drei sollten es schon sein, oder?«

»Willst du abbrechen?«

»Nein.« Lorats Blick klebte an Situ wie eine Fliege am Honiglöffel. »Auf keinen Fall.«

Fiona

Am nächsten Morgen erwachte sie wieder zu spät. Als sie zum Frühstück kam, saß nur noch Ahfid in der Küche. Er füllte ihr diesen schaurig aussehenden Getreidebrei in die Schüssel, stellte einen Becher Kaffee daneben. Demnach handelte es sich erneut um einen Notfall.

»Wulf hat mir erzählt, dass du gestern mit Cordic unterwegs warst.« Er musterte sie aus den Augenwinkeln. »Er macht sich Gedanken um dich.«

»Muss er nicht.« Also war *das* der Notfall.

»Was ist geschehen?«

»Wulf und ich sind aneinandergeraten, und Cordics Anwesenheit hat die Lage nicht unbedingt entspannt.«

Ahfid nickte ernst. »Hab ich gehört.«

»Warum fragst du dann?«

»Weil ich es von dir hören wollte.«

Der Brei auf ihrem Teller wurde immer interessanter. Es war leichter, ihn anzusehen als Ahfid.

»Ihr wart lange fort«, sagte er wie nebenbei. »Was habt ihr gemacht?«

»Ist das ein Verhör?«

»Ja.« Er streckte die Hand aus.

Sie schlug ein. Es war unmöglich, es nicht zu tun.

»Wir sind ein bisschen durch die Gegend gelaufen. Ich brauchte Abstand und er offenbar ebenfalls.«

»Und?«

»Was und?«

Ahfid hob eine Braue.

»Was soll das?« Die meiste Zeit über hatten sie sich angeschwiegen. Zwischendurch hatte ihr Cordic etwas vorgesungen.

Unglaublich, wie wundervoll khatalahische Lieder klangen. Sogar ein Schlachtengesang war dabei gewesen. Cordic hatte ihn dermaßen laut geschmettert, dass ein paar Wächter den kleinen Garten gestürmt hatten. Es war schwierig gewesen, ihnen zu erklären, dass ein einziger Clankrieger keinesfalls vorhatte, Silberbach einzunehmen, sondern ihr bloß die Kultur seines Volkes nahebringen wollte.

»Antworte.«

Nur Ahfid brachte es fertig, gleichzeitig Strenge und Sanftmut in seine Stimme zu legen.

»Unterstellst du uns was?« Cordic war der heißeste Typ, den sie kannte, dennoch war die Vorstellung absurd. Sie war für ihn ein berufliches Ärgernis, was ihre Chancen in den Minusbereich driften ließ.

In Mohats Hütte hatte er sie geküsst.

Fiona schob die Erinnerung beiseite.

»Gibt es etwas zu unterstellen?« Ahfid begann, den Verband von ihrer Hand zu wickeln.

»Nein!« Sie ließ absichtlich laut den Löffel auf den Schüsselrand fallen. »Und lass meine Hand in Ruhe. Ich esse.«

»Mit links. Also iss weiter.« Er untersuchte ihre Rechte eingehend, doch behutsam.

Sie fühlte sich fremd an, als wäre sie durch das aufgezwungene Nichtstun vom Rest des Körpers ausgefreundet worden.

»Sie ist wieder in Ordnung«, stellte er fest. »Bewege vorsichtig die Finger.«

Ein wenig steif, aber nicht mehr dick. Der Bluterguss schimmerte bereits in Braun- und Grüntönen.

»Es tut mir leid, wenn ich mich wie dein Vater aufspiele. Ich weiß, dass mir das nicht zusteht.«

Auf eine seltsame Weise fühlte es sich trotzdem gut an.

»Eines noch.« Er stand auf. »Glaube nicht alles, was Wulf über Cordic sagt.« Sein Zwinkern wirkte zu ernst. »Und glaube erst recht nicht alles, was Cordic über sich selbst denkt.« Er ging zur Tür, ließ sie allein.

»Das hilft mir nicht weiter«, rief sie ihm nach.

Aus der Dunkelheit des Flures drang leises Lachen zu ihr, bevor die Haustür zufiel.

Cordic dachte von sich, ein Schurke zu sein. Wulf sagte von ihm, dass er ein Schurke wäre. War er dann einer oder war er keiner?

Lun nannte ihn Nachtfresser und machte auch sonst keinen Hehl daraus, was er von ihm hielt. Dasselbe galt für Wulf.

Wie fühlte es sich an, gehasst zu werden?

Die Haustür klappte.

War Ahfid wieder zurück?

»Ihr habt kein recht, meine Gäste zu begaffen!«

Wulf. Und er klang verdammt wütend.

»Die Leute werden nervös, wenn du einen Nachtfresser beherbergst.« Eine hohe, kippende Männerstimme. »Früher hätten wir den nicht einmal in die Nähe der Stadtmauer gelassen.«

»Zeiten ändern sich«, knurrte Wulf. »Niemand von euch rührt meine Gäste an.«

»Silberbach ist der letzte zivilisierte Ort vor der Grenze. Wir mussten stets vorsichtig sein und werden es bleiben.«

»Und deshalb wollt ihr das Mädchen wie eine Jahrmarktattraktion zur Schau stellen?«

Es ging um sie?

»Die anderen auch. Sie müssen uns Rede und Antwort stehen, und dann entscheiden wir, was mit ihnen geschehen wird.«

Ein dumpfes Geräusch, gefolgt von einem Keuchen.

»Du erteilst mir keine Befehle«, fauchte Wulf. »Du und auch sonst keiner von euch Sauberhänden.«

Was waren Sauberhände? Ihre eigenen jedenfalls nicht, seit sie das Waldland betreten hatte.

»Die Versammlung ist anberaumt«, kam es gepresst. »Wenn du nicht willst, dass wir mit deinen sogenannten Freunden kurzen Prozess machen, fügst du dich.«

Kurzer Prozess?

Fiona linste um die Ecke.

Ein untersetzter Mann, etwas kleiner als Wulf. Graue Haare, ein breites Gesicht, dessen Falten durch Wulfs Unterarm nach oben gedrückt wurden.

Wulf hatte den Kerl sauber an die Wand gepinnt. Respekt.

Sie zog den Kopf wieder zurück. Besser, sie ließ sich nicht erwischen.

»Verschwinde und steck dir deine Sorge sonst wo hin!« Wulf klang immer noch stinksauer.

»Das wirst du mir büßen!«

Ein Schnaufen, die Tür klappte erneut.

Wieder ein dumpfes Geräusch.

»Au!« Wulf fluchte.

»Was stehst du hinter der Tür?«

Lun?

»Was rammst du sie auf, wenn ich dagegen trete?«

»Wieso trittst du gegen die Tür?«

»Vergiss es!«

Dieses Mal wurde die Tür leise geschlossen.

»Ich habe Neuigkeiten«, sagte Lun. »Fiona soll ...«

»Es. Passt. Mir. Nicht.«

Für einen Moment wurde es still.

»Wir sollten uns den Wünschen des Ersten Mannes fügen.« Im Gegensatz zu Wulf klang Lun tiefenentspannt. »Sonst droht Ärger, und den gilt es zu vermeiden, zumal Nehrit gestern Nacht mit seiner Horde angekommen ist. Er will sich Fiona ebenfalls ansehen.«

War sie ein Zirkustier?

Sie trat aus ihrem Versteck hervor. »Und wenn ich das nicht will?«

»Du hast gelauscht?«, fragte Wulf, als wäre es das Verwerflichste, was sie sich je hätte leisten können.

»Allerdings.«

»Gut, das spart mir Erklärungen.« Lun lächelte sein schmalstes Lächeln. »Die Leute werden uns ein paar Fragen stellen, wer wir sind und was wir hier wollen, und Cordic und du, ihr werdet sie überzeugend belügen.«

»Was ist mit dir?«

»Ich kann nicht lügen.«

Richtig. Cordic hatte es erwähnt. »Und Ahfid?«

»Da er der Unspektakulärste von uns ist, wird ihn das Interesse der Bevölkerung außen vor lassen.«

War ihm dieser Plan spontan eingefallen?

»Jeder darf dich für alles halten, nur nicht für das Schattenlichtmädchen.«

»Die wissen sowieso nicht, was das sein soll«, murrte Wulf. »Es ist ein Fehler, Fionas Aufenthalt an die große Glocke zu hängen. Rags Spione können überall sein. Was ist, wenn sie schneller reagieren als Jetsuba?«

»Es wird gut gehen.« Lun hob beruhigend die Hände. »Immerhin ist sie der Joker im Spiel. Niemand zerreißt diese Karte, und jetzt entschuldigt mich. Ich muss Vorbereitungen treffen.« Er schritt aus dem Haus.

Wulf schmiss die Tür hinter ihm zu, dass es in den Angeln krachte. »Dieser blasse Klugscheißer!« Entschlossen schob er den Riegel davor. »Komm mit!« Er nahm sie an der Hand, zog sie hinter sich her in die Küche, und baute sich vor ihr auf. »Halte dich von Cordic fern!«

»Das ist jetzt nicht dein Ernst, oder?« Sie hatten andere Sorgen. »Was bedeutet: kurzer Prozess?« Es klang nach Lynchjustiz.

Seine Geste wischte die Frage aus der Luft. »Dieser Kerl redet viel, wenn der Tag lang ist, aber Cordic ist ...«

Ein dumpfes Krachen erschütterte das Haus.

»Bei sämtlichen Kreaturen aus Rags finstersten Löchern«, brüllte eine bassteife Männerstimme. »Macht mir auf oder ich schlage dieses Ding ein!«

»Nehrit.« Wulf ballte die Fäuste. »Auch das noch!«

»Aufmachen!«

»Moment!«, brüllte er zurück und trabte zur Tür.

War Nehrit nicht der Boss von Ahfid und Cordic gewesen?

Ein Mann stapfte in die Küche. Groß und breit wie ein Berg. Der zottelige Pelz, der ihm um die Schultern hing, verlieh ihm den Charme eines Neandertalers. Noch beeindruckender war die Narbe, die ihm quer übers Gesicht wuchs. Sie verunstaltete das rechte Auge und zog den Mundwinkel in einem gruseligen Winkel hinab.

»Lass mich nie wieder warten«, donnerte er und wischte Wulf aus dem Weg, der sich schützend vor sie gestellt hatte.

Der schlug krachend gegen die Wand.

»Freut mich auch, dich zu sehen.« Wulf massierte sich den Hinterkopf.

»Dachte ich mir.« Der Kerl baute sich vor Fiona auf. »Ich bin Nehrit. Erster Mann der Grenzgänger. Und du bist das Schattenlichtmädchen.«

Seine Stimme ließ ihr Zwerchfell flattern.

Er musterte sie von oben bis unten, wobei nur das linke Auge involviert war. »Du hast da was.« Bevor sie ihn daran hindern konnte, hatte er eine Perle aus ihrer Strähne gerissen.

»Au! Was soll das?«

Nehrit sah sie erstaunt an. »War das absichtlich drin?« Er drehte die Perle zwischen seinen Prankenfingern und hielt sie schließlich mit zusammengekniffenen Lidern auf Armeslänge von sich weg. »Dein Kriegsschmuck?« Er schüttelte seine eisgraue Mähne zurück und präsentierte ihr zwei mächtige goldene Ringe. »*Das* ist Kriegsschmuck!« Die Dinger leierten seine Ohrläppchen bis hinunter zu den Schultern aus. »Ich habe sie einem Nachtfresser direkt von den Ohren geschnitten.«

Nein, sie würde sich nicht einschüchtern lassen. Auf keinen Fall. Dazu hatte sie zu viel hinter sich gebracht.

Wortlos streckte sie die Hand aus, und Nehrit legte die Perle schulterzuckend hinein.

»Ich bin Fiona, und ich schätze derlei Übergriffe keinesfalls.« Angemessene Formulierung. Hoffentlich beeindruckte sie den Kerl.

Nehrit kniff sein entstelltes Auge zu. »Die meisten Frauen schätzen meine Übergriffe durchaus.« Er klappte das Lid wieder auf, grinste.

Zwinkerte er?

Dasselbe Schauspiel wiederholte sich.

Sie brauchte eine Weile, um den Flirtversuch zu verkraften.

»Dann bin ich die Ausnahme.« Sicherheitshalber räusperte sie ihre Stimme tiefer. »Es ist besser, du akzeptierst das.«

»Selbstverständlich.« Er schlug ihr auf den Rücken, was sie gegen die Tischkante schleuderte. »Ich mag Frauen, die ihre Grenzen zu verteidigen wissen.«

Fiona keuchte ihre Lunge zurück in den Brustkorb.

»Das letzte Mal, als wir uns trafen, hast du im Bauch deiner Mutter gesteckt.«

Sie war zu sehr mit Luftholen beschäftigt, um etwas Schlaues zu erwidern.

»Geburten sind mir zu blutig, daher habe ich mich rausgehalten und das Feld anderen überlassen.«

»Bist du nicht der Erste Mann einer Horde?« Sie rappelte sich auf. »Da solltest du ein bisschen Blut gewohnt sein.«

»Das Blut auf dem Schlachtfeld läuft aus den Wunden meiner Feinde und nicht aus Frauenschößen.« Er zuckte mit den fellbehangenen Schultern. »Du bist ein hübsches Ding, doch dass seid ihr Schwarzblüter alle.« Irritiert zupfte er an ihren Haaren. »Bis auf die hier. Habt ihr Mäuse im Haus?«

Fiona wollte seine Hand wegschlagen.

Ebenso gut hätte sie an eine Betonmauer hauen können. Zum Glück hatte sie die Linke genommen.

»Das sind Fransen.« Sie rieb sich die Finger. »Die sollen so aussehen.«

»Nein.« Bedächtig schüttelte er den Kopf. »Es waren Mäuse.«

Wozu mit einem Typen streiten, der sich mit abgeschnittenen Goldohrringen schmückte? Fiona atmete tief durch und versuchte, die Perle wieder in die Strähne zu flechten.

»Weißt du, was du tun wirst, um dieses Drecksding im Süden zu vernichten?«

Bitte nicht dieses Thema! »Nein, weiß ich nicht, aber glaub mir: Du bist nicht der Einzige, der sich dafür interessiert.«

»Kann ich mir denken«, brummte er. »Was ist mit deinem Gesicht passiert?« Fachmännisch betrachtete er die Erinnerung an die grauenvollste Nacht ihres Lebens. »Halbwesen, hm?«

Als er sie mit seiner Pranke berühren wollte, zuckte sie zurück.

»Sei nicht fahrig. Ich kenne mich damit aus.«

Ihr Kopf fühlte sich an wie in einen Schraubstock gespannt, als er ihn mit der einen Hand festhielt, während die andere behutsam an der Narbe entlangglitt.

»Verheilt prachtvoll. Wann war das?«

Sie riss sich vom Anblick seines entstellten Auges los. Bisher hatte sie nie ein zweigeteiltes Lid gesehen.

»Vor zwei Tagen. Sie fanden, dass ich lecker rieche, und wollten probieren.«

»Und? Haben sie?«

Wenn das ein Scherz sein sollte, war er mies. »Nein, sonst stünde ich nicht vor dir.«

»Doch, aber mit nur einem Bein oder nur einem Arm oder einem Loch in deinem ...«

»Ich hab's verstanden.« Oh Mann!

»Gut.« Er gab ihren Kopf frei.

In ihrem Schädel knirschte es.

»Wo sind ihre Begleiter?«, fragte er Wulf. »Haben sie vor mir reißausgenommen?«

»Keine Ahnung.« Fluchend fuhr er sich durch die Haare. »Soll ich sie holen?«

»Zackig! Ich habe miserable Neuigkeiten. Die will ich loswerden.«

Wulf nickte knapp, eilte aus dem Haus.

Nehrit setzte sich an den Tisch und hievte ächzend seine Füße darauf. Nebenbei musterte er Fiona versonnen. »Ich kann die Halbwesen verstehen.« Erneut klappte das zweigeteilte Lid zu und wieder auf. »Du riechst nicht nur lecker, du siehst auch so aus.«

Collin hatte sie als lecker bezeichnet, Cordic, diese Zombies und nun auch noch ein Yeti.

»Gibt es bei euch keine Altersgrenze, hinter der Flirten mit jungen Frauen verboten ist?« Nehrit war keinen Tag frischer als Karl.

»Flirten?«

»Ist nicht wichtig.«

»Dann erzähle mir von deiner Reise. Wir müssen Zeit totschlagen.«

Sie bedauerte die Zeit, und sie bedauerte sich.

»Ahfid gehört zu deinen Begleitern«, stellte er fest. »Ein tüchtiger Kerl, diente lange in meiner Horde. Cordic ebenso.« Er rümpfte die

Nase, was sein Gesicht zusätzlich entstellte. »Wobei er es mir nie leicht gemacht hat.«

»Hast du es *ihm* leicht gemacht?« Garantiert nicht.

Nehrit steckte den Finger ins Ohr und rüttelte. »Sprich lauter, Kind! Ich bin nicht mehr neunzig.«

Neunzig? Graue Haare und Falten, die jedoch ebenso gut Narben sein konnten. Trotzdem machte er den Eindruck eines circa sechzigjährigen Kugelstoßers. »Wie alt bist du?«

Nehrit blies die Wangen auf. »Ab hundertdreißig hab ich aufgehört, mir darüber Gedanken zu machen. Das war vor, lass mich nachdenken.« Er zählte mit den Fingern ab, zuckte schließlich mit den Schultern. »Keine Ahnung. Ist 'ne Weile her.«

Älter als hundertdreißig? »Seid ihr unsterblich?« Wie Elben! Nein, Nehrit gehörte eher zur Orkfraktion.

»Da wo du herkommst, lernt ihr da nichts?« Er kniff die Augen zusammen. »Mädchen, was lebt, stirbt. Früher oder später erwischt es jeden. Ob mit zwanzig oder zweihundert spielt keine Rolle.« Er hatte die Schüssel mit dem Frühstücksbrei entdeckt und stocherte mit dem Löffel darin herum. »Wenn man mit so was gefüttert wird, kann's auch schneller gehen.« Der Versuch, den Pamps vom Löffel zu schleudern, misslang ihm.

Die Haustür klappte. Kurz darauf erschien Wulf in der Küche. An seinen Fersen klebten Lun und Ahfid.

»Ahfid! Sanftes Lamm!« Nehrit sprang auf, eilte ihm entgegen. »Ich sehe von Weitem, dass dir der Frieden schadet.« Offenbar freute ihn das, denn er strahlte übers zerfledderte Gesicht.

Ahfid grinste.

Bis ihn Nehrit umarmte.

»Was macht der Wanderer bei dir?« Während er sein nach Luft schnappendes Opfer freigab, bohrte sich sein Blick in Luns gleichmütige Miene. »Ich hab für dich und deinesgleichen nichts übrig. Ihr mischt euch zu oft in das Leben anderer ein und richtet dabei stets Schaden an.«

»Zu diesem Thema herrschen geteilte Meinungen.« Lun blieb gelassen.

»Was interessieren mich Meinungen irgendwelcher dahergelaufenen Fahlgesichter?«, knurrte Nehrit. »Wo wart ihr, als die dunklen Horden die

Glasstadt überfielen?« Die Adern auf Nehrits furchiger Stirn schwollen bedenklich an. »Wer hat sie beschützt? Ihr? Oder die Grenzgänger, die dafür bluten mussten?«

»Der Große Schutz.« Lun betrachtete gelangweilt seine Fingernägel. »Was sonst?«

Nehrits Gesicht verfärbte sich ins Violette.

»Du wolltest mir etwas Wichtiges mitteilen.« Ahfid drückte ihn zurück auf seinen Platz. »Raus damit, bevor dich der Schlag trifft. Was meinte Wulf mit *schlechten Nachrichten*?«

»Mahkis weiß, dass Fiona hier ist.«

Ahfid klappte der Kiefer hinunter.

»Er lässt nach ihr suchen, weil er befürchtet, dass sie gemeinsame Sache mit Rag machen könnte.« Er tätschelte Ahfids blass gewordene Wange, dass es klatschte. »Sorge dich nicht, mein Junge. Der alte Knochen muss erst einmal aus seinem Kokon kriechen.«

Mahkis war ihr Großvater. Aus irgendeinem Grund hatte sie ihn für intelligent gehalten. »Warum sollte ich freiwillig mit dem Herrscher von Finsternis und Chaos zusammenarbeiten?«

Nehrit kratzte sich am Kopf. »Von *freiwillig* redet ja auch niemand.«

»Keiner von beiden wird Hand an sie legen.« Ahfid trat hinter sie und legte behütend seine Hände auf ihre Schultern. »Nicht, solange ich an ihrer Seite stehe.«

»Reg dich nicht auf«, brummte Nehrit. »Im Moment bist du der Einzige, der Hand an sie legt.«

Ahfid zog eben jene zurück, und Fiona fühlte sich sofort weniger gefährdet.

»Seht zu, dass ihr Jetsuba findet.« Nehrits Zeigefinger wies zwischen Ahfid und Lun hin und her. »Sie soll sich ranhalten mit ihrem Rettungsplan, solange die Retterin auf freiem Fuß und einsatzbereit ist.«

»Da wäre noch die Versammlung auf dem Marktplatz.« Wulf klang auffällig schüchtern. »Die müssen wir hinter uns bringen.«

Nehrit fluchte. »Sag den Leuten, sie sei deine Nichte. Sie wäre zu Besuch und würde bald wieder gehen.«

»Das glaubt mir keiner.«

Aus Nehrits Kehle drang ein dunkles Grollen.

»Ist gut, ich mach's.«

Der Alte nickte grimmig, rückte sich den Pelz zurecht und stapfte zur Tür. Als er dicht an Lun vorbeiging, streifte er grob dessen Schulter. »Findet die Hexe. Und bis dahin schützt Fiona vor Rag und vor allem vor Mahkis!«

»Mahkis ist ein Gelehrter.« Lun warf sich in die schmale Brust. »Und keine Bestie wie Rag.«

»Nur weil er ihren Kopf nicht mit einem Beil spalten will, heißt das nicht, dass er harmlos ist.« Der Blick des unversehrten Auges huschte zu Fiona. »Glaub mir, Weißhaar, Mahkis kann dem Mädchen Schaden zufügen, ob im Licht gefangen oder nicht.« Er zwinkerte ihr zu und ging.

Ahfid raufte sich die Haare. »Der Alte hat recht. Wir müssen uns vorbereiten.« Sein Finger stach zu ihr. »Knappe Antworten, nicht verheddern und nicht unnötig begründen. Stell dich dumm. Das funktioniert immer.« Er zeigte zu Wulf. »Du rührst dich keinen Schritt weg von ihr. Sie ist deine geliebte Nichte, verstanden?«

Der blähte die Wangen.

»Ich selbst werde mir eine Position suchen, von der aus ich alles im Blick behalten kann.«

»Wo ist Cordic?« Sollten sie nicht gemeinsam lügen?

»Keine Ahnung.« Hilflos hob Ahfid die Arme. »Ich hoffe, er kommt bald.«

Es pochte schon wieder.

Wulf blickte stöhnend zur Zimmerdecke. »Das wird Fatak sein.« Er scheuchte sie aus der Küche, riss die Tür mit solchem Schwung auf, dass der untersetzte Mann ins Haus stolperte.

Hinter ihm standen zwei Wächter.

»Was soll das?«, fauchte Wulf. »Wir finden allein zum Marktplatz.«

»Ganz ruhig.« Fatak hob seine fleischige Hand. »Ich bin der Erste Mann in Silberbach und ich entscheide, was wann, wo und wie getan wird.« Er drückte den Rücken durch und schritt voran. Seine Begleiter nahmen Fiona in die Mitte.

Die wollten sie abführen wie eine Verbrecherin.

Lun zog die Kapuze seines Mantels tief ins Gesicht. Seine Geste bat sie um Ruhe.

Ahfids Blick sprühte Funken, die zum Glück nicht ihr, sondern den Männern galten.

Wulf drängte sich an ihre Seite. »Keine Sorge«, murmelte er. »Wir passen auf dich auf.«

Ihr Herz klopfte im Hals. Mit jedem Schritt heftiger.

Wo zum Teufel war Cordic?

Auf dem Marktplatz standen die Menschen dicht an dicht und starrten ihr entgegen. Fatak schnitt eine Schneise durch die Menge. Sie führte zu einem Podest.

Sie würde zur Schau gestellt werden. Was noch? Wollte Fatak ihr etwas anhängen? Sie verurteilen?

Ihre Hände wurden kalt.

Wulf legte ihr den Arm um die Schultern. »Ganz ruhig«, raunte er ihr zu. »Wir sind bei dir.«

Cordic sollte bei ihr sein! Er hatte sie vor den Halbwesen beschützt, er würde auch mit diesen Leuten klarkommen.

Fatak erklomm schnaufend das Podest, kündigte sie mit applausheißenden Worten an.

»Es ist zu voll.« Ahfid sah sich um. »Ich kann den Platz nicht überblicken.«

»Klettere auf den Brunnenrand«, schlug Lun vor. »Ich werde mich abseits halten. Ich kann nicht riskieren, mich von diesem Mob ausfragen zu lassen.« Er schob sich an dem Podest vorbei, verschwand zwischen den Gaffern.

»Komm hoch«, befahl Fatak. »Und stelle dich unseren Fragen.«

In der Menge tauchte das Gesicht von der Frau auf, die sie am Brunnen getroffen hatte. Sie tuschelte mit ihrem Nachbarn. Die Worte *Schwarzblut* und *ist nicht zu trauen* drangen zu Fiona.

»Wo ist dein Komplize?«, fragte ein Hungerhaken. »Der Nachtfresser!« Sein Kopf war dunkelrot vor Eifer.

»Horch ihn aus, wenn er kommt«, donnerte Wulf. »Und jetzt los! Wir haben nicht den ganzen Tag für eure Mätzchen Zeit.« Wie versprochen blieb er neben ihr.

Wer sie wäre, was sie hier wollte, ob sie ein Schwarzblut wäre und damit einer von Rags Spionen. Wieso sich ein Wanderer und ein Nachtfresser in ihrer Begleitung befänden, wo der Wanderer überhaupt stecken würde und ob sie ihre kurzen Haare absichtlich kurz trug.

Fiona holte Luft und sortierte den Unsinn. Ohne ansatzweise rot zu werden erzählte sie die Geschichte von Wulfs Nichte, die aufgrund eines Unglücksfalles in der Familie zu ihrem Onkel hätte reisen müssen. Erbschaftsangelegenheiten klären. Schwarzblut könnte man so direkt nicht sagen, jedoch existierten Gerüchte über einen Clankrieger in der entfernten Verwandtschaft.

Sie log das Blaue vom Himmel. Ihr war es egal, was die Leute von ihr hielten, solange sie so schnell wie möglich von diesem Podest runterkam.

Ein Mann mit rot geäderter Nase drängte sich nach vorn. »Und wo genau hast du …«

Ein anschwellendes Gemurmel brachte ihn zum Schweigen.

Ein Reiter lenkte sein Pferd in die Menge. Sie teilte sich vor dem beeindruckend großen Tier. Die Kapuze eines silberglänzenden Mantels verbarg das Gesicht des Mannes. Dennoch starrte er sie an. Sie fühlte es bis in die Haarspitzen.

Sie kannte den Kerl. Woher?

Er hielt direkt auf sie zu.

»Fiona!« Ahfid sprang vom Brunnen, wühlte sich durch die gaffenden Menschen. »Runter mit dir!«

Der Reiter preschte nach vorn.

Sah er die Leute nicht? »Vorsicht!«

Er ritt jeden über den Haufen, der ihm im Weg stand.

Schreie, eine Frau stürzte, ein Mann wurde von einem der Hufe getroffen, taumelte mit blutender Stirn zurück.

»Weg hier!« Wulf zog sie mit sich in die Menge.

Zu spät, der Reiter holte sie ein.

Wulf schrie wütend auf.

Der Mann trat nach ihm, traf seinen Kopf.

Wulf sank zusammen.

»Wulf!« Sie wollte zu ihm.

Der Reiter packte sie, warf sie vor sich aufs Pferd.

Schnauben, das Donnern der Hufe, Schreie, die leiser wurden.

»Fiona!« Ahfid humpelte hinter ihr her. Er verschwamm vor ihren Augen, wurde kleiner, verschwand.

Die Wachen stoben auseinander, Menschen in Lumpen, zusammenstürzende Zelte. Alles raste an ihr vorbei.

Mit eisernem Griff hielt sie der Mann fest.

Lichtblitze statt Gedanken. Ihr Kopf schlug hin und her.

»Halt an!« Sie muste würgen. »Halt ...«

Ihr Magen krampfte sich zusammen. Sie erbrach sich.

Brennen im Rachen, in der Nase. Keine Luft! Schwärze vor den Augen.

Ahfid brüllte ihren Namen. Er wollte ihr nachrennen. Die Wunde an seinem Bein brach auf, Blut floss über den Marktplatz, färbte die Stiefel der Menschen tiefrot. Lun kiekste angewidert und rannte davon.

Wo war Cordic?

Nachtfresser, zischte die Menge.

Er schritt durch sie hindurch, ohne nur eine Schulter zu berühren.

Warum wichen die Menschen erschrocken vor ihm zurück? Merkten sie nicht, dass der Reiter viel gefährlicher war?

Cordic sprang auf den Brunnenrand. Sein Blick sank bis in die Grundfesten ihrer Seele.

Er durfte sie nicht loslassen. Niemals.

Etwas kroch aus dem Schacht. Nachtschwarz und kälter als Eis. Es packte ihn, zog ihn in die Tiefe.

Fiona fiel.

Was war mit ihm?

Ein dumpfer Schlag. Er dröhnte durch ihren gesamten Körper.

»Reinige dich.«

Gras. Direkt vor ihrer Nase.

Neben ihr ragten Pferdebeine zu fließendem Silber und einem Schattengesicht.

»Beeil dich.«

Die kalte Gleichgültigkeit der Stimme stellte ihr die Haare zu Berge.

»Was willst du von mir?« Wenn ihr bloß nicht so übel wäre.

»Reinige dich und steig wieder auf.«

War sie vom Pferd gefallen oder hatte er sie gestoßen?

Wasser plätscherte durch kaugummizähe Gedanken. Ein Bach.

Sie kroch auf allen vieren zum Ufer, spülte sich den widerlichen Geschmack aus dem Mund.

In ihrem Kopf pochte es, als wollte er jeden Moment platzen.

»Das genügt. Steig auf.«

»Sag mir, warum du mich entführt hast!«

»Steig auf.«

»Was zur Hölle willst du von mir?« Sie würde sich keinen Millimeter vom Fleck rühren!

»Steig wieder auf.«

»Vergiss es.« Selbst, wenn sie es gewollte hätte, ihre Beine fühlten sich wie Pudding an. Keine Chance, aufzustehen, geschweige denn, zu diesem riesigen Gaul zu laufen.

»Steig auf. Sofort.«

»Hörst du schwer?«, fauchte sie über ihre Angst hinweg. »Ich bleibe!«

Er war ein Wanderer. Jede Wette. War er ebenso ein Lappen wie Lun, hatte sie eine Chance.

Er ritt dicht an sie heran, packte sie und hob sie vor sich auf den Pferderücken. Ohne ein Keuchen oder ein anderes Zeichen von Anstrengung.

Der Kerl war widerlich stark.

Fast aus dem Stand scheuchte er das Tier in einen immer schneller werdenden Galopp.

Das letzte Mal war sie als Neunjährige auf einem Ponyhof geritten, doch das war ein Scherz gewesen im Vergleich zu diesem Albtraum. Sie krallte sich in die Mähne, die Angst, in hohem Bogen vom Pferd zu fallen, blieb. Warum hielt der Kerl sie nicht fest? Er hatte sie geklaut, also brauchte er sie. Sollte das den Tod durch Genickbruch nicht ausschließen?

Erst, als die Abenddämmerung die Konturen verwischte, zügelte er das Pferd und lenkte es von der Ebene in den Wald.

»Sag mir sofort, wo du mich hinbringst und was du von mir willst!« Sie versuchte, abzusteigen, doch er fasste sie so hart im Genick, dass ihr schwindelig wurde. »Schon gut! Lass mich los!«

»Wenn du an diesem Ort zu fliehen versuchst, wirst du den Morgen nicht mehr sehen.«

Redete er von den Halbwesen?

Wohin waren sie geritten? Nach Süden? Auf jeden Fall weg von den Bergen.

Er schwang sich vom Pferd, führte es tiefer in die Dunkelheit zwischen den Bäumen. Nach einer Weile blieb er stehen, ließ seine Hände umeinanderkreisen. Wie bei Lun sammelte sich fahles Licht zwischen ihnen, doch es ging wesentlich schneller und die Kugel blähte sich größer auf und leuchtete heller. Er ließ sie vor sich herschweben und folgte dem Schein bis zu einer Hütte. Sie hockte inmitten der knorzigen Stämme wie der Geburtsort sämtlicher Albträume.

Ihre Übelkeit meldete sich mit einer Macht zurück, die sie würgen ließ. Der Wanderer zog sie vom Pferd.

Fiona konnte sich kaum auf den Beinen halten, so sehr zitterten ihre Muskeln.

Er stieß sie vor sich her zur Tür, trat sie auf.

Ein modriger Geruch schlug ihr entgegen, durchsetzt mit kalter Asche.

»Geh rein.«

Wie sie diese gleichgültige Stimme hasste! Dagegen sprach Lun selbst im Standby-Modus enthusiastisch.

»Ich kann nichts sehen!«

Die Lichtsphäre schwebte an ihr vorbei ins Innere.

Ein Tisch, zwei Schemel, ein Holzgestell, Körbe. Kein Stock, keine Waffe. Nichts, was sie diesem Mistkerl über den Schädel ziehen konnte.

An ihm vorbeistürmen, sich aufs Pferd schwingen und wie durch ein Wunder den Rückweg finden?

Sie würde sich verirren, erfrieren, gefressen werden. In genau der Reihenfolge. Panik kam auf, wurde in unermesslicher Wut erstickt.

»Zünde ein Feuer an. Wir bleiben hier.«

»Zünde dein verdammtes Feuer selbst an!« Mutig gebrüllt. Wenn ihr Herz bloß nicht so rasen würde.

Der schmale Mund unter der Kapuze zuckte. »Du machst Feuer oder du frierst, mir ist es gleich.« Er drehte sich um, ging hinaus.

Sie fror bereits jetzt. Wo war ihr Mantel? In Wulfs Kaminzimmer? In der Küche? Auf diesem elenden Podest?

Ihr Herz stolperte. Eiskalte Hände, Rauschen in den Ohren.

Wenn sie vor Panik freidrehte, war es aus.

Feuer machen. Nur darauf konzentrieren. Alles, was ihre Angst in Schach hielt, war gut.

Die Feuerstelle befand sich mitten im Raum. Darüber klaffte ein Loch im Dach. An der Wand stapelte sich Brennholz, davor stand ein flacher Korb mit Reisig. Auf dem Tisch lag ein Lederbeutel mit Stroh und zwei Flintsteinen darin.

Karl hatte ihr gezeigt, wie man daraus Funken schlug, aber mit der Steinzeitmethode würde sie nie eine Flamme entfachen.

Mit ihrem Feuerzeug schon.

Sie häufte Reisig auf, schichtete darüber eine Pyramide mit Holzscheiten und setzte das Stroh in Brand. Bevor es ihre Finger versengte, schob sie es in die Mitte des Haufens.

Die Flammen brauchten eine Weile, ehe sie sich an den Scheiten hinauffraßen.

Ein Lufthauch ergriff sie, ließ sie zittern.

Der Wanderer betrat die Hütte. Er warf den Mantel ab, stellte seinen Reisesack daneben und hockte sich vor die Feuerstelle.

Über seine Schultern floss eine Woge fahlen Haares.

Der silbern schimmernde Mantel ...

Er war der Kapuzenmann an der Bushaltestelle an diesem verregneten Tag nach der Schule.

»Warum hast du mich in Karls Welt beobachtet?« Wollte er sie damals bereits entführen, und Ahfid und die anderen waren ihm zuvorgekommen?

Er reagierte nicht.

»Hey, ich rede mit dir!« Er war ihr mehr als diese Antwort schuldig.

»Du bist das Kind, das nie hätte geboren werden dürfen.« Der teilnahmslose Blick glitt über sie hinweg. »Du bist der Fehler, den wir versäumten, auszumerzen.« Er erhob sich, holte den Reisesack. Seelenruhig entnahm er ihm ein dünnes Seil. »Wir werden ihn wiedergutmachen. Es ist uns ein Leichtes, dich daran zu hindern, in die Geschehnisse dieser Welt einzugreifen.«

Oh nein. Sie würde sich nicht wie eine Mastgans zusammenknoten und zum Schlachter führen lassen!

»Ich bin Eri«, sagte er, während er das Seil entrollte. »Einer der mächtigsten meiner Art.« Langsam kam er näher.

Das Seilende pendelte vor und zurück. Nur für eine Sekunde wurde ihr Blick von dem Gürtel abgelenkt, der sich um Eris Tunika schlang. Er funkelte im Dämmerlicht, als ob Sterne eingewebt worden wären.

»Ich weiß, was in deinem Inneren tobt. Ich werde es binden, indem ich *dich* binde.«

Was hatte er vor? Sie zu fesseln und in dieser Hütte im Nirgendwo zurückzulassen? Er war ein Wanderer, hatte garantiert dieselbe Ideologie inhaliert wie Lun, also würde er sie nicht töten, oder doch?

Sie hier gefesselt alleinzulassen bedeutete dasselbe. Kein Mensch wusste, wo sie steckte, niemand konnte sie finden.

Dann lieber Flucht.

Draußen wieherte das Pferd. Würde es ihr gehorchen?

Alles war besser, als in dieser Scheißhütte hilflos auf den Tod zu warten.

Eri stand zwischen ihr und der Tür. Rechts und links befanden sich Fensterschächte in den Wänden. Zu schmal, um dort hindurch zu entkommen.

Sie hatte keine Waffe, bloß das Feuerzeug.

Der älteste Trick der Welt.

Fiona warf es. »Fang!«

Er starrte es an, griff zu.

Sie rannte an ihm vorbei. Gleich war sie an der Tür. Nur ein Sprung.

Er packte sie an den Beinen.

Sie stürzte der Länge nach hin.

Sein Gewicht presste ihr die Luft aus den Lungen.

Sie versuchte, sich unter ihm wegzudrehen. Vergeblich.

»Wenn du dich zügelst, werde ich dir die Hände vorne zusammenbinden.« Er keuchte vor Anstrengung.

Dieser Mistkerl sollte merken, dass sie keine leichte Beute war. Sie bäumte sich noch einmal auf.

Er zwang sie wieder hinunter. Mit Schwung drehte er sie auf den Rücken, fesselte ihre Hände so fest, dass der Strick ins Fleisch schnitt. Das freie Ende ihrer Leine knotete er sich um sein eigenes Handgelenk. Dann setzte er sich ans Feuer, als ob nichts geschehen wäre.

Alles in ihr zitterte. Vor Wut, vor Angst, vor Verzweiflung.

Er hatte sie niedergerungen und gefesselt.

Sie hatte sich noch nie so gedemütigt gefühlt.

Cordic

»Ahfid, sag ihm, dass es nicht unsere Schuld war!«
»Es *war* unsere Schuld.«
»Ich hätte Fatak zu Brei prügeln sollen, statt ihm zu gehorchen.«
»Das wäre dir übel bekommen, und uns ebenso.«
»Lun! Sei still!«
»Aber sieh ihn dir an! Jeden Moment verwandelt er sich in eine Bestie und zerschmettert uns die Schädel!«
»Und genau das hätten wir verdient!«
»Ahfid! Er ist dein Freund! Tu was!«
Die Stimme des Wanderers versank in tosendem Pochen.
Sie hatten sich Fiona stehlen lassen. Mitten auf dem Marktplatz während eines verfluchten Verhörs.
»Cordic, bitte hör zu.« Ahfids Reue stand ihm im Gesicht.
Genau dort wollte er sie zertrümmern.
»Weshalb habt ihr sie diesen Schwachköpfen vorgeführt?« Er war es, der Fiona stehlen musste. Er allein!
Er brüllte vor Wut.
Lun zuckte zusammen. »Der Erste Mann hat es von Wulf verlangt. Wir hatten keine Wahl.«
Ahfid schüttelte verzweifelt den Kopf. Dieser kranke Plan war niemals auf seinem Mist gewachsen.
»Fatak forderte Antworten.« Lun wich zurück. Seine zitternden Hände schoben sich zwischen Cordics Wut und seine eigene erbärmliche Feigheit. »Wulf handelte in unser aller Interesse.«
»Unser Interesse?« Gewiss nicht! »Fiona zahlt jetzt den Preis für Wulfs Hörigkeit!«
Und er mit ihr.

»Der Kerl kam aus dem Nichts. Er fegte Wulf wie ein Spielzeug zur Seite.« Ahfid raufte sich die Haare. »Ich hätte auf diesem Podest neben ihr stehen sollen. Nicht er.«

»Und warum warst du nicht dort?« Bei allen Finsternissen!

»Was ist mit dir?« Luns Finger schnellte nach vorn. »Wo warst du, als wir uns dem Mob stellen mussten?«

Der Wanderer spielte mit seinem Leben.

»Du hättest bei ihr sein müssen!«

Er war ihr bei ihr gewesen, verlockend nah. Hatte ihr vorgesungen, ihre Wärme gefühlt, die Linderung, die von ihr ausging.

Und sich danach wie ein waidwundes Tier fern von Silberbach in die Büsche verkrochen.

»Du missachtest deine Aufgabe, seit wir aufgebrochen sind!«

»Schweig, Lun!« Ahfid hob gebietend die Hand. »Cordic hat sie von Beginn an beschützt.«

»Nur, dass er unter *beschützen* etwas anderes versteht als ich und du. Wulf hat mir berichtet, wie er Fiona angefasst hat.«

Etwas Dunkles, vor Zorn brüllendes riss sich in ihm los, stürzte sich auf den fahlhäutigen Mann.

»Cordic!« Ahfid warf sich dazwischen.

Die Wut entlud sich an ihm. Wieder und wieder.

Nein, nein! Nicht er!

»Aufhören! Sofort!« Wulf zerrte ihn zurück, presste ihn mit dem Rücken gegen die Wand. »Untersteh dich, deinen einzigen Freund totzuschlagen!«

Ahfid stand vornübergebeugt da, wischte sich keuchend das Blut aus dem Gesicht.

Was hatte er getan?

»Ahfid, ich …«

»Keine Entschuldigung.« Ahfid spuckte Blut aus. »Ich habe was gut bei dir. Ist nicht das erste Mal.« Stöhnend richtete er sich auf. »Die Liste wächst. Das ist dir klar.«

»Ist es.« Er schlug Wulfs Hände von sich.

Ahfid hätte ihn im Kerker sterben lassen sollen.

Als krallten sich Rags Finger um sein Herz. Er rang nach Atem, doch statt Luft flutete ihn bittere Verzweiflung.

»Der Kerl war ein Geist.« Wulf reichte Ahfid einen Lappen. »Er tauchte in der Menge auf, verbreitete Schrecken und verschwand mit Fiona.« Mutig von Wulf, sich vor ihn zu stellen. »Ich schäume vor Wut, dass er sie mir wie ein Spielzeug entrissen hat, aber es ist geschehen, und jetzt müssen wir handeln.« Seine linke Gesichtshälfte war geschwollen.

Wenn er nicht aufpasste, geschah dasselbe mit der rechten.

»Kein Geist, doch ebenso schwer zu greifen.« Lun würgte angesichts der roten Pfütze vor Ahfids Füßen. »Sein Name ist Eri.« Keuchend wendet er sich ab. »Er ist die linke Hand des Meisters.«

»Welcher Meister?«, nuschelte Ahfid, während er die Unversehrtheit seiner Zähne kontrollierte.

»Ihr habt Erste Männer, wir einen Meister.«

Die Wanderer hatten es auf Fiona abgesehen? »Du elender, fahlhaariger ...«

»Lass ihn ausreden!«, fauchte Ahfid.

»Er wird sie zu Mahkis bringen!« Dort war sie für ihn verloren!

»Still, verdammt!«

Cordic bebte vor Zorn.

Ahfid schnappte ihn, drückte ihn auf einen Stuhl und blieb hinter ihm stehen, beide Hände fest auf seinen Schultern.

»Ich brauche keine Bewachung!«

Ahfids Finger bohrten sich fester in seine Muskeln. »Du wirst Lun zuhören, verstanden?«

In seinen Ohren rauschte es.

»Eri ist sehr begabt.« Lun starrte ihn in einer Mischung aus Angst und Abscheu an. »Selbst die eigenwilligsten Tore gehorchen ihm, und wenn nicht, zwingt er sie, sich zu öffnen.« Zögernd setzte er sich an die gegenüberliegende Seite des Tisches. »Er wird mit ihr nach Süden reiten, bis er einen Durchgang findet.«

Das Lachen, das ihm entkam, ließ Lun zusammenzucken. »Niemals bekommt er Fiona freiwillig durch ein Tor.« Mit Händen und Füßen würde sie sich wehren.

»Das denke ich nicht.« Lun schielte zu ihm, als erwartete er jeden Augenblick einen weiteren Wutanfall. »Ich sagte ja, dass er sehr fähig ist. Es ist für ihn kein Problem, sie direkt vor Mahkis' Nase abzusetzen.«

»Er kann sie durch den Großen Schutz bringen?« Das war unmöglich!

»In der Glasstadt gibt es ein internes Tor. Was sollte ihn daran hindern, es zu nutzen?«

»Ich!« Er würde diesen Eri erwischen, egal wie viele Tore existierten.

»Mahkis weiß um die Bedrohung, die von Fiona ausgeht. Da ihm seine moralische Haltung einen Mord verbietet, wird er sie auf die ein oder andere Art zähmen oder ...«

»Oder was?«

»... brechen.«

Der Raum versank hinter roten Schleiern.

»Du bleibst!«, dröhnte Ahfids Stimme von einem Ort jenseits glühender Wut. »Und reiß dich verflucht noch mal zusammen!« Er drückte ihn auf den Stuhl zurück.

»Niemand zähmt dieses Mädchen!« Die Zähne würden sich diese Heuchler an ihr ausbeißen! »Ich kenne ihre Seele!« Ihre Stärke, ihre Entschlossenheit. Selbst ihm hatte sie die Stirn geboten.

Der Tag, an dem ihr Wille in Ketten gelegt wurde, existierte nicht.

»Der Rat der Rektoren kennt Methoden, die selbst dich brechen würden.«

Er war längst gebrochen.

»Sollten sie bei Fiona angewandt werden ...«

Cordic sprang auf. Dieses Mal konnte ihn Ahfid nicht halten. »Ich werde sie zurückholen.« Sie durfte diesen Bastarden niemals in die Hände fallen.

»Sie reisen nach Süden!« Ahfid starrte ihn an, mit einer Angst, die er lange nicht mehr im Blick seines Freundes gesehen hatte. »Du kannst ihnen nicht folgen!«

»Du irrst.« Er konnte.

Verdächtigungen

Wulf

Die dritte Flasche Met. Wulf entkorkte sie, schnupperte daran. Köstlich und viel zu schade, um sich damit zu betrinken. Offiziell wollte er das nicht, doch seine Seele bettelte ebenso um den Rausch wie sein schmerzender Schädel.

Er war Cordic hinterhergehetzt, hatte ihn jedoch nur durch das Tor reiten und den Wächter aus dem Weg treten sehen.

Auf Fataks Apfelschimmel. Fatak selbst hatte fluchend im Dreck gelegen und vor Wut die Gerte hinter Cordic hergeschleudert.

Die Situation war ernst, und er konnte diesen Nachtfresser nicht ausstehen. Trotzdem musste Wulf grinsen.

Er kehrte zu Lun und Ahfid zurück, verteilte den Inhalt der Flasche in ihre Becher. Sie brauchten alle ein wenig Entspannung.

Ahfid nahm seinen schweigend entgegen und stierte weiterhin ins Feuer. Nicht nur seine Nase und seine Lippe waren geschwollen, auch sein Kinn leuchtete in einem dunklen Farbton.

Cordic hatte ihn niedergeschlagen, als er sich ihm in den Weg gestellt hatte.

Wer Nachtfresser zu seinen Freunden zählte, hatte es nicht besser verdient.

Lun nippte am Met. »Sollte es Cordic nicht schaffen, Eri rechtzeitig einzuholen, wird ihn das Licht des Großen Schutzes in die Knie zwingen und er wird Fiona keine Hilfe mehr sein.«

Ahfid fluchte. »Ihr hättet mich nicht davon abhalten dürfen, mir ebenfalls ein Pferd zu stehlen. Ich hätte ihn zur Umkehr gezwungen und wäre an seiner statt diesem Mistkerl hinterher.«

»Wie hättest du dir vor den Augen der Wachen und des Ersten Mannes ein Pferd stehen wollen?« Sie konnten froh sein, dass Fatak sie nicht allesamt unter Arrest gestellt hatte, allein weil er sie für die Verbündeten dieses Nachtfressers hielt.

»Cordic«, knurrte Ahfid zwischen den Zähnen hervor. »Du verdammter Idiot!« Er schleuderte den Becher gegen die Wand. »Wenn Fiona etwas passiert, dann ...« Er sank in sich zusammen. »Niemals hätten wir uns hierauf einlassen dürfen. Wie konnte ich zustimmen, Fiona den verworrenen Plänen einer Hexe zu opfern?«

Seine Verzweiflung ging Wulf nahe, andererseits passte sie in seine Überlegungen. Es existierte eine bessere Zukunft für das Mädchen, als zwischen den Mühlen von Süd und Nord aufgerieben zu werden. Fiona war weder ihrer Verantwortung, noch ihrer Aufgabe gewachsen. Sie wusste es, hatte es ihm gegenüber klar geäußert, doch er hatte ihr nicht geglaubt. Diesen Fehler würde er wieder gutmachen, schon in seinem eigenen Interesse. Ein simpler Plan, der das Mädchen aus dem Rennen nahm. Allerdings musste er ihn Ahfid behutsam nahelegen.

Wulf schenkte ihm nach. Je vernebelter Ahfids Verstand, umso besser. »Das, was wir von Fiona verlangen, ist Wahnsinn. Sie ist fast noch ein Kind und wird mit Herausforderungen belastet, die ihre Fähigkeiten übersteigen.«

»Sag bloß«, murmelte Ahfid und starrte finster in die Flammen.

»Wenn Eri sie zu Mahkis bringt, ist sie für uns unerreichbar, und was dort mit ihr geschieht, will ich mir nicht vorstellen.«

Ahfid schloss die Augen, stöhnte gequält.

»Sind dir die Disziplinierungsmaßnahmen der Lichten vertraut?« Lun nahm einen großen Schluck, sah ihn dabei unverwandt an.

»Ich kenne die Gerüchte.« Sie sprachen für sich. »Und deshalb werde ich Nehrit bitten, Kontakt mit den Grenzgängern im Steppenland aufzunehmen. Sie sollen Eri aufhalten und Fiona zurückbringen.«

»Dann wird Rag versuchen, ihrer habhaft zu werden, oder Jetsuba, oder ein anderer Irrer.« Ahfid presste den Handballen an die Schläfe. »Cordic hatte recht. Es war ein Fehler, sie herzuholen. Bei Karl wäre sie in Sicherheit gewesen.«

»Das ist sie bei mir ebenso.« Wulf holte tief Luft. Was er gleich sagte, würde Ahfid nicht gefallen. »Wenn wir sie gefunden haben, wird sie bei mir bleiben.«

Ahfids Kopf ruckte hoch. Sein Blick wurde hart.

Er mühte sich, ihm standzuhalten.

»Du willst sie hierbehalten?« Lun sah ihn ungläubig an. »Als was?«

»Rate!« Dass Fiona ein Schwarzblut war, musste er wie die hässliche Narbe übersehen lernen. Alles andere an ihr entsprach seinen Wünschen.

Der Wanderer schüttelte den Kopf. »Ich halte das für keine gute Idee.«

»Weshalb nicht?« In Silberbach gab es jüngere Ehefrauen als sie, und dass er sie als seine Nichte vorgestellt hatte, würde die Leute kaum stören. Jeder wusste, wie hart es war, als Mann drei Kinder allein großzuziehen. Da drückte man gern ein Auge zu.

»Du hilfst weder ihr noch diesem Land, wenn du sie zu deiner Frau machst.« Ahfids Stimme stand seinem Blick an Härte in nichts nach. »Nur dir selbst.«

»Wenigstens wäre sie aus den Fängen dieses Monsters raus!«

»Welches Monster meinst du?« Ahfid erhob sich. »Eri, Mahkis oder Rag? Da gibt es einige, die sie verschlingen wollen.«

»Cordic!« Der Nachtfresser leckte sich die Finger nach ihr.

»Du bist eifersüchtig auf ihn?« Ahfid lachte auf. »Ich glaub's nicht.«

Noch ein wenig, und er würde vergessen, dass er sein Freund war.

Lun räusperte sich. »Es gibt etwas, das ihr nicht wisst.«

»Und was?«, herrschte Ahfid.

»Sie besitzt ein viel größeres Potenzial, als ihr euch vorstellen könnt.« Lun drehte den Becher in der Hand. »Mahkis ist sich dessen bewusst. Es heißt, er sei deswegen so tief erschüttert, dass er sein Meditationszimmer nicht mehr verlassen und mit niemandem auch nur ein Wort wechseln würde.«

»Woher weißt du das?« Hoffentlich handelte es sich um ein Gerücht, sonst zerplatzten seine Pläne wie Seifenblasen.

»Soll ich jetzt sagen, von dem Vetter meines Freundes, der einen kennt, dessen Frau gehört hat …?« Lun seufzte genervt. »Ich weiß es eben. Nicht nur Mahkis und Rag besitzen Informanten.«

»Wenn du nicht gleich den Mund aufmachst!« Ahfid wurde blass, ging drohend auf den Wanderer los.

Der stellte hastig den Becher ab, hob beide Hände. »Ahfid, bitte.«

»Rede!«

Lun schluckte. »Ich weiß, wer ihr Vater ist.«

Thul

Raktis Horde hatte bereits das Lager aufgeschlagen. Über den Zeltdächern flatterten bunte Wimpel im Sternenschein.

Thul wurde immer nervöser. Er streckte den Rücken durch, atmete gegen die Anspannung. Sie hielt ihn von Kopf bis Fuß im Griff.

Rakti war eine Legende, dennoch war er ihr bisher nie begegnet. Wenn nur die Hälfte der Gerüchte stimmten, war er ihr auf keinem Gebiet gewachsen. Dass er im Rang über ihr stand, glich einem Witz. Bloß eine Frage von Tagen, bis die gesamte Horde darüber lachen würde.

Mati galoppierte heran. »Darf ich den Männern sagen, dass sie ein Fest vorbereiten sollen?«

»Wozu das denn?« Ihm war nicht nach feiern.

»Zum Schmausen, Lachen und vor allem zum Trinken. Wozu sonst?« Bendra verdrehte die Augen, wandte sich zu Mati. »Junge, ignoriere ausnahmsweise den Ersten Mann und höre auf den Zweiten. Ja, es wird ein Fest ausgerichtet. Jedenfalls so weit es unserer Vorräte hergeben.«

Mati strahlte vor Glück und ritt von dannen.

»Seit wann machen wir so was?« In den letzten Tagen hatten sich einige Kriegerhaufen ihrer Horde angeschlossen, ohne dass auch nur ein Becher Wein geleert worden wäre.

»Eine Tradition.« Bendra lächelte nachsichtig. »Trifft man auf Rakti und ihre Kriegerinnen, wird gefeiert. Das war immer so und wird so bleiben.«

»Und warum weiß ich nichts davon?«

»Weil du diese fantastische Frau noch nie getroffen hast.« Ohne Vorwarnung begann er, ein khatalahisches Liebeslied zu schmettern.

Der Text trieb Thul die Schamesröte ins Gesicht. Wenn die Schwarzblüter in Liebesdingen ebenso wild wie die Nachtfresser agierten, konnte er Rakti niemals in die Augen sehen. Seine Fantasie schlug bereits jetzt über sämtliche Ufer. Zwei Strophen hielt er aus, dann stieß er seinen Zweiten Mann gegen die Schulter.

»Was?«, fragte der arglos. »Gefällt es dir nicht?«

»Es macht mir Angst.«

Bendra lachte.

»Berichte mir alles über Rakti, was du weißt.« Je mehr er im Vorfeld über diese Frau erfuhr, umso besser konnte er sich auf das unvermeidliche Desaster vorbereiten.

»Oh, das mache ich gern.« Bendra richtete sich im Sattel auf. »Sie ist so berühmt wie dein Vater, hat beinahe ebenso viele Schlachten gewonnen, ist glücklicherweise aber wesentlich jünger und hübscher als er.«

Thul schrumpfte in sich zusammen. In Nehrits Schatten hatte er sich stets wie ein Wicht gefühlt. In Raktis Nähe würde er sich in Luft auflösen.

Bendra stimmte eine weitere Strophe an.

Wenn der nicht sofort mit dem Singen aufhörte, würde er ihn erwürgen! Sicher war das Lied maßlos übertrieben. Was es an Liebesdiensten forderte, konnte kein normaler Mann überleben.

Endlich hielt Bendra den Mund.

Thul atmete auf.

»Wir bekommen Besuch.« Er nickte nach vorn.

In einer dunklen Woge aus seidigem Haar ritt ihm die schönste Frau entgegen, die er jemals gesehen hatte. Sein Unterkiefer klappte hinunter. Es gab nichts, was er hätte dagegen unternehmen können.

»Ich grüße dich Thul, Sohn von Nehrit.«

Thul schluckte ohne Spucke. Wieso war sein Mund so trocken?

»Mein Name ist Ohsa. Ich bin die Zweite Frau in Raktis Horde. In ihrem Namen heiße ich dich und deine Männer willkommen.«

Beim Licht, diese Frau war …

Bendra stieß ihn an, nickte ihm überdeutlich zu.

Richtig, er musste den Gruß erwidern.

Er räusperte sich, was dem Kloß in seiner Kehle gleichgültig war. »Wir grüßen auch dich und deine Herrin.« Beim Licht, klang er kieksig. »Es ist uns eine große Freude, euch hier anzutreffen.« Innerlich schlug er sich vor die Stirn. Er hatte sie herbeordert. Da er als Nehrits Sohn groteskerweise einen höheren Rang als Rakti bekleidete, hätte sie sich kaum davor drücken können.

Bendra neigte sich näher zu ihm. »Und ob das eine Freude ist«, flüsterte er. »Ihre Horde besteht ausschließlich aus Frauen. Und was für Frauen!« Er begann erneut, das Liebeslied zu summen.

Ohsa lächelte huldvoll, lenkte ihr Pferd neben Thuls und ließ ihren Blick über die Krieger schweifen. Ihre Braue zuckte, als der dicke Vortim grinsend an ihr vorbeiritt. »Ich hoffe, dass deine Männer in gutem Zustand sind. Vor uns liegt ein Kampf, der uns allen das Letzte abverlangen wird.«

»Keine Bange.« Bendra grinste bis zu den Ohren. »Keiner von uns wird euch enttäuschen. Wir wissen um eure gehobenen Ansprüche.« Er räusperte sich völlig unnötigerweise. »Die Meisten von uns jedenfalls.« Sein Blick heftete sich lange genug auf Thul, dass es selbst ein Blinder bemerkt hätte.

Thuls Wangen glühten, während er eine nie gekannte Souveränität heuchelte. »Es liegt weit zurück, dass sich so zahlreiche Kriegshaufen zu einer Horde zusammengeschlossen haben. Das letzte Mal hatte ich meine erste Schlacht vor mir.« Er war vor Angst kaum in der Lage gewesen, auf sein Pferd zu steigen. Der alte Wolfrick hatte ihm eine um die Ohren geschlagen, um die Leichenblässe zu vertreiben. Nicht, weil er befürchtete, Thuls jämmerlicher Zustand könnte die Männer demoralisieren, sondern weil er verhindern wollte, dass sie ihn auslachen.

»Du musst dich deiner Jugend nicht schämen, Thul.« Bendra sprach lauter als nötig. »Jeder von uns hat mal mit vollgeschissenen Hosen angefangen.«

Das würde er ihm heimzahlen.

Ohsa lächelte Thul auf eine Weise an, die ihn eine Handbreit wachsen ließ. »Die Schlacht vom Schroffen Tal ist legendär. Es war der letzte Kampf vor diesem toten Frieden, und du hast ihn gewonnen. Sei stolz darauf.«

Thul nuschelte ein *Dankeschön* und ergab sich der Hitze, die ihn von der Brust aufwärts flutete und auch vor seinen Ohren nicht haltmachte.

Lob, Tadel, Spott, der Anblick einer hübschen Frau. Immer trieb es ihm das Blut in die Wangen. Dabei hatte Ohsa recht. Er konnte stolz auf sich sein. Er war ein halbes Kind gewesen, als er die Verantwortung für eine Horde übernommen hatte. Der Überfall in den Frostsümpfen hatte dem Ersten Mann das Leben gekostet. Aus Respekt vor Nehrit hatte der Thul von Beginn an als Zweiten Mann bestimmt. Also musste er aufrücken, als der Platz vor ihm freigeworden war. Dass er das Zusammentreffen mit vier khatalahischen Clans für sich hatte entscheiden können, war ausschließlich einem unfassbaren Glück und der Fähigkeit und Erfahrung seiner Männer zu verdanken gewesen.

»Rakti will dich sehen.«

Ohsas Nachricht traf ihn völlig unvorbereitet.

»Komm mit, ich bringe dich zu ihr.«

»Jetzt sofort?« Er klang heiser wie eine Winterkrähe.

»Selbstverständlich«, sagte Ohsa in einem Ton tiefsten Erstaunens. »Du bist Nehrits Sohn. Sie würde niemals eine Gelegenheit versäumen, dir ihren Respekt zu zollen.«

»Natürlich.« Er war ein Idiot!

Bendra trat ihn ans Bein. »Reiß dich zusammen«, zischte er mit einem Blick, der nicht einmal ein hypothetisches Widerwort duldete. »Rakti erwartet einen glorreichen Ersten Mann. Sei einer!« Er neigte sich an Thul vorbei und lächelte Ohsa charmant an. »Mit Freuden nimmt mein Herr die Einladung an«, log er ihr frech ins hübsche Gesicht. »Es ist ihm eine besondere Ehre und ein exquisites Vergnügen, endlich Raktis Bekanntschaft machen zu dürfen.«

»Mein Herr?«, raunte Thul. »So nennst du mich nie.«

»Der Zweck heiligt die Mittel.« Bendra zwinkerte. »Ducke ich mich, erscheinst du größer. Und glaube mir mein Freund, Größe ist elementar, wenn du Rakti gegenübertrittst.«

Ihm wurde flau. »Jede Art Größe?«

Bendra schürzte die Lippen, nickte.

Beim Licht! Entsprach die Ausstattung der Clanmänner nur ansatzweise dem, was dieses vermaledeite Liebeslied lobpries, hatte er verloren, bevor er die Schlacht begonnen hatte. Bisher hatte er sich damit getröstet, dass seine Manneszierde wesentlich respektabler als seine eher schmächtige Statur war, doch in Raktis Gegenwart würde sich dieser Trost in Rauch verflüchtigen.

Welche Gedanken schwirrten ihm im Kopf? Als ob eine Frau wie Rakti jemals in Erwägung zöge, mit ihm die Nacht zu verbringen.

Während Bendra an ihm vorbei Ohsa in eine höfliche Konversation verwickelte, schlug Thuls Herz spatzengleich schneller und schneller. Er beneidete seinen Zweiten Mann brennend um die Fähigkeit, gelassen und wortgewandt mit dem anderen Geschlecht umzugehen. Dennoch hätte er ihn im Moment für dieses Talent liebend gern aufs Rad geflochten.

»Bendra, ich weiß nicht, ob das mit dem Treffen eine gute Idee ist.« Er würde sich bis auf die Knochen blamieren und kein Wort herausbringen.

»Klappe halten!«, zischte Bendra leise. »Rakti ist die attraktivste Frau, die jemals zwischen Khatalah und der Glasstadt ihr Unwesen trieb.«

Thul schluckte trocken. Sein Hals war wie zugeschnürt.

Als Ohsa das mit Abstand prächtigste Zelt ansteuerte, gingen ihm die Nerven durch.

Bendra schlug ihm auf die Schulter. »Bleib locker. Normalerweise beißt sie nur in Ausnahmesituationen.«

»Und die wären?«

»In der Schlacht und während der Liebe.«

Thul wurde schwindelig.

»Während du mit ihr plauderst, kümmere ich mich um die Organisation des Begrüßungsfestes.«

»Lass uns tauschen«, bat Thul leise. »Frauen, die Kriegshaufen führen, schüchtern mich ein.«

Bendra schnaubte verächtlich. »*Jede* Frau schüchtert dich ein. Es ist ein Wunder, dass die Rothaarige den Weg auf dein Schlaflager gefunden hat.«

»Da war ich betrunken!« Dieser Zustand half ungemein.

»Du schaffst das.« Bendra tätschelte ihm die Wange. »Du musst lediglich verdrängen, dass sie bisher in keinem Zweikampf unterlegen war. Gleichgültig ob gegen Frau, Mann oder Halbwesen.«

»Du bist kein Freund.« Er folgte Ohsa, während Bendras Lachen hinter ihm leiser wurde.

Ahfid

Ahfid wurde übel. Nie zuvor hatte er sich so brennend nach einer Lüge gesehnt. »Woher weißt du das?« Vielleicht war Luns Quelle nicht vertrauenswürdig.

Der Wanderer hob die Brauen. »Ich sage die Wahrheit. Gleichgültig, woher sie stammt.«

»Und warum hast du uns das nicht früher gesagt?« Diese Information hätte er ihnen niemals vorenthalten dürfen.

»Wäre die Situation nicht, wie sie ist, hätte ich es euch auch jetzt nicht erzählt.«

»Bei allen Finsternissen«, murmelte Wulf. »Sie ist Rags Tochter.« Er war auf seinem Stuhl zusammengesackt. Sein Gesicht hatte sämtliche Farbe verloren.

»Willst du sie immer noch als Mutter deiner Kinder?«

Wulf schüttelte langsam den Kopf.

»Dachte ich mir.« Liane war keinem Geringeren als Rag persönlich in die Hände gefallen.

Fiona durfte nichts davon erfahren.

»Was ist, wenn es Cordic ebenfalls wusste?«, fragte Lun. »Und zwar bevor ihn Jetsuba zu uns befahl?«

»Nein.« Cordic hatte getobt, als er ihm Jetsubas Befehl übermittelt hatte. »Er wollte nicht Teil dieses Unterfangens sein. Ich bin allein aufgebrochen.«

»Doch er kam nach.« Lun beugte sich vor, stützte die Ellbogen auf den Knien ab. »Hat er dir je gesagt, was seine Meinung geändert hat?«

»Nein, aber ...«

»Was, ist, wenn ihn nicht die Sorge um Fiona dazu getrieben hat, dich niederzuschlagen und ihr hinterherzueilen, sondern sehr persönliche Interessen?«

»Du meinst, er ist ein Verräter?«, fragte Wulf eine Spur zu motiviert.

»Ich wusste es!«

Lun spitzte die Lippen.

»Hört auf damit.« Cordic würde Fiona niemals verraten.

»Hast du vergessen, wo wir ihn rausgeholt haben?« Der Wanderer senkte die Lider. »Er befand sich jahrelang in Rags Knechtschaft. Du weißt, wie es ihm ging.«

»Das macht ihn nicht zu Rags Handlanger!« Ahfids Herz schlug bis zum Hals. Wenn er sich irrte? Wenn Cordic sie hintergangen hatte? Nein, das durfte nicht sein. »Ich verdanke ihm mein Leben!«

»Und er dir seines«, sagte Lun kalt. »Trotzdem wissen wir beide, dass niemand besser lügt und betrügt als ein Nachtfresser. Hängt Cordic an Rags Leine, wird er alles tun, um von ihm loszukommen.«

»Du vergisst dich!« Cordic war stets ehrlich zu ihm gewesen.

»Er ist in Fionas Seele eingedrungen und hat sich sämtliche Informationen gestohlen, die er brauchte. Was hätte Rag daran hindern sollen, ihm dieselbe Prozedur aufzuzwingen? Cordic war dreizehn Jahre sein Gefangener. Denkst du im Ernst, Rag hätte sich diesen Spaß mit ihm verkniffen?« Lun rutschte mit seinem Schemel näher zu ihm. »Ahfid, sei vernünftig. Cordic kannte Fiona, hat bei ihrer Geburt geholfen. Allein dieses Erlebnis wird sich ihm tief in die Seele eingebrannt haben. Er wusste von ihrer Einzigartigkeit. Selbst wenn er es gewollt hätte, er hätte das Schattenlichtkind nicht vor Rag geheimhalten können.«

»Eine Seelenverbindung mit Rag.« Wulf schluckte trocken. »Und das hat Cordic überlebt?«

»Er hält eine Menge aus, falls du das meinst.« Aber auch er hatte seine Grenzen. »Das Gerede bringt uns nicht weiter. Wenn Eri so trickreich ist, wie Lun behauptet, werden weder wir Fiona finden, noch wird es Cordic gelingen. Außer ...« Er griff sich unters Hemd.

Nichts! Der Beutel mit dem Pfand war verschwunden. Cordic hatte ihn gestohlen. Wann? Während des Kampfes?

»Lun hat recht.« Er hasste sich für jedes Wort. »Cordic hat etwas, das ihn direkt zu Fiona führen wird.« Beim Grün der Wälder! Wie hatte er sich dermaßen in ihm täuschen können? »Sitzt ihm Rag im Nacken, ist er mit ihr längst auf dem Weg ins Graue Horn.« Ihm wurde kalt.

Lun pfiff leise. »Der Zauber der Alten?«

Seine Fäuste ballten sich. Sie wollten auf Cordics Gesicht einschlagen.

»Was für ein Zauber?«, fauchte Wulf. »Reicht es nicht, dass sie die Tochter von Rag ist? Muss sie zusätzlich mit Zauberbannen belegt sein?«

»Hast du gedacht, das Schattenlichtmädchen gäbe eine unkomplizierte Ehefrau ab?« Wäre die Situation nicht so tragisch, Ahfid hätte gelacht.

»Und was machen wir jetzt?«, fragte Wulf kleinlaut.

»Ihnen den Weg abschneiden, was sonst? Bringt er sie über die Nordgrenze, ist sie für uns verloren.« Er packte Wulf am Kragen. »Du gehst zu Nehrit, gestehst ihm, was geschehen ist und bittest ihn um Hilfe.«

»Ich?« Wulf versuchte vergeblich, sich zu befreien. »Der frisst mich, wenn er erfährt, dass wir nicht einmal auf ein Mädchen aufpassen können. Außerdem hat er die Siedlung bereits verlassen.«

»Dann finde ihn, oder ich fresse dich!« Als Vorspeise.

Danach war Cordic an der Reihe.

Ihm wurde schlecht vor Wut.

Fiona

Eine Woche. Oder zwei? Sie hatte jegliches Zeitgefühl verloren. Das dumpfe Schweigen, das Eri wie eine Giftwolke umwaberte, erstickte jeden klaren Gedanken. Selbst ihre Wut fühlte sich schwach und unspektakulär an.

Fiona blinzelte in die fahle Sonne. Die Luft war stickig, ohne warm zu sein, ließ sich kaum atmen. Das Land um sie her wirkte wie ausgestorben. Bis auf einen Falken, der vorhin Kreise über ihr gezogen hatte, war ihr seit Sonnenaufgang kein Lebewesen begegnet. Eri ausgenommen, doch auf seinen Anblick hätte sie gern verzichtet.

Unbeirrbar wie eine Maschine spulte er Tag für Tag denselben Ablauf ab, während sie sich vorstellte, ihn mit der verdammten Leine zu erwürgen. Er bot ihr keine Gelegenheit. Weder schlief er, noch ließ seine Aufmerksamkeit auch nur für einen Moment nach. Allerdings bröckelte seine Gelassenheit. Seit zwei Tagen zuckte sein Augenlid, und ab und zu hörte sie ihn mit den Zähnen knirschen. Vor allem nachts. Außerdem zitterten seine Hände.

Fiona verbuchte es als Sieg, auch wenn der Auslöser ein als Schlehenstrauch getarntes Tor gewesen war. Sie waren abgestiegen und Eri hatte sie zu dem Gebüsch geführt. Minutenlang hatte er vor sich hingesäuselt, aber nichts war geschehen. Entweder hatte er sich geirrt und der Strauch war nur ein Strauch, oder das Tor hatte sich ihm verweigert. Zum ersten Mal seit ihrer unfreiwilligen Reise hatte für den Bruchteil einer Sekunde eine Regung in dem sonst teilnahmslosen Blick gelegen. Zweifel.

Anschließend waren sie weitergeritten. Ihre tausendmal gestellte Frage, wohin er sie brachte, hatte er ebenso ignoriert wie ihre blutenden Handgelenke.

Sie hasste ihn bis zur Übelkeitsgrenze, und täglich schnitt sich das widerliche Gefühl tiefer in ihren Magen.

»*Warum bist du so wütend?*« *Karl blickte von seiner Arbeit auf.* »*Du siehst aus, als wolltest du jemanden fressen.*«

Fiona feuerte ihre Schultasche in die Ecke des Schuppens. »*Ich hasse ihn!*« *Sie trat einen Blumentopf aus dem Weg, ohne sich besser zu fühlen.* »*Ich hasse und verachte ihn!*«

»*Lass den Quatsch. Du tust dir noch weh.*« *Karl beugte sich zu ihr herunter, und ihre Hände verschwanden in seinen.* »*Was ist denn passiert?*«

»*Oliver hat gesagt, es sei peinlich, wenn man nicht wüsste, wer sein Vater ist, und Viktoria sei eine Schlampe.*« *Sie musste nach Luft schnappen, um weiterreden zu können.* »*Sie hätte es mit einem Kanaken getrieben. Deshalb würde ich so komisch aussehen.*« *Was auch immer Kanake bedeutete, es musste was Schlimmes sein.*

Fiona zog die Nase hoch. Es war eklig, wenn Rotz rauslief.

»*Du weinst, weil sich ein Depp sein Schandmaul zerreißt?*« *Karl lachte.* »*Dann müsste ich den ganzen Tag heulen.*« *Er hielt ihr sein krumpeliges Stofftaschentuch hin.* »*Kleine Leute reden kleinen Schwachsinn, große Leute großen. Das war immer so.*«

»*Nein, das ist es nicht.*« *Nicht nur.*

Sie schnäuzte sich und stopfte das Taschentuch zurück in Karls Cordhose. »*Ich habe ihn geschlagen.*«

Karl zog die Brauen hoch. »Wie doll?«

»Seine Nase hat geblutet.«

»Hast du dich entschuldigt?«

»Klar!« Kein Stück. Sie hatte ihn angebrüllt, dass er ein Arschloch wäre und sie gefälligst in Ruhe lassen sollte. »Er hat gesagt, ich muss jetzt ins Heim.« Sie schluchzte, ohne aufhören zu können.

»Warum das denn?«

»Na weil ich ihn gehauen habe.«

»Deswegen wird kein Kind in ein Heim gesteckt.«

»Ich schon. Wegen dir.«

»Was?«

»Du hättest mich nicht unter Kontrolle.« Sie fiel ihm um den Hals und vergrub ihr Gesicht in seinem Rollkragen. »Sein Vater ist Anwalt, hat er gesagt. Er will dir das Erziehungsrecht entziehen lassen!« Sie hatte keinen Schimmer, was das hieß, aber es klang eindeutig furchtbarer als Kanake. »Ich hasse ihn!«

Karl befreite sich von ihrer Umklammerung und setzte sie auf die Werkbank. »Hör mir genau zu, denn ich sage dir das nur ein einziges Mal.« Sein Blick war so streng, dass sie den Kopf einzog. »Du kannst mit deinen sieben Jahren überhaupt nicht wissen, was es bedeutet, zu hassen.«

»Kann ich wohl!« Es ballte sich im Bauch, kribbelte in der Faust und brachte Arschlochnasen zum Bluten.

Karl sah sie auf einmal ganz seltsam an. »Jemanden zu hassen ist, als ob du dir ein Bein abschneiden würdest.«

Sie hatte sich kein Bein abgeschnitten. Sie hatte auf Oliver eingedroschen, und es hatte sich verdammt gut angefühlt.

»Hass verstümmelt dich, verstehst du? Er macht dich zum Krüppel. Hass darfst du dir niemals antun, Fiona. Versprich mir das.« Er war so feierlich wie auf Großtante Rosis Beerdigung.

»Okay, ich verspreche es.« Sie kreuzte die Finger.

Karl zog die Brauen noch höher.

Fiona entknotete sie. Das miese Gefühl in ihrem Bauch blieb trotzdem. Als hätte sie Steine verschluckt.

»Steig ab.« Eri stieß sie in den Rücken und damit aus ihrer Erinnerung.

Vor ihnen lag ein See. Träge schwappte das Wasser ans Ufer.

Sie glitt vom Pferd, kniete sich in den Sand und tauchte ihre wunden

Handgelenke ins Kalte. Für den Moment tat es gut, doch später würde sie es bereuen. Nass würde sich das Seil noch unerträglicher anfühlen.

Vor ein paar Tagen hatte Eri sie dabei erwischt, wie sie versucht hatte, es an einem Stein aufzureiben. Gelassen hatte er ihr zugesehen. Irgendwann hatten ihre Gelenke geblutet, das verdammte Ding war jedoch unversehrt geblieben. Als sie am Abend das Feuer für die Nacht entzündet hatte, hatte sie das brennende Feuerzeug so lange an den Strick gehalten, bis ihre Haut Blasen geworfen hatte.

Dem Strick war es egal gewesen.

Sie hatte ihren Schmerz und ihre Frustration Eri ins Gesicht geschrien, doch der hatte sich bloß schweigend abgewandt.

Sie war Gollum am Elbenseil, und ein durch und durch gefühlloser Frodo schleppte sie durch eine immer stiller werdende Mittelerde.

Bis zu diesem Moment hatte sie ihn ebenso angeschwiegen wie er sie, aber als ihre Haut verbrannte, hatte sie beschlossen, sich an ihm zu rächen. Sie würde ihn mürbemachen. Würde ihm die Möglichkeit nehmen, sie weiterhin zu ignorieren. Dass es ihm bisher gelungen war, war ihr ohnehin ein Rätsel. Weder hatte sie die Kleidung gewechselt, noch sich ernsthaft gewaschen. Wut und Stress taten ihr übriges. Sie stank fünf Meilen gegen den Wind.

Eri stieg ab, um die Wasserflasche aufzufüllen.

Fiona trat ihm in den Weg. »Ich will mich waschen. Mich und meine Kleidung. Nimm mir diesen Scheißstrick ab, sonst kann ich mich nicht ausziehen.«

Keine Reaktion.

»Wenn du den Anblick einer nackten Frau nicht erträgst, dreh dich um.«

Nicht das geringste Zucken in dem blassen Gesicht.

»Wie steht es mit dir? Wirst du aus Prinzip nicht dreckig oder meditierst du dich sauber?«

»Du musst essen, du musst trinken, du musst schlafen.« Eri sah beim Sprechen an ihr vorbei. »Du musst dich weder waschen, ausziehen, noch musst du reden.«

Sie riss die Arme hoch. Die schmutzigen Schweißränder des Hemdes zogen sich garantiert bis zum Hosenbund. Die Weste verdeckte eine Menge des Drecks, aber gegen den Gestank vermochte sie nichts auszurichten. »Meinst du immer noch, ich könnte auf ein Bad verzichten? Tag für Tag sitze ich hinter dir auf dem Pferd. Was sagt dir das?«

Er schob sie beiseite, füllte die Flasche und steckte sie zurück in den Reisesack. »Steig auf. Wir müssen weiter.«

Dieser widerliche, emotionslose Mistsack! »Ich verspreche dir etwas.« Die Wut ließ ihr Herz donnern. »Ich gebe nicht auf, bis du dir kreischend deine fahlen Haare ausreißt!«

Eris Lid zuckte.

Luni,
Schwester von Dano,
nahe des südlichen Waldlandes

Der Reiter preschte in vollem Galopp auf sie zu. Hatte er keine Angst, runterzufallen?

Sie sollte sich fürchten. Oder ihren Bruder rufen.

Luni kletterte auf einen Baumstumpf. Größer zu wirken als man war, war gut.

Der Reiter kam von Norden. Ihr Vater sagte, alles, was von Norden kommt, trägt Krieg und Chaos im Gepäck.

Vielleicht war es nicht Norden.

Besser, sie holte ihren Bruder. Dano konnte ihr auch gleich erklären, wo genau Norden war.

Nein, konnte er nicht. Er jagte weit weg in Wäldern, in denen es noch Wild gab.

Der Reiter hatte sie gesehen, rief ihr etwas zu.

Ganz schlecht. Er kam bestimmt aus dem Norden.

Sich taub stellen. Taub und stumm. Dann musste sie nicht reagieren, aber das wäre gelogen, und lügen durfte man nicht. Nur die Nachtfresser logen, sagte ihr Vater, und mit denen hätten sie nichts gemein.

Zu spät. Der Reiter zügelte sein Pferd und brachte es vor ihr zum Stehen.

Ein Apfelschimmel. Sie mochte Apfelschimmel. Sie mochte alle Pferde, doch dieses besonders.

Die untergehende Sonne ließ das schwarze Haar des Mannes aufleuchten. Gut, dass ihre Schwester nicht da war. Die hätte sich sofort in ihn verliebt. Die verliebte sich ständig, und dann schwärmte sie tagelang, nur um sich wieder neu zu verlieben, was immer schwieriger wurde. Die meisten Männer waren in den Norden geflohen. Vater plante dasselbe. Spätestens im Frühjahr.

Komisch, dass alle dahin wollten, wo alles Böse und Dunkle herkam.

Der Mann kam näher.

Doch, er sah gut aus. Anders als die Männer, die sie bisher gesehen hatte. Obwohl er sehr blass war. Bis auf die Stellen um die Augen herum. Die waren dunkel.

Er war bestimmt krank wie die Kinder ihrer Tante. Keiner konnte ihnen helfen. Die Frau mit den vielen Armbändern und den roten Haaren war da gewesen und hatte sie behandelt. Vater hatte gesagt, sie wäre ein Schwarzblut und man dürfe ihr nicht trauen. Ihre Mutter hatte die Frau gegen seinen Willen geholt, als Luni das Fieber bekommen hatte.

Die Frau war nett gewesen. Sie hatte Tee dagelassen. Jeden Tag drei Tassen. Er schmeckte bitter, aber das Fieber war gesunken. Klapperig fühlte sie sich trotzdem noch. Vielleicht kam es eines Tages wieder, wie bei dem Bruder von Miri. Der war jetzt tot.

»Hey, Kleine! Bist du schwerhörig?«

»Nein.« Mist, er hatte sie bemerkt. »Aber ich bin tot.« Na ja, nicht gleich, doch später ganz bestimmt.

Der Fremde lachte.

Konnte man traurig lachen?

»Bevor es so weit ist, beantworte mir meine Fragen.«

Dem war egal, dass sie bald sterben würde.

»Ich suche ein Mädchen mit kurzen Haaren. In ihrem Gesicht ist eine Narbe.« Mit dem Finger fuhr er sich von der Schläfe bis unters Ohr. »Ein Mann ist bei ihr. Sie sind mit einem Pferd unterwegs.«

»Worauf auch sonst?« Krallenbären und Grauelche ließen sich nicht reiten.

Der Mann verdrehte die Augen. Sie waren dunkler als die der Frau mit den vielen Armreifen. »Was ist? Hast du die beiden gesehen?«

Und ob. »Was gibst du mir, wenn ich es dir sage?« In schlechten Zeiten musste man hart sein. Das sagte ihr Vater immer und es waren schlechte Zeiten, sonst müsste Dano nicht so weit laufen, um das Abendessen zu fangen.

Plötzlich stand der Mann vor ihr. »Antworte!«

Wie hatte er das gemacht? Eben war er noch auf dem Pferderücken gewesen.

»Los!« Er schüttelte sie.

Ein Nachtfresser. Ganz bestimmt. Und zaubern konnte er auch. Aber sie durchschütteln durfte er trotzdem nicht. Das durfte nicht mal Dano.

Sie holte aus, trat ihn mit voller Wucht ans Schienbein. Das half immer.

Fluchend nahm er die Hände von ihr.

»Du bist einer von diesen Chaoskerlen! Mein Vater sagt, die sind böse!«

»Das sind wir«, knirschte er zwischen den Zähnen hervor. »Und wenn du nicht ganz schnell meine Frage beantwortest, mache ich alles wahr, was dein Vater dir über mein Volk erzählt hat.«

Was hatte sie angerichtet? Es waren grauenvolle Geschichten dabei.

Ihr stiegen die Tränen in die Augen.

»Bei allen Finsternissen«, murmelte der Mann und fuhr sich übers Gesicht. »Es tut mir leid. Ich wollte dich nicht erschrecken.«

»Dafür hast du's gut hinbekommen.« Luni zog die Nase bis zum Anschlag hoch.

»Das Mädchen ist eine Freundin von mir. Der Mann hat sie mir weggenommen und ich muss sie wiederfinden.«

Oh je, klang er unglücklich.

»Wenn du etwas weißt, sag es mir bitte.«

»Sie sind vor vier Tagen angekommen.« Oder waren es drei? »Sie haben sich in unserem Schuppen ausgeruht.«

»Wie lange?«

»Zwei Tage?« Richtig, erst gestern waren sie wieder aufgebrochen. »Mutter wollte sie ins Haus lassen. Sie hat gesagt, dass es eine Ehre sei, einen Läufer zu Gast zu haben, aber der komische Mann, der nicht lachen konnte, meinte, der Schuppen sei ausreichend und sie würden nicht lange bleiben.« Besser, sie lieferte ihm mehr, als er verlangte, das würde ihn milde stimmen, und er würde ihr nicht Arme und Beine ausreißen und sie im Feuer grillen und aufessen. »Meine Mutter hat ihnen Proviant eingepackt. Mein Vater hat sie deswegen angeschrien.« Sie hasste es, wenn sich ihre Eltern stritten. »Stell dir vor, der Läufer hat sich nicht einmal bedankt!«

»Kann es sein, dass du *Wanderer* meinst?«

»Keine Ahnung.« Ihr war es völlig schnurz, wie der sich nannte. Er war weder gewandert noch gelaufen, sondern geritten. Nicht ein freundliches Wort hatte der für sie oder ihre Mutter übrig gehabt!

»Du mochtest ihn nicht, hm?« Der Mann grinste und sah gar nicht mehr unheimlich aus. »Ich mag ihn auch nicht.«

Sie grinste zurück. »Kein bisschen, doch das Mädchen war nett. Aber nur zu uns, zu ihm nicht.« Es machte Spaß, mit ihm zu reden. »Sie hat in unserem Waschzuber gebadet. Mit furchtbar viel Seife. Freiwillig!« Das hatte sie am wenigsten verstanden. »Mutter hat gesagt, dass das eine Verschwendung sei und der Mann mit den weißen Haaren hat ihr Recht gegeben. Danach hat sie alle ihre Anziehsachen da drin gewaschen und ich durfte ihr dabei helfen. Allein hat sie es nicht hingekriegt.« Anschließend hatte Luni die Wäschetruhe ihres Bruders geplündert, damit das Mädchen nicht nackt rumlaufen musste. Es hatte gedauert, bis ihre eigenen Sachen wieder trocken waren. »Mein Vater war fast so wütend wie der Läufer. Das Mädchen hat ihm versprochen, für das Bad und den Proviant zu bezahlen.«

»Was hat sie euch dafür gegeben?« Der Mann schien sehr neugierig auf die Antwort zu sein.

»Sie nichts, aber sie hat den Läufer gezwungen, uns seinen Glitzergürtel zu schenken.« Er war bestickt mit tausend Sternen.

»Sie hat ihn gezwungen?« Seine Brauen hoben sich. »Wie?«

»Indem sie so lange auf ihn eingeredet hat, bis er ihn abzog und meiner Mutter gab. Er hat das Mädchen danach angeschrien. So laut, dass meine Ohren geflattert haben.« Seine Stimme hatte sich dabei überschlagen. Komisch nur, dass es Fiona nichts ausgemacht hatte.

Wie groß die Augen des Fremden wurden und wie dunkel sie leuchteten. Vielleicht lag das am Fieber.

»Erzähl mir mehr von dem Mädchen. Ging es ihr gut?«

»Manchmal hat sie geweint.« Nur ein bisschen, aber Luni hatte es leidgetan. »Von der Leine waren ihre Handgelenke kaputt. Sicher hat ihr das wehgetan.«

Der Mann wurde noch blasser, als er ohnehin schon war. »Welche Leine?«

»Die, mit der der Läufer sie angebunden hatte.« Gruselig, das Glühen in den dunklen Augen. »Ich fand das auch doof«, sagte sie vorsichtig. »Mutter hat ihn danach gefragt und er hat uns erzählt, dass das Mädchen gefährlich wäre und er sie an einen Ort bringen würde, an dem sie niemandem mehr schaden könnte. Er hat sie nur kurz befreit, als sie sich umgezogen hat. Sonst hätte das mit den Ärmeln nicht funktioniert, verstehst du?«

Der Mann legte die Hand auf seinen Mund, schloss die Augen.

Ob ihm schlecht war?

»Sie wollte fliehen.« Leider hatte es nicht funktioniert. »Ich habe ihr eines von Danos Messern zugesteckt. Der Läufer hat es nicht bemerkt. Der saß in der Ecke und hat vor sich hingemurmelt.« Wie verrückt hatte sein Augenlid dabei gezuckt. »Wir haben beide abwechselnd an dem Seil rumgeschnitten aber es war verzaubert, denn nicht eine einzige Faser konnten wir kaputtmachen und der Knoten ging auch nicht auf.« Sie hätte Fiona so gern geholfen. »Wenn du sie findest, rettest du sie dann?«

Er wandte sich zur Seite, starrte zum Horizont.

»Ich heiße Luni.« Sie hatte ganz vergessen, sich vorzustellen. »Und du?«

Statt ihr seinen Namen zu nennen, stieg er auf sein Pferd und ritt davon.

Sie sah ihm nach, bis ihn die Ebene schluckte.

Sie hatte sich mit einem aus dem Chaosreich unterhalten und überlebt. Das sollten ihr die anderen erst mal nachmachen.

Cordic

Einen Tag Vorsprung. Wenn Fiona weitere Pausen erzwang, hatte er eine Chance, sie rechtzeitig zu erreichen.

Cordic spornte sein Pferd an. Viel Zeit blieb ihm nicht. Das Licht zehrte an ihm, je näher er ihm kam. Er rastete nur, damit sich das Pferd erholen konnte. Er selbst fand keine Ruhe. Der Schmerz hielt ihn wach. Manchmal brüllte er ihn heraus, doch das kostete Kraft. Davon besaß er längst nicht mehr genug. Was übrig war, brauchte er für Fiona.

Der fahlhäutige Mistkerl schleppte sie an der Leine mit sich.

Sie war ein Schwarzblut. Sie ertrug eine Gefangenschaft ähnlich schlecht wie er selbst. Zuerst starb der Geist, dann verzweifelte die Seele und schließlich gab sich der Körper auf.

Fiona musste durchhalten. Sie war stark.

Die Sonne streifte bereits die Hügel.

Weiter nach Süden. Auch wenn sich das Licht durch seinen Schädel fraß. Er musste sie finden, bevor sie die Glasstadt erreichte. Jetsubas Zauber half ihm dabei. Mittlerweile würde Ahfid den Diebstahl bemerkt haben und wissen, dass er ihn verraten hatte.

Ihn, das Schattenlichtmädchen, sich selbst, das Waldland.

Er presste die Faust gegen die Stirn. Den Gedanken dahinter war es gleichgültig. Sie tobten durch seinen schmerzenden Kopf.

Mahkis würde Fionas Flügel stutzen. Aus Angst vor dem, was sie war.

Rag würde Fionas Flügel brechen. Erst den einen, dann den anderen.

Nur weil er, Meruts Sohn, wie sein Vater zu einem Verräter geworden war.

Sein Lachen klang schaurig in der Einsamkeit.

Würde er doch daran ersticken.

Nehrit

Wie er vor ihm stand, mit diesem ganz und gar hilflosen und lächerlich kindischen Trotz im Kinn!

Am liebsten hätte er Wulf verdroschen. Ihn und Ahfid gleich mit.

Nehrit ballte die Fäuste. Sie sehnten sich nach einem Ziel.

Ruhe bewahren. Eine Kunst, die ihm nie leichtgefallen war.

»Ich habe euch gleich gesagt, dass man den Wanderern nicht trauen kann.« Unfassbar. Zwei seiner besten Männer hatten sich Fiona einfach wegklauen lassen. Was war aus den Kerlen geworden?

»Lun vertraue ich«, murmelte Wulf zerknirscht. »Aber dem Nachtfresser nicht.«

»Ja, ja.« Cordic war schon immer ein Meister im Ärgermachen gewesen, doch das bedeutete nicht, dass er mit Rag unter einer Decke steckte. Vielleicht wollte er Fiona allein retten, weil seine Kumpel bewiesen hatten, dass sie zu dämlich dazu waren. Letztendlich zählte nur eines: Fiona musste zurückgebracht werden, denn er brauchte sie an seiner Seite. Dringend! Sie war der Mittelpunkt seines Plans, jetzt noch mehr als zuvor.

Rags leibliche Tochter. Mit dem Pfund ließ sich bestens wuchern. Jedoch nur, wenn man es besaß, was wegen dieser Idioten nicht der Fall war.

Er verpasste Wulf einen Schlag vor den Kopf. »Bring mir das Mädchen her. Sofort!« In Mahkis' Händen hatte sie nichts verloren.

»Wäre Jetsuba rechtzeitig da gewesen, wäre das alles nicht passiert.« Wulf rieb sich über die Stirn. »Wo steckt sie?«

Das werde ich dir nicht auf die Nase binden. »Sie geht ihre eigenen Wege. Das weißt du.« Zum Glück wandelte sie ausnahmsweise auf denselben, die auch er zu beschreiten gedachte. Zumindest dann, wenn alles gut ging und ihr Rabenvieh nicht vom Wind zerfleddert wurde. Er erwartete längst eine Botschaft von ihr. Sobald sie eingetroffen war, nahm er die Fäden in die Hand.

Die Alte hielt sich für weise? Er war clever.

Sie spekulierte mit Hokuspokus? Er mit Fakten und Lügen.

Unter dem Strich zählte das Ergebnis, und sowohl er als auch Jetsuba wollten dort dasselbe sehen. Freiheit.

Was immer die Hexe für Fiona vorgesehen hatte, es war keine Zeit für mythologischen Unsinn und Zaubertricks, sondern für strategisch ausgereifte Schachzüge, bei denen es keine Rolle spielte, ob sich in Fionas Adern lichtes und dunkles Blut mischten. Es war völlig gleichgültig, dass ihre Existenz einem Wunder gleichkam. Hauptsache, Rag glaubte daran. So lange er überzeugt war, dass sie die Macht in sich barg, die er missbrauchen wollte, war alles in Ordnung. Schnappte Rag nach dem Köder, schnappte Nehrit nach ihm. Im selben Augenblick. Doch dazu musste er erfahren, dass das Schattenlichtmädchen seine Tochter war. Das würde seine Gier ins Unermessliche schüren.

»Pack deine Sachen, Wulf! Du kommst mit mir nach Khatalah!«

Wulf zog den Kopf ein. »Nehrit, ich habe vier Kinder.«

»Können die kämpfen?« Es war nie verkehrt, über zusätzliche Schwertarme zu verfügen.

»Sie sind fünf, sieben, elf und dreizehn!«

Was sah der Kerl so entsetzt aus dem Mantelkragen? Wenn sein Sohn dreizehn Sommer zählte, genügte das. Thul hatte im selben Alter zu den Waffen gegriffen, und es hatte ihm verflucht noch eins nicht geschadet.

»Wir holen deine Blagen unterwegs ab und gliedern sie in die Horde. Bis wir im Norden sind, werden sie das Wichtigste gelernt haben.«

»Die drei Jüngsten sind Mädchen!«

»Was willst du mit drei Töchtern?«

»Sie lieben! Es sind meine Kinder!«

Töchter waren zweckfrei. Es sei denn, sie ließen sich profitabel verheiraten oder schlugen in Raktis Richtung.

Nein, Rakti war ein Sonderfall.

»Wenn das so ist, bring deine Brut irgendwo unter und dann komm mit. Das ist ein Befehl.«

Fluchend trollte sich Wulf aus dem Zelt und stapfte davon.

Dieser blasse Frieden hatte ihn von Grund auf verweichlicht.

»Hey, Knappe!« Wie hieß der Bengel noch gleich? Ach, egal. »Hol mir Tirak.« Der Kerl war ein Schwarzblut und damit nicht vertrauenswürdig, aber dennoch der Einzige, der ihm in dieser Situation raten konnte.

Nehrit schenkte sich Wein nach. Erst als er den Becher geleert hatte, wurde die Plane zurückgeschlagen.

»Du hast mich rufen lassen?« Tirak schlenderte ins Zelt, als betrete er eine Schenke und nicht die zusammenfaltbare Heimstatt seines Ersten Mannes.

Wenn diese Schwarzblut-Mistkerle doch einmal Respekt zeigen könnten!

»An wen müsste ich mich wenden, wenn ich eine brisante Nachricht an Rag überbringen wollte?«

Tirak grinste breit. »An mich.«

»Verarsch mich nicht.« Als ob Rag ein Schwarzblut zur Audienz bitten würde. Jeder wusste, wie erbärmlich er mit den Bastarden umging.

»Mach ich nicht.« Tirak reckte unverschämt stolz das Kinn.

»Heißt das, du spazierst zu ihm, und er lässt dich nicht nur reden, sondern auch mit heiler Haut von dannen ziehen?« Das wäre zu schön, um wahr zu sein.

»Nein. In Stücke würde er mich reißen. Aber nicht meinen Halbbruder Siramuk, der mir einen Gefallen schuldet.«

»Erklär mir das.«

»Geht schlecht mit trockener Kehle.« Tirak schielte zu dem Weinkrug.

Dieser dreiste Halunke!

»Also gut, nimm Platz.« Nehrit wies auf ein paar Kissen.

Gestern hatte Ohrat dort mit ihm zusammen gesessen und ihm Ratschläge bezüglich seiner beginnenden Gicht erteilt. Ein guter Schluck Rotwein hatte ganz oben auf der Arzneiliste gestanden. Vorzugsweise in Gesellschaft genossen. Zweifelsfrei hatte das Schlitzohr sich selbst damit gemeint.

Tirak füllte zwei Becher und reichte ihm einen davon. »Ich kann ein Treffen mit Siramuk arrangieren.«

»Außerhalb der Felsen?«

»Wenn es nicht zu lange dauert, ja.«

»Du sorgst dich um ihn?« Erstaunlich. Normalerweise hassten die Bastarde ihre reinblütigen Verwandten.

Tirak trank, bevor er antwortete. »Siramuk und ich lernten bei demselben Meister die Kunst des Schwertkampfes. Ein grausamer Mann, der von seinen Schülern gefürchtet wurde.«

Das klang nach einem hervorragenden Lehrmeister.

»Eines Tages zerbrach mein Bruder dessen Trinkpokal. Er war wertvoll wie ein Juwel, das wussten wir alle. Hauchdünnes Glas, in dem sich das Sternenlicht silbern spiegelte.«

Kriegsbeute aus der Glasstadt. Was sonst.

»Ich nahm die Schuld auf mich und habe mich für meinen Bruder verprügeln lassen. Als ich mich nach Wochen wieder bewegen konnte, schwor mir Siramuk, dass er mir etwas schuldig sei, was es auch wäre.«

»Du hast dich für ihn halb tot schlagen lassen?«

Tirak lachte grimmig. »Als Bastard tut man einiges, um seinem Clan zu gefallen.«

Also besaß auch er genügend Gründe, sein eigenes Volk zu hassen.

»Kennst du die Gerüchte um das Schattenlichtmädchen?«

Tirak rollte mit den Augen. »Wer kennt die nicht?«

»Es ist hier.«

Der Kerl hob die Brauen. »Das Mädchen gibt es wirklich?«

»Darauf kannst du deine unverdienten Armreife verwetten.«

»Es heißt, sie wäre die Tochter einer Lichten und eines Schwarzbluts.«

Nehrit schüttelte den Kopf.

Tirak schnaubte. »Ich dachte mir gleich, dass das Altweibergeschwätz ist. Die Lichtenweiber lassen sich ihre Bäuche kaum von ihren eigenen Männern füllen. Wie sollte das mit einem …«

»Sie ist Rags Tochter.«

Wie dem Kerl die Kinnlade runterklappte.

»Und genau das musst du ihm ausrichten lassen.«

»Er hat einer Lichten ein Kind gemacht?« Tirak pfiff anerkennend. »Beeindruckend.«

»Ja, fand die Frau bestimmt auch.« Wie zerbrechlich die Lichte gewirkt hatte, als Cordic sie damals in sein Zelt gebracht hatte. Trotz des Kugelbauchs.

Bleischwere Gedanken schleppten sich in sein altes Hirn. Als Thul geboren worden war, hatte er sämtliche Götter angefleht, seine Frau zu beschützen, dabei hatte er längst mit jedem einzelnen von ihnen gebrochen. Er hatte gedacht, seine Süße würde es nicht überstehen. Schon als sie das Kind von ihm empfangen hatte, war sie ihm eindeutig zu zierlich erschienen. Donnerschlag, was war er behutsam zu Werke gegangen. Die Angst, sie unter sich zu zerdrücken oder ihr auf andere Weise wehzutun, hatte seine Lenden anfangs irritiert.

Niemanden hatte er mehr geliebt als sie. Sein Herz hätte er sich für sie ausgerissen. Die Vorstellung, dass ein Bollwerk an Grausamkeit und ungezügelter Gier wie Rag so ein Püppchen unter sich zwang …

Ihm wurde übel. Verdammter Wein. Es konnte nur daran liegen.

»Ist das alles?«, fragte Tirak und erhob sich.

»Nein.« Der Köder für dieses Scheusal musste so saftig wie möglich aussehen. »Sag ihm, sie besäße eine geheimnisvolle Zauberkraft und nichts und niemand könne ihr etwas antun. Der Große Schutz inbegriffen.« Spätestens diese Information würde Rags Ehrgeiz wecken. »Sage ihm außerdem, sie wäre in der Lage, die Lichtmauer zu zerstören.« Dick aufgetragen, als ob ein Mädchen dazu imstande wäre. Allerdings grassierten diese Gerüchte ohnehin längst.

Tiraks Pupillen erreichten Teichgröße. »Stimmt das?«

Nehrit lachte schallend. »Das mit der Tochter schon.« Der Rest war ihm egal.

»Also ist sie nur der Wurm an der Angel?«

Ah, er hatte verstanden.

Da war doch noch was.

Richtig! »Lass ihn wissen, sie wäre auf dem Weg zu ihm. Das macht die Sache für ihn interessanter.« Sollte Wulf mit seinen Verdächtigungen recht behalten, stimmte es sogar. Je gieriger Rag zuschnappte, desto größer war die Chance, dass er unvorsichtig wurde. Damit der Plan funktionierte, musste Rag bis zum Anschlag leichtsinnig sein.

Ein gewagter Bluff. Zweifellos. Aber gekonnt ausgespielt, löste er sämtliche Probleme: Rag.

»Nimm dir das beste Pferd außer meinem und dann ab mit dir.« Je schneller Rag von seinem Vaterglück erfuhr, umso besser.

»Danke für den Wein.« Tirak nickte zu flüchtig und machte sich auf den Weg.

Undankbarer Bastard!

Nehrit trat vor das Zelt, pfiff zweimal. Wenige Augenblicke später schwebten zwei kleine Schatten über ihm, ließen sich rechts und links auf seinen Schultern nieder. Er trug die zahmen Amseln zurück ins Innere.

»Ich habe Aufträge für euch, meine Schönen.« Die eine setzte er auf den Henkel des Weinkruges, die andere platzierte er auf dem Rand seines Bechers, bevor er Tintenfass und Pergament zurechtrückte und zur Feder griff.

Zuerst eine Nachricht an seinen Sohn, in der er ihm mitteilte, dass er auf dem Weg zu ihm wäre. Dann eine an die Grenzgänger im Süden, die mit den rebellierenden Lichten in Kontakt standen. Sie mussten verhindern, dass dieser schurkische Wanderer Fiona auf ein Silbertablett packte und sie Mahkis servierte. In diesem Fall wäre sie für seinen Plan verloren, und mit ihr das gesamte Waldland.

Hoffentlich hatte das verfluchte Licht nicht den letzten Rest Kraft aus den Knochen seiner Leute gesaugt. Zwar sorgte er dafür, dass die Späher alle paar Wochen durch frische Männer ersetzt wurden, doch für manchen der Heimkehrenden war es dennoch zu spät.

Nun denn, seine Krieger wussten, auf was sie sich einließen. Wenn sie diesen Wanderer nur daran hinderten, Fiona klammheimlich aus dem Spiel zu nehmen. Sie trug den Funken in sich, der das Elendsding zum Bersten bringen würde. Darauf war er bereit, den khatalahischen Eid zu schwören. Dazu brauchte sie keine Magie. Die Gier ihres Vaters genügte vollkommen. Sie würde ihn aus seinem Versteck locken, dahin, wo sich die Grenzgänger wie hungrige Wölfe auf ihn stürzen konnten. Er war geschwächt durch die Jahre ohne Kampf. Ebenso wie die restlichen Clans. Einen besseren Zeitpunkt, die Nachtfresser ein für alle Mal auszumerzen, gab es nicht.

Oh ja. Das Zündfeuer für die Zerstörung des Großen Schutzes musste im Norden gelegt werden. Nirgends sonst. Danach wäre das Waldland frei. Zum ersten Mal seit Menschengedenken.

Nehrit wischte sich eine vermaledeite Träne von der Wange. Bei allen Finsternissen, so berauschend sich allein die hypothetische Aussicht auf Freiheit anfühlte, so wackelig war der morsche Steg dorthin.

Von fern erklang ein Krächzen. Die Amseln flatterten nervös. Wind griff in die Zeltplane, wehte sie beiseite.

Ein Rabe. Er flog einen Kreis, landete auf seinem Lager.

Nehrit band die Nachricht von dem dünnen Bein.

Es ist unterwegs.

Beim Grün der ewigen Wälder. Jetsuba hatte es geschafft.

Kein Gerücht. Keine dunkle Sage. Oh nein. Handfeste, ausnutzbare Realität.

Sein altes Herz jubelte. Er musste seine besten Männer an die Felsküste des Ostens schicken.

Oder seine besten Frauen. Rakti würde sich die Finger nach diesem Auftrag lecken.

Ein Schiff. Kein Fischerboot, sondern ein riesiges Gefährt mit geblähten Segeln. Wenn er seinen Männern verriet, woher es kam, sie hielten ihn für verrückt.

In seiner Fracht befand sich etwas, das aus Fionas Zündfunken einen Flächenbrand entfachen würde.

Er schloss die Augen, sah einstürzende Berge und zerquetschte Nachtfresserleiber, lauschte den Todesschreien der Bestien, roch den Duft eines gewonnenen Krieges.

»Heiße deine Tochter willkommen, Rag.« Sie hatte ein ganz besonderes Geschenk im Gepäck.

Ein Rabe in der Nacht

Fiona

Eri raufte sich stumm die Haare. Zeitlupengleich verzerrte sich seine Miene zu einer Maske der Verzweiflung.

In Gedanken stieß Fiona die Faust in die Luft.

Eben hätte sie ihn fast dazu gebracht, sie zu ohrfeigen. Es war vorbei gewesen mit der grässlichen Gelassenheit. Es war aus gewesen mit der verhassten Ruhe. Seine überhebliche Gleichgültigkeit war blankem Zorn gewichen.

Seit zwei Tagen herrschte Phase B: forciertes Nerven ohne Gnade. Schon auf dem Hof von Lunis Eltern war er angeknackst gewesen und hatte seine Verachtung für sie kaum unterdrücken können.

Jetzt hatte sie nachgelegt.

Sie erzwang alle Nase lang Pausen, indem sie drohte, sonst auf die Kruppe des Pferdes zu pinkeln. Beim ersten Mal hatte sie das Seil um sämtliche ausgedörrten Äste eines Busches geschlungen. Da sie an dem einen Ende hing und Eris Handgelenk am anderen, war es lustig gewesen, wie er ewig gebraucht hatte, um die elende Strippe zu entwirren. Zwischendurch hatte er versucht, das Seil an seinem Handgelenk zu lösen, doch seine Hände hatten vor unterdrückter Wut dermaßen gezittert, dass er gescheitert war.

Auch ununterbrochenes Reden machte ihn fertig. Oder singen. Selbst harmlose Deutschpoeten brachten ihn an den Rand der Belastbarkeit.

Bisher hatte Eri keinen Schlaf, aber umso dringender Ruhe gebraucht.

Es war leicht, seinen Frieden bei der Meditation gar nicht erst aufkommen zu lassen. Sie hatte ihm sämtliche Songs vorgegrölt, die sie halbwegs kannte. Beim Rest hatte sie in Text und Melodie improvisiert. Erstaunlich, ein überlautes Lalala war ebenso effektiv wie Karls Liebling *Alle die mit uns auf Kaperfahrt fahren*. Balladen wirkten ebenfalls. Den *Zauberlehrling* hatte Eri beim ersten Mal gnädig aufgenommen. Beim fünfundvierzigsten Mal hätte Fiona sich beinahe selbst erbrochen.

Mittlerweile lagen ihm tiefe Schatten unter den Augen, und sein rechtes Lid zuckte ununterbrochen. Hin und wieder auch seine Oberlippe, quasi als Bonus.

Vorhin hatte er geschnarcht, was bewies, dass er geschlafen hatte. Mit einem Schrei war er aufgewacht und hatte sich panisch nach ihr umgesehen.

Kein Wunder, ein harter Tag lag hinter ihm. Allein der Versuch, einen Durchgang zu öffnen, hatte ihn blass und bebend zurückgelassen. Schließlich rasteten sie in einer Senke umgeben von Dornengestrüpp. Eri versuchte vergeblich, eine Lichtsphäre zu erschaffen. Zwischen seinen zitternden Fingern sammelte sich lediglich eine Ahnung von hellem Nebel. Er hatte sie angeschrien, dass das alles ihre Schuld wäre. Sie wäre ein Tier, eine Bestie. Keines Atemzuges würdig.

Fiona hatte daraufhin *Ein belegtes Brot mit Schinken* angestimmt. Ebenfalls einer von Karls Lieblingen, den er gerne mit einem Schnäpschen zuviel im Blut trällerte.

Eri hatte sich vor Verzweiflung in die Faust gebissen. Irgendwann war er erschöpft eingeschlafen, ohne ihr, wie sonst, den Beutel mit ihrem Proviant hinzuwerfen.

Dörrobst und Trockenfleisch.

Fiona träumte von Pizza und selbst gebackenem Apfelstrudel.

Den Hunger ignorieren und stattdessen versuchen, diesen verdammten Knoten zu lösen. Seitdem Eri die Lider zugefallen waren, zerrte sie an dem Ding herum. Das Seil war so dicht unter den Händen verschnürt, dass sie kaum herankam. Auch mit den Zähnen klappte es nicht. Sie brauchte eine dritte, freie Hand! Ihre letzte Chance auf Freiheit hatte sie bei Luni verspielt. Als selbst das Messer versagt hatte, hätte sie sich am liebsten die Seele aus dem Leib gebrüllt. Nur wegen des kleinen Mädchens hatte sie sich zusammengerissen.

Jetzt war kein Kind in der Nähe.

Sie schluckte an der Verzweiflung. Die ganze Zeit hatte sie dieses erbärmliche Gefühl unterdrückt. Wie sie die Leine hasste! Wie sie den Mann hasste, der sie ihr aufgezwungen hatte!

Nur keinen Laut. Nicht weinen, nicht schreien.

Eri schlief. Das musste so bleiben.

Sie zerrte an dem Ding, biss hinein. Es schloss sich nur fester um ihre Handgelenke.

Ihr Hals wurde eng, ihre Finger bebten. Es hatte keinen Sinn. Allein bekam sie dieses Drecksding nicht auf. Eri würde sie wie ein Stück Vieh sonst wohin schleppen, und sie konnte nichts, aber auch gar nichts dagegen unternehmen.

Sie legte sich zurück, beide Hände fest auf den Mund gepresst. Ihr Schluchzen blieb, wo es war, tief in ihrer Kehle.

Die kaum sichtbaren Sterne wisperten ihr zu, aufzugeben, ebenso wie sie. Zu verblassen und damit klarzukommen, langsam zu verschwinden.

Der fahle Schein im Süden gaukelte eine Morgendämmerung vor, die noch nicht angebrochen war. Zum ersten Mal in ihrem Leben sehnte sie sich nach Dunkelheit. Der Gedanke, lieber tot als gefangen zu sein, streifte und erschreckte sie, aber nicht genug, um ihn zu verbannen. Sie war immer frei gewesen. Nicht einmal Zimmerarrest hatte Karl ihr aufgebrummt. Keine verschlossenen Türen, keine verbotenen Wege, keine Leinen.

Jetzt war sie nichts weiter als ein Bündel, das sich selbst nicht mehr gehörte. Andere verfügten über sie, schleppten sie mit sich, entschieden über ihre Zukunft, ihr Leben, ihren Tod. Ein lächerlicher Strick, kaum feiner gedreht als eine beschissene Wäscheleine, nahm ihr alles weg, was sie war.

Die Gedanken waren frei? Einen Dreck waren die! Sie kreisten nur um ein Ding: ihre Gefangenschaft. Damit hatte sie Eri ebenso gefesselt wie den Rest von ihr.

Er schlief immer noch.

Ob er ein Messer bei sich trug?

Es ihm ins Herz rammen. Ihm die Hand abschneiden, an deren Gelenk die verfluchte Leine hing.

Blutige Szenen fluteten ihr komplett wundgegrübeltes Gehirn.

Fiona presste die Hände fester auf ihren Mund. Das Schluchzen ließ sich kaum noch zurückdrängen.

Sie war bereit, für ihre Freiheit zu töten.

Nein, war sie nicht. Sie war keine Mörderin, und sie würde es nicht über sich bringen, dieses fahlhäutige Arschloch zu verstümmeln. Dazu fehlte ihr die Skrupellosigkeit.

Und der Mut.

Eher würde sie sich bei dem Versuch über seinem Gesicht erbrechen.

Spätestens dann wachte er auf.

Fuck!

Die Tränen brannten in ihren Augen. Kein Stolz mehr übrig, sie wegzuschlucken. Was für ein entsetzliches Gefühl, wenn die Seele ins Nirgendwo taumelte.

Ein leises Geräusch. Oberhalb der Senke. Kaum wahrnehmbar.

Etwas kroch aus der Dunkelheit eines Busches hervor. Langsam drehte es den Kopf hin und her, witterte.

Ein Halbwesen? So weit im Süden?

Ihr Magen gefror zu einem Eisklumpen. Sie war das gefundene Fressen. Mit den gefesselten Händen sanken ihre Chancen, sich zu wehren, gegen null.

Sie musste Eri wecken.

Und dann? Mit Zitterhänden ließen sich keine Halbwesen töten.

Es kroch zögernd über den Rand der Senke, richtete sich auf.

Etwas Dunkles fiel ihm wie ein Schleier über die Schulter.

Haare?

Mit einer arrogant-genervten Bewegung schüttelte es sie zurück.

Das Mondlicht zeichnete Konturen in das blasse Gesicht.

Cordic!

Ein Traum. Sie schlief, und wenn sie erwachte, war sie wieder mit Eri und ihrer verfluchten Angst allein.

Er sah zu ihr, legte den Finger auf die Lippen.

Er war es. Er hatte sie gefunden!

Ihr Herz setzte aus, stolperte, raste.

Lautlos kam er näher, den Blick auf Eri geheftet. »Alles gut mit dir?«, wisperte er, als er sie erreicht hatte.

Fiona streckte ihm die Hände hin. »Mach die Leine ab, bitte!« Ihre Stimme kippte.

»Keine Fesseln«, sagte Cordic tonlos und umfasste sanft ihre geschundenen Gelenke.

Die Berührung brannte auf ihrer wunden Haut.

Er zog seinen Dolch aus dem Gürtel, setzte die Klinge zwischen ihren Handgelenken an. »Keine Angst, ich passe auf.«

Sie hatte nur vor einer Sache Angst, dass der Dolch genau so wie Lunis Messer versagte.

Unendlich langsam schnitt sich die Klinge durch jede einzelne Faser.

Cordic fluchte lautlos, während ihm der Schweiß übers Gesicht rann.

Endlich fiel das Seil wie eine tote Schlange zu Boden.

Sie biss sich auf die Zunge, um leise bleiben zu können.

Cordic betrachtete ihre Gelenke, sog zischend die Luft ein.

»Ist egal.« Sie war frei. Die Wunden heilten irgendwann.

»Wenn du seinen Tod wünschst, sag es.« Seine Augen leuchteten in einem unheimlichen Glanz. »Es wäre mir eine Freude.«

»Nein.« Sie wollte nur weg von Eri. So schnell wie möglich.

Er nahm ihre Hand, küsste sacht ihre Knöchel.

Seine Lippen glühten vor Hitze.

»Was ist mit dir?«

Er schüttelte den Kopf und bedeutete ihr, zu schweigen.

Hand in Hand schlichen sie aus der Senke.

Auf halber Höhe löste sich ein Stein unter ihren Füßen. Er rollte den Hang hinunter.

Fiona hielt den Atem an, doch unter ihnen regte sich nichts.

»Weiter!«, wisperte Cordic. Der Schreck stand auch ihm im Gesicht.

Sie erreichten den Rand, rannten auf eine Baumgruppe zu. Plötzlich blieb er stehen. Keuchend stützte er sich auf den Knien ab.

»Was ist los?« Fiona sah zurück. Eri schien ihre Flucht nicht bemerkt zu haben. Die Ebene lag einsam vor ihr, aber falls der Wanderer die Senke verlassen würde, würde er sie sofort bemerken. Der Himmel wurde heller. Der Morgen zog herauf.

Cordic richtete sich auf. Sein Atem ging schwer. »Nichts. Es ist nichts.« Er wies zu den Bäumen, und sie rannten weiter. Kaum waren sie in ihren Schatten eingetaucht, lehnte er sich an einen Stamm und schloss die Augen. Sein Hemd war schweißnass, und die Hand, die das Halstuch abzubinden wollte, zitterte. Als Fiona ihm helfen wollte, winkte er ab.

»Du sagst mir jetzt, was mit dir los ist!« Er sah todkrank aus.

»Ich bin zu weit im Süden.« Er versuchte zu lächeln. »Das ist alles.«

Das Licht der Glasstadt setzte ihm zu. Natürlich.

Sie legte ihm die Hände an die Wangen.

Als würde sie einen heißen Teepott festhalten.

Cordic schloss seufzend die Augen.

Aus der Dunkelheit schnaufte es. Ein Pferd stapfte zwischen den Bäumen auf sie zu. Es stupste Cordic sanft an und knabberte an seinen Haaren.

Cordic lächelte matt und streichelte ihm über das Samtmaul. »Dank mir hat es einiges hinter sich.« Er klang immer noch atemlos. »Dabei kenne ich nicht einmal seinen Namen.«

»Ist es schnell?« Eris war es.

»Ja, aber jetzt ist es erschöpft.« Er führte es am Zügel aus dem Hain, machte keinerlei Anstalten, aufzusitzen.

»Warum reiten wir nicht?«

»Weil das Aufschlagen der Hufe bis in die Senke dringen würde. Der Boden ist zu steinig, Eri könnte aufwachen.« Er zeigte nach vorn.

Der Saum eines Waldes stach dunkel vor dem Himmel ab.

»Wenn wir den erreichen, sind wir in Sicherheit.«

»Ich will dir nicht in deinen wohldurchdachten und genialen Fluchtplan reden, aber ...«

»Dann tu es nicht.«

»... aber jeder Depp kann die Spuren von zwei Menschen und einem Pferd verfolgen, ob hier oder im Wald da drüben.« Sie nicht, doch das war etwas anderes. Wer in dieser wilden Welt geboren worden war, beherrschte solche Dinge garantiert noch vor dem Sprechenlernen. Ebenso wie reiten und Bestien erschlagen.

Cordic blieb stehen, legte den Finger auf die Lippen. »Hörst du das?«

»Was?« Da war nichts.

Er schüttelte den Kopf, fuhr sich müde mit der Hand über die Augen. »Ich dachte ...«

Das Geräusch aufschlagender Hufe.

Ihre erschrockenen Blicke trafen sich. Cordic packte sie, warf sie aufs Pferd, sprang hinter ihr auf und trieb das Tier zum Galopp. Er schlang den Arm so fest um sie, dass sie kaum noch Luft bekam.

Eri durfte sie nicht einholen. Er durfte sie nicht fesseln, nie wieder. Eher würde sie ihm ...

Fiona biss die Zähne zusammen. Ihrer Angst war das gleichgültig.

Endlich erreichten sie den Waldrand. Cordic lenkte das Pferd hinter die ersten Baumreihen, doch dann mussten sie absitzen. Die Stämme standen zu dicht, und der Boden war mit dicken Wurzeln übersät.

Das Stampfen der Hufe verstummte.

Eri hatte den Wald ebenfalls erreicht.

Cordic gefror mitten in der Bewegung, legte den Finger auf die Lippen.

Ihr Herz schlug im Hals.

Zwischen den Stämmen schimmerte Eris Silhouette. Als könnte er sich nicht entscheiden, ihnen zu folgen, lenkte er das Pferd hin und her. Schließlich wendete er und ritt davon.

Cordic regte sich nicht. Mit geschlossenen Augen lauschte er in die Dämmerung.

Seine Anspannung zitterte in ihren eigenen Nerven.

Das Pferd schnaubte, begann zu tänzeln.

Cordic fuhr herum, zog den Dolch. Etwas knackte im Unterholz, ganz nah. Das Pferd stieg mit schrillem Wiehern, stieß ihn an. Die Waffe entglitt seinen Fingern. Er bückte sich, erstarrte.

»Hoch mit dir.« Eri trat aus dem Dickicht. In seiner Faust zitterte eine Klinge. Er drückte die Spitze an Cordics Kehle, zwang ihn, sich aufzurichten. »Du bist unaufmerksam, Nachtfresser.« Er stieß jedes Wort zwischen den Zähnen hervor. »Quält dich das Licht?« Sein Lachen schrillte ihr in den Ohren. »Nimm die Hände nach oben und geh weg von dem Schwarzblut.«

Cordic gehorchte.

Eris Blick flackerte zwischen Fiona und ihm hin und her. »Man sollte euch einfangen.« Zischend holte er Luft. »In Ketten legen, ausmerzen. Alle beide!«

An der Stelle, wo das Messer Cordics Haut berührte, bildete sich ein Rinnsal.

»Eri, bitte nicht!«

»Still!« Cordic versuchte, sie anzusehen, die Klinge schnitt tiefer.

Wie sollte sie still sein, wenn dieser Wahnsinnige dabei war, ihm die Kehle durchzuschneiden?

»Hör auf, Eri!«

Der Dolch zuckte nach vorn.

Cordic keuchte.

Das Rinnsal wurde breiter.

»Fiona«, stieß er hervor. »Du machst es schlimmer!«

Oh Gott! Sie musste etwas unternehmen!

»Ich bin erstaunt, dass du dich ins Dunkle getraut hast.«

Wie schaffte es Cordic, ihn anzugrinsen?

»Und jetzt stehst du hier, vor einem Nachtfresser, und fragst dich, ob du es über dich bringst, ihm die Kehle durchzuschneiden.« Sein Grinsen wurde breiter. »Lass mich raten. Du hast eine Scheißangst davor.«

In Eris Miene zuckte es.

»Jemanden auf diese Weise zu töten, ist eine echte Sauerei, und damit meine ich nicht die moralische Komponente.« Unter dem Druck der Klinge schluckte er angestrengt. »Ist dir bewusst, was das bedeutet? Du musst mir dieses Ding in den Hals rammen. Im Takt meines Herzschlages wird dir mein Blut ins Gesicht spritzen. Du wirst es riechen, seine Hitze fühlen, es schmecken.«

Eri würgte.

»Hast du gedacht, zu töten wäre eine saubere Angelegenheit?« Er lachte rau. »Doch wenn du es geschafft hast, wenn ich inmitten einer roten Lache vor dir liege, bist du immer noch nicht erlöst, sondern hast ein Schwarzblut am Bein, das dir jeden Augenblick deines Daseins zur Qual werden lässt.«

In Eris Augen trat ein irrer Glanz. »Dieses Kind hätte nie geboren werden dürfen.« Sein Blick flackerte hasserfüllt zu ihr. »Du bist das Verhängnis des Lichtes! Du willst es morden! Allein mit deiner Existenz!« Um seinen Mundwinkel bildete sich weißer Schaum. »Du zerschlägst die Feste der Erkenntnis! Besudelst das Andenken deiner Mutter! Zertrittst die Früchte jahrelanger, harter Arbeit!«

Sie musste etwas unternehmen. Cordic wurde immer blasser, und Eri tropfte aus dem verzerrten Mund. Wenn er endgültig die Nerven verlor, war es um Cordic geschehen.

»Eri, bitte beruhige …«

»Still«, brüllte er. »Nie wieder darfst du auf mich einreden!« Mit seiner freien Hand fuchtelte er wild in ihre Richtung. »Ich weiß, wer dein Vater ist!« Seine Stimme überschlug sich. »Dieselbe Bestie steckt auch in dir! Und wehe, wenn sie hervorbricht. Chaos und Untergang werden ihr folgen!«

Sie hörte, wie Cordic einen eigenartigen Laut ausstieß, aber sie konnte ihren Blick nicht von dem Wahnsinnigen abwenden.

Von welcher Bestie sprach er?

Ein tiefes Knurren drang durch die Dämmerung.

Hinter ihr knackten Zweige.

»Fiona«, zischte Cordic. »Auf den höchsten Baum mit dir!« Er ließ Eri dabei nicht aus den Augen. »Mach schon!«

Ein Schatten schob sich aus dem Unterholz. Groß, mächtig. Eine lange Schnauze, gefletschte Zähne.

Ein Wolf. Nein, ein Riesenwolf. Er senkte den Kopf, ging langsam auf Eri und Cordic zu.

Eri fuhr herum. Verwirrt starrte er das Tier an, schrie auf. Er ließ von Cordic ab, streckte den Dolch stattdessen dem Wolf entgegen. Am ganzen Körper zitternd taumelte er zurück.

Der Wolf folgte ihm mit gefletschten Zähnen und angelegten Ohren.

Er würde Eri anfallen und zerfleischen.

Tausendmal hatte sie sich Eris Tod gewünscht, und jetzt, wo er vor ihm stand, konnte sie es kaum ertragen.

»Fiona«, wisperte Cordic. »Rauf auf den …«

Eri stolperte. Rücklings schlug er auf den Waldboden, schrie dabei wie am Spieß. Mit einem Satz war der Wolf über ihm.

»Nein!« Sie durfte das nicht zulassen!

Das Tier hob den Kopf, blickte sie aus bernsteinfarbenen Augen an.

»Geh zurück!«, zischte Cordic hinter hier.

Keine Chance. Sie fühlte ihre Beine nicht mehr. Die Welt um sie herum verdichtete sich. Im Mittelpunkt stand das große graue Tier, das von Eri abließ. Langsam kam es näher, schnupperte.

»Ganz ruhig.« Cordic schob sich vor sie. »Er ist nicht wegen dir hier.«

Kein Knurren, keine gefletschten Zähne.

Er hatte recht. Der Wolf würde ihr nichts antun.

Eher ein Gefühl als ein Gedanke.

Das Tier wandte sich ab, trottete ins Unterholz zurück.

Sie schnappte nach Luft, als hätte sie ewig nicht geatmet.

»Eri ist ...« Stöhnend fasste sich Cordic an die Stirn, sank auf die Knie. »Er ist weg«, murmelte er und kippte zur Seite. »Dieser elende Feigling.«

»Was ist mit dir?« Sie fühlte nach der Wunde an seinem Hals. Sie war nicht tief, das Blut versiegte bereits, doch die Hitze, die ihre Finger streifte, erschreckte sie. »Du glühst!«

Er rollte sich auf den Rücken, blieb reglos liegen. »Es geht gleich wieder.«

»Nein, tut es nicht.« Ihre Hände waren vor Schreck eiskalt. Sie legte sie ihm an die Wangen. »Du brauchst Hilfe!«

»Du sorgst dich um mich.« Der Versuch eines Grinsens missglückte ihm. »Das mag ich.«

»Bilde dir nichts ein.« Sie wollte die Hände wegziehen.

Er hielt sie fest. »Eri ist geflohen.« Er schluckte, schloss die Lider. »Wir müssen hier weg, bevor er zurückkommt.« Seine Hände glitten von ihren.

Nein, er durfte alles, aber nicht sterben. Sie berührte seine Brust, fühlte nur Hitze, dann sein Herz. Es schlug viel zu schnell.

»Warum quälst du dich hinter mir her? Wieso hast du nicht Ahfid oder Lun geschickt?« Wenn er doch die Augen öffnen würde.

»Die Trottel ... können nicht ... auf dich aufpassen.«

Viel zu leise.

»Hoch mit dir!« Sie zerrte an ihm. »Das Licht tötet dich!« Ihre Augen brannten. Bevor es auf Cordic tropfte, wischte sie die Tränen weg. Sie musste klar sehen, verdammt noch mal!

»Schscht!« Zittrig legte er den Finger auf den Mund. »Es gibt hier Nebelwölfe.« Das komische Geräusch aus seiner Kehle war alles mögliche, aber kein Lachen. »Als ich das letzte Mal so ein Biest getroffen habe, hat es Ahfids Bein aufgerissen.« Er hustete rau, hielt sich die Brust. »So weit im Süden. Das Vieh ist härter im Nehmen als ich.« Wieder dieses seltsame Husten. »Was hast du mit ihm gemacht? Es verzaubert?«

»Ja, war ein Kinderspiel.« Sie musste ihn hier fortschaffen. »Steh endlich auf!«

»Ein Kinderspiel, hm?« Er rang nach Luft. »Ein Halbwesen will dich fressen, du wirst von einem Irren entführt und dein Retter liegt sinnlos in der Gegend herum.« Er hustete, bis ihm Tränen übers Gesicht rannen. »Fiona, ich nenne dich nie wieder Prinzessin.«

Sie mussten nach Norden. So schnell wie möglich.

»Ruf das Pferd.« Er hatte es geritten, also kannte er es. »Ich bringe dich hier weg, versprochen.«

»Du sollst nichts versprechen«, sagte er leise. »Niemals, hörst du?«

»Dann ruf diesen Gaul, oder ich schwöre dir ...«

In der Nähe schnaubte es. Das Pferd kam zögernd zwischen den Bäumen hervor, warf nervös den Kopf.

Es war nicht weggerannt, hatte sie nicht im Stich und sich schon gar nicht fressen lassen.

Einen Augenblick fühlte sie sich schwach vor Dankbarkeit.

Cordic pfiff leise, und es näherte sich langsam. Schnuppernd senkte es den Kopf, rieb die Schnauze an seiner Wange.

»Ich mag dich auch.« Er griff in den herabhängenden Zügel. »Aber lass das nicht deinen Herrn wissen. Der prügelt dich sonst.« Mühsam zog er sich auf die Beine, lehnte sich schwer atmend gegen das Tier. »Ich habe es Fatak unter dem Hintern weggestohlen.« Er zwinkerte ihr zu, bevor er die Augen zusammenkniff und einen Fluch durch die Zähne knirschte.

Er hatte Schmerzen. Es stand ihm im Gesicht.

Wenn sie ihm doch helfen könnte.

Seine Beine gaben nach.

»Nein!« Sie hielt ihn fest. »Reiß dich zusammen!« Sie mussten hier weg!

»Rate, was ich seit Jahren mache.« Er sank gegen sie, holte rasselnd Luft. »Steig auf. Ohne mich bist du schneller. Das Tier weiß, wo sein Stall ist. Gib ihm die Zügel frei und vertraue ...«

»Vergiss es!« Sie würde ihn niemals zurücklassen. »Du schwingst dich jetzt auf diesen Gaul, und wenn es das Letzte ist, was du tust!« Verdammte Tränen! Selbst ihre Stimme zitterte.

»Das ist ganz sicher das Letzte, was ich tun werde.« Er krümmte sich unter einem Hustenkrampf.

Er musste am Leben bleiben! »Ich mache alles, was du willst, nur steig auf dieses Pferd!«

Gluthände in ihrem Nacken.

»Sei da«, murmelte er. »Mehr will ich nicht.«

»Okay.« Der Kloß in ihrem Hals schnürte ihr die Luft ab.

Er ließ sie so plötzlich los, dass sie zusammenzuckte. Mühsam hievte er sich in den Sattel, reichte ihr die Hand und zog sie hinter sich. »Du musst dafür sorgen, dass ich wach bleibe.«

»Kein Problem.« Es log sich beschissen mit zittriger Stimme. »Das Wichtigste ist, dass uns das Pferd nicht weggelaufen ist.« Sie an seiner Stelle hätte es getan. »Zu Fuß wären wir aufgeschmissen.«

»Mir laufen keine Pferde davon«, sagte er leise. »Nur du.«

»Dieses Mal war es keine Absicht gewesen.« Ihr lief es schon wieder aus den Augen. Hoffentlich hörte er es ihr nicht an.

»Lehn dich an mich«, bat er mit matter Stimme. »Und halte mich fest.«

Sie schlang die Arme um ihn, schmiegte sich an den viel zu warmen Rücken.

»Versprich mir, dass du es schaffst.« Himmel, sie erstickte gleich.

Cordic legte seine Hand auf ihre.

Die Berührung glühte auf ihrer Haut.

Während er das Tier vorsichtig zwischen Bäumen und Wurzeln entlangführte, lichteten sich die Baumreihen. Die Ebene lag im ersten Morgendunst vor ihnen.

Immer nach Norden. Mühsam und langsam. Das Pferd war erschöpft und brauchte dringend Ruhe. Von Cordic ganz zu schweigen. An jedem Bachlauf zwang sie ihn zu einer Pause, damit er etwas trank. Bei den letzten beiden Malen hatte er es nicht geschafft, die Augen dabei zu öffnen.

Ihre Arme zitterten vor Anstrengung, ihn auf dem Pferd zu halten.

Als die Sonne hinter dem Horizont versank, griff sie in die Zügel.

»Genug für heute.« Sie brauchten alle eine Pause.

Cordic sah sich um, nickte zum Rand eines Wäldchens.

Dem Tier war das egal. Es blieb, wo es war.

Fiona stieg ab und führte es dorthin.

Kaum hatten sie ihr Nachtlager erreicht, rutschte Cordic vom Pferd. Er kroch zu einem Baum, lehnte sich an den Stamm. »Gib mir einen Moment.« Keuchend holte er Luft. »Ich werde Holz sammeln und ein Feuer entzünden.«

»Ich erledige das.« Er schaffte keinen Schritt mehr, wenn er überhaupt noch aufstehen konnte.

Er schüttelte den Kopf, wollte etwas sagen, doch es erstickte in einer Hustensalve.

Als ob das Licht seine Lungen versengt hatte.

»Ich bleibe in der Nähe und beeile mich.« Er musste ihr vertrauen. »Versprochen, ich werde nicht verloren gehen.«

Bevor er etwas erwidern konnte, rannte sie los.

Es war leicht, verdorrte Äste und Zweige zu finden. Selbst Eri war es jeden Abend gelungen. Viele Bäume waren abgestorben und ausgetrocknet.

Das Licht.

Jetzt machte es dasselbe mit Cordic.

Vielleicht ging es ihm morgen früh besser, wenn er sich ausgeruht hatte. Sie klammerte sich an den Gedanken, obwohl er bloß eine ihrer vielen Lügen war.

Als sie zurückkam, sah er ihr mit fieberglänzendem Blick entgegen.

Fiona mühte sich um ein Lächeln. »Siehst du? Nix passiert.« Gott, sah er elend aus. »Ich habe dich oft genug beim Feueranzünden beobachtet«, plauderte sie über ihre Angst hinweg. »Wetten, ich kann das ebenso gut wie du?«

Er hob zweifelnd die Braue.

Während sie das Holz schichtete, verfolgte er jeden ihrer Handgriffe.

Schließlich zog er Messer und Feuereisen hervor, versuchte, sich hinzuknien.

Beides fiel ihm aus der Hand.

Fluchend sank er zurück.

»Lass nur, ich mache das.« Sie zückte das Feuerzeug. »Ist nützlicher als eine Zahnbürste.« Ihr verhuschtes Lächeln wurde für einen winzigen Augenblick erwidert. »Von der ersten Nacht an hat Eri von mir verlangt, dass ich mich ums Feuer kümmere.« Die kleine Flamme biss ins trockene Reisig, wuchs und begann, an den dickeren Ästen zu lecken. »Seltsam, dass die Typen Licht rufen, sich aber nicht an Feuer herantrauen.« Lun hatte während ihrer Reise ebenfalls einen Bogen darum gemacht.

»Sie können es nicht zähmen.« In Cordics Augen spiegelten sich die Flammen. »Wir schon.« Seufzend legte er sich zurück. »Es liebt die Dunkelheit in uns.«

»Um sie zu vertreiben?«

»Um sie zu erhellen.« Während er sprach, schloss er die Lider. »Ich konnte Eris Klinge nicht finden.« Ein Schauder glitt ihm durch den Leib. »Meine schon, doch seine ist ebenso verschwunden wie er.«

Der Wolfsangriff.

»Und ich dachte immer, Wanderer wären friedfertig.« Sein raues Lachen erstickte in einem Schüttelfrost, der seine Zähne zusammenschlagen ließ.

Fiona fühlte seine Stirn. Sie war furchtbar heiß. »Sag mir, wie ich dir helfen kann.« Irgendetwas musste sie tun.

Er nahm ihre Hand, legte sie auf sein Herz.

Es raste.

»Dableiben«, flüsterte er. »Nur dableiben.«

»Als ob ich dir jetzt weglaufen würde.« Sie hob seinen Kopf an, bettete ihn auf ihren Schoß. »Mach dir keine Sorgen, ich passe auf dich auf.«

Wenn sich nur sein Herz beruhigen würde.

Sie strich ihm die Haare aus dem Gesicht, summte die Abendlieder, die ihr Karl früher vorgesungen hatte. Es hielt ihre Angst in Schach, ließ Cordics Herz ein wenig langsamer schlagen.

Ein seltsames Gefühl, die Wache zu übernehmen. Bisher war das die Aufgabe der anderen gewesen.

Jetzt war sie es, die beschützte.

Am nächsten Morgen kam Cordic kaum zu sich. Mit letzter Kraft hievte er sich aufs Pferd, hielt jedoch nur bis zum Mittag durch. Am Ufer eines Tümpels rutschte er ins Gras und blieb liegen.

Fiona kämpfte mit den Tränen und verlor. Nein, sie würde nicht moralisch einknicken. Sie hatte Eri überstanden, schlimmer konnte es nicht werden. Die Siedlung, in der Lunis Familie wohnte, lag in der Nähe. Sie hatte ihr schon einmal geholfen, vielleicht würde sie es wieder.

»Ich hole Hilfe.« Sie angelte nach den Zügeln. »Bleib am Leben, hörst du? Egal, was passiert. Atme weiter. Ich bin bald zurück.«

»Mach das nicht.« Er krümmte sich unter einem Hustenanfall. »Reite weg von mir.«

»Ich dachte, ich soll dir nicht verloren gehen.« Ein Stein legte sich auf ihr Herz.

»Du darfst nicht umkehren«, flehte er. »Reite zu Ahfid und sag ihm, dass es mir leidtut.«

»Was tut dir leid?«

Er rollte sich auf die Seite, blieb reglos liegen.

Er fantasierte. Wegen des Fiebers. Was er auch sagte, er meinte es nicht ernst. Ließe sie ihn im Stich, würde er sterben.

Keine Option.

Sie drückte dem Pferd die Hacken in die Seiten. »Sei nachsichtig mit mir. Ich bin aus der Übung.« Hauptsache, es warf sie nicht ab. Sie wagte einen Trab, doch das Tier glitt mühelos in einen entspannten Galopp.

Nach einiger Zeit erreichte sie den Wald, hinter dem die Siedlung lag. Bis zum Abend wäre sie dort.

Zu lang für Cordic. Nachts würde niemand den Rückweg auf sich nehmen. Sie wäre erst morgen Abend zurück bei ihm.

Eine Gestalt trat aus dem Schatten der Bäume. Für einen Mann zu schlaksig und für einen Jungen zu groß.

Wer es auch war, er musste ihr helfen. Je schneller sie zu Cordic zurückkehrte, desto besser.

Dano

Hallo!«, sagte das Spiegelbild, das nicht seins war.

Dano fuhr es eisig in die Knochen. Hatte er sich den Kopf gestoßen und es nicht bemerkt? Er blinzelte, aber da war es immer noch. Im Tümpel, genau vor ihm. Es blickte ihm über die Schulter.

»Mann, bist du eitel«, sagte es grinsend. »Wegen deiner Sommersprossen oder der Rehaugen?«

Er drehte sich um, während sein Herz vor Schreck stehen blieb.

Ein Mädchen.

Mit erhobenen Händen sprang es zurück. »Bleib locker, ich tu dir nichts!«

Sein Herz versuchte ein, zwei schüchterne Schläge, dann nahm es den Dienst wieder auf.

»Du hast mich zu Tode erschreckt!« Wie konnte sie sich lautlos an ihn herangeschlichen haben?

Was für wunderschöne Augen. In der Mitte golden, am Rand ein frisches Grünblau. Überhaupt war sie hübsch, von der Narbe abgesehen. Die zog sich vom Haaransatz bis über die Wange. Trotzdem war sie eine Fremde, und Fremde taugten nichts.

»Bleib mir vom Leib!« Er zog sein Messer.

»Spinnst du?«

Bei den endlosen, mittlerweile sterbenden Wäldern! Sie funkelte ihn wütender an als Luni zu ihren trotzigsten Zeiten.

»Ich brauche deine Hilfe«, fauchte sie. »Dringend. Also lass dein bekloppptes Messer stecken.«

»Sag mir erst, wer du bist.« Nachher war sie ein Chaoswesen aus dem Felsenreich, das ihn in Rags Höhlen schleppen wollte.

»Fiona Schildpatt.« Sie streckte ihm die Hand hin. »Sehr erfreut.«

»Was denn nun, Fiona oder Schildpatt?«

»Beides.« Schulterzuckend ließ sie die Hand sinken.

»Niemand besitzt zwei Namen.« Oder hieß ihr Vater Schildpatt und er hatte das *Tochter von* überhört?

»Ich heiße Dano, Sohn von Kelat.«

»Okay.«

Sie hieß nicht nur seltsam, sie sprach auch so.

»Was machst du allein im Wald?« Keine Frau trieb sich freiwillig in der Wildnis herum, Veta ausgenommen.

»Dich um Hilfe bitten.« Sie pfiff, und ein Apfelschimmel kam angetrabt.

Was für ein schönes Tier, und so kräftig. Lange konnte es sich noch nicht in der Gegend aufhalten, sonst wäre es so mager wie die Gäule seines Vaters. Und die Kuh, die Katze und bald auch Luni und Mutter.

Verdammtes Licht. Es wurde Zeit, dass sie wie die anderen in den Norden wanderten.

»Erde an Dano. Dano bitte melden!«

»Was?«

»Du sollst mir helfen!«

»Wobei denn?«

»Mein Begleiter ist krank. Er hat hohes Fieber und ich habe Angst, dass er ...« Ihre Stimme wurde zittrig. Sie wandte sich ab, legte die Hand auf den Mund.

Gleich würden ihre Schultern beben. Er hatte schon viele Mädchen weinen gesehen. Frauen, Männer, einfach jeden. Auch das lag an dem verdammten Licht. Es fraß die Tiere aus den Ställen, die Menschen aus ihren Familien und die Bäume aus dem Wald.

»Sprich es aus.« Das half. »Du hast Angst, dass er sterben könnte.«

Sie holte tief Luft, nickte.

»Ich kenne dieses Fieber und ja, er wird jämmerlich daran eingehen, außer ...«

»Nein, wird er nicht.« Sie packte ihn am Kragen. »Du sagst mir jetzt sofort, wo ich Hilfe finde, oder ...«

»Lass mich ausreden!« Beim Grün der Wälder! »Und nimm deine Hände von mir!«

Fiona ließ ihn los. »Außer was?«

»Außer, du versuchst dein Glück mit Veta.«

»Was ist das?«

»Veta ist eine Frau. Sie kennt sich mit dem Fieber aus.«

»Eine Heilerin?« Fiona runzelte die Stirn. »Wirft sie Knochen und murmelt komisches Zeug?«

Für Luni hatte sie Tee gekocht. Ob da Knochenpulver dabei gewesen war, wusste er nicht.

»Sie versucht aber nicht, das Fieber aus dem Körper zu tanzen, zu singen oder zu meditieren, oder?«

»Egal was sie macht, bis jetzt hat's meistens funktioniert.« Veta sang oft. Sehr laut, aber auch sehr schön. Und sie tanzte gern. Betrunken auf Tischen. Ob dabei Fieber sank? Bei den Männern auf keinen Fall. Die glühten bei ihrem Anblick. Vor allem um die Mitte herum. Doch ihr abscheulicher Tee hatte Luni geholfen.

»Entschuldige.« Mit einer erschöpften Geste fuhr sich Fiona übers Gesicht. »Ich bin froh, dass ich überhaupt jemanden gefunden habe.« Sie schwang sich in den Sattel, reichte ihm die Hand. »Komm hoch.«

Das Vieh war verdammt groß.

Er mühte sich hinter sie.

»Kannst du reiten?«, fragte sie über die Schulter.

»Es geht so.«

»Fein, ich eigentlich nicht.« Trotzdem spornte sie das Tier an.

Dano schlang die Arme um Fiona. Nicht aus Angst, herunterzufallen. Natürlich nicht. Nur, um in ihren Rhythmus zu kommen. Das war besser fürs Pferd. Und für seinen Hintern.

Hoffentlich war es nicht weit. Was, wenn er doch hinunterfiel und sich den Hals brach?

Sie war ein Chaoswesen. Eindeutig.

Er klammerte sich mit ganzer Kraft an ihr fest.

»Sind wir bald da?«, wagte er nach gefühlten Ewigkeiten zu fragen. Ihm tat jeder Muskel weh.

»Da vorne ist es. An dem kleinen See.« Sie trieb das Pferd noch einmal an. »Cordic!« Sie sprang ab, das Tier bäumte sich vor Schreck auf und warf ihn in den Matsch.

Mistvieh!

Fiona rannte zu einer raschelnden Stelle im Schilf.

Ein Mann kroch hindurch, erreichte das Wasser, kroch weiter, bis es über ihm zusammenschlug.

War der verrückt geworden?

Fiona versuchte, ihn zurückzuziehen. »Dano! Hilf mir!«

Auch das noch.

Mit der durchtränkten Kleidung war der Kerl schwer wie ein Schwein und flutschiger zu fassen als ein Fisch. Verdammt, war es mühsam, ihn wieder ans Ufer zu zerren.

Ellenlanges, rabenschwarzes Haar, ein kantiges Gesicht. Augen, die zwar fiebrig glänzten, aber dunkler waren als die finsterste Nacht.

Ein Nachtfresser! Genau so hatte ihm sein Vater diese Bestien beschrieben. So etwas rettete man nicht. Man erstach es. Sicherheitshalber von hinten.

Der Kerl lächelte Fiona an, als sähe er sie in einem Traum. »Ich dachte, du wärst auf und davon.«

»Und deshalb wolltest du dich ersäufen?«, fauchte sie. »Du spinnst wohl!«

»Nur etwas trinken.« Er hustete sich die garantiert ebenso schwarze Lunge aus dem Hals.

»Du hättest sterben können!«

Wie sanft sie ihm über die Stirn strich.

War sie irre, eine Natter zu bemuttern?

Unauffällig tastete Dano nach seinem Messer. Es war da, wo es hingehörte. In seinem Gürtel und griffbereit.

»Lass ihn liegen und sterben.« Der Kerl hatte nichts anderes verdient.

»Hilf mir, ihn aufs Pferd zu setzen.« Anscheinend hatte sie ihn nicht gehört. »Und dann bring uns zu dieser Heilerin.«

»Fiona, glaube mir!« Wie konnte man dermaßen begriffsstutzig sein? »Lass ihn verrecken. Damit tust du der Welt einen Gefallen.«

Der Nachtfresser lachte heiser.

Das Fieber musste ihm bereits das Hirn verkokelt haben.

»Leck mich!«, fauchte Fiona und legte sich wild entschlossen den Arm des Kerls um die Schulter.

»Wozu das denn?« Keine Frage, sie war das seltsamste Mädchen, dem er je begegnet war. Schon wegen der Männerkleidung und der kurzen Haare.

Sie wischte sich doch tatsächlich Tränen von den Wangen, bevor sie versuchte, den Nachtfresser auf die Beine zu hieven.

Nicht zu fassen, das Chaoswesen bedeutete ihr etwas.

Es hatte ihre Seele gefangen. Deshalb war sie ihm hörig.

Nie und nimmer konnte er sie mit diesem Monster alleinlassen, aber etwas erstechen, das ihn dabei ansah, konnte er noch weniger.

Ob er den Kerl bitten sollte, mal kurz die Lider zu schließen oder einfach wegzugucken?

»Na gut«, hörte er sich sagen. »Ich bringe euch zu Veta.« Die besaß hoffentlich genug Gifte in ihren Phiolen und Tiegeln, um der Chaosbrut den Garaus zu machen.

Veta

Das Zittern ihrer Hände wurde von Tag zu Tag schlimmer. Auch der mörderische Schmerz in ihrem Schädel. Wenn das so weiterging, musste sie ebenfalls ihre Zelte abbrechen. Es lebten ohnehin kaum noch Menschen hier. Allein war sie besser dran. Niemand, der ihr misstrauische Blicke zuwarf, keiner, der ihr mit offener Feindseligkeit begegnete, obwohl sie kurz zuvor sein Kind geheilt hatte.

Veta stellte den Becher zurück. In wenigen Augenblicken würde der Tee wirken und ihr eine leidfreie Nacht bescheren.

Der Vorrat an Heilkräutern schwand erschreckend schnell, seit sie fünf Tassen täglich benötigte.

Sumpfnelken, das Gift des grünen Lärchlings und Moosfeuer. Die Zutaten für die Arznei, die sie zumindest am Leben hielt. Die Sumpfnelken ließen bereits die Blätter hängen, der grüne Lärchling schrumpelte dermaßen zusammen, dass sie ihn kaum am Stück von der Baumrinde brechen konnte, und die kleine Blume verlor von Jahr zu Jahr mehr ihrer ehemals leuchtenden Farbe. Früher hatten ihre Blüten zwischen den Mooskissen wie frisch geschlagene Funken ausgesehen. Nun ähnelten sie eher zu blassem Eidotter.

»Veta?« Dano klopfte ausgesprochen schüchtern an ihre Tür.

»Was ist?« Ging es Luni schlechter?

Der Junge lugte mit ängstlichem Blick durch den Türspalt. »Da sind zwei, die deine Hilfe brauchen.«

»Warte, ich komme.« Beim Aufstehen wurde ihr schwindelig.

Ein Mädchen in Männerkleidern, eine Gestalt, die reglos über einem Pferderücken hin.

Ein Clankrieger.

Nein. Ein toter Clankrieger.

»Was soll ich mit dem?« Vermutlich stank er bereits.

»Ihm helfen.« Das Mädchen trat näher.

Goldgefärbte Iriden. Nicht durchgängig, aber es genügte, um das lichte Erbe zu verraten. Was hatte ein Lichtenbastard mit einem Nachtfresser zu schaffen?

»Er ist krank.« Das Mädchen mühte sich, den Mann vom Pferderücken zu ziehen.

Dano fluchte, half ihr schließlich dabei. Dennoch glitt er ihnen durch die Hände und fiel zu Boden.

Das Mädchen beugte sich über ihn.

So viel unermessliche, unverdiente Sorge im Blick.

Veta stieß sie beiseite. »Wach auf!« Sie schlug ihm derb ins Gesicht. Flatternd öffneten sich die Lider.

Die Schluchten Khatalahs sahen ihr entgegen.

Er streckte die Hand aus, berührte sacht ihre Wange.

Also hatte er ihr dunkles Erbe erkannt.

»So nicht, Clankrieger!« Alter Hass verkrampfte ihr Herz, und auch sein bitteres Lächeln änderte nichts daran. Er war nur freundlich, weil er ihre Hilfe brauchte.

»Bitte!« Das Mädchen fasste sie am Arm und sah sie eindringlich an. »Dano hat gesagt, du könntest das Fieber lindern.«

»Ja, aber nicht seines.«

Er krümmte sich zusammen, keuchte. Der Schweiß floss ihm in Strömen von der Stirn.

Hatte sie eben nicht selbst gewimmert vor Schmerz und das Teewasser angefleht, schneller zu sieden?

Das Mädchen nahm seine Hand, und er entspannte sich augenblicklich.

Die Kleine war ein Schwarzblut.

Unmöglich.

»Wer bist du?« Veta packte sie hart am Arm. »Wieso erkenne ich Dunkelheit und Licht in dir?«

»Ist eine lange Geschichte.« Das Lächeln wirkte erschöpft. »Hilf ihm, und ich erzähle sie dir.«

Schatten und Licht. Vereint in einem einzigen Körper.

Auf die Geschichte war sie gespannt.

»Bringt ihn rein.« Sie musste sich beeilen, sonst wäre ein tiefes Loch im Wald das Einzige, was sie für ihn tun konnte.

Zu dritt schleppten sie ihn zum Bett. Wie ein Sack sank er darauf zusammen.

Sie nahm Dano beiseite. »Woher kennst du sie?«

»Gar nicht. Sie war auf einmal da.«

»Hat sie nichts erzählt?«

»Nur, dass sie Fiona heißt.«

»Versorge das Pferd.« Sie wollte das Mädchen in Ruhe ausfragen. Dano war ein guter Junge, doch nicht alles war für seine Ohren bestimmt.

Kaum war er aus der Tür, wandte sie sich an Fiona. »Rede.«

»Hilf ihm zuerst.« So erschöpft sie wirkte, ihre Stimme strotzte vor Kraft. »Anscheinend hast du mit Clankriegern ein Problem. Ist mir egal. Ich kenne nur einen, und das ist er.«

War sie sich bewusst, dass ihre Liebe zu ihm das Gold ihrer Iriden heller leuchten ließ?

»Wenn es dich beruhigt: Er war ein Grenzgänger und diente in Nehrits Horde.« Entnervt rollte sie die Augen. »Klingt das für dich vertrauenswürdiger?«

»Es klingt nach einer Lüge.« Nehrit würde niemals einen Nachtfresser unter seinen Kriegern dulden. Er hatte sich schon mit den Bastarden schwergetan.

Es sei denn ...

»Wie ist sein Name?« Konnte es sein?

»Cordic.«

Cordic, Meruts Sohn. Der einzige Clanmann, der je bei der Horde gedient hatte. Es hieß, sein Vater hätte Rag verraten und wäre dafür getötet worden.

»Du kennst ihn«, stellte das Mädchen fest. »Woher?«

»Nur seinen Namen.« Dass er ein Grenzgänger gewesen war, änderte nichts an seinem Status. Er war ein Clanmann, sie ein Schwarzblut. »Hin und wieder schloss ich mich einem der Kriegshaufen an.« Um sich um die Verletzten und ihre jeweiligen Geliebten zu kümmern. »Ich bin ihm nie begegnet, doch ich hörte, was die anderen über ihn erzählten.« Blühende Gerüchte und haufenweise Vermutungen. Nur in einem waren sich die Krieger einig gewesen: Cordics überragende Geschicklichkeit im Kampf und seinen Mut, der an Leichtsinn grenzte.

»Und? Wirst du ihm helfen?«

»Ich hasse ihn und ich hasse, was er ist.«

Der Blick des Mädchens wurde hart. »Ist mir scheißegal. Hilf ihm trotzdem.«

»Nur für dich und deine Geschichte, Fiona. Sonst würde ich ihn vergiften und inmitten der sterbenden Wälder verrotten lassen.«

»Dann wachst du morgen früh nicht mehr auf.«

Die Dunkelheit der Iriden verdrängte das Gold. Kalte Entschlossenheit ohne jegliche Erschöpfung. Fiona scherzte nicht. Sie hatte der Finsternis ihr Herz geschenkt und würde sie beschützen.

Veta musste lächeln. Was für ein mutiges Mädchen saß vor ihr.

»Ich helfe ihm.«

Sie nickte, doch während Veta Tee in einen Becher schöpfte, ließ Fiona sie nicht aus den Augen.

»Du hast mein Wort, dass ich ihm kein Leid zufüge.«

»Ist mir zu wenig. Ich lüge auch nicht erst seit gestern.«

Dieses Mal musste sie lachen. »Was kann ich tun, dass du mir vertraust?«

Der harte Blick wurde weich, verschwamm. Hilflos hob sie die Schultern. »Mach ihn einfach wieder gesund.«

Was auch immer Fiona hinter sich hatte, es war kein Tanz gewesen.

Veta setzte sich auf die Bettkante, stieß Cordic an. »Wach auf, Clanmann.«

Seine Lider zuckten, öffneten sich jedoch nicht.

»Hey!« Sie schnippte neben seinem Ohr. »Augen auf!«

Er verzog das Gesicht, murmelte etwas Unverständliches.

»Du musst ihn stützen, sonst landet das meiste auf den Decken und nicht in seinem Magen.«

Fiona setzte sich hinter ihn und legte seinen Kopf auf ihrem Knie ab. Zärtlich strich sie ihm über die Stirn. »Mund auf, schlucken und nicht einschlafen.«

Auf den blassen Lippen bildete sich ein Lächeln. »Mach ich nicht. Nur lass deine Hände an meinem Schädel. Er zerplatzt sonst.«

Wenigstens war er ansprechbar.

Veta flößte ihm den Tee Schluck für Schluck ein. Als der Becher leer war, seufzte Cordic.

»Gleich wird es besser.« Fiona zog die Nase hoch. »Du wirst sehen.«

Ihr Blick fragte Veta, ob sie log.

Veta zuckte mit den Schultern. Der Tee linderte, doch um sein Leben zu retten, reichte er nicht aus.

»Er muss zurück in den Norden. So weit und so schnell wie möglich.«

»Ist mir klar.« Fiona raufte sich die seltsam kurzen Haare. »Aber dazu muss er reiten können.« Ihre Hemdsärmel rutschten hinauf, gaben blutige Handgelenke preis.

Und einen Geburtsreif.

Es war noch nicht lange her, seit sie einen ähnlichen Schmuck gesehen hatte.

»Von deiner Mutter?«

»Angeblich.« Fiona betrachtete es mit einer Distanz, die ungewöhnlich für eine Tochter war. »Ich weiß nichts von der Frau, außer, dass sie mich hasste.«

Verständlich. Welche Lichte riss sich um einen Chaosbalg?

»Was weißt du von deinem Vater?«

»Den hasste meine Mutter garantiert noch inniger als mich.« Das Lächeln war ein Versuch. Mehr nicht.

»Dann haben wir etwas gemeinsam.« Ihre Mutter war mit einem Fluch auf den Lippen gestorben. Er galt dem Clankrieger, der Veta gezeugt hatte. »Ich habe eine Salbe für deine Wunden.« Sie stammten von Fesseln. Sie hatte derlei Verletzungen oft gesehen.

»Bekomme ich vorher etwas zu essen?« Fiona bettete Cordics Kopf aufs Kissen und kletterte vom Bett. »Irgendetwas, das nichts mit Trockenfleisch oder Dörrobst zu tun hat?«

»Kastanienfladen mit Honig.« Sie hatte sie am Morgen gebacken.

»Super.« Es klang alles andere als begeistert.

Der Meister der Wissenden

Ein Ort jenseits von Raum und Zeit. Eine Zusammenkunft, um das Ärgernis zu beseitigen, bevor es zu einer Katastrophe wurde.

Der Meister öffnete die Tore, ließ die Wissenden eintreten. Namenlose waren unter ihnen. Er hatte ihre Dienste lange nicht mehr beansprucht.

Eri hatte versagt. Zum ersten Mal in seiner Existenz. Das Mädchen aus Licht und Schatten war ihm ebenso entkommen. Ihm und Lun zuvor.

Es war leichtfertig gewesen, es zu unterschätzen. Ein Fehler. Sie würden ihn nicht wiederholen.

Der Meister winkte Eri zu sich. Er musste den Grund des Scheiterns erfahren.

Eri näherte sich mit zögernden Schritten. Das Chaos hatte nach ihm gegriffen. Es floss aus seinem unsteten Blick, verriet sich in den fahrigen Gesten.

»Berichte mir, warum das Mädchen nicht dort ist, wo die Ruhe den Willen zügelt und die Leere das unstete Herz bezwingt.«

Eris Versuche, seinen Geist vor ihm auszubreiten, scheiterten. »Meister, es war mir nicht möglich, sie durch ein Tor in die Glasstadt zu bringen. Meine Kräfte lassen nach.« Er schluchzte auf. »Dieses Mädchen ist ein Ungeheuer, geschaffen von einem Ungeheuer!« Wilde Verzweiflung verzerrte seine Stimme. »An der Grenze zum Steppenland entkam sie. Ein Nachtfresser hat ihr geholfen.«

Also hatte sich das Chaos bereits mit ihr verbündet. Dieser Umstand bestätigte seine schlimmsten Befürchtungen. Das Mädchen war nicht nur eine Bedrohung, weil es sich jeglicher Kontrolle entzog, es paktierte mit der Finsternis, weckte Sehnsüchte nach Dingen, die den Zielen der Wissenden im Wege standen. Die Lichten waren zu weit fortgeschritten auf ihrem Weg. Sie durften nicht durch einen Fehler der Natur mit dem Chaos infiziert werden.

Es war bereits geschehen. Noch war kein Querulant aufgegriffen worden, noch versteckten sich die Unbelehrbaren. Er selbst hatte Mahkis geraten, Strenge walten zu lassen.

Auflehnung gegen die Ordnung war die Illusion einer nie existenten Freiheit. Früher oder später zerschellte sie an den Klippen des Daseins.

Er hatte sie viele Male in den Staub sinken sehen. Wie lange würde es dauern, bis der letzte Widerspenstige erkannte, dass Sehnsucht ins Verderben führte? Freiheit war kein Geschenk. Sie war die Geißel der Menschen. Sie brachte Kampf, Schrecken und Tod mit sich.

Die Lichten mussten davor bewahrt bleiben.

Sur. Es gab keinen fähigeren Wissenden. Eines Tages würde er seine Nachfolge antreten. Bis dahin versanken ebenso zahlreiche Welten, wie neue geboren wurden.

»Sur, wähle dir Namenlose und begleite das Schattenlichtmädchen in die Glasstadt. Doch bevor du es Mahkis zumutest, zähme den Geist dieses Kindes.«

Sur neigte den Kopf. »Wäre es nicht klüger, es in die Leere zu bannen und dort zu vergessen?«

»Die Begegnung mit dem Mädchen ist die letzte Prüfung, der sich Mahkis stellen muss.« Der Erste Rektor war von Beginn an in seiner Bestrebung nach Ordnung und Geistesstille vorbildlich gewesen. »Besteht er, erheben wir ihn und sein Volk und löschen als Belohnung alles Dunkle aus ihrem Leben.«

»Und wenn er versagt?«

»Lösen wir das Bündnis mit den Lichten und überlassen sie ihrem Schicksal.« Eine Ahnung von Bedauern streifte ihn.

Er ließ sie vorbeiziehen.

Fiona

Etwas knabberte an ihrem Ohr. Sie strich darüber, erwischte Federn. »Was zur ...«

Ein Rabe. Er hockte neben ihr auf dem Bett, sah sie mit geneigtem Kopf an.

Wie seine Augen funkelten.

Sein Schnabel sah verdammt groß aus der Nähe aus.

Und gefährlich.

Langsam setzte sie sich auf. »Nicht nach mir hacken, okay?«

Der Rabe huckte zum Fußende, breitete die Flügel aus und flatterte auf den Holzstoß neben der Feuerstelle. In aller Ruhe begann er, in seinem Gefieder zu zupfen.

»Ich kenne dich.« Aus dem Physikunterricht. »Du hast mit mir gemorst.« Unsinn! Wie sollte er hierhergekommen sein? Er hätte ihr nicht nur durch das Schlehentor, sondern auch kreuz und quer durchs Waldland folgen müssen.

Raben sahen sich ähnlich. Das war alles.

Vielleicht gehörte er Veta.

Sie schlief neben Dano auf einem Wildschweinfell.

Der Vogel flatterte zurück aufs Bett, klackerte mit dem Schnabel.

»Ich habe keine Ahnung, was du von mir willst, aber sei leise!« Cordic schlief, und das sollte so bleiben.

Das Vieh hackte ihr ins Bein.

»Au!«

»Was ist los?« Veta setzte sich auf. Im selben Moment flog der Rabe zu ihr und begann, ihre Füße zu attackieren. Erschrocken fuhr sie von ihrem Lager hoch. »Ist der verrückt geworden?« Ihre Abwehrversuche gingen ins Leere.

»Ich dachte, das ist deiner.«

»Ganz sicher nicht.« Veta schnappte sich den Besen. »Weg mit dir!«

Laut krächzend flog der Vogel auf einen der Dachbalken.

Dano rappelte sich auf. Verschlafen starrte er auf das wild gewordene Vieh. »Was macht der hier?«

»Meine Füße fressen!« Veta schlug mit dem Besen nach dem Raben. »Tür auf, Dano! Dann scheuche ich ihn raus!«

Dano sprang auf die Beine, legte den Finger an die Lippen. »Hört ihr das?«

»Er krächzt«, zeterte Veta. »Und ob wir das hören.«

Er schüttelte den Kopf. »Das andere.«

Ein dumpfes Tosen. Es schwoll an, ließ den Raben verstummen.

Etwas bewegte sich. Der Boden? Die Hütte?

Das Tosen wurde zu einem scharfen Reißen.

Das Geräusch stellte Fionas Haare auf.

Ein Loch, winzig, doch es wuchs. Mitten im Raum. Wie brüchiger Stoff riss es weiter und weiter, wurde zu einem mannshohen Spalt.

Sie musste Cordic wecken. Ihn warnen. Vor was?

Was sie sah, gab es nicht.

Der Riss erreichte die Zimmerdecke, drang tiefer als der Fußboden.

Wie aus dem Nichts traten verhüllte Gestalten daraus hervor. Silber schimmernde Mäntel, die Gesichter von Kapuzen verborgen. Ihre farblosen Haare flossen wie flüssiges Glas.

Wanderer!

Sie hoben Cordic aus dem Bett, trugen ihn durch den Riss.

Veta kreischte, Dano brüllte.

Sie wollte nach den beiden rufen.

Ihre Stimme verschwand, nahm die Kraft ihrer Beine mit.

Eine federleichte Hand legte sich auf ihre Schulter.

Eisgraue Gleichgültigkeit starrte sie an, bohrte sich in ihre Seele, verschlang sie.

Lieder von Schatten und Licht

Erste Strophe: Das Schlehentor
Zweite Strophe: Stadt aus Glas
Dritte Strophe: Die Magie der Tore